BLT

Mit der Welt
auf Buchfühlung

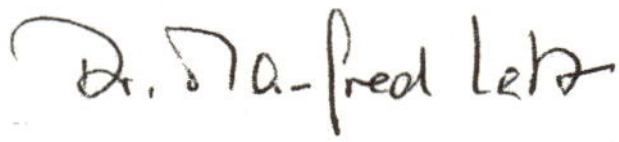

Manfred Lentz wurde 1949 in Berlin geboren.
Der promovierte Politologe war lange Jahre
in der politischen Bildungsarbeit sowie für Rundfunk
und Presse tätig und hat bereits einen historischen
Roman veröffentlicht.

Manfred Lentz

Eine Sklavin für den Kalifen

Historischer Roman

BLT

BLT
Band 92283

1. Auflage: April 2008

BLT in der Verlagsgruppe Lübbe

Originalausgabe

Titelbild: © getty-images/Max Ferdinand Bredt
Umschlaggestaltung: Tanja Østlyngen
Autorenfoto: © privat
Satz: hanseatenSatz-bremen, Bremen
Druck und Verarbeitung: GGP Media GmbH, Pößneck
Printed in Germany
ISBN 978-3-404-92283-3

Für SP

Teil 1

Byla sah die Fremden als Erste. Bis zu den Waden im Wasser stehend, ein tropfnasses Wäschestück in der Hand und zwei ausgewrungene Leinentücher über den Schultern, deutete sie zum anderen Havelufer hinüber. »He, sieh mal, dort drüben!«, rief sie Malina zu. Die hielt inne und drehte den Kopf. Der Korb wog schwer, den sie trug. Ihr Blick folgte dem ausgestreckten Arm der Freundin über den Fluss hinweg zu dem von Röhricht begrenzten Strand und dem Erlenwäldchen dahinter, aus dem sich eine rasch anwachsende Zahl Menschen herausschälte. Vorneweg ritten drei Reiter in stolzer Haltung, in auffällige Gewänder gekleidet. Malina setzte ihren Wäschekorb am Ufer ab und stellte sich neben Byla. Es war wieder so weit. Der Mai hatte begonnen, und wenn die Fremden in der Vergangenheit gekommen waren, dann meist in diesem Monat.

Auch in der Siedlung auf der Insel hatte man die Ankömmlinge bemerkt. Hinter der Palisade ertönten Rufe, und Neugierige eilten herbei, die sich das Schauspiel nicht entgehen lassen wollten. Nicht anders bei den Deutschen in der Burg. War der Wehrgang tagsüber für gewöhnlich nur mit einem Posten besetzt, so hatten sich nun mehrere Männer dort eingefunden und spähten zum jenseitigen Ufer hinüber. Wie üblich entging ihnen nichts. Als Besatzer an Vorsicht gewöhnt, hatten sie stets ein wachsames Auge auf alles, was um sie herum geschah: auf die Slawen in der Siedlung; auf die beiden Flüsse, die sich hier bei Spandau vereinten; auf den Handelsweg, über den Reisende aus dem Westen in die Länder des Ostens zogen. Oder in die entgegengesetzte Richtung – so wie die Fremden.

Immer mehr Menschen tauchten aus dem Erlenwäldchen auf und verteilten sich am Ufer, einige zu Pferde, die meisten zu Fuß. Hell beleuchtete das Sonnenlicht die Ketten, die die Unberittenen trugen. Furchteinflößend fand Malina diese Fesseln, selbst aus der Entfernung. Hätte der Wind von Osten geweht, sie hätte ihr Klirren hören können. So aber erschienen sie stumm. Stumm wie die Sklaven, die sie trugen.

Einer der stolz dreinblickenden Männer mit den fremdartigen Kleidern lenkte sein Pferd dicht an die Havel heran, formte mit den Händen einen Trichter vor dem Mund und schickte einen herrischen Ruf über den Fluss. Worte in einer Sprache, die niemand auf der Spandauer Seite verstand. Allerdings wäre die Aufforderung gar nicht nötig gewesen, denn noch während der Ruf verhallte, verließ die schwere Fähre den kleinen Hafen der Siedlung und hielt auf das andere Ufer zu. Kraftvoll legten sich die beiden Männer an den Rudern ins Zeug. Zwischen ihnen stand ein Junge. In der einen Hand hielt er einen Strick zum Festmachen, die andere schirmte die Augen vor der Sonne ab. Reglos starrte er geradeaus.

»Jablo ängstigt sich wieder«, sagte Malina besorgt. Bereits mehrmals war ihr jüngerer Bruder Menschenhändlern begegnet, und jedes Mal hatte er darunter gelitten.

Byla indes hatte ihre Worte gar nicht gehört. Angestrengt verfolgte sie den Kurs der Fähre und blickte dabei immer mal wieder zu dem Einbaum hinüber, der ein gutes Stück flussaufwärts im Wasser trieb, wo ihr Mann mit dem Einholen eines Netzes beschäftigt war. »Mit ihren Ruderschlägen vertreiben sie ihm alle Fische!«, schimpfte sie. »Sollen sie doch Abstand halten! Slawomir will einen großen Fisch für uns fangen. Aber wenn sie mit ihrer Fähre keine Rücksicht nehmen, geht ihm bestimmt keiner ins Netz!«

Sie machte ein so bekümmertes Gesicht, dass Malina schmunzeln musste, obwohl ihre Gedanken bei den Sklaven waren. Wenn es die Liebe gab, dann schien Byla sie gefunden zu haben. Kaum eine Rede, in der Slawomir nicht vorkam. »Was er mit mir anstellt in der Nacht«, hatte sie gerade erst geschwärmt, »das ist wie Erntetanz oder im Winter auf Schlittknochen über das Eis jagen, nur noch viel, viel schöner!« Dabei hatte Byla ihre Freundin so angestrahlt, dass selbst die Sonne für einen Augenblick verblasst war. Malina hatte sehnsüchtig geseufzt, denn auch sie hätte gern einen Liebhaber für die Nacht und einen Angebeteten für den Tag. Nur stand in ihrem Fall Myslaw davor, der ältere Bruder. Und wenn die Götter ihr nicht zu Hilfe kämen, würde ihr Haar grau sein, bis er den Richtigen für sie fand.

In großem Abstand und ohne den Fang im Geringsten zu stören, glitt die Fähre an dem Einbaum vorbei, wich geschickt einigen Strudeln an der Einmündung der Spree in die Havel aus und schob sich in den Ufersand. »Das ist bestimmt ihr Anführer«, gab sich Malina überzeugt und wies auf den Mann, der die ganze Zeit über am Wasser gewartet hatte. Breitbeinig stand er da, die Arme selbstbewusst vor der Brust verschränkt. An der Seite seines braun-weiß gestreiften Kapuzenmantels hing unübersehbar ein Schwert. »Jetzt feilschen sie um die Bezahlung«, bemerkte sie gleich darauf, nachdem Myslaw die Fähre verlassen hatte und dem Anführer gegenüberstand. »Diese Sklavenhändler sind harte Burschen. ›Mit denen darf man sich nicht ernsthaft anlegen‹, sagt Myslaw immer. ›Sklavenhändler haben einen Stein anstelle eines Herzens und scheuen vor keiner Gemeinheit zurück.‹

Als unser Vater noch auf der Fähre fuhr, war er derselben Ansicht.«

Wie um das Gesagte zu unterstreichen, entspann sich am anderen Ufer ein kurzer, aber gereizter Wortwechsel, der dadurch beendet wurde, dass der Händler Myslaw ein paar Münzen zeigte, sich anschließend abwandte und auf diese Weise zum Ausdruck brachte, dass er das Geschäft für abgeschlossen hielt. Mit einer gebieterischen Geste bedeutete er seinen Männern, mit dem Verladen der Sklaven zu beginnen.

»Slawomir nennt diese Kerle die abscheulichsten Menschen unter der Sonne«, erklärte Byla ihrer Freundin. »Was sollte Myslaw gegen solche Ungeheuer schon ausrichten?«

In diesem Moment zerriss ein Peitschenknall die Luft, Befehle wurden gebrüllt, und, angetrieben von dem Anführer, bestiegen die ersten Sklaven und ihre Wächter die Fähre. Nachdem noch zwei Reitpferde sowie einige Packtiere – Maultiere allesamt – hinzugekommen waren, bedeutete Myslaw dem Händler, dass sein Schiff unmöglich weitere Last aufnehmen könne, und legte ab. Nur mühsam gewann die Fähre an Fahrt. Da mehr als zweihundert Menschen sowie zahlreiche Tiere überzusetzen waren, würde sie den Weg mehrmals zurücklegen müssen. Ein Grund für die Händler, zur Eile zu drängen.

Auch Jablo stand jetzt an einem der Ruder, soweit die Kraft seiner zehn Jahre es ihm erlaubte. Um vor Anstrengung nicht zu stöhnen, hatte er den Mund fest zusammengepresst. Schlag für Schlag trieb die Fähre dem Spandauer Ufer entgegen. Als sie die Sandbank umschiffte, auf der oft Vögel Rast machten, und gleich darauf den Kurs änderte, fasste Byla Malina am Arm. »Komm, lass uns beiseitegehen. Wie es aussieht, wollen sie hier anlegen und nicht im Hafen.«

»Wie üblich. Bisher hat sich noch jeder Sklavenhändler gescheut, seine Gefangenen durch die Siedlung zu führen.«

Mit wenigen Schritten waren die beiden Frauen aus dem Wasser heraus, und nachdem Malina ihren Korb wieder aufgenommen hatte, stellten sie sich neben eine umgestürzte, mit der Krone im Fluss liegende Weide. Auf der anderen Seite des Anlegeplatzes – dicht vor der Palisade um die Uferhäuser – hatte sich bereits eine größere Anzahl Männer und Frauen versammelt, dazu etliche Kinder. Nur leise redeten einige miteinander, die meisten schwiegen und starrten den unheimlichen Ankömmlingen entgegen.

Knirschend schrammte das Holz der Fähre über den Sand, ein vertrautes Geräusch, das Malina diesmal jedoch als laut und hässlich empfand. Laut wie die Befehle, die gleich darauf durch die Luft flogen, und hässlich wie das Rasseln der Ketten, mit dem die Unglücklichen von dem schwankenden Gefährt wieder festen Boden betraten. Ihre Gesichter waren verschlossen, ihren Blicken schien jede Lebendigkeit abhandengekommen zu sein. Niemand sprach oder klagte, nur leidenschaftslose Bewegungen, die ihnen seit dem Verlust ihrer Freiheit in Fleisch und Blut übergegangen waren. Männer, Frauen und Kinder waren in scheinbar willkürlicher Reihe durchmischt, alle trugen eiserne Ringe um den Hals, die mittels Ketten miteinander verbunden waren. Die Hände der Männer waren gefesselt. Die Frauen schleppten Körbe voller Waren auf den Schultern, die am Ziel ebenso einen Käufer finden sollten wie sie selbst.

Hatten die Sklaven schon aus der Entfernung Malinas

Mitgefühl geweckt, so empfand sie ihr Schicksal nun, da sie sie dicht vor sich sah, als noch weit trauriger. Ein Knabe in Jablos Alter erregte ihre Aufmerksamkeit. Die Haut an seinem Hals war von dem rauen Eisen wund gescheuert, sein Körper steckte in einem zerlumpten Kittel. Hinter ihm folgten eine Frau und zwei Mädchen, die sich an den Händen hielten. Malina warf ihnen ein scheues Lächeln zu, das jedoch unbeantwortet blieb. Auch ihr eigenes Volk handelte mit Menschen, mit Gefangenen zumeist, die der Sieger in einem Krieg zwischen zwei Stämmen gemacht hatte. Dennoch schnürte es ihr jedes Mal von neuem die Kehle zu, wenn sie solche Elenden sah. Sie wollte sich zu Byla umwenden und etwas zu ihr sagen, aber in diesem Augenblick ging der Anführer der Sklavenhändler an ihr vorbei, und sie blieb stumm. Ein Schauer lief ihr über den Rücken. Viel größer als die Männer in Spandau erschien er ihr, und von außergewöhnlicher Größe war auch sein Schwert. Die Schläfenlocken und der volle Bart wiesen ihn als Juden aus. Auch die anderen Zuschauer schienen sich unwohl zu fühlen – nun, da das Schreckliche so dicht an sie herangerückt war.

Kaum hatte das letzte Packtier die Fähre verlassen, als diese wieder ablegte und abermals den Fluss überquerte. Erneut wurde sie beladen, danach ein drittes und viertes Mal, während die Reihen der Zuschauer sich lichteten. Auch Malina löste sich von dem Geschehen. »Nun habe ich schon viel zu lange hier herumgestanden«, sagte sie in einem Ton, der ein schlechtes Gewissen offenbarte. »Der Vater wird hungrig sein und schon auf mich warten. Und die Ziege muss ich auch noch melken. Und obendrein die Wäsche …«

»… die du nur noch zum Trocknen aufhängen musst«,

ergänzte Byla und hängte ein geseufztes »Wie ich dich beneide!« hinten an.

»Du hast es ja auch bald geschafft.« Einen letzten Blick auf die Sklaven werfend, die unter Bewachung auf der Erde lagerten, eilte Malina mit ihrem Korb davon. Sie ließ die Uferhäuser hinter sich, lief über die Brücke auf die Insel und weiter durch die Burg der Deutschen in die Vorburg, bis sie vor dem Haus ihres Vaters stand. Aus Baumstämmen errichtet, mit einem Dach aus Schilf und winzigen Fenstern, glich es den anderen Häusern der Siedlung. Die Tür war nur angelehnt, und Malina trat ein. Nachdem sich ihre Augen an das Halbdunkel gewöhnt hatten, fiel ihr Blick auf die karge Einrichtung: ein Tisch mit Hockern, ein Bord für das Geschirr und einige Vorräte, die in Beuteln und hölzernen Gefäßen verstaut waren, in der Mitte die Feuerstelle, auf der sie das Essen zuzubereiten pflegte. Auf einer Schlafstatt lag ihr Vater, das Gesicht der rußgeschwärzten Decke zugewandt. Malina stellte den Korb mit der Wäsche neben die Tür – das Aufhängen konnte warten – und begann, das Essen zuzubereiten. Sie schürte die Glut und legte Holz nach, füllte Wasser in einen Topf und stellte ihn über das Feuer.

Hell züngelten die Flammen empor. Sklavengesichter tauchten darin auf, Ketten und Halseisen, der ganze Abgrund menschlichen Leids. Malina presste die Augen zusammen, bis die Gespenster verschwunden waren. »Ich weiß, Vater, du hast Hunger«, sagte sie in seine Richtung. »Ich habe mich verspätet, aber gleich bekommst du etwas zu essen.«

Eine Erklärung für ihre Verspätung gab sie nicht, aber das war auch nicht nötig, da der Vater ihre Worte ohnehin nicht verstand. Nur den Klang ihrer Stimme schien er wahrzunehmen. Sie schien ihm die Wärme zu geben, die er sonst nicht mehr fühlte. Deshalb sprach sie mit ihm ebenso, wie sie ihn liebevoll umsorgte. Allein war ihr Vater hilflos wie ein junger Vogel, der aus dem Nest gefallen war. Sie war seine Stütze und damit das Wichtigste, was er in seinem Elend noch hatte. Dabei war er einst ein kräftiger Mann gewesen, zupackend und selbstbewusst und den Jüngeren ein Vorbild. Doch diese Zeit war vorbei; geblieben war nur die Erinnerung.

Als das Wasser im Topf kochte, schüttete sie Hafer hinein, rührte mit einem Löffel darin herum und wartete abermals.

Zwei Jahre sorgte sie nun schon für ihren Vater, seit ein schreckliches Ereignis sein Leben aus der Bahn geworfen hatte. Damals – die Deutschen schrieben das Jahr 973 – war zunächst alles so gewesen wie immer. Der Vater hatte die Havelfähre betrieben, und Myslaw hatte ihm dabei geholfen. Am Tag des Unglücks war die Abenddämmerung bereits angebrochen, und von Osten her zog mit Wetterleuchten und Donnerrollen ein Gewitter herauf. Seit dem Nachmittag hatten die beiden geschuftet, um einen Kaufmannszug aus Gnesen über den Fluss zu setzen. Noch zwei oder drei Überfahrten lagen vor ihnen. Da tauchte ein Trupp deutscher Reiter auf. Sie seien in Eile, erklärten sie in dem Ton, der ihnen als den Eroberern des Landes längst in Fleisch und Blut übergegangen war; sie könnten unmöglich warten, sondern müssten unverzüglich über die Havel.

Die Kaufleute zeigten sich empört über dieses Ansinnen, und der Vater lehnte es rundweg ab. Wer als Erster die Fähre erreiche, der werde auch als Erster übergesetzt.

Die Deutschen jedoch wollten das nicht hinnehmen, sondern forderten eine bevorzugte Behandlung für sich, da sie im Dienste des Kaisers stünden. Schnell wurde der Streit heftiger, schließlich zogen die Deutschen ihre Schwerter und gleich darauf auch die Männer aus Gnesen. Es kam zu einem Kampf, bei dem der Vater mit dem Kopf gegen eine Karrendeichsel schlug und das Bewusstsein verlor. Erst Tage später wachte er wieder auf, aber er sprach wirr und konnte sich an nichts mehr erinnern.

Da die Mutter bereits tot war, übernahm Malina als einzige Tochter die Pflege des Vaters. Myslaw war fortan für die Fähre zuständig, zusammen mit einem Gehilfen aus Spandau. Der Vater aber dämmerte seither auf seiner Schlafstatt vor sich hin, ein Opfer der Deutschen, wie Myslaw unermüdlich betonte, der den Hass auf die Eroberer wie kein Zweiter empfand.

Malina gab eine Prise Salz in den Brei. »Morgen früh machen wir uns auf den Weg zu dem Fest, von dem ich dir erzählt habe – Myslaw, Jablo und ich. Wir werden nicht lange fort sein, zwei Tage nur. Gewiss gibt es etwas Leckeres zu essen. Ich werde dir etwas mitbringen, Vater. Dein Vetter wird bestimmt nicht geizig sein, wo er nach so vielen Töchtern nun endlich einen Sohn hat.« Sie versuchte sich die Köstlichkeiten vorzustellen. »Bestimmt gibt es Hammelfleisch mit Zwiebeln und Hühner am Spieß. Und einen Kessel mit sauer gesottenen Fischen und Krebsen werden sie wohl auch haben. Vielleicht auch in Teig gebackene Hasen, die isst du doch so gern. Und Eierkuchen mit Honig …« Sie brach ab, denn das Herannahen eiliger Schritte war zu hören.

Gleich darauf schob Byla den Kopf durch die Tür. »Komm schnell!«, keuchte sie aufgeregt. »Eine Sklavin …«

Mehr konnte Malina nicht verstehen, denn Byla war

bereits wieder verschwunden. Irgendetwas Bedeutsames musste es sein, das sie so außer Atem gebracht hatte. Hastig füllte Malina Brei in eine Schüssel, nahm einen Löffel und reichte alles dem Vater, nachdem sie ihm geholfen hatte, sich aufzurichten. »Lass es dir schmecken!«, sagte sie und strich ihm über die eingefallenen Wangen. »Ich bin gleich zurück.«

Rasch war sie aus dem Haus. Die helle Sonne ließ Sternchen vor ihren Augen tanzen. Auch andere Bewohner der Vorburg waren in Bewegung, ein Zeichen, dass tatsächlich etwas Außergewöhnliches geschehen war. »Was ist los?«, wollte sie von dem Kammmacher wissen, der ihr als Erster über den Weg lief. Der zuckte nur ratlos mit den Achseln und hastete weiter. Malina folgte ihm über die Brücke ans Ufer, wo sich bereits zahlreiche Spandauer Slawen eingefunden hatten. Teils schweigend, teils angeregt miteinander redend, starrten sie zu den Sklaven und deren Bewachern hinüber. Und auf den Wald dahinter.

Rufe in einer fremden Sprache waren zu hören, dazu das Brechen von Unterholz. Malina drängte sich neben Byla. »Was ist los?«, japste sie.

Ihre Freundin wandte die Augen nicht von dem Wald. »Eine Sklavin ist geflohen. Sie hat hier am Ufer gesessen. Bei der letzten Überfahrt ist ein Pferd ins Wasser gefallen, und alle waren abgelenkt. Da ist sie einfach davongelaufen.«

Malina warf ihr einen fragenden Blick zu. »Und die Ketten …?«

»Die hatten sie ihr abgenommen, hat die Gerberin erzählt. Die war die ganze Zeit hier. Sie hat gesagt, die Wächter wollten die Sklavin mit anderen zusammenschließen. Als dann die Sache mit dem Pferd geschah, ist sie auf und davon.« Sie verzog angewidert das Gesicht. »Und dieses Wächtergesindel gleich hinterher.«

»Die Ärmste wird bestimmt nicht entkommen«, seufzte Malina – gerade in dem Moment, als im Wald das laute Schreien einer Frau ertönte. Die Versammelten hielten die Luft an.

»Sie haben sie schon«, stöhnte Byla.

Dass es sich tatsächlich so verhielt, wurde nur wenig später deutlich, als zwei Wächter aus dem Wald auftauchten, in ihrer Mitte die Sklavin. Sie schrie und wehrte sich mit Händen und Füßen, doch die beiden waren stärker. Unerbittlich zerrten sie die Frau vor den Anführer, der die ganze Zeit über regungslos dagestanden und das Geschehen mit grimmigem Gesicht beobachtet hatte. Ein weiterer Wächter trat vor, in der Hand eine Peitsche, und baute sich vor der Gefangenen auf. Malina klammerte sich an Byla. Als der Wächter zum Schlag ausholte, wandte sie sich ab. Gleich würde er zuschlagen. Gleich! Doch er schlug nicht zu. Zögernd drehte sie wieder den Kopf. Der Anführer hatte dem Wächter die Peitsche aus der Hand genommen und ging damit auf zwei andere Wächter zu, die sich abseits gestellt hatten. In ihren Gesichtern stand Furcht, die einem Ausdruck von Schmerz wich, als die Peitsche durch die Luft schnitt und erst den einen, dann den anderen traf.

»Den beiden ist sie entwischt«, erklärte Byla.

»Eine gute Ware verdirbt man nicht!«, zischte einer aus der Menge. »Deshalb hat er sie nicht schlagen lassen.« Zustimmendes Gemurmel antwortete ihm. Auch Malina war davon überzeugt. Vor allem aber war sie erleichtert, dass die Sklavin in ihrem Unglück nicht noch mehr erlitten hatte. Sie suchte das Gesicht der jungen Frau, die nicht älter zu sein schien als sie selbst. Ihre Züge ließen

Schönheit erahnen, wenngleich Dreck, Tränen und Kummer eine hässliche Maske darübergelegt hatten.

Der Anführer der Händler hatte sein Pferd bestiegen und war noch einmal ans Ufer zurückgekehrt, wo die Fähre soeben ein letztes Mal anlegte. Wortlos drückte er Myslaw den Fährlohn in die Hand. Zwischen dem Waldrand und den Uferhäusern machten sich unterdessen die anderen zum Weitermarsch bereit. Sorgfältiger als gewöhnlich überprüften die Wächter die Ketten und Fesseln der Gefangenen. Dann schulterten die Frauen ihre Tragekörbe, und, angeführt von den Händlern, setzte sich der Zug in Bewegung. Neugierig und betroffen zugleich folgten die Zuschauer ihm mit ihren Blicken.

»Da kommt sie«, raunte Malina ihrer Freundin zu und deutete auf die wieder eingefangene Sklavin. Wie eine lebende Tote schleppte sie sich dahin, ihr Aufbegehren war stummer Niedergeschlagenheit gewichen. Auf welch traurigem Markt mochten die Händler sie gekauft oder bei welcher Gelegenheit sie womöglich geraubt haben! Trotz ihrer Furcht vor den Menschenschindern verspürte Malina plötzlich den drängenden Wunsch, etwas für die Unglückliche zu tun. Die Sklavin war eine Slawin wie sie selbst. Entschlossen holte sie aus einem Beutelchen an ihrem Gürtel ein Stück Käse hervor, einen Rest vom Vortag, den sie sich aufgespart hatte. Byla wollte sie noch zurückhalten, aber da hatte Malina schon zwei rasche Schritte nach vorn gemacht. Mit einem heiseren »Für dich« hielt sie der Sklavin den Käse hin.

Überraschung spiegelte sich in deren Gesicht, dazu ein Anflug von Freude, eine mitfühlende Seele getroffen zu haben. Dankbar streckte sie die Hand nach dem Käse aus. Plötzlich tauchten zwei weitere Hände auf, grob und behaart, und während die eine Malina roh zur Seite stieß, schlug die andere ihr den Käse aus der Hand. Malina taumelte nach hinten und stürzte, kam aber schnell wieder auf die Beine. Getrieben von einer Wut, die sie selbst verblüffte, trat sie vor und spuckte dem Wächter in das blatternarbige Gesicht. Dessen Augen verengten sich zu Schlitzen, er hob die Hand mit der Peitsche, als Malina gepackt und nach hinten gerissen wurde. Bevor sie es sich recht versah, stand sie in Deckung hinter einigen Spandauer Frauen, an ihrer Spitze Byla, die dem Wächter gegenüber eine drohende Haltung eingenommen hatte, obwohl sie vor Angst zitterte. Schon drängten sich mehrere Männer nach vorn und streckten dem Fremden drohend die Fäuste entgegen. Auch für Sklavenhändler gibt es Grenzen, schienen ihre Blicke zu sagen. Die Menge hielt die Luft an, der Wächter stand wie versteinert da. Schließlich trat er zur Seite, stampfte das Stück Käse mit dem Stiefel in den Sand und folgte seinen Leuten.

Erleichterung machte sich unter den Zuschauern breit. »Dem haben wir es gezeigt!«, keuchte Byla, sichtlich froh, dass die Sache so glimpflich ausgegangen war. »Mögen die Götter dieses Pack mit Krankheit schlagen!«, schimpfte eine Stimme, in die andere mit einfielen. Malina versuchte, einen letzten Blick auf die Sklavin zu erhaschen, aber diese war bereits inmitten ihrer Leidensgefährten verschwunden.

Die Sonne stand noch ein gutes Stück über dem Horizont, als der Zug auf den Weg einschwenkte, der zur Brandenburg und von dort weiter gen Westen führte. Es war eine gespenstische Musik, mit der er sich verabschiedete – das Klirren der Ketten, die antreibenden Rufe der Wächter, dazu das Knallen der Peitschen. Wie Havelschiffe im Wind schaukelten die Tragekörbe auf den Schultern der Sklavinnen. Myslaw und Jablo hatten sich zu ihrer Schwester gesellt und blickten den Davonziehenden hinterher. Malina fand die Nähe ihrer Brüder wohltuend angesichts der Kälte, die der grausige Zug hinterlassen hatte. Das bevorstehende Fest kam ihr in den Sinn, zu dem sie am nächsten Morgen aufbrechen würden. Das Beisammensein mit anderen Gästen, die fröhliche Stimmung, das leckere Essen. »Die gehen zu keinem Fest mehr«, murmelte sie mit belegter Stimme.

»Wo gehen die überhaupt hin?«, wollte Jablo wissen.

»Wer weiß.« Myslaw zuckte die Achseln. »Es ist wie mit den Vögeln im Herbst: Wo fliegen sie hin, wenn sie uns verlassen? Bleiben sie in der Nähe, vielleicht nur ein paar Tagesreisen entfernt? Oder fliegen sie weiter fort? Vielleicht so weit, dass wir uns das gar nicht vorstellen können?«

»Wie mag es dort aussehen, wo sie hinfliegen?«, ergänzte Malina seine Gedanken. Und während sie auf den Wald starrte, der den Zug verschluckt hatte, fügte sie hinzu: »Wir werden es niemals erfahren, Jablo. Nicht das Ziel der Vögel im Herbst. Und nicht das Ziel dieser Sklaven.«

Von den Bäumen tropfte nächtlicher Regen, und Heinrich sehnte sich nach einem wärmenden Feuer. Unwillig verzog er das Gesicht. Dass der Hauptmann von allen Bewaffneten auf der Brandenburg ausgerechnet ihm diesen Auftrag erteilt hatte! Eine dringliche Nachricht für den Burgvogt in Spandau, hatte er gesagt. Und deshalb war er, Heinrich, noch am selben Nachmittag losgeritten, obwohl er selbst mit dem schnellsten Pferd sein Ziel an diesem Tag nicht mehr hätte erreichen können. Also hatte er die Nacht im Wald verbracht, und da ihm Kälte und

Regen zugesetzt hatten, war er gleich beim ersten Tageslicht wieder aufgebrochen. Begegnet war er niemandem außer zwei Reisigsammlerinnen, zwei alten, hutzeligen Frauen aus einer versteckten Hütte im Wald oder aus einem unsichtbaren Dorf. Die eine hatte ihn gleichgültig angesehen, die andere ihn als Unterdrücker ihres Volkes beschimpft, nicht ahnend, dass er – Sohn eines deutschen Kriegers und einer slawischen Magd – jedes ihrer Worte verstanden hatte.

Eine Rotte Wildschweine kreuzte in einiger Entfernung Heinrichs Weg, danach war es wieder still bis auf das Zwitschern der Vögel und das Rauschen in den Wipfeln. Am Ende eines Gefälles machte der Wald einer sumpfigen Senke Platz, durch die ein Bohlenweg hindurchführte. Heinrich saß ab und führte sein Pferd am Zügel. Zwergwüchsige Birken spiegelten sich in Tümpeln mit modrigem Wasser, schlanke Gräser wiegten sich im Wind, als würden sie winken. Heinrich musste an seine slawische Amme denken, die ihn großgezogen hatte, nachdem seine Mutter bei seiner Geburt gestorben war. »Hab acht vor dem Moor!«, hatte sie ihn als Kind oft gewarnt. »Im Moor leben böse Geister. Sie locken dich auf vielerlei Art, und wenn du ihnen folgst, schließen sie dich fest in ihre Arme und lassen dich nie wieder los.«

Ein Lächeln huschte über Heinrichs Gesicht, kamen ihm die Worte seiner Amme doch jedes Mal in Erinnerung, wenn er eine solche Stelle überquerte. Niemand hatte mehr geisterhafte Wesen und Götter gekannt als sie, und obgleich er getauft war, hatte sie nichts von dem Versuch abhalten können, ihm diese nahezubringen.

Das Brechen einer Bohle unter seinen Füßen riss Heinrich jäh aus seinen Gedanken. Schwarzbrauner Schlamm kroch über die Bruchstelle, zäh und gefährlich. Er packte den Zügel seines Pferdes fester und beschleunigte seine Schritte, bis sie nach einem letzten kurzen Wegstück wieder auf festem Grund standen. Nicht ohne ein Gefühl der Erleichterung saß Heinrich auf. Die Worte seiner Amme waren nicht die einzige Erinnerung, die er mit dem Moor verband. Es gab noch eine weitere aus späterer Zeit, gerade vier Jahre lag das Geschehen zurück. Damals war er zusammen mit anderen Kriegern der Brandenburg gegen einen Slawenstamm ausgerückt, eine Bestrafung von Aufsässigen, die den Deutschen die auferlegten Abgaben verweigert hatten. Viel Blut war seinerzeit geflossen – Slawenblut, das Blut seiner Mutter und seiner Amme. Die Anführer hatten seine Männer ins Moor getrieben, einen sogar mit Weib und drei Kindern. Nach ihrem Sieg waren sie auf die Brandenburg zurückgekehrt und hatten zwei Tage lang gefeiert. Er selbst hatte sich auch daran beteiligt, hatte gegessen, getrunken und gelegentlich auch gelacht. Aber sein Herzen war wie taub und tausend zerrissene Gedanken wirbelten durch seinen Kopf.

Heinrich lenkte sein Pferd um einen abgebrochenen Ast herum, der den Weg versperrte. In diesem Moment störte ein Schrei die Stille. Der Schrei eines Mannes, lang gezogen und durchdringend bis ins Mark. Heinrichs Blicke flogen suchend umher, während er mit angehaltenem Atem lauschte. Nicht weit entfernt verschwand der Weg hinter Bäumen, die an dieser Stelle dicht wie eine Wand standen. Von dort musste der Schrei gekommen sein. Mit einem Satz war Heinrich vom Pferd herab. Angespannt in alle Richtungen spähend, führte er das Tier hinter sich her durchs Unterholz. Als er die Biegung erreicht hatte, musste er feststellen, dass auch von dort die Herkunft des Schreies nicht auszumachen war. Dafür erblickte er einen Halbwüchsigen auf einer Anhöhe, zu der der Weg hinführte, offenbar ein Wachtposten, der die Umgebung beobachtete. Hinter seinem Rücken waren die Stimmen mehrerer Männer zu hören, alle klangen freudig erregt, gelegentlich ertönte verhaltenes Lachen. Heinrich band das Pferd an einen Baum und tastete nach seinem Schwert. Gebückt schob er sich durch das Unterholz, sorgsam darauf bedacht, jedes unnötige Geräusch zu vermeiden. Als er seinem Ziel bereits nahe war, vernahm er ein Stöhnen, anhaltend und heiser. Dann wieder das Lachen. Er schlich weiter, kroch unter einem umgestürzten Baum hindurch und umging dichtes Buschwerk, bis er die Anhöhe erreichte. Nicht mehr als einen Steinwurf entfernt standen mehrere Männer. Sie waren nach Slawenart gekleidet, ihre Füße steckten in Schuhen aus geflochtenem Stroh, und die meisten trugen Fellkappen. Etwas abseits hockte ein Junge neben einigen Ziegen. Offenbar handelte es sich um Bauern. Einer von ihnen trug einen zugespitzten Ast in der Hand. Er hielt ihn wie eine Lanze, wobei sein Blick ebenso wie der seiner Begleiter auf den Waldrand gerichtet war, von dem das Stöhnen herüberdrang. Vorsichtig vergewisserte Heinrich sich ein weiteres Mal, dass der Wachtposten ihn nicht bemerkt hatte. Dann schlängelte er sich noch näher heran, bis er den Gegenstand der allgemeinen Aufmerksamkeit erkennen konnte. Was er sah, ließ ihm den Atem stocken.

Der Sklavenzug vom Vortag war nur noch Erinnerung, die Empörung über die Willkür der Wächter und die Überheblichkeit der Händler verraucht – das Einzige, was seit dem morgendlichen Aufbruch in Spandau die Gespräche Malinas und ihrer beiden Brüder beherrschte, waren das bevorstehende Fest und die Freuden, die es versprach.

»Und Wettkämpfe machen sie auch, nicht wahr, Myslaw?« Jablos Stimme ließ erkennen, dass er nichts anderes als ein Ja erwartete.

»Bestimmt. Laufen und Ringen gehören einfach dazu. Und mit dem Speer auf ein Ziel werfen auch. Nicht zu vergessen das Apfelschießen.«

Jablo strahlte. »Beim Frühlingsfest war ich der Beste im Ringen. Keiner war stärker als ich. Selbst Dalik ...«

»Aber beim Laufen warst du der Letzte«, fiel Malina ihm gut gelaunt ins Wort. Gelegentlich empfand sie Spaß daran, ihren Bruder zu hänseln. »Dabei ist das Laufen wichtig. Stell dir vor, du bekommst Streit mit jemandem, der kräftiger ist als du. Dann ist es völlig gleichgültig, wie gut du im Ringen bist. Dann musst du laufen.«

»Pah, was verstehst du schon davon!«, schnaubte Jablo abfällig. »Ich laufe vor niemandem davon, das kannst du mir glauben. Niemals.«

Ein überlegenes Schmunzeln begleitete die Antwort. »Auch nicht vor wilden Tieren? Was machst du, wenn dir zum Beispiel ein Bär den Weg verstellt? Oder wenn ein Wolf auftaucht? Oder plötzlich ein Auerochse vor dir steht? Willst du mit denen auch ringen?«

Jablos Augen huschten über den Weg und durchkämmten den Wald. Jenen Wald, der ihm nun noch dunkler und dichter erschien und noch unheimlicher. »Ein Auerochse?«

»Nicht in dieser Gegend«, mischte sich Myslaw ein. »Hier wirst du kaum auf einen treffen. Aber ein Stück weiter vielleicht, wenn wir den Brandenburger Weg verlassen und nach Norden abbiegen. Dort ist der Wald nicht mehr so dicht wie hier.« Er suchte in seiner Erinnerung. »Der schiefe Njedamir ist vor einigen Jahren einem solchen Ungeheuer begegnet, gar nicht weit von hier. Plötzlich stand der Auerochse auf einer Lichtung, schwarz wie die Nacht und mit ausladenden Hörnern. Mit denen kann er einen aufspießen und durch die Luft wirbeln. Auerochsen haben das Böse im Leib. Deshalb hat der schiefe Njedamir kehrtgemacht und ist davongerannt, so schnell er nur konnte.« Erneut überlegte er. »Als ich so alt war wie du, habe ich miterlebt, wie sie einen Auerochsen in einer Grube gefangen haben. Und bei der Brandenburg sollen sie vor vielen Jahren einen mit Speeren getötet haben. Das muss man sich mal vorstellen: nur mit Speeren, bei einem solch gewaltigen Tier!«

Jablo schwieg, merklich beeindruckt von dem Gehörten, und für kurze Zeit waren ihre Schritte das einzige Geräusch. Malina warf ihrem jüngeren Bruder einen verstohlenen Blick zu. Bald nach Tagesbeginn waren sie aufgebrochen. Inzwischen stand die Sonne hoch am Himmel, aber während der ganzen Zeit hatte Jablo seinen Redefluss kaum einmal unterbrochen. Immer wieder war er auf das Fest zu sprechen gekommen, und alles hatte er wissen wollen: den voraussichtlichen Ablauf, Einzelheiten über die zu erwartenden Gäste, über das Essen, wer zum Tanz aufspielen würde … Zum Tanz. Der Gedanke allein reichte aus, um ein Lächeln auf Malinas Gesicht zu zaubern. Die Tänze ihres Volkes, zu denen sich alle Beteiligten zusammenfinden würden, und das womöglich bis tief in die Nacht. Zweifellos würden auch Männer im heiratsfähigen Alter dabei sein, und vielleicht war ja einer darunter, der ihr gefiel und der seinerseits ein Auge auf sie warf. Feste waren Heiratsmärkte, das war schon immer so gewesen, und wer sich nur genug Mühe gab, der konnte leicht die Aufmerksamkeit eines Burschen auf sich ziehen. Und Mühe gegeben hatte sie sich! Fein herausgeputzt war sie mit ihrem besten Kleid und mit den Schuhen aus weichem Leder, die sie nur zu besonderen Gelegenheiten trug. Dazu hatte sie ihr schönstes Band ausgewählt, mit dem sie die langen honigfarbenen Haare zusammenhielt und an dem nach Slawenart zwei Schläfenringe hingen.

In ihre Tagträumereien versunken, wäre Malina beinahe in eine Pfütze getreten, die der nächtliche Regen hinterlassen hatte, konnte aber im letzten Moment mit einem Sprung darüber hinwegsetzen.

Jablo hatte ihre Abwesenheit bemerkt. »Vielleicht ist auf dem Fest ja einer, der dich haben will.« Er griente.

Seine Schwester warf ihm einen überraschten Blick zu, dass er ihre Gedanken erraten zu haben schien, und suchte nach einer Antwort, aber Myslaw kam ihr zuvor.

»Du solltest dich besser mit deinen eigenen Angelegenheiten befassen!«, wies er seinen Bruder zurecht. »Unsere Schwester wird dann einen Mann bekommen, wenn ich es für richtig halte. Schließlich trage ich die Verantwortung für sie.«

Jablo überging die Belehrung, die er schon allzu oft gehört hatte. »Vielleicht bekommt sie ja einen wie den Mühlsteinhändler, der gerade bei uns war. Der hat mir gefallen. Er hat mir alles über seine Steine erzählt. Einer wie der kann sich die schönste Frau aussuchen, die es gibt, denn er kommt mit seinem Karren überallhin. Heute ist er hier und morgen dort. So lernt er sie alle kennen.«

»Als wenn es wünschenswert wäre, jeden Tag an einem anderen Ort zu sein!«, knurrte Myslaw, dessen gute Stimmung durch das ungeliebte Thema einen Dämpfer erfahren hatte. »Natürlich muss der Mühlsteinhändler umherziehen, schließlich brauchen wir seine Steine. Aber sollten wir es ihm deshalb alle gleichtun? Wäre das etwa gut für uns? Nein, wir gehören an den Ort, an dem wir geboren wurden und an dem schon unsere Vorfahren gelebt haben. Was für die gut war, kann für uns nicht schlecht sein. Woanders leben ohnehin nur Fremde, mit denen wollen wir nichts zu tun haben.« Er unterstrich seine Abneigung mit einem entschiedenen Kopfschütteln. »Wäre es der Wille der Götter gewesen, dass wir in der Welt herumwandern – sie hätten uns längere Beine gegeben.«

»Aber vielleicht findet Malina hier ja keinen Mann, nicht in Spandau und nicht in den Dörfern ringsum. Vielleicht will sie hier ja keiner haben. Dann bleibt sie allein. Und Kinder hat sie auch nicht.«

»Ich finde einen Mann!«, fauchte Malina, aufgebracht über den Gedanken, der sie selbst gelegentlich umtrieb. Und unter dem sie litt, vor allem, seit sie den Glanz in Bylas Augen gesehen hatte. Aber was verstand ihr kleiner Bruder schon von solchen Dingen, wenn selbst dem älteren das Verständnis dafür fehlte! Sie wollte das Gespräch auf einen anderen Gegenstand lenken, aber noch bevor sie dazu kam, vernahm sie auf einmal ein Geräusch. Auch ihre beiden Brüder hörten es. Laut war es, lang gezogen und furchteinflößend. Augenblicklich blieben alle drei stehen.

»Was war das?«, flüsterte Jablo mit zittriger Stimme.

»Ein Schrei«, antwortete Malina. »Dort vorn muss es gewesen sein. Hinter der Biegung.«

»Runter vom Weg, aber schnell!«, zischte Myslaw, während er Jablo bereits mit sich ins Unterholz zog. Malina folgte ihnen. Niedergekauert verharrten sie einen Moment. Dann langte Myslaw nach seinem Messer. »Lasst uns vorsichtig weitergehen. Wenn ihr jemanden seht, werft euch flach auf den Boden! Sollte es gefährlich werden, kehren wir um.«

Die Deckung der Bäume ausnutzend, schlichen die drei vorwärts. Noch mehr Unruhe kam auf, als Malinas Schläfenringe sich in einem Gebüsch verfingen, aber mit Jablos Hilfe gelang es ihr, sich zu befreien. Plötzlich tauchte in kurzer Entfernung vor ihnen eine Gestalt auf. Malina tastete erschreckt nach Myslaw. Jablo tat, was sein Bruder ihm aufgetragen hatte, und warf sich zu Boden. Doch die Gestalt erwies sich als friedlich. »Ihr braucht keine Angst zu haben«, tönte es gedämpft herüber. »Wir sind Brüder, keine Feinde. Ihr habt nichts zu befürchten.«

Myslaw lockerte den Griff um sein Messer.

»Ich heiße Jerost«, stellte der andere sich vor, nachdem er näher gekommen war. »Ich gehöre zum Stamm der Heveller wie ihr. Sie haben mich als Posten aufgestellt, damit es keine Überraschungen gibt.«

»Als Posten aufgestellt?« Myslaw legte die Stirn in Falten. »Wieso als Posten? Und was heißt: keine Überraschungen? Was geht hier vor? Und was war das für ein Schrei?«

Sein Gegenüber gab sich geheimnisvoll. »Folgt dem Weg. Es ist nicht weit, gleich werdet ihr alles sehen. Ich bleibe hier. Ich muss aufpassen.«

So plötzlich, wie der Mann mit dem Namen Jerost aufgetaucht war, verschwand er auch wieder, während die drei auf den Weg zurückkehrten. Gleichermaßen beruhigt und beunruhigt, näherten sie sich der Biegung.

»Ich habe Angst«, flüsterte Jablo.

Malina nickte ihm aufmunternd zu, obwohl sie sich

ebenfalls unwohl fühlte. Gleich darauf umrundeten sie ein dichtes Gehölz.

Myslaw sah den Gekreuzigten als Erster. Eingerahmt von zwei Mönchen, von denen jeder an einen Baum gefesselt war, hing er an einem Stamm, der mittels eines angebundenen Astes in ein Kreuz verwandelt worden war. Sein Körper war nackt bis auf einen Schurz um seine Lenden, die Hände und Füße waren mit derben Stricken am Holz festgezurrt. Das Gesicht des Mannes glich einer Grimasse und spiegelte die Schmerzen wider, die er litt. Während er halb erstickte Gebete hervorstieß, suchten seine Augen den Himmel. Auf seiner rechten Seite, knapp oberhalb des Schurzes, klaffte eine Wunde, aus der Blut auf den Waldboden tropfte.

»Schau ihn dir an, Bruder – ein Deutscher, der aussieht wie sein eigener Gott!«

Myslaw löste den Blick von dem Gekreuzigten. Aus einer Gruppe Männer war ein Rotbärtiger mit einem abgetragenen Kittel und einer Fellkappe an ihn herangetreten. In der Hand hielt er einen zugespitzten Ast, dessen vorderer Teil mit Blut beschmiert war.

Ein Gefühl von Genugtuung machte sich in Myslaw breit, gemischt mit Anerkennung für diejenigen, denen dieser kühne Streich gelungen war. »Genau so sieht er aus, Bruder – wie sein eigener Gott. Wenn die Deutschen ihn finden, werden sie toben vor Wut!«

Der Rotbärtige grinste. »Eine glückliche Fügung. Wir waren gerade auf dem Weg zum Markt, da kommen uns diese drei Mönche entgegen. Ohne bewaffnete Begleiter, nur diese drei. Was für eine Gelegenheit!, haben wir uns da gesagt. An Widerstand haben sie gar nicht erst gedacht. Hätte ihnen sowieso nichts genutzt.«

»Gut, dass wir die Ziegen dabei hatten«, meldete sich

ein anderer zu Wort. »So hatten wir genügend Stricke, die drei festzubinden. Obwohl Nägel natürlich besser gewesen wären.«

Raues Gelächter antwortete ihm. Ein Blondschopf wedelte mit einem Silberkelch in der Hand zu dem Gekreuzigten hinüber, dem das Beten zusehends schwerer fiel. »Gib ihm noch einen Stoß!«, drängte er den Rotbärtigen. »Dann kann er seinem Gott Guten Tag sagen.«

»Oder seinem Teufel«, witzelte der Aufgeforderte und zielte erneut mit seiner Lanze auf den am Baumkreuz hängenden Körper. Gerade wollte er zustoßen, als ein hastig hervorgestoßenes »Nein!«, ihn innehalten ließ. Er drehte den Kopf zur Seite. Wenige Schritte entfernt stand Malina, kreidebleich im Gesicht. Als er die Lanze sinken ließ und sie fragend ansah, schlug sie die Augen nieder. Weiber, so hatte sie oft genug gehört, haben zu schweigen, wenn es um Männersachen geht. Aber sie wollte nicht schweigen. Konnte es nicht angesichts dieser Grausamkeit. Getrieben von ihrem Herzen, nahm sie allen Mut zusammen und blickte dem Rotbärtigen gerade ins Gesicht. »Er hat genug gelitten«, brachte sie heiser hervor. »Er ist nicht nur ein Deutscher, er ist auch ein Mensch.«

Myslaw machte einen schnellen Schritt auf seine Schwester zu, aber der Rotbärtige hielt ihn zurück. »So, so, er ist auch ein Mensch«, wiederholte Letzterer gedehnt. Dann verzerrte sich sein Gesicht, und Hass trat in seine Augen. »Weißt du, was Menschen wie dieser gemacht haben? Ich will es dir sagen, mein Täubchen: Sie haben mir mein Weib genommen, und das auf eine so widerliche Art, dass dir übel würde, wollte ich davon berichten. Und meine einzige Tochter dazu. Sie war so alt wie der da.« Seine Hand zeigte auf Jablo. »Es ist hier nicht der Ort, die Geschichte zu erzählen, aber glaub mir: Seit ich sie sterben sah, gibt es für mich nur noch einen einzigen Gedanken – Rache. Endlich habe ich eine Gelegenheit dazu gefunden. Und sollte ich irgendwann eine weitere finden, so werde ich sie wieder nutzen. Diese Deutschen sind ein Stachel in unserem Fleisch. Nur wenn wir ihn ausreißen, können wir genesen.«

Malina wollte etwas entgegnen, aber die finstere Entschlossenheit ihres Gegenübers ließ sie verstummen. Verstört trat sie zu Jablo und drehte ihn in eine Richtung, dass er den Hängenden nicht länger vor Augen hatte. Aber wieder hatte sie die Rechnung ohne die anderen gemacht. Diesmal war es Myslaw, der eingriff. »Nur durch eigenes Erleben kann er lernen, wo er steht!«, fauchte er die Schwester an und fügte, an Jablo gerichtet, hinzu: »Sieh ihn dir genau an!«

In Malinas Kopf schwirrten die Gedanken. Sie erinnerte sich an ihren gebrochenen Vater und an all die anderen Schandtaten der Deutschen, aber dennoch hatte sie das Gefühl, dass hier Unrecht geschah. Aber sie war allein mit ihrer Ansicht, und es war der Wille der anderen, der das Geschehen bestimmte. Schon wandte sich die allgemeine Aufmerksamkeit wieder von ihr ab und ein weiteres Mal dem Blondschopf zu, der erneut mit dem erbeuteten Silberkelch in der Luft herumwedelte. »Eines Tages werden wir ihren Oberpriester von der Brandenburg kreuzigen«, rief er überzeugt.

»Und ihren Markgrafen hängen wir gleich daneben«, stimmte ein anderer mit ein. »Einen schöneren Anblick könnte ich mir nicht vorstellen.«

»Am besten schnappen wir uns jeden Tag einen Deutschen«, spann der neben ihm Stehende den Faden übermütig weiter. »Dann sind wir sie am Ende alle los. Mitsamt ihrem toten Gott, den sie vor sich hertragen wie ein mannstolles Weib seine Brüste und den wir ebenso wenig brauchen wie einen Kropf.«

»Ihr irrt euch!«, ertönte in diesem Moment eine Stimme, düster wie aus einem Grab.

Sofort trat Stille ein, und alle warfen die Köpfe herum. Die Stimme gehörte einem der beiden Mönche neben dem Gekreuzigten. Offensichtlich beherrschte er die slawische Sprache. »Glaubt mir, ihr alle befindet euch in einem großen Irrtum. Noch manchen von uns mögt ihr in eure Gewalt bringen, und ihr mögt auch weitere abscheuliche Untaten begehen wie diese hier« – sein Blick suchte den Leidenden –, »aber das wird euch nicht zum Nutzen gereichen. Denn die Wahrheit werdet ihr niemals besiegen. Gott ist die Wahrheit. Der allmächtige Gott, der seinen eigenen Sohn geopfert hat, um uns zu erlösen. Er allein ist das Licht. Eure Götzen hingegen verkörpern die Finsternis. Ohnmächtige Bildnisse sind sie, aus Holz geschnitzt, das man ebenso gut für Abtritte hätte verwenden können. Und deshalb fordere ich euch auf: Lasst ab von eurem Weg des Unheils, denn er wird euch geradewegs in die Hölle führen, wo Heulen und Zähneklappern auf euch warten und Strafen, die noch weit schrecklicher sind als …«

Weiter kam er nicht, denn schlagartig veränderte sich die Szene. Erst war es nur ein einzelner Mann, dann sprangen weitere aus den Büschen hervor und stürzten sich auf die Slawen, und noch bevor diese begriffen, was geschah, lagen zwei von ihnen gefesselt am Boden.

»Los, weg von hier!«, schrie der Rotbärtige und hetzte, von anderen gefolgt, in das Unterholz. Myslaw riss den blutverschmierten Ast hoch, den der Rotbärtige hatte fallen lassen, und zielte damit auf einen heranstürmenden Angreifer, verfehlte diesen jedoch, drehte sich blitzschnell um und rannte ebenfalls davon, dicht gefolgt von Jablo, dem der Anblick der schwer bewaffneten Fremden Flügel verlieh.

Auch Malina rannte um ihr Leben. Sie hatte die Angreifer sofort erkannt. Eine entsetzliche Furcht hatte sie erfasst. Nichts nahm sie mehr wahr, weder das Keuchen der Verfolgten noch das Klagen der Eingefangenen, ja selbst das verzweifelte Schreien Jablos hörte sie nicht, der einem der Fremden geradewegs in die Arme gelaufen war. Mit fliegendem Atem setzte sie über Hindernisse hinweg und stürmte durch dorniges Buschwerk, das ihr die Kleider zerriss und ihre Haut mit blutigen Striemen überzog, nur hinein in den Wald, fort von der Gefahr, so schnell sie nur konnte. Wie Messer spürte sie die Blicke ihrer Verfolger im Rücken. Angstschweiß troff von ihrer Stirn, Äste peitschten in ihr brennendes Gesicht, ihre Rippen schmerzten. Aber dennoch zwang sie sich, schneller zu laufen. Wie ein gehetztes Wild flog sie durch den Wald, überall Schreien und Rennen, sie wechselte die Richtung, schlug Haken und hastete weiter, immer weiter, bis aus unmittelbarer Nähe auf einmal ein Stöhnen an ihr Ohr drang. Das Stöhnen des Gekreuzigten! Wie ein Knüppelhieb traf sie die Erkenntnis, dass sie im Kreis gelaufen war. Übelkeit stieg in ihr auf. Plötzlich packte eine unsichtbare Hand ihren Arm und zog sie nach hinten. Malina wollte schreien, aber ehe sie einen Laut hervorbrachte, presste sich eine zweite Hand auf ihren Mund. Verloren!, durchzuckte es sie. Sie haben mich in ihrer Gewalt. Von kräftigen Armen wurde sie zu einem Baum gezerrt und in einen Spalt gezwängt, eine kleine Höhlung, die der Blitz geschlagen hatte. Gleich darauf sah sie im Halbdunkel ein

Gesicht, und im selben Moment wusste sie, dass es kein feindliches war.

»Hab keine Angst!«, flüsterte der Unbekannte.

Ihr Nicken brachte ihn dazu, sie freizugeben. Keuchend lauschte sie. Von draußen drangen Rufe in die Baumhöhle, offensichtlich waren die Sklavenjäger weiter auf der Jagd. Malina zwängte sich tiefer in den Spalt hinein und drückte sich dabei noch enger an den Fremden, der schützend die Arme um sie legte, als sei diese Art einer Begegnung die selbstverständlichste der Welt. Obwohl ihr Inneres zutiefst aufgewühlt war, nahm sie seine Atemzüge wahr; sie waren ruhig und gleichmäßig und verrieten einen Mann, der sich nicht zum ersten Mal in großer Gefahr befand. »Vielleicht verschwinden sie bald«, raunte er ihr zu.

Aber ihre Jäger blieben in Hörweite. Mehrere Männer mussten es sein und sie schienen entschlossen, ihren Zug nicht nur um einige slawische Bauern, sondern auch um eine junge und hübsche Frau zu bereichern.

Malina brachte die Lippen dicht an das Ohr ihres Helfers. »Wer bist du?«, wollte sie von ihm wissen aller Gefahr zum Trotz.

Ein kaum vernehmbares »Heinrich. Ein Deutscher«, war die Antwort, verbunden mit einer schnellen Bewegung seiner Hand, die sich abermals auf ihren Mund legte.

Diesmal jedoch flößte diese Berührung Malina Vertrauen ein. Plötzlich vernahm sie Schritte ganz in der Nähe, Zweige brachen und Laub raschelte wie eine böse Ankündigung. Schon näherten sich weitere Schritte aus einer anderen Richtung. Ein Ruf ertönte, und Heinrich zückte den Dolch. Gleich darauf schob der Rufende den Kopf in das Versteck. Als er Heinrich erblickte, zögerte er für einen Moment. Eine Verwirrung, die ihm zum Verhängnis wurde, denn mit einem schnellen Stoß trieb dieser ihm den Dolch in die Kehle. Lautlos sackte der Verfolger zusammen.

»Schnell, wir müssen verschwinden!«, stieß Heinrich kaum hörbar hervor. »Wenn sie uns mit ihm finden, werden sie uns übel mitspielen.«

Er trat aus der Baumhöhle, und Malina folgte ihm. Kurz maß sie ihn mit ihrem Blick. Seine Augen schienen gutmütig und weckten Vertrauen. Seine Kleidung bestätigte, dass er ein Deutscher war. Ein Deutscher, der ihre Sprache beherrschte und der für sie – eine Slawin – sein Leben aufs Spiel setzte! Heinrichs Drängen riss sie aus ihren Gedanken. Sie stieg über den Niedergestochenen, der mit dem Gesicht nach unten in seinem Blut lag, und ließ sich fortziehen, dichtem Gesträuch auf der anderen Seite des Weges entgegen. Da erblickte Malina hinter einer Eiche einen Schatten. Sie wollte schreien, um ihren Helfer zu warnen, aber es war bereits zu spät. Hart schlug die Faust zu, und wie ein gefällter Baum stürzte Heinrich zu Boden. Gleich darauf war ein weiterer Verfolger heran, und während Malina noch mit schreckgeweiteten Augen auf den Bewusstlosen starrte, wurde auch sie von starken Armen gepackt.

Heinrich spürte etwas Kaltes am Hals, als er wieder das Bewusstsein erlangte. Es fühlte sich fest an und vermittelte ihm – ohne dass er ahnte, was es war – einen Eindruck von grober Gewalt. Sein Kopf dröhnte. Als er die Augen öffnete, fiel sein Blick auf einen grau verhangenen Himmel, vor dem Baumkronen dunkle Muster zeichneten. Er wollte die Hand ausstrecken, um nach dem Kalten zu tasten, doch eine Fessel hinderte ihn daran. Mit einem Schlag war er hellwach. Als er sich aufzusetzen versuchte, wurde er von starken Händen gegen den Boden gepresst. Dann bemerkte er, dass sich ein Mann mit einem Halseisen an ihm zu schaffen machte. Heinrich hörte das metallische Kratzen eines Schlüssels in einem Schloss, nur eine Handbreit von seinem Ohr entfernt, und Panik stieg in ihm auf. Entschlossen spannte er alle Muskeln an und drängte ruckartig gegen die Hände, die ihn niederhielten. Ein Peitschenhieb war die Antwort.

Schmerz durchzuckte ihn. Nur verzögert nahm er wahr, dass die Hände von ihm abließen. Er drehte den Kopf. Zwei Schritte neben ihm hing die Lederschnur der Peitsche auf die Erde herab, der Griff war von der Faust eines Mannes umschlossen, der ebenso fremdartig wie düster wirkte und der den Eindruck vermittelte, dass er nur allzu gern ein zweites Mal zuschlagen würde. Zögernd unternahm Heinrich einen neuen Versuch, sich aufzurichten, und dieses Mal hinderte ihn niemand daran. Was er sah, war das, was er befürchtet hatte: Vor ihm, in Gruppen zwischen den Bäumen verteilt, lagerten Männer, Frauen und Kinder, alle mit Ketten aneinandergeschlossen und ebenfalls von Männern mit Peitschen bewacht. Auch die Frau, der er zu Hilfe geeilt war, befand sich unter den Gefangenen. Sie saß mit ihren beiden Begleitern bei den Slawen, die den Mönchen so übel mitgespielt hatten. Angestrengt blickte sie zu ihm herüber, in ihrem Gesicht spiegelten sich Verzweiflung und Angst.

Schritte zu seiner Rechten ließen Heinrich aufhorchen. Die Herren der Sklaven, schoss es ihm durch den Kopf. Händler aus einem fernen Land, wie er schon manche gesehen hatte, stets mit Abscheu, aber noch niemals mit Furcht wie in diesem Augenblick. Wortlos hielten die drei Männer auf die gefangenen Slawen zu. Diese streckten ihnen die gefesselten Hände entgegen und bettelten in einem vielstimmigen Chor um Freilassung. Der Rotbärtige, eben noch den blutigen Ast in der Hand, kam auf die Beine und machte einen Schritt nach vorn, aber der gut gezielte Hieb eines Wächters trieb ihn zurück. Mit Fußtritten zwangen die Bewacher die Sitzenden, sich nebeneinander aufzustellen. Dann schritten die Händler die Reihe ab und musterten jeden Einzelnen. Sie ließen ihn den Mund öffnen, prüften den Kopf und den Körper und die Beschaffenheit der Füße. Bei einem entdeckten sie eine schlecht verheilte Wunde, die sich quer über den Bauch zog. Kurz stritten sie miteinander, schließlich winkte einer von ihnen zwei Wächter herbei. Und noch bevor der als minderwertig Beurteilte begriffen hatte, was ihn erwartete, wurde er von diesen auch schon in die Mitte genommen und weggeführt.

Heinrich schloss die Augen. Mitnehmen wollten die Händler den Unglücklichen nicht, freilassen aber ebenso wenig, würde er ihnen doch womöglich Verfolger auf den Hals hetzen. Die Zurückgebliebenen begannen zu wehklagen, einige flehten um Hilfe, obwohl Hilfe kaum zu erwarten war. Gleich darauf ertönte ein Schrei, ihm folgte ein zweiter, danach herrschte wieder Stille im Wald. Eine unheimliche, beinahe schmerzhafte Stille. Selbst die Vögel schienen verstummt zu sein. Früher Gehörtes hallte durch Heinrichs Kopf: »Sklavenhändler machen keine Fehler, weil sie sich Fehler nicht leisten können.« Und: »Das Leben eines Menschen bedeutet ihnen weniger als Dreck.«

Eine Schwertspitze an seiner Kehle ließ Heinrich die Augen wieder aufschlagen. Vor ihm stand einer der Händler, bekleidet mit einem braun-weiß gestreiften Kapuzenmantel, ein ebenso herrisch wie gefährlich wirkender Mann. Dem Anschein nach war er ihr Anführer.

»Was für ein edelmütiger Bursche du doch bist!«, höhnte er zu Heinrichs Überraschung in deutscher Sprache. »Da rennt so ein Slawenweib durch den Wald, und kaum siehst du es, meinst du, es beschützen zu müssen. Hättest du dich gut versteckt, wärst du uns vermutlich nicht in die Hände gefallen. Aber nein – du ziehst es vor, den Helden zu spielen.« Ein Ausdruck von Belustigung trat auf sein Gesicht, verflüchtigte sich aber gleich wieder. »Bedauerlich nur, dass dein Heldenmut einen meiner Männer das Leben gekostet hat. Noch dazu einen meiner besten. Es wäre nur gerecht, wenn ich dich dafür ebenfalls töten würde.« Er verstärkte den Druck mit dem Schwert. »Aber das werde ich nicht tun, denn für einen Toten bekomme ich kein Geld. Stattdessen wirst du uns begleiten. An unserem Ziel zahlt man gut für tapfere Männer.«

Heinrich schluckte. »Aber …«

»Aber was?«, schnitt ihm der Händler das Wort ab. »Wolltest du gerade sagen, wir dürfen dich nicht mitnehmen, weil du ein Christ bist? Ein deutscher Christ?« Er zog ein Schreiben hervor und warf es Heinrich vor die Füße. »Das haben wir in deinen Satteltaschen gefunden. Wir wissen, wer du bist. Du gehörst zu den Kriegern eines deutschen Markgrafen mit dem Namen Thiedrich von Haldensleben, leistest deinen Dienst auf der Brandenburg und warst gerade auf dem Weg nach Spandau. In einer dringenden Angelegenheit, wie aus dem Schreiben hervorgeht.«

»Die Kirche verbietet es, Christen an die Heiden zu verkaufen«, begehrte Heinrich auf, obwohl er wusste, dass es sinnlos war.

»Ich weiß. Gegen den Verkauf von Götzenanbetern hat deine Kirche nichts einzuwenden. Nur den eigenen Kindern möchte sie dieses Schicksal ersparen.« Der Händler machte eine abfällige Geste. »Was deine Kirche verbietet oder nicht, ist ihre Sache. Meine Sache ist das Geschäft. Deshalb nehme ich dich mit.« Sein Blick gewann etwas Raubtierhaftes. »Und denke nicht, du könntest uns Schwierigkeiten bereiten! Bald werden wir die Brandenburg erreichen, doch du wirst sie nicht zu sehen bekommen. Wir werden dich in einem großen Bogen darum herumführen. Ein nicht unerheblicher Aufwand, aber du bist es uns wert. Und was die Zeit danach anbelangt, so rate ich dir dringend, dich zurückzuhalten. Denn wenn du uns zu schaden versuchst, schadest du ihr.«

Der Sklavenhändler deutete auf Malina, die den Wortwechsel mit äußerster Anspannung verfolgte, auch wenn sie die Worte nicht verstand. »Wir werden noch einige Zeit in den Ländern der Christen unterwegs sein und immer wieder Menschen begegnen, darunter womöglich Bewaffneten, die uns zahlenmäßig überlegen sind. Solltest du der Versuchung erliegen, ihnen mitzuteilen, dass du ein Christ bist, so werden wir dich kaum daran hindern können. Und sollten sie deine Freilassung fordern, so werden wir unser Bedauern ausdrücken, dass wir irrtümlicherweise einen Christen mitgenommen haben, und schon bist du ein freier Mann.« Abermals wies er auf Malina. »Bei ihr hingegen ist das ganz anders: Sie bleibt in unserer Gewalt. Mit ihr können wir anstellen, was wir wollen. Und solltest du ihr etwa zu Hilfe geeilt sein, um sie später den Wölfen zu überlassen? Oder den Bären? Oder gar meinen Männern?«

Die Schwertspitze drückte noch stärker gegen Heinrichs Kehle, und ein Faden Blut lief an seinem Hals hinunter. Er bemerkte es nicht.

»Im Übrigen gibt es auch die Möglichkeit, dass du dich vergeblich an einen Mächtigen wendest. Es könnte ja sein, dass du ihm gleichgültig bist und wir dich gar nicht freigeben müssten. Für diesen Fall merk dir gut, was ich dir jetzt sage: Es gibt einen Weg, den Wert eines Sklaven um ein Vielfaches zu erhöhen, indem man ihn eines Körperteils beraubt. Eines sehr wertvollen, unter uns Männern gesagt. Keine schöne Angelegenheit für den Betroffenen, aber gut für uns, denn dieser kleine Eingriff bringt sehr viel Geld. Vorausgesetzt, der Sklave überlebt, was in deinem Alter eher die Ausnahme ist. In den nächsten Wochen erreichen wir eine Stadt, in der man diese Eingriffe vornimmt. Hältst du unterwegs den Mund, wird dir nichts geschehen. Reißt du ihn jedoch auf und musst trotzdem bei uns bleiben, wirst du es bitter bereuen. So wahr ich Ibrahim ben Isaak Al-Tartuschi heiße!«

Die Worte waren längst verklungen, als Heinrich von einem Peitschenstiel aus seinen nachtschwarzen Gedanken gerissen wurde. Ihn schwindelte, als er aufstand. Grobe Hände packten ihn und ordneten ihn in eine Reihe ein. Zwei Ketten wurden an seinem Halsring befestigt, eine vorn und eine hinten, und mit den Ringen zweier weiterer Sklaven verbunden. Ein Wächter überprüfte seine Handfesseln. Wie versteinert stand Heinrich inmitten der Gefangenen, als habe man ihn der Fähigkeit beraubt, sich zu bewegen. Schließlich gab der Anführer das Zeichen zum Aufbruch, Heinrich wurde von seinem Vordermann unsanft nach vorn gezerrt, und der Marsch in eine ungewisse Zukunft begann.

Es gibt viele Gründe, die einen Menschen dazu bewegen, seine Trägheit zu überwinden und sich in Bewegung zu setzen, etwa die Notwendigkeit, sich Nahrung zu beschaffen, die Sehnsucht nach einem geliebten Menschen, um Häuser zu bauen, Tote zu begraben oder Feste vorzubereiten, und mitunter mag es auch erforderlich sein, sich eines Feindes zu erwehren. Ganz anders dagegen verhält es sich bei einem Sklaven. Für ihn gibt es nur drei Dinge, die ihn antreiben: die Peitsche seines Herrn, die Kette, die ihn in eine vorgegebene Richtung zwingt, und der Wille zum Überleben.

Auch für Heinrich galten diese Beschränkungen fortan, ebenso wie für Malina und ihre Brüder. Alle vier waren sie zu Gliedern jenes menschlichen Tausendfüßlers geworden, der sich durch die Landschaft quälte, unaufhaltsam wie Sonne und Wolken. Gesprochen wurde während des täglichen Marsches nur wenig. Für gewöhnlich redeten nur die Händler miteinander, die auf ihren Pferden vorneweg ritten, oder die Wächter erteilten Befehle oder verständigten sich untereinander durch Zurufe. Die Sklaven hingegen schwiegen. Den Blick starr auf den Nacken des Vordermannes gerichtet, die Kette zwischen ihnen, so liefen sie über ausgetretene Waldwege, stolperten steinige Pfade entlang oder stapften durch Schlamm, den der Regen hinterlassen hatte. Gut war es, wenn die Kette durchhing, eine Erfahrung, die auch die Neulinge schnell machten. Zog sie sich straff, weil der Vordere zu schnell ging oder der Hintere nicht nachkam, ruckte der Halsring gegen das Genick oder presste sich in die Kehle, die ohnehin rot und entzündet war von der ständigen Reibung des Eisens gegen das Fleisch. Stehen zu bleiben verbot sich unter diesen Bedingungen, denn stehen zu bleiben bedeutete Schmerz. Und deshalb lief jeder, so gut er nur konnte.

Laufen und laufen und immer weiter laufen, vom Sonnenaufgang bis zu ihrem Untergang, bis zu dem Nachtlager irgendwo im Wald, hart und kalt, mitunter auch feucht, bevor am nächsten Morgen alles von vorn begann. Tagsüber begegneten ihnen Menschen, meist Bauern aus einem nahe gelegenen Dorf, wandernde Handwerker oder reisende Händler; manchmal preschten Boten auf schnellen Pferden vorbei, die ein hoher Herr oder die Ratsmannen einer Stadt ausgeschickt hatten; dann wieder zogen Pilger zu einem Gnadenort oder Kranke zu einem Wunderheiler, von dem sie sich eine Linderung ihrer Leiden erhofften. Scheu wichen die meisten vor dem Zug der Gefangenen zur Seite, wenn sie nicht gar flüchteten wie vor einem lebensbedrohlichen Strudel, der sie einzusaugen drohte. Die Sklaven wiederum wendeten nur stumm die Köpfe und nahmen die anderen in den Blick, bis diese vorüber waren und sich das Gefühl vollständiger Verlassenheit wieder einstellte.

Drei Tage hinter Magdeburg kam es zu einer Begegnung, in deren Verlauf bei etlichen Sklaven Hoffnung auf Befreiung aufkeimte. Vor einem schmalen Holzsteg zwischen zwei winzigen Siedlungen, der ein nicht breites, aber schnell dahinfließendes Flüsschen überbrückte, hatte der Sklavenzug angehalten. Die Händler stiegen von den Pferden und führten die Tiere an den Zügeln über das Wasser. Aus sicherer Entfernung beobachteten die Bewohner beider Siedlungen das Geschehen. Da ertönte auf der gegenüberliegenden Seite des Zuges auf einmal Hufgetrappel, leise zuerst, aber rasch lauter werdend, und gleich darauf brachen Reiter aus dem Wald hervor. Allen voran ritt ein gut gekleideter Herr auf einem kräftigen Rappen, offenbar ein Adliger. Hinter ihm folgte eine Schar bis an die Zähne bewaffneter, finster dreinblickender Gestalten. Unruhe erfasste die Händler, als die Fremden auf sie zupreschten. Eine Unruhe, die sich noch steigerte, als aus dem Wald immer mehr Reiter hervorquollen. Spannung hing in der Luft, noch ehe das erste Wort gefallen war. Auf der anderen Seite reckten Wächter und Sklaven die Hälse, um das Geschehen zu erfassen.

Die Spannung wuchs, als einer der Reiter auf den Steg zuhielt und den Sklavenhändlern ein harsches »Platz da!« zurief. Die Aufgeforderten zögerten, traten dann aber zur Seite und gaben den Weg frei. Wortlos saß der Berittene ab und führte sein Pferd über den Engpass. Nun setzten sich auch seine Begleiter in Bewegung, angeführt von dem Adligen, einem erkennbar übelgelaunten Hünen, dessen Haltung deutlich zum Ausdruck brachte, dass er nichts auf der Welt mehr verabscheute als diese Sklavenhändler, die seinen Weg kreuzten. Ohne sie auch nur eines Blickes zu würdigen, überquerte er mit seinem Rappen das Wasser. Als er wieder aufgesessen war und nunmehr aus der Nähe die Lasten der Packtiere und die Tragekörbe der Sklavinnen bemerkte, hellte sich seine Miene auf. Erwartungsvoll näherte er sich einer Sklavin, beugte sich vom Pferd herab und griff in ihren Korb. Die Wächter fuhren mit den Händen an ihre Schwerter. Doch noch während sie diese zogen, blitzten ihnen auch schon die ersten Klingen entgegen, und mit jedem Bewaffneten, der den Steg hinter sich ließ und wieder festen Boden betrat, kam ein weiteres scharf geschliffenes Schwert hinzu.

Eine Bewegung ging durch die Reihen der Sklaven, denen das Kräfteverhältnis zwischen den eigenen Bewachern und der Gefolgschaft des Adligen – eine halbe Hundertschaft mochte es sein – nicht verborgen geblieben war. Schon hofften die Ersten auf Befreiung. Erst zaghaft, dann mutiger, streckten sie den Fremden die Hände entgegen und flehten um Hilfe, bis sie begriffen, dass diese sich nicht im Geringsten um ihr Los scherten. Ungerührt wühlte der Adlige in dem Tragekorb wie eine Krähe in einem Kadaver und beförderte den Inhalt Stück für Stück ans Tageslicht: Felle aus den endlosen Weiten der russischen Wälder, darunter Marder, Zobel und Hermelin. Strahlend entblößte er ein paar schief gewachsene Zähne und wandte sich einem Maultier zu. Die Händler am anderen Ufer ballten die Fäuste. Bei dem Maultier wiederholte sich das Spiel. Wieder zog der Adlige zahlreiche Felle hervor, diesmal vor allem Biber und einige besonders wertvolle Pelze von schwarzen Füchsen. Dann hielt er ein Säckchen in der Hand. Als er es öffnete, leuchtete ihm goldbrauner Bernstein entgegen. Mit einem beseligten Gesichtsausdruck winkte er zwei seiner Männer herbei und befahl ihnen, das Packtier beiseitezuführen und diesem zusätzlich zu der eigenen Last den Tragekorb aufzubürden. Und während die Händler sich noch in Ungewissheit verzehrten, ob der ganz große Kelch an ihnen vorübergehen werde, setzte sich der Adlige mit seinem Gefolge bereits wieder in Bewegung. Gleich darauf war er mit seinen Männern im Wald verschwunden.

Erleichterung machte sich bei den Händlern breit, und sie priesen den Ewigen, der den Schaden nicht noch weiter hatte anwachsen lassen. Auch die Wächter atmeten auf, da ihnen ein Kampf erspart geblieben war. Nur die Sklaven jammerten enttäuscht, bis ein Peitschenknall die Luft zerriss und ihnen Einhalt gebot.

Eine Atempause brachte der Sabbat. Für die Händler – die mit der gleichen Selbstverständlichkeit diesen Tag heiligten, wie sie über das Leben ihrer Gefangenen verfügten – war es jener Tag, von dem die Schrift verlangte: »An ihm darfst du keine Arbeit tun: du, dein Sohn und deine Tochter, dein Sklave und deine Sklavin und dein Vieh.« Für die Gefangenen hingegen war es ein Tag, dessen Namen sie nicht einmal kannten, den sie gleichwohl zu schätzen gelernt hatten, ja, mehr noch, dem sie entgegenfieberten um des Wohls ihrer geschundenen Füße und ihrer ermatteten Körper willen. Der Zufall wollte es, dass der Sabbat diesmal in der Nähe einer Stadt begann. Die Händler hatten einen Rastplatz oberhalb des Flusses ausgewählt, der die Stadt berührte und von einem dichten Schilfgürtel gesäumt war. Nicht weit von dem Rastplatz entfernt befand sich eine Bucht mit Zugang zum Wasser. Während die Sklavenhändler sich auf den Weg in die Stadt machten, um den Tag im Kreise von Glaubensbrüdern zu verbringen, schlugen die Wächter das Lager auf. Es war wie an jedem Tag. Die Packtiere wurden von den Lasten befreit, die Sklaven mit Ketten an Bäume geschlossen, und Wasser wurde ausgegeben. Zu essen gab es, was man in einer Stadt erworben oder unterwegs den Bauern abgenommen hatte. Wenig war es, gerade ausreichend, die Sklaven für die nächste Wegstrecke bei Kräften zu halten. Als die Abendsonne fast gegen die Wipfel stieß, war alles für die Nacht bereit.

Heinrich lehnte mit dem Rücken am Stamm einer Ulme. Um ihn herum lagerten weitere Sklaven, darunter Frauen und Kinder, mit denen er tagsüber, aber auch während der Nacht zusammengekettet war. Malina war nicht weit entfernt an einen anderen Baum angeschlossen, ebenso Jablo und auch Myslaw, der erst kürzlich in ihre Reihe übergewechselt war, nachdem die Wächter einen zu Tode erschöpften Knaben im Wald zurückgelassen hatten. Heinrichs Gesicht war der Bucht zugewandt. Obwohl die Dämmerung bereits eingesetzt hatte, herrschte dort ein reges Treiben. Angeleitet von einem Mann hoch zu Ross, luden Bauern Haussteine von zwei Ochsenkarren und schleppten sie auf Tragen auf ein Schiff. Kommandos des Reiters begleiteten ihre Arbeit. Gelegentlich drangen Flüche zum Lager herüber.

»Was machen die da?«, wollte einer der Sklaven wissen. Die Worte waren an niemanden gerichtet. »Warum schleppen sie diese Steine?« Ein unwirsches »Was geht uns das denn an?« antwortete ihm. Schließlich machte Heinrich den Mund auf. »Vielleicht bauen sie eine Kirche«, brummte er und dachte dabei an den gewaltigen Dom, den er ein Jahr zuvor in der Stadt Magdeburg gesehen hatte.

»Eine Kirche? Du meinst so einen Tempel, wie die Christen ihn bauen? Dazu benutzen sie solche Steine?«

Heinrich drehte den Kopf zu dem Fragenden. Prebor, ein junger Bursche, der an derselben Kette lief wie er, vier Plätze vor ihm. Ein schlichter Mensch, aber vielleicht gerade deshalb einer der wenigen, die trotz der düsteren Lage noch nicht alle Hoffnung hatten fahren lassen. Ein benachbarter Stamm hatte sein Dorf überfallen, einige Bewohner waren getötet, andere in die Sklaverei verkauft worden. »Ja, einen Tempel, wie ihn die Christen bauen. Sie schichten Steine übereinander, lassen Fenster und Türen frei, setzen ein Dach obenauf, und das Ganze nennen sie dann eine Kirche. Allerdings gibt es nur wenige aus Stein. Die meisten sind aus Holz gebaut.«

»Ich hab schon eine Steinkirche gesehen«, warf ein anderer ein. Er gehörte zu einer Gruppe, deren Schicksal auf einen Raubzug der Wikinger zurückging. »In der Stadt Prag, wo sie uns an die Sklavenhändler verkauft haben. Es ist eine große Stadt mit einem Tempel aus Stein.«

Prebor kratzte sich ungläubig am Kopf. »Aber wenn sie so große Steine übereinanderschichten und auch noch Platz für Fenster und Türen lassen, wie hält das alles zusammen? Steine sind schwer, das weiß jeder. Ein solcher Christentempel müsste einstürzen ... außer« – ein weiteres Kratzen, diesmal nachdenklich –, »außer da ist Zauberei im Spiel. Mit Zauberei ist alles möglich. Aber damit wollte ich nichts zu tun haben. Auf gar keinen Fall!«

»Mit Zauberei wirst du noch genug zu tun haben«, ertönte eine Stimme von hinter der Ulme. »Wart's nur ab: Dort, wo man uns hinschleppt, gibt es genügend Geisterbeschwörer, die die schwarze Magie beherrschen. Die können alles. Wenn sie wollen, dass du einen Buckel hast – schwupp, hast du einen Buckel. Brauchen sie gerade einen Esel – schwupp, schon verwandeln sie dich in einen Esel. Alles können sie aus dir machen: einen Ochsen, eine Kröte, eine Ameise – einfach alles. Und bist du eine Ameise, dann zertreten sie dich, wenn's ihnen gefällt.«

Auf dem Fluss fiel ein Stein von der Trage und polterte so heftig auf das Schiff, dass man meinen konnte, es zerbreche in zwei Teile. Lautes Schimpfen setzte ein.

»Meinst du, das machen die?« Prebor, von den letzten Wochen bereits stark gezeichnet, war noch eine Spur fahler geworden. »Warum sollten die das tun?«

»Weil sie keine Menschen sind.« Ein Kopf schob sich um die Ulme, und die Stimme bekam ein Gesicht. Rytschek, das Opfer eines Raubzuges der Ungarn. »Menschen sehen aus wie du und ich: Kopf, zwei Arme, zwei Beine, helle Haut – alles wie bei mir und dir. Bei denen ist das anders. Ihre Haut ist schwarz wie die Nacht, und sie gehen auch nicht auf den Füßen durch die Welt, sondern auf den Händen. Und schlafen tun sie im Stehen. Andere laufen zwar auf den Füßen wie wir, aber sie haben riesige

Ohren, die hängen bis zur Erde herab. In die hüllen sie sich ein, wenn sie schlafen, als wären es Felle. Das muss man sich mal vorstellen! Einer aus dem Nachbardorf hat's mir erzählt. Der wusste es von einem Händler, der diese Ungeheuer selbst gesehen hat.« Rytschek beugte sich zur Seite, so weit seine Kette es ihm erlaubte. »Richtig sprechen können sie auch nicht. Stattdessen bellen sie wie die Hunde. Das ist ihre Art, miteinander zu reden. Und weil ich gerade von Hunden spreche, von denen wimmelt es dort. Groß sind sie, hat der Händler gesagt, viel größer als unsere. Die füttern sie, und später essen sie sie auf. Als Futter für ihre Hunde nehmen sie Rehe und Hirsche ...« Er zögerte kurz. »Und manchmal ... ja, manchmal füttern sie ihre Hunde auch mit Sklaven.«

Zwei Knaben, die die Schilderung mit angehört hatten, begannen zu weinen. Eine Frau beschwor schluchzend den Beistand der Götter. »Ich hab gehört«, mischte sich ein anderer in das Gespräch, »sie lassen ihre Gefangenen für sich arbeiten. Tag und Nacht, bis sie umfallen, während ihre Besitzer keinen Handschlag tun. Ist der Sklave tot, suchen sie sich einfach einen anderen, sie haben ja genügend davon. Aus allen Ländern lassen sie sich Sklaven bringen, manche von denen sind viele Jahre unterwegs. Alte wollen sie nicht, nur junge. Finden sie einen Alten unter den Neuankömmlingen, dann schlagen sie ihn gleich nach der Ankunft tot.«

»Viele Jahre unterwegs?«, griff ein weiterer den Faden auf. »Viele Jahre kann man gar nicht unterwegs sein. Oder sind wir etwa Ziegen am Pflock, die nur im Kreis herumgehen? Nein, so lange geradeaus, das geht gar nicht. Geradeaus ist die Erde bald zu Ende.« Wie zur Bestätigung nickte er mit dem Kopf, der weit mehr einem Totenschädel glich als dem eines Lebenden. Von seinem Herrn wegen eines vermeintlichen Diebstahls in die Sklaverei verkauft, litt er nicht nur unter der Trennung von Weib und Kindern, sondern ebenso unter all dem Schrecklichen, das er auf sich zukommen sah. »Das Ende der Erde – das ist ein Ort, da fliegen nicht mal die Vögel hin, denn die Vögel sind schlau. Sie wissen, dass jeder verloren ist, der dort hinkommt, denn man stürzt dort geradewegs in die untere Welt. Und die ist das Schlimmste, was man sich vorstellen kann. Lange wird es nicht mehr dauern, bis wir da sind, immerhin sind wir schon viele Wochen unterwegs. Vor jeder Wegbiegung habe ich Angst, dass es so weit ist. Und bei jedem Hügel denke ich, er könnte der letzte sein.« Seine Stimme versagte. Er schlug die gefesselten Hände vor die Augen und überließ sich seinen Gefühlen.

Die anderen senkten die Köpfe. »Vielleicht sind wir ja nicht mehr lange unterwegs«, versuchte Prebor sich selbst und den anderen Mut zuzusprechen. »Vielleicht erreichen wir schon morgen unser Ziel, noch bevor die Erde zu Ende ist und wir …«

»So schnell erreichen wir ihr Ende gewiss nicht«, unterbrach ihn Heinrich. »Die Erde ist groß, vielleicht viel größer, als wir uns vorstellen können. Auf der Burg, auf der ich zu Hause war, haben des Öfteren durchreisende Kaufleute Halt gemacht. Manche kamen aus Orten, die waren so weit entfernt, dass die Kaufleute ein ganzes Jahr oder noch länger bis zu uns gebraucht hatten. Ein ganzes Jahr oder länger. Und wir sind erst ein paar Wochen unterwegs.« In seiner Stimme schwang Zuversicht. »Nein, so schnell werden wir das Ende der Erde nicht erreichen.«

Heinrich flüchtete sich in den Trost der eigenen Worte. Er erinnerte sich an die Orte, von denen er aus der Heiligen Schrift gehört hatte: vom Paradies, aus dem das erste

Menschenpaar vertrieben worden war; von dem Berg, auf dem Moses die zehn Gebote bekommen hatte; von Bethlehem mit der Krippe; dem heiligen Jerusalem ... Alles zweifellos weitab gelegene Orte. Auch wenn er nicht wusste, wie weit sie tatsächlich waren.

»In stockfinsterer Nacht fürchtet sich selbst der Mutigste«, sagte einer, der sonst schwieg, und Heinrich stimmte ihm zu. Es war die Finsternis, die allen Angst machte – das Nichtwissen, das Raum für die wildesten Vermutungen gab und das aus jedem noch so wirren Gedanken schnell eine unumstößliche Tatsache machte.

Die Abendsonne war längst hinter den Bäumen versunken, als am Ufer die letzten Steine auf das Schiff geschleppt wurden. Wenig später verschwanden der Reiter sowie die Bauern mit ihren Karren, nur die Schiffer blieben zurück und bereiteten sich für die Nacht vor. Auch im Lager der Sklaven wurde es ruhig. Von einem Feuer, um das die Wächter sich geschart hatten, stieg verführerisch der Duft von gebratenem Fleisch auf und peinigte die Mägen der Hungrigen. Irgendwann kam es zu einem Streit unter den Wächtern. Eine Weile redeten sie aufeinander ein, dann erhoben sich drei von ihnen und liefen zu den Gefangenen. Grob rissen sie einige von ihnen aus dem Schlaf, lösten ihre Ketten von dem Stamm und hießen sie aufstehen. Schlaftrunken folgten die Sklaven den Wächtern zum nächsten Baum, an den sie abermals angekettet wurden. Gleich darauf kehrten die Männer zum Feuer zurück, und die in ihrer Ruhe Gestörten richteten sich ein zweites Mal für die Nacht ein, so gut die Umstände es ihnen erlaubten.

Hatte Heinrich vor dieser Neuordnung fast schon geschlafen, so war er nun hellwach. Neben ihm, nicht weiter als eine Armlänge entfernt, lag die junge Frau, der zu helfen ihm so grausam misslungen war. Seit sie beide in die Gewalt der Sklavenhändler geraten waren, hatten sie sich immer wieder Blicke zuwerfen können, aber nie war es ihnen möglich gewesen, miteinander zu sprechen. Jeder von ihnen lief an einer anderen Kette, sie erst mit dem einen, dann auch mit dem anderen ihrer beiden Begleiter sowie mit weiteren Gefangenen. Auch bei den Nachtlagern hatte der Zufall es so eingerichtet, dass sie stets auf unterschiedliche Plätze verteilt worden waren. Und nun lagen sie plötzlich dicht nebeneinander. So dicht, dass es ihm ein Leichtes gewesen wäre, sie zu berühren.

Die Unruhe, die durch die Verlegung der Sklaven entstanden war, verflüchtigte sich allmählich, und erneut kehrte Stille ein. Schließlich verrieten die Atemgeräusche, dass die meisten in den Schlaf gefallen waren. Heinrich lag mit dem Rücken zu den Wächtern und hielt die Augen auf die Frau gerichtet, die ihn ihrerseits ansah und offenbar ebenso wie er selbst darauf wartete, dass auch die letzten möglichen Zuhörer eines Gespräches eingeschlafen waren. Gelbes Mondlicht fiel auf ihr Gesicht und zeichnete die Konturen ihrer vollen Lippen nach. In ihren Augen lag allen Widrigkeiten zum Trotz ein warmherziger Ausdruck.

Am Feuer erhob sich ein Wächter, drehte eine Runde, und kehrte zu den anderen zurück. Malina spürte, wie die Ungeduld ihr beinahe die Luft abschnürte. Zu viele Fragen gab es, auf die sie keine Antworten hatte. Zu lange wartete sie schon auf die Erklärungen des Mannes, der als Helfer in höchster Not aufgetaucht war und sie unter Einsatz seines eigenen Lebens zu schützen versucht hatte, wenn auch ohne Erfolg. Jenes Mannes überdies – fast schämte sie sich vor diesem Eingeständnis –, dessen körperliche Nähe ihr seinerzeit in dem Baumversteck auf eine bis dahin unbekannte und deshalb äußerst verwirrende Weise so wohlgetan hatte, und das ungeachtet aller Gefahr.

Ein Schnarchen, das jedes leise Gespräch übertönen würde, machte ihr Mut. »Du hast mir geholfen, und ich weiß nicht, warum«, sprudelte sie hervor. »Woher kommst du? Warum sprichst du meine Sprache? Du bist Deutscher, wo hast du sie gelernt? Und wieso warst du in meiner Nähe, als sie mich verfolgten – mitten im Wald? Was hast du dort gemacht? Und weshalb …« Sie unterbrach ihren Redefluss, obwohl sie ihm am liebsten alle Fragen auf einmal gestellt hätte.

Überrascht hatte Heinrich den weichen Klang ihrer Stimme bemerkt, der ihm in der Aufregung ihrer ersten Begegnung entgangen war. »Ich bin Deutscher, was meinen Vater anbelangt. Meine Mutter war eine Slawin wie du, sie gehörte ebenfalls zum Stamm der Heveller. Ich bin mit beiden Sprachen aufgewachsen.«

»Aber deiner Kleidung nach lebst du nicht unter Slawen.«

Er schüttelte den Kopf.

»Es gibt nicht viele Deutsche in unserem Land«, tastete sie sich voran. Es gibt zu viele, hätte Myslaw gesagt. »Einer von ihren Priestern bist du gewiss nicht, und ein Händler scheinst du mir auch nicht zu sein. Ich vermute, du gehörst zu den Kriegern, die …« … gegen unser Volk kämpfen, tönte ihr Myslaw in den Ohren.

Heinrich wich ihrem Blick aus, denn er verstand ihre Gedanken. »Ja, ich bin einer von den Kriegern … oder ich sollte wohl besser sagen: Ich *war* einer von ihnen. Die Brandenburg war mein Zuhause, dort habe ich meinen Dienst geleistet. An dem Tag, an dem wir uns begegnet sind, war ich im Auftrag des Markgrafen unterwegs.«

»Wieso bist du einer Fremden zu Hilfe gekommen? Nur weil du das getan hast, bist du heute hier.«

»Sollte ich etwa zusehen, wie dieses Gesindel eine wehrlose Frau wie ein Tier hetzt und in seine Gewalt bringt? Ich habe gelernt, mit Waffen umzugehen. Hätte mich nicht einer aus dem Hinterhalt angegriffen, ich hätte mich zu wehren gewusst. Wir hatten gute Aussichten zu entkommen.« Heinrich bemühte sich, seiner Stimme einen noch entschiedeneren Klang zu geben. »Wie hätte ich wegschauen können, da ich nun schon mal am Ort des Geschehens war? Nein, ich wäre ein Feigling gewesen, hätte ich das getan.«

»Aber ich bin eine Slawin!«, hielt Malina ihm entgegen, und ihre Verwirrung war schwer zu überhören. Die Deutschen sind unsere Todfeinde, hatte Myslaw stets betont. Sie gleichen einer schrecklichen Krankheit, sie bringen Kummer und Schmerz und viel zu oft auch den Tod. Warum also sollte ein deutscher Krieger einer Slawin helfen, deren Volk er doch fortwährend bekämpfte? Andererseits ... seine Mutter war eine Hevellerin, und deshalb war es auch slawisches Blut, das in seinen Adern floss. Und außerdem ... waren denn alle Deutschen so, wie Myslaw sie geschildert hatte?

Ein Mann wälzte sich im Schlaf und stieß wimmernde Laute aus. Am anderen Ufer rief ein Nachtvogel. Malina beschloss, nicht weiter an ihren Zweifeln zu rühren und das Gespräch auf eine andere Frage zu lenken, die ihr ebenfalls schon unzählige Male durch den Kopf gegangen war. »Du bist Christ«, sprach sie das Naheliegende aus. Sein »Ja« gab ihr die Bestätigung. »Sklavenhändler nehmen keine Christen. Myslaw hat gesagt, das dürfen sie nicht, weil die Kirche ihnen das verbietet. Wenn du trotzdem hier bist, so tun sie etwas Verbotenes. Du brauchst das unterwegs also nur anderen zu sagen, und schon sind die Händler gezwungen, dich freizulassen. Vorausgesetzt, die anderen sind stärker als unsere Bewacher ...«

Heinrich war sich schmerzlich bewusst, dass sie eine Antwort erwartete. Aber warum sollte er sie belasten und ihr von der widerwärtigen Erpressung des Anführers erzählen? Warum ihr beschreiben, welche Gräuel sie erwarteten, wenn er tatsächlich den Mund aufmachte? »Sie werden mich wegen meiner Mutter als Slawen ansehen«, sagte er so leichthin, wie es ihm möglich war. Und in demselben Tonfall fügte er hinzu: »Du hast recht: Sie hätten mich nicht mitnehmen dürfen. Aber nun bin ich ihr Gefangener wie du und alle anderen.«

Malina spürte die Ausflüchte hinter seiner Erklärung, aber sie beschloss, nicht weiter in ihn zu dringen. Eine Weile schwieg sie, dann brachte sie ein leises »Danke, Heinrich« hervor. Und dabei dachte sie an seinen Beistand in der Gefahr, an die Wärme, mit der er zu ihr sprach, aber auch an das Gefühl von Vertrautheit, das er ihr schenkte. Und dann krampfte sich auf einmal ihr Herz zusammen, und getrieben von den Geistern, die sie quälten seit dem Tage ihrer Versklavung, brach sich ihr Kummer Bahn. Sie begann zu weinen, still und ohne Tränen, einzig das Beben ihres Körpers verriet ihren Schmerz. Mit der Hand tastete sie nach seinem Arm und hielt ihn fest, und je länger sie das tat, umso mehr floss eine Kraft in sie über, die ihr wohltat.

Heinrich schluckte, denn auch er war berührt. Seine Gedanken wanderten zurück zu dem Tag, an dem er sie getroffen hatte, eine junge Frau mitten im Wald, die ihm nicht fremder hätte sein können, mit der er seither kaum ein Wort gewechselt hatte und neben der er nun plötzlich lag. Zwei Sklaven in Ketten. Und dennoch fühlte er eine Nähe zwischen ihnen, als hätten sie ihr halbes Leben miteinander verbracht.

Abermals machte ein Wächter seine Runde. Heinrich schwieg, um keine Aufmerksamkeit zu erregen. Sein Blick glitt über die neben ihm Liegende, wanderte von ihrem Kopf zu der Hand, die weiter seinen Arm hielt, und von dort über ihren Körper, der sich ganz klein gemacht hatte, aus Kummer, aber auch wegen der feuchten Kühle, die vom Wasser heraufzog. Er wartete, bis sie ruhiger geworden war, dann nahm er das Gespräch wieder auf. »Nun weißt du einiges von mir, aber du bist für mich noch immer eine Unbekannte«, raunte er ihr zu.

»Du hast recht«, schluchzte sie. »Du hast viel gewagt, und bis jetzt weißt du nicht einmal, für wen.« Sie versuchte zu lächeln, aber es gelang ihr nicht. »Mein Name ist Malina. Ich komme aus Spandau. Wenn du auf der Brandenburg zu Hause bist, kennst du den Ort. Meine beiden Begleiter sind meine Brüder. Der ältere ist Myslaw, er ist ... er war Fährmann in Spandau. Der andere ist Jablo.« Sie deutete mit dem Kopf auf die Genannten, die dicht neben ihr lagen und schliefen. »Wir waren zu dritt auf dem Weg zu einem Fest. Unterwegs haben wir die Bauern getroffen, die bei den ... bei den Mönchen ...«

»Ich weiß«, versuchte ihr Heinrich zu ersparen, was sie belastete. »Zwei Brüder hast du also. Wer gehört noch zu deiner Familie?«

»Die beiden sind meine einzigen Geschwister. Eine Mutter habe ich nicht mehr, sie ist schon lange tot. Nur mein Vater lebt noch, aber er ist sehr krank. Seine Seele hat ihn verlassen. Schuld daran ...« ... sind die Deutschen, hatte sie sagen wollen, aber sie schluckte die Bemerkung herunter. »Seit zwei Sommern ist das so. Ich habe ihn gepflegt, nun wird es eine andere tun müssen. Wenn er noch sprechen könnte, würde er sie bestimmt fragen, warum ich nicht mehr bei ihm bin. Aber er spricht nicht mehr. Dafür wird er an mich denken, das ist gewiss. Auch die anderen werden an mich denken und mich vermissen.« Erneut stieg Sehnsucht nach dem Verlorenen in ihr auf. »Dich werden sie auch vermissen«, setzte sie einige Atemzüge später hinzu, und zögernd ergänzte sie: »Deine Familie ...«

»Ich habe keine Familie«, sprach Heinrich aus, was Malina insgeheim erhofft hatte. Ein völlig unsinniges Hoffen, wie sie wusste, aber dennoch war ihr nach seiner Antwort ein wenig wohler ums Herz. »Trotzdem wird sich mancher um mich sorgen, schließlich kennen mich die meisten auf der Brandenburg seit vielen Jahren. Das war auch der Grund, weshalb die Sklavenhändler mich um die Burg haben herumführen lassen.«

»Ich hatte damals schreckliche Angst um dich. Ich dachte, sie hätten dich ausgesondert, um dich ... zu töten, und ich wäre schuld daran, weil du versucht hast, mich zu retten. Aber hinter der Brandenburg warst du auf einmal wieder da, und ich habe aufgeatmet.« Ihr nächster Satz war nicht mehr als ein Hauch. »Ich weiß noch, wie erleichtert ich war und wie ...«

Was sie weiter sagte, blieb Heinrich verborgen, denn ein Windstoß vertrieb ihre Worte, bevor sie ihn erreicht hatten. Wolken waren aufgezogen. Bedrohlich ballten sie sich zusammen und kündeten von schlechtem Wetter. Heinrich streckte den Arm aus und berührte Malina sanft an der Schulter.

Einen Augenblick lang hielt sie den Atem an. »Was für ein Leben!«, stöhnte sie dann, und die Verzweiflung gab ihren Worten einen Klang, der Heinrich frösteln ließ. »Wir werden nie mehr in unsere Heimat zurückkehren, denn wer in die Sklaverei verschleppt wird, der kehrt nicht zurück. Alles ist für immer verloren – die Menschen, die uns nahestanden, die Häuser, in denen wir gelebt haben, meine Ziege, die mich jedes Mal so freundlich begrüßt hat, der warme Havelsand im Sommer … Alles ist weg. Stattdessen laufen wir in eine Zukunft, über die wir nicht das Geringste wissen und die vielleicht noch weit schrecklicher ist, als wir sie uns ausmalen können.« Sie hielt einen Moment inne und deutete dann auf ihren jüngeren Bruder. »Ich habe entsetzliche Angst um Jablo. Wegen der Gerüchte, dass die Sklavenhändler die Knaben schon bald verkaufen werden. In einer Stadt, in der man ihnen …« Sie brach ab und kämpfte mit finsteren Gedanken. Schon länger hatte es dieses Gerede gegeben, aber seit einigen Tagen sprachen die anderen immer häufiger davon, und mit jeder Erwähnung wuchs ihre Angst.

»Sie reden und reden, aber niemand weiß etwas Genaues«, entgegnete Heinrich in einem Ton, der sie beruhigen sollte, obwohl er sich nur allzu gut an die Drohung des Händlers bei seiner Gefangennahme erinnerte.

Aber Malina hatte ihm schon gar nicht mehr zugehört. Getrieben von der Sehnsucht nach Wärme inmitten all der Kälte, presste sie seine Hand gegen ihre Wange. Ein Gefühl von Geborgenheit durchflutete sie wie damals in dem Baumversteck, als sie sich an ihn gelehnt hatte. Allmählich wurde sie ruhiger. Schließlich, nachdem jeder eine Weile seinen Gedanken nachgehangen hatte, begann sie noch einmal zu sprechen. Und nicht nur die Bilder hatten sich verändert, die sie zeichnete, auch ihre Stimme hatte an Bitterkeit verloren. »Tagsüber, wenn wir laufen, denke ich oft an eine Blumenwiese. Es war meine Wiese.

Sie lag auf einer kleinen Lichtung, nicht weit von Spandau entfernt. Ringsum war dichter Wald, und obgleich ich mich vor wilden Tieren und den Geistern des Waldes fürchte, bin ich immer wieder dorthin gegangen. Im Sommer blühten auf dieser Wiese die schönsten Blumen, rote und blaue und gelbe, und überall summten die Bienen, und die Schmetterlinge flatterten so fröhlich umher wie sonst nirgends. Lange habe ich dort im Gras gesessen, ganz allein, und mich an all dem erfreut. Ich war glücklich an diesem Ort. Alles war so wunderbar und so friedlich, und nichts …«

Ein Geräusch ließ sie innehalten, und im nächsten Moment tauchte ein Gesicht neben ihr auf. Ein zorniges. »Was treibst du hier?«, zischte Myslaw sie an. Seine Augen funkelten böse im Mondlicht.

»Ich … ich …« Ihre Wange schmiegte sich nicht länger an Heinrichs Hand. Ihr Herz, gerade noch schwelgend in der Erinnerung, schlug heftig.

Heinrich war ebenso verwirrt von dem plötzlichen Eingreifen ihres Bruders wie Malina. Er wollte etwas sagen, aber Myslaw kam ihm zuvor. »Was hast du mit ihm zu schaffen?«, herrschte er seine Schwester an, gerade so laut, dass die Wächter ihn nicht hörten. »Mit einem fremden Mann, mitten in der Nacht! Und noch dazu mit einem Deutschen! Mit einem von diesen Hunden, die unser Volk unterjochen und unseren Vater auf dem Gewissen haben. Wer weiß, wie viele von uns der schon umgebracht hat!«

»Er wollte mich retten«, stieß Malina flehend hervor. »Er ist nur meinetwegen hier. Ohne mich wäre er ein freier Mann.«

Die Antwort kam scharf. »Wir haben ihn nicht um seine Dienste gebeten. Was er getan hat, war seine freie

Entscheidung, nun muss er dafür geradestehen. Ab sofort wirst du ihn meiden!«

Heinrich zwang sich zur Beherrschung. Eine Schwester schuldete ihrem Bruder Gehorsam, das war nicht nur bei den Slawen so. Aber er wollte nicht, dass sie das tat. »Sie soll selbst entscheiden, was sie will oder ...«

»Das entscheide ich!«, schnitt Myslaw ihm das Wort ab. »Ich ganz allein, und sonst niemand. Und ich entscheide, dass wir mit Deutschen nichts zu tun haben wollen. Das wollten wir nicht, als wir noch in Spandau lebten, und daran hat sich auch jetzt nichts geändert. Also lass sie in Ruhe!«

Entschlossen, seiner Aufforderung Nachdruck zu verleihen, versuchte Myslaw, sich zwischen Malina und Heinrich zu schieben, soweit seine Kette es ihm erlaubte. Schon waren die ersten aus dem Schlaf gerissen und versuchten, die Ursache für die Unruhe zu ergründen. Heinrich richtete sich halb auf, um Myslaws Drängen abzuwehren, als plötzlich ein Wächter neben ihm emporwuchs und ein Peitschenstiel seine Schulter traf. Gleich darauf waren weitere Wächter heran. Drohend zeichneten sich ihre Umrisse gegen den Nachthimmel ab, als sie die Reihen der Liegenden nach weiteren Störern durchkämmten. Malina bekam von alledem nichts mehr mit. Sie hatte sich in sich selbst zurückgezogen und war wieder versunken in dem Morast ihrer quälenden Gedanken. Heinrich verspürte eine unbändige Wut, die lediglich durch die Gewissheit gezügelt wurde, dass es ihm in der gegenwärtigen Lage nichts als Ärger einbringen würde, sie auszuleben. Zwei Armlängen neben ihm lag Myslaw ausgestreckt und stellte sich schlafend. Als sich die Wächter ein Stück weit entfernt hatten und Myslaw sich sicher sein konnte, dass sie seine Worte nicht hörten, drehte er sich noch einmal zu Heinrich um. »Lass sie ihn Ruhe!«, zischte er. Und mit größtmöglicher Verachtung fügte er hinzu: »Deutscher!«

Das Haus, in dem Notker lebte, lag nahe der unteren Maasbrücke, im Schatten der Befestigung, die Verdun als eine wichtige Etappe an der Straße von Metz nach Reims umgab. Schaute er aus dem Fenster zum anderen Ufer hinüber, so fiel sein Blick auf ein zum Fluss steil abfallendes Felsplateau mit einer Festung obenauf, dem Sitz des Bischofs. An warmen Nachmittagen saß Notker häufig auf der Bank vor seinem Haus und beobachtete, wie die Sonne allmählich tiefer sank und dabei wechselnde Muster auf die Felsen zeichnete. Manchmal leisteten sein Vater oder eine seiner Schwestern ihm Gesellschaft, meist jedoch waren es Freunde aus Kindertagen. Dann redeten sie miteinander, tauschten Gedanken aus über die wichtigen und die unwichtigen Dinge des Lebens und tranken dazu von dem Wein, den ein Verwandter gelegentlich von der Mosel herüberschickte. Es waren Stunden der Zufriedenheit, die Notker hier verbrachte. Stunden, in denen er die Gewissheit spürte, dass er auf dem richtigen Weg war, ein würdiger Nachfolger seines Vaters zu werden. Nur manchmal verschwand die Sonne aus seinem Leben und Schatten zogen herauf – wenn das Schreckliche des Handwerks ihn einholte, das er von seinem Vater erlernte.

Auch in dieser schwülheißen Juninacht des Jahres 975 kamen die Schatten. Notker hatte wieder einmal mit Freunden vor dem Haus gesessen, wo sie über den gerade eingetroffenen Sklavenzug gesprochen hatten und darüber, dass neue Arbeit auf sie wartete. Anschließend, noch bevor die Dämmerung der Dunkelheit Platz gemacht hatte, war er zu Bett gegangen. Irgendwann hatte sich Stille über die Stadt gesenkt. Über dem Bischofssitz kroch langsam der Mond über den Himmel und goss sein Licht in die Gassen. Dampfend vor Hitze, wälzte Notker sich auf seinem Lager, bis er gegen Mitternacht endlich Schlaf fand. Bald darauf begann er zu träumen. Zusammenhangloses tauchte vor ihm auf: ein ausgebranntes Haus; ein Priester, der bei einer Prozession ein Weihrauchfässchen schwenkte; die Nachbarstochter mit einem Krug Molke, den sie zur Maas hinuntertrug. Dann war da auf einmal ein Gesicht. Knabenaugen starrten ihn an, weit aufgerissen und von Tränen nass. Vor Schmerz zerbissene Lippen formten unablässig Worte, die Notker indes nicht erreichten, weil er sie nicht hören wollte. Schwielige Männerhände schoben sich von hinten in das Bild, packten den Knaben mit roher Gewalt und rissen ihm die Kleider vom Leib. Schon stand er nackt wie am Tag seiner Geburt. Er krümmte sich, wand sich wie ein Wurm, doch die Hände waren stärker und zwangen ihn auf einen Tisch. Binden wurden ihm angelegt, die eine um den Bauch, die anderen um beide Oberschenkel, und fest in das Fleisch geschnürt. Es folgten ein paar kräftige Fesseln. Gleich darauf erblickte Notker sich selbst, wie er zerstoßenen Pfeffer in eine Schüssel mit heißem Wasser einrührte und sich damit vor dem Liegenden aufbaute. Als er dessen Unterleib berührte, fing dieser zu schreien an, so laut und anhaltend, dass einer der Helfer ihm ein Knebel in den Mund schob. Sorgfältig begann Notker nun mit den Waschungen, wie sein Vater es ihn gelehrt hatte – der Vater, der jetzt neben ihm stand und jede seiner Bewegungen beobachtete, wobei ihm nicht das Geringste entging. Der Knabe auf dem Tisch zitterte heftig. Seine Augen schienen aus den Höhlen treten zu wollen, aus jeder Pore seines gequälten Körpers flossen Ströme von Schweiß. Das dünne Hanfseil, das sein Glied mitsamt den Hoden in die Länge zog, brachte ihn vollends zur Raserei. Mit aller Kraft zerrte er wie wild an den Fesseln, versuchte sich loszureißen, doch die Fesseln waren stärker. Auch auf seiner, Notkers, Stirn hatte sich Schweiß gebildet. Den Blick starr auf die Stelle geheftet, die der Vater ihm immer wieder gezeigt hatte – nicht zu hoch, aber auch nicht zu tief –, nahm er das Messer aus der Hand eines Helfers entgegen. Noch einmal prüfte er mit dem Daumen die Klinge, wohl wissend, dass sie die schärfste war, die er kannte. Dann packte er das Geschlecht des Knaben mit der Linken, presste es zusammen und zog es zugleich noch strammer, und mit dem Messer in seiner Rechten machte er einen entschlossenen Schnitt.

Blut. Überall war Blut. Tiefrot schoss es Notker aus der Wunde entgegen, dazu weiße und gelbe Körpersäfte, sie überschwemmten den Tisch, auf dem der Verstümmelte lag, ohnmächtig geworden und nun totenblass im Gesicht. Notker starrte auf das Glied und die Hoden in der Hand, bis der barsche Ton seines Vaters ihn zur Eile trieb. Er warf das abgetrennte Fleisch beiseite, griff nach dem Gänsekiel, den der Vater ihm hinhielt, und stieß die Spitze in die klaffende Wunde. Stocherte in den Säften, die ihm entgegenströmten, die hervorsprudelten wie aus einer grausigen Quelle, erst ein See, dann ein Meer, das ihn hinwegzuschwemmen drohte. Und immer weiter stocherte er, suchte die Öffnung und fand sie nicht, stach hierhin und dorthin, bis der Vater ihn roh an der Schulter packte, ihm die Kleider vom Leib riss und ihn auf den Tisch warf und sich über ihn beugte, das Messer in der Hand, das bluttriefende Messer mit der scharf geschliffenen Klinge, und dazu dröhnte die Stimme des Vaters wie Donner durch den Raum »Jetzt zeig ich dir, wie man's macht!«

Den Mund zum Schreien geöffnet, wachte Notker auf. Sein Körper war in Schweiß gebadet, sein Atem ging heftig. Es dauerte einige Zeit, bis er begriff. Ein Traum nur. Alles war nur ein Traum – das Meer aus Blut, das endlose Stochern, der Vater mit dem Messer in der Hand. Erschöpft setzte er sich auf und lauschte in die Nacht. Nur der Knabe war Wirklichkeit, nicht weit entfernt lag er in einer Kammer. Lag dort schon den zweiten Tag, heiß wie die Hölle, aber die Blutungen waren gestillt, und der Federkiel steckte in der Harnröhre, wie es sein musste. Morgen würden sie den Kiel entfernen. War der Durchfluss frei, bestand Hoffnung, dass der Knabe überlebte. Schaffte er es auch über die nächsten Monate, würde er Gold wert sein. War die Harnröhre hingegen verklebt, würde er eingehen wie ein Insekt, dem ein Kind die Flügel ausgerissen hatte, und das viele Geld für seinen Kauf wäre verloren. Endgültig und unwiederbringlich, so wie in diesem Jahr schon bei zwei Knaben zuvor.

Notker wischte sich mit dem Handrücken über die schweißige Stirn. Was für ein entsetzlicher Traum! Was für schreckliche Dämonen, die ihm immer wieder das Leben schwer machten! Seine Augen suchten das Kreuz an der Wand. Matt glänzte es im Mondlicht, das bleiern durch das Fenster drang. Er sprach ein leises Gebet, Worte wider die Dämonen und die Träume, die ihn peinigten, für ein Leben ohne Angst. Als er geendet hatte, blieb sein Blick an dem Gekreuzigten hängen. »Der Herr hört mein Flehen; mein Gebet nimmt der Herr an«, so hatte sein Oheim zwei Jahre zuvor aus dem Psalter zitiert, als er ihm das Kreuz geschenkt hatte. Es war eines von erlesener Art, ganz in Silber gearbeitet und mit Bergkristallen besetzt und in dieser Schönheit eher eines Priesters oder gar eines Bischofs würdig als eines jungen Mannes, der erst am Anfang seines Weges stand. Aber der Oheim hätte ihn nur verwundert angesehen, wäre er ihm mit solchen Gedanken gekommen. Schließlich hatte der Oheim Geld, und »Geld gehört nicht in den Kasten«, wie er zu sagen pflegte. Geld galt es zu verwandeln in Dinge, die seinen Besitzer erfreuten. Einer der wohlhabendsten Männer Verduns war er, der mit dem Entmannen von Sklaven ein Vermögen gemacht hatte. Und das, obwohl er zu den Vorsichtigen seines Handwerks gehörte. Zu denen, die sich nur mit Knaben befassten, nie mit erwachsenen Männern, und die ihnen lediglich die Hoden abschnitten – oder zerquetschten –, aber niemals das Glied. Kein so einträgliches Geschäft wie vollständige Verschneidungen. Dafür aber mit geringerem Risiko, da die meisten überlebten.

Erneut fuhr sich Notker mit der Hand über die Stirn. Leicht war die Arbeit nicht, die er hier verrichtete. Aber dennoch würde er es schaffen. Und wenn er sein Handwerk erst einmal meisterlich beherrschte, würde er ebenfalls zu den Wohlhabenden seiner Stadt gehören. Die Voraussetzungen jedenfalls waren gut, denn die Nachfrage nach Eunuchen riss nicht ab. Vor allem im Reich des Kalifen konnten sie gar nicht genug davon bekommen, und da die Religion dort keine Verschneidungen erlaubte, waren sie gezwungen, ihre Eunuchen in anderen Ländern zu kaufen. Auch am Nachschub frischer Knaben und Männer würde es nicht mangeln. Zwei große Sklavenstraßen führten über Verdun, die eine von England her, die andere aus dem Osten, von wo auch die Sklaven herstammten, über die sie am Abend gesprochen hatten.

Rund zweihundert Slawen, die am Fluss vor der Stadt lagerten. Gleich in der Frühe würde er mit seinem Vater dort hingehen, um einige auszusuchen. Bei dieser Gelegenheit würden sie auch die eigenen Bestände zum Kauf anbieten. Diesmal nur Halbverschnittene zwar, aber der Vater besaß Erfahrung im Aushandeln guter Preise. Da müsste es schon mit dem Teufel zugehen, sollten sie nicht mit einem gut gefüllten Geldbeutel heimkehren. Das meiste davon würde natürlich der Vater behalten, wie immer. Aber der Vater war alt. Nur noch wenige Jahre und er würde sich aus dem Geschäft zurückziehen. Und dann würde seine eigene Stunde kommen, die Stunde des tüchtigen Notkers von Verdun.

Der Mond hatte das silberne Kreuz in die Dunkelheit entlassen und schien nun auf ein Wandbord mit zwei frisch aufgesteckten Kerzen. Einen Ausdruck von Zufriedenheit im Gesicht, legte Notker sich wieder zurück. Alles war gut. Alles verlief so, wie er es sich wünschte. Nur die Schatten waren noch da, die Dämonen, die ihn nicht in Ruhe lassen wollten. Doch sie würden verschwinden, davon war er überzeugt, er musste nur fest daran glauben und den Herrgott immer wieder darum bitten.

Als der neue Tag anbrach, war der Knabe in der Kammer tot. Notkers Vater fand ihn in gekrümmter Haltung auf dem Strohsack liegend, dicke, mit einem heilkräftigen Sud getränkte Binden an der Stelle, an der bis vor drei Tagen sein Geschlecht gewesen war. Der Körper des Knaben war noch warm. Die erste Äußerung des Vaters war ein Fluch, so laut und so gottlos, dass eine zufällig in der Nähe weilende Magd erschreckt zusammenfuhr und sich bekreuzigte und Notker mit einem raschen Satz aus dem Bett kam. Nur einen Atemzug später stand er neben seinem Vater und starrte ebenfalls auf den Toten. Der dritte in Folge. Der zweite in diesem Jahr. Und dabei hatten sie so sehr auf einen Erfolg gehofft. Heute hatten sie den Federkiel entfernen wollen, der Knabe hätte seine Blase entleeren dürfen, und sie hätten ihm wieder zu trinken gegeben … Alles umsonst. Das eingesetzte Geld war verloren, die Aussicht auf einen guten Gewinn hatte sich in Luft aufgelöst, und überdies hatten sie nun auch noch einen Toten am Hals, den sie auf eigene Kosten unter die Erde bringen mussten.

Die Laune des Vaters verschlechterte sich um ein Weiteres, als sein Bruder ihm während der Frühmesse die Frage ins Ohr raunte, in welchem Zustand sich der frisch Verschnittene denn befinde. Der Vater antwortete mit einer wegwerfenden Handbewegung und murmelte etwas von anhaltendem Pech, dass aber der nächste Erfolg die jüngsten Einbußen wieder wettmachen würde. Dann packte er seinen Sohn am Arm und zog ihn – obwohl der Priester die letzten Worte noch längst nicht gesprochen hatte – mit sich fort, dem Ausgang der Kirche entgegen. Notker folgte ihm ohne Widerworte, auch wenn er die vorwurfsvollen Blicke der Anwesenden im Rücken spürte. Offenbar wollte der Vater als Erster im Lager der Sklavenhändler eintreffen, um sich die beste Auswahl zu sichern.

Mit ausgreifenden Schritten überquerten die beiden den Kirchplatz und hasteten durch einige Gassen, bis sie vor dem südlichen Stadttor standen. Neben dem Aufstieg zum Wehrgang warteten bereits zwei Diener des Hauses mit jenen Knaben auf sie, die nach dem überstandenen Eingriff genügend Kräfte gesammelt hatten, um den Weg zu ihren endgültigen Käufern antreten zu können. Ungeduldig drängte der Vater zur Eile. Die Torwachen schauten ihnen hinterher, als sie die Stadt verließen. Sie nahmen die Hauptstraße, einen von Karrenrädern stark aufgewühlten Weg oberhalb der Maas, bogen an einer Gabelung zum Fluss ab, durchquerten auf glitschigen Pfaden einen Auwald und stießen schließlich auf eine ausgedehnte Wiese, auf der die Sklavenhändler ihr Lager aufgeschlagen hatten.

Enttäuscht stellte der Vater fest, dass er trotz seiner Eile nicht der erste Käufer war. Begleitet von einem Händler, schritt ein fettbäuchiger Mann die Reihen der Gefangenen ab, ebenfalls ein Eunuchenmacher. Einer, der bei seinen Einkäufen vor allem dadurch auffiel, dass er mit unendlicher Ausdauer nach Fehlern bei den Ausgewählten suchte, in der leicht durchschaubaren Absicht, den Preis zu drücken. In diesem Moment schien er es auf zwei lockenköpfige Knaben abgesehen zu haben, beide nicht älter als zehn Jahre und mit viel zu dünnen Armen und Beinen, wie das auch bei den anderen Knaben der Fall war. Mit einem Fingerschnipsen forderte er zwei Wächter auf, die beiden von ihren Ketten zu befreien und für eine ausführliche Begutachtung in den Auwald zu führen. Kein Akt der Scham, lediglich eine Vorsichtsmaßnahme, um unnötige Unruhe unter den übrigen Sklaven zu vermeiden.

Ein Mann mit einem braun-weißen Kapuzenmantel kam dem Vater quer über die Wiese entgegen, und noch bevor er heran war, hatte der Vater ihn erkannt: Ibrahim ben Isaak Al-Tartuschi, Händler aus der Stadt Tortosa im Reich des Kalifen von Al-Andalus. Ein Jahr zuvor waren sie sich das letzte Mal begegnet, gegen Ende des Sommers, als die Händler zum Sklavenkauf in den Osten unterwegs gewesen waren. Auch damals hatten sie hier gerastet, mit reichen Schätzen in ihrem Gepäck: feine

Seide in den schillerndsten Farben, wunderbar weiches Leder, Zucker und Elfenbein, dazu Duftwässer mit tausenderlei Gerüchen und Säcke voll kostbarer Gewürze – die Waren ihrer Heimat, bestimmt zum Tausch gegen Menschen.

Die Begrüßung fiel kürzer aus als gewöhnlich, da der Vater seinen Vorsprung gegenüber den anderen Käufern nutzen wollte. Nur mit wenigen Worten pries er seine Knaben an – später könne man diese noch ausführlich besehen – und wandte sich dann sofort den Sklaven zu, die auf der Erde kauerten und in banger Erwartung das Geschehen beobachteten. Notker und der Händler folgten ihm.

Weinen drang aus dem Auwald, und auch Jablo begann zu schluchzen, als die drei Männer auf die Gefangenen zuhielten. Was sie wollten, das ahnte er. Jeder ahnte es, obwohl nach wie vor niemand Genaueres wusste. »Nein! Nein!«, stieß er immer wieder hervor und presste sich eng an Malina, die ihn fest in den Armen hielt. Verschwunden war jede Scham und vergessen auch der Mut, den er seinerzeit beim Aufbruch in Spandau noch so nachdrücklich beschworen hatte. Das einzige Gefühl, das ihn beherrschte, war nackte Angst. Eine Angst, die größer war als jede, die er bis dahin gekannt hatte.

Auch Malina verging fast vor Angst. »Bleib ruhig, mein Kleiner!«, keuchte sie, während sie ihrem Bruder mit zittriger Hand durch das Haar strich. »Die wollen dich nicht, die nehmen nur die kräftigen. Und kräftig bist du nicht.« Nicht mehr, hätte sie früher hinzugefügt, aber wie bedeutungslos wäre solch Feingefühl in diesem Moment gewesen. Das Einzige, was jetzt zählte, waren die drei Männer. Und die steuerten auf die ersten Knaben zu. Nicht auf Jablo. »Siehst du, ich habe recht gehabt!«, entfuhr es Malina. »Du musst dich nicht fürchten, kleiner Bruder. Du bleibst bei mir. Ich verspreche dir, dass sie dich nicht nehmen! Sei ganz ruhig!« Ein paar gesummte Töne eines slawischen Wiegenliedes sollten ihre Worte unterstreichen, aber Jablo ließ sich nicht beruhigen. Immer heftiger schlugen seine Zähne aufeinander, und dazu liefen ihm Tränen über das Gesicht. Zwei Schritte weiter saß Myslaw, blass wie der Tod und in völliger Bewegungslosigkeit den Eindruck erweckend, er sei mit dem Boden verwachsen.

Der Händler befahl zwei Knaben aufzustehen. Notkers Vater betrachtete sie, wechselte ein paar Worte mit seinem Sohn und schüttelte anschließend den Kopf. Über das Gesicht des Händlers huschte ein Schatten. »Vielleicht werdet ihr ja unter diesen dort fündig«, sagte er und deutete auf einige weitere Knaben, unter ihnen Jablo. Malina drückte ihren Bruder noch fester an sich und flehte zu den Göttern, sie sollten die Männer vorbeigehen lassen, aber die Götter verweigerten sich. Dicht vor ihnen blieben die drei stehen.

Entsetzen erfasste Malina. Wie Viehhändler sahen die Männer aus, die kühl und berechnend ihre Ware musterten. Und wie Viehhändler verhielten sie sich auch. Ein Wink des Händlers, und Malina spürte, wie ein Wächter sie von hinten packte, während ein anderer Jablo von der Kette losschloss. Getrieben von der Wut der Verzweiflung, schnellte sie mit dem Kopf nach vorn und biss zu. Ein Schrei gellte über die Wiese. Gleich darauf wurde sie von einem Peitschenstiel getroffen, und ein Fuß trat sie grob zur Seite. Blut floss von ihren Lippen. Ihr Blick fiel auf Myslaw. »Tu etwas!«, kreischte sie. »So tu doch endlich etwas!« Aber zu mehr als einem halb erstickten »Die sind stärker als wir« sah ihr älterer

Bruder sich nicht in der Lage. Jablo wiederum, durch den Biss für eine winzige Frist unbeachtet, lag flach auf dem Boden. Die Hände hatte er in den Sand gekrallt, als wolle er die Erde aufgraben und sich hineinbohren, um ganz in ihr zu verschwinden. Aber schon war die Frist vorbei. Arme schlossen sich wie eine Zange um seinen Körper. Er versuchte zu treten, doch die Arme pressten ihn so heftig, dass es schmerzte und er keine Luft mehr bekam. Rasch ließ seine Gegenwehr nach. Plötzlich zog das Klirren von Ketten die Aufmerksamkeit aller Anwesenden auf sich. Wenige Schritte entfernt, aber zu weit, als dass er dem Bedrängten hätte beispringen können, hatte Heinrich sich vom Boden erhoben. Wie ein Racheengel stand er da, den Zorn vieler Wochen im Gesicht, die gefesselten Hände zu Fäusten geballt und offensichtlich entschlossen, jedem Peiniger, den er zu fassen bekommen würde, den Schädel einzuschlagen. Doch niemand dachte daran, ihm nahe zu kommen. Stattdessen trafen zwei gut gezielte Peitschenschläge seinen Körper. Kraftvoll wie Samson an den Säulen des Tempels, zerrte Heinrich an seinen Ketten, aber anders als die Säulen gaben sie nicht nach. Zwei weitere Peitschenhiebe warfen ihn zu Boden. Wie Feuer brannte es auf seiner Haut, dazu hämmerte es in seinem Kopf: Keine Hilfe! Du bist keine Hilfe! Weder sich selbst konnte er helfen noch Malina, die so anhaltend schrie, als wolle man sie bei lebendigem Leibe zerstückeln, und auch für Jablo konnte er nichts tun. Für Jablo, der gerade erst der Kindheit entwachsen war und das Leben noch vor sich hatte, der nun aber gewaltsam weggeführt wurde und der nur wenige Atemzüge später aus ihrer Mitte verschwunden war.

Fünfzehn Knaben fehlten, als der Sklavenzug seinen Marsch um die Mittagszeit fortsetzte, neun Verschnittene waren hinzugekommen – zwei Dutzend Schicksale, für die der Name Verdun zum Brandzeichen geworden war. Für Malina indes zählte nur das Los ihres Bruders. Überall war Jablo. Er war vor ihren rot geweinten Augen, die teilnahmslos in die Leere starrten; er war in ihren Ohren, sprach zu ihr aus dem Klirren der Ketten und dem einförmigen Takt ihrer Schritte. Vor allem aber war er in ihrem Herzen, das so schwer war, dass es sie niederzudrücken drohte. Eine Hoffnung gab es für sie nicht und ebenso wenig Trost. Auch Myslaw vermochte sie nicht zu trösten. Wie hätte er das auch gekonnt, nachdem er nicht den geringsten Versuch unternommen hatte, für den jüngeren Bruder einzutreten? Ganz anders als Heinrich. Der hatte zumindest ein Zeichen gesetzt, auch wenn es ihm nicht möglich gewesen war, das Schreckliche zu verhindern. Die Männer hatten Jablo gewollt, und nun war er fort, und mit jedem Schritt entfernte sie sich weiter von ihm.

Auch Heinrich litt, während er in endloser Wiederholung einen Fuß vor den anderen setzte. Auch ihn bedrückte das Schicksal des Zurückgelassenen, wenngleich eher aus Mitgefühl für Malina. Daneben gab es aber noch etwas anderes, was ihn schmerzte: die Tatsache, dass ihm ein weiteres Mal seine Ohnmacht vor Augen geführt worden war. Ein Nichts war er. Einer, der sein Leben nicht mehr in der eigenen Hand hatte, sondern über den andere bestimmten und mit dem sie verfuhren, wie immer sie wollten. Viele Wochen ging das nun schon so, eine harte, entbehrungsreiche Zeit, die aus ihm einen wandernden Schatten gemacht hatte. Ebenso wie aus den anderen Sklaven. Ihre Körper waren geschwächt, ihre Kleider verdreckt und zerschlissen, Haare und Bärte hatten sich in staubigen, mit Ungeziefer durchsetzten Filz verwandelt. Längst schleppten sich die meisten auf nackten Füßen dahin, die ebenso schmerzten wie ihre wundgescheuerten Hälse. Und noch immer war kein Ende des Marsches abzusehen. Stattdessen quälten sie sich Tag für Tag weiter voran, durchquerten Landschaften und sahen Dinge, die ihnen fremder nicht sein könnten, und nächtigten unter einem Sternenhimmel, der ihnen zwar vertraut war, der so fern der Heimat den Schmerz in ihrer Seele jedoch nur noch verstärkte.

Koblenz und Metz, Langres und Dijon, Beaune, Chalon, Lyon – Orte, von denen sie einige bereits hinter sich hatten, andere noch vor sich, deren Namen für sie aber allesamt ohne Belang gewesen wären, hätte sie ihnen jemand genannt. Was für sie zählte, war viel eher die Sonne, die zunehmend länger von einem wolkenlosen Himmel auf sie niederbrannte, mit der Folge, dass die Dauer ihrer täglichen Wanderungen ein nur noch schwer erträgliches Maß erreicht hatte.

Neben der allgemeinen Erschöpfung kam es zum Ausbruch ernster Krankheiten. Fünf Tagesmärsche hinter Chalon traf es den Ersten, im Tal der Saône, unterhalb eines der Weinberge, die den Fluss säumten. Einige Bauern, die gerade an den Reben arbeiteten, wurden Zeugen des Vorfalls. Ein Sklave krümmte sich plötzlich zusammen, übergab sich heftig und ließ sich ungeachtet der Ketten einfach fallen. Sein Vordermann wurde jäh zurückgerissen, die hinter ihm Gehenden stockten, und im Nu brach die ganze Ordnung zusammen.

Schon nahm sich ein Wächter der Angelegenheit an. Mit einem Fußtritt versuchte er, den Gestürzten zum Aufstehen zu bewegen, doch der rollte sich nur stöhnend auf die Seite und blieb liegen. Sein Kopf glühte wie ein Stein in der Mittagssonne, die Haltung seiner Glieder zeigte, dass er Schmerzen litt. Der Wächter trat ein zweites Mal zu, diesmal kräftiger. Der Sklave übergab sich erneut. Die Bauern im Weinberg hatten ihre Arbeit unterbrochen und starrten auf das Geschehen. Gleich darauf waren zwei Händler heran. Mit besorgten Mienen stiegen sie von ihren Pferden und näherten sich dem Liegenden. Einer kniete neben ihm nieder, berührte dessen Wange und fühlte nach dessen Herzen. Als er sich wieder erhob, stand Verdruss in seinem Gesicht. »Sumpffieber!«, stieß er bitter hervor. Der andere beugte sich ebenfalls über den Sklaven und nickte. Sumpffieber – jene Krankheit, die in der warmen Jahreszeit in manchen Landstrichen wie ein Schreckgespenst umging und viele Tote forderte. Zuverlässig konnte man ihr nur entgehen, indem man einen weiten Bogen um diese Gegenden machte. Auf einen Wink der Händler befreiten zwei Wächter den Liegenden von der Kette, packten ihn an Armen und Beinen, schleppten ihn außer Sichtweite und schlugen ihn tot.

Der zweite Verlust traf die Händler noch weit härter. Auf halber Strecke zwischen Lyon und Arles erkrankte einer der Knaben, die sie in Verdun gekauft hatten, kein vollständig Entmannter zwar, aber dennoch einer, für den sie viel Geld ausgegeben hatten. Auch er litt unter glühender Hitze, Schmerzen in allen Gliedern und Erbrechen, den gleichen Anzeichen wie bei dem Sklaven zuvor. Doch diesmal unternahm man den Versuch, den Betroffenen zu retten. In einem nahe gelegenen Kloster übergab man ihn einem Mönch, der nach Aussagen von Einheimischen die Krankheit bereits mehrfach geheilt hatte. Ein Tag verging. Der Knabe wurde zur Ader gelassen, der Mönch flößte ihm Tränke ein und sprach Gebete, doch gegen Mittag des folgenden Tages zeigte sich, dass alle Bemühungen vergeblich waren. Noch bevor die Nacht anbrach, hatte das Sumpffieber ein zweites Todesopfer gefordert. Und schon deuteten alle Anzeichen auf einen dritten Erkrankten hin.

Zwei Tage später sank die Stimmung der Händler auf einen Tiefpunkt. Es war früh am Morgen, als ihnen auf der Landstraße drei Reiter entgegenkamen. Die Händler erkundigten sich nach der Herkunft der Männer. Sie kämen aus der Stadt Arles, antworteten diese, der Hauptstadt des Königreiches Arelat, dem Hafen zum Mittelmeer, und seien im Auftrag eines hohen Herrn unterwegs. Die Händler zeigten sich erfreut. Wenn sie aus Arles kämen, so ihr Anführer, dann wüssten sie sicherlich, wie es dort mit großen Schiffen bestellt sei. Die Reiter schielten nach den Sklaven. Große Schiffe gebe es durchaus, erwiderten sie, nur lägen diese schon seit einiger Zeit im Hafen, und daran werde sich wohl so schnell auch nichts ändern. Kein Kapitän habe die Absicht, in nächster Zeit auszulaufen.

Die Sklavenhändler, sichtlich erschreckt von dieser Auskunft, warfen den Reitern fragende Blicke zu.

»Piraten!«, antwortete einer von ihnen. »Vor der Küste treiben Piraten ihr Unwesen, selbst das stärkste Schiff ist vor ihnen nicht sicher. Ihr werdet niemanden finden, der euch mitnimmt. Selbst für einen ganzen Schatz nicht.« Die Ankunft in Arles brachte die Bestätigung. Kaum war das Lager vor der Stadt aufgeschlagen, verteilten sich die Händler über den Hafen, um Erkundigungen einzuziehen. Und als sie wieder zusammentrafen, wussten sie, dass die Reiter die Wahrheit gesprochen hatten. Mehrere Schiffe waren von den Piraten bereits aufgebracht und beraubt worden, die Mannschaften an die Masten gehängt oder gefangen genommen, um sie auf dem nächstbesten Sklavenmarkt zu verhökern.

Noch am selben Tag setzte der Zug den Marsch fort, nun jedoch nicht länger in südlicher Richtung, denn dort lag das Meer, sondern gen Westen. Noch mehr Eile schien plötzlich geboten. Die Händler zeigten sich gereizt, die Wächter griffen häufiger zu den Peitschen. Vor allem aber nahm die Geschwindigkeit zu, mit der die Sklaven über die Landstraßen getrieben wurden, und die täglichen Wegstrecken wurden länger.

Eine Woche nach Arles erreichten sie die Pyrenäen. Hoch türmte sich das Gebirge vor ihnen auf, ein gewaltiger Sperrriegel, der geradezu dafür erschaffen schien, jeden Fremdling abzuwehren. An seinen Hängen zog sich dichter Wald empor, in der Ferne stießen schneebedeckte Gipfel gegen einen sonnendurchflirrten Himmel. Nur selten begegneten ihnen noch Menschen. Manchmal huschten einzelne wie Schatten vorbei, gelegentlich erblickten sie Bauern auf Viehweiden oder bei einsamen Gehöften, über deren Dächern sich Rauch kräuselte. In einem Dorf nahe einer Schlucht wollten die Händler einen Führer anwerben, aber wie schon oft auf dem Marsch wichen die Menschen dem Zug der Unglücklichen aus, versteckten sich in ihren Häusern oder im Wald, bis er verschwunden war. Schließlich erklärte sich ein Ziegenhirt bereit, seine Herde vorübergehend in die Obhut eines anderen zu geben und die Fremden über die Berge zu führen – aber auch das erst, nachdem die Händler den angebotenen Lohn beinahe verdoppelt hatten.

Die Nacht verbrachten sie am Eingang der Schlucht. Als der Morgen dämmerte, setzte sich der Zug wieder in Bewegung. Schwerfällig kroch er zwischen den Felswänden hindurch, die sich an manchen Stellen so weit annäherten, dass der Himmel kaum noch zu sehen war. Danach ging es aufwärts. Steil wand sich der Pfad den Berg hinauf. Führte er zunächst durch dichten Wald, so wurde dieser mit der Zeit immer lichter. Niederes Buschwerk trat an die Stelle der Bäume. Als die Sonne gegen die Gipfel stieß, ließen die Händler das Lager errichten.

Erschöpft fielen etliche Sklaven in den Schlaf, ohne ihre kärgliche Mahlzeit einzunehmen. In der Nacht wurde es kalt. Windböen wirbelten um die Schneegipfel und trugen den Eishauch hinab bis ins Lager. Am nächsten Morgen ging es weiter bergan. Steinböcke beobachteten den Zug, der sich mühsam voranquälte. Hoch oben in den Lüften kreisten Bartgeier. Noch bevor die Sonne ihre volle Kraft entfaltet hatte, standen die Sklaven auf der Passhöhe. Aber wer auf eine Ebene und damit auf das Ende der Quälerei im Gebirge gehofft hatte, wurde enttäuscht: So weit das Auge reichte, erblickten sie nichts als Berge. Niedergeschlagenheit machte sich breit, in etlichen Gesichtern zeigte sich blankes Entsetzen. Neben Malina ließ sich eine Frau wimmernd zu Boden fallen, und erst die Tritte eines Wächters brachten sie wieder auf die Beine.

Aber war das Unglück der Sklaven auch groß, so konnte es immer noch größer werden. Zunächst ging es abwärts. Der Weg führte an einem Gebirgsbach entlang, der anfangs ruhig dahinplätscherte, sich aber schon bald durch Zuflüsse in einen reißenden Fluss verwandelte, der über Geröll und umgeknickte Bäume zu Tal stürzte. Irgendwann wurde der Weg enger. Felsen wuchsen auf der einen Seite empor und türmten sich zu einer steil aufragenden Wand, während auf der anderen Seite das Wasser tobte. Schließlich drang Donnern an ihre Ohren. Als sie näher kamen, sahen sie, dass der Fluss sich in einem gewaltigen Wasserfall in eine furchteinflößende Tiefe ergoss. Die Händler ließen Halt machen und überschütteten ihren Führer mit Vorwürfen. Der jedoch blickte sie unschuldig an, wies mit den Armen in alle Richtungen und schüttelte den Kopf. Unterdessen mahnten die länger gewordenen Schatten, dass die Zeit nahte, einen Platz für das Nachtlager zu suchen.

Nach kurzer Beratung gaben die Händler das Zeichen zum Weitergehen. Erneut stolperten Füße über scharfkantiges Gestein, rann Schweiß über ausgezehrte Körper, und das Stöhnen der Erschöpften erfüllte abermals die Luft. Dann war der Weg auf einmal zu Ende. Der Führer erblickte den Bergrutsch als Erster, als er um eine Felsnase bog. Auf einer Strecke von fast zwanzig Pferdelängen war der Weg weggebrochen bis auf einen schmalen Streifen an der Felswand, der in schwindelnder Höhe über dem Fluss klebte. Kreidebleich im Gesicht, die aufgebrachten Händler neben sich, stammelte der Führer Erklärungen für die eingetretene Lage, die letztlich aber nichts anderes waren als der Ausdruck seiner Ratlosigkeit, vor allem aber seiner Angst, die Händler könnten ihn für diesen Irrweg zur Rechenschaft ziehen.

Das rasche Sinken der Sonne erzwang eine Entscheidung. Der Anführer winkte einen der Wächter mit seinem Pferd herbei und deutete auf den Streifen, den der Bergrutsch von dem Pfad übrig gelassen hatte. Der Ausgewählte zögerte und starrte erst auf den Streifen, der ihm aus der Nähe noch weit schmaler erschien, dann auf das tosende Wasser in der Tiefe, bis sein Blick das Schwert erfasste, das der Anführer plötzlich in der Hand hielt. Aus dem Gesicht des Wächters wich alle Farbe. Er zögerte, wohl wissend, dass er keine Wahl hatte. Zahlreiche Augen folgten ihm, als er sich in Bewegung setzte.

Unten brüllte der Fluss. Das Schwert des Händlers im Rücken, setzte er einen Fuß auf den Pfad und tastete sich langsam voran, hinter ihm, an kurzem Zügel, sein Pferd. Als beide die Mitte bereits überschritten hatten, löste sich ein Stein und stürzte in die Tiefe. Einige weitere Steine folgten. Schon drohte das Tier zu scheuen. Doch einige quälende Augenblicke später hatten Reiter und Pferd die andere Seite erreicht. Der Händler schob das Schwert in die Scheide zurück und erteilte seinen Männern Befehle.

Tragsättel wurden überprüft, Lasten festgezurrt und die ersten Sklaven von ihren Ketten losgeschlossen. Nur getrennt sollten sie die Gefahr hinter sich bringen. Stürzte ein Einzelner in den Tod, wäre es ein Verlust – würde er andere mit sich reißen, wäre es eine Katastrophe. Drei weitere Wächter wechselten auf die gegenüberliegende Seite, um die Sklaven in Empfang zu nehmen, während die anderen ihre Peitschen in den Händen wiegten und mit Luchsaugen die von ihren Ketten Befreiten beobachteten. Niemand bemerkte, dass der Führer sich durch das Gewirr aus Menschen und Tieren heimlich nach hinten stahl und verschwand. Zwei mit Lasten beladene Maultiere wechselten mit sicherem Tritt über den Pfad, danach folgten die ersten Sklaven. Einige aufrecht, andere auf allen vieren kriechend, bewegten sie sich auf die andere Seite hinüber, wo sie von den Wächtern sofort wieder zusammengekettet wurden. Zwei weitere Maultiere folgten, danach kamen die nächsten Sklaven. Zögerte einer oder weigerte er sich, den Pfad zu betreten, so deuteten die Wächter mit der Hand nach unten und machten ihm auf diese Weise klar, was ihn im Falle von Ungehorsam erwartete.

Dann war Malina an der Reihe. Schwitzend vor Angst, tastete sie sich vorwärts, wie sie es bei den anderen beobachtet hatte. »Nicht nach unten schauen«, hatte ein Wohlmeinender ihr mit auf den Weg gegeben. Zuerst hielt sie sich daran, doch auf einmal erregte etwas ihre Aufmerksamkeit und sie sah in die Tiefe. Für einen Moment hatte sie das Gefühl, in den wild tobenden Fluss hinabgezogen zu werden. Aber ein rascher Blick zu der Felswand gab ihr neue Kraft. Mit angehaltenem Atem setzte sie einen Fuß vor den anderen, und ohne sich noch einmal beirren zu lassen, erreichte sie wohlbehalten die andere Seite. In höchster Anspannung verfolgte sie bald darauf, wie Myslaw und Heinrich das Hindernis überwanden. Erleichtert hätte sie beide am liebsten in die Arme geschlossen. Aber schon trug jeder von ihnen wieder Ketten, und wo eben noch eine Ahnung von Freiheit gewesen war – wenn auch nur für einen winzigen Moment und obendrein im Zeichen der Angst –, war alles wie zuvor.

Irgendwann bemerkten die Händler das Verschwinden des Führers. Zorn stieg in ihnen auf – Zorn auf den, der sie erst in die Irre geführt und sich dann aus dem Staub gemacht hatte, Zorn aber auch auf die Wächter, die seine Flucht nicht verhindert hatten. Man hätte dem Kerl einen Stoß verpassen sollen, schimpfte einer der Händler. Die richtigen Wege habe der nie und nimmer gekannt, nur Geld habe er verlangt, doch so seien diese Bergvölker nun einmal: habgierig und dumm. Worauf der Anführer ihm das Wort abschnitt mit der Bemerkung, was geschehen sei, das sei geschehen. Jetzt komme es darauf an, einen neuen Führer aufzutreiben, da man sich ohne Hilfe in den Bergen nicht zurechtfinden werde. Zunächst aber müsse man einen Lagerplatz suchen, denn in Kürze breche die Dunkelheit herein. Die beiden anderen Händler murmelten etwas Zustimmendes und wandten sich ab – gerade in dem Augenblick, als ein Wächter einen weiteren Sklaven vor den Engpass führte. Niemand bemerkte dessen Blick, eine Mischung aus Entkräftung, Verzweiflung und Hass. Eine tödliche Mischung. Einige Atemzüge lang verharrte er reglos, während der Wächter sich anschickte, ihn mit der Peitsche anzutreiben. Dann aber drehte der Sklave sich plötzlich um, warf sich mit seiner letzten Kraft gegen seinen Peiniger und riss ihn mit sich in die Tiefe.

Hart schlugen die beiden Körper auf dem Wasser auf, bevor sie von den Fluten mitgerissen wurden. Die Händler und Wächter stießen Flüche aus, während manch einer der Sklaven sich wünschte, er hätte den gleichen Mut aufgebracht wie sein Leidensgefährte. Der Anführer reckte das Schwert. Mit unmissverständlichen Gesten bedeutete er den Sklaven, dass er jeden von ihnen eigenhändig in den Abgrund stürzen würde, der den Anschein erweckte, sich widersetzen zu wollen. Nachdrücklicher als zuvor wurden nun die Sklaven über den Engpass getrieben, und so dauerte es nicht lange, bis der ganze Zug das Hindernis überwunden hatte. Im schwachen Licht des zu Ende gehenden Tages setzte sich der Sklavenzug noch einmal in Bewegung.

In einem aus fünf Häusern bestehenden Weiler fanden sie am folgenden Tag einen neuen Führer, diesmal einen, der das Land so gut kannte wie ein Pyrenäenfuchs sein Revier. In wenigen Tagen hatten sie das unwirtliche Gebirge hinter sich gebracht. Abermals tauchten sie in eine andere Welt ein. Vor ihnen erstreckte sich die Iberische Halbinsel. Von einigen kleinen Königreichen im Norden abgesehen, die sich zum christlichen Glauben bekannten, gehörte der überwiegende Teil dieses Landes Allah. Mehr als zweihundert Jahre zuvor hatten islamische Gotteskrieger unter ihrem Anführer Tariq ibn

Ziyad von Afrika her kommend die Meerenge überquert und waren in Spanien eingefallen. Durchdrungen von ihrem Glauben und beseelt von dem glühenden Verlangen, diesen zu verbreiten, waren sie in einem einzigen Siegeszug durch das Land gestürmt, hatten dessen Herren, die Westgoten, vom Thron gefegt und an der Stelle des Kreuzes das Banner des Propheten aufgepflanzt. Al-Andalus, so hatten sie das eroberte Land genannt. Geleitet von selbstbewussten Emiren und Kalifen, gestützt auf ein schlagkräftiges Heer, eine blühende Wirtschaft und eine vorzügliche Verwaltung, war es zu einem der mächtigsten und wohlhabendsten Reiche der Welt erblüht. Zu einem Reich vollendeter höfischer Prachtentfaltung und gleichzeitig zu einem Hort des Geistes, in dem Wissenschaft und Bildung eine einzigartige Wertschätzung erfuhren. Zu einem Land, dessen Ruhm weit über seine Grenzen hinausstrahlte und dessen Hauptstadt Córdoba selbst dem fernen Bagdad – dem glorreichen Mittelpunkt des östlichen Kalifats – in keiner Weise nachstand.

Als der Sklavenzug an einem klaren Oktobermorgen die Grenze dieses mächtigen Al-Andalus erreichte, wussten die Verschleppten von all dem nicht das Geringste. Stumm warteten sie, während die Händler sich bei den Wachposten nach Neuigkeiten aus dem Reich erkundigten, in dem sie zu Hause waren, von dem sie aber kaum Nachrichten hatten, seit sie zu ihrer Reise aufgebrochen waren. Auf gut unterhaltenen Straßen durchquerten die Gefangenen nun ein Land, dessen üppige Fruchtbarkeit selbst zu dieser Zeit, da das Jahr sich dem Ende zuneigte, sie in Erstaunen versetzte. Unter einem sonnigen Himmel wiegten sich schlanke Dattelpalmen im Wind, knorrige Ölbäume wechselten mit Pfirsichen und Feigen, ein ausgeklügeltes Netz von Staubecken, Kanälen und Gräben führte Wasser auf die Äcker, auf denen Getreide und Zuckerrohr wuchsen, Baumwolle und Reis. Hell leuchteten ihnen Dörfer und Städte mit weiß gekalkten Häusern entgegen. Oft trafen sie Maultierkarawanen mit schweren Lasten. Sie sahen Postreiter auf schnellfüßigen Kamelen, Bauern, die auf Eseln zu den Feldern ritten, dazu immer wieder Menschen, die in Gruppen zusammenstanden oder am Wegrand hockten und teils leidenschaftlich miteinander redeten. Alle in fremdartige Gewänder gekleidet und viele von ihnen mit so finsteren Gesichtern, dass den Sklaven ganz bange wurde.

Eine Woche folgte der nächsten, während sie über die Straßen dahinzogen und die Tage allmählich kürzer und die Nächte länger und kühler wurden. Noch längst war die Erde nicht zu Ende, wie sie es befürchtet hatten, stets tauchte hinter jedem Berg eine neue Ebene auf und hinter jeder Ebene ein neuer Berg. Schon wähnten manche, der Marsch könne womöglich noch Monate oder gar Jahre dauern, da näherten sie sich eines Tages endlich ihrem Ziel. Weder die Händler noch die Wächter verloren ein Wort darüber, aber dennoch spürten es alle. Dichter als zuvor lagen auf einmal die Dörfer, häufiger schimmerten prunkvolle Landhäuser hinter kunstvoll angelegten Gärten hervor, dazu füllten immer mehr Menschen die Landstraßen. Aus allen Richtungen kamen sie herbei – zu Fuß oder reitend, mit Karren oder mit Tragekörben auf dem Rücken – und reihten sich ein in den Strom, der beständig anschwoll, angezogen von einem Ziel, das zwar zu erahnen war wie der Strudel am Ende eines Sogs, einstweilen aber noch nicht sichtbar war.

Dann tauchte die Stadt endlich vor ihnen auf. Das Erste, was sie von ihr sahen, waren die Minarette, die sich wie riesige Finger in den tief blauen Himmel bohrten. Die Händler hielten die Pferde an und starrten sichtlich bewegt nach vorn. »Córdoba!«, stieß ihr Anführer mit belegter Stimme hervor, und »Córdoba!«, stimmten die beiden anderen mit ein. Auch die Wächter zeigten sich berührt. Die Sklaven hingegen schauten gleichgültig auf die Stadt und schwiegen. Sie schwiegen auch noch, als sie dem Ziel immer näher kamen, als die Kuppeln der mächtigen Moscheen und die flachen Dächer der mehrgeschossigen Häuser vor ihnen auftauchten. Umgeben von einer immer dichter werdenden Menge, bahnten sie sich ihren Weg – ausgemergelt und voll düsterer Erwartung, verbrannt von der Sonne, verdreckt und mit geschundenen Füßen, die die Länder zahlreicher Herren unter sich gespürt hatten. Am Ufer des Wad Al-Kabir – vor der Steinbrücke, die die Römer einst gebaut hatten – machten sie einen kurzen Halt, während der Anführer mit einem Stadtwächter sprach. Unten am Fluss waren Arbeiter damit beschäftigt, einen Pfeiler auszubessern. Am gegenüberliegenden Ufer machten sich andere an einem gewaltigen Schöpfrad zu schaffen, das die Stadt mit Wasser versorgte. Unterdessen drängte ein endloser Strom von Menschen und Tieren auf die Brücke und quälte sich über den Engpass auf das wuchtige Stadttor in der mit wehrhaften Türmen besetzten Mauer zu, um sich auf die dahinterliegende Stadt zu verteilen.

Die Sklavenhändler hatten mit ihrem Gefolge gerade die Brücke betreten, als es zu einem Zwischenfall kam. Eine mit roten Tüchern verhängte, von vier Negern getragene Sänfte prallte gegen einen Bauern, der einen Korb voll Orangen auf dem Rücken trug. Der Bauer kam ins Stolpern, und der Inhalt seines Korbes ergoss sich über die Brücke. Wortreiches Schimpfen setzte ein, während der Geschädigte auf die Knie ging und sich zwischen Beinen und Hufen an das Einsammeln seiner Früchte machte. Ein Trupp Lanzenreiter, der keineswegs gewillt war, sich von einem Bauern aufhalten zu lassen, machte das Durcheinander vollkommen. Nichts ging mehr, alles war ein großes Knäuel, dessen Entwirrung nur durch ein Wunder gelingen konnte. Heinrich stand eingeklemmt zwischen einem mannshohen Karrenrad und einem Jüngling mit einem Brett voller frischer Pasteten, deren würziger Duft ihm in die Nase stieg. Vor ihm und hinter ihm kämpften die Wächter darum, die Gefangenen zusammenzuhalten. Ihn schwindelte. Was für eine Welt war das, in die er geraten war! Was für ein kaum fassbarer Gegensatz zu allem, was er bisher gesehen hatte! Für einen Moment stand ihm die Brandenburg vor Augen, gerade sieben Monate war das her – ein Nichts gegenüber dem, was er hier vorfand. Eine unbedeutende Ansammlung von Holzhäuschen inmitten endloser Wälder, mit einer winzigen Zugbrücke und einer ebenso winzigen hölzernen Palisade, hinter der es kaum mehr Menschen gab, als hier allein auf dieser gewaltigen Steinbrücke. Was für eine Stadt musste das sein, die sich hinter der mächtigen Mauer verbarg! Was für eine riesige, unglaubliche Stadt!

Heinrich reckte sich, und seine Augen suchten Malina. Doch er konnte sie nirgends entdecken. »Endlich sind wir am Ziel«, vernahm er eine Stimme hinter sich. Sie gehörte einem Mann, der schon seit Prag dabei war. Und obwohl die Stimme unendlich müde klang, schwang eine gewisse Befriedigung mit. »Endlich?«, erwiderte ein anderer. »Ich kann nicht froh darüber sein. Weiß ich denn, was mich jetzt erwartet? Bisher wusste ich es immer, jedenfalls einigermaßen. Aber nun? Was wird morgen sein? Und was übermorgen?« Der Sprecher machte eine

Pause und fügte dann bitter hinzu: »Vielleicht sehne ich mich ja morgen schon nach dem Heute zurück.«

Die Antwort wurde von dem Knarren des Karrenrades verschluckt, das sich schwerfällig ein Stück weiter bewegte. Die Orangen waren eingesammelt, die Lanzenreiter verschwunden.

Ein Ruck an der Kette riss Heinrich aus den Gedanken. Ohne dass er den Füßen den Befehl dazu geben musste, begannen sie wieder zu laufen. Plötzlich entdeckte er Malina. Sie tauchte in einer Lücke auf, ihr Gesicht drehte sich ihm zu, und für die Dauer eines Atemzugs trafen sich ihre Blicke. Zu Tode erschöpft sah sie aus, gleichzeitig aber unsagbar traurig. Nun war es nur noch eine Frage der Zeit, bis ihre Wege sich trennten. Er wollte ihr zulächeln und ihr Mut machen, aber in diesem Augenblick schob sich ein Mann mit einem Affen zwischen sie, und nur noch die Bilder voneinander blieben ihnen und standen ihnen vor Augen, während sie mit den anderen Sklaven über die Brücke gingen und auf das riesige Tor zuhielten, den Eingang in die Stadt, in eine fremde Welt.

Den Eingang in ihr künftiges Leben.

Teil 2

Masdjid-i Djami, die Große Moschee von Córdoba, war eine Oase der Stille inmitten der lärmenden Welt, ein Ort der Besinnung in der Geschäftigkeit des Alltags und zugleich ein überwältigendes Zeugnis dafür, welch außergewöhnliche Leistungen Menschen zum Lobpreis des Allerhöchsten vollbringen konnten. Als einen steinernen Palmenhain hatten Dichter ihr Inneres beschrieben – einen vielstämmigen, sich scheinbar bis ins Unendliche fortsetzenden Wald aus schlank aufragenden Säulen, die von doppelten Hufeisenbögen überspannt wurden und eine schier unerschöpfliche Vielzahl von Durchblicken schufen, jeder einzigartig im Verlauf seiner Farben und Linien und voller Anmut und Harmonie. Weiche Wollteppiche bedeckten den Boden, auf denen die Gläubigen ihre Gebete verrichteten. Aus hochgelegenen Fenstern floss sanft der Tag herein und tauchte den Raum in ein dämmriges Licht. Brach die Dunkelheit an, zauberten kunstvoll verzierte Ampeln und Lüster den Sternenhimmel in die heiligen Hallen und erfüllten das Allerheiligste mit einem betörenden Glanz. Gegen Mekka gerichtet, erhob sich die Qiblawand mit der Maqsura, ein Ort, der dem Kalifen vorbehalten war, und mit dem Mihrab, der Gebetsnische mit den überwölbenden Kuppeln, geschaffen von den besten Baumeistern und den fähigsten Handwerkern im Auftrag des Kalifen Al-Hakam – ein Gebilde von solch erlesener Schönheit, das tausend mal tausend Worte nicht ausgereicht hätten, es angemessen zu preisen.

Unweit der Gebetsnische hatten sich zwei Männer mit dem Rücken an einer Alabastersäule niedergelassen. Die Augen starr auf die goldenen Schriftbänder auf rotem und azurblauem Grund gerichtet, gaben sie sich dem Fließen ihrer Gedanken hin. Längst war die Zeit des Mittagsgebets vorüber, war das letzte »Friede sei mit euch und Allahs Gnade« verhallt. Nur wenige Gläubige saßen noch beisammen und redeten in gedämpftem Ton miteinander.

»Allah sei gepriesen«, hob der Ältere der beiden an. »Er allein lenkt unsere Schritte. Er bestimmt den Weg, den wir gehen. So es ihm gefällt, werde ich im nächsten Jahr mein Haupt nicht unter fremden Sternen zur Ruhe betten. Mögen andere die Große Wüste durchqueren – ich werde in meinem geliebten Córdoba bleiben. Nach Sidjilmassa habe ich bereits eine Botschaft gesandt. Mein Vetter weiß, dass er ohne mich reisen muss.« Muhsin ibn Said strich mit der Rechten durch seinen langen Bart, der in zwei sorgfältig gepflegten Enden auslief. Seine Augen, sonst aufmerksam und wach, wirkten müde. Auf seiner Stirn lagen Falten. »Fünfzig lange Jahre wandele ich nun schon auf dieser Welt, dem barmherzigen Gott sei Dank dafür. Aus dem schmutzigen Jungen, der einst in einem schäbigen Loch in den Marktgassen von Sevilla zu Hause war, ist ein angesehener Handelsherr geworden. Muhammad al-Maqqari, der Bruder meiner Mutter – Allah sei seiner Seele gnädig! –, hat mich aus dem Dreck gezogen und mich gelehrt, wie man ein Vermögen macht. Heute besitze ich mehr, als er selbst jemals sein Eigen nennen konnte. Der Goldhandel verläuft zu meiner vollen Zufriedenheit; die Arbeit meiner Elfenbeinschnitzer weiß man sogar im Palast unseres erhabenen Kalifen zu schätzen – Heil und Segen seien auf ihm! Von dem Gedeihen meines Gestüts konntest du dich bereits überzeugen; und der Kauf der Galeere in Cartagena vor zwei Jahren hat sich als ein Glücksgriff erwiesen. Jawohl, es geht mir gut, lieber Freund. Ich besitze mehr, als ich mir jemals erträumt habe. Aber seit einiger Zeit verspüre ich eine nie gekannte Müdigkeit, und ich sehne mich nach dem Balsam der Ruhe. Und das, obgleich die Kräfte mich noch längst nicht verlassen haben. Zweifellos ist dies der Preis des Lebens, den der Allmächtige uns in seiner alles bedenkenden Weisheit auferlegt hat. Uns ebenso wie dem Adler, der – je älter er wird – immer mühsamer in den Himmel steigt.«

Als wollte er seine Worte unterstreichen, nickte Ibn Said bedächtig mit dem Kopf und richtete dabei den Blick auf den neben ihm Sitzenden. Abu Imran gehörte zu denen, die entgegengebrachtes Vertrauen wie einen Schatz hüteten. Er war schlank, wirkte fast schon asketisch, und besaß ein Gesicht, dessen Züge auf eine verblüffende Weise zugleich Neugier und Güte ausstrahlten. Von der Abstammung her war er kein Araber wie die meisten, die es in Al-Andalus zu Einfluss und Wohlstand gebracht hatten. Es war das Blut der nordafrikanischen Berber, das in seinen Adern floss – das Blut jenes Volkes, dessen Männer einst die Hauptlast bei der Eroberung des Landes getragen hatten, von denen es später aber nur wenigen gelungen war, gehobene Posten zu bekleiden, vor allem im Palast des Kalifen. Abu Imran war einer von ihnen.

»Es geschieht nichts ohne Allah, denn so steht es geschrieben: ›Uns wird nur das treffen, was Gott uns bestimmt hat.‹ Was immer wir tun, ist in einem Buch verzeichnet, und wenn es dir bestimmt ist zu ruhen, mein Freund, so wirst du ruhen.« Abu Imran ließ die Worte nachhallen, bevor er weitersprach. »Ich verstehe die Müdigkeit, die dich erfasst hat, denn auch ich kann mich ihr mit den Jahren immer weniger entziehen. Sie gleicht einem Wegelagerer: Lange liegt sie geduldig auf der Lauer, doch sobald sich die Gelegenheit bietet, überwältigt sie uns. Niemand vermag ihr zu entrinnen, wie du zu Recht bemerkt hast, denn so und nicht anders hat der Herr der Welten es eingerichtet. Und wer wären wir Menschen, wollten wir das, was Er uns bestimmt hat, beklagen!«

Ein Gläubiger in einem weißen Burnus näherte sich und nahm dicht bei ihnen vor dem Mihrab die Gebetshaltung ein. Abu Imran senkte die Stimme. »Aber zählt die Müdigkeit auch zu den festen Bestandteilen unseres Lebens, so gilt nicht minder, dass ihr Auftreten uns so manchen Genusses beraubt, dessen wir uns bis dahin erfreuen durften. Des Genusses zum Beispiel, auf eine Reise zu gehen ... Mir ist nicht verborgen geblieben, wie sehr du es immer wieder geschätzt hast, deiner Familie und deinen Freunden Lebewohl zu sagen, um ein weiteres Mal in die Ferne zu ziehen. Zwar waren die Reisen, die dich in die Große Wüste und noch weiter geführt haben, beschwerlich und obendrein voller Gefahr, aber stets waren sie auch ein Labsal für deine Seele und eine Medizin gegen die Unruhe, die du im Herzen trägst. Die meisten Menschen scheuen das Reisen wie eine lebensbedrohende Krankheit. Sie gleichen den Vögeln, die man in Käfigen hält, nur nehmen sie im Gegensatz zu diesen ihr Schicksal mit Dankbarkeit an. Deine Bestimmung jedoch ist die Bewegung, die Allah, der alles wohl Erwägende, in die Welt gesetzt hat, um uns die Großartigkeit seines Werkes vor Augen zu führen.« Abu Imran schwieg einen Moment. »Und dann sind da auch die Früchte deiner Unternehmungen«, setzte er mit einem freundschaftlichen Lächeln hinzu. »Wer wird in Zukunft das Elfenbein für deine Schnitzer herbeischaffen? Nie gab es einen Einkäufer, der anspruchsvoller war als du.«

Die Miene Ibn Saids, eben noch ein Spiegel seiner Sorgen, hellte sich auf. Er langte unter seinen Kaftan, zog einen in weiße Seide eingeschlagenen Gegenstand hervor und wickelte ihn behutsam aus. Ein kunstvoll geschnitztes Kästchen aus Sandelholz kam zum Vorschein. Der Deckel wurde von drei halb geöffneten Rosenblüten aus Elfenbein geziert, eine jede kaum größer als eine Olive aus Arbeca. »Rose – Wunder aller Blumen, die blühen. Jedes Blatt ein Zeuge der Liebe im Frühling.« Er reichte Abu Imran das Kästchen. »Kein Elfenbein eignet sich besser für die Königin der Blumen ... Sieh nur den rosafarbenen Schimmer, der diese Verwendung geradezu verlangt. Wenn es heißt, die Rose sei aus einem Schweißtropfen des Propheten entstanden, als er zum Himmel auffuhr – Allah segne ihn und spende ihm Heil! –, so vermittelt gerade dieser Werkstoff eine Ahnung davon. Er ist schwer zu beschaffen, denn im Land der Elefanten gibt es nur ein kleines Gebiet, in dem Tiere mit solch herrlichen Zähnen leben. Und« – fügte er mit einem Ausdruck des Stolzes hinzu – »in der ganzen großen Stadt Córdoba gibt es nur einen einzigen Händler, bei dem die daraus gefertigten Kostbarkeiten zu erwerben sind.«

Das Kästchen andächtig gegen das Licht drehend, betrachtete Abu Imran die zarten Blütenblätter, von denen keines dem anderen glich.

Ibn Said ließ einen Augenblick verstreichen, bevor er den Gesprächsfaden wieder aufnahm. »Deine Worte sind ein tiefer Blick in meine Seele, bester Freund. Ja, es ist wahr – Allah, der den Tatendrang schuf und die Trägheit, der die Bewegung in die Welt setzte und zugleich das Verharren, Er hat mich mit der Gabe der Unrast bedacht, dieser Erzfeindin der Müdigkeit, die sich zur Wehr setzen wird, solange sie kann. Bald wird das Jahr sich erneuern. Die Tage werden länger, die Sonne wird erneut ihre Wärme über uns verströmen, und die Kräfte unseres Lebens werden sich wieder entfalten. Vielleicht lässt der Barmherzige auch mir noch einmal Flügel wachsen und gewährt mir in dem Jahr, das auf das nächste folgt, die Gnade einer letzten Reise. Jawohl, einer letzten – du hast richtig gehört. Die verschleierten Männer der Wüste haben ein Sprichwort, und obwohl sie wilde Heiden sind und finstere Götzen anbeten, anstatt die Weisheit in der Wahrheit zu suchen, sollte man ihre Erfahrungen nicht geringschätzen. ›Wer sechs Mal die Wüste durchquert hat‹, sagen sie, ›der hat sein Glück bis zum Äußersten ausgereizt.‹ Meine nächste Reise wäre die sechste.« Er zögerte, und als er weitersprach, hatte seine Stimme einen anderen Klang: »Nach dieser Reise wird Qasim meine Nachfolge antreten.«

Abu Imran öffnete den Mund, um zu antworten, zog es jedoch vor zu schweigen. Nachdenklich wanderte sein Blick über die Medaillonmuster des Teppichs, auf dem sie saßen. Nahe der Gebetsnische hatte der Gläubige mit dem weißen Burnus sich erhoben und schickte sich an zu gehen.

»Ich kenne die Sätze, die du in deinem Mund verschlossen hast«, hob Ibn Said nach einer Weile erneut zu sprechen an. »Und ich weiß, dass du es getan hast, um Kummer von mir fernzuhalten. Glaub mir, deine Sorge um mich tut mir wohl. Aber verhält es sich nicht so, dass die Wirklichkeit auch ohne das Wort ist, was sie ist? Qasim ist ein schlechter Sohn, niemand könnte das leugnen. Und ein schlechter Sohn ist eine Warze im Gesicht seines Vaters: Belässt man sie dort, ist es ein Makel; schneidet man sie, ist es ein Schmerz. Ich habe mich für den

Makel entschieden, da Qasim mein einziger Sohn ist. Außer ihm habe ich niemanden, der mein Werk fortsetzen könnte. Es ist seine Pflicht, mein Geschäft zu übernehmen, denn er schuldet seinem Vater Gehorsam.« Auf das Gesicht Ibn Saids legte sich ein Schatten. »Indes macht er keinen Hehl daraus, wie wenig es ihm zusagt, in meine Fußstapfen zu treten. Natürlich weiß er die Früchte meiner Arbeit zu genießen. Nur sind ihm die Beschwerlichkeiten ein Gräuel, die sie mit sich bringt. Qasim hasst Afrika, das hat er mich auf jeder unserer Reisen spüren lassen. Er verabscheut die Karawanen, mit denen wir die Schätze des Südens herbeischaffen, und verflucht jede Unzuträglichkeit, der er sich ausgesetzt sieht. Dabei sind ihm diese Gefühle nicht einmal zu verdenken, denn auch mir bereiten Entbehrungen Verdruss. Nur hat der Allweise – gelobt sei sein Name! – es nun einmal so eingerichtet, dass das Gute sich oft mit dem Schlechten vermählt. Qasim dagegen sucht nur das Gute. Seine Welt ist der grenzenlose Genuss. Weiche Polster und gutes Essen, Wein, Pferderennen und Glücksspiele – das sind die Dinge, mit denen er am liebsten seine Tage verbringt, umgeben von Speichelleckern und Schmarotzern, die an ihm hängen wie Fliegen. Qasim liebt das Geld, und noch mehr liebt er es, das Geld mit vollen Händen auszugeben. Die Arbeit jedoch scheut er. Schlechte Voraussetzungen, ihm meine Geschäfte …«

Ein nachdrückliches Räuspern ließ Ibn Said innehalten. Er hob den Kopf.

Wenige Schritte entfernt stand ein Palastdiener. Nachdem er gegrüßt hatte, beugte er sich zu Abu Imran nieder und flüsterte ihm etwas ins Ohr.

Ibn Said runzelte fragend die Stirn, und je länger der Diener redete, umso stärker wuchs in ihm der Verdacht, dass das gerade erst aufgenommene Gespräch bereits beendet war. Ein knappes, an den Diener gerichtetes »Der Wunsch meines Herrn ist mir Befehl« brachte die Bestätigung. Gleich darauf war der Bote verschwunden.

»Das Leben ist eine Aneinanderreihung von Unvorhersehbarem«, wandte sich Abu Imran an seinen Freund. »Eben noch plante ich, dich nach unserem Gespräch auf den Sklavenmarkt zu begleiten, und nun verlangt man im Palast nach mir. Mein Herr, der Sahib al-Medina, sieht sich gewissen Schwierigkeiten gegenüber, und ich, wenngleich nur ein einfacher Qatib, soll ihm bei ihrer Bewältigung zur Seite stehen.« Ein Lächeln spielte um seinen Mund. »Ein weiteres Beispiel, dass das Leben von uns Sekretären doch nicht so beschaulich verläuft, wie man außerhalb der Palastmauern anzunehmen geneigt ist.« Er nahm das Buch, das neben ihm lag – eine Abhandlung des persischen Astronomen Abd ar-Rahman al-Sufi über Fixsterne – und kam auf die Füße. »Wenn es dir recht ist, so lass uns noch ein kurzes Wegstück gemeinsam zurücklegen. Beim Suq der Brokatverkäufer mögen sich unsere Wege dann trennen.«

Ibn Said erhob sich ebenfalls. »Wie gern hätte ich die Freude unseres Beisammenseins noch länger genossen! Doch ist mir bewusst, dass eine so wichtige Persönlichkeit wie du sich ihren Pflichten nicht entziehen darf. Allerdings bitte ich dich, auf meine Begleitung zu verzichten. Die Stunde meines Zusammentreffens mit Qasim ist noch nicht angebrochen. Bis es so weit ist, möchte ich an diesem wunderbaren Ort verweilen, an dem die Gedanken so klar fließen wie das Wasser einer Quelle. Zur verabredeten Zeit werde ich mich dann auf den Sklavenmarkt begeben.« Er breitete die Arme aus. »Allah schütze und behüte dich, mein Freund! So es Sein Wille ist, wird uns schon bald die Freude eines Wiedersehens zuteil werden.«

»Der Allmächtige behüte auch dich!« Beide umarmten sich. Dann strich Abu Imran seinen pelzverbrämten Kaftan glatt, rückte seinen Turban zurecht und strebte mit zügigen Schritten dem Ausgang entgegen.

Mehrere Männer ließen sich dicht bei dem Zurückgebliebenen nieder, darunter einer, der den Tailasan eines Gelehrten über den Schultern trug. Ibn Said kannte den Mann von den Gebetszeiten her, ein angesehener, gleichwohl unangenehmer Zeitgenosse, der als Lehrer an der Medrese der Moschee wirkte, jener Hochschule, die vielen als eine der bedeutendsten der Welt galt und aus der nicht nur zahlreiche herausragende Korankenner und Rechtsgelehrte hervorgegangen waren, sondern ebenso befähigte Mediziner und hochbegabte Mathematiker. Kaum saßen die Männer, als der Lehrer mit einer schnarrenden Stimme seine Unterweisung begann, die wie ein rostiges Messer durch die Stille schnitt. Ibn Said zeigte sich verärgert. Nötigte die Unhöflichkeit der anderen ihn doch, entweder diesen das Unziemliche ihres Verhaltens zu verdeutlichen und es damit womöglich auf einen Streit ankommen zu lassen oder aber – der Heiligkeit des Ortes angemessener – nach einer Insel der Ruhe Ausschau zu halten. Suchend streifte er durch den Raum, bis er einen Platz fand, der seinen Vorstellungen entsprach, und ließ sich nieder.

Ibn Said schloss die Augen und lauschte seinem Atem, doch innere Ruhe wollte sich nicht einstellen. Immer wieder wanderten seine Gedanken zu Qasim. Weit stärker, als er es sich gewünscht hätte, beeinflusste dieser sein Denken, Fühlen und Handeln. Ein Umstand, der unter anderem auf Qasims höchst ärgerliche Eigenart zurückzuführen war, sich stets aufs Neue in Schwierigkeiten zu bringen, wohl wissend, dass sein Vater alles unternehmen würde, ihn daraus zu befreien. Wie zuletzt vor einigen Tagen, als Qasim um ein Haar vor den Qadi gezerrt worden wäre.

Alles hatte damit angefangen, dass ein Gürtelmacher aus der Gegend um den Al-Burdi-Friedhof sich ins Unglück geredet hatte. Ausgestattet mit einem lockeren Mundwerk, war er wiederholt über seine Mitbürger hergezogen und hatte bösartige Gerüchte und Verleumdungen in die Welt gesetzt, wobei er selbst vor höhergestellten Personen nicht Halt gemacht hatte, stets davon überzeugt, dass die Betroffenen von seinen Gehässigkeiten nichts erfahren würden. Lange war alles gut gegangen, von blauen Flecken und einem ausgeschlagenen Zahn abgesehen, dessen Verlust er gegenüber Unwissenden als die Folge eines Sturzes ausgegeben hatte. Und hätte er nicht gerade den Sahib al-Schurta ins Visier genommen, den Befehlshaber der Wachen, dessen Residenz sich in der Palaststadt gleich neben der des Kalifen befand, wäre er vielleicht auch weiterhin davongekommen. So aber stieß er sich selbst in den Abgrund, als er auf einem viel besuchten Räuchermarkt jenen hochrangigen Würdenträger, einen Araber, als einen Nachfahren von Wüstenräubern bezeichnete und ihn zu allem Überfluss auch noch der Habgier bezichtigte. Die Worte des Gürtelmachers waren kaum verklungen, da wurde er bereits festgenommen und abgeführt. Kurz darauf fand er sich in einem Käfig neben dem Toledo-Tor wieder, nachdem ihm der Henker zuvor mit Nadel und Faden den Mund zugenäht hatte.

Am Abend desselben Tages war Qasim mit einigen Freunden an dem Missetäter vorbeigekommen. Qasims

Zunge war gelöst von reichlichem Weingenuss, und so blieb er vor dem Käfig stehen, brach über die Art der Bestrafung in Gelächter aus und verkündete, er kenne jemanden, bei dem diese ebenfalls Anwendung finden sollte. Noch bevor seine Begleiter ihn in seinem Übermut zügeln konnten, nannte er auch schon laut dessen Namen und sprudelte Belastendes hervor: Khalil al-Din, ein zum Islam übergetretener Christ, der vorgebe, sein Geld mit Rubinen aus Málaga und Beja zu verdienen, es in Wahrheit aber aus dunklen Geschäften beziehe, weshalb man ihn einen »Vater der Lügen« nennen dürfe. Wie das Schicksal es fügte, hörte einer der Umstehenden die Vorwürfe, der sowohl den Geschmähten als auch den Schmäher kannte. Und da er sich Ersterem zugeneigt fühlte, berichtete er ihm, was er gerade von Qasim ibn Muhsin gehört hatte. Worauf Khalil al-Din umgehend sein, Ibn Saids, Haus aufsuchte, ihm wutentbrannt von den beleidigenden Worten seines Sohnes berichtete und ihm mit vor Zorn bebender Stimme mit dem Qadi drohte. Hätte er sich nicht bereitgefunden, auf der Stelle eine größere Geldsumme zu zahlen, hätte der Aufgebrachte seine Drohung noch zur selben Stunde wahr gemacht. Erst als die Summe nach allerzähestem Feilschen ausgehandelt und übergeben war, glätteten sich Khalil al-Dins Gesichtszüge ein wenig, und er verschwand, wenngleich immer noch jammernd ob seiner beschmutzten Ehre.

Achtundneunzig Dinar und sieben Dirham für die Dummheit, eine mutmaßliche, aber kaum zu beweisende Wahrheit zur falschen Zeit am falschen Ort ausgesprochen zu haben! Ibn Said seufzte. Hinter seinen geschlossenen Lidern stapelten Hände goldene Dinare zu einem Turm auf und stürzten ihn anschließend um. Welch ein hässliches Bild! Was für eine scheußliche Erinnerung, die ihm auch jetzt noch die Zornesfalten auf die Stirn trieb! Er befahl sich, die Augen zu öffnen. Obwohl die Zeit seiner Verabredung noch nicht gekommen war, beschloss er zu gehen. Er sprach ein kurzes Gebet, stand auf, ordnete seine Kleider und strebte mit gemessenen Schritten auf eines der Tore zu, durch das er vom Betsaal in den Moscheehof gelangte. Hochstämmige Palmen umstanden die Brunnen mit dem Quellwasser aus der Sierra Morena, an denen die Gläubigen ihre Waschungen vornahmen. Einen flüchtigen Blick auf das Minarett werfend, von dem der Muezzin die Gläubigen zum Gebet rief, hielt er auf das Haupttor der Moschee zu und trat auf die Straße.

Eine Welt vielfältiger Geräusche, Gerüche und Bilder nahm ihn in Empfang. Kurz verharrte er und sog die klare Dezemberluft ein. Mehrere Bettler näherten sich und streckten ihm wortreich die Hände entgegen; von der Seite trat ein Junge auf ihn zu und bot ihm die Dienste seines Meisters an, eines jener Schreiber, die sich zu Füßen der Moschee niedergelassen hatten, um mit makelloser Schrift und in wohlgesetzten Worten zu Papier zu bringen, wofür ihre Auftraggeber sie bezahlten. Ibn Said erteilte dem Jungen eine Abfuhr – ein Kaufherr wie er hatte seine eigenen Schreiber –, gab den Bettlern ein Almosen, wie sein Glaube es verlangte, und wandte sich zum Gehen. Mit ein paar Schritten reihte er sich in die Menge ein, die an der Moscheemauer vorbeiflutete, sich in die angrenzenden Gassen ergoss und von dort neuen Zulauf erhielt. Um ihn herum liefen Menschen jedweder Herkunft, die meisten Nachfahren der alteingesessenen Bevölkerung, dazu Araber, Berber und Kabylen, allesamt von Fremden als Mauren bezeichnet. Er sah hellhäutige Slawen und Männer mit pechschwarzer Haut; Moslems gingen neben Juden und Christen; da waren die verschleierten Anhängerinnen des Propheten und gleich daneben die Frauen der anderen Religionen des Landes, die freimütig ihre Gesichter zeigten; es gab Freie, Freigelassene und Sklaven – eine Mischung, die ebenso bunt war wie die Kleider der Menschen oder die Auslagen in den Läden.

»Kauf Wasser, Herr! Kauf frisches Wasser!« Eine Hand mit einer verbeulten Kupferschale streckte sich Ibn Said entgegen, überragt von einem Gesicht, dessen gewinnendes Lächeln ihm keine Wahl ließ. Ibn Said nahm die Schale, trat zur Seite – wobei er fast einen auf einer Kiste stehenden Rawi umgestoßen hätte – und trank.

Der Geschichtenerzähler schien die Bedrohung nicht bemerkt zu haben, sondern redete weiter auf seine Zuhörer ein. »Als die Nacht sich zur Ruhe legte und der neue Tag erwachte«, hörte Ibn Said ihn sagen, »da kamen sie an einen Fluss, der war so breit, dass sie nicht das andere Ufer erblicken konnten. Nirgends gab es eine Fähre und erst recht keine Brücke. Darauf begann die Frau des Eseltreibers heftig zu weinen. ›Wie können wir jetzt noch das Land der süßen Rosinenreiskuchen erreichen, das der Schlangenkönig uns versprochen hat?‹, jammerte sie unter Tränen. Der Eseltreiber gebot ihr, stille zu schweigen. So wie sie den Berg aus Eisen überwunden hätten, erklärte er, so würden sie auch den großen Fluss überwinden. Und nachdem er diese Worte gesprochen hatte, schlug er abermals seine Zaubertrommel und rief den dienstbaren Djinn herbei. Kaum hatte dieser von den Sorgen der beiden erfahren, als er den Fluss in tausend Bäche zerteilte, durch die sie mühelos hindurchwaten konnten. ›Nun siehst du wohl, du einfältiges Weib, dass wir das Land der süßen Rosinenreiskuchen doch erreichen können‹, schalt sie der Eseltreiber. Und noch bevor Sonne und Mond sich am Himmel abwechselten, standen die beiden am anderen Ufer.«

Ein Lastenträger mit einem Korb voll abgeschlagener Schafsköpfe auf dem Rücken lobte die Geschichte und forderte den Rawi mit einem ungeduldigen »Und was geschah dann?« zum Weiterreden auf. Ein faltiger Alter mit einem maulbeerfarbenen Turban nickte zufrieden mit dem Kopf.

Ibn Said reichte dem Händler die leere Schale, bezahlte das Wasser und wechselte auf die andere Straßenseite. Nahe dem Judenviertel tauchte er in das Labyrinth der Gassen ein.

Metallisches Hämmern drang ihm aus halbdunklen Werkstätten entgegen. In Kupferschüsseln und Tabletts aus poliertem Messing spiegelten sich Öllampen, die einen mühsamen Kampf gegen die Schatten führten. Ibn Said grüßte einen Händler, bei dem er einen Leuchter in Auftrag gegeben hatte, und bog in die Straße der Sattler ein. Als er einen Platz mit einem Brunnen überquerte, kam ihm eine Frau entgegen, eine Berberin mit einem stolzen Gesicht und einem selbstbewussten Blick, der noch dem höchsten Würdenträger im Palast des Kalifen gut angestanden hätte. Silberschmuck floss vom Hals auf ihre fülligen Brüste, die sie wie Trophäen vor sich hertrug. Ibn Saids Gedanken wanderten zu Aamina, jener Perle, die er kurz vor dem Geburtstag des Propheten in sein Haus geholt hatte und die eindrucksvoll die oft gehörte Ansicht bestätigte, dass Berberfrauen von all ihren Geschlechtsgenossinnen den höchsten Liebesgenuss versprachen. Plötzlich erinnerte er sich an die Weisheit, wonach Frauen süß duftenden Kräutern glichen, die den Duft rasch verloren, wenn man sie nicht hegte, und er beschloss, Aamina eine Freude zu machen. Er wendete sich nach links und kehrte auf kürzestem Weg zur Hauptstraße zurück. In der Nähe der Geldwechsler entdeckte er die Gesuchten. Beflügelt von der Erwartung, dass seine geplante Ausgabe reiche Früchte tragen werde, ging er auf denjenigen zu, den er für den Anführer hielt und kam ohne Umschweife zur Sache: »Ich brauche eure Dienste.«

Der Angesprochene, blind wie die drei neben ihm, drehte Ibn Said das Gesicht zu. »Allah segne dich, Herr, dass du uns diese Ehre erweisen willst!«, entgegnete er und verbeugte sich. »Du kannst gewiss sein, dass du eine gute Wahl getroffen hast, denn jeder von uns ist ein Meister seines Fachs. Was immer du von uns verlangst, Herr – wir bringen es zu Gehör und entzücken jedes Ohr, das uns lauscht. Ich selbst spiele den Oud, mal weich und schmelzend, mal mit schwindelerregenden Sprüngen, denen selbst der große Ziryab seine Anerkennung nicht versagt hätte. Hasan beherrscht die Nay wie kein anderer. Mit seinen Tönen bringt er die Seelen der Zuhörer zum Schwingen. Hören Frauen sein Spiel, so macht es sie für die Liebe bereit. Mein guter Freund Ahmad streicht den Rebab, seit er die Hände bewegen kann. Und Harun schlägt die Darbuka wie ein …« Der Rest seiner Worte ging in einem Trommelwirbel unter, den der Erwähnte als Nachweis seiner Kunstfertigkeit zum Besten gab. Als er geendet hatte, wollte der Anführer seine Rede fortsetzen, doch Ibn Said unterbrach ihn. »Kommt zur Zeit der Dämmerung, wenn die ersten Lichter angezündet werden«, sagte er und beschrieb die Lage seines Stadthauses. »Tretet ihr den Beweis an, dass deine vollmundigen Ankündigungen mehr sind als leichtfertige Prahlereien, so soll es euer Schaden nicht sein.«

Der Anführer verbeugte sich ein zweites Mal; Hasan bedankte sich mit einer Melodie auf der Nay.

Ibn Said wandte sich ab. Nicht nur der Anblick des Himmels und der tausend alltäglichen Dinge blieb den Blinden verschlossen – auch Frauen waren unsichtbar für sie. Der Grund, weshalb sie Zutritt zu den Harems hatten.

Als Ibn Said seinen Weg fortsetzte, empfand er auf einmal jene Leichtigkeit, die er im Gegensatz zu früher nur noch selten verspürte, die Aamina jedoch ganz besonders an ihm schätzte. Unbewusst blieb er stehen, und für einen Moment fühlte er sich wie auf einer Insel. Aber nur wenige Atemzüge später, während er erneut mit der lärmenden Menge dem Herzen der Medina zutrieb, hatten die Sorgen ihn wieder eingeholt. Nicht mehr lange, und die Zeit seiner Verabredung mit Qasim war gekommen. Mit Qasim, dem Unzuverlässigen, bei dem noch nicht einmal sicher war, ob er überhaupt erschien. Mit Qasim, der immer wieder Schwierigkeiten machte. Mit Qasim, der es fertigbrachte, sogar Aamina in den Hintergrund zu verbannen, nur um sich selbst umso nachdrücklicher in den Mittelpunkt zu drängen.

»Kauft Gebäck, gute Leute!«, vernahm Ibn Said plötzlich aus nächster Nähe die Stimme eines Zuckerbäckers. »Kauft süßes Gebäck! Es verwöhnt eure Gaumen und versüßt euer Leben.«

»Es versüßt euer Leben …«, knurrte Ibn Said und warf dem Bäcker einen solch verdrießlichen Blick zu, dass dieser für einen Augenblick das Anpreisen seiner Köstlichkeiten vergaß.

»Vielleicht täte es dir gut, Bruder, ein Stück davon zu essen!«, mischte sich ein anderer ein.

Ibn Said drehte sich zu dem Sprecher. Neben ihm, in

einem von einem Jungen gezogenen Holzkarren, saß ein Mann oder richtiger gesagt: der Rumpf eines Mannes, denn viel mehr gab es nicht. Zwei dünne Anhängsel befanden sich dort, wo gewöhnlich die Beine ihren Platz hatten, und auch die Arme waren nicht mehr als zwei handlange Fleischlappen. Der Kopf des Mannes saß schief über der aufgeblasenen Brust. »Vielleicht hat Allah – gelobt sei sein Name! – den Zucker ja gerade deshalb erschaffen«, fügte er seiner Aufforderung hinzu, »um uns die bitteren Seiten des Lebens ein wenig erträglicher zu machen.«

Ibn Said zögerte und zog dann eine Münze hervor. »Vielleicht«, murmelte er, mehr an sich selbst als an den anderen gerichtet. Er drückte dem Zuckerbäcker die Münze in die Hand, nahm zwei Gebäckstücke entgegen und reichte eines davon dem Karrenmann. »Ja, vielleicht verhält es sich so, Bruder«, sagte er, diesmal mit Nachdruck. Und während er sich bereits abwandte und den Weg zum Sklavenmarkt einschlug, biss er herzhaft in sein Gebäck.

Als Muhammad sich auf seiner nächtlichen Reise von Mekka nach Jerusalem befand, erschien ihm der Engel Gabriel und bot ihm zwei Trinkgefäße an. Das eine enthielt Milch, das andere Wein. Der Prophet betrachtete beide und nahm dann die Milch. Worauf der Engel Allah pries, der seinen Gesandten recht geleitet hatte.

Qasim ibn Muhsin hätte sich für den Wein entschieden.

Bleich im Gesicht, mit schmerzendem Kopf und bleiernen Gliedern lehnte er an einem Fenster und starrte auf einen Punkt in der Ferne, der eine Pferdeherde hätte sein können, eine Prozession zum Grab eines heiligen Mannes oder etwas ganz anderes, was Qasim jedoch völlig gleichgültig war. Das Fenster, von zierlichen Säulen aus dem rötlichen Marmor der Sierra de Cabra eingefasst, befand sich im oberen Stockwerk des Landhauses seines Vaters und bot einen einzigartigen Ausblick über den prächtigen Garten hinweg auf die von Adelssitzen und Hofgütern übersäte fruchtbare Ebene zu beiden Seiten des Wad al-Kabir und auf das Häusermeer der Stadt Córdoba. Am Horizont zeichneten sich unter einem wolkenverhangenen Himmel die Berge der Sierra Morena ab.

Ein Rotmilan erregte Qasims Aufmerksamkeit. Der Vogel flog von der Mauer des Anwesens auf und glitt im Suchflug über die Felder und Haine. Seine Flügel schlugen einen gleichmäßigen Takt, während er mit scharfem Blick den Boden beobachtete. Nach einer Weile stieg der Vogel höher. Er legte sich in den Wind, segelte geschickt in der Strömung und ließ sich mit ausgebreiteten Schwingen höher tragen, bis er gegen die Wolkendecke kaum noch erkennbar war.

Eine Hand, weich und warm, legte sich auf Qasims Schulter. »Der fliegt weit besser als Ibn Firnas«, sagte eine Stimme. Der Angesprochene nickte, doch die Bewegung rief ihm nur erneut seinen Zustand in Erinnerung. »Weit besser«, bestätigte er, die Augen noch immer zum Himmel gerichtet. Am Vortag hatten sie von ihm gesprochen, als sie in Córdoba an seinem Turm vorbeigegangen waren – Abu l'Qasim Abbas ibn Firnas, vor hundert Jahren einer der klügsten Köpfe seiner Zeit. Ein Musiker und Astronom und beinahe der erste Mensch, der sich wie ein Vogel in die Lüfte erhoben hätte. Lange hatte er alles bedacht und sorgfältig berechnet. Ein Paar mächtige Schwingen aus Federn hatte er sich gebaut. Aber als es so weit war und er sich von dem Turm abstieß – zu seinen Füßen eine unübersehbare Menge –, da war er zwar ein Stück weit geglitten, dann jedoch wie ein Stein in die Tiefe gestürzt. Schwer verletzt auf dem Krankenbett liegend, hatte er später jedem Besucher erklärt, nicht die Flügel trügen die Schuld an seinem Missgeschick, sondern der fehlende, von ihm in seiner Bedeutung für das Fliegen nicht ausreichend erkannte Vogelschwanz.

Die Hand löste sich von Qasims Schulter, kreiste suchend über einer Silberschale mit kandierten Früchten und kehrte mit einer Aprikose an Qasims Lippen zurück. Dieser unterdrückte aufkeimende Übelkeit und antwortete mit einer abwehrenden Geste. Als er sich umdrehte, blickte er in ein rundliches Gesicht, das über einem fast ebenso rundlichen Körper thronte und dessen hervorstechendes Merkmal ein fransiger Bart war. Den gängigen Vorstellungen zufolge war Yazid al-Malik alles andere als ein ansehnlicher Mann. Aber er war reich. Als Gewürzlieferant des Kalifen hatte er ein Vermögen gemacht, und seither bewegte er sich in einem Teil der höheren Gesellschaft Córdobas – wenn auch nicht in ihrem feinsten – wie ein Fisch im Wasser.

»Du solltest dir ein stärkendes Mahl zubereiten lassen.« Yazids Stimme klang besorgt. »Der Ritt in die Stadt steht bevor, die Verabredung mit deinem Vater. Und wer weiß, welche Anstrengungen der Tag dir sonst noch abverlangen wird …«

Qasims Miene, die sich bei der Erwähnung seines Vaters verfinstert hatte, hellte sich wieder auf. »Deine Fürsorge, lieber Yazid, ist die beste Linderung für mein Leiden.«

Er klatschte in die Hände.

Eine Tür wurde geöffnet, und ein schwarzer Diener erschien.

Qasim erteilte seine Anweisungen, und der Diener zog sich zurück. »Als könnte er diese verdammten Sklaven nicht allein kaufen!«, knurrte er – nicht zum ersten Mal an diesem Vormittag, seit er nach dem nächtlichen Gelage mit seinen Freunden zum Landsitz seines Vaters zurückgekehrt war und von dessen Wunsch erfahren hatte, er möge ihn bei seinem Vorhaben begleiten. Ein Wunsch, der ihm keine Wahl ließ und ihm einmal mehr das Gefühl gab, ein Gefangener des väterlichen Willens zu sein.

Von den mit Kissen bedeckten Sitzpolstern hinter dem niedrigen Zedernholztischchen drang Gelächter herüber. Qasim zog den Seidenvorhang vor das Fenster und ließ sich mit Yazid bei den beiden anderen Männern nieder, die seit ihrer Ankunft in dem Haus ohne Unterlass miteinander sprachen. Mulai ar-Rufasa, der Ältere der beiden, entfernte gerade mithilfe eines elfenbeinernen Zahnstochers Feigenkerne aus seinen Zähnen, was ihn indes nicht hinderte, seine Rede fortzusetzen. »Ahmad hat mir von einem Geldverleiher berichtet, der seinen Frauen Pillen unter das Essen mischt, um sie sinnlich zu machen. Die Pillen bestehen aus Safran und Mohn, vermengt mit Betel und Hanf und ein wenig Stechapfel. Ihre Wirkung soll ganz erheblich sein. Manchmal kann der Geldverleiher kaum noch seiner Arbeit nachgehen, so sehr schwächt ihn ein Besuch in seinem Harem. Ein anderer bereitet für sich selbst einen Liebestrank, hat Ahmad mir erzählt, unter anderem mit Eisenfeilspänen. Der soll ebenfalls höchst wirksam sein.«

Yazid winkte geringschätzig ab. »Spielereien! Kinderkram! Allah, der Allgütige, der uns nicht nur die Werkzeuge der körperlichen Liebe gegeben hat, sondern auch den Verstand, sich ihrer bestmöglich zu bedienen – Er hält ein noch weit besseres Mittel für unseren Genuss bereit: das Pulver der Spanischen Fliege.« Er zwinkerte Qasim zu. »Die Spanische Fliege oder gar nichts!«

Muhammad ibn Musa, der vierte im Bunde, hob abwehrend die Hände. »Gewiss, mein Freund, die Fliege ist gut. Ja, sie vermag geradezu Unvorstellbares zu bewirken. Aber sie ist äußerst gefährlich. Nur eine Prise zu viel und ...« Er verdrehte die Augen wie ein Sterbender.

Yazid wollte antworten, aber Mulai kam ihm zuvor. In der Gewissheit, einen besonders wertvollen Beitrag zu dem Gespräch leisten zu können, ließ er seinen Zahnstocher fallen und beugte sich vor. »Kennt ihr Djafar Abdal, den Seidenhändler aus der Oststadt? Nein? Eine köstliche Geschichte! Im letzten Jahr war's, ich kann mich genau erinnern. Es war der Tag, an dem wir wie heute zusammensaßen, um unseren guten Qasim wieder einmal in die Wüste zu verabschieden.«

Die Erwähnung der Wüste ließ Qasim gereizt den Mund verziehen, doch Mulai ging darüber hinweg. »Ursprünglich war Djafar Abdal ein Sklave und gehörte ebenso wie seine Brüder dem Betreiber einer Waffenschmiede in Toledo. Nach dem Tod des Waffenschmieds wurden die Sklaven verkauft, und mein Vater hat Djafar übernommen. Damals hatte mein Vater gerade sein erstes Vermögen gemacht: Er war in das Quecksilbergeschäft eingestiegen und hatte sich an einem Bergwerk in Almaden beteiligt. Da er fortan ein großes Haus führte, benötigte er viele Diener. In dem Jahr, als unser ruhmreicher Kalif Abd ar-Rahman starb – Gott schenke seiner Seele Frieden! –, hat mein Vater Djafar dann wieder freigelassen, zusammen mit neun weiteren Sklaven.« Mulai ließ die Worte einen Augenblick im Raum hängen. Die Freilassung eines Sklaven galt als ein gottgefälliges Werk.

Zehn Sklaven auf einmal freizugeben war indes nur wenigen möglich, stellten sie doch einen erheblichen Wert dar. »Der Grund für den Großmut meines Vaters ist schnell erklärt: In seiner Grube hatte sich ein Unglück ereignet, kurz darauf war seine Lieblingsfrau, meine Mutter, gestorben. Als dann auch noch einer meiner Brüder schwer erkrankte, entschloss er sich zu einer Wallfahrt nach Mekka, um vor der Kaaba zu beten. Und er ließ zehn Sklaven frei.«

Der Redner langte nach einem gläsernen Becher mit dem Saft süßer Orangen, trank daraus und stellte den Becher auf das Tischchen zurück. Für die Dauer eines Atemzugs war das Knistern des Aloeholzes in der Räucherpfanne das einzige Geräusch. »Was weiter geschah, habe ich von einem Verwandten erfahren; der weiß es wiederum von einem Freund, der Djafar gut kannte. Demnach verdingte sich der Freigelassene bei einem Seidenhändler. Er war fleißig und schonte sich nicht, sodass er bald ein kleines eigenes Geschäft eröffnen konnte. Später wurde ein größeres daraus, und nachdem er einige Jahre gearbeitet hatte, gehörte er zu den Reichen in seinem Stadtteil. Einst selbst ein Sklave, hielt er nun seinerseits Sklaven. Er selbst verschrieb sich dem Müßiggang und widmete sich den Freuden des Lebens. Seine Mahlzeiten wurden immer üppiger, er machte den Wein zu seinem ständigen Begleiter und veranstaltete ausschweifende Gelage. Als ihn das nicht mehr zu befriedigen vermochte, richtete er sein Augenmerk auf die Frauen. Da seine einzige Ehefrau ein garstiges Weib war, erwarb er bei dem Sklavenhändler Ali az-Zarqallu drei Schwestern aus der Kabylei, schön wie Rosen in voller Blüte und lüstern wie Häsinnen am Ende des Winters. Wie besessen stürzte er sich in die neuen Wonnen, doch es verging nur eine kurze Zeit, bis er merkte, dass er sich übernommen hatte. Daraufhin suchte er Zuflucht bei den kleinen Helfern der Liebe. Zuerst hat er die Wirkung der weißen Kolanuss erprobt, aber als diese sich als unzureichend erwies, hat er es mit der Spanischen Fliege versucht. Anfänglich hat sie ihm tatsächlich Kraft gegeben. Aber bald wurde die Wirkung geringer, und die drei Schwestern beschwerten sich. Und was macht dieser zügellose Sohn der Begierde? Er mischt so viel Pulver in seinen Wein, dass es leicht für drei Dutzend völlig erschlaffter Männer ausgereicht hätte, und leert den Becher bis auf den Grund. Kurz darauf bricht er tot zusammen. Sein Eheweib hat ihn gefunden – umgeben von drei nackten Sklavinnen mit tränenüberströmten Augen, während der Pfahl seiner Lust noch immer so aufrecht stand wie ein Minarett.«

Der Erzähler grinste, Muhammad und Yazid ebenfalls. Selbst Qasim verzog die Mundwinkel. »Erstaunlich!«, sagte er.

Mulai krauste die Stirn. »Was ist erstaunlich?«

»Dass die Dummheit dieses Unseligen selbst noch seine Gier auf den zweiten Platz verwiesen hat«, tönte Yazid.

»Dass sein Liebespfahl noch immer gen Himmel ragte«, hielt Muhammad dagegen und verdeutlichte das Gesagte mit einer übertriebenen Geste.

Alle lachten.

Qasim schüttelte den Kopf. »Nein, erstaunlich sind die Sklavinnen. Die drei lüsternen Schwestern.« Die anderen warfen ihm fragende Blicke zu. »Hat Djafar die drei wirklich bei Ali az-Zarqallu gekauft?«, wandte er sich an Mulai als den Erzähler der Geschichte. »Der hat für gewöhnlich ganz andere Frauen im Angebot. Keine sinnlichen Schönheiten, sondern eher farblose und langweilige ...«

»Nein, nein, du irrst«, unterbrach Yazid ihn. »Du redest von Hasan, seinem Bruder. Bei dem verhält es sich so, wie du sagst. Bei Ali ist das anders, sein Angebot ist besser. Allerdings« – er hob den Zeigefinger – »ist das mit der Schönheit so eine Sache. Dass die Händler dem Aussehen ihrer Sklaven gelegentlich nachhelfen, ist kein Geheimnis. Nur scheint Ali es besonders heftig zu treiben. Der würde selbst aus Aas noch marktfähiges Fleisch machen.« Er beugte sich vor. »Einer, der Ali gut kennt, hat mir ein paar von dessen Tricks verraten. Danach gibt es offenbar nur wenig, was er nicht kann. Findet er einen Leprafleck oder Spuren von Pocken, verdeckt er sie mit Brandzeichen oder Ätzungen. Deuten bleiche Wangen auf eine schwächliche Verfassung, nimmt er eine Paste aus Bohnen, schwarze Wicken und Was-weiß-ich-noch, und schon hat sich die Verfassung gebessert. Sind Glieder zu mager, so ist das für Ali keine Schwierigkeit – bestreicht er sie halt mit heißen Ölen oder verbrannten Elefantenrüsseln, und schon werden sie kräftiger. Zumindest so lange, bis der Kunde gekauft hat ... Ist eine Sklavin schwanger, so schiebt er ihr das Blut einer anderen unter, vorausgesetzt, ihr Bauch spricht noch nicht. Selbst seine Jungfrauen kosten ihn nur ein Lächeln: Galläpfel und saure Granatäpfel, mit Rindergalle gut durchgeknetet und rein in die Paradiespforte. Wer weiß, wie vielen Frauen er auf diese Weise schon die Unschuld zurückgegeben hat!«

Mulai hob die Brauen. »Keine ungefährliche Sache! Denkt an den Ägypter, den sie im letzten Winter aus dem Fluss gefischt haben: Einen Tag zuvor hatte er einem Wohnungsvermieter eine Hafendirne aus Palermo verkauft – als Jungfrau.«

Abermals erfüllte Gelächter den Raum.

»Der Betrug gehört zu den zuverlässigsten Begleitern unseres Lebens«, warf Muhammad ein. »Vor einiger Zeit hat ein Freund meines Vaters auf einem Jahrmarkt eine junge Frau für seinen Harem gekauft. Eine ganz besondere Schönheit, wie er meinte. Aber als er sich in der Nacht an ihren Reizen erfreuen wollte, stellte er fest, dass man ihm einen Jüngling untergeschoben hatte.« Er wandte sich an Qasim. »Solltest du nachher auf dem Sklavenmarkt nach einem Jüngling Ausschau halten, so pass auf, dass man dir nicht eine Frau unterschiebt«, frotzelte er mit einem Seitenblick auf Yazid.

Der knurrte eine Bemerkung, die niemand verstand.

Qasim erhob sich und ging zu einem von einer Schnitzerei gekrönten Wandschrank aus Ebenholz. In der Mitte der Schnitzerei befand sich ein Medaillon, auf dem ein goldener Adler eine silberne Gazelle schlug. Als Qasim zu den anderen zurückkehrte, hielt er ein Buch in der Hand. »Mein Vater will, dass ich es lese. Es ist einer von diesen Ratgebern für den Sklavenkauf, den manche Käufer studieren, bevor sie auf den Markt gehen.«

»Um einen Jüngling von einer Frau zu unterscheiden, brauchst du keinen Ratgeber«, winkte Muhammad ab. »Ein Griff an den Ort deines Verlangens, und du weißt, wen du vor dir hast.«

Mulai fuhr herum und schob Muhammad die Hand in den Schoß. »Stimmt!«, bestätigte er grinsend.

»Ich halte solche Ratgeber für nützlich«, brummte Yazid.

Qasim schlug die erste Seite auf und begann zu lesen: »Die Sklaven entsprechen im Hause den Händen, Füßen und anderen Gliedern des Körpers. Wenn sie nicht wären, müsste sich der Körper ständig bewegen und würde ermüden.« Er blätterte weiter: »Man hüte sich vor Leuten mit ungleichmäßigen Gesichtern und gestörter Figur, denn das Äußere entspricht dem Charakter … Man befehle dem Sklaven zu greifen. Schwacher Griff weist auf schwache Nerven und eine mögliche Lähmung hin … Die Brust soll breit und fleischig sein: eine kleine, schmächtige Brust bei vorstehenden Schultern kündigt Schwindsucht an.«

Mulai ließ seine Hand von Muhammads Schoß zu dessen Brust wandern. »Du hast keine Schwindsucht«, erklärte er, kichernd wie ein Mädchen. Dann langte er plötzlich über das Tischchen und entriss Qasim das Buch. Mit geschlossenen Augen bohrte er einen Finger zwischen die Seiten. »Aha«, tönte er, nachdem er die Augen wieder geöffnet hatte. »Hör gut zu, Qasim, damit du nachher nichts falsch machst!

›Die Warze ist ein Fehler, sofern sie den Preis herabsetzt. Ist dies nicht der Fall, so ist sie keiner. Das Gleiche gilt vom Muttermal. Weiterhin ist die Schwellung unterhalb des Nabels ein Fehler. Rotblonde und grau durchsetzte Haare sind Fehler. Der Mundgeruch bedeutet bei der Sklavin einen Makel, nicht dagegen beim Sklaven, es sei denn, er rührt von einer Krankheit her. Ferner sind diejenigen mangelhaft, die eine Hodenschwellung haben, triefäugig oder nachtblind sind. Der strenge Achselgeruch bedeutet keinen Mangel, außer wenn er derartig ist, dass er bei den Menschen nicht üblich ist, und so widerwärtig, dass er den Preis mindert. Ein schwarzer Zahn bedeutet einen Mangel. Ein ausgefallener Zahn …‹«

Ein Klopfen an der Tür ließ Mulai innehalten. Zwei Diener erschienen, der eine mit einer Platte voll duftender Köstlichkeiten, der andere mit einer Karaffe Wein. Sorgsam stellten sie alles auf das Tischchen und zogen sich wieder zurück. Mulai ließ das Buch zwischen die Kissen gleiten.

Die Zeit des Mittagsgebets verbrachten Qasim und seine Freunde damit, Fleischspieße abzunagen, Fladen in würzige Pasten zu tunken und alles mit dem süffigen Wein eines Gartens herunterzuspülen, der einst Ibn Said gehört hatte, der von diesem aber an einen christlichen Grundbesitzer verkauft worden war, nachdem der Kalif seinen später gescheiterten Feldzug gegen den Genuss dieses Getränks eingeleitet hatte. Bald schon verbreitete der Wein eine schläfrige Stimmung, die erst durchbrochen wurde, als der Haushofmeister auftauchte und Qasim an das Treffen mit dessen Vater erinnerte. Verärgert über die Störung, beschimpfte Qasim den Haushofmeister als einen Speichellecker seines Herrn und einen übereifrigen Lakaien. Dann besann er sich jedoch und drängte zum Aufbruch. Da er die Gesellschaft dem Alleinsein vorzog, bat er seine Freunde, ihn zu begleiten.

Nach anfänglichem Zögern stimmten alle zu. Qasim wies den Stallmeister an, vier Pferde zu satteln, und nachdem jeder noch einen Becher Wein heruntergestürzt hatte, ritten die Männer los. Ihr Weg führte leicht abwärts dem Fluss entgegen. Sie kamen an Olivenhainen und Obstgärten vorbei, durchquerten ein Dorf, dessen Bewohner sich rühmten, die süßesten Melonen des ganzen Landes zu ernten, und erreichten kurz darauf die Stadt. Nahe dem Al-Qasr, der mächtigen Stadtburg des Kalifen, übergaben sie ihre Pferde einem Wächter, um ihr Ziel zu Fuß zu erreichen.

Qasims Stimmung verschlechterte sich mit jedem Schritt. Seine Worte wurden karger, auf sein Gesicht legten sich Schatten. Einen Händler, der ihm einen Falken andrehen wollte und ihn ausdauernd verfolgte, stieß er mit einem »Verschwinde, du Hurensohn!« gereizt zurück, mit der Folge, dass seine Freunde den Aufdringlichen gewaltsam davon abhalten mussten, mit einem Messer auf Qasim loszugehen. Hinter dem ältesten Badehaus der Stadt wandten sie sich zum Tor der Emire, und nachdem sie noch einige verwinkelte Gassen hinter sich gebracht hatten, waren sie wenig später am Ziel.

Vor ihnen lag der Sklavenmarkt der Weststadt. Begrenzt wurde er von eng aneinandergebauten Häusern, die meisten von ihnen zweistöckig, eines so hoch, dass sich von seiner Dachterrasse ein weiter Rundblick über die Stadt und ihre Umgebung bot. Arkaden umschlossen den Platz auf allen vier Seiten. Im Sommer als Schutz vor der sengenden Sonne geschätzt, erinnerten sie jetzt, zu Beginn des Winters, an die Augenhöhlen eines Kranken. In den halbdunklen Gewölben hatten sich mehr als zwei Dutzend Händler niedergelassen, darunter solche, die mit Pantoffeln, Wolle und einfachen Geweben handelten, einige auch mit Papier. Am bemerkenswertesten war das Geschäft von Ali, dem Vater des Vollmonds, wie ihn die meisten seiner Glatze wegen nannten – ein ebenso niedriger wie schmaler Raum mit tuchverhängten Wänden, in dem es nicht nur die schmackhaftesten, auf vielfältige Weise zubereiteten Granatapfelkerne der Stadt gab, sondern obendrein den neuesten Klatsch.

Unruhe zu seiner Linken erregte Qasims Aufmerksamkeit. Aus der Straße, die den Sklavenmarkt mit dem größten Krankenhaus der Stadt verband, traten vier baumlange Träger mit einer Sänfte auf den Platz. Angeführt wurden sie von zwei Bewaffneten, die ihrem Herrn laut rufend und ohne Rücksicht auf andere den Weg bahnten. Neben dem Brunnen hielten die Träger an, und ein Mann mit dem Gehabe eines Hochstehenden, der sich in die

Niederungen begibt, entstieg der Sänfte. Qasim kannte Männer wie diesen – Hofbeamte aus der Palaststadt auf der Suche nach Sklaven für den Kalifen. Sie kamen oft hierher, immer mit demselben unwirschen Gesichtsausdruck und immer in Eile. Hoch erhobenen Hauptes steuerte der Höfling durch die Menge, die widerstrebend eine Gasse freigab. Wie immer an den Verkaufstagen herrschte auch diesmal Gedränge auf dem Markt. Zahllose Menschen schlenderten umher, von denen indes nur die wenigsten als Käufer auftraten. Die meisten kamen als Zuschauer. Die einen, weil sie ihre Neugier auf fremde Gesichter befriedigen wollten, die anderen um des Schauspiels willen, das beim Verkauf stets von neuem aufgeführt wurde.

Mulai stieß Qasim in die Seite. »Sieh, dort drüben steht Hakim al-Mustansir mit seinen Sklaven!« Er deutete auf eine Gruppe, die abseits von den anderen Aufstellung genommen hatte. Vor ihr stand der Erwähnte wie ein Befehlshaber vor seiner Truppe und hielt Ausschau nach Kunden. »Erst hat er mit Schafen gehandelt, jetzt handelt er mit Menschen. Vor allem mit bartlosen Jünglingen ...«

Obwohl Qasim die Anspielung nicht entgangen war, rang er sich nur ein dürres »Aha« ab. Seit sie den Markt betreten hatten, hielt er Ausschau nach seinem Vater.

»Lasst uns die Jünglinge ein wenig näher ins Auge fassen!«, forderte Mulai seine Begleiter auf. Er packte Qasim am Arm und wollte ihn gerade mit sich ziehen, als sich ein kleiner, dicker Mann mit ungewöhnlich großen Ohren aus der Menge löste und so zielgerichtet auf sie zustürzte, als habe er den ganzen Vormittag auf sie gewartet.

»Liebe Freunde!«, polterte er und strahlte dabei wie

ein frisch geschlagener Dinar in der Sonne. »Meine lieben Freunde! Lobt und preist den Allmächtigen, der in seiner unendlichen Güte eure Schritte zu mir gelenkt hat, denn ihr hättet es nicht besser treffen können, gerade heute, da unser hochverehrter Abu Bakr Muhammad ben Zakariya ar-Rafiqa – alle nennen ihn Onkel Abu, deshalb nennt auch ihr ihn so! –, da also unser Onkel Abu Frauen für euch bereithält, die so schön sind, wie ihr noch nie welche gesehen habt. Und was meint ihr, woher sie stammen? Na? Na? Versucht es zu erraten!« Seine Ohren bewegten sich wie Segel im Wind, während sein Blick von einem zum anderen huschte. »Ihr könnt es nicht erraten, ich merke es. Aber wie solltet ihr auch! Verzeiht mein Ungeschick, liebe Freunde, wenn ich euch ein unlösbares Rätsel aufgab, und lasst mich an eurer Stelle antworten: Aus Medina az-Zahra stammen diese Frauen. Jawohl, ihr habt recht gehört, aus der Palaststadt unseres geliebten Kalifen – Allah gewähre ihm ein langes Leben! Noch vor kurzem gehörten sie dem Befehlshaber der Maultier-Reiterei. Ein hoher Herr war das, doch nun ist er tot. Und warum? Weil er versucht hat, sich des Nachts in den Harem des Kalifen einzuschleichen, dieser Lüstling! Einen Eunuchen hatte er bestochen, aber dann erschien plötzlich der Obereunuch, und noch bevor der Wahnsinnige auch nur darüber nachdenken konnte, was er falsch gemacht hatte, schnitt ihm der Henker auch schon seinen Paradiesschlüssel ab und ließ ihn verbluten. Worauf der Sohn die Frauen seines Vaters erbte. Und weil der sie nicht behalten wollte, hat er sie Onkel Abu verkauft. Nun sind sie also hier, die schönsten aller Frauen, und warten auf einen neuen Besitzer. Folgt mir, liebe Freunde, und seht sie euch an! Onkel Abu steht dort drüben. Ihr werdet nicht enttäuscht sein ...«

Mulai und Muhammad waren bereits weitergegangen, Yazid verfolgte einen Streit zwischen einem Händler und dessen Kunden. Qasim fühlte sich wie ein Vegetarier, dem jemand die Vorzüge der Fleischküche preist, und beschloss, ebenfalls weiterzugehen. Da schob sich ein brauner Burnus zwischen den Redner und ihn, aus dessen mit Trotteln besetzten Kapuze sich zwei Schafsaugen auf ihn richteten. »Hör nicht auf ihn, Herr!«, tönte es. »Er will dir Frauen andrehen – in Wirklichkeit sind's abgewrackte Weiber –, und dabei sieht dieser Vater Ohnehirn nicht, dass du gar nicht auf der Suche nach Frauen bist!« Aus den Falten des Burnus schoss ein Zeigefinger hervor, während die Kapuze sich dicht vor Qasims Gesicht drängte. »Ich weiß, was du suchst, Herr: Du willst Eunuchen. Was für ein Glück für dich, dass du gerade zu mir gekommen bist, denn mein Herr hat Eunuchen. Ob schwarze oder weiße, ob alles abgeschnitten oder nur die Datteln – wie's dir gefällt, Herr. Selbst der Kalif – Lob und Preis sei ihm! – hat Eunuchen bei meinem Herrn gekauft, hässliche schwarze für seinen Harem und stattliche weiße für seine Leibwache. Vielleicht willst du ja einen Wächter für die Gemächer deiner Frauen, Herr? Oder einen Verwalter für deine Güter? Heißt es auch, vierzig Eunuchen hätten nicht genug Verstand, eine Feige zu füllen, so trifft das auf die meines Herrn nicht zu …«

Eine Hand drängte die Kapuze zur Seite, und der Mann mit den übergroßen Ohren tauchte wieder auf. Qasim schob sich an den beiden Schleppern vorbei. Yazid folgte ihm. »Vielleicht willst du ja einen Eunuchen zum Verschenken«, schallte es den beiden hinterher.

Ein halbes Dutzend Kriegsgefangene aus den christlichen Königreichen des Nordens, allesamt in schlechter Verfassung; eine Reihe Kalabrier, deren Schiff von Piraten aufgebracht worden war und für die niemand ein Lösegeld hatte zahlen wollen; mehrere Negerfamilien, die ein feindlicher Häuptling in die Sklaverei verkauft hatte ... Qasim betrachtete das Angebot, ließ sich treiben, wandte sich hierhin und dorthin, ohne indes nach Dienstboten Ausschau zu halten, die sein Vater zu kaufen gedachte. Der Hofbeamte führte bereits zwei Halbwüchsige von der Weihrauchküste in seinem Gefolge, einen Nubier ließ er gerade hüpfen und husten. Nicht weit entfernt lag eine junge Frau auf dem Rücken. Ein Kunde stand daneben und sah zu, wie eine Alte sich anschickte, der Frau die Beine über den Kopf zu drücken. Würde der Versuch misslingen, so war davon auszugehen, dass die Liegende ein Leiden in den Eingeweiden hatte, und der Kunde würde sie nicht kaufen. Vielleicht schon deshalb nicht, weil ihr diese Haltung dann auch beim Beischlaf verwehrt bleiben würde.

»Salam aleikum, mein Freund.«

Qasim hielt inne. Neben ihm stand ein Mann mit Schläfenlocken und einem Vollbart.

»Mein Name ist Ibrahim ben Isaak al-Tartuschi«, stellte der Mann sich vor. »Ich bin keiner von den Schreihälsen auf diesem Markt, und ich setze auch nicht auf die Hilfe krakeelender Schlepper. Ich bin ein ehrenhafter Händler. Bei mir kannst du sicher sein, dass du gut bedient wirst. Gegenwärtig habe ich Slawen im Angebot. Sieh sie dir an!« Er wies auf einige Knaben, die sich eng aneinanderdrängten. »Verschnittene aus Verdun, nur gesunde Ware. Ich mach dir einen guten Preis. Oder brauchst du kräftige Kerle zum Arbeiten? Auch damit kann ich dienen. Und wie steht es mit Frauen? Brauchst du eine Dienerin? Bei mir findest du die richtige. Slawinnen sind fleißig und gehorsam, wenn man ihnen gelegentlich zeigt, wer der Herr ist. Oder soll es vielleicht eine Schöne für deinen Harem sein? Ich habe einige, die dich entzücken werden.«

Qasim wehrte ab, aber der Händler dachte nicht daran, so schnell aufzugeben. Er winkte einem Wächter, und im nächsten Augenblick stand eine junge Frau neben ihm. »Ich habe sie in einer Stadt mit dem Namen Koblenz gekauft, die liegt in den Ländern der Franken. Sieh sie dir an, mein Freund! Betrachte ihr Gesicht, ein anmutigeres wirst du kaum finden. Sie ist eine Perle.« Er gab seiner Stimme einen lüsternen Tonfall. »Eine undurchbohrte Perle.«

Ein Kopfschütteln war die Antwort. »Ich danke dir für dein Angebot, aber du wirst einen anderen Käufer suchen müssen. Ich will sie nicht.« Qasim wollte weitergehen, als auf einmal Muhammad vor ihm stand.

»Erinnere dich an die Frau, über die wir gesprochen haben, die in Wirklichkeit ein Jüngling war«, sagte er grinsend. »Womöglich ist diese Perle ja auch keine Frau, sondern ein Jüngling. Vielleicht solltest du dir die Sache mit dem Kauf noch einmal überlegen.«

»Muhammad hat recht«, mischte sich Mulai in das Gespräch, der sich ebenfalls wieder eingefunden hatte. »Sieh nur, wie schlank sie ist! Wo sind ihre Brüste? Wollte sie mit Oliven in den Wettstreit treten, würden die Oliven den Sieg davontragen.«

Der Sklavenhändler hatte begriffen. Abermals gab er einem Wächter einen Wink, und schon stand ein männliches Gegenstück neben der Frau.

Mulai jedoch drängte den Hinzugekommenen zur Seite und lenkte die Aufmerksamkeit erneut auf die Frau. »Ich glaube, sie ist ein Jüngling!«, tönte er und blinzelte Muhammad dabei zu.

»Mulai hat recht!«, gab dieser zurück, sichtlich angetan von dem Spiel. Yazid hatte sich zwei Schritte abseits gestellt und blickte mit erkennbarem Missvergnügen auf das Geschehen.

Von der Seite her mischte sich ein billig gekleideter Mann mit einem Spitzbauch ein. »Was für ein dummes Geschwätz höre ich da! Ein Jüngling ist ein Jüngling, und eine Frau ist eine Frau. Beiden hat Allah – gepriesen sei sein Name in Ewigkeit! – etwas mitgegeben, was sie voneinander unterscheidet. Sollte euch etwa der Verstand fehlen herauszufinden, was unter diesen Kleidern steckt?«

Mulai fasste den Spitzbauch ins Auge. »He, Kerl, du solltest besser dein Maul halten! Sonst sehen wir mal nach, was unter deinen Lumpen steckt.«

Der Mann trat erschreckt zurück und schwieg. Ein anderer nahm seinen Platz ein. »Vielleicht scheut sich der junge Herr ja, ein Weib zu berühren«, feixte er. Und leiser, an einen Begleiter gewandt: »Womöglich ist er ja einer von denen, die das Paradies lieber durch die hintere Pforte betreten.«

»Aber du hast doch gehört«, ließ sich ein weiterer vernehmen, »vielleicht ist sie ja gar kein Weib!«

Qasim fühlte sich unwohl. Etliche Schaulustige hatten sich mittlerweile versammelt, angelockt von dem Stimmengewirr und nun darauf wartend, wie das Ganze sich auflösen würde. Einen Augenblick wollte er einfach weitergehen und die anderen stehen lassen. Doch dann ging auf einmal ein Wandel in ihm vor und er fühlte sich stark, nicht zuletzt dank des Weins, den er noch im Verlaufe des Ritts aus einem Schlauch getrunken hatte. Wer war sie denn, die ihm hier gegenüberstand! Sklaven waren Dinge, die man brauchte wie Sitzpolster, Messer oder Zaumzeug für die Pferde. Nichts, wovor ein Qasim ibn Muhsin sich fürchten musste! Seine Augen verengten sich zu Schlitzen. Vor ihm stand die Frau und zitterte.

»Nun mach schon!«, trieb Mulai seinen Freund an. »Wir wollen endlich Gewissheit.«

»Ja, zeig uns, ob sie ein Weib oder ein Kerl ist!«, schlug ein anderer in dieselbe Kerbe.

Um sie herum blieben weitere Neugierige stehen.

Entschlossen trat Qasim einen Schritt vor, den die Frau mit einer Bewegung nach hinten beantwortete. Doch schon stieß ein Wächter sie wieder zurück. »Schau an, das Vögelchen hat einen eigenen Willen«, höhnte Qasim so laut, dass alle es hören konnten. Er streckte die Hand aus und berührte das Haar der Sklavin. Diese versuchte, sich seinem Griff zu entziehen, aber er packte sie am Kinn und zwang sie, ihn anzusehen. Ein feuchter Glanz schimmerte in ihren Augen. Qasim ließ die Hand tiefer wandern, über den Hals, die Schultern … »Weiter!«, hörte er Mulai rufen, während er noch dichter an die Sklavin heranrückte und auch die andere Hand hob. Als sich seine Finger ihren Brüsten näherten, lief eine Träne über ihr Gesicht. Qasim bemerkte es nicht, es wäre ihm auch gleichgültig gewesen. Stattdessen berührte er ihre Brüste, erst zögernd, dann packte er fester zu, sodass sie aufstöhnte.

»Nun mach schon!«, spornte Muhammad ihn an. »Du musst vollkommen sicher sein, wen du vor dir hast.«

»Das werde ich«, knurrte Qasim, ohne den Blick von seinem Opfer abzuwenden. Seine Mundwinkel waren auf hässliche Weise nach unten gezogen, sein Atem hatte sich beschleunigt. Auch wenn er bei jeder anderen Gelegenheit die Berührung einer Frau vermieden hätte, so hatte das Geschehen ihn dennoch erregt. Qasim spürte Macht. Er war der Herr über einen anderen Menschen, ein Gefühl, das ihn schon des Öfteren berauscht hatte. Ohne die Versammelten noch wahrzunehmen, bewegte er die Hände weiter nach unten. Er fuhr durch die Falten der Kleidung und bohrte der Sklavin einen Finger in den Nabel. Als er über die Wölbung ihres Bauches strich, begann diese zu wimmern. Qasim genoss es. Aus seinem Mund tropfte Speichel und bildete einen Fleck auf seinem Kaftan. Und dann schob er ihr die Hand zwischen die Beine. Die junge Frau warf den Kopf ins Genick und schluchzte auf. Die Umstehenden johlten.

In diesem Augenblick zwängte sich ein Mann durch die Menge und drängte sich zwischen Qasim und die Frau. »Schluss mit diesem schändlichen Tun!«, zischte Ibn Said seinen Sohn an. »Ein würdeloses Spiel mit einer Wehrlosen zu treiben verrät keine Größe!«

Die Zuschauer starrten den Hinzugekommenen an, gleichermaßen überrascht wie angetan von dieser Unterbrechung, ließ sie doch auf Weiterungen hoffen.

Qasim war bleich geworden. Seine Augen hatte er auf den Vater gerichtet, aber sie blickten durch ihn hindurch. Nahmen nur noch die Peinlichkeit wahr, die tiefe Demütigung, die ihm durch dessen Auftritt zuteil geworden war. Wie betäubt raffte er sein Gewand und verschwand.

Ibn Said verfolgte, nur mühsam beherrscht, den Abgang seines Sohnes. Die Vorahnung hatte ihn nicht getrogen, wieder hatte es Ärger mit Qasim gegeben. Ein weiterer Stein in der Mauer, die zwischen ihnen emporwuchs. Wenn kein Wunder geschah, würde diese Mauer eines Tages unüberwindlich sein. Und wie sollte er Qasim dann noch die Nachfolge übergeben?

Die Menge der Gaffer begann sich zu zerstreuen. Yazid war Qasim hinterhergeeilt, Mulai und Muhammad schlenderten entschlusslos über den Markt. Ibn Said zwang sich, an den Grund seines Kommens zu denken. Er drehte sich zu der Sklavin um, die ihn ebenso erleichtert wie dankbar ansah. Einen Moment spielte er mit dem Gedanken, sie zu kaufen, doch nach kurzer Überlegung entschied er sich anders. War ihr Gesicht auch nicht ohne Reiz, so wirkte ihr Körper eher schwächlich, und was er brauchte, war eine Dienerschaft, die zupacken konnte. Er schenkte ihr ein flüchtiges Lächeln – fast wirkte es wie eine Entschuldigung – und wandte sich dann den Sklaven neben ihr zu …

Auch Heinrich war unter ihnen. Früh am Morgen hatten die Händler diejenigen unter ihren Sklaven ausgewählt, die sich seit der Ankunft in Córdoba am besten von den Anstrengungen des Marsches erholt hatten. Er selbst war einer der Ersten gewesen, wenig später war die Wahl auch auf Myslaw und Malina gefallen. Man hatte sie gebadet und ihre Haut mit duftenden Essenzen eingerieben, bevor sich der Händler mit ihnen auf den Weg zum Markt gemacht hatte.

Myslaw war bald nach ihrer Ankunft verkauft worden. Ein Einbeiniger hatte ihn erworben, ein Mann, ganz in Grün gekleidet und begleitet von sechs Dienern, ebenfalls in Grün, die unablässig um ihren Herrn herumgesprungen waren und sich bemüht hatten, ihm noch die kleinste Unzuträglichkeit aus dem Weg zu räumen. Offenbar war der Mann stadtbekannt, denn viele entboten ihm ihren Gruß und auch der Sklavenhändler setzte alles daran, ihm gefällig zu sein. Nur kurz ließ der Einbeinige seine Augen über die Gefangenen schweifen, dann hielt er so zielgerichtet auf Myslaw zu, als habe er dessen Ankunft bereits ungeduldig erwartet.

Malina antwortete mit einem Aufschrei. Jablo! Alles war wie damals bei Jablo! Die kalt abschätzenden Blicke, die gewalttätigen Hände, die finstere Entschlossenheit, den Ausgewählten mitzunehmen ohne jegliche Rücksicht auf dessen Gefühle. Verzweiflung schoss in ihr hoch. Empfand sie den Verlust des einen Bruders schon als kaum erträglich, so wollte man ihr nun auch noch den anderen nehmen. Sie drängte nach vorn und fing an zu kreischen, bis ein Wächter sie packte und ihr mit der Hand grob den Mund verschloss. Myslaw in seinem Elend bemerkte es kaum. Er schlotterte, als die Finger des Einbeinigen seinen Körper erkundeten, und als dieser einen Geldbeutel hervorzog und dem Händler eine Anzahl Münzen reichte, da schlotterte er noch mehr. Ohne nachzuzählen, nahm der Händler das Geld entgegen, während der andere sich bereits abwandte. Gleich darauf wurde Myslaw von zwei Dienern seines neuen Herrn in die Mitte genommen und weggeführt.

Malina aber hatte noch einmal den Namen ihres Bruders gerufen, nachdem der Wächter sie wieder freigegeben hatte, und war dann, von einem Weinkrampf geschüttelt, zu Boden gesunken.

Inzwischen stand sie wieder, aber noch war ihr Leiden nicht zu Ende. *Eine* Trennung stand ihr noch bevor. Inbrünstiger als jemals in den vergangenen Monaten hingen ihre Augen an Heinrich, als hoffte sie, ihn durch eine magische Kraft ihrer Blicke festhalten zu können. Heinrich verstand diese Blicke, und er teilte Malinas Gefühle, doch wie damals bei Jablo gab es nichts, womit er ihr eine Hilfe hätte sein können. Jeder Vorbeikommende bedeutete den drohenden Abschied, jeder Kaufwillige die sich abzeichnende Trennung. Eine Trennung, die endgültig sein würde. Denn war das Band zwischen ihnen erst einmal zerschnitten, wäre jede Hoffnung auf ein Wiedersehen vergebens.

Als Ibn Said auf Malina zuhielt, begann sie zu schwanken wie eine Palme im Wind. Ihr Atem ging keuchend, während Ibn Said sie einer Prüfung unterzog. Aufmerksam ließ er die Augen über ihren Körper wandern, er forderte sie auf, zu laufen und zu sprechen, aber wie es aussah, konnte er nichts Nachteiliges an ihr entdecken. Schließlich nickte er entschlossen. Malina wurde aschfahl im Gesicht.

Ibn Said wechselte ein paar Worte mit dem Sklavenhändler und widmete sich gleich darauf einer anderen Gefangenen. Da er zunehmend ungeduldig wurde, fiel seine Musterung diesmal knapper aus. Dann stand er auf einmal vor Heinrich. Auch ihn nahm er in Augenschein, und als die Prüfung beendet war, wandte er sich abermals an den Händler. Ein Preis wurde gefordert und abgelehnt, ihm folgten weitere, bis beide sich geeinigt hatten und ein Handschlag das Geschäft besiegelte. Während Münzen den Besitzer wechselten, führten Wächter die drei Gekauften beiseite. In ihrem Innersten zutiefst aufgewühlt, standen Heinrich und Malina nebeneinander, beide ungläubig, ob alles nicht nur ein Traum sei. Doch niemand kam, um das Geschehene rückgängig zu machen. Stattdessen nahmen zwei Wächter sie und die andere Sklavin in die Mitte, und angeführt von Ibn Said liefen sie los.

Als sie den Markt längst hinter sich gelassen hatten und sich durch das Gewühl der Stadt schoben, rissen die Wolken auf und für kurze Zeit wurde die Sonne sichtbar. Warm schien sie herab und goss goldenes Licht über Heinrichs und Malinas Gesichter. Und auf einmal verspürten sie allen Widrigkeiten zum Trotz ein Glücksgefühl, von dem sie geglaubt hatten, dass sie es nie wieder erleben würden.

Zwei Stoßzähne eines Elefanten, ein Leopardenfell, die Haut einer großen Antilope und mehrere Bücherschränke zierten den Raum, in dem Ibn Said mit sorgenumwölkter Stirn die Nachricht verkündete, von der niemand völlig überrascht sein konnte, die aber nun, da sie ausgesprochen wurde, das Gewicht eines Berges hatte. »Im Namen Allahs, des Erbarmers, des Barmherzigen. Es geschieht nichts, was Er nicht bestimmt hat. Sein Wille war es, unseren weisen und gerechten Kalifen Al-Hakam aus dem ruhmreichen Geschlecht der Umaiyaden abzuberufen, den Beherrscher der Gläubigen, den Nachfolger des Propheten. Möge der Allgütige ihm die Tore des Paradieses öffnen!«

Der Haushofmeister, sichtlich bewegt von der Nachricht, murmelte ein heiseres »Der Segen Gottes werde ihm zuteil!«. Heinrich, der neben ihm stand, schwieg, senkte jedoch den Blick zu Boden. Nicht aus Trauer – warum hätte er trauern sollen? –, vielmehr aus Achtung vor seinem Herrn Ibn Said, den er in dem Jahr, das er ihm bereits diente, als einen guten Menschen schätzen gelernt hatte.

Leicht fröstelnd, verschränkte Ibn Said die Arme vor der Brust und schob die Hände in die Ärmel seines Kaftans. Obwohl der Sommer noch nicht lange vorbei war, wehte ein frischer Wind von den Bergen herüber, setzte sich in alle Ecken und ließ die Vorhänge in der kleinen Bibliothek flattern, in der die drei Männer sich versammelt hatten. Aber vielleicht ist es ja nicht der Wind allein, ging es ihm durch den Kopf, der mir ein Gefühl von Kälte gibt. Vielleicht sind es die Sorgen; die Erinnerungen an die blutigen Ereignisse, die sich gerade erst zugetragen haben; die Intrige, die einige Machtbesessene gesponnen haben; die Kaltschnäuzigkeit, mit der sie versucht haben, sich über den Wunsch des Kalifen hinwegzusetzen, seinen Sohn Hisham zu seinem Nachfolger zu machen. Inzwischen waren die Intrige gescheitert und die Verschwörer zur Rechenschaft gezogen, doch Grund zur Sorge bestand noch immer. War der Kalif erst einmal zu Grabe getragen, würde man seinen Sohn in einer prunkvollen Parade durch die Straßen der Hauptstadt geleiten. Auf einem prächtigen Schimmel sitzend, gekleidet in das Weiß der Umaiyaden, die Hohe Mütze als Zeichen der Kalifenwürde auf dem Kopf, würde er die Huldigungen seiner Untertanen entgegennehmen. Ihre Hoffnungen würden fortan auf seinen Schultern ruhen – auf den viel zu schmalen Schultern eines Knaben im Alter von gerade elf Jahren.

Ibn Said seufzte. Sein Blick suchte den aufgeschlagenen Koran, der auf einem Tischchen lag, und er zitierte die heiligen Worte: »Du siehst die Berge und meinst, sie stünden fest, und doch ziehen sie vorbei wie die Wolken.« Dann wandte er sich an den Haushofmeister. »Als unser großer Kalif Abd ar-Rahman von uns gegangen ist – Gott gewähre seiner Seele ewigen Frieden! – und unsere Augen sich mit Tränen füllten, haben wir unser Haus in ein Haus der Trauer verwandelt. Nun, da sein Sohn uns verlassen hat, wollen wir es ebenso halten. Veranlasse alles Notwendige, guter Ismail Sayid, auf dass wir ehren, wer über alle Maßen geehrt zu werden verdient. Das für die nächsten Tage geplante Fest mag später stattfinden. Gib allen Gästen Bescheid. Ich bin gewiss, dass ihre eigene Betrübnis meine Entscheidung gutheißen wird. Und bereite unsere Teilnahme an der Grablegung vor. Ich beabsichtige, in Begleitung einiger Männer meines Hauses dem Verstorbenen das letzte Geleit zu geben. Und mach all denen Mitteilung von dem Geschehen, die noch in Unkenntnis verharren.«

Der Haushofmeister antwortete mit einem stummen Nicken und verschwand durch eine Tür, die in den Innenhof führte. Ibn Said ließ sich vor dem Pult auf dem flachen Podest nieder, das er hatte anfertigen lassen, um sich der Lektüre der von ihm gesammelten Bücher zu widmen, wann immer ihm Zeit dafür blieb. Eine Leidenschaft, die er mit manchen seiner Bekannten teilte und die zugleich eine der Grundlagen jener Freundschaft war, die ihn mit Abu Imran, dem Qatib aus dem Kalifenpalast, verband. Er beugte sich über das Pult und strich mit der Hand über ein in feinstes Leder gebundenes und mit einer Goldprägung versehenes Buch. Für einen Moment schien er alles um sich herum zu vergessen, auch Heinrich, der noch immer auf Anordnungen wartete.

»Das Buch der Handelsstraßen und Königreiche«, Ibn Said las den Titel auf eine Weise, wie nur Liebhaber des geschriebenen Wortes es vermochten. »Dieses Buch war unserem Kalifen Al-Hakam zugedacht – Allah erfreue ihn mit den Wonnen des Paradieses! Mein Geschenk für den Tag, an dem ich das Leben eines Kaufmanns hinter mir lassen wollte, um als ein Diener meines Herrn in den Palast überzuwechseln. Er wäre entzückt gewesen von diesem Geschenk. Erst in seiner Hand hätte das Buch seinen Glanz vollständig entfaltet, gerade so wie ein Edelstein seine wahre Schönheit erst in der Sonne offenbart. Al-Hakam hätte es gelesen, wie unzählige Bücher zuvor, und danach hätte er es eingereiht in seine Bibliothek von unvorstellbaren Ausmaßen, die geschaffen zu haben eines seiner größten Verdienste bleibt. Nun wird ihm dieser Genuss nicht mehr vergönnt sein. Allah, der Todbringende, hat es so gewollt.«

Ibn Said löste die Augen von dem Buch und richtete sie auf Heinrich – nicht auf den Sklaven, den er gerufen hatte, eher auf einen zufälligen Besucher, der ihm in diesem Moment selbstvergessener Nachdenklichkeit gegenüberstand. »Harun ibn Muhammad ... Das Haus seines Vaters stand in Aleppo. Am Anfang hat er mit Weihrauch aus dem Hadramaut gehandelt, später ist er auf Gewürze und Gold umgestiegen. Die Reiche vieler Herren hat er bereist. Er war auf den Meeren zwischen Djidda und Ceylon unterwegs und im Goldland Sofala; er machte seine Geschäfte auf der Seidenstraße in Bukhara und Samarkand; in den Suqs von Damaskus kannte man ihn ebenso wie in Bagdad und in vielen anderen Städten, deren Namen alle aufzuzählen einem Unwissenden wie mir nicht einmal annähernd möglich wäre. Als er sich schließlich in Kairo zur Ruhe setzte, um die Erinnerungen seines Lebens niederzuschreiben, hörte ich das erste Mal von ihm. Damals hatte er die Absicht, sein Werk dem Kalifen von Kairo zum Geschenk zu machen ...« Über Ibn Saids Gesicht huschte ein verschmitztes Lächeln. »Allah jedoch – gepriesen sei er immerdar! – hatte andere Pläne mit diesem Buch. Er ließ Ibn Muhammad erkennen, dass es besser sei, seine Erinnerungen nicht dem Kalifen von Kairo zu überlassen, sondern mir.«

Das Scheppern eines metallenen Gegenstandes im Wirtschaftsteil des Hauses brachte Ibn Said in die Wirklichkeit zurück. Vor ihm stand wieder der Sklave, der auf eine Anordnung wartete. »Warum erzähle ich das eigentlich? ... Eigentlich habe ich es für mich erzählt. Was sollten dir auch die Namen sagen – Djidda, Damaskus und die anderen. Obwohl ... ja, obwohl Allah, dessen Wege uns oft unverständlich sind, dich mit einer Geisteskraft ausgestattet hat, die bei einem Mann deiner Herkunft selten ist. Du bist noch nicht lange in meinem Haus, aber schon vermagst du dich – wenn auch noch unvollkommen – unserer Sprache zu bedienen und hast dich mit den Grundzügen unseres Lebens vertraut gemacht. Und das alles, obgleich du ein Ungläubiger bist. Einer aus den Ländern des Nordens, deren Bewohner Allah mit Unwissenheit gestraft hat, und in denen rohe Sitten und die Verblendung des Geistes eine abstoßende Verbindung eingegangen sind.« Oft Gehörtes kam ihm in den Sinn. »Barbarische, gottlose Länder, wimmelnd von Schweinen und Kreuzen, voller Schmutz und Kot. Mit Frauen, die sich schamlos in der Gesellschaft der Männer bewegen.«

Heinrich wollte etwas erwidern, aber Ibn Said kam ihm zuvor. Mit der Selbstsicherheit eines Mannes, der die Antworten kennt, bevor er die Fragen gestellt hat, deutete er auf die Bücher ringsum. »Gibt es solche großartigen Schriften auch in deiner Heimat? Lesen die Menschen? Sammeln sie Bücher, wie unser kluger und weiser Kalif al-Hakam es tat – Gott segne ihn! – oder wie ich selbst es tue, wenngleich ein Nichts gegenüber diesem Fürsten des Geistes?«

»Ja, auch in meinem Land gibt es Bücher«, entgegnete Heinrich und zählte alles auf, was ihm einfiel. Viel war es nicht. Er selbst könne weder lesen noch schreiben, erklärte er, ebenso wie die meisten Menschen, die er kennengelernt habe. Der Bischof und die Priester auf der Brandenburg, von der er stamme, die könnten es hingegen, die besäßen auch Bücher, von denen er selbst einige gesehen habe, wenn auch nur aus der Entfernung. Auch in Klöstern gebe es welche, ein Mönch habe ihm davon erzählt. Meist seien es allerdings nur wenige, dafür seien diese sehr bedeutend. Dass jedoch Kaufherren wie Ibn Said Bücher sammelten und sie sogar zu lesen verstünden, davon habe er noch nie gehört. Was wiederum den Adel in seinem Land anbelange, so könnten die hohen Herren meist weder lesen noch schreiben. Gelegentlich besäßen sie zwar Bücher, die Heilige Schrift vor allem oder den Psalter, vielleicht auch Geschichten von den Abenteuern kühner Recken. Wollten sie aber deren Inhalt erfahren, so müssten sie sich daraus vorlesen lassen, oftmals von einem Priester. Und wollten diese Herren eine Urkunde bestätigen, die ein Schreibkundiger ihnen aufgesetzt hatte, so benutzten sie ein Siegel, weil sie ihren Namen ja nicht schreiben könnten. So verfahre man zum Beispiel bei Verträgen, wenn etwa der eine dem anderen ein Stück Land …

Ibn Said saß mit herabgezogenen Mundwinkeln auf seinem Podest und schwankte zwischen Abscheu und Mitleid. Jedes Wort beschrieb die Länder des Nordens genau so, wie er sie sich stets vorgestellt hatte – als Länder, denen Allah nicht nur die Sonne und deren alles belebende Wärme vorenthalten hatte, sondern ebenso die Segnungen einer entfalteten Kultur. Länder, aus denen man Sklaven und Wolle und Felle und noch ein paar Dinge beziehen konnte, mit denen man aber ansonsten nichts zu schaffen haben wollte. Er hob jäh die Hand. »Ich habe einen Auftrag für dich.«

Zurück in der Welt des verstorbenen Kalifen und seiner Verpflichtungen, erhob Ibn Said sich und ging zu einer Truhe aus dunklem Holz. Zwei mächtige Schlösser deuteten darauf hin, dass der Inhalt für ihn von besonderer Wichtigkeit war. Er zog zwei Schlüssel unter seinem Kaftan hervor, sperrte die Schlösser auf, öffnete die Truhe und hielt gleich darauf ein Schriftstück in der Hand. Erneut stand Besorgnis in seinem Gesicht, als er es Heinrich reichte. »Eine Nachricht für meinen guten Freund Abu Imran in der Palaststadt Medina az-Zahra. Du kennst ihn vom Sehen, er weilt des Öfteren als Gast in meinem Haus. Diese Nachricht wirst du ihm bringen. Du wirst sie ihm persönlich aushändigen, niemandem sonst! Im Palast gibt es zurzeit eine gewisse Unruhe – ich will sicher sein, dass er die Nachricht tatsächlich bekommt. Sag den Wachen am Tor, sie sollen dich zu ihm führen. Sollten sie Schwierigkeiten machen, drohe ihnen mit ihrem Hauptmann. Er ist mir verpflichtet.«

Kurz darauf saß Heinrich auf einem frisch gestriegelten Maultier mit geflochtener Mähne, das Schriftstück in der Satteltasche, und ritt seinem Ziel entgegen. Der Weg zur Palaststadt war nicht länger als zwei Farsakh und führte über die Römerbrücke auf die andere Seite des Wad al-Kabir, durch die Stadt und anschließend in Sichtweite des Flusses nach Westen. Gelegentlich säumten Mauern die Landstraße, mit Kletterrosen und Waldreben üppig bewachsen, hinter denen sich die Anwesen der Wohlhabenden versteckten.

Immer wieder traf Heinrich Menschen. Zwei Kindern, die Ziegen vor sich hertrieben, schenkte er im Vorbeireiten ein Lächeln; einem singenden Bauern auf einem Esel entbot er einen leutseligen Gruß. Die Freundlichkeit fiel ihm leicht, denn mehr, als er seit seiner Gefangennahme zu hoffen gewagt hatte, war er zufrieden. Nicht gänzlich natürlich – wie sollte ein Sklave auch gänzlich zufrieden sein? Aber verglichen mit dem, was ihn in dem fremden Land hätte erwarten können, hatte er es gut getroffen. Ibn Said war ein Herr, wie ein Sklave ihn sich nur wünschen konnte: fordernd, gelegentlich streng, aber immer gerecht und überdies von einer Warmherzigkeit auch denen gegenüber, die ihm als sein Eigentum auf Gedeih und Verderb ausgeliefert waren. Zudem scheute er sich nicht, auch seinen Sklaven wichtige Aufgaben anzuvertrauen, solange sich diese nur als anstellig erwiesen. Er selbst, Heinrich, war in den Genuss dieser Haltung gekommen, indem Ibn Said ihn nicht nur als Diener eingesetzt hatte, sondern ebenso als Gehilfen für seine kaufmännischen Geschäfte. Ibn Said hatte ihn schätzen gelernt, und er selbst schätzte ihn – ein Verhältnis, mit dem es sich leben ließ. Auch wenn er sich nach der Zeit zurücksehnte, als er noch ein freier Mann gewesen war.

An einer Weggabelung bog Heinrich ab und wandte sich dem Hügel zu, auf dem in halber Höhe die Palaststadt wie ein Juwel in der Sonne glänzte.

Auch Malina hatte es nicht schlecht getroffen. Eingereiht in das Gesinde des Hauses, hatte sie unterschiedliche Arbeiten zu verrichten, vorwiegend in der Küche, bisweilen auch im Harem bei den Frauen des Hausherrn. Wiederholt hatte er sie gesehen, meist nur von weitem, aber einige Male hatten sie ein paar Worte miteinander wechseln können. Zu einer längeren Begegnung war es dagegen nie gekommen. Ein Umstand, unter dem sie litten.

Unbewusst seufzte Heinrich. Wenig später seufzte er noch einmal, als ihm zwei Bauernburschen mit ihren Frauen entgegenkamen. Und er wünschte sich, er könne mit Malina gemeinsam durchs Leben gehen.

Zehn Wochen später sollte die Erfüllung dieses Wunsches in noch weitere Ferne rücken. Der Kalif war längst zu Grabe getragen, im Palast saß sein Sohn Hisham auf dem Thron, als Heinrich abermals in die Bibliothek seines Herrn gerufen wurde. Ohne Umschweife kam Ibn Said zur Sache. »Allah, der unbeschränkt Bestimmende, hat es so gefügt, dass ein Diener meines Stadthauses das Opfer eines Unfalls wurde … Yusuf, der Sohn des Abu Hasan, du bist ihm gewiss schon begegnet. Er wollte Fässer von einem Karren abladen, dabei sind die Fässer ins Rutschen geraten und haben ihn unter sich begraben. Es steht schlecht um ihn. Yusuf war einer meiner treuesten Diener. Ich habe veranlasst, dass ein Arzt sich seiner annimmt.« Ibn Said versank kurz in Nachdenklichkeit. Dann fuhr er fort: »Aber es ist nicht allein die Sorge um einen guten Menschen, die mich umtreibt. Yusuf hat mich zweimal nach Afrika begleitet, und stets hat er seine Aufgaben zu meiner vollen Zufriedenheit erfüllt. Jetzt fällt er aus. Und das zu einem Zeitpunkt, da ich seiner dringend bedürfte, steht die neue Reise doch unmittelbar bevor. Der Großteil der Waren liegt inzwischen bereit, die Tiere sind gut im Futter, die Absprache mit dem Kapitän, der uns über die Meerenge setzen wird, ist getroffen – und nun das! Dabei brauche ich auf dieser Reise jede Hand.«

Der Ausdruck in Heinrichs Gesicht verriet Ibn Said, dass dieser begriffen hatte. »Ja, du vermutest richtig: Meine Wahl ist auf dich gefallen. Du wirst mich an Yusufs Stelle nach Afrika begleiten. Ich halte dich für einen Mann, der außergewöhnlichen Belastungen gewachsen ist, und davon wird es mehr als genug für uns geben. Die Durchquerung der Großen Wüste ist ein gefährliches Unterfangen. Nur selten kehren alle zurück, die sich auf den Weg gemacht haben. Gleichwohl sollten wir uns von der Angst nicht den Mut verstellen lassen. Heißt es doch, wenn Allah einem Seiner Diener bestimmt hat, in einem Land zu sterben, so führt Er ihn durch ein Anliegen dorthin. Unser Leben ist in Gottes Hand. Will Er unseren Tod, so wird dieser uns überall ereilen; will Er ihn nicht, so werden wir am Leben bleiben und binnen Jahresfrist zurückkehren, womöglich mit einer reichen Ernte. In zwei Wochen wird die Reise beginnen. Dir die Einzelheiten ihres Ablaufs mitzuteilen, will ich mir jetzt ersparen. Du wirst alles bald selbst erleben. Außerdem kannst du bei Mitreisenden Erkundigungen einziehen. Zunächst aber melde dich beim Haushofmeister. Er wird dir deine Aufgaben zuteilen.«

Als Heinrich die Tür hinter sich zugezogen hatte, fühlte er sich so schlecht wie schon lange nicht mehr. Bereits seit Wochen war die bevorstehende Reise Gegenstand zahlloser Gespräche gewesen, und jeder hatte dazu etwas beizutragen gehabt, teils aus eigenem Erleben, teils aus den Schilderungen anderer. Wobei es einen merkwürdigen Wettstreit unter den Erzählern gegeben hatte, sich in der Düsternis der Berichte gegenseitig zu übertreffen. Doch selbst wenn man Übertreibungen in Rechnung stellte, war noch immer genug geblieben, was ihn hatte hoffen lassen, dieser Kelch möge an ihm vorübergehen. Und nun stand er hier, wusste, dass alles ganz anders gekommen war, und dachte sehnsüchtig an die Zeit zurück, als seine neue Welt für ihn noch in Ordnung gewesen war.

Und er dachte an Malina.

War es im ersten Augenblick das Erschrecken über die Reise gewesen, das ihn beherrscht hatte, so drängte sich rasch der Gedanke an einen Abschied von Malina in den Vordergrund. Einen endgültigen möglicherweise, wenn er sich das Gehörte in Erinnerung rief. Zumindest aber einen Abschied auf lange Zeit. Deshalb musste er sie sehen! Musste mit ihr reden und Worte des Trostes für sie finden, würde sie unter der bevorstehenden Trennung doch ebenso leiden wie er selbst.

Drei Tage verstrichen, in denen Malina unsichtbar für ihn blieb, obwohl er ständig nach ihr Ausschau hielt. Währenddessen nahmen die Vorbereitungen für die Reise ihren Fortgang. Die letzten Waren trafen ein, Boten brachten Nachrichten von Kaufleuten, die Ibn Said begleiten wollten, Besucher kamen und gingen, und immer kürzer wurde die Frist, die Heinrich für sein Vorhaben blieb. Schon stand das große Abschiedsfest bevor, mit dem Ibn Said seinen Freunden und Bekannten Lebewohl sagen wollte, als Heinrich sich zum Handeln entschloss. Gab es keine zufällige Begegnung mit Malina, so musste er eine herbeiführen. Auch wenn das in einem Land, in dem die Frauen weitgehend versteckt wurden, kein einfaches Unterfangen war.

In der Nacht auf seinem Lager wälzte Heinrich Gedanken, und als der Morgen graute, wusste er, was er zu tun hatte. Bald nach Tagesanbruch stand er einem Diener in einer Nische bei den Nebengebäuden gegenüber, wo niemand sie beobachtete. »Ich muss Malina treffen!«, beschwor Heinrich ihn. »Es ist wichtig. Das Treffen soll in einer der nächsten Nächte stattfinden, heimlich, sodass niemand etwas bemerkt, und zwar in dem Pavillon im Garten. Leider verschließt der Haushofmeister jeden Abend die Pforte zum Garten. Es gibt aber noch einen zweiten Schlüssel, und ich weiß, dass du Zugang dazu hast. Deshalb bitte ich dich, die Pforte für uns aufzuschließen, sodass wir uns dort begegnen können. Ich weiß, es ist ein Verstoß gegen die Sitten des Landes, doch sei versichert, dass niemand sich mehr bemüht als ich, sie zu achten. Nur handelt es sich hier um einen ganz besonderen Fall. Um eine Ausnahme.«

Der Diener zeigte sich entsetzt über dieses Ansinnen. »Du verlangst von mir, dass ich gegen die Sitten verstoße und gegen die Ordnung des Hauses? Unser Herr vertraut mir. Noch nie habe ich sein Vertrauen enttäuscht. Und außerdem … Was ist, wenn ihr erwischt werdet? Die Sache ist gefährlich!«

»Niemand wird uns erwischen«, wehrte Heinrich ab. »Wir werden uns so verhalten, dass niemand etwas bemerken wird. Wenn der Haushofmeister am Morgen seine Runde macht, wird die Pforte längst wieder verschlossen sein. Glaub mir, es gibt keinen Grund zur Sorge für dich! Und im Übrigen soll es dein Schaden nicht sein. Auch ich könnte dir irgendwann einen Gefallen erweisen.«

Aus der Nähe rief jemand nach dem Diener. Dieser löste sich aus der Nische. »Einen Gefallen erweisen?«, wiederholte er, schon im Gehen begriffen. Und dabei nahm sein Gesicht einen Ausdruck an, der Heinrich hoffen ließ, er werde ihm trotz aller Bedenken behilflich sein.

Erneut begann für Heinrich das Warten. Ein Tag verging, danach ein zweiter, am dritten fand das Fest statt, es kam der vierte Tag, und noch immer hatte ihm der um Hilfe Gebetene keinen Wink gegeben. In der folgenden Nacht beschloss Heinrich, ihm das Messer an die Kehle zu setzen.

Er traf den Diener, als dieser gerade auf dem Weg zu den Stallungen war. Ohne Vorwarnung packte er ihn mit festem Griff und zerrte ihn hinter eine Mauer. »Ich habe dich gebeten, mir zu helfen«, zischte Heinrich, »aber du hast es nicht getan. Jetzt werde ich dich dazu zwingen.« Sein Gegenüber versuchte, sich zu entziehen, aber vergeblich. Heinrich näherte sein Gesicht dem des anderen, bis beide nur noch eine Handbreit voneinander entfernt waren. »Es gibt da so eine Geschichte von Qasim, dem Sohn unseres Herrn, wie er sich gelegentlich mit seinen Freunden in den Pavillon zurückzieht. Manchmal verbringen sie die ganze Nacht dort und vergnügen sich auf ihre Art, und dabei wähnen sie sich ganz allein. Was allerdings nicht immer stimmt, denn manchmal beobachtet sie einer …«

Aus dem Diener entwich alle Luft, und hätte Heinrich ihn nicht gehalten, er wäre umgefallen wie ein nasser Sack. So aber stand er fest, und nachdem er sich erst einmal gefangen hatte, setzte er zum Gegenschlag an. »Du Sohn einer räudigen Hündin!«, fauchte er. »Was du da behauptest, ist eine Lüge! Nichts davon ist wahr. Das hast du dir ausgedacht, um mich zu erpressen. Möge der Schaitan deinen Vater bis in alle Ewigkeit brennen, dass er einen solchen Bastard …«

Heinrich drückte den Kopf des Dieners hart gegen die Mauer. »Ich bin nicht der Einzige, der von deinem Treiben weiß. Es gibt noch einen anderen, und der ist kein Sklave, und ein Ungläubiger ist er auch nicht.« Er ließ einen Augenblick verstreichen, um sicherzugehen, dass sein Gegenüber begriffen hatte. »Hör gut zu, was ich dir jetzt sage, denn ich werde mich nicht wiederholen: Heute Nacht wirst du die Pforte öffnen. Außerdem wirst du Malina benachrichtigen. Sag ihr, ich werde im Pavillon sein, wenn der Mond seinen höchsten Punkt überschritten hat. Finde ich die Pforte verschlossen oder den Pavillon leer, werde ich gleich nach Sonnenaufgang den Sohn unseres Herrn aufsuchen. Also bedenke es gut!«

Am Abend lag Heinrich auf seinem Lager, lauschte den Geräuschen der Schlafenden, mit denen er den Raum teilte, und wartete. Langsam, viel zu langsam stieg der Mond am Himmel empor. Sein Licht sickerte durch das Fenster und warf Schatten an die Wand. Zum wiederholten Mal rief Heinrich sich die Worte in Erinnerung, die er sich für die Begegnung mit Malina zurechtgelegt hatte. Schließlich, als der Mond seinen höchsten Stand erreicht hatte und wieder zu sinken begann, erhob er sich. Lautlos tastete er sich an den Liegenden vorbei und stahl sich nach draußen. Längst waren alle Lichter gelöscht. Die Nacht atmete Stille, nur aus der Ferne drang das Schreien eines Esels herüber. Behutsam einen Fuß vor den anderen setzend, huschte Heinrich an der Mauer entlang, erreichte die Rückseite des Hauses und wandte sich dem Garten zu. Gleich darauf stand er vor der Pforte. Er wagte kaum zu atmen, als er die Hand auf den Drücker legte. Kalt fühlte er sich an, geradezu abweisend, als wollte er sagen: Was willst du hier? Verschwinde! Du hast an diesem Ort nichts zu suchen. Doch als er den Drücker nach unten bewegte und sachte gegen das Türgitter stieß, gab dieses bereitwillig nach.

Erleichtert atmete Heinrich auf. Frei lag der Garten vor ihm, und am Ende des Gartens lag sein Ziel: der Pavillon.

Mandelbäume und Oleanderbüsche säumten den Weg zu dem zierlichen Bau, dessen Mauerwerk über und über mit Rosen berankt war. Davor erstreckte sich ein von zwei wasserspeienden Steinelefanten bewachtes Becken, beinahe zehn Schritte im Geviert, das um diese Zeit eine ebensolche Ruhe ausstrahlte wie die Bäume und die Büsche und das kleine Gebäude, in dessen hell glasierten Dachziegeln sich das Mondlicht brach. Die Tür – mit ihren Schnitzereien eine Augenweide, jetzt jedoch mit Finsternis überzogen – schien nur angelehnt. Die Fenster waren geschlossen wie stets zu dieser Jahreszeit, wenn der

Wind kühl wehte und die Wärme des Sommers nicht mehr war als eine Erinnerung.

Noch bevor Heinrich die Tür berührte, wusste er, dass sie da war. Hätte jemand von unsichtbaren Fäden der Liebe gesprochen, er hätte keine Widerworte gebraucht. Leise zog er die Tür auf und trat ein. Seine Augen versuchten, sich in dem Dunkel zurechtzufinden – ein rundes Tischchen in der Mitte des Raumes, Sitzkissen darum herum, unter einem Fenster eine halb mannshohe Ziervase. Und ein Wandschirm. Das Herz schlug ihm bis zum Hals, als sie dahinter hervortrat. Nur undeutlich zeichneten sich ihre Umrisse gegen die Finsternis ab, und doch sah er sie so klar, als stünde sie im hellsten Tageslicht vor ihm. Jede Einzelheit ihrer Gestalt, jedes Detail ihrer Züge verrieten das Feuer, das in ihr brannte. Noch bevor er ihr entgegengehen konnte, stürzte sie auch schon auf ihn zu, warf die Arme um seinen Hals und begann, hemmungslos zu weinen.

Fest hielten sie einander, während der Mond und die Sterne in ihrem Lauf verharrten und Stille sie umgab. Sie hatten so viel verloren. So viel ertragen. So viele Träume begraben, bis nichts mehr geblieben war als auf Spinnweb gegründete Hoffnung. Und Angst. »Du gehst fort«, schluchzte sie und schlang die Arme noch fester um ihn. Heinrich antwortete mit einem kaum merklichen Nicken. Sanft strich er mit der Hand durch ihr Haar, während er nach Worten suchte.

Er fand sie nicht. Alles, was er sich zurechtgelegt hatte, war verschwunden. Irgendwann führte er sie von der Tür weg und zog sie mit sich herab auf die Kissen. Eng an ihn geschmiegt, lag sie in seinen Armen. Plötzlich richtete sie sich auf und drehte sich, sodass sie sein Gesicht in dem schwachen Lichtschein erkennen konnte, der durch den Türspalt hereindrang. Ihre Augen suchten die seinen. »Du gehst fort«, stieß sie ein weiteres Mal hervor. »Nur noch wenige Tage, und du wirst nicht mehr hier sein. Sie nehmen dich mit in Länder voller Gefahren. Auf eine Reise, von der nicht alle zurückkehren werden.« Heinrich wollte sie unterbrechen, doch sie schüttelte entschieden den Kopf. »Nein, nein, versuch nicht, mich zu trösten! Es gibt keinen Trost für mich. Ich habe gehört, was sie erzählen. Alle sprechen nur noch über die Reise, und jeder kennt Geschichten von Menschen, die ihre Heimat nicht wiedergesehen haben. Manche sind verdurstet, andere verhungert, weil ihnen die Vorräte ausgegangen sind, wieder andere haben sich verirrt, denn die Große Wüste ist ohne Ende. Oft werden die Reisenden überfallen. Die Räuber nehmen ihnen alles ab und töten sie dann. Und außerdem gibt es wilde Tiere – große Katzen, die Menschen fressen, und diese riesigen Tiere mit den Zähnen aus Elfenbein und giftige Schlangen, die sich im Sand verstecken. Und Dämonen gibt es, ganz viele sollen es sein und ganz schreckliche.« Sie schauderte. »Je mehr ich gehört habe, umso mehr Angst habe ich um dich bekommen. Am Tag kann ich keinen Atemzug mehr tun, ohne daran zu denken. Und nachts kann ich vor Furcht kaum schlafen.«

»Ich werde zurückkommen.« Obwohl selbst nicht ohne Zweifel, bemühte sich Heinrich, seiner Stimme einen überzeugenden Klang zu verleihen. »Unser Herr hat eine solche Reise schon mehrmals gemacht und jedes Mal seine Heimat wiedergesehen. Genauso wie die meisten seiner Leute.«

»Die meisten!« Malina blies Luft durch die Nase. »Was sollen mir die meisten? Was gehen die mich an? Für mich zählt nur einer, und der bist du und sonst niemand!« Sie ließ sich fallen und presste den Kopf an seine Brust. Zitternd vor Erregung, hörte sie das Pochen seines Herzens. »Auch wenn wir uns selten begegnen und noch seltener miteinander reden können, so weiß ich dich doch stets in meiner Nähe. Und dieses Wissen gibt mir Kraft. Ohne deine Nähe hätte mein Leben keinen Sinn mehr.«

Die frische Nachtluft verstärkte ihr Zittern, und Heinrich zog sie noch enger an sich. »Du bist alles, was mir geblieben ist. Alles andere habe ich verloren. Spandau, der Ort, in dem ich gelebt habe – verloren. Mein Vater, meine Freunde, die Nachbarn – verloren. Auch meine Brüder …« Sie stockte, während erneut Tränen in ihre Augen traten. »Jablo, mein kleiner Jablo – ist er überhaupt noch am Leben? Und wenn ja, wo ist er in dieser Stunde? Und wo ist Myslaw? Seit wir verkauft wurden, haben wir nie wieder von ihm gehört. Vielleicht ist er in der Nähe, ein Diener wie wir, und es geht ihm gut. Vielleicht hat er es auch ganz schlecht getroffen. In diesem Land halten sie Sklaven auf Schiffen, die müssen den ganzen Tag über rudern, und sie werden ausgepeitscht, und viele ertrinken im Meer. Andere müssen in der Erde arbeiten, Bergwerke nennen sie das, da scheint niemals die Sonne. Niemand kommt dort mehr heraus.«

Heinrich versuchte, ihre finsteren Gedanken zu verscheuchen, indem er einwarf, dass Myslaws Käufer dem Anschein nach sehr wohlhabend gewesen sei und Myslaw bestimmt als Diener in einem prächtigen Haus lebe. Doch Malina hörte ihm gar nicht zu.

»Was ist das nur für ein Land, in das sie uns verschleppt haben! Alles ist so fremd hier. Die Menschen sehen ganz anders aus als wir. Viele Männer haben mehrere Frauen so wie unser Herr, die verstecken sie in ihren Häusern. Oder die riesige Stadt, in der sich ein Mensch unmöglich zurechtfinden kann. Oder die Bäume mit Blättern, die wie Fischgräten aussehen. Tiere mit Buckeln auf dem Rücken. Pflanzen, in denen Wolle wächst … Würde ich das meinen Freunden erzählen, sie würden mich auslachen. Und doch ist es die Wahrheit, denn all das gibt es hier in diesem Land, in dem man uns zwingt zu leben. Aber es ist nicht mein Land, und daran wird sich niemals etwas ändern. Mögen die Menschen hier auch reich sein, viel reicher als bei uns – ich wünschte, ich wäre endlich wieder zu Hause. In mir brennt eine Sehnsucht nach meiner Heimat, die mich fast verzehrt. Und nun soll ich auch noch den einzigen Trost verlieren, der mir geblieben ist.«

Ein Geräusch ließ Malina zusammenzucken. »Es war nur der Wind«, suchte Heinrich sie zu beruhigen. »Der Wind, der um den Pavillon weht.«

»Der Wind«, wiederholte sie trotzig. »Bei uns liegt jetzt Schnee!« Für eine Weile versank sie in Schweigen, und auch Heinrich sagte kein Wort. Dann drehte Malina sich zur Seite. »Manchmal lassen sie Sklaven frei, hat Aisha mir erzählt. Sie selbst kannte zwei Sklavinnen, denen hat ihr Herr die Freiheit geschenkt. Anschließend konnten sie tun, was sie wollten. Vielleicht ergeht es uns eines Tages ebenso. Aber können wir uns darauf verlassen? Und wenn es tatsächlich so sein sollte – wann? Schon bald? Oder in einem Jahr oder in zweien oder dreien? Oder nie? Nein, darauf können wir nicht warten. Jetzt schon gar nicht, wo sie dich mir wegnehmen wollen.« Sie senkte die Stimme. »Wir könnten fliehen. Wir reißen heimlich aus, schon in den nächsten Tagen, bevor unser Herr zu seiner Reise aufbricht. Myslaw nehmen wir mit. Wir suchen ihn, und dann machen wir uns gemeinsam auf den Rückweg in unser Land. Du, mein Bruder und ich.«

Fliehen … Mit Myslaw … Heinrich verzog unwillig den Mund. Ein Bild tauchte vor ihm auf. Es war der Tag ihrer Ankunft in Córdoba, am Ende des langen Marsches. Die Händler hatten sie in der Stadt untergebracht, Männer und Frauen getrennt. Zu essen gab es an diesem Tag nichts mehr, erst am nächsten Morgen begann die Mast für den Verkauf. Am Abend erschienen mehrere Wächter, um nach dem Rechten zu sehen. Einer von ihnen knabberte an einem gebratenen Hühnerbein, ein zweites hielt er in der Hand. Beide Fleischstücke glänzten vor Fett und verbreiteten einen betörenden Duft. Auf einmal stand der Anführer der Händler in der Tür und rief die Wächter zu sich. Der Esser stopfte den Rest des einen Hühnerschenkels in den Mund, legte den zweiten ab und ging wie die anderen zu seinem Herrn. Während die Augen aller Anwesenden auf das Geschehen am Eingang gerichtet waren, langte Myslaw plötzlich nach dem Hühnerbein, das ganz in seiner Nähe lag, riss mit den Zähnen das Fleisch ab, schlang es herunter und warf anschließend den Knochen so geschickt, dass er ihm, Heinrich, geradewegs in den Schoß fiel. In diesem Moment verließ der Händler den Raum und die Wächter kehrten zurück. Der gegessen hatte, wandte sich der Stelle zu, an der er seinen Vorrat abgelegt hatte, erblickte dort indes nur Leere. Gleich darauf sah er den abgenagten Knochen, und noch im selben Moment stürzte er sich auf ihn, Heinrich, den er für den Täter hielt. Schon war ein zweiter Wächter heran. Da sie wegen des bevorstehenden Verkaufs nicht mehr die Peitschen benutzen durften, würgten sie ihn stattdessen so lange, bis ihm beinahe die Luft wegblieb. Als sie endlich von ihm abließen und er wieder zu Atem kam, sah er Myslaws zufriedenes Gesicht auf sich gerichtet. Und dazu vernahm er jenes verächtlich ausgesprochene Wort, das er zuvor schon gehört hatte: »Deutscher!«

»Eine Flucht wäre eine kurze Freude, aber ein langes Leid«, sagte Heinrich, gar nicht erst auf die Beteiligung Myslaws an dem Vorhaben eingehend. »Glaub mir, auch ich habe diesen Gedanken oft gewälzt, vor allem des Nachts, wenn ich wach lag und die Erinnerungen an mir vorübergezogen sind. Wie gern hätte ich Pläne gemacht und sie gemeinsam mit dir in die Tat umgesetzt! Aber ich habe den Gedanken stets wieder verworfen. Ja, vielleicht würden wir es schaffen zu entkommen, ohne dass sie es gleich bemerken. Vielleicht würde es uns auch gelingen, den richtigen Weg zu finden. Aber dann? Wir besitzen nichts außer den Kleidern, die wir am Körper tragen. Wollten wir nicht verhungern, müssten wir als Bettler durchs Land ziehen, wenn nicht gar als Diebe, die sich ihren Lebensunterhalt zusammenstehlen. Irgendwann würden wir auffallen, denn dies ist kein Land zum Verstecken. Der Kalif hat sein Reich fest im Griff. Überall hat er seine Leute. Nicht lange, und wir wären als entlaufene Sklaven erkannt. Und was dann geschehen würde …«

Malina entfuhr ein Stöhnen. Sie schlang die Arme um ihn, brachte ihr Gesicht ganz dicht an das seine. Er hatte recht. Ohne Zweifel hatte er recht. Aber wenn keine Aussicht auf ein anderes Leben bestand, was blieb? Dann gab es nur noch ein Sklavendasein bis ans Ende ihrer Tage, in einem fremden Land, umgeben von Menschen, deren Sprache sie kaum verstand, deren Denken ihr ebenso unbegreiflich war wie deren Sitten und das ihr für immer die Erfüllung jenes Wunsches versagen würde, der mit jedem Tag drängender in ihr wurde: des Wunsches nach Geborgenheit. »Du darfst mich nicht verlassen!«, stieß sie verzweifelt hervor. »Ich kann nicht mehr ohne dich leben. Ich brauche dich, selbst wenn wir uns nur selten begegnen. Aber ich muss dich in meiner Nähe wissen.«

»Ich werde bei dir sein, auch wenn ich fort bin«, flüsterte er so nachdrücklich, wie es ihm möglich war. Sein Mund fand ihre Lippen, und angetrieben von dem Feuer der Sehnsucht und der Süße des Augenblicks verschmolzen sie in einem Kuss. Malina zitterte vor Erregung, als seine Hände über ihren Körper glitten und an Stellen rührten, an die noch kein Mann je gerührt hatte. Leidenschaft schoss in ihr hoch, sie wollte ihn ganz, sie wollte ihn spüren, und so öffnete sie sich ihm und nahm ihn auf. Alles Bedrückende, der bevorstehende Abschied, die Fesseln – alles verlor an Bedeutung. Vereint in einem Ansturm beseligender Gefühle, verwandelten sie sich in die freiesten Menschen unter der Sonne, stießen sich ab von der Erde und stiegen in den Himmel hinauf, immer höher und immer schneller, verloren sich in einem selbstvergessenen Taumel, und am Ende stürzten sie in eine Welt aus reinem Licht.

Lange lagen sie danach schweigend da, benommen vor Glück. Später frischte der Wind auf, und mit dem Wind kehrten die Sorgen zurück.

»Hörst du das Rauschen in den Mandelbäumen?«, flüsterte sie. »Als wir damals hierherkamen, begann bald darauf ihre Blüte. Alles leuchtete in Rosa und Weiß, und dazu stieg ein betörender Geruch auf, der den Garten erfüllte und sogar noch das Haus. Ich erinnere mich gut an den Tag, als ich dort draußen stand und den Duft in mich aufnahm. Für kurze Zeit war alles Bittere aus meinem Leben verbannt. Damals dachte ich, wie schön es doch wäre, wenn ich … wenn ich nicht allein dort stehen würde, sondern … wenn wir beide …« Sie kämpfte mit den Tränen. »Wenn die Mandeln das nächste Mal blühen, wirst du fort sein.«

Er strich ihr über die Wangen. »Aber wenn sie das zweite Mal blühen, werde ich wieder bei dir sein.«

Lange schwieg sie. Als sie schließlich sprach, geschah es so leise, dass der Wind ihre Worte verwehte, noch bevor sie Heinrich erreichten. »Und dann?«

Teil 3

Sidjilmassa war mehr als der Name der großen Handelsstadt inmitten der Oase Tafilalet am Rande der Wüste – Sidjilmassa war auch ein Wort für menschliche Empfindungen von ganz unterschiedlicher Art. Für die einen war es das Gefühl, endlich am Ziel zu sein nach Wochen voller Entbehrungen, erlöst aus einer allgegenwärtigen Gefahr. Für die anderen war es das Gefühl des Verlustes: der Verlust der Sicherheit und der Annehmlichkeiten des Alltags und des Eintauchens in ein karges Dasein, in dem das Leben an einem seidenen Faden hing. Allein ein versandeter Brunnen, eine falsch gelesene Spur oder eine Laune des Wetters würde ausreichen, diesen Faden zu durchtrennen.

Was die Männer auf dem Festplatz am Ufer des Wadi Ziz bewegte, war das Gefühl des Verlustes.

Rauchfähnchen von Gebratenem kräuselten sich unter den Zeltplanen hervor und mischten sich in die sanfte Brise, die von den Palmenhainen herüberwehte. Man schrieb den achtzehnten Tag des Monats Djumada al-Thani im Jahre 366 der Hidjra – Christen hätten ihn den elften Februar im Jahre ihres Herrn 977 genannt –, und es waren nur noch wenige Stunden bis zum Aufbruch der großen Karawane. Schon seit Tagen glich die Stadt einem Heerlager am Vorabend einer Schlacht. Kaufleute aus vielen Orten hatten sich eingefunden, um zusammen mit den Händlern aus Sidjilmassa auf die Reise zu gehen – Männer aus dem nahen Ksar es-Suq ebenso wie solche aus dem fernen Marrakesch oder aus Fes und etliche gar aus dem noch weiter entfernten Al-Andalus. Auf den Weiden am Fluss standen mehr als tausend Kamele bereit, die Schätze zu tragen, mit denen die Wagemutigen ihr Glück machen wollten. Alles war gründlich vorbereitet, jede Einzelheit lange bedacht. Doch bevor man sich in die Welt grenzenloser Einsamkeit begab, wollte man noch einmal die angenehmen Seiten des Lebens genießen.

Ein Gaukler in der Mitte des Platzes spie so heftig Feuer, dass einige Kinder erschrocken zurückwichen; nicht weit entfernt ließ ein flötender Schlangenbeschwörer eine Kobra tanzen. Indes hatte nicht jeder der Anwesenden einen Sinn für Vorführungen dieser Art. Mancher nahm eher die unverschleierten, in farbenfrohe Gewänder gehüllten Berberfrauen in den Blick und dachte verdrießlich an die lange Zeit erzwungener Enthaltsamkeit, die ihm bevorstand. Die meisten jedoch nahmen weder Notiz von dem einen noch von dem anderen, sondern saßen auf weichen Kissen unter den Zeltplanen, füllten ihre Mägen mit süßer Kamelmilch und frischem Wasser und genossen die Vielfalt der aufgetragenen Speisen.

Ibn Said war einer von ihnen. Erst zwei Tage zuvor war er mit seiner Begleitung in Sidjilmassa eingetroffen, nachdem er für die Reise weit länger gebraucht hatte als geplant. Ein Sturm hatte die Überfahrt nach Afrika verzögert, später hatte Schnee auf den Pässen des Atlas ihnen das Leben schwer gemacht. Dennoch waren sie rechtzeitig vor dem Aufbruch der großen Karawane eingetroffen. Und nun saß er mit anderen Kaufleuten um ein riesiges Messingtablett herum, labte sich an Kuskus mit scharf gewürztem Lamm, nagte an fetttriefenden Hühnerschenkeln, genoss Taubenbrüste mit Mandeln und hielt – obwohl sein Magen sich bereits beängstigend gefüllt hatte – Ausschau nach den süßen, klebrigen Nachspeisen. Neben ihm saß sein Vetter Uthman al-Battani, einer der Kaufleute aus Sidjilmassa. Er war groß und schlank und erinnerte mit seinen spitzen Ohren an einen Wüstenfuchs. Sein Geschäft war der Handel mit Datteln.

»Wie viele Säcke ich für Teghaza vorgesehen habe?« Al-Battanis Hand, die gerade noch ein Fleischstück zum Mund geführt hatte, sank ebenso abrupt herab, wie seine Miene sich verfinsterte. Er drehte sein Gesicht Ibn Said zu. »Nicht einen einzigen!«, schimpfte er. »Im letzten Jahr hatte ich fünf Kamellasten eingeplant, nicht die besten Datteln natürlich, schließlich sind sie für die Sklaven, aber schlechter als sonst waren sie auch nicht. Jedes Mal haben sie mir welche abgekauft, aber plötzlich wollten sie nicht mehr. Nur Allah weiß, was in diese verdammten Tuareg gefahren war! Die Ware haben sie sich gar nicht erst angesehen, und den Preis hatte ich ihnen noch nicht einmal genannt, da wussten sie schon, dass er zu hoch war. ›Andere sind billiger‹, erklärten sie ungerührt. ›Andere sind auch schlechter‹, antwortete ich. Glaub mir, lieber Vetter, sie haben nicht einmal mit den Schultern gezuckt. ›Ma terhid?‹, hat der eine nur gesagt. ›Was willst du?‹ Später habe ich die Datteln gesehen, die sie einem anderen abgekauft hatten: stumpf, trocken und so alt, dass die Kerne beim Schütteln klapperten. Ein Sack war sauer. Viehfutter, sage ich dir, reines Viehfutter, was sie ihren Sklaven da geben. Aber was macht es ihnen auch aus – geht einer ein, holen sie sich eben den nächsten. An Nachwuchs hat es ihnen noch nie gemangelt.« Gereizt schob al-Battani das Fleischstück in den Mund. »Mögen der Schaitan und seine Dämonen ihre Körper mit Krätze überziehen! Wenn sie meine Datteln nicht wollen, verkaufe ich sie eben in Kumbi Saleh.«

Ein Gewürzhändler aus Ceuta, der das Gespräch mit angehört hatte, schlug lautstark in dieselbe Kerbe und nannte die Tuareg die schlimmsten Geschöpfe auf Erden. Einige ringsum stimmten ihm zu. Ibn Said wollte gerade mit einem eigenen Erlebnis deren Meinung bekräftigen, als eine heranschaukelnde Platte mit Shebbakia seine Aufmerksamkeit erregte. Begehrlich streckte er die Hand nach dem in Öl gebackenen und in Honig getauchten Gebäck aus, dem seine besondere Leidenschaft galt, während ein anderer an seiner Stelle das Wort ergriff und ein Bild von den Tuareg zeichnete, das noch weit düsterer war als das bis dahin Gesagte.

Drei Zelte weiter saß Heinrich vor einer dampfenden Huhn-Tajine mit Gemüse und Oliven und beobachtete den Schlangenbeschwörer, der seine Kobra wieder in einem Korb verstaut hatte und sich nunmehr einen gelben Skorpion über die Stirn kriechen ließ. Neben Heinrich hatten zwei weitere Diener Ibn Saids Platz genommen, dazu mehrere arabische Kameltreiber, die es sich wie alle anderen ein letztes Mal für längere Zeit gut gehen ließen. Unablässig kauend, redeten sie ausdauernd aufeinander ein, wobei sie es auf eine merkwürdige Weise fertigbrachten, einerseits die Gefahren der bevorstehenden Reise herunterzuspielen, andererseits mit immer neuen Schreckensgeschichten ihre Ängste zu schüren. Das Vorbeigehen einer jungen Berberin mit einem Korb Datteln bildete den Aufhänger für die Geschichte von den Menschenfressern. »Bei den Negern hätte die nichts zu lachen«, tönte einer der Araber. »Die würden sie schlachten.«

Heinrich, dem das letzte Wort nicht geläufig war, überlegte noch, was gemeint sein mochte, als der Redner bereits zu einer anschaulichen Erklärung ausholte. »Ich glaube, es war in dem Jahr, als die Stute in Duira Zwillinge geworfen hat. Damals war ein Händler vom Stamm der Beni Mguild bei den Negern unterwegs. Als er in die Stadt ihres Königs kam, suchte er ihn auf und brachte ihm Geschenke, darunter Salzplatten, die er in Teghaza gekauft hatte. Der König war sehr erfreut darüber und gab ihm als Gegengeschenk zwei der schönsten Frauen aus seinem Reich. Einige Tage später stand der Händler wieder vor dem König, und der fragte ihn: ›Sag, Fremder, ich habe dir diese beiden jungen Frauen geschenkt, damit du sie schlachtest, denn ihr Fleisch ist das beste, das man bei uns essen kann. Aber wie man mir zugetragen hat, hast du sie gar nicht geschlachtet.‹ Worauf der Kaufmann antwortete: ›Dort, wo ich herkomme, ist so etwas nicht erlaubt.‹ Der König war erstaunt. ›Was essen die Menschen denn dort?‹, wollte er wissen. ›Das Fleisch von Rindern und Schafen‹, antwortete der Kaufmann. Und kaum war er in seine Herberge zurückgekehrt, als der König ihm einen Ochsen und ein Schaf schickte.«

Heinrich hatte begriffen, was es mit dem unbekannten Wort auf sich hatte. »Manche Neger«, hörte er einen anderen sagen, »halten das Fleisch von weißen Menschen für schädlich, weil es noch nicht reif ist. Andere fressen jeden Fremden, den sie bekommen, gleichgültig ob schwarz oder weiß. Am liebsten mögen sie Frauen. Ihre Brüste und Hände schmecken ihnen am besten.«

Unentschieden, ob es das Gehörte war oder das reichhaltige Essen, spürte Heinrich Übelkeit in sich aufsteigen. Er kam auf die Füße, hastete über den Festplatz und flüchtete sich durch eine Lücke hinter eine Mauer. Würgend übergab er sich. Als er wieder den Kopf hob, fiel sein Blick auf einen Garten. Beschattet von Palmen und Feigenbäumen, floss Wasser durch ein Netz schmaler Rinnen und verteilte sich auf Anpflanzungen und Beete. Zwei Frauen mit Hacken in den Händen beobachteten ihn. Heinrich murmelte eine Entschuldigung und kehrte auf die Straße zurück.

Musik ertönte, das ausgelassene Spiel einer Nay, dazu das Dröhnen einer Trommel, deren dumpfer Klang sich über den Festplatz legte und auf der anderen Seite des Flusses von den Bergen widerhallte. Gleich darauf erschienen ein Dutzend Reiter mit weißen Turbanen auf den Köpfen und silberbeschlagenen Krummdolchen in den Gürteln. Schnell leerten sich alle Zelte, und während die Reiter in der Mitte des Platzes Aufstellung nahmen, bildeten die Schaulustigen einen Kreis. Jeder hatte nur noch Augen für die Pferde, kräftige, kluge Schimmelhengste, wie die Berber sie liebten. Weitere Musikanten fanden sich ein, dann gab einer der Reiter das Zeichen, und das N'Dauri begann. Angefeuert von der Musik und begleitet vom rhythmischen Klatschen der Zuschauer, fingen die Pferde zu tanzen an. Jedes bewegte sich auf seine Art. Einzelne trabten auf der Stelle, andere scharrten im Sand oder schlugen die Hufe in die Luft, drehten sich, sprangen von der Hinter- auf die Vorderhand oder schlenkerten mit den Köpfen, sodass die Mähnen wie Wogen um die wohlgerundeten Hälse flogen – eine großartige Zurschaustellung von Anmut und Kraft, mit denen die Tiere die Herzen der Zuschauer eroberten.

Begeisterung brandete auf, als die Vorführung beendet war, und höchstes Lob begleitete den Abgang der Reiter. Auch Heinrich schaute ihnen beeindruckt hinterher. Plötzlich entdeckte er Qasim. Er sah ihn unter einer Palme, einen Becher in der Hand, den er in kurzen Abständen zum Mund führte. Dattelwein, ging es Heinrich durch den Kopf. Vermutlich gab es irgendwo in der Nähe einen Verkäufer dieses Getränks, das für gewöhnlich nur von denen getrunken wurde, die nicht der Religion des Propheten angehörten. Heinrich dachte an die Entbehrungen, die bald auf Qasim zukommen würden, und Genugtuung erfasste ihn. Kaum einer in der Begleitung Ibn Saids mochte dessen Sohn. Die meisten hatten Angst vor ihm, fürchteten seine Launen und seine Unberechenbarkeit und verachteten ihn wegen der Unmengen von Wein, die er bei jeder Gelegenheit in sich hineinschüttete. In Fes hatte Ibn Said einige Diener losschicken müssen, nachdem Qasim zur verabredeten Stunde nicht am Treffpunkt erschienen war. Nach längerem Suchen hatten sie ihn schließlich gefunden – mit den Füßen im Fluss und mit dem Kopf in einem Haufen, um den die Fliegen gekreist waren. Als sie ihn aufgeweckt hatten, war er mit den Fäusten auf sie losgegangen, und nur ein Stoß ins Wasser hatte ihn davon abhalten können, gar noch sein Messer zu ziehen.

Mit weiteren Reiterspielen und anregenden Gesprächen verging die Zeit, und bald näherte sich die Sonne den Tafelbergen am Rande der Oase. Die Schatten wuchsen, die Luft wurde kühler, und mit dem ausklingenden Fest zog Schwermütigkeit auf. Nicht jeder der Versammelten würde Sidjilmassa wiedersehen, nicht jeder einen solchen Tag noch einmal genießen. Aber selbst denjenigen, die das Abenteuer unbeschadet überstehen würden, standen viele Monate der Bewährung bevor. Monate voller Härten – in einer Wüste, die jedem Eindringling den Kampf angesagt hatte.

Steine, so weit der Blick reichte. Die meisten faustgroß und kantig, auf der Oberseite mit einer pechschwarzen Kruste überzogen, gleichmäßig verstreut wie steinerne Samenkörner von einem steinernen Sämann. Nirgendwo etwas Lebendiges in dieser Einöde, in der Hamada, die so flach wie ein Tisch war und so gänzlich ohne Schatten. Kein Halm, der sich bewegte; keine Schlange, die ihren Weg suchte; ja, nicht einmal ein Skorpion unter dem Geröll oder ein Käfer, der im Schutze eines Erdlochs rastete. In der Ferne eine Bergkette, die sich undeutlich gegen den grau verschwommenen Morgenhimmel abhob, in dem die Melancholie der Erde ihr Echo gefunden hatte. In den anderen Richtungen fehlte jegliche Begrenzung zwischen Oben und Unten, was die Trostlosigkeit noch verstärkte. »Garten des Teufels« wurde diese Steinwüste von denjenigen genannt, die sie durchquerten, und sie fragten sich, was Gott wohl bewogen haben mochte, eine solche Ödnis zu erschaffen. Ein Land mit nichts anderem als Steinen.

Und mit Geistern – den Kel Essuf.

Dass es sie gab, diese Geister, daran hegte niemand Zweifel. Auch nicht die Männer, die an diesem Morgen ein Kamel umstanden, der eine mit einem Messer in der Hand. Ganz im Gegenteil. Jeder von ihnen wusste um ihre Gegenwart, und deshalb trug jeder Gris-Gris bei sich – magische Kräfte versprechende Amulette wie Knochenstückchen, geschrumpfte Affenköpfe oder Schwanzenden von Leoparden, ohne die sie sich um nichts in der Welt in eine Landschaft wie diese gewagt hätten. Meist erfüllten die Amulette die ihnen zugedachten Aufgaben. Mitunter versagten sie aber auch wie am Vorabend, als die Kel Essuf den Sattelgurt eines Kamels gelöst hatten und der Reiter, ein Teppichhändler aus Tanger, zu Tode gestürzt war. Oder wie in diesem Augenblick des Aufbruchs der Karawane, in dem die Geister ein Lastkamel mit vollständiger Erschöpfung geschlagen hatten, mit der Folge, dass es nicht mehr aufstand, so sehr die Männer auch an ihm zerrten. Das Kopfnicken des Karawanenführers bedeutete das Todesurteil für das Tier. Einer der Umstehenden packte es am Maulstrick und riss den Kopf hoch, der Mann mit dem Messer trieb dem Kamel die Klinge in die Schlagader. Ein Ruck ging durch das Tier, ein letztes Aufbäumen, als wolle es sich doch noch einmal erheben. Dann wich das Leben aus ihm, und der Kopf sank ins eigene Blut.

In dem Wind über der Ebene aber wiegten sich die Geister und lachten.

Der Karawanenführer, ein stolzer Zanata-Berber vom Stamm der Beni Merin, wandte sich ab, und die Zurückgebliebenen begannen, die Traglasten des Kamels neu zu verteilen. Heinrich, der Zeuge des Vorfalls geworden war, verharrte kurz neben dem toten Tier. Das Maul – eben noch von der Farbe des aufglühenden Holzes, wenn der Harmattan durch die Flammen tobt – war rot vom Blut; das helle Fell wirkte fremd gegen das schwarze Gestein. Niemand würde das Tier zerlegen, um sein Fleisch zu essen, denn niemand hatte an einem Ort wie diesem die Zeit dafür. Stattdessen würden Sonne und Wind sich des Kadavers annehmen, würden ihn trocknen und schleifen, bis am Ende nur noch gebleichtes Gebein zurückbliebe. Ein weiteres Opfer dieser unerbittlichen Wüste, von denen sie seit ihrem Aufbruch in Sidjilmassa vor zwei Wochen schon so viele gesehen hatten. Meist waren es die Überreste von Kamelen gewesen, mitunter aber auch die von Menschen.

»He, Qasim verlangt nach dir!«, hörte Heinrich eine Stimme in seinem Rücken. Als er sich umdrehte, sah er einen Diener Ibn Saids mit einer Satteldecke vorbeieilen.

»Qasim …«, zischte Heinrich abfällig. Er rückte den Turban zurecht, der seine frühere Mütze ersetzt hatte, und ließ den Blick schweifen. Wie stets beim Aufbruch herrschte geschäftiges Treiben. Männer hasteten mit Halfagrasbündeln umher – Kamelfutter für die Stellen, an denen die Wüste nichts bereithielt –, schleppten die Waren der Händler und Vorratssäcke mit Datteln, Bohnen und Hirse und luden alles auf die Kamele.

Suchend lief Heinrich über den Lagerplatz, bis Qasim auf einmal vor ihm stand. Grau und eingefallen sah er aus, übelgelaunt wie stets und nur allzu offensichtlich bereit, jeden, der seinen Unmut erregte, mit seinem Zorn zu überziehen. In der Rechten hielt er eine Kamelpeitsche.

»Wo hast du so lange gesteckt? Wenn ich einen Sklaven rufe, hat er zu kommen!«

Heinrich presste ein verhaltenes »Ja, Herr« zwischen den Zähnen hervor und wartete auf den Zornesausbruch. Gleich darauf kam er in Gestalt einiger mehr gebellter als gesprochener Belehrungen über die richtige Beladung eines Reitkamels, über das fehlerfreie Anlegen von Sattelgurten und dem sich daran anschließenden Befehl, Heinrich möge sich unverzüglich dem Aufzäumen des Kamels widmen, auf dem er, Qasim, ritt.

Heinrich hatte begriffen. Sein Gegenüber hatte Angst, einen ähnlichen Unfall zu erleiden wie der Teppichhändler am Vortag, genauso wie er ständig fürchtete, zu verdursten, das Opfer von Wüstenräubern zu werden oder sonst eines unnatürlichen Todes zu sterben. Heinrich versprach zu tun, was von ihm erwartet wurde, und entfernte sich zu den Kamelen Ibn Saids hin, deren Beladung wie die aller anderen in vollem Gange war. Unter den wachsamen Augen ihres Herrn verteilten Diener die Waren auf die Tiere, mit denen dieser seine Geschäfte zu machen gedachte: eingefärbte Stoffe und Kleider, bunte Glasperlen, feinstes Leder aus Córdoba sowie kupferne Armreifen, Ohrgehänge und anderer Schmuck.

Das Reitkamel Qasims, ein Mehari, erwies sich an diesem Tag als nicht weniger übelgelaunt als sein Herr. Kaum näherte sich Heinrich mit dem Sattel, als es brüllte und ihn zu beißen suchte. Mit einem raschen Satz brachte sich Heinrich in Sicherheit. Gleich darauf sprang ein Treiber herbei, warf dem Tier ein paar Steinchen ins aufgerissene Maul und schlang mit einer blitzschnellen Bewegung ein Seil darum. Das Kamel antwortete mit einem gurgelnden Geräusch und stand still, ohne sich weiter zu wehren. Der Treiber grinste. Heinrich zeigte sich beeindruckt und machte sich an die Arbeit. Er verteilte die Decken um den Höcker, legte den Sattel auf und zerrte die Bauchriemen fest, wobei er sorgfältig darauf achtete, Qasim keinen Anlass für einen neuerlichen Wutausbruch zu liefern. Dann holte er die Gerba, den Wasserschlauch aus dem Fell einer Ziege. Sorgfältig überprüfte er dessen Nähte und Verschnürung, so wie diejenigen, die in dieser Welt zu Hause waren, es ihm gezeigt hatten. Keine Schwachstelle durfte übersehen werden, bedeutete das Auslaufen einer Gerba doch im besten Fall noch größeren Durst, als man ohnehin litt, im schlimmsten Fall gar den Tod. Nachdem er die Prüfung beendet hatte, befestigte Heinrich die Gerba sorgfältig hinter dem Sattel, und gleich darauf stand Qasims Kamel zum Abmarsch bereit.

Wind war aufgekommen. Im Osten schob sich die Sonne als eine weiße Scheibe über den Horizont und brachte die Steinwüste zum Glitzern. Der Himmel, eben noch eins mit der Erde, begann sich abzulösen und vermittelte eine Ahnung von der durchsichtigen Klarheit, die sich schon bald wieder einstellen würde. Während die letzten Lastkamele noch durch Stricke miteinander verbunden wurden, drängte der Führer zum Aufbruch. Mit seinem Stab malte er wie jeden Morgen ein magisches Zeichen auf die Erde. Die Besitzer von Gris-Gris versicherten sich ein weiteres Mal des Schutzes ihrer Amulette, die Anhänger des Propheten murmelten die Basmala, und angetrieben von einem vielstimmigen »E-o-a! E-o-a!«, setzte sich die riesige Kamelherde in Bewegung. Schnell fand die Karawane ihren Rhythmus. Liefen die Tiere erst einmal, würde nichts mehr sie aufhalten bis zur abendlichen Rast, ja, selbst die Begegnung mit einer anderen Karawane würde sie nicht zum Stehen bringen. Einige Männer saßen auf ihren Kamelen, die Herren der Karawane wie Ibn Said, Qasim und al-Battani, die es als ihr Recht ansahen, sich auf weichen Sätteln durch die Wüste schaukeln zu lassen. Die anderen Männer liefen zu dieser frühen Stunde noch, die Diener ebenso wie die Treiber – teils um die Tiere zu schonen, teils um ein Auge auf das Gepäck zu haben, auf dass die Seile sich nicht lockerten, keine Lasten verrutschten und keine Gerba sich durchscheuerte.

Auch Heinrich lief mit ausladenden Schritten, um sich von den Tieren nicht abhängen zu lassen. In der ersten Stunde fiel es am leichtesten, wenn die noch schräg stehende Sonne die nächtliche Kälte aus den Gliedern trieb und die Erschöpfung des Tages noch fern war. Doch viel zu schnell stieg die Sonne höher, und damit wuchs die Hitze. Nicht die große Hitze, die unerträgliche, von der alle wie von einer furchtbaren Krankheit sprachen. Die stand erst noch bevor. Was die Sonne jetzt zeigte, war nicht mehr als ein Vorspiel. Ein müdes Lächeln nur angesichts der verlorenen Schar, die sich durch die schattenlose Einsamkeit mühte. Bald jedoch würde die Sonne laut lachen. Würde jeden auslachen, der ihr die Stirn bieten wollte, schallend, ja brüllend. Weshalb jeder, dem die Hitze nicht den Verstand ausgetrocknet hatte, zu Hause bleiben oder – falls Unaufschiebbares ihn zwänge – bei Nacht reisen würde.

Aber selbst das Lächeln der Sonne wurde zur Qual. Bleierne Hitze stieg von den Steinen auf, der Wind wehte heißer, und mit jedem Schritt wuchs die Anstrengung. Lange bevor die Sonne den höchsten Punkt erreicht hatte, stiegen auch die letzten Männer auf die Kamele – ein schwieriges Unterfangen, musste das Aufsitzen doch während des Laufens geschehen. Gleich zu Beginn der Reise war ein Diener bei dieser Gelegenheit gestürzt. Glücklicherweise hatte der Mann sich nicht ernsthaft verletzt, ein Umstand, den die Einheimischen den guten Geistern zugeschrieben hatten. Den weißen Kel Essuf, die den Menschen halfen und ohne deren Beistand die Durchquerung der Wüste ebenso gefährlich gewesen wäre wie ohne starke Amulette.

Die zunehmende Hitze, der Wind, der den Schweiß bereits in den Poren trocknete, dazu das Glucksen des Wassers in der Gerba ... Immer stärker fühlte Heinrich den Durst. Seine Kehle war ausgetrocknet, die Zunge klebte an seinem Gaumen. Bereits einige Male hatte er getrunken an diesem Tag, kleine Schlucke nur, aber jedes Mal mit dem Wunsch, mehr zu trinken, am besten den ganzen Schlauch auf einmal zu leeren. Doch der Vorrat war geschrumpft und musste eingeteilt werden. Der letzte Brunnen lag einige Tagesreisen zurück. Den nächsten würden sie am Abend erreichen, aber ob der Wasser führe, hatte der Führer gesagt, wisse man erst, wenn man den Eimer hochziehe.

Entschlossen, sich zurückzuhalten, setzte Heinrich die

Gerba an die Lippen und trank von der stinkenden grünlichen Brühe. Er seufzte. In seiner Heimat kannte man solche Sorgen nicht. Dort gab es überall Wasser – in den plätschernden Bächen; in den Seen, die so klar waren, dass man die Fische darin sehen konnte; in der Havel zu Füßen der Brandenburg, in der er an warmen Tagen des Öfteren so lange gelegen hatte, bis seine Haut ganz schrumpelig geworden war. In der Havel …

Heinrich lachte in sich hinein, obwohl ihm nicht nach Lachen zumute war. Er schloss die Augen. Mit der Hitze flirrten die Gedanken. Sie kamen aus der Stille und der Einsamkeit, setzten sich in seinem Hirn fest und bedrängten sein Herz, darunter jener immer wiederkehrende Gedanke, der die Stille noch stiller und die Einsamkeit noch einsamer machte: der Gedanke an Malina. Viele Wochen waren bereits vergangen seit ihrer Trennung, aber es hatte nicht einen Tag gegeben, an dem er nicht an sie gedacht hatte, nicht eine Nacht, in der sie ihm nicht in seinen Träumen erschienen war: bald in Ketten auf ihrem Marsch, bald auf dem Sklavenmarkt in Córdoba oder im Haus ihres gemeinsamen Herrn. Vor allem aber sah er sie, wie sie neben ihm lag – damals in dem Pavillon im Garten, in jener wunderbaren Nacht, als sie sich süße Worte ins Ohr geflüstert hatten, Worte voller Sehnsucht und Liebe: »Ich werde bei dir sein, auch wenn ich fort bin« und »Ich kann nicht mehr ohne dich leben«, und dazu hatte sie sich ihm hingegeben, ihr leidenschaftlicher Mund, ihr sinnlicher Körper, der mit dem seinen verschmolzen war, während draußen in den Mandelbäumen der Wind gerauscht hatte und ein sanfter Mond …

Ein Schlag gegen die Schulter brachte Heinrich jäh in die Wirklichkeit zurück. Neben ihm auf einem Reitkamel saß einer, den er noch nie gesehen hatte, und als er den Vorwurf in dessen Gesicht bemerkte, wusste er, dass er eingeschlafen war. Eingeschlafen auf einem schwankenden Kamel, ein gutes Stück über dem Erdboden, ohne Halt! Erschreckt dankte er dem anderen mit gestammelten Worten, aber der war bereits verschwunden. Heinrich drehte den Kopf in alle Richtungen, doch der Unbekannte schien sich aufgelöst zu haben – im Wind, in der sengenden Hitze und in dem grellweißen Sonnenlicht, das kräftiger als zuvor vom wolkenlosen Himmel herabflutete, gegen die Flanken der Berge brandete und von diesen zurückgeworfen wurde, bis es sich in den Schemen eines neuen Horizontes verlor. In dem Sand, den der Führer für diesen Tag angekündigt hatte.

Die alles Leben verachtende Steinwüste verlor an Schrecken, je mehr angewehter Sand ihr die Konturen nahm. Dafür trat neuer Schrecken an die Stelle – eine Wand aus hoch aufragenden Dünen, so breit und so abweisend, dass es Heinrich bei diesem Anblick ganz bange wurde. Und der Karawanenführer hielt geradewegs darauf zu. »Er ist einer der besten«, rief sich Heinrich die Worte Ibn Saids in Erinnerung. Und tatsächlich hatte der Mann seinem Ruf bisher alle Ehre gemacht. Niemals schien er zu bezweifeln, dass der eingeschlagene Weg der richtige war. Nur die Sonne, der Wind und der Sand, ein paar Hügel und gelegentlich ein Wadi dienten ihm als Orientierung. War die Sonne verdeckt, fehlten Landmarken oder nahm der Harmattan ihm die Sicht, fand er trotzdem den Weg. Wie er das schaffte, blieb sein Geheimnis. Aber weil er es konnte, entlohnte man ihn reichlich, hing doch von ihm das Schicksal der gesamten Karawane ab.

Du darfst nicht so oft trinken, du musst dir dein Wasser einteilen, womöglich ist der nächste Brunnen zugeweht oder vergiftet … Abermals langte Heinrich nach der Gerba und nahm einen Schluck, ärgerte sich aber noch im selben Moment über seine Schwäche. Vielleicht würde der nächste Brunnen ja tatsächlich vom Sand zugeweht sein. Von jenen unfassbaren Mengen Sand, die jetzt immer näher kamen. Hoch aufgetürmte Dünen, kühn geschwungen und steil, deren Anblick Bewunderung hervorrief, aber auch Angst. Irgendwann entdeckte Heinrich eine Lücke, Dünen von geringerer Höhe, die eine Gasse durch den Sand freizugeben schienen. Oder die in eine Falle führten. In eine große Reuse gewissermaßen, die sie hinein-, aber nicht wieder hinauslassen würde.

Es war keine Falle. Die Dünen blieben an ihrem Platz, auch wenn der Wind beständig ihre Kämme und Flanken attackierte. Als es nach einer Weile steil aufwärtsging, saßen die Reiter ab, um die Tiere zu entlasten. Auch Heinrich quälte sich durch den rutschenden Sand. Als er die höchste Stelle erreicht hatte, erblickte er inmitten des Sandmeers eine tief gelegene Stelle, an der mehrere Felsen aufragten. In ihrem Schutz befand sich eine Gruppe Akazien, die an diesem unwirtlichen Ort seltsam fremd wirkte und den Eindruck erweckte, ein übermütiger Geist habe sie hierher verpflanzt.

Der Abstieg gestaltete sich einfach. Während die Sonne sank und Schatten über die Dünen krochen, hielt die Karawane geradewegs auf die Akazien zu. Als er nur noch ein kurzes Stück von ihnen entfernt war, entdeckte Heinrich den Brunnen – ein schwarzes Loch, von ebenerdigen Hölzern eingefasst und ohne eine Vorrichtung, das Wasser nach oben zu ziehen, aber trotz aller Einfachheit ein Brunnen.

Und er führte Wasser.

Der Führer zeigte sich erleichtert. Alle priesen Allah oder dankten den weißen Kel Essuf. Da nur die eine Wasserstelle vorhanden war, galt es, das kostbare Nass klug einzuteilen. Zuerst, so bestimmte der Führer, sollten die Gerbas aufgefüllt werden, danach sollte das Tränken der Kamele beginnen – ein Vorgang, der sich die ganze Nacht über hinziehen würde und der den Männern nach den Anstrengungen des Tages einiges abverlangte, selbst wenn sie sich abwechselten. Aber auch für diejenigen, die mit dem Tränken nichts zu tun hatten, gab es noch längst keine Ruhe. Während die einen die Kamele von den Lasten befreiten und fütterten, begannen andere mit dem Kochen und breiteten Schlafmatten aus. Einige Kaufleute beteiligten sich an der Einrichtung des Nachtlagers, andere zogen es vor, die Zeit bis zum Anbruch der Dunkelheit mit Müßiggang zu verbringen. Bald ertönte das rhythmische Stampfen der Hirsemörser, und Feuer flackerten auf. Heinrich, der einen für den Brunnen eingeteilten Treiber beim Kochen ersetzte, warf Kamelmist und ausgediente Stricke in die Flammen, füllte Wasser in einen rußgeschwärzten Topf und setzte ihn auf Steinen über das Feuer. Als Blasen emporstiegen, fügte er Mehl und Salz hinzu, und bald hing der Geruch von Hirsebrei in der Luft – die tägliche Speise ebenso wie das getrocknete Kamelfleisch, der bröckelige Käse und die klebrigen, in den Satteltaschen zu einer dunkelbraunen Masse verklumpten Datteln, das Brot der Wüste.

Noch bevor alle gegessen hatten, versickerten die Schatten zwischen den Steinen – und Dunkelheit breitete sich aus. Da der Mond noch nicht aufgegangen war, traten die Sterne umso klarer hervor. Ein kühler Wind ließ die Männer näher an die Feuer heranrücken. Auch wenn allen die Müdigkeit in den Knochen steckte, so dachte noch niemand ans Schlafen. Der Abend war die Zeit, in der man den vergangenen Tag noch einmal vorüberziehen ließ und den nächsten besprach, vor allem aber war er die Zeit für Geschichten. Jeder der Wüstensöhne wusste Dutzende davon zu erzählen – von spurlos im Sand versunkenen Karawanen; von Kamelen, die im letzten Moment eine Wasserstelle aufgespürt und ihren Herrn vor dem Verdursten gerettet hatten; von den liebreizenden Frauen in den Oasen, vor allem von solchen, die den Besitzer einer riesigen Kamelherde verschmäht und ihr Herz stattdessen an einen seiner ärmsten Diener gehängt hatten.

Die Geschichte, die einer der Treiber erzählte, betraf indes weder die versunkenen Karawanen noch die liebreizenden Frauen, sondern das männliche Glied des Kamels – viel zu klein im Vergleich mit der Ausstattung anderer Tiere, deren Ausmaße er den Zuhörern gestenreich zu verdeutlichen suchte, und das unbeschadet der Tatsache, dass diese jedem ebenso bekannt war wie die Geschichte. Dennoch focht das niemanden an, und so begann der Treiber zu erzählen: wie die Tiere auf Noahs Arche gekommen waren; wie Noah von allen männlichen Tieren verlangt hatte, für die Dauer der Sintflut ihr Geschlecht abzugeben, da es auf der Arche an Platz für Nachwuchs mangelte; und wie in dem großen Gedränge am Schluss, als die Flut vorüber war und alle aufs Land zurückströmten, das Kamel versehentlich in Empfang nahm, was eigentlich dem Esel gehörte. Mit der Folge, dass dieser nunmehr viel zu üppig bestückt war, während das Kamel sich zu einer Zielscheibe des Spotts entwickelte.

Die Zuhörer grinsten, einer lachte, als höre er die Geschichte zum ersten Mal. Vom Brunnen her kamen zwei Männer und ließen sich am Feuer nieder, zwei andere wechselten hinüber. Heinrich nutzte die Unterbrechung und stand auf, um sich abseits des Lagers zu erleichtern.

Die Feuer im Rücken, hielt er auf die Felsen zu. Deutlich zeichneten sich ihre Umrisse gegen den Nachthimmel ab, der jetzt von Tausenden hell funkelnder Sterne übersät war – nach verbreiteter Ansicht weidende Kamele, die am Himmel ihren Frieden gefunden hatten. Heinrich fand seinen Weg zwischen den Felsen hindurch, als er plötzlich zu seiner Linken zahlreiche Lichtflecken schimmern sah, die vom Lager her nicht erkennbar gewesen waren.

»Ich selbst habe die Überreste mit anderen hierher geschleppt, Allah ist mein Zeuge«, vernahm er eine Stimme. Sie gehörte Ibn Said. »Wir waren auf derselben Strecke unterwegs wie heute, mit demselben Führer, und auch damals hat er an diesem Brunnen gerastet. Nie werde ich den Anblick vergessen, der sich uns bot. Überall lagen Tote, oder richtiger: das, was von ihnen geblieben war.« Ibn Said trat aus dem Schatten eines Felsens. »Man musste nicht raten, um zu wissen, dass es sich um Negersklaven gehandelt hat. Die meisten trugen noch Fesseln. Allah, der alles Lenkende, hatte es so eingerichtet, dass der Brunnen kein Wasser führte.«

Kein Wasser ... Heinrich machte ein paar Schritte auf die übereinandergeworfenen Toten zu, von denen die Zeit nur noch Knochen und Schädel übrig gelassen hatte. Er ließ den Blick schweifen. Hunderte mussten es sein. Menschen, die man irgendwo gefangen und erbarmungslos durch die Wüste gepeitscht hatte, bis sie hier den Tod gefunden hatten. Qualvoll zugrunde gegangen waren. Verdurstet – während ihre Peiniger sich zweifellos abgesetzt hatten unter Mitnahme der letzten Wasservorräte.

»In zehn Tagen werden wir Teghaza erreichen«, sagte Ibn Said. »Dort gibt es mehrere Brunnen.«

»Teghaza ...«, wiederholte Heinrich abwesend. Sein

Blick hing an einem der Schädel, als hoffe er, das Schicksal des Unglücklichen aus ihm herauslesen zu können. Er riss sich los. »Ich habe gehört, dieser Ort ist das Ende der Welt.«

Vom Brunnen drang das Brüllen eines Kamels herüber und mischte sich mit den Stimmen der Männer an den Feuern. Eine Weile schwieg Ibn Said. »Nein«, sagte er dann, »Teghaza ist nicht das Ende der Welt.« Und in den Wind hinein, der in den Gebeinen der Toten ein Lied sang: »Teghaza ist der Anfang der Hölle.«

Sieben Monate zuvor, in der grausamen Hitze eines unerbittlichen Wüstensommers, kauerte ein Mann in einer Hütte in Teghaza und starrte auf eine Wand aus Salz – schmutziggraue Platten von unterschiedlicher Größe, grob übereinandergeschichtet, nicht anders als bei den übrigen Wänden des winzigen Raums. Sand füllte die Ritzen zwischen den Platten. Wo er fehlte, strich brütend heiße Luft herein ebenso wie durch die Löcher in den verschlissenen Kamelhäuten, die sich als Dach über die vier Salzmauern spannten. Das Gesicht des Mannes war von Fliegen bedeckt, doch er nahm sie nicht wahr. Auch die Hitze nahm er nicht wahr und auch nicht das allgegenwärtige Salz, das in seinen Augen brannte, seine zerlumpten Kleider überkrustete und sich in sämtliche Wunden und Risse seines ausgemergelten Körpers gefressen hatte. Für viele war das Salz die Seele der Wüste. Sie verlangten danach, weil es ohne diese Seele kein Leben gab. Für ihn war es ein Fluch. War es das menschenverachtende, feindselige, todbringende Salz.

Reglos verharrte er, schlief nicht, wie die beiden anderen in seiner Hütte, sondern starrte ohne Unterlass auf die Wand. Baobab war sein Name – nicht sein richtiger, an den erinnerte er sich nicht mehr, den hatte ihm die sengende Glut aus dem Schädel gebrannt. Aber alle, die mit ihm sprachen, nannten ihn so. Baobab – wie der Baum in dem Land, aus dem er stammte. Jener riesige Baum mit einer Krone wie Wurzelgeflecht, in dessen Schatten sich die Dorfbewohner versammelten, unter dem man die fahrenden Sänger begrub, deren Geschichten er so gern gelauscht hatte, und in dessen Zweigen sich die Pelikane niederließen, wenn sie vom Fliegen ermüdet waren. Warum sie ihm diesen Namen gegeben hatten, wusste er nicht. Vielleicht hatten sie es ihm gesagt und er hatte es vergessen. Aber es war auch nicht wichtig, denn sie sprachen ohnehin nur selten mit ihm. Obwohl er einer von ihnen war, mit dem gleichen Schicksal und der gleichen Haut, die genauso schwarz war wie ihre. Vielleicht mochten sie ihn nicht. Oder sie fürchteten sich vor ihm, sahen in ihm einen Besessenen oder gar einen Zauberer. Aber er war nicht besessen, und ein Zauberer war er auch nicht, auch wenn er mehr sah als sie. Wenn er Bilder sah, die aus dem Salz hervortraten, aus den Platten der Wand. Bilder, die ihn verwirrten und quälten und die ihm den Mund verschlossen vor Angst.

Einer der beiden Männer, mit denen er die Hütte teilte, tauchte aus dem Schlaf auf, trank von dem brackigen Wasser, das er in Reichweite gestellt hatte, und schlief wieder ein. Draußen trommelte die Hitze gegen das Salz. Baobab starrte noch immer auf die Wand, und die Wand starrte auf ihn. Augen blickten ihn an, bedrohlich wie der Blick einer Schlange. Aber es war keine Schlange, es war einer seiner Herrn. Ein Targi mit einem Litham vor dem Gesicht, einem Schleier, wie die Männer seines Volkes ihn trugen, der nur die Augen frei ließ.

Die Augen, die ihn fixierten und in ihren Bann schlugen, um ihm zu schaden. Um ihn krank zu machen, ihn verunglücken zu lassen oder – das Schlimmste von allem – um ihm die Seele zu rauben. Denn was war ein Mensch ohne Seele? Konu war ein Beispiel dafür, der Häuptlingssohn des Dorfes, in dem er einst gelebt hatte. Obwohl einer der Kräftigsten, war Konu eines Tages einfach umgefallen. Wie tot lag er da, auf seinem Kürbisfeld, und niemand schaffte es, ihn wieder auf die Beine zu stellen. Also schleppte man ihn in seine Hütte und flößte ihm Heiltränke ein, doch nichts half, er siechte dahin. Schließlich schickte man nach dem Zauberer Fakoli im Dorf am Giraffenfluss. Der besprach sich mit den Ahnen, und mit ihrer Hilfe fand er die Ursache von Konus Krankheit heraus: Ein altes Weib hatte ihm die Seele geraubt, eine Hexe. Schon vorher hatten manche geargwöhnt, die Alte habe den bösen Blick, doch nun, da Fakoli sie entlarvt hatte, bestand kein Zweifel mehr. Man versuchte, die Hexe zu zwingen, Konu die Seele zurückzugeben, aber sie weigerte sich. Also tötete man sie. Anschließend stellte Fakoli Fallen auf, um die Seele wieder einzufangen. Doch ehe er Erfolg hatte, war der Häuptlingssohn tot. Dahingerafft von einem bösen Blick ... Und nun auf einmal diese Augen, die ihn, Baobab, anstarrten und ihm entsetzliche Angst einflößten. Angst um die Unversehrtheit seiner Seele.

Als die Sonne tiefer sank, wurden sie geholt. Einer der beiden Schläfer weinte vor Erschöpfung, ein schmalbrüstiger Jüngling, der noch nicht lange in den Minen war, der die längste Zeit aber unverkennbar bereits hinter sich hatte. Schon bald würde ein anderer ihn ersetzen, so wie er selbst einen ersetzt hatte und dieser einen anderen zuvor – eine endlose Reihe, die kein Ende finden würde, solange es auch nur einen Brocken Salz gab und eine schwarze Haut, ihn abzubauen.

Baobab griff nach seiner Spitzhacke und schob sich an den anderen vorbei zur Tür. Nachdem er noch einmal tief durchgeatmet hatte, trat er hinaus in die schattenlose Glut. Wie ein Feind stürzte sich die Sonne auf ihn, bohrte ihm feurige Lanzen in den Körper und blendete ihn mit gleißendem Licht. Dazu wehte der Wind, jener heiße, unablässig über die Ebene hinwegfegende Wind, der an seinen Lumpen zerrte und sein salzverkrustetes Fleisch mit brennendem Sand peitschte. Nur allmählich kehrte die Sicht zurück. Hütten schälten sich aus dem Licht, der Abraum der Salzminen wuchs empor, schließlich erkannte er die anderen Sklaven, die man wie ihn zur Arbeit gerufen hatte.

Und er entdeckte seinen Herrn.

Wie ein Blitz durchfuhr es Baobab bei dem Anblick. Nur wenige Schritte entfernt stand er, stolz aufgerichtet in ehrfurchtgebietender Größe. Männern wie ihm schienen weder die Hitze noch der Wind, weder der Durst noch die Einsamkeit etwas anhaben zu können – sie waren Kinder dieses Landes, das alle anderen mit dem Tode bedrohte. Wie aus Stein gehauen sah er aus, die Arme vor dem schwarzen Gewand verschränkt, die Augen scheinbar ausdruckslos, in Wirklichkeit aber darauf abzielend, ihm zu schaden. Einen Zauber gegen ihn zu kehren. Ihm die Seele zu rauben.

Baobabs Hand fuhr zu dem Amulett, das er an einer Schnur um den Hals trug, und er presste es, bis die Finger ihn schmerzten. Dann folgte er den anderen zur Mine. Unter seinen nackten Füßen brannte der Sand. Der Targi begleitete sie in einigem Abstand. Nur selten rief er ihnen einen Befehl zu, gerade so, als würden die

Worte, die er an sie richtete, ihn besudeln. Was er von ihnen verlangte, erfuhren sie durch Gesten, denen er gelegentlich mit einem Griff an seine Nilpferdpeitsche Nachdruck verlieh. Nur selten benutzte er sie. Tat er es doch, so riss sie schmerzhafte Wunden, die auch ohne das Salz schlecht verheilt wären, das er mitunter noch hineinrieb.

Der Weg zu ihrer Mine führte an anderen Minen vorbei, großen viereckigen Gruben, welche die Sklaven in den Wüstenboden geschaufelt hatten. Die meisten dieser Gruben waren längst ausgebeutet, einige unter dem angewehten Sand kaum mehr zu erkennen. Andere wurden gerade erst aufgeschlossen und zeigten noch die Deckschicht, unter der das Salz sich verbarg – das schlechteste, mit Sand durchmischte, zuoberst; darunter das Salz, das die Bauern ihrem Vieh gaben; ganz unten schließlich das beste und gleichzeitig das begehrteste, das den höchsten Gewinn abwarf. In Baobabs Mine war der Großteil der Arbeit schon getan. Schmutziggelbe Abraumhügel türmten sich an den Rändern, daneben lagerte das geförderte Salz.

Einer nach dem anderen stiegen die Sklaven über eine Erdtreppe in die Grube hinab, deren unterste Schicht schon weitgehend abgebaut war. Aber auch der Rest dieser Schicht wies bereits Spuren von Arbeit auf – Arbeit, die am frühen Morgen begonnen und während der größten Hitze unterbrochen worden war, als sämtliche Peitschen der Welt nicht ausgereicht hätten, die Sklaven zur Arbeit zu zwingen. Nun, da die Sonne schräg stand und die Hitze nicht mehr ganz so quälend war, konnte sie von neuem beginnen. Schon bohrten sich wieder die eisernen Hacken in das steinharte Salz. Platten wurden gebrochen und geglättet und fertige Salztafeln nach oben geschleppt, wo sie aufgereiht neben der Grube auf Käufer warteten. Jede dieser Tafeln wog so viel, dass ein Kamel nur wenige davon tragen konnte.

Baobab blickte sich nach seinem Herrn um, doch er konnte ihn nirgends entdecken. Dennoch war er da. Sein Herr war immer da. Er war allgegenwärtig. Allmächtig. Und gefährlich … Verwirrt wandte Baobab sich der Treppe zu und tastete sich, geblendet von dem gleißenden Salz, über die Stufen bis auf den Boden der Grube. Hier, wo der Wind keine Kraft mehr besaß, kochte das Blut in den Adern, und jeder Atemzug füllte die Lunge mit so heißer Luft, dass man fürchten musste zu verbrennen. Aber auch wenn dieser Ort schon schrecklich genug und für Menschen kaum zu ertragen war, so gab es doch Orte, die noch unerträglicher waren. Ausgehend vom Grund der Grube führten Stollen nach allen Seiten in die Erde hinein, die durch das Herausschlagen zahlloser Platten entstanden waren. Hoch waren sie nicht, diese Stollen, gerade so viel, dass ein Mann das Salz darin im Sitzen schlagen konnte. Dafür waren sie oftmals so lang, dass der Grabende eine mit Baumöl gefüllte Lampe mitnehmen musste, um die Finsternis zu durchdringen. Stickig und stinkend hing die Luft in diesen Stollen, hinzu kam das Wasser, das von unten hereindrang und sich mit dem Salz zu einem klebrigen Schlamm vermischte. Am schrecklichsten aber war die Angst, die alle fühlten, die dort zur Arbeit verdammt waren: Vollständig ungesichert, waren die Stollen jederzeit vom Einsturz bedroht, und immer wieder wurden Salzsklaven von herabstürzendem Gestein verschüttet.

Verzweiflung im Herzen, hob Baobab den Kopf zum Himmel. Dort, wo er herkam, war der Himmel ein Freund. Hier war er ein Feind. Baobab packte seine Hacke fester und wollte eben in das schwarz gähnende

Loch kriechen, als sich ein Schatten über den Grubenrand schob und auf sein Gesicht fiel. Erschreckt wich er zurück. Oben stand sein Herr, ein Schemen nur gegen das Licht, aber obwohl er keine Einzelheiten erkennen konnte, wusste er, dass der Targi ihn in den Blick genommen hatte. Dass sie ihn anstarrten – die Augen seines Herrn.

Als mit dem Ende des Sommers die Zeit der größten Hitze vorüber war, kamen die Karawanen. Die erste war nicht mehr als ein armseliger Haufen, ein paar Dutzend Kamele, die meisten davon zum Schlachten bestimmt. Auf die übrig gebliebenen lud man Salz, und kaum war das Geschäft abgewickelt, zog die kleine Karawane weiter. Später trafen größere ein, mit Hunderten von Tieren, ja, einige sogar mit Tausenden, und schleppten das Salz fort, und je mehr die angesammelten Vorräte schrumpften, umso stärker trieben die Herren der Minen ihre Sklaven an. Wer den Anstrengungen erlag, wurde rasch ersetzt, denn nun begann auch die Zeit der Sklavenkarawanen. Von Süden her zogen sie auf endlosen Märschen vorbei, und manche Männer, die eigentlich im Norden einen Käufer hätten finden sollen, blieben in Teghaza zurück. Die Bewohner in Baobabs Hütte wechselten, noch bevor der Winter angebrochen war, doch er zeigte sich gleichgültig gegenüber diesen Veränderungen. Für ihn gab es nach wie vor nur das Eine, was zählte – die Angst vor dem Verlust seiner Seele.

Als die Tage wieder wärmer wurden und die Karawanenzeit sich ihrem Ende zuneigte, geschah das Unglück. Vielleicht hatte ein böser Geist ihn gestoßen, vielleicht auch die Salzplatte mit Öl eingerieben – auf jeden Fall rutschte sie Baobab aus der Hand, während er sie nach oben schleppte. Unter ihm standen andere Platten aufgereiht, und als seine herabkrachte, zerschlug sie beinahe die Hälfte davon und Bruchstücke von allerbestem Salz verteilten sich in der Grube. Salz, das plötzlich wertlos war, denn kein Händler wollte solche Bruchstücke kaufen. Baobab war unfähig, sich zu bewegen. Die Blicke der anderen Sklaven wechselten von ihm und den zerbrochenen Platten zu dem Targi, der oben zwischen dem Abraum stand und hinabsah. Schon warteten alle auf den Griff zur Peitsche, doch nichts geschah. Ohne jede Regung verharrte ihr Herr an seinem Platz, und so nahmen die Sklaven ihre Arbeit wieder auf. Schließlich löste sich auch Baobab aus seiner Erstarrung und kehrte in die Grube zurück.

Die Strafe kam, als die Arbeit zu Ende war. Erschöpft wie an jedem Tag, stiegen die Sklaven über die Erdtreppe nach oben, um sich auf den Rückweg zu ihren Hütten zu machen, aber als Baobab erschien, vertrat der Targi ihm den Weg. Nicht mehr als eine Armlänge entfernt standen sich beide gegenüber. Mit einer Geste deutete der Targi nach unten auf einen Block Salz, dessen Abbau gerade erst begonnen hatte – genug, um einen leidlich ausgeruhten Mann einen ganzen Tag zu beschäftigen. Ein Zittern erfasste Baobab, teils wegen der Schinderei, die auf ihn wartete, vor allem aber wegen der Augen, denen er noch niemals so nahe gewesen war. Eine eiserne Klammer würgte seinen Hals, als er über die Treppe hinabging. Er schloss seine Hand fest um die Hacke, und während die Minen ringsum sich leerten und die Sklaven in ihren Hütten verschwanden, begann er zu arbeiten.

Oben stand der Targi in völliger Bewegungslosigkeit. Baobab trieb die Hacke in das Salz und mühte sich mit aller Kraft, aber bald wurden seine Schläge schwächer und die Pausen zwischen den Schlägen immer länger. Plötzlich kam Leben in den Targi. Zuerst drehte er nur leicht den Kopf, als habe er in seinem Rücken etwas vernommen; gleich darauf wandte er sich um, ohne die Mine weiter zu beachten. Siedendheiß durchzuckte es Baobab. Allein mit seinem Herrn. Und keine Augen, die ihn anstarrten … Was dann geschah, brauchte nicht mehr Zeit als ein Atemzug. Getrieben von Angst, flog Baobab die Stufen empor, stürzte sich auf den Targi und hieb ihm – noch bevor dieser sich wehren konnte – mit aller verbliebenen Kraft die Hacke in den Rücken. Mit einem dumpfen Geräusch bohrte sich das Eisen in den Körper, und Blut färbte das schwarze Gewand.

Baobabs Atem ging keuchend. Zu seinen Füßen lag der Tote, das Gesicht zum Boden gewandt. Erleichterung machte sich in Baobab breit. Nie wieder die Augen! Nie wieder die Angst! … Angst?! Erst jetzt wurde ihm bewusst, was er getan hatte, und er erschrak. Natürlich würden sie den Toten finden und erfahren, wer es getan hatte. Und dann würden sie ihn bestrafen. Aber das wollte er nicht, denn ihre Strafen waren grausam. Also musste er fliehen. Musste davonlaufen, auch wenn er nicht wusste, wohin.

Nur dass er fliehen musste, das wusste er ganz bestimmt.

In diesem Moment entdeckte Baobab den Dolch. Der Getötete trug ihn nach Art der Tuareg in einer Lederscheide an der Innenseite des Arms, und da sein Gewand sich durch den Fall verschoben hatte, schaute der Dolch unter dem Stoff hervor. Baobab streckte die Hand danach aus, doch plötzlich zögerte er – die Waffe des Mannes, der ihm die Seele rauben wollte. Vielleicht waren seine bösen Zauberkräfte ja auf den Dolch übergegangen. Andererseits konnte er die Waffe gut brauchen, wenn sie ihn verfolgten. Aber der Zauber ... Unschlüssig wog Baobab seine Gedanken. Schließlich kniete er nieder. Das Herz schlug ihm bis zum Hals, als er das Gewand des Toten berührte und den Dolch aus der Scheide zog – ein meisterhaft gefertigtes Stück mit beidseitig scharf geschliffener Klinge und einem mit Schlangenleder verkleideten Griff, den zwei blutrote Karneole zierten.

Mit der einen Hand umklammerte Baobab sein Amulett, mit der anderen verstaute er den Dolch in seinen Lumpen. Lauf los!, drängte eine Stimme in ihm. Lauf endlich los, sonst werden sie dich fangen!! Er hob den Kopf – und erblickte noch im selben Moment, was den Targi abgelenkt hatte: eine Wand aus Staub, hoch wie der Himmel, die sich mit urtümlicher Gewalt auf ihn zuwälzte. Panik erfasste ihn. Er wollte Schutz suchen in der Grube, aus der er eben erst entkommen war, doch schon war die Wand heran. Wie ein Raubtier fiel sie über ihn her, hüllte ihn in Finsternis und warf ihn zu Boden, während sie ihm den Atem raubte, sodass er nach Luft schnappte wie ein aufs Trockene geworfener Fisch. Und dazu tobte der Sturm, und der Staub peitschte seine Haut.

Eine Ewigkeit verging, bis die Wand über ihn hinweggezogen war und sich mit rasender Geschwindigkeit entfernte. Staubstürme bedeuteten eine tödliche Gefahr, und nur sein Amulett hatte bewirkt, dass er nicht erstickt worden war. Schwer atmend stand er auf. Drei Schritte neben ihm lag der Getötete unter einer Schicht Sand. Nur der Stiel der Hacke ragte daraus hervor. Baobab begann zu rennen. Graues Licht hüllte ihn ein, in der Ferne schob sich die schmale Mondsichel über den Horizont. Ohne noch einmal zurückzuschauen, hastete er über die Ebene, zwischen den Minen hindurch und an den Kupsten vorbei, kleinen Hügeln, die in unregelmäßigen Abständen die Landschaft überzogen. Als er sich weit genug entfernt glaubte, wurde er langsamer. Doch er lief auch noch, als die Mondsichel bereits hoch am Himmel stand, und als sie wieder tiefer sank, da lief er noch immer. Lange bevor die Sonne aufging, zog abermals ein Sturm auf, weit schwächer zwar als zuvor, aber ausreichend, um seine Spuren zu verwischen. Erst als er am Ende seiner Kräfte war, ließ er sich hinter einen Hügel fallen, und noch im selben Moment schlief er ein.

Dahingestreckt in seinem Elend, lag Baobab da, und weder der Skorpion vermochte ihn aufzuwecken, der über seinen Körper lief, noch der Sturm, der gegen Morgen an Stärke gewann. Träume suchten ihn heim. Er begegnete seiner Mutter. Sie erschien, angetan mit ihrem schönsten Gewand, nahm ihn bei der Hand und führte ihn in Richtung Sonnenaufgang über die Ebene. Obwohl sie nur langsam gingen, kamen sie schnell voran. Am sechsten Tag ihrer Wanderung erreichten sie einen Berg. Drohend ragte dieser vor ihnen auf, und schon dachte er ans Umkehren, doch die Mutter lächelte nur, und wie durch Zauberei ging sie mit ihm durch den Fels. Am siebten Tag erblickten sie ein Dorf, das an einem Fluss mit kristallklarem Wasser lag. Die Ufer waren von üppig grünenden Bäumen gesäumt, in den Kronen tummelten sich Affen, und bunt schillernde Vögel flatterten zwischen den Zweigen. Die Hütten des Dorfes waren wie in seiner Heimat aus Lehm erbaut und mit Stroh gedeckt, es gab Hühner und Ziegen, und auf den Feldern gediehen Hirse, Okra und Zwiebeln. Begleitet von allen Bewohnern des Dorfes trat ihm der Häuptling entgegen, schwarz wie er selbst, und entbot ihm einen Gruß. Auch die anderen begrüßten ihn, und nachdem der Höflichkeit Genüge getan war, verkündete der Häuptling ihm das Gesetz. Wer immer als Fremder in ihr Dorf komme, erklärte er, dürfe bleiben, so lange er wolle. Noch nie habe man jemanden fortgeschickt. Vielmehr erhalte jeder Neuankömmling eine Hütte, Vieh und ein Feld, und obendrein gewähre man ihm bestmöglichen Schutz, denn nur wenige außer den Bewohnern wüssten das Dorf hinter den Bergen zu finden. Da fühlte Baobab sich sehr erleichtert, und er dankte seiner Mutter, dass sie ihm den Weg gewiesen hatte.

Als Baobab am Morgen erwachte, wusste er, dass er gerettet war. Er schob sich um den Hügel herum und spähte in die Richtung, in die er mit seiner Mutter gegangen war. Sieben Tage nur, dachte er, weniger, als ich Finger an beiden Händen habe, und danach geht es mir gut und ich bin für immer in Sicherheit. Er lächelte. Doch schon im nächsten Augenblick verdüsterte sich sein Gesicht. Erst einmal musste er seinen Verfolgern entkommen, denn wenn sie ihn fassten, war er verloren. Zwar waren seine alten Spuren vom Sturm verweht, aber er würde neue hinterlassen, und die Tuareg wussten Spuren zu lesen. Gleich darauf verfinsterte sich sein Gesicht um ein Weiteres, als ihm einfiel, dass er Wasser brauchte. Sieben Tage bedeuteten eine lange Strecke. Schon jetzt war er völlig ausgedörrt, und ohne Wasser konnte er die unmöglich schaffen. Die Brunnen von Teghaza waren ihm verwehrt, die würden seine Verfolger im Auge behalten. Und die Rückkehr in seine Hütte, in der es Wasser gab, würde den sicheren Tod bedeuten. Er stöhnte. Warum nur hatte seine Mutter ihm nicht gesagt, was er tun sollte? Schließlich konnte sie nicht wollen, dass er verdurstete – jetzt, wo die Rettung so nahe war. Verzweiflung erfasste Baobab. Er ließ sich fallen, und als die aufgehende Sonne die Wüste ein weiteres Mal in den Griff nahm, kroch er in den Schatten des Hügels. Das Dorf und den Fluss vor Augen, gab er sich seinen Gedanken hin, während die Zeit verrann und der Schatten immer weiter zusammenschmolz. Als er beinahe verschwunden war, erhob Baobab sich.

Da entdeckte er die Karawane. Ein heftiger Schrecken durchzuckte ihn, und er warf sich wieder auf den Boden. Wäre das Heulen des Windes nicht gewesen, er hätte sie längst bemerkt. Nun musste er hoffen, dass niemand ihn gesehen hatte. Eine Weile wartete er, bevor er sich mit dem Kopf vorwagte. Die Karawane marschierte in Rufweite an ihm vorbei, eine lange Reihe schwer beladener Tiere, dazu zahlreiche Männer. Allem Anschein nach hielten sie auf die Brunnen von Teghaza zu, in deren Nähe die Reisenden für gewöhnlich lagerten. Da nichts darauf hindeutete, dass jemand ihn gesehen hatte, verflüchtigte sich Baobabs Angst. Und als kurz darauf sein Blick auf die Gerbas fiel, wusste er auf einmal, was er zu tun hatte.

Müde saß Heinrich im Sattel, erschöpft von den endlosen Märschen, verbrannt von der Sonne und durstig wie an jedem Tag, seit sie Sidjilmassa vor einem Monat verlassen hatten. Drei Tage wollten sie rasten an diesem Ort, den Ibn Said ihm als den Anfang der Hölle beschrieben hatte. Die Kaufleute wollten ihren Geschäften nachgehen, sie würden sich mit Wasser versorgen und danach weiterziehen. Einen weiteren Monat lang, wie er erfahren hatte. Aber einen weit wärmeren als den, den sie hinter sich hatten.

Bei einem Brunnen machten sie Halt. Da die Karawanen immer wieder an denselben Plätzen lagerten und auch dieser bereits unzählige Male zur Rast genutzt worden war, hatten sich dort größere Mengen Abfälle angesammelt, die ihrerseits wiederum Scharen von Ameisen und Käfern angelockt hatten, vor allem aber jene Fliegenschwärme, für die Teghaza berüchtigt war. Die Einrichtung des Lagers verlief wie gewohnt, und während die Treiber mit dem Tränken der Kamele begannen, suchten die Kaufleute die Herren der Minen auf. Auch Ibn Said verschwand mit Mustern seiner Waren in der mit Zinnen und Türmen versehenen Festung aus Salz, die die Herren sich zum Schutz vor ihren Sklaven von diesen hatten errichten lassen.

Als die Nacht anbrach, kehrte im Lager Ruhe ein. Vereinzelt zogen Wolken auf und schoben sich vor die Mondsichel, die inmitten des funkelnden Sternenhimmels hoch über der Wüste stand. Ausgestreckt neben den verglühenden Feuern, zwischen Lasten und Kamelen, lagen die Männer der Karawane. Heinrich hatte einen Schlafplatz am Rande des Lagers gefunden, ebenso wie Ibn Said und dessen übrige Begleiter. Unruhig wälzte Heinrich sich umher. Bald nach Mitternacht erwachte er aus einem Albtraum, und obwohl es kalt war, stand Schweiß auf seiner Stirn. Eine Weile rührte er sich nicht, bis die Spukbilder sich verflüchtigt hatten, dann drehte er sich auf die Seite und schlug die Augen auf. Wenige Schritte entfernt hatte Qasim seine Matte ausgebreitet, indes schlief er nicht, sondern starrte leicht aufgerichtet in die Nacht.

Qasim liegt oft wach, ging es Heinrich durch den Kopf, und er fragte sich, welche Gedanken dem Sohn seines Herrn wohl den Schlaf raubten. In diesem Moment erhob Ibn Said sich von seinem Lager. Er reckte sich nach Art älterer Männer, deren Gelenke schon ein wenig steif sind, und wandte sich dann den Gerbas zu. Da die Wüstenbewohner überzeugt waren, der Mond könne des Nachts von den Wasservorräten trinken, hatte er sie eng zusammenlegen und mit Matten abdecken lassen. Ibn Said hatte die Gerbas beinahe erreicht, als er plötzlich einen Schatten bemerkte. Fast noch im selben Augenblick verwandelte sich der Schatten in einen Mann, der ihm entgegenstürzte, und eine Klinge blitzte auf. Vor Schreck wie gelähmt, stand Ibn Said da und starrte auf den Dolch in der Hand des Unbekannten, unfähig, sich zu wehren oder zu schreien. Aber noch bevor der Dolch sein Ziel fand, war Heinrich mit einem Satz auf die Beine gekommen und warf sich auf den Angreifer. Entreiß ihm den Dolch!, hämmerte es in seinem Kopf. Stich ihn nieder!, tobte es in Baobabs Hirn, bevor die anderen ihm zu Hilfe eilen und alles verloren ist! Doch da war es schon zu spät, denn von überallher kamen sie angelaufen, die aus dem Schlaf Gerissenen ebenso wie die Wachen, die zuvor nichts bemerkt hatten. Und während Heinrich und Baobab sich noch kämpfend im Sand wälzten, langten auch schon kräftige Hände nach ihnen und zerrten sie auseinander. Ehe Baobab es sich versah, lag er gefesselt am Boden. Männer umstanden ihn, und ein vielstimmiger Chor von Worten hüllte ihn ein. Gleich darauf waren Tuareg auf ihren Kamelen heran. Ohne auf die Fragen der Umstehenden zu antworten, ja, ohne diese auch nur zu beachten, schlangen sie ein Seil um Baobabs Füße, befestigten das andere Ende am Sattel eines ihrer Kamele und ritten, den Unglücklichen hinter sich herziehend, in die offene Wüste hinaus.

Schweigend wie die anderen, im Inneren zutiefst aufgewühlt, blickte Heinrich ihnen nach. Ein Sklave, der mit einem Sklaven gekämpft hatte … Er senkte den Kopf und versuchte die Schreie zu überhören, die erst laut, dann immer leiser herüberschallten, bis sie schließlich verstummten und nur noch der Wind zu hören war, der mit mitleidloser Gleichförmigkeit über das Land strich.

Allmählich fanden die Zurückgebliebenen die Sprache wieder, und ein Kreis schloss sich um die beiden Männer, die im Mittelpunkt des Geschehens gestanden hatten. Sichtlich erleichtert bedankte sich Ibn Said bei Heinrich für dessen mutiges Eingreifen, das ihm das Leben gerettet hatte.

Heinrich stammelte etwas von der Treue zu seinem Herrn und dass kein Mann tatenlos zusehen dürfe, wenn ein anderer einen Dolch gegen einen Ahnungslosen richte. Plötzlich bemerkte er, dass er verletzt war. Blut färbte in Brusthöhe sein Gewand, und er stellte fest, dass der Dolch seines Gegners ihn getroffen hatte. Zum Glück war er an einer Rippe abgeprallt und hatte ihm nur eine Schnittwunde beigebracht.

Der Karawanenführer befahl einem Treiber, Kamelmist mit Asche zu vermengen und auf die Wunde zu legen, und versicherte Heinrich, dass sie innerhalb kürzester Frist verheilt sein werde.

Der wurde noch verlegener angesichts dieser Zuwendung, und als der Kreis um ihn herum sich allmählich auflöste und die Männer sich wieder ihren Schlafmatten zuwandten, atmete er erleichtert auf. Ibn Said wartete, bis alle anderen verschwunden waren, und bedeutete Heinrich dann, ihm zu folgen. Schweigend liefen beide an Tieren und Lasten vorbei. Nahe einer Kupste blieben sie stehen, und Heinrich entdeckte Qasim, der mit dem Rücken an dem Hügel lehnte und auf einen Dolch in seiner Hand starrte – auf jenen Dolch, den er, Heinrich, dem Angreifer entwunden hatte.

Qasim zuckte zusammen, als Ibn Said mit den Worten

»Gib ihn mir!« auf ihn zutrat und die Hand ausstreckte. Er zögerte.

»Gib ihn her!«, wiederholte Ibn Said mit Nachdruck.

Heinrichs Augen wanderten über die Waffe mit den Karneolen und der Klinge, in der sich das Sternenlicht brach. Offenbar hatte Qasim den Dolch in dem allgemeinen Durcheinander an sich gebracht. Plötzlich stutzte Heinrich. Vor ihm stand ein Bild – Qasim, der in seiner Nähe gelegen hatte, nicht schlafend, sondern in die Richtung blickend, aus der der Sklave gleich darauf Ibn Said angegriffen hatte. Qasim musste ihn gesehen haben! Wie leicht hätte er seinem Vater zu Hilfe eilen oder ihn zumindest warnen können. Aber er hatte weder das eine noch das andere getan. Weil seine Glieder gelähmt gewesen waren oder seine Zunge zu schwer? Oder weil er es nicht gewollt hatte?

Qasim knirschte mit den Zähnen, als er Ibn Said den Dolch gab. Dieser nahm ihn und reichte ihn Heinrich. »Niemand außer dir hat einen Anspruch darauf. Dieser Dolch sollte mich töten, aber mithilfe Allahs, der das Leben gibt und es nimmt, hast du dieses Schicksal von mir abgewendet, wobei du dein eigenes Leben aufs Spiel gesetzt hast. Aber das ist es nicht allein – der Dolch selbst hat gezeigt, dass er dir gehören will. Denn wie leicht hätte er dich töten können. Nur einen Fingerbreit höher, und er hätte sich in dein Herz gebohrt. Aber er hat es nicht getan.« Ibn Saids Stimme wurde noch entschiedener. »Nein, dieser Dolch steht allein dir zu! Möge er dich beschützen, falls du ihn einmal brauchst!«

Ein wütendes Ausspucken Qasims hatte die Worte begleitet.

Doch Ibn Said war noch nicht fertig. »Du hast mich gerettet«, wandte er sich weiter an Heinrich, »obwohl ich ein Fremder für dich bin und obendrein dein Herr. Ein solches Verhalten ehrt dich, denn es beweist Edelmut und Größe. Tugenden, die man nicht oft findet … mitunter nicht einmal in der eigenen Familie.«

Qasim spie abermals aus.

»Ein Mann wie du sollte nicht länger ein Sklave sein. Ein Mann wie du verdient die Freiheit. Und ich, Muhsin ibn Said, werde sie dir geben, der Allmächtige ist mein Zeuge, dass ich die Wahrheit spreche. Sobald wir mit Seiner Hilfe wieder in Córdoba sind, wirst du frei sein. Von diesem Tag an magst du tun, was dir gefällt. Ich werde Allah, den Allbarmherzigen, bitten, dass er dir die Weisheit geben möge, deine wiedergewonnene Freiheit als einen Schatz gut zu nutzen.« Er ließ einen Moment verstreichen, um seinen Worten Wirkung zu verleihen. »Jedoch – was wäre die Freiheit allein, verfügte sie nicht über die Möglichkeit, sich zu entfalten. Auch ein Hungerleider kann frei sein. Du aber sollst kein Hungerleider sein. Deshalb werde ich dich mit allem ausstatten, was du benötigst, um als ein freier Mann dein Leben in angemessenem Wohlstand zu führen. Als meinen Retter aus höchster Not werde ich dich belohnen. Und sei versichert: Niemand wird mir später vorwerfen können, ich sei kleinlich gewesen.«

Heinrich hatte das Gefühl, jemand ziehe ihm den Boden unter den Füßen weg. Er suchte nach Worten, fand aber keine. Frei! Er sollte frei sein! Sollte sich entscheiden dürfen, wohin er ging und was für ein Leben er führte! Erfüllt von tiefer Dankbarkeit gegenüber dem Mann, der ihm dieses wunderbare Versprechen gegeben hatte, taumelten seine Gedanken in einem wilden Tanz. Er sah Malina vor sich und spürte die Sehnsucht nach ihr, er erinnerte sich an die Nacht im Pavillon, an die gemeinsamen Träume und Hoffnungen, die womöglich schon bald wahr werden würden, denn vielleicht könnte er sie freikaufen, ja, bestimmt könnte er das, sodass sie nicht länger getrennt sein würden, sondern für immer vereint an einem Ort ihrer Wahl leben könnten, im Land ihrer Väter, in dem Land voller Flüsse und Seen, wo es Wasser im Überfluss gab, wo er nie wieder diesen Durst spüren würde, diesen entsetzlichen Durst, und dort, an einem Fluss mit frischem, klarem Wasser würde er ein Haus für sie bauen und … Plötzlich stockte Heinrich. Qasim hatte sich von dem Hügel gelöst und stand nur wenige Schritte von ihm entfernt, und obwohl das Licht schwach war, bemerkte Heinrich den Hass, der dessen Gesicht verzerrte. Und während Qasim sich abwandte und mit der Nacht verschmolz, beschlich Heinrich die Ahnung, dass die in Aussicht gestellte Freiheit keine einfache Sache für ihn werden würde.

An dem Tag, an dem Heinrich aufbrach, glaubte Malina, sie müsse sterben. Wie betäubt beobachtete sie im Hof, wie der Tross der Reisenden durch das Tor entschwand – durch ein riesengroßes Maul, als welches es ihr erschien, das die Männer und Tiere gierig in sich aufsaugte, in der festen Absicht, sie nie wieder auszuspucken. Heinrich hatte sich noch ein letztes Mal nach ihr umgedreht, und für einen verzweifelten Moment war sie versucht gewesen, sich über alle Sitten des Landes hinwegzusetzen und ihm nachzulaufen. Doch was hätte es genutzt? Und so stand sie nur da und starrte auf das Tor, das allmählich verschwamm, bis es in einem Meer heißer Tränen zerrann.

Zwei Nächte schlief sie nicht. Den Blick starr zur Decke gerichtet, lag sie auf ihrem Lager, verlassen wie nie zuvor in ihrem Leben. Ein Strudel aus rabenschwarzen Bildern drohte sie in die Tiefe zu ziehen. Sie versuchte dagegen anzukämpfen und rief sich die Worte ins Gedächtnis, die er ihr in jener berauschenden Nacht im Pavillon ins Ohr geflüstert hatte, der einzigen, die ihnen vergönnt gewesen war. Sie erinnerte sich an seinen Atem auf ihrer Haut. Aber als sie am Morgen wieder an die Arbeit ging, da fehlte er ihr nur umso mehr. Er grüßte sie nicht von weitem, wenn sie zwischen den Wirtschaftsgebäuden unterwegs war, er wechselte nirgends ein paar Worte mit ihr, ja, nicht einmal sein Schatten war ihr geblieben. Alles um sie herum war unendlich leer.

Nach den durchwachten Nächten fiel Malina in einen totenähnlichen Schlaf, aus dem sie erst nach zwei Tagen erwachte. Zu ihrer Verwunderung stellte sie fest, dass sie mit ihrem Kummer nicht allein war: Aisha, eine Dienerin wie sie selbst, hielt ihre Hand, als sie die Augen aufschlug; die Lieblingsfrau Ibn Saids schickte ihr einen Becher mit warmer Eselsmilch; und der Haushofmeister, sonst eher abweisend und streng, erkundigte sich persönlich nach ihrem Befinden. Nun erst bemerkte Malina die rot geweinten Augen einiger anderer Frauen im Haus, und als sie mit ihnen sprach – soweit sie deren Sprache beherrschte –, senkte sich ein Hauch von Trost in ihr Herz.

Dann war da auf einmal der Diener. Zuerst bemerkte sie ihn kaum – ein unauffälliges Gesicht, das in der Nähe vorbeihuschte, Allerweltsaugen, die wie beiläufig über ihren Körper streiften. Bald aber tauchte er an Orten auf, an denen er nichts zu suchen hatte, lungerte vor der Küche herum, wenn sie dort arbeitete, oder strich um Ecken, an denen sie vorbeikam, und irgendwann begann Malina zu ahnen, dass alles kein Zufall war. Ein ungutes

Gefühl kroch in ihr hoch, und sie mied fortan einsame Bereiche des Landhauses. Dennoch verstand er es immer wieder, sie aufzuspüren.

Eines Tages lauerte er ihr bei den Stallungen auf, als niemand in der Nähe war, und verstellte ihr den Weg. Viel verstand sie nicht von dem, was er sagte. Aber als von einem Pavillon und von einer Pforte zum Garten die Rede war und als seine Augen bei der Nennung von Heinrichs Namen böse blitzten, da wusste sie, wen sie vor sich hatte: den Diener, den Heinrich erpresst hatte. Und wenn auch nur wenige seiner Worte sie erreichten, so gab es doch eines darunter, das sie zusammenzucken ließ: Rache.

Das plötzliche Erscheinen des Stallmeisters ließ den Aufgebrachten verstummen, und Malina benutzte die Gelegenheit zu entfliehen.

Abermals lag sie nun wach in der Nacht, und als sie endlich Schlaf fand, da sah sie über sich das zu einer Fratze verzerrte Gesicht des Mannes und sie fühlte seine grobschlächtigen Hände auf ihrem Körper. Am nächsten Morgen zog sie Aisha ins Vertrauen. Radebrechend erzählte sie ihr von dem Traum und von ihren Ängsten.

Als Aisha begriffen hatte, wer gemeint war, lachte sie. »Harun ist ein abscheulicher Kerl, frech und gemein. Aber als Frau brauchst du vor ihm keine Angst zu haben.«

Malina runzelte die Stirn.

»So ist halt das Leben«, setzte Aisha grinsend hinzu. »Der eine bevorzugt Feigen, der andere erfreut sich lieber an Datteln.«

Malina hatte verstanden, war aber keineswegs erleichtert. Verschmähte er auch ihren Körper, so gab es noch mehr Möglichkeiten, ihr zu schaden. Deshalb blieb sie wachsam. Wann immer sie konnte, wich sie ihm aus oder hielt sich in der Nähe von anderen auf. Schließlich schienen ihre Bemühungen Früchte zu tragen. Die unerwünschten Begegnungen wurden seltener, und allmählich stellte sich das Gefühl von Sicherheit wieder ein, das sie im Hause Ibn Saids zuvor stets empfunden hatte.

Eines Tages wurde Malina nach Córdoba geschickt. Da sie bis dahin nur selten in der Stadt gewesen war und sich dort kaum zurechtfand, gab man ihr Aisha als Begleiterin mit. Früh am Morgen brachen sie auf, jede mit einem Korb auf dem Rücken. Unterwegs erklärte Aisha Malina, was ihr Auftrag war. Nicht weit vom Stadthaus Ibn Saids entfernt, erzählte sie, betreibe seit kurzem ein Kuchenbäcker sein Geschäft, der sich als ein wahrer Meister seines Faches erwiesen habe. Sein Gebäck sei so gut, dass es selbst am Hofe des Kalifen unmöglich besseres geben könne, und die kleinen glasierten Küchlein, mit denen er seine Kunden verwöhne, seien geradezu eine Vorfreude auf das Paradies. Vor einer Woche nun hätten die Frauen im Landhaus Ibn Saids davon erfahren, und auf der Stelle hätten sie den Haushofmeister angewiesen, ihnen dort süße Leckereien zu besorgen. Deshalb sei sie, Aisha, bereits zweimal zum Einkauf in der Stadt gewesen, aber da der Haushofmeister ihr eine andere Aufgabe zugedacht habe, solle Malina künftig die Einkäufe übernehmen. Diese zeigte sich erschrocken angesichts der riesigen Stadt, begriff aber sogleich, dass ihr keine Wahl blieb. Eine Weile lief sie schweigend neben ihrer Freundin her. Schließlich, nachdem sie sich mit dem Gedanken vertraut gemacht hatte, erkundigte sie sich bei ihr, ob sie von den Köstlichkeiten schon genascht habe. Ein Kopfschütteln war die Antwort – gefolgt von einem augenzwinkernden

Grinsen in Verbindung mit einer Zunge, die genießerisch über ein Paar dunkelrote Lippen leckte.

Zum ersten Mal seit langem lächelte Malina wieder.

Den Eingang in die Stadt erreichten sie bei der Römerbrücke, und als Malina sie vor sich sah, kehrten erneut die Erinnerungen zurück: Sie trug wieder Ketten, Heinrichs Gesicht tauchte vor ihr auf, und für die Dauer eines Atemzugs trafen sich ihre Blicke. Schlagartig war jeder Gedanke an das Naschwerk dahin. Malina fühlte sich elend, und am liebsten wäre sie auf der Stelle zum Landhaus zurückgelaufen. Doch Aisha zog sie mit sich durch die Menge. Mehrmals hielten sie an, und Aisha zeigte Malina die Wegmarken, die sie sich einprägen sollte, um den nächsten Einkauf allein zu bewältigen.

Bei dem Bäcker kauften sie ein. Ein betörender Geruch von warmem Gebäck umfing sie, und der Anblick der glasierten Küchlein war noch schöner, als Aisha ihn beschrieben hatte. Am schönsten aber war ihr Geschmack, den die beiden Frauen auf dem Rückweg genossen, kaum dass sie das Häusermeer hinter sich gelassen hatten. An der Böschung eines Bewässerungskanals abseits der Straße machten sie sich über einige der Köstlichkeiten her – eine harmlose Angelegenheit, da der Bäcker sich großzügig gezeigt und ihnen mehr Stücke mitgegeben hatte als die bezahlten.

Einige Tage darauf war Malina allein in der Stadt unterwegs. Mit dem Korb auf dem Rücken schritt sie eher zögernd als zügig aus, sah sich immer wieder suchend um und verirrte sich auch, bis sie den Bäcker schließlich fand. Nachdem sie ihren Einkauf erledigt hatte, machte sie sich erleichtert auf den Rückweg.

Beim nächsten Mal ging es schon besser. Sie fand sich

schneller zurecht, und als sie auf dem Heimweg an dem Bewässerungskanal vorbeikam, hockte sie sich an die Böschung und griff in den Korb.

Mit der Zeit lernte Malina, die Stadt weniger zu fürchten, als bewusst zu erleben. Was zunächst Ängste in ihr hervorgerufen hatte, wurde ihr vertraut – die fremdartigen Menschen, das Gewimmel in den Gassen, die quirligen Suqs und die vielen Moscheen, darunter die Große Moschee, an deren Außenmauern sie stets vorbeikam und deren überwältigende Schönheit sie erst jetzt in sich aufnahm. Auch für die Tore und die vielen Brunnen empfand sie nunmehr Bewunderung, ebenso wie für die bunten Stoffe in den Läden, um die die Kundinnen sich drängten, die blitzenden Gerätschaften aus Kupfer und Messing, die edlen Teppiche und die erlesenen Schmuckstücke mit ihrem verführerischen Glanz.

Gegen Ende des Winters beobachtete Malina in Córdoba etwas, was sie noch nie gesehen hatte. Das Etwas schien der Kopf eines Tieres zu sein, unförmig lang und mit einer merkwürdigen Schnauze, darunter ein langer Hals, dessen unteres Ende sie nicht sah, da eine Menschenmenge ihr die Sicht versperrte. Abgestoßen von dem Anblick, zugleich neugierig, zwängte sie sich durch die Reihen und hielt erst an, als sie das sonderbare Wesen in voller Größe vor sich sah: hohe Beine, ein kurzer gefleckter Leib, dazu der jedes vernünftige Maß überschreitende Hals mit dem merkwürdigen Kopf. »Eine Giraffe«, erklärte ein neben ihr Stehender, der Malinas Verwunderung bemerkt hatte. Und auf einige weitere Tiere deutend, die die Giraffe gleichsam im Schlepptau hinter sich herführte, setzte er mit der Überlegenheit des Wissenden hinzu: »Als Nächstes kommt ein Elefant. Danach zwei Zebras und ein Strauß.«

Malina konnte den Blick nicht von den fremdartigen Geschöpfen wenden. Zwar hatte sie schon von solchen Tieren gehört, aber so groß und gefährlich hatte sie sich diese nicht vorgestellt. Wie klein und zerbrechlich wirkten dagegen die Männer, die die Tiere führten, vor allem derjenige, der auf dem Hals des Elefanten ritt und dabei den Anschein erweckte, als vermöge er diesen Koloss zu lenken! »Sie stammen aus der Palaststadt Medina az-Zahra, aus den Gehegen unseres Kalifen«, hörte Malina den Mann neben sich sagen. »An besonderen Tagen lässt der Kalif – Allahs Wohlgefallen ruhe auf ihm! – sie durch Córdoba ziehen. Die Heimat dieser Tiere ist Afrika.«

Afrika ... Ein Stich ging durch Malina, und mit einem Schlag war ihr wieder ganz bange. In Afrika war Heinrich! Sollte er tatsächlich von solchen Ungeheuern umgeben sein, war seine Lage womöglich noch schlimmer, als sie es sich bis dahin ausgemalt hatte.

Erst allmählich beruhigte Malina sich wieder und richtete erneut ihre Aufmerksamkeit auf das Geschehen. Nachdem die Giraffe weitergezogen war, näherte sich in einigem Abstand der Elefant. Schwerfällig, auf Beinen so dick wie Säulen, schob sich das Tier durch die Straße, gefolgt von Musikern und Bewaffneten, Letztere womöglich ein Zeichen dafür, dass das Tier doch nicht so friedlich war, wie es sich gerade gebärdete. Viele Zuschauer schienen das ebenso zu sehen. Sie wichen vor dem Elefanten zurück oder senkten die Stimmen, als fürchteten sie, ihn zu reizen. Auf einmal geriet der Zug ins Stocken, und der Koloss kam vor Malina zum Stehen. Erschrocken sah sie zu ihm auf. Noch viel größer sah er plötzlich aus, und zu allem Überfluss schwang er seinen Rüssel auch noch in ihre Richtung.

»Verschwinde, du Ungeheuer!«, stieß sie in ihrer eigenen Sprache hervor. Gleich darauf verschwand das Tier tatsächlich, nachdem die Stockung beseitigt war, aber Malina schlug das Herz bis zum Hals.

Die beiden Zebras näherten sich gerade, als sich eine Frau an sie herandrängte und sie eine Stimme vernahm: »Willkommen in Córdoba!«

Es dauerte einen Moment, bis Malina begriff, dass sie ihre Heimatsprache gehört hatte, doch dann war ihre Reaktion umso schneller. Ihr Kopf flog zur Seite. Obwohl die Frau alt war, hatte sie ein lebendiges Gesicht mit leuchtenden Augen. Ihre Kleider waren ärmlich, aber sauber.

»Da staunst du, nicht wahr?« Die Alte strahlte und ließ drei gelbe Zähne in einem ansonsten zahnlosen Mund sehen. »Jawohl, ich spreche deine Sprache, denn ich bin eine Slawin wie du. Ebenfalls aus dem Stamm der Heveller. Mein Name ist Sulimera. Hier nennen sie mich Sumeya, weil ihnen dieser Name geläufiger ist.«

Malina konnte ihre Verblüffung nicht verbergen. Wie lange hatte sie die Sprache ihres Volkes schon nicht mehr gehört! »Dann … Dann kommst du also …«

»… aus demselben Land wie du.« Sulimera setzte noch etwas hinzu, aber ihre Worte gingen in einem Trommelwirbel unter, der so laut war, als wollte er die umstehenden Gebäude zum Einsturz bringen. Sulimera ergriff Malinas Hand. »Komm, lass uns miteinander reden! Man trifft hier nicht oft jemanden, in dessen Adern Hevellerblut fließt.«

Malina erinnerte sich an ihren Auftrag und zögerte.

Sulimera nickte verständnisvoll. »Du hast zu tun. Dein Korb beweist es. Aber ich wohne nicht weit von hier, nur ein paar Gassen. Du wirst rechtzeitig zu deiner Arbeit zurückkommen. Im Übrigen wird dich an einem solchen Festtag wohl niemand wegen einer kleinen Verspätung schelten.«

Malina zeigte sich einverstanden, und die beiden Frauen liefen los.

Es war nicht die beste Gegend, in die sie kamen. Eng stehende Häuser säumten lichtarme Gassen, die sich in dunklen Durchgängen verloren. Putz blätterte von den Mauern, in baufälligen Gewölben arbeiteten Männer in Lumpen, und über allem hing ein durchdringender Gestank nach Müll, muffigen Gebäuden und menschlichen Ausscheidungen. Es war ein Viertel der Armen, die in dieser riesigen Stadt nur mit Mühe überlebten.

Vor einer Tür am Ende eines überbauten Ganges blieben sie stehen. Malina warf scheue Blicke um sich.

»Du brauchst dich nicht zu fürchten«, suchte Sulimera sie zu beruhigen, während sie sich an einem rostigen Riegel zu schaffen machte. »Es ist die Armut, die hier wohnt. Nicht das Böse.«

Malina schluckte ihr Unwohlsein herunter, und nachdem Sulimera die Tür geöffnet hatte, trat sie ein. Es war, wie sie es erwartet hatte: finster, modrig und so kühl wie in einem Erdloch. »Warte!«, hörte sie Sulimera sagen.

Die alte Frau entfernte ein Brett unterhalb der Decke, sodass ein Streifen Tageslicht hereinfiel. Ein Strohlager wurde sichtbar, ein umgedrehter Handwagen ohne Räder, der als Tisch diente, zwei Hocker, dazu in einer Ecke ein Gestell mit mehreren Gegenständen, die in dem Halbdunkel nicht zu erkennen waren.

»Hier lebe ich«, sagte Sulimera mit einer Handbewegung in den Raum. Es klang gleichgültig. Die Worte eines Menschen, der sich mit seinem Schicksal abgefunden hatte. Sie schob Malina einen der Hocker hin und setzte sich auf den anderen. »Ich weiß nicht, wie lange ich hier schon hause. Ein Drecksloch ist das. Keine Krankheit bleibt dir erspart. Im Sommer hältst du es nicht aus vor Hitze, im Winter werden dir die Finger steif.« Für einen Augenblick versank sie in Nachdenklichkeit. »Dort, wo ich herkomme, waren wir auch arm. Wer in der Nähe eines anderen Stammes lebt, ist immer arm. Bei uns waren es die Dossanen. Heveller und Dossanen – der endlose Streit. Ich habe noch die Geschichten im Ohr, die die Alten erzählten: von Viehraub, gestohlenen Vorräten, abgebrannten Häusern und Ähnlichem. Ja, in einer solchen Gegend ist man arm, das kann gar nicht anders sein. Und wenn es dann noch ein halbes Dutzend Mäuler zu stopfen gilt und obendrein eine lange Dürre kommt … Gras und Rinde haben wir gegessen und nach Wurzeln gegraben wie die Schweine. Am Ende haben nur zwei Kinder überlebt, ich war eins davon, und auch unsere Mutter war tot. Aber obwohl sie nur noch Haut und Knochen war, konnten wir sie kaum unter die Erde bringen, meine Schwester, mein Vater und ich, so schwach waren wir.«

Ein Geräusch in ihrem Rücken ließ Malina zusammenzucken. Als sie sich umdrehte, entdeckte sie eine Katze.

»Meine Freundin. Wir leben zu zweit hier«, sagte Sulimera und fuhr im selben Atemzug fort: »Mein Vater hat mich und meine Schwester zu einem Verwandten gebracht. Dem ging es besser als uns, obwohl auch ihm die Dürre schwer zugesetzt hatte. Bei ihm sind wir untergekommen, er hatte das Herz auf dem richtigen Fleck. Fünf Sommer waren wir bei ihm. Das war eine gute Zeit, viel Arbeit, aber immer etwas zu essen. Als sein Weib starb, hat er sich ein anderes genommen, und von einem Tag auf den anderen war unser gutes Leben vorbei. Statt Essen gab es nun böse Worte, und bei jeder Gelegenheit hat sie uns geschlagen. Vielleicht mochte sie keine Vögel aus einem anderen Nest. Schließlich hatte sie ihren Mann so weit, dass er uns weggegeben hat. An einen Sklavenhändler hat er uns verkauft. Auf diese Weise hat es mich nach Córdoba verschlagen. Meine Schwester hat das Ziel nicht erreicht.«

Sie verstummte für einen Moment, und Malina wagte nicht, sie in ihren Gedanken zu stören.

»Der Rest ist schnell erzählt. Ein Salbenhändler hat mich gekauft, ein alter Mann, aber er war gut zu mir. Zwei Kinder habe ich ihm geboren. Als er starb, war ich frei. Das ist so üblich hier: Wenn eine Sklavin ihrem Herrn ein Kind geboren hat, bekommt sie nach seinem Tod die Freiheit.« Sie lachte höhnisch. »Die Freiheit – was ist das schon! Als er noch lebte, war ich eine Sklavin und hatte zu essen. Jetzt bin ich frei und hungere. Das bisschen, was er mir hinterlassen hat, war schnell aufgebraucht. Seither hocke ich vor der Markthalle im Suq der Baumwollhändler und lebe von dem, was andere mir zustecken.«

»Und die Kinder?«, wollte Malina wissen.

»Die sind so alt wie du. Sie leben weit weg von hier, ich weiß nicht, wo. Ich werde sie wohl nie wiedersehen.«

Einen Moment schien es Malina, als würde Sulimera weinen. Aber dann entschied sie, dass nur die schlechte Beleuchtung diesen Eindruck hervorrief – eine Frau wie diese hatte keine Tränen mehr. Von einer plötzlichen Eingebung getrieben, langte sie in ihren Korb und holte zwei Küchlein heraus. »Da«, sagte sie knapp, weil ihr nichts Besseres einfiel, legte das eine auf den Tisch und biss in das andere hinein. Sulimera starrte auf die Köstlichkeit, die sie sonst nur aus den Auslagen kannte. Zögernd nahm sie das Gebäck in die Hand. Sie drehte und wendete es, roch daran und biss endlich hinein.

Eine Weile saßen die beiden Frauen sich schweigend gegenüber und aßen. Als Sulimera fertig war, verschwand sie kurz zu dem Strohlager und kehrte mit einem Beutelchen zurück. Sie öffnete es, und ein Stein kam zum Vorschein, rund geschliffen, ansonsten aber von unauffälligem Aussehen. Dennoch legte sie ihn so behutsam auf den Tisch, als handele es sich um eine Kostbarkeit. »Aus meinem Dorf«, sagte sie andächtig. »Er hat mich seit meiner Kindheit begleitet.« Sie nahm ihn wieder auf und bewegte ihn langsam zwischen den Fingern. Und während sie das tat, schien eine unsichtbare Kraft auf sie überzugehen, und sie begann, von den schönen Seiten ihrer Heimat zu erzählen. Alles um sie herum verwandelte sich: Aus den kahlen Wänden wuchs der Wald ihrer Kindheit hervor, Hocker und Tisch verwandelten sich in Häuser ihres Dorfes, und das fahle Licht, das von oben in den Raum fiel, leuchtete plötzlich hell wie die Sonne. Mit entrückter Stimme wanderte sie an Bächen entlang, kühlte ihren erhitzten Körper in tannengesäumten Seen, sammelte Beeren und Pilze, und nach getaner Arbeit lag sie im Sand, der sich so warm und fein anfühlte wie sonst nirgendwo auf der Welt.

Nachdem Malina eine Zeit lang aufmerksam gelauscht hatte, nahm sie ihre neu gewonnene Schwester bei der Hand und führte sie in ihr eigenes Dorf. Sie wanderte mit ihr zu ihrer Familie und zu Freunden und Nachbarn, durchstreifte ihre Blumenwiese auf der Lichtung im Wald, sah den Schmetterlingen zu und hörte das Summen der Bienen. Und als ihr das Herz ganz leicht geworden war, kam auf wunderbare Weise auch noch Heinrich hinzu. Mit ausgebreiteten Armen lief er ihr entgegen, und getragen von ihren Erinnerungen und beflügelt von ihren Träumen, versank sie im Glück.

Wie lange sie so gesessen hatten, wusste Malina nicht. Nur, dass sie irgendwann von ihrer Reise zurückkehrte und erschreckt feststellte, dass der Schein, der von draußen hereinfiel, matt geworden war. Eilig nahm sie ihren Korb, warf einen letzten Blick auf den Stein, der bei aller Unscheinbarkeit geradezu Unglaubliches bewirkt hatte, und hastete davon. Nicht, ohne Sulimera zuvor das Versprechen gegeben zu haben, sie bald wieder zu besuchen.

Malina hielt das Versprechen. Kaum war sie das nächste Mal in der Stadt und hatte ihre Pflichten erledigt, eilte sie zur Markthalle im Suq der Baumwollhändler, hielt Ausschau nach Sulimera und folgte ihr zu ihrer Behausung, wo sie sich erneut mit ihr auf die wundersame Reise begab. Nicht anders verlief es bei den folgenden Besuchen, und so bildeten diese Begegnungen für Malina schon bald eine Insel inmitten der Fremde, auf der ihre Sehnsüchte und Hoffnungen eine Heimat fanden.

Dann kam der Tag, an dem diese Insel unterging. Wieder saß Malina mit Sulimera zusammen, die Sonne erhellte abermals den Raum, die Bäche murmelten, die Vögel zwitscherten, und auf dem Heimweg fühlte Malina sich gestärkt wie stets nach diesen Treffen. Schnell hatte sie die Gegend der düsteren Gemäuer verlassen und wollte eben einen kleinen Platz überqueren, als ihr zwei Straßenreiniger mit einem Karren voller Unrat entgegenkamen. Einer der beiden war von mittlerem Alter und besaß die Statur eines Ringers, bei dem anderen handelte es sich um einen Jungen, der groß und kräftig war, jedoch nicht recht bei Sinnen zu sein schien. Als Malina den beiden ausweichen wollte, vertrat der Junge ihr den Weg. Dazu quoll aus seinem Mund ein gurgelndes Geräusch, das sie erschreckte. Ein zweites Gurgeln folgte, diesmal begleitet von einer Hand, die auf ihren Korb zeigte.

»Er möchte wissen, was da drin ist«, erklärte der Mann mit einer verlegenen Geste.

Malina zögerte. Immerhin trug sie eine kostbare Fracht. Doch dann kam sie zu der Ansicht, dass die beiden harmlos seien. Sie setzte die Last ab und schlug das Tuch beiseite, das den Inhalt verborgen hatte. Gebäck von verführerischem Aussehen wurde sichtbar, dazu stieg ein köstlicher Duft auf, der selbst den Gestank des Unrats überdeckte.

Die Augen des Jungen begannen zu leuchten. Er streckte die Hand aus. Aber noch bevor er zufassen konnte, hielt der Mann ihn zurück. »Nusairs Kopf ist voller Stroh«, entschuldigte er sich bei Malina. »Er weiß nicht, was er tut. Du musst ihm verzeihen.«

Malina, die den Korb bereits wieder zugedeckt hatte, nickte verlegen. Sie war ebenso unschlüssig wie der Junge, der seine Hand ein zweites Mal ausstreckte, diesmal zögernd. Ein Junge, der zweifellos zu den Ärmsten der Stadt gehörte und gewiss noch nie ein solches Küchlein gegessen hatte. Und der sie trotz aller Unterschiede ein wenig an Jablo erinnerte. »Du sollst etwas bekommen«, sagte sie, langte in den Korb, holte ein Stück heraus und reichte es dem Jungen.

Der strahlte. Abermals entwich seinem Mund ein Gurgeln, und Malina nahm es als Dank. Gleich darauf hielt auch der Mann ein Küchlein in der Hand. »Du hast ein gutes Herz«, sagte er freundlich. »Gott segne dich!«

»Gott segne euch!«, entgegnete Malina, ohne sich darum zu scheren, von welchem Gott die Rede war. Zufrieden mit sich selbst und mit dem, was sie getan hatte, verabschiedete sie sich von den Straßenreinigern und setzte ihren Weg fort.

Zwei Gassen weiter, in einem Viertel, das nach einem Brand größtenteils abgerissen worden war, lief sie einem Stallknecht ihres Herrn in die Arme. Zuerst war Malina überrascht, aber als sie seinen hämischen Blick und die Gier in seinem Gesicht sah, da wusste sie, dass die Begegnung kein Zufall war. Sie wollte um Hilfe rufen, doch nur einen einzigen Schrei bekam sie heraus, denn schon verschloss seine Hand ihr den Mund, während die andere den Korb von ihrem Rücken stieß. Mit der Kraft der Verzweiflung wehrte sie sich. Sie trat mit den Beinen nach ihm und versuchte, ihn zu beißen. Er aber zerrte sie auf ein Grundstück, zwang sie gegen eine Mauer und presste voll lüsterner Erwartung seinen Körper an sie.

In diesem Moment tauchte Harun neben ihm auf, der Diener Ibn Saids, und Malina begriff, dass es seine Rache war, auch wenn ein anderer sie vollzog. Niemals würde sie sein hässliches Grinsen vergessen, niemals das zynische »Grüß Heinrich von mir!«. Als der Stallknecht ihr den Rock hochschob, wurde Haruns Grinsen noch widerwärtiger, und er begann, den anderen mit wilden Sprüchen anzufeuern.

Plötzlich Gehaste, zwei Schemen, die über Trümmer setzten, und noch bevor der Stallknecht an Gegenwehr denken konnte, warf sich der jüngere der beiden Straßenreiniger auf ihn und riss ihn von seinem Opfer fort, während der ältere sich Harun zuwandte. Der war wie gelähmt, nicht weniger verblüfft als sein Komplize, und erst als der Heranstürmende ihn beinahe erreicht hatte, erwachte er wieder zum Leben. Ein rascher Griff, und er hielt ein Messer in der Hand. Doch der Angreifer kam ihm zuvor. Wie ein Hammer fuhr dessen Faust nieder und streckte den Diener zu Boden. Zehn Schritte weiter setzte der Stallknecht sich gegen den Jungen zur Wehr, ebenfalls mit einem Messer. Wütend wegen des entgangenen Vergnügens, holte er ein paar Mal mit dem Messer aus, dann sprang er blitzschnell nach vorn, und hätte sich in diesem Augenblick nicht der Mann auf ihn gestürzt, er hätte dem Jungen die Klinge in den Bauch gestoßen. So aber warf der Schwung ihn zu Boden, und die Waffe fiel ihm aus der Hand. Doch schon im nächsten Moment war er wieder auf den Beinen und rannte mit ausladenden Schritten davon. Die beiden Straßenreiniger setzten ihm nach.

Um Luft ringend, riss Malina sich von der Mauer los. Ihr Blick sprang suchend umher. Da sie niemanden entdecken konnte, der ihr half, den Diener zu fesseln, versteckte sie ihren Korb in einer Nische und hastete hinter den anderen her.

Die hatten das abgebrannte Viertel bereits hinter sich gelassen. Menschen belebten wieder die Straßen, an denen sie mit fliegendem Atem vorbeijagten.

»Haltet den Vergewaltiger!«, rief der Mann ein über das andere Mal.

Der aber war geschickt. Flink wie ein Wiesel wechselte er mehrmals die Richtung, stieß hier einen Karren mit Töpferwaren auf den Weg, um die Verfolger zu behindern, setzte dort über ein Mäuerchen in einen Garten und kam auf der anderen Seite wieder heraus und bog schließlich in eine schmale Gasse ein, die zu einer Pforte in der Stadtmauer führte. Noch im selben Moment, in dem er hindurchrannte, wusste er, dass er einen Fehler gemacht hatte. Vor ihm lag der Wad al-Kabir.

Gehetzt blickte er sich um. Der Fluss reichte an dieser Stelle bis an die Mauer und machte ein Entkommen zu den Seiten hin unmöglich. Lediglich eine schmale Landzunge bot Raum, die ein Stück in den Fluss hineinragte und an deren Ende sich eines jener riesigen Schöpfräder drehte, die Wasser in die Stadt leiteten. Von Verzweiflung getrieben, rannte der Stallknecht auf das Rad zu, gefolgt von den beiden Straßenreinigern und Malina sowie etlichen Bewohnern des Viertels, die sich angeschlossen hatten. »Nun sitzt er in der Falle!«, frohlockte einer, und ein anderer grölte: »Jetzt haben wir ihn!« Aber noch wollte der Knecht nicht aufgeben. Ohne die Sinnlosigkeit seines Vorhabens zu bedenken, sprang er in das hölzerne Gestänge und ließ sich in die Höhe heben. Die Verfolger rieben sich zufrieden die Hände. Zwei Mal drehte sich das Rad, dann schien der Knecht begriffen zu haben, dass es kein Entrinnen mehr gab. Wie ein Sack ließ er sich aus dem Rad fallen, und in Erwartung des Schlimmsten lag er da.

Der Zorn der Umstehenden ließ nicht lange auf sich warten. Ein Eseltreiber hieb mit seinem Stock auf ihn ein, Frauen bespuckten ihn und traten ihn mit Füßen. Kurz darauf erschien die Stadtwache und verhaftete ihn.

»Der Junge führt die Wachen zu dem anderen Kerl«, suchte der Straßenreiniger Malina zu beruhigen. »Vor dem brauchst du dich auch nicht mehr zu fürchten. Die beiden siehst du nie wieder.«

Malina stand keuchend inmitten der Zuschauenden. Eine Frau hatte mitfühlend den Arm um sie gelegt. »Danke«, wandte sich Malina an ihren Retter, »danke von ganzem Herzen, dass ihr mir geholfen habt.« Sie wollte lächeln, doch es misslang. Dann stand auf einmal ein Stadtwächter vor ihr und forderte sie zum Mitkommen auf. Malina begriff, dass sie eine Aussage machen sollte. Gestützt von der Frau und begleitet von dem

Stadtreiniger – und wenig später auch von dem Jungen, der ihr den Korb brachte –, folgte sie dem Mann.

Alles Weitere zog wie ein Traum an ihr vorbei. Sie saß in einem großen Raum, ein Richter verlangte eine Schilderung des Vorgefallenen von ihr, ein rasch Herbeigeholter übersetzte. Irgendwann war sie entlassen, und ihre beiden Helfer, die schon so viel für sie getan hatten, brachten sie zum Landhaus zurück. Noch einmal dankte sie ihnen und stammelte Abschiedsworte. Gleich darauf führten hilfreiche Hände sie zu ihrem Bett und flößten ihr beruhigende Tränke ein. Reglos lag sie in weichen Kissen und blickte mit starren Augen zur Decke, während zerrissene Gedanken in ihrer Seele wühlten. Immer wieder langten die wollüstigen Hände nach ihr, immer wieder erschienen die Retter. Sulimera tauchte in ihrer Erinnerung auf, sie durchlebte die gemeinsamen Stunden in den Dörfern und Wäldern ihrer Heimat, die ihr den Alltag so viel erträglicher gemacht hatten. Vor allem aber dachte Malina an Heinrich. Sein Bild vor Augen, verzehrte sie sich nach dem Gefühl der Geborgenheit, das er ihr gegeben hatte, sie lechzte nach der Berührung seiner Hände und sehnte den warmen Klang seiner Stimme herbei. Und mit dem Gedanken an ihn schlief sie ein.

Einst lebte eine Schlange in einem heiligen Wald. Sie war groß und mächtig, und von alters her herrschte der Brauch, ihr einmal im Jahr das schönste Mädchen des Stammes zu opfern. Eines Tages fiel die Wahl der Ältesten auf die schöne Sia, die bereits dem Amadu zur Ehe versprochen war. Diesen erfüllte die Vorstellung, dass seine Liebste der Schlange übergeben werden sollte, mit unsäglichem Schmerz, sodass er darüber nachsann, wie er sie retten könnte. Als der Tag des Opfers anbrach, versteckte er sich hinter einem Baum im heiligen Wald, und als die Schlange aus ihrer Höhle hervorkroch, hieb er ihr mit einem gewaltigen Schwertstreich das Haupt ab. Laut zischend flog es durch die Lüfte, und erst im Land Bure fiel es nieder, das seither reich an Gold war. Der Schlange aber wuchs ein neuer Kopf, doch Amadu schlug auch diesen ab. Sieben Mal richtete er sein Schwert gegen das Reptil, und sieben Mal flogen die Häupter in das Land Bure, dessen Reichtum an Gold auf diese Weise unermesslich wurde. Erst als das letzte Haupt abgeschlagen war, hauchte die Schlange ihr Leben aus. Amadu aber schwang sich auf sein weißes Ross, setzte die schöne Sia hinter sich, und glücklich vereint ritten beide von dannen.

Im Land Bure aber schürfte man seither das Gold aus der Erde, genauso wie in Galam und Bambuk und in einigen anderen Ländern auf halbem Weg zwischen der Großen Wüste und dem Meer. Es zu finden war nicht schwer, denn es gab viel davon; und fleißige Hände, es zu fördern, ebenfalls. Ganze Dörfer lebten von der Förderung des glänzenden Metalls, nach dem alle Welt verlangte und mit dem sich ausgezeichnete Geschäfte machen ließen. Dunkelhäutige Männer mit krausem Haar und wulstigen Lippen gruben Löcher in die Erde, oftmals nicht tiefer als sie selbst, und beförderten den Aushub nach oben, wo Frauen und Kinder ihn wuschen, bis nur das Gold übrig blieb. Meist fanden sie nur Staub. Mitunter jedoch besaßen die Goldstücke die Größe von Hirsekörnern, und gelegentlich waren sie auch noch weit größer.

Die Käufer dieser Schätze ließen nicht lange auf sich warten. Die meisten kamen aus Gana, jenem Königreich am Südrand der Wüste, das durch seinen Handel und dank der Tribute unterworfener Völker so mächtig geworden war, dass jedermann seinen Namen voller Ehrfurcht nannte. Angetrieben von den Aussichten auf gute Gewinne, begaben sich die Kaufleute auf den Weg durch die Savanne, bis sie nach tagelangen Märschen die Grenzen des Goldlandes erreichten. Einen Handel von Angesicht zu Angesicht, wie sonst üblich, gab es hier indes nicht. Die scheuen Goldschürfer mieden Fremde, und deshalb hatten sie ein Verfahren entwickelt, das den Handel ermöglichte, ohne dass Verkäufer und Käufer sich begegneten. Wussten die Händler die Goldleute in ihrer Nähe, schlugen sie eine Trommel, während sie gleichzeitig ihre Waren ausbreiteten, die sie eintauschen wollten: Kupferwaren und Korallen, Kaurimuscheln und Glasperlen, vor allem aber Salz aus Teghaza, das den Goldschürfern – die selbst nicht über Salzvorkommen verfügten – als das wertvollste aller Güter galt. Hatten die Händler ihre Auslagen gemacht, zogen sie sich außer Sichtweite zurück und warteten. Nun fanden sich die Goldleute dort ein, um die Waren zu begutachten. Sie entschieden, was sie gebrauchen konnten, und legten von den eigenen Schätzen die Menge daneben, die sie als angemessene Bezahlung erachteten. Dann zogen sie sich ihrerseits zurück, worauf die Händler erneut erschienen. Waren diese mit der Bezahlung einverstanden, nahmen sie das Gold und verschwanden, und der Handel war beendet. Hielten sie den Erlös für zu gering, legten sie jene Waren zur Seite, für die sie mehr erlösen wollten, und entfernten sich abermals. Worauf die Reihe wieder an den Goldleuten war, die entscheiden mussten, ob sie nachbessern wollten oder nicht – ein Verfahren, das so lange wiederholt wurde, bis beide Seiten zufrieden waren und jeder das Erhandelte nach Hause schaffte.

Auf dem Rücken von Pferden und Eseln gelangte das Gold nach Gana, das meiste davon in die Stadt Kumbi Saleh, die Residenz des Königs. Der verstand sich auf das Geschäft mit dem Gold ebenso wie auf das mit allen anderen Waren, insbesondere mit dem Salz aus Teghaza. Von jedem Beutel Gold erhielt der König einen Anteil. Obendrein ließ er sämtliche größeren Stücke in seine Truhen wandern – mit der Folge, dass diese immer voller wurden und alle Welt von dem »Goldland Gana« sprach und von ihm als »Kaya Maghan«, dem König des Goldes, einem der reichsten Herrscher auf Erden.

Was übrig blieb, kauften die Händler aus dem Norden, vornehmlich solche aus Al-Andalus, wo der Bedarf für die Prägung von Münzen, aber auch für Schmuck und Zierrat beträchtlich war. Woher das Gold stammte, blieb jedoch ein Geheimnis für sie. Niemand der Beteiligten dachte daran, den Fremden die genaue Herkunft zu verraten. Für sie hielt man nur Fantasiegeschichten bereit.

»Das Gold wächst in der Erde.« Heinrich lehnte den Kopf an die Lehmziegelmauer, vor der er sich niedergelassen hatte, und blinzelte in den wolkenverhangenen Himmel. In seinem Gesicht spiegelte sich Zufriedenheit, fühlte er sich doch so gut wie schon lange nicht mehr. Vier Monate waren vergangen, seit sie mit Kumbi Saleh das Ziel ihrer Reise erreicht hatten. Bald darauf war die Regenzeit angebrochen, und erst wenn diese zu Ende war, würden sie sich auf den Rückweg durch die Wüste machen. Bis dahin gab es für ihn wie für alle anderen Diener nicht viel mehr zu tun, als zu warten, die Zeit totzuschlagen und Kraft zu sammeln für das, was vor ihnen lag. »Das Gold wächst in der Erde«, wiederholte er. »Ich habe gehört, wie unser Herr es einem anderen erzählt hat. Es wächst an einer Pflanze, die einer Rübe ähnelt. Das Wachstum beginnt, wenn die Sonne ihren höchsten Stand im Jahr erreicht hat, und nach der Regenzeit wird die Pflanze geerntet. Früh am Morgen gehen die Neger auf ihre Felder, und wenn sie bei Sonnenaufgang die Pflanze aus der Erde ziehen, finden sie an ihren Wurzeln gediegenes Gold.«

Ein Grunzen war die Antwort. Daud grunzte oft, wenn ihm nicht gleich eine Erwiderung einfiel. Auch er gehörte zu den Dienern Ibn Saids. Er stammte aus einem Dorf in der Nähe von Jaén und war aus dem Holz, aus dem gute Freunde geschnitzt sind. Bereits kurz nach ihrer Ankunft in Kumbi Saleh war Heinrich mit ihm das erste Mal durch die Stadt gezogen. Irgendwann hatten sie ihren Ausflug wiederholt, und seither streiften sie fast täglich umher.

»Ibrahim meint, unser Herr weiß selbst nicht, woher das Gold kommt«, sagte Daud schließlich und unterstrich seine Worte mit einem Achselzucken. »Und das, obwohl er schon lange mit Gold handelt und es hier in Kumbi Saleh wohl keinen Verkäufer gibt, den er nicht kennt. Aber diese Kerle rücken nicht mit der Sprache raus. Verbreiten stattdessen die wildesten Gerüchte. Kannst du dich an die Geschichte mit den Vogelfedern erinnern?«

Heinrich nickte. Irgendwo hinter Teghaza war es gewesen, auf einem jener nicht enden wollenden Nachtmärsche, zu denen sie wegen der Hitze übergegangen waren. Um die Müdigkeit zu vertreiben, hatten sie miteinander gesprochen, Stunde um Stunde, und dabei hatte Daud die Geschichte von den Mädchen erzählt, die das Gold mithilfe pechbestrichener Vogelfedern aus dem Schlamm eines Sees fischten.

Auf einen Wink Heinrichs näherte sich eine Frau, die bis dahin mit zwei anderen schwatzend vor einem Tonkrug mit Hirsebier gehockt hatte. Sie war barbusig. Um den Hals trug sie eine Kette aus Giraffenhaaren, ihre Nase zierte ein Ring. Mit einer aufmunternden Geste reichte sie Heinrich eine gefüllte Kalebasse. Der trank und reichte das Gefäß an Daud weiter. Das Bier schmeckte fad und leicht säuerlich, aber da sie schon häufig davon getrunken hatten, waren sie den Geschmack gewöhnt.

»Diesmal werden wir mehr Gold und Elfenbein mitnehmen als jemals zuvor«, sagte Daud und grunzte abermals, diesmal aus Bewunderung, wie es Heinrich schien. »Unser Herr schließt ein Geschäft nach dem anderen ab. Vielleicht, weil es seine letzte Reise ist. Bleibt nur zu hoffen, dass wir alles sicher nach Córdoba bringen. Vor ein paar Jahren haben wir hier mit einigen Burschen zusammengesessen, deren Karawane bald darauf überfallen wurde. Tuareg von den Kel Iforas sollen es gewesen sein. Das ganze Gold haben sie ihnen abgenommen und obendrein sämtliches Wasser. Und das in einer Gegend ohne Brunnen. Aber vielleicht waren die Händler ja selbst schuld – man munkelt, sie wollten den Tuareg keinen Zoll zahlen.«

Heinrich wollte widersprechen – schließlich waren es die Räuber, die den Karawanenleuten alles abgenommen hatten! –, ließ es aber bei der Absicht bewenden. Er leerte die Kalebasse und stand auf. Daud erhob sich ebenfalls. Nachdem sie bezahlt hatten, wandten sie sich in die Richtung der großen Straße.

Regen tropfte von den Tamarindenbäumen am Weg. In ihren Zweigen hatten sich Schwärme bunter Vögel niedergelassen. Eine Gruppe Träger zog vorbei, jeder einen

Stoßzahn eines Elefanten auf dem Kopf balancierend. Wie gemeißelt zeichneten sich die Muskeln der dunkelhäutigen Männer ab, die wie die meisten Einwohner der Stadt bis auf einen Lendenschurz nackt waren. Ein Umstand, auf den die Männer aus dem Norden mit Verachtung herabsahen und der schon manchen von ihnen zu der abfälligen Äußerung veranlasst hatte, jenseits der Wüste liefen die Menschen herum wie die Tiere.

Heinrich wimmelte einen Jungen ab, der ihm eine in Quecksilber getränkte Halsschnur als Mittel gegen Läuse verkaufen wollte, und steckte einem Bettler ein Almosen zu. Kurz vor dem Viertel der Berber und Araber bogen sie in die Straße zum Rindermarkt ein. Sie war eine der belebtesten der Stadt, und das nicht zuletzt wegen der Garküchen, an denen mannigfaltige Gerichte feilgeboten wurden: Hirsebrei mit Schlangenfleisch, Stücke gekochter Ochsenhaut, süßes Naschwerk und geronnene Kamelmilch oder auch das bei den Einheimischen so beliebte Dorno, ein sämiges Getränk aus Wasser und Hirsemehl, zerstampftem Käse, Baobabmehl, Pfeffer, Anis und Honig. Unter einem Regenschutz ließen sich Heinrich und Daud auf zwei Schemeln nieder. Gleich darauf erschien eine Frau mit einem schlafenden Kind in einem Rücktuch und hielt ihnen eine Schüssel Kolanüsse hin. Mit Kennermiene trafen sie ihre Wahl.

Heinrich spuckte den Rest gelben Kolabrei in den Sand und nahm eine frische Nuss. Anfänglich schmeckten sie bitter, doch bald verwandelte sich der bittere Geschmack in einen süßen, und gleichzeitig erfasste ein wohliger Zustand den Kauenden. Heinrich wollte gerade auf die kurze Reise zu sprechen kommen, die Ibn Said vor der Rückkehr nach Al-Andalus noch zu unternehmen gedachte, als ein Mann mit einem Esel vor ihnen anhielt.

Auf dem Rücken des Tieres türmten sich mehrere Körbe mit Tauben, Matten aus den Blättern der Dumpalme sowie zwei Säcke mit unbestimmtem Inhalt.

»Sumaoro Sefedokote entbietet euch seinen Gruß«, begann der Mann auf Arabisch und hockte sich vor ihnen hin.

Heinrich musterte den Fremden, dessen Namen er selbst bei größter Aufmerksamkeit nicht hätte wiederholen können. Der Mann war hochgewachsen und wirkte auf den ersten Blick kräftig und gesund, wies bei näherem Hinsehen aber Anzeichen einer beginnenden Schlafsucht auf – jener Krankheit, die in jedem Jahr zahlreiche Menschen dahinraffte und mehr Opfer forderte als Räuber, Schlangen und Skorpione.

Sumaoro gab sich leutselig. »Lasst mich raten!«, sagte er. »Ihr wollt wissen, warum meine Haut noch schwärzer ist als die aller anderen hier, nicht wahr?«

Daud grunzte, mehr gleichgültig als erwartungsvoll. Heinrich stellte fest, dass ihm der Unterschied gar nicht aufgefallen war.

»Ich bin kein Soninke wie der König und die meisten seiner Untertanen. Ich gehöre einem anderen Stamm an und komme aus einem anderen Reich. Das liegt näher bei der Sonne, deshalb ist unsere Haut so dunkel. Manche denken, sie wäre verkohlt wie bei einem angebrutzelten Huhn. Ist sie aber nicht.« Verschmitzt grinsend, rieb er mit einem Finger mehrmals über seinen Handrücken und streckte ihn anschließend Heinrich hin. Der tat so, als würde er daran riechen. »Unser Reich zahlt dem König von Gana seit vielen Jahren Tribut, damit er uns in Frieden leben lässt. Einmal hat man mich zum Überbringer bestimmt, zusammen mit anderen Männern. Zu unserem Unglück war der König mit den Abgaben nicht zufrieden. Er wurde wütend und hat uns einsperren lassen. Ein ganzes Jahr lang.«

Donner rollte durch die Luft, und aus den Regenwolken zuckte ein Blitz. Niemand nahm Notiz davon, auch Sumaoro nicht, der sich nach seinen einleitenden Worten über einen der beiden Säcke auf seinem Esel hergemacht hatte und ein Affenfell daraus hervorzauberte. »Hier habe ich etwas ganz Besonderes für euch«, verkündete er mit Verschwörermiene und legte Heinrich das Fell über die Knie.

Heinrich strich mit der Hand darüber und murmelte etwas Anerkennendes. Daud tat es ihm gleich.

»Ein schöneres Fell wird man euch nie wieder anbieten. Es stammt aus meiner Heimat.« Sumaoro nickte bedeutungsschwer, als würde allein das Wort Heimat jede weitere Erklärung überflüssig machen. »Wie viel Mitqal ist es euch wert?«

Heinrich schüttelte den Kopf. Die Reichtümer, die Ibn Said ihm versprochen hatte, lagen noch in weiter Ferne. Und das Geld, das er ihm ebenso wie seinen anderen Dienern für die Stadt gegeben hatte, langte nur für ein paar kleine Freuden.

»Warum bist du in Kumbi Saleh geblieben?«, wollte Heinrich wissen, teils aus Neugier, teils um einem fruchtlosen Verkaufsgespräch aus dem Weg zu gehen. »Du hättest …«

»Ja, ich hätte zurückgehen können«, fiel Sumaoro ihm ins Wort. »Aber obwohl ich nicht dem Volk des Königs angehöre, bin ich geblieben und habe mich angepasst. ›Wenn man sieht, dass sie irgendwo ein Kalb anbeten‹, heißt es, ›dann muss man Gras mähen und es füttern.‹ Genau das tue ich, und deshalb komme ich zurecht. Vor allem, wenn ich etwas verkaufe.« Seine Hand fuhr abermals in den Sack und brachte ein baumwollenes Gewand zum Vorschein.

Wieder lehnte Heinrich ab. »Wir sind nur die Diener unseres Herrn. Geh zu ihm, vielleicht kauft er etwas. Wir selbst besitzen kaum mehr, als der Sand unter unseren Füßen wert ist.«

»Aber vielleicht braucht ihr eine Medizin«, schob Sumaoro nach und hielt gleich darauf eine Auswahl Kräuter und Pasten in der Hand. Eine erlesene Auswahl, stand in seinem Gesicht geschrieben.

Erneut verneinte Heinrich.

Die Stirn seines Gegenübers legte sich in Falten. »Ich könnte euch eine Geschichte erzählen«, schlug er vor. »Das kostet nicht viel. Ich kenne unzählige Geschichten, weit mehr als jeder andere. Von großen Königen, vor deren Macht selbst die Blätter an den Bäumen zittern; von Menschen, die die Sprache der Tiere sprechen; oder, wenn ihr wollt, Geschichten von den Tieren selbst: von der faulen und törichten Hyäne, vom dummen Leoparden, diesen Kraftprotzen, oder von Elefanten, die Pfeile aus ihren Körpern ziehen können …«

Heinrich zeigte sich gereizt. »Du verschwendest deine Zeit mit uns!«

Doch der Aufdringliche war mit seinen Anpreisungen noch nicht am Ende. »Ihr habt recht, liebe Freunde, vergesst die Geschichten, vielleicht sind sie ja auch gar nicht so gut. Aber eines habe ich noch für euch. Etwas für Kenner. Ihr liebt die Frauen, nicht wahr?« Sein Blick wanderte vom einen zum anderen. »Natürlich liebt ihr sie. Jeder richtige Mann liebt die Frauen. Oder solltet ihr keine richtigen Männer sein? Ihr seid einsam in dieser Stadt, das sehe ich euch an. Ihr habt die Wüste hinter euch. Hitze, Durst und nicht eine einzige Frau. Wusstet ihr, dass selbst das Glied eines Esels verkümmert, wenn er es nicht benutzt?«

»Zu Hause wartet eine Frau auf mich«, winkte Heinrich ab. »Ich kann mich gedulden.«

Sein Gegenüber verzog säuerlich den Mund. »Geduld ist ein Baum, dessen Wurzeln bitter und dessen Früchte nicht süß sind. Wozu gibt es all die schönen Frauen, wenn nicht zu dem Zweck, uns mit ihrem Liebreiz zu erfreuen? Die Anhänger des Gottes Allah behaupten, im Schatten der Säbel liegt das Paradies. Ich sage euch, das ist falsch, meine Freunde – im Schatten der Schenkel liegt das Paradies! *Sie* bereiten uns unendliche Wonnen. Die Säbel hingegen bereiten nur Schmerz.«

Heinrich hatte genug gehört. Er stand auf. »Verschwinde und lass uns in Ruhe! Dieses Land ist reich, die anderen werden dir geben.«

Sumaoro stöhnte. »Auch wenn das ganze Land zu Hirsebrei würde, so wäre des armen Mannes Anteil doch nur ein Löffel davon. Ein Armer wie ich …«

Daud war ebenfalls aufgestanden. »Wo?«, hauchte er mehr, als dass er es aussprach.

Das Gesicht Sumaoros belebte sich wie eine ausgedörrte Pflanze in der Regenzeit. Er trat näher an Daud heran. »Glaub mir, Freund, du wirst zufrieden sein. Kein altes Weib mit Runzelhaut und schlaffen Brüsten – eine junge Schönheit zeig ich dir, um die dich selbst der König beneiden würde. Eine solche findest du kein zweites Mal.«

Daud zögerte. »Und ihre Familie?«, wandte er in Erinnerung an einen Kameltreiber ein, der einer Frau in eine Hütte gefolgt und anschließend von deren Familie böse zugerichtet worden war.

Sumaoro zeigte sich selbstbewusst. »Ist der Mond mit

dir, brauchst du dich um die Sterne nicht zu sorgen. Hab Vertrauen zu mir, mein Freund, und Kumbi Saleh wird dir für den Rest deines Lebens in Erinnerung bleiben!« Er fasste Daud am Arm, versetzte seinen Esel mit einem Hieb in Bewegung, und ohne Heinrich noch eines Blickes zu würdigen, lief er mit beiden davon.

In einer düsteren Ecke drei Straßen weiter wurde für Daud das Versprechen wahr, Kumbi Saleh werde ihm lebenslang in Erinnerung bleiben, wenngleich anders, als er es sich erhofft hatte. Statt weiblicher Reize warteten rohe Hände auf ihn, und bevor er noch begriff, was geschah, hatten sie ihm sein Geld abgenommen und Fußtritte trieben ihn in die Welt der Enthaltsamkeit zurück.

Ibn Said war aufgeräumter Stimmung. Da er zum letzten Mal die Wüste durchquert hatte und seine Abreise bald bevorstand, hatte er beschlossen, sich einen Herzenswunsch zu erfüllen und der Stadt Nioro einen Besuch abzustatten, um Abschied von Khalid ibn Al-Baitar zu nehmen, einem langjährigen guten Bekannten.

Einst in Córdoba ansässig, war Al-Baitar schon vor Jahren aus seiner Heimat fortgegangen und hatte sich als Kaufmann in Kumbi Saleh niedergelassen, von wo er – neben anderen Geschäften – Ibn Said über viele Jahre mit Elfenbein versorgt hatte. Später hatte er eine Niederlassung in Nioro eröffnet und war bald darauf mit seinen Söhnen in die sieben Tagesreisen entfernte Stadt übergesiedelt.

Früh am Morgen brach die kleine Reisegesellschaft auf. Neben drei Kaufherren aus Granada gehörte auch Ibn Saids Vetter Al-Battani dazu, der in Nioro einen größeren Posten grauen Amber aus Audaghost in Empfang nehmen wollte, ebenso wie Qasim, einige Diener, unter ihnen Heinrich, und ein Mann, den Ibn Said als Führer verpflichtet hatte.

Frauen mit Wasserkrügen auf den Köpfen blickten ihnen nach, als sie durch die Stadt ritten. An der Spitze des Zuges saß Ibn Said auf einem Araberhengst, den einer seiner Geschäftspartner ihm geliehen hatte. Neben ihm ritt der Führer, ein fähiger, aber wortkarger und verschlossener Mann aus dem Stamm der Bambara.

Schnell hatten sie die Stadtgrenze hinter sich gelassen. Baumwollfelder und Hennagärten säumten die Straße, dahinter erstreckte sich die von hohem Gras bewachsene und von Bäumen und Buschgruppen unterbrochene Savanne. An einer Gabelung verließen sie den Hauptweg und schwenkten nach Westen ein. Noch immer wehte der Wind das gleichmäßige Trommeln zu ihnen herüber, das seit Tagen ertönte und sich anhörte wie prasselnder Regen auf einem Dach. Heinrich blickte zum Himmel empor. Dicke Wolken hingen über dem Land, aber es regnete nicht, schon die dritte Woche nicht mehr, obwohl die Regenzeit noch längst nicht vorüber war. Bereits vor Tagen hatte der König deshalb das magische Trommeln befohlen. Und das nicht von ungefähr – galt er seinem Volk doch nur so lange etwas, wie das Land sich unter seiner Regentschaft des Wohllebens erfreute. So lange, wie es genügend Nahrung gab und sich bei Mensch und Tier reichlich Nachwuchs einstellte. Lechzten die Felder hingegen nach Wasser, warfen die Tiere nicht oder erlitten die Frauen Fehlgeburten oder brachten kranke Kinder zur Welt, waren das Zeichen, dass die magische Kraft des Königs verbraucht war. Was aber sollten die Untertanen mit einem Herrscher, der das Land geradewegs ins Unglück trieb? Niemand wollte solch einen König. Und deshalb würde man ihn töten, um Platz für einen Nachfolger zu schaffen.

Der erste Reisetag verging, und als der Abend kam, schlugen sie ihr Lager neben den mannshohen Wurzeln eines uralten Kapokbaums auf. In der Nacht hörten sie Stimmen, und nicht nur Heinrich vermochte nicht zu entscheiden, ob sie von Tieren oder von Geistern stammten. Schließlich dämmerte im Wechselspiel der Farben der Morgen herauf, und die Gruppe setzte ihren Weg fort. Menschen trafen sie immer seltener, je weiter sie sich von der Hauptstadt entfernten – gelegentlich Hirten mit Rindern oder Ziegen; Kinder, die zum Schutz vor Vögeln und anderen Tieren die Felder ihrer Familien bewachten; einmal drei Frauen an einem Wasserloch, die Wäsche wuschen. Wieder suchten sie sich einen Platz für die Nacht, und als die Dunkelheit das Land einhüllte, schlichen Löwen so dicht um ihr Lager herum, dass die Pferde kaum zu beruhigen waren.

Einen alten Mann auf einem Esel trafen sie am vierten Tag, als sie die Hälfte ihrer Strecke zurückgelegt hatten. Fast hätten sie ihn übersehen, starrten doch alle auf einen Termitenbau von beeindruckenden Ausmaßen, während der Mann auf dem Esel abseits stand, unbeweglich wie ein Fels. Die Reiter waren beinahe an ihm vorüber, als der Mann sich bewegte und der Führer ihn wahrnahm. Er zügelte sein Pferd und rief dem Mann ein paar Worte zu. Dieser verharrte unschlüssig, aber als der Führer weiter zu ihm sprach, näherte er sich. Eine Weile redeten beide miteinander, ohne die anderen zu beachten. Dann machte der Mann kehrt und ritt davon. Der Führer wies mit der Hand auf einen Hügel in einiger Entfernung. »Dahinter steht eine Herde Gazellen, hat er gesagt. Er war dort und hat sie selbst gesehen.«

Unter den Kaufleuten aus Granada machte sich freudige Erregung breit. Erst kürzlich hatten sie über eine Jagd vor einigen Jahren gesprochen, die mit einer gebratenen Gazelle geendet hatte, ein Erlebnis, das sie gern wiederholen wollten. Ibn Said dagegen zeigte sich wenig angetan von diesem Wunsch. Er erinnerte an ihre Pläne in Nioro und beschwor die Anstrengungen der bevorstehenden Rückreise durch die Wüste, doch als alles nichts nützte und auch noch Al-Battani den dreien beisprang, stimmte er dem Vorhaben widerwillig zu.

Der Weg bis zu dem Hügel erwies sich als weiter als angenommen. Eine Elefantenherde erzwang zusätzlich einen Umweg, und so war die Dämmerung nicht mehr fern, als die Männer den Fuß des Hügels erreichten. An einer geeigneten Stelle schlugen sie ihr Lager auf. Während die Diener die Pferde versorgten und mit der Zubereitung der Mahlzeit begannen, zogen sich die Händler – Moslems allesamt – ein Stück weit vom Lager zurück, um zu beten. Auch Ibn Said breitete seinen Teppich aus. Als er sich niederwerfen wollte, stutzte er. Neben einem Busch gähnte ein Loch in der Erde. Neugierig geworden, verschob er das Gebet und näherte sich. Das Loch war nicht breiter als eine Armlänge und hatte die Tiefe von drei übereinanderstehenden Männern. Soweit sich erkennen ließ, war der Boden mit Sand bedeckt.

»Ein ausgetrockneter Brunnen«, ertönte plötzlich die Stimme des Führers, der unbemerkt neben Ibn Said getreten war. »Fremde haben den Brunnengeist beleidigt, deshalb ist er fortgegangen. Früher hat er für Wasser gesorgt, sodass viele Menschen an diesem Ort rasteten. Heute verirrt sich nur selten jemand hierher so wie der Großvater auf seinem Esel. Selbst Hirten meiden diese Gegend.«

Ein Windstoß wirbelte Blätter über den Rand des Brunnens. Ibn Said beobachtete, wie sie nach unten fielen. Er wollte etwas sagen, aber als er sich zur Seite drehte, war er allein.

In der Nacht fielen Sternschnuppen vom Himmel, aber nur der Wachtposten, den sie aufgestellt hatten, nahm sie wahr. Schließlich zeichnete sich ein heller Streifen am Horizont ab, die Wolken röteten sich, und der Tag der Jagd zog herauf.

Als Erstes wurden zwei Späher losgeschickt. Sie blieben längere Zeit fort, und als sie zurückkehrten, berichteten sie, dass der Hügel sich weiter nach hinten erstrecke als vermutet, die Gazellen aber noch da seien. Ein Plan wurde entworfen. Drei Männer auf Pferden sollten sich in einem Bogen an die Tiere heranpirschen, diese aufschrecken und zur Flucht in Richtung des Lagers veranlassen, wo die anderen Männer sie erwarten würden. Auf Anregung Al-Battanis entschied man, die drei auszulosen. Heinrich wurde bestimmt, nach ihm der Führer, schließlich Qasim, der den Losentscheid mit einem Seitenblick auf Heinrich sichtlich unwillig zur Kenntnis nahm. Nachdem letzte Einzelheiten besprochen waren, machte sich der Trupp auf den Weg.

Schweigend ritten die drei Männer durch das hohe Gras, zügig zuerst, dann immer bedächtiger, je näher sie der Rückseite des Hügels kamen. Als sie diese einsehen konnten, entdeckten sie die Gazellen. Weit mehr als fünfzig mochten es sein, anmutige Tiere mit hellbraunem Fell und langem Gehörn. Der Führer zeigte sich zufrieden. Gelänge es ihnen, sich unbemerkt von hinten an die Tiere heranzumachen, flüsterte er seinen Begleitern zu, so könnten sie diese mit einigem Glück genau in die vorgesehene Richtung abdrängen. Allerdings müssten sie mit äußerster Vorsicht vorgehen, besäßen Gazellen doch ein ausgezeichnetes Gehör.

Leise ließen die Männer sich von ihren Pferden herab und führten sie an den Zügeln hinter sich her. Windstille lag über der Savanne; gelegentlich brach die Sonne durch die Wolken und goss Licht über das Land. Als sie die halbe Strecke bereits zurückgelegt hatten, scheute eines der Pferde, ohne dass ein Grund dafür zu erkennen war. Sofort hoben die Gazellen lauschend die Köpfe, und schon im nächsten Moment stob die ganze Herde davon.

Die Jagd war verloren. Qasim stieß einen Fluch aus; der Führer bemühte einen Herrn der Tiere als Erklärung, der seine Schützlinge rechtzeitig gewarnt hatte; Heinrich schwieg und dachte an das entgangene Fleisch. Nachdem die Herde aus ihrem Gesichtsfeld verschwunden war, stiegen sie auf die Pferde und machten sich auf den Rückweg.

Der Führer ritt voran, und da er ebenso wie seine Begleiter den Spott ahnte, mit dem die anderen sie empfangen würden, hatte er eine langsame Gangart gewählt. Wortlos ritten die drei an der Flanke des Hügels entlang. Während sie auf das letzte Wegstück einbogen, bemerkten sie plötzlich Geier, die über dem Lager kreisten, und noch im selben Augenblick wussten sie, dass etwas geschehen war. Etwas, das Geier anlockte – und das womöglich auch für sie eine Gefahr barg. Ohne dass es einer Verständigung bedurft hätte, saßen alle drei gleichzeitig ab und griffen nach den Waffen. Angestrengt spähten sie um sich. Als sie niemanden entdeckten und auch keine auffälligen Geräusche wahrnahmen, wagten sie es, sich dem Lager zu nähern. Was sie sahen, ließ ihnen den Atem stocken.

Al-Battanis Blut färbte den Sand. Seine Kehle war durchgeschnitten, die Hände waren auf halbem Weg zum Hals in der Bewegung erstarrt Nicht weit von ihm entfernt lag ein Diener mit einem Pfeil in der Brust, dicht daneben sein ebenfalls von einem Pfeil durchbohrter Herr. Auch von den Übrigen war niemand mehr am Leben. Als Heinrich sich neben einem der Getöteten auf die Knie niederließ, bemerkte er wenige Schritte entfernt die Leichen von zwei Fremden. Er näherte sich ihnen, und nachdem er sie kurz betrachtet hatte, drehte er sich nach dem Führer um. Dieser war ebenso wie Qasim am Rande des Lagers stehen geblieben, und erst eine nachdrückliche Aufforderung versetzte ihn in Bewegung. »Was sind das für Leute?«, wollte Heinrich wissen und zeigte auf die beiden. Bis auf einen Lendenschurz waren sie nackt, über ihre Arme zogen sich Narben, die braunen Körper waren mit farbigen Mustern geschmückt.

»Sie kommen aus der Gegend von Sampaka. Dort leben böse Menschen. Sie unternehmen Raubzüge. Meist bleiben sie im Süden, aber manchmal …« Der Führer brach ab. Sein Blick löste sich von den Toten und huschte über das Grasland, durch das die Mörder gekommen sein mussten. In seinen Augen lag Angst.

Auch Heinrich fühlte sich unwohl. Er hielt nach den Pferden Ausschau, aber die waren ebenso verschwunden wie sämtliche Habseligkeiten und die Waren, welche die Händler für Nioro mitgeführt hatten. Nur Wertloses lag auf dem Boden verstreut.

»Schnell, lasst uns fortreiten!«, drängte der Führer.

»Er hat recht«, meldete sich nun auch Qasim zu Wort. »Wir müssen uns beeilen, falls sie zurückkommen.«

Plötzlich vernahm Heinrich eine Stimme. Sie war so leise, dass er sie fast überhört hätte. Aber da ertönte sie schon ein zweites Mal. Wie ein Blitz durchzuckte es ihn. Ibn Said! Die Stimme gehörte Ibn Said! Ein Gefühl der Scham stieg in ihm auf, dass er ausgerechnet das Fehlen seines Wohltäters nicht bemerkt hatte. Seine Augen suchten den Lagerplatz ab, doch der Rufer blieb verborgen. Da erinnerte er sich an den Brunnen. Er eilte dorthin, und als er hinabsah, entdeckte er auf dem Grund seinen Herrn. Soweit sich erkennen ließ, war er unverletzt. »Allah sei tausendfacher Dank, dass ihr am Leben seid!«, brach es aus Ibn Said hervor. »Wir haben diese Mörderbande nicht kommen sehen. Auf einmal waren sie da, und danach ging alles ganz schnell. Mich haben sie in diesen Brunnen geworfen. Die anderen …« Er stockte.

»… sind tot«, führte Heinrich den Satz zu Ende.

Ibn Said schlug die Hände vors Gesicht und begann zu schluchzen. »Wir holen dich nach oben, Herr«, rief Heinrich. »Vielleicht haben sie uns wenigstens ein Seil gelassen. Wenn nicht, finden wir etwas anderes.«

»Danke!«, tönte es von unten herauf. »Danke!«

Als Heinrich sich umdrehte, zielte eine Schwertspitze genau auf sein Herz. »Es gibt kein Seil und auch nichts anderes«, sagte Qasim, und seine Stimme war so kalt wie der Ausdruck in seinen Augen.

Heinrich war blass geworden. »Was … Was soll das heißen?«

»Bist du das, Qasim?«, ließ sich Ibn Said aus dem Brunnen vernehmen. Offensichtlich hatte er das Gesagte nicht verstanden, denn er klang erleichtert.

Für einen Moment zeigte sich der Angesprochene verunsichert, indes erwies sich der Anflug seines Gewissens nur als ein winziges Aufflackern. »Los!«, zischte er Heinrich zu und drängte ihn mit der Schwertspitze vom Brunnen weg.

Heinrich taumelte nach hinten. »Aber wir müssen ihn rausholen. Wir können ihn doch nicht …«

»Doch, wir können ihn!«

Abermals ertönte Rufen aus dem Loch.

»Geh an meine Satteltasche!«, forderte Qasim den Führer auf, der auf halbem Weg zwischen den Toten und dem Brunnen stehen geblieben war und zu begreifen suchte, was vor sich ging. »Dort findest du einen Strick und einen Beutel voll Gold. Der Beutel gehört dir.«

Der Führer starrte Qasim entgeistert an. Plötzlich hatte er verstanden. Einige Atemzüge lang schien er mit sich zu ringen, und Heinrich schöpfte Hoffnung. Aber gleich darauf machte der Führer kehrt und trat zu den Pferden. Heinrich begriff, dass die Sache entschieden war.

»Streck die Hände auf den Rücken!«, befahl Qasim ihm barsch.

Obwohl er um die Aussichtslosigkeit seines Vorstoßes wusste, bäumte Heinrich sich ein letztes Mal auf. »Das kannst du nicht tun!«, stieß er beschwörend hervor. »Er ist dein Vater!«

Qasims Schwertspitze war die Antwort. Hart stieß sie gegen seine Brust. »Los, die Hände nach hinten!«

Heinrich gab auf. Sein Gegenüber würde nicht zögern zuzustoßen. Gleich darauf war der Führer zurück und band ihm die Hände.

Als er fertig war, trat Qasim noch näher an Heinrich heran. »Wir werden uns jetzt zu dritt auf den Rückweg machen. Kurz vor Kumbi Saleh wird der Führer uns verlassen. Dort werde ich dir die Fesseln abnehmen, und wir werden zu zweit in die Stadt zurückkehren. Natürlich wird man uns Fragen stellen, deshalb merke dir gut: Alle, die im Lager zurückblieben, wurden von den Räubern getötet. Nicht einer hat überlebt. Ich wiederhole: nicht einer! Es wäre dumm von dir, etwas anderes zu behaupten, denn ohne einen Beweis kann mich niemand zur Rechenschaft ziehen. Und mein Wort gilt mehr als das Wort eines Sklaven.«

»Qasim!«, schallte es aus dem Loch. »Qasim! Mein Sohn!«

Übelkeit würgte Heinrich, als die beiden ihn auf sein Pferd hoben. Das Gold hatte Verbündete aus ihnen gemacht. Jenes Gold, für das Ibn Said seine Reisen unternommen hatte. Auf das er sein Leben aufgebaut hatte, sein eigenes und das seines Sohnes. Und das nun seinen Tod bedeutete.

Die Geier kehrten zum Lagerplatz zurück, als die drei aufbrachen. Qasim ließ den Blick prüfend über die Landschaft schweifen. Die Einzigen, die seinen Plan noch zu Fall bringen könnten, waren die Räuber, aber offenbar hatten die sich genauso schnell wieder zurückgezogen, wie sie gekommen waren. Obwohl sie nur schwarzes Gesindel für ihn waren, verspürte er Dankbarkeit ihnen gegenüber, hatten sie ihm doch den Weg frei gemacht. Endlich konnte er tun, was er wollte. Endlich konnte er leben, wie es ihm gefiel, und das an Orten, zu denen er sich hingezogen fühlte. Nur einmal noch musste er dieses Land durchqueren – dieses hassenswerte, alle Annehmlichkeiten eines zivilisierten Lebens entbehrende, von Tiermenschen bevölkerte Land!

In dem Wunsch nach einer symbolischen Handlung spuckte er auf die Erde, die ihm so zuwider war. Gleich darauf trat ein Leuchten auf sein Gesicht. Zufrieden mit seinem Tun und beglückt von den Aussichten, die ihn erwarteten, reckte er sich im Sattel. »Auf nach Córdoba!«, rief er in die Stille der Savanne hinein. Und als ihm schien, er habe noch einmal die Stimme seines Vaters vernommen, rief er es gleich noch ein zweites Mal: »Auf nach Córdoba!«

An einem grauen Januartag setzten sie an Bord einer Galeere von Afrika nach Al-Andalus über. Jeder erinnerte sich noch gut an die Hinfahrt, bei der Ibn Said an der Reling gestanden hatte, bester Laune und voller Tatendrang, und mit anderen Kaufleuten geplaudert und gelacht hatte. Nun lehnte Qasim dort, allein und ohne die anderen eines Blickes zu würdigen. Qasim – der Erbe des Hauses Ibn Said, dem mit dem Tod des Vaters ein gewaltiges Vermögen in die Hände gefallen war, der über eine große Dienerschaft gebot und etliche Sklaven sein Eigen nannte. Darunter einen, der als Einziger wusste, auf welche Weise Qasim so plötzlich zum Erben geworden war. Und der schwieg.

Über Land ging die Reise weiter. Bald hatten sie Córdoba erreicht, und nachdem sie die Römerbrücke überquert hatten und auf den Landsitz zuhielten, begann das Weinen. Eine Magd auf dem Rückweg von der Stadt sah sie als Erste, und da sie Ibn Said nicht unter den Heimkehrern entdeckte, begriff sie sofort, dass etwas Schreckliches geschehen war. Mit wehenden Kleidern eilte sie zum Haus, und als der Zug durch das Tor kam, hatte dort bereits ein Wehklagen begonnen, wie es nur selten beim Tod eines Herrn zu vernehmen war.

Auch Malina weinte, hatte sie Ibn Said doch wie alle anderen als einen guten Menschen erlebt. Vor allem aber vergoss sie Tränen des Glücks, dass Heinrich endlich wieder da war. Wie sehr hatte sie um ihn gebangt, wie inständig seine Rückkehr herbeigesehnt! Als er auf den Hof ritt, hätte sie laut aufschreien mögen vor Freude.

Heinrich schien ebenso zu empfinden wie sie, denn er warf ihr Blicke zu, die ein Spiegelbild ihrer eigenen Sehnsucht waren. Angestrengt forschten ihre Augen in seinem Gesicht, in der Hoffnung, alles Erlebte auf einmal darin lesen zu können. Sie suchten seinen Körper nach Wunden ab, doch Heinrich schien unversehrt zu sein. Als er schwungvoll von seinem Maultier stieg und zupackend wie alle anderen mit dem Abladen der Tiere begann, atmete sie auf. Die Götter hatten ihr Flehen erhört! Vielleicht waren ja auch die magischen Beschwörungen von Nutzen gewesen, die Sulimera ihr beigebracht hatte.

Hoffte Malina auf eine Begegnung mit Heinrich noch am selben Tag, so erwies diese Hoffnung sich als vergeblich. Eine Stunde nach der anderen verging. Sie selbst war in die Küche verbannt, während Heinrich im Auftrag des neuen Hausherrn verschiedene Aufgaben erledigte – so nah bei ihr, wie schon lange nicht mehr, zugleich aber noch immer so fern. Bei Einbruch der Nacht legte Malina sich auf ihrer Schlafstatt nieder. Aufgewühlt wälzte sie sich umher, und je länger sie wach lag, desto mehr ergriff eine kaum noch erträgliche Ungeduld von ihr Besitz.

Im Schlafraum der Diener war Heinrich nicht weniger ungeduldig als sie, nicht zuletzt weil er erfahren hatte, was in der Zeit seiner Abwesenheit geschehen war. Noch am Abend hatte er nach Harun gesucht, dem Diener, der ihm einst die Pforte zum Garten aufgeschlossen hatte und der dies nun ein weiteres Mal für ihn tun sollte, aber Harun war unauffindbar gewesen. Daraufhin hatte er sich bei einem anderen nach dem Gesuchten erkundigt, und der hatte ihm die Geschichte von dem Überfall auf Malina erzählt. Heinrich war zutiefst erschüttert gewesen wegen des Leids, das Malina als Folge seiner Erpressung angetan worden war …

Am nächsten Tag kam ihm ein Zufall zu Hilfe. Es war um die Zeit der Abenddämmerung, als eine Magd in eines der Nebengebäude ging, in dem Essensvorräte aufbewahrt wurden. Da es dort dunkel war, hatte sie ein Öllämpchen mitgenommen und dieses auf einen Reissack gestellt. Während sie noch mit der Suche nach benötigten Zutaten befasst war, drang von draußen auf einmal der Ruf einer Wäscherin zu ihr herein. Die Magd hielt in ihrer Arbeit inne und trat vor die Tür. Eine Weile redeten beide miteinander, als ihnen plötzlich Rauch in die Nasen stieg, und noch im selben Augenblick vernahmen sie das Prasseln von Feuer. Die beiden Frauen begannen aus Leibeskräften zu schreien, andere fielen mit ein, und gleich darauf kamen die ersten Helfer herbeigeeilt. Mit vereinten Kräften gelang es, das Feuer zu löschen. Die Vorräte waren verbrannt oder unbrauchbar geworden, das Gebäude hingegen nur leicht beschädigt.

Qasim tobte und setzte die Magd auf die Straße. Der Haushofmeister belehrte alle Bediensteten ein weiteres Mal über den Umgang mit Feuer. Auch Heinrich wurde belehrt, allerdings verspürte er keine Betroffenheit wie die anderen. Er war froh, dass es gebrannt hatte, gab es damit doch endlich einen Ort für ein Treffen mit Malina. Mochten auch Brandgeruch zwischen den Mauern hängen und Spuren des Feuers zu sehen sein, so würde in den nächsten Tagen zumindest niemand das Gebäude betreten.

Ein Tag verstrich, an dem Malina unsichtbar für ihn blieb, aber am folgenden Morgen kreuzten sich ihre Wege. Sie kam gerade vom Brunnen, und da niemand in der Nähe war, bedeutete er ihr mit Zeichen, wohin sie gehen solle. Zuerst blickte sie nur verwirrt auf das beschädigte Haus, begriff dann aber und stahl sich eilig hinein. Kurz darauf folgte Heinrich. Kaum standen sich beide gegenüber, lagen sie sich in den Armen und all die zärtlichen Worte flossen aus ihnen heraus, die sie sich so lange füreinander aufgehoben hatten – Worte der Liebe, der Sehnsucht und des Verlangens und wie glücklich sie über das Ende der Trennung waren. Lange standen sie so zusammen. Kein Brandgeruch quälte sie, keine draußen vorbeihastenden Schritte machten sie unruhig. Ja, wäre in diesem Augenblick jemand durch die Tür getreten, sie hätten ihn nicht einmal bemerkt.

Erst ein anhaltendes Rufen nach Malina riss sie auseinander, doch bereits am nächsten Tag ergab sich die Gelegenheit für ein weiteres Treffen. Abermals hielten sie sich in den Armen, tauschten Zärtlichkeiten aus und redeten miteinander, und abermals beendete ein Rufen ihr wiedergewonnenes Glück. Malina presste sich noch enger an Heinrich und ließ ihn erst los, als er ihr versicherte, die Zeit der Trennung sei vorbei, und im Übrigen werde es gewiss schon bald zu einem längeren Beisammensein an einem schöneren Ort kommen.

Heinrich hatte sich geirrt, denn nur wenige Tage später senkte sich erneut Nacht über ihre Liebe. Er selbst erfuhr es als Erster – als er Qasim gegenüberstand, und dieser den Dolch von ihm forderte, den Ibn Said ihm in Teghaza überlassen hatte. »Da, wo du hinkommst, brauchst du ihn nicht mehr«, erklärte Qasim hämisch.

Heinrich war kreidebleich geworden. Hatte er auch nicht die geringste Hoffnung gehegt, Qasim könnte das Versprechen seines Vaters einhalten und ihm die Freiheit gewähren, so deutete diese Wendung auf eine neue Niedertracht Qasims hin. Heinrich suchte nach Worten, aber noch bevor er sie fand, standen Diener neben ihm und führten ihn – verfolgt von Qasims hässlichem Gelächter – in einen Nebenraum. Fragen sprudelten aus ihm hervor wie ein Wasserfall, doch die, mit denen er stets einträchtig zusammengearbeitet hatte, schwiegen betreten und wichen seinen Blicken aus. Übergroß stand der Schatten ihres neuen Herrn im Raum, während sie dessen Anweisungen Folge leisteten. Sie bereiteten Heinrich ein Bad, rieben seinen Körper mit teuren Ölen ein und putzten ihn mit schmucken Kleidern heraus. Dann reihten sie ihn in eine Gruppe von mehreren Dienern ein, die wertvolle Geschenke trugen. Und plötzlich dämmerte Heinrich, dass er selbst ein Geschenk werden sollte.

Verzweifelt raunte Heinrich dem Nächststehenden eine Botschaft an Malina zu, in der Hoffnung, dass diese sie erreichte. Gleich darauf setzte sich der kleine Zug in Bewegung. Qasim ritt vorneweg auf einem edlen Pferd, angetan mit seinen kostbarsten Gewändern und mit der Miene eines Mannes, der einem Höhepunkt in seinem Leben entgegensieht. Hinter der Römerbrücke wandten sie sich nach Westen, und da Qasim eine schnelle Gangart angeschlagen hatte, erreichten sie bald die Palaststadt Medina az-Zahra. Am Bab al-Qubba, dem kuppelgekrönten Haupttor, nahm eine Eskorte sie in Empfang und geleitete sie durch die Unterstadt zu den Gärten und weiter zu einem der prächtigen Gebäude im oberen Teil der Residenz. Dort mussten sie warten.

Selbstgefällig in Erwartung seines zukünftigen Amtes, ließ Qasim sich in die weichen Polster sinken. Im hinteren Teil des Raumes standen die Diener mit ihren Geschenken. Heinrich lehnte an einer Säule. Nachdem einige Zeit verstrichen war, tauchte ein Höfling auf und wechselte ein paar Worte mit dem Besucher. Kurz darauf brachten weißgekleidete Lakaien erlesenes Naschwerk und erfrischende Getränke. Wieder verging einige Zeit. Schließlich meldeten die Wachen das Erscheinen eines hohen Würdenträgers. Erkennbar in Eile, aber dennoch pflichtbewusster Sachwalter seines Amtes, verlas er ein Schriftstück, mit dem Qasim als Teilhaber seines Freundes Yazid al-Malik mit dem Posten eines ständigen Gewürzlieferanten für den Kalifenhof betraut wurde. Mit einem dünnen Lächeln überreichte er dem Neubestallten das Schriftstück, schritt geschwind die Reihe der Geschenke ab – die übliche Gegengabe für ein öffentliches Amt –, verharrte dabei kurz vor Heinrich, um ihn zu mustern, und verließ anschließend den Raum.

Qasims Blick hing noch lange an der Tür, durch die der andere sich entfernt hatte. Was für eine Veränderung in kurzer Zeit! Was für eine Welt, die sich nun vor ihm auftat! Hochzufrieden betrachtete er das Schriftstück, den Schlüssel zu seinem neuen Leben. Dann eilte er ebenfalls davon, ohne sich noch einmal umzudrehen.

Heinrich aber gehörte fortan dem Kalifen.

Noch am selben Tag erfuhr er, welches Schicksal ihn erwartete. Drei streng blickende Palastwächter führten ihn auf einen Übungsplatz, drückten ihm Pfeil und Bogen in die Hand und verlangten von ihm, auf ein Ziel zu schießen. Heinrich traf mehrmals. Darauf gaben sie ihm einen schwereren Bogen, und als er auch mit diesem traf, nickten sie anerkennend. Als Nächstes musste er sich mit einem Schwert beweisen, danach ließen sie ihn reiten, forderten ihn auf, mit einer Lanze nach einer Scheibe zu stoßen und erprobten ihn mit Dolchen und Speeren. Schließlich stürzten sich alle drei Wächter gleichzeitig auf den völlig Überraschten, packten ihn und warfen ihn in ein finsteres Loch. Als sie feststellten, dass er sich unerschrocken zeigte, entschieden sie, dass er ein brauchbarer Krieger sei. Sie steckten ihn in eine Uniform und führten ihn zur leicht bewaffneten Maultier-Reiterei, der er künftig angehören sollte.

Verwirrt durch die überstürzten Ereignisse bemühte Heinrich sich in der Nacht, seine Gedanken zu ordnen. Das Schicksal hatte ihm erneut einen heftigen Schlag versetzt. Wieder war er allein. Nur noch Erinnerung waren die heimlichen Treffen mit Malina, nur noch Vergangenheit ihr sehnsüchtiges Hoffen auf eine nächtliche Begegnung. Abermals gehörten sie unterschiedlichen Welten an. Und obwohl die Entfernung zwischen ihnen gering war, bestand keine Möglichkeit, sie zu überwinden. Das Schlimmste aber war: Es gab nicht den geringsten Grund zu der Annahme, dass sich an diesem Zustand jemals etwas ändern würde.

Hass auf Qasim loderte in Heinrich auf, er fühlte Wut und dachte an Rache, aber Qasim war für ihn ebenso unerreichbar wie Malina. Er sann über eine Flucht nach, die ihm bis dahin stets als undurchführbar erschienen war; dann wieder suchte er nach einem Weg, Malina zu treffen oder ihr zumindest eine weitere Nachricht zukommen zu lassen – so lange, bis er gegen Morgen in einen unruhigen Schlaf fiel. Aber kaum hatte er Ruhe gefunden, als ihn ein gebrüllter Befehl von seinem Lager aufschreckte und sein erster Tag im Dienst des Kalifen begann. Dem ersten Tag folgte ein zweiter, dann ein dritter und vierter, und während Heinrich sich in sein neues Leben einzufügen lernte, verwandelten sich die Tage in Wochen und die Wochen in Monate, und ehe er es sich versah, war ein halbes Jahr vergangen.

Gegen Ende des Sommers wurde Heinrich der Leibwache zugeteilt. Die Nachricht überbrachte der Hauptmann ihm persönlich, und noch in derselben Stunde durchschritt Heinrich das Tor zur oberen Palaststadt, die dem Kalifen und den höchsten Würdenträgern des Reiches vorbehalten war. In golddurchwirktem Waffenrock und mit glänzendem Helm versah Heinrich fortan seinen Dienst in der Nähe des Herrschers. Die meisten Leibwächter waren Sklaven wie er, darunter zahlreiche Slawen.

Angefüllt mit Übungen, Wachgängen und der Sicherung von Empfängen und Festen, verrannen weitere Monate, als ein Palastdiener Heinrich eines Tages eine Nachricht von Malina überbrachte. Er war verblüfft, dass es ihr gelungen war, einen Boten zu gewinnen, hatte er selbst sich doch vergeblich um einen solchen bemüht. Begierig lauschte er, was der Diener ihm zu berichten hatte. Von ihrem Schock war da die Rede, als er auf einmal verschwunden war, von dem großen Kummer, den sie empfand, und von der Hoffnung, dass das Schicksal sie bald wieder zusammenführen möge. Es war eine Nachricht, die ihm unendlich wohltat. Heinrich übergab dem Diener eine Antwort für Malina, in der er ebenfalls von Hoffnung sprach, auch wenn er in Wahrheit nur wenig Zuversicht besaß. Zu dick waren die Mauern, die sie trennten, als dass er den Silberstreifen einer gemeinsamen Zukunft hätte heraufziehen sehen. Und so fügte sich denn sein Verstand in das, was ihm als unabänderlich erschien, während die Sehnsucht auch weiterhin in seinem Herzen nistete. Auf diese Weise verging ein weiteres Jahr.

Unter einem blühenden Granatapfelbaum betrat Heinrich das Paradies. Sein Blick fiel auf einen Pavillon von erlesener Schönheit. Dunkelrote Rosen umrankten die zierlichen Säulen aus Alabaster, marmorne Wasserbecken rahmten ihn ein, überspannt von Brücken, die den Lustwandelnden aufforderten, im Schatten des Pavillons zu verweilen. Wege verloren sich zwischen Magnolien und dunklen Zypressen, dazwischen erfreuten Oleanderbüsche die Augen, es gab Hecken aus Myrte und duftendem Jasmin. Als wollten sie der Hitze trotzen, reckten Palmen die Köpfe in den heißen andalusischen Sommerhimmel. Fontänen stiegen von Springbrunnen auf. Aus den Mäulern bronzener Hirsche und den Schnäbeln von Greifen plätscherte kristallklares Wasser in Becken, floss durch ein ausgeklügeltes Netz von Kaskaden und Rinnen, bevor es sich in kleine, mit Fischen besetzte Teiche ergoss, auf denen weißer Lotos schwebte. Wie ein bunter Teppich leuchteten Blumen im Sonnenlicht. Auf ihren Blüten tummelten sich Insekten, deren Summen und Sirren sich mit dem Gezwitscher der Vögel zu einer betörenden Melodie verflocht, die diesen einzigartigen Garten wie ein zarter Schleier einhüllte.

Gleich darauf erfolgte die Vertreibung aus dem Paradies – durch einen Hauptmann, groß wie ein Bär und mit Pranken wie ein Löwe, der nach einem deftigen Fluch Heinrich die Drohung an den Kopf warf, er werde ihm auf der Stelle die Eier abschneiden, sollte er sich nicht schnellstens wieder an die Arbeit machen.

Jäh aus der Betrachtung gerissen, stammelte Heinrich ein verschrecktes »Jawohl« und hastete zum hinteren Teil des Palastgartens, in dem sich weitere Leibwächter eingefunden hatten. Menschenleer müsse der Garten sein, hatte der Hauptmann verlangt, niemand dürfe sich darin aufhalten, womöglich hinter einem Busch versteckt, und das Gespräch belauschen, das im Verlaufe des Tages dort geführt werde. Wer die Beteiligten an dem Gespräch sein würden, hatte er nicht gesagt, was ging es seine Männer auch an. Nur dass er jedem von ihnen im Falle von Nachlässigkeit die Eier abschneiden werde, das hatte er mehrfach wiederholt. Und deshalb durchkämmten sie sämtliche Büsche und starrten in das Geäst aller Bäume, doch außer den Vögeln und Insekten sowie einigen Eichhörnchen hatten sie bisher nichts Lebendiges gefunden.

Nachdem die Durchsuchung beendet war, befahl der Hauptmann seinen Leuten, rund um den Garten Aufstellung zu nehmen. Die meisten sollten die Zugänge bewachen, allesamt von Bäumen beschattete Orte, an denen es sich gut aushalten ließ. Heinrich dagegen musste auf einer Mauer oberhalb des Gartens Stellung beziehen, gemeinsam mit einem Berber namens Tarsina, der erst seit kurzem der Leibwache angehörte. Ein Platz, an dem sie schutzlos der Sonne ausgeliefert waren, die unerbittlich vom Himmel brannte. Tarsina erging sich in einem Schwall von Schimpfwörtern, hieß den Hauptmann einen Menschenschinder und verfluchte ihn und seine Kinder und Kindeskinder bis ins zehnte Glied. Heinrich dachte an die Wüste und versuchte sich damit zu trösten, dass er dort Schlimmeres erlebt hatte.

Als die größte Hitze vorüber war, erschienen diejenigen, für die sie den Garten durchsucht hatten. Von der Mauer aus sah man sie nur aus einiger Entfernung, indes verriet der auffällige Gang den einen als den Hadjib Muhammad ibn Abi Amir al-Mansur, den obersten Minister des Kalifen. Seit er diesem die Macht weitgehend aus den Händen genommen hatte, war Al-Mansur der mächtigste Mann im Reich. Über die drei anderen Besucher wusste Tarsina Bescheid. »Christenpack!«, zeterte er mit einem Ausdruck abgrundtiefer Verachtung, ohne den Blick zu bemerken, den Heinrich ihm zuwarf. »Ungläubige aus dem Norden, das rieche ich zehn Farsakh gegen den Wind. Aus Leon oder Navarra oder meinetwegen auch aus Kastilien. Riecht scheußlich, diese Teufelsbrut!«

Heinrich schwieg und verfolgte stattdessen die Männer auf ihrem Weg durch den Garten. Das Gemurmel mehrerer Stimmen war zu hören, die im Wechsel miteinander redeten. Als die Männer sich dem Pavillon näherten, übernahm einer allein das Wort und wandte sich an den Hadjib.

»Vielleicht betteln sie ja um Gnade, diese Hunde!«, stieß Tarsina mit Genugtuung hervor. »Ja, bestimmt betteln sie um Gnade. Es bleibt ihnen auch nichts anderes übrig. Noch ein, zwei Feldzüge in den Norden, und ganz Spanien befindet sich in unserer Hand.«

Al-Mansur und die drei Fremden überquerten auf einer Brücke eines der Wasserbecken und betraten den Pavillon. Nachdem sie auf Sitzkissen Platz genommen hatten, ergriff der Hadjib das Wort.

Tarsina stöhnte. »Bei den Bartzipfeln meines Vaters – wie sich die Zeiten doch geändert haben! Da sitzen sie nun und reden, anstatt dass der Hadjib ihnen das Schwert zeigt. Unser großer Kalif Abd ar-Rahman war da ganz anders – der Segen Allahs ruhe auf ihm! Der hat nicht viele Worte an die Ungläubigen verschwendet.«

Vom Harem her kommend, näherten sich zwei schwarze Eunuchen dem Garten, jedoch wiesen die Leibwächter sie befehlsgemäß ab. Tarsina lüftete den Helm, unter dem der Schweiß in Strömen rann. »Mein Vater hat mir die Geschichte von dem Empfang christlicher Gesandter durch unseren Kalifen Abd ar-Rahman erzählt. Er gehörte damals zur Leibwache des Hofes so wie ich heute. Woher die verdammten Christen kamen, weiß ich nicht mehr, ist auch nicht wichtig. Auf jeden Fall wollten sie mit unserem Kalifen verhandeln. Aber der hat's ihnen gezeigt, das kannst du mir glauben! Schon auf dem Weg zur Palaststadt hat er sie beeindruckt: Den ganzen Weg hat er mit Teppichen auslegen lassen und auf beiden Seiten Krieger aufgestellt, in doppelter Reihe. Jawohl, mein Freund, du hast richtig gehört: von Córdoba bis nach Medina az-Zahra. Die Krieger haben mit ihren Schwertern ein Dach gebildet, darunter mussten die Gesandten durchgehen. Vermutlich haben sie vor Angst gezittert! Aber das war längst nicht alles.«

Tarsina blickte genießerisch drein, als habe er das geschilderte Schauspiel selbst in Szene gesetzt. »In der Palaststadt ging es erst richtig los. Vom Haupttor bis zu dem Platz, an dem der Kalif sie empfing, war der ganze Boden mit kostbaren Brokatstoffen bedeckt. Über die mussten die Christenhunde laufen. Dann sahen sie vor sich auf einem Prunksessel einen Würdenträger sitzen, der ganz in Samt und Seide gekleidet war. In ihrer grenzenlosen Dummheit hielten sie ihn für den Kalifen und fielen vor ihm nieder. Da trat einer der Höflinge vor und sagte zu ihnen: ›Erhebt euch, ihr Gesandten. Das ist nur der Knecht seiner Knechte.‹ Verwundert standen sie auf und gingen weiter, aber bald trafen sie einen anderen, der saß ebenfalls auf einem Prunksessel. Und nachdem sie sich ein weiteres Mal niedergeworfen hatten, hörten sie das Gleiche wie zuvor: ›Das ist nur der Knecht seiner Knechte.‹«

Vom Pavillon wehte Stimmengewirr herüber, bis der Hadjib wieder allein das Wort ergriff. Tarsina murmelte etwas von dem großen Glück, ein Rechtgläubiger zu sein und ein Untertan des von Allah eingesetzten Kalifen, und fuhr mit seiner Erzählung fort: »Schließlich gelangten die Gesandten in einen Hof. Dessen Boden war ganz mit Sand bedeckt, und in der Mitte auf der Erde saß der Herrscher, der große Abd ad-Rahman. Er trug kurze Kleider aus grobem Stoff, die nicht mehr wert waren als vier Dirham. Vor ihm befanden sich ein Koran, ein Schwert und ein Feuer.«

›Dies ist der Herrscher‹, wurde den Gesandten gesagt, die sich daraufhin ein weiteres Mal zu Boden warfen, über alle Maßen erstaunt.

Der Kalif wartete, bis sie sich wieder erhoben hatten, und richtete dann das Wort an sie, wobei er zunächst auf den Koran wies. ›Allah, der Allmächtige, hat uns befohlen, euch aufzufordern, euch dem da zu unterwerfen.‹ Er zeigte auf das Schwert: ›Wenn ihr euch weigert, werden wir euch damit zwingen.‹ Als Letztes deutete er auf das brennende Feuer: ›Und wenn wir euch töten, kommt ihr dahin.‹«

Tarsina stieß ein triumphierendes Lachen aus, nicht laut, nur eben so, dass Heinrich seine Genugtuung über diese Begebenheit begriff. »Sie waren außer sich vor Angst, hat mir mein Vater erzählt. Und noch in derselben Stunde unterzeichneten sie den Friedensvertrag und erklärten sich mit allem einverstanden, was der Kalif von ihnen gefordert hatte.« Er deutete auf den Pavillon. »Wenn ich der Hadjib wäre, würde ich mit diesem Gesindel nicht anders verfahren.«

Heinrich schwieg, zumal Tarsina keine Antwort zu erwarten schien. Unten im Pavillon ging das Gespräch unterdessen weiter, bis sich die Versammelten nach einer Zeit, die den in der Sonne Schwitzenden endlos erschien, gemeinsam erhoben und mit gemessenen Schritten den Garten verließen. Wenig später stand der Hauptmann auf der Mauer. Zufrieden, dass keine Misshelligkeiten die Begegnung gestört hatten, gab er sich leutselig und erlaubte seinen Männern, für eine Pause ihre Unterkunft aufzusuchen. Später werde er sie dort abholen zum abendlichen Fest, das der Kalif zu Ehren eines Gastes angesetzt habe. Und beiläufig fügte er hinzu, dass auch der Hadjib anwesend sein werde sowie die drei Männer, mit denen dieser soeben gesprochen habe – die Gelehrten aus Persien.

Ihr Schweiß war kaum getrocknet, als der Hauptmann schon wieder vor seinen Leuten stand und sie aufforderte, zum Dienst anzutreten. Kurz darauf standen alle bereit, und der Hauptmann schritt lauernd die Reihe ab, hier einen schief sitzenden Helm rügend, dort einen nachlässig angelegten Waffengurt, stets verbunden mit einem geknurrten »So willst du dich dem Kalifen zeigen?« und der gelegentlichen Drohung, die Heinrich einige Stunden zuvor Beine gemacht hatte. Dann erteilte er den Männern letzte Anweisungen und führte sie aus der Kaserne.

Vor ihnen erstreckte sich die Unterstadt und damit jener Teil von Medina az-Zahra, welcher der Versorgung diente und der von dem höher gelegenen Bereich des Kalifen und seines Gefolges durch eine streng bewachte Mauer getrennt war. Nun, da die größte Hitze vorüber war, brodelte dort das Leben. Bedienstete eilten geschäftig umher, die Ladenbesitzer hockten erneut zwischen ihren Auslagen, und aus den Werkstätten drangen die Geräusche fleißiger Handwerker. Auf einem Steinabsatz nahe der Kaserne stand ein Rawi und erzählte den wenigen, die sie noch nicht kannten, und denen, die sie immer wieder gern hörten, die Geschichte von der wunderschönen Zahra, der Lieblingsfrau des Kalifen Abd ar-Rahmans III., für die dieser die Residenz einst hatte errichten lassen: wie sie auf dem Sterbebett dem Kalifen ihr beträchtliches Vermögen geschenkt hatte, mit der

Bitte, es für den Freikauf moslemischer Gefangener aus den christlichen Königreichen des Nordens zu verwenden; wie diesem die Nachricht überbracht worden war, dass es dort gar keine Gefangenen mehr gebe; und wie er daraufhin beschlossen hatte, das Geld für den Bau einer ausgedehnten Palaststadt zu verwenden, um seiner Lieblingsfrau auf diese Weise ein bleibendes Denkmal zu setzen, einer Palaststadt, der er den Namen Medina az-Zahra gegeben hatte – die Stadt Zahras, »der Blume«.

Durch das Tor in der Mauer und an den Gärten vorbei gelangte der Hauptmann mit seinen Männern in den oberen Teil der Residenz. Auf der Glänzenden Terrasse, wo das Fest stattfinden sollte, waren bereits zahlreiche Diener mit Vorbereitungen befasst, zwischen ihnen eilten Höflinge umher und gaben Anweisungen – eine bei vielen Gelegenheiten erprobte Routine. Auch das Aufstellen der Wachen war eingespielt. Der Leibgarde oblag es vor allem, ihren obersten Herrn und die höchsten Würdenträger des Hofes zu schützen; zugleich aber diente ihre Zurschaustellung dem Kalifen als Mittel, seine Macht zu demonstrieren und seine Besucher zu beeindrucken. Und so verteilte der Hauptmann denn seine Männer mit sicherem Blick auf jene Stellen, auf denen sie sowohl der einen wie der anderen Aufgabe gerecht werden konnten.

Heinrich erhielt einen Platz nahe dem Becken des Lebendigen Silbers und damit dicht beim Thronsaal, der den Hintergrund für das Fest abgeben sollte. Der Thronsaal war das prunkvollste Gebäude der Palaststadt. Achteckig gebaut, ruhte er auf Säulen aus farbigem Marmor, über denen sich Bögen aus Ebenholz und Elfenbein spannten. Jeder dieser Bögen war mit Goldintarsien geschmückt und mit Juwelen besetzt. Auf dem Boden lagen Teppiche aus glänzender Seide, die Wände waren mit geschliffener Jade verkleidet und mit Arabesken und goldenen Schriftbändern überzogen. Gekrönt wurde all diese verschwenderische Pracht von einer Kuppel, deren Innenseite herrliche Mosaiken zierten und die mit Dachziegeln aus Gold und Silber gedeckt war, deren Funkeln an sonnigen Tagen bis nach Córdoba reichte.

Als der Himmel sich violett färbte und die ersten Sterne am Firmament hervortraten, zogen Fackelträger auf – schwarze Jünglinge mit nackten Oberkörpern und Lendenschurzen so weiß wie der Schnee auf den Gipfeln der Sierra Nevada. Wenig später trafen die ersten Gäste ein, angeführt von zwei Hadith-Gelehrten aus Córdoba sowie mehreren Lehrern der Hochschule, die sich in besonderer Weise um die Belange der Astronomie und der Astrologie verdient gemacht hatten. Ihnen folgte mit Djafar al-Malik ibn Muhammad der erfolgreichste Seidenraupenzüchter des Landes, danach ein mozarabischer Baumeister aus einer einflussreichen Familie, ein jüdischer Arzt und – gestützt von einem Diener mit einem korallenfarbenen Turban – der hochbetagte Qadi aus Murcia, zu dessen Ehren der Kalif das Fest angesetzt hatte. Auch die drei Gelehrten aus Persien stellten sich ein sowie etliche weitere Personen, darunter hohe Würdenträger des Hofes wie der Großfalkenmeister, der Befehlshaber der kalifischen Reiterheere und mehrere Wesire.

Und dann war da auf einmal Qasim. Heinrich bemerkte ihn, als dieser sich aus einer Gruppe von Gästen löste und auf den Thronsaal zuhielt, und augenblicklich ging ein Stich durch sein Herz. Qasim, der Vatermörder! Qasim, der Schurke, der ihm die Freiheit gestohlen hatte! Und der die Verantwortung dafür trug, dass es zwischen ihm und Malina eine Mauer gab! Gemessenen Schrittes bewegte sich der Verhasste zwischen den Versammelten hindurch, grüßte mal den einen, mal den anderen und vermittelte dabei den Eindruck eines erfolgreichen Mannes, der es genoss, mit der Einladung zu diesem Fest auf der obersten Stufe gesellschaftlicher Anerkennung angelangt zu sein. Doch plötzlich bekam dieses Bild Risse – als Qasim näher heran war und Heinrich die Unruhe in dessen Augen entdeckte, die unablässig zwischen den Gästen hin und her sprangen und den Eindruck vermittelten, als hielten sie Ausschau nach einer bestimmten Person.

Ohne seinen ehemaligen Sklaven wahrzunehmen, ging Qasim an ihm vorbei. Heinrich schluckte. In diesem Moment ertönten von der gegenüberliegenden Seite der Glänzenden Terrasse Fanfarenklänge, die das Erscheinen des Kalifen ankündigten. Schlagartig verstummten alle Gespräche, und jeder beugte die Knie in die Richtung, aus der der Herrscher erscheinen würde. Gleich darauf zogen Bewaffnete auf, ihnen folgten Würdenträger, und dann kam der Herrscher höchstselbst. Angetan mit einem kostbaren Gewand saß er auf einem prächtigen Diwan, der von vier kräftigen Sklaven getragen wurde. Obwohl er längst an Empfänge dieser Art gewöhnt war, seit er vor drei Jahren das Erbe seines Vaters angetreten hatte, und sich bemühte, Würde auszustrahlen, wirkte er unsicher und schüchtern. Ein Umstand, der teils seinem jugendlichen Alter geschuldet war, teils aber auch der Tatsache, dass der Hadjib Al-Mansur ihn nach und nach entmachtet und in einen wohlumsorgten Gefangenen verwandelt hatte, in einen goldenen Vogel in einem goldenen Käfig.

Das Schauspiel, das der Hof für seine Gäste bereithielt, war vollkommen. Während der volle Mond über den Horizont stieg, setzten die vier Sklaven den Kalifen mitsamt

Diwan im Becken des Lebendigen Silbers ab. Wie ein Gebilde aus einer anderen Welt lag es da – eine riesige, vollständig mit Quecksilber gefüllte Muschel, aus dunklem Gestein geformt und weit schöner noch als jene Becken, welche die Kalifen in Bagdad und Kairo ihr Eigen nannten. Hell funkelten die Sterne darauf, selbstbewusst nahm der aufgehende Mond es in Besitz. Und als Diener die Oberfläche in sanfte Bewegungen versetzten, begannen die Lichter zu tanzen und wie eine Fontäne ergoss sich ihr Widerschein über den Thronsaal.

Staunend verharrten jene, die dieses unvergleichliche Bild noch nie gesehen hatten, aber auch die anderen gaben sich ganz dessen Zauber hin. Schließlich beendete der Hajib die andächtige Stimmung. Dem Hofprotokoll gehorchend, bat er den Kalifen um die Erlaubnis, das Wort zu ergreifen, und nachdem dieser sie ihm erteilt hatte, wandte er sich an die Geladenen. In blumigen Wendungen lobte er den Ehrengast des Festes, den Qadi aus Murcia, würdigte sodann die übrigen anwesenden Vertreter des Rechts, widmete sich den weisen Korankennern und den Sternkundigen, den Verfassern schöner Worte und den Gelehrten der Medizin, um anschließend alle zusammen mit Steinen zu vergleichen, aus denen, auf einem festen Fundament ruhend – dem Kalifen –, das prächtige Haus Al-Andalus errichtet sei. Am Ende seiner Rede verlieh er dem Wunsch Ausdruck, Allah, den er den Schöpfer aller Dinge und den Erschaffer aller Genüsse nannte, möge seine Hand über das abendliche Beisammensein halten.

Der Kalif neigte huldvoll den Kopf, die Gäste antworteten mit zustimmendem Gemurmel, auch wenn mancher eine gewisse Beklommenheit beim Anblick dieses von fanatischem Ehrgeiz getriebenen Mannes verspürte –

eines Mannes, der sich seinen Wertvorstellungen so sehr verpflichtet fühlte, dass er dem eigenen Sohn nach einem geringfügigen Vergehen eine Bestrafung auferlegt hatte, an der dieser gestorben war. Die Mehrheit der Anwesenden indes schien entschlossen, das Fest in vollen Zügen zu genießen, und wechselte anerkennende Blicke, als der Kalif dem Qadi als Ausdruck seiner Wertschätzung ein Ehrengewand aus dem Tiraz überreichen ließ, den Werkstätten des Hofes. Kaum hatte der Greis sich dafür bedankt, trugen Knaben Schildkröten herbei, auf deren Rückenpanzern Lichter brannten. Behutsam setzten sie die Tiere auf den Boden, wo diese sogleich umherzuwandern begannen. Dann ließen sich die Versammelten auf weichen Polstern an flachen Tischen nieder, Diener trugen erlesene Gaumenfreuden auf, und mit sanften Schlägen auf einer Darbuka setzte die Musik ein.

Langsam verrann die Zeit, während der Mond höher stieg. Von Westen her zogen Federwolken an ihm vorbei wie zerbrechliche Boote an einer einsamen Insel. Nach der Hitze des Tages wehte eine belebende Kühle durch den Palast, eine von mannigfaltigen Düften geschwängerte Luft, die sich wohltuend auf die Seelen der Versammelten legte. Überall waren Gespräche im Gang, die meisten angeregt und voll geistreicher Bemerkungen, andere eher schleppend, waren einige der Anwesenden doch bereits ein wenig schläfrig von dem Wein, der mit dem neuen Kalifen wieder Einzug am Hof gehalten hatte. Irgendwann erhob sich einer der Gäste, ein Edelsteinhändler, und trat vor den Kalifen. Den Satz Al-Mansurs von dem Herrscher als dem Fundament des prächtigen Hauses Al-Andalus aufgreifend, erklärte er, einen weiteren Vergleich wagen zu wollen, und deutete dabei mit der Hand auf den Mond. Schon setzte er an, etwas vorzutragen, als das Brüllen eines Löwen ihn unterbrach, das der Wind von den Tiergehegen herübertrug und auf das einige Affen laut schreiend antworteten. Mit gekrauster Stirn wartete der Händler, bis die Störung vorüber war, bevor er zu seinem Vortrag anhob:

»Strahlend wie die reinste Perle, leuchtender Mond in der Nacht,

Feind aller Finsternis, Trost jeder bangen Furchtsamkeit,

die Nachtigall preist dich im Lied, erhabener Herrscher voller Pracht.«

Die Anwesenden zeigten sich angetan von den einleitenden Versen, und der Edelsteinhändler fuhr fort. Mit wohlgesetzten Worten pries er die Schönheit des vollen Mondes und verglich ihn mit dem Kalifen. Einsame Größe sei dem einen wie dem anderen eigen, rühmte er, und was der Mond für die himmlische Welt der Sterne, das sei der Kalif für die irdische Welt der Menschen. Wie die Sterne sich um den Mond scharten, so schlössen sich die Menschen um den Kalifen zusammen. Jeder von beiden bilde eine großartige Mitte, der die Untertanen demütig huldigten. Hell verströme der Mond sein Licht über das nächtliche Firmament, und ebenso gieße der Kalif den Glanz seines erhabenen Seins über seinem Reich aus. Fehlte der Mond am Himmel, so wäre dieser seines großartigsten Bewohners beraubt, und müssten die Menschen ihres Kalifen entraten, so wäre ihr Leben kaum wert, geführt zu werden. Beide, so schloss der Vortragende, habe Allah in seiner nie endenden Weisheit zur Krönung seiner Schöpfung erdacht. Und beide habe er dazu bestimmt, dies jedermann sichtbar vor Augen zu führen.

Auch der Händler erhielt ein Ehrengewand – nicht

ganz so prächtig wie jenes des Qadi, aber immer noch eine Auszeichnung, die viele neidvoll betrachteten. Unter Dankesbezeugungen nahm er es entgegen, um sich danach jenen Gästen zu überlassen, die darauf erpicht waren, sich in seinem Glanz zu sonnen. Wieder griffen die Musiker zu ihren Instrumenten, neue Erfrischungen wurden gereicht, und mit ernsthaften Gesprächen und unterhaltsamen Belanglosigkeiten trieb das Fest dem letzten Höhepunkt entgegen.

Augenblicklich herrschte Schweigen, als sie erschien. Sie kam, als der Mond am höchsten stand, umringt von acht jungen Tänzerinnen von vollendeter Schönheit, alle in fließende Gewänder gekleidet. In der einen Hand hielten sie Fackeln, in der anderen Schellenkränze, mit denen sie im Takt ihrer Schritte geheimnisvoll rasselten. Begleitet vom Rhythmus der Darbuka, glitten sie anmutig über den Marmor. Als sie den Platz zwischen dem Thronsaal und dem Becken des Lebendigen Silbers erreicht hatten, strebten sie wie eine sich öffnende Blüte auseinander, und aus ihrer Mitte trat Djalila hervor, »die Erhabene«. Ein Raunen ging durch die Reihen der Anwesenden, und Dutzende Augenpaare tasteten über den Körper der Tänzerin. Unter einem hauchdünnen Schleier trug sie ein nachtblaues, mit goldenen Sternen besticktes Mieder, dessen Ausschnitt ein geschliffener Edelstein in der Form des Vollmondes zierte. Die Beine steckten in einer Pluderhose aus feinster Seide, darauf lag ein breiter, mit Glöckchen besetzter Gürtel aus Goldfiligran. Blitzende Armreife umschlossen ihre Handgelenke. Die langen Haare waren mit Edelsteinstaub bedeckt und mit silbernen Fäden durchflochten.

Die Darbuka wurde schneller, andere Instrumente fielen ein, und Djalila begann zu tanzen. Mit grazilen Schritten durchmaß sie den Raum, schwebte leichtfüßig über den Marmor und schlug mit ihren Fingern Zimbeln aneinander, deren Klang sich wie ein feiner Teppich über die Glänzende Terrasse legte. Ihre Armreife glitzerten im Licht der Fackeln. Als sie dem Kalifen am nächsten war, löste sie den Schleier, fasste ihn an den Enden und führte ihn in weit ausholenden Kreisen um ihren Körper. Eine Weile tanzte sie so, bis alle Instrumente mit Ausnahme der Nay verstummten. Sehnsuchtsvoll kamen nun ihre Töne und fügten sich zu einer schwermütigen Melodie. Djalila verharrte auf der Stelle. Eine Bewegung ging von ihren Füßen aus und schraubte sich zu den hochgereckten Armen empor, heftiger in der Mitte, ein aufreizendes Kreisen der Hüften, während sie den Schleier verführerisch an ihrem Körper entlangzog, die glühenden Augen auf die Zuschauenden gerichtet.

Diese hatten sich inzwischen erhoben und starrten erregt auf die sinnliche Vorführung. Djalila bewegte sich mit der Geschmeidigkeit einer Schlange. Nun wurde die Musik schneller, und die übrigen Instrumente setzten wieder ein. Schwungvoll warf die Tanzende ihren Schleier von sich. Sie streckte die Arme zu den Seiten, als wolle sie die Nächststehenden zu sich heranziehen, ihr Körper bebte im Takt der Musik, ihre Brüste hoben sich immer ungestümer in dem Mieder und zogen die Männer in ihren Bann.

Auch Heinrich verfolgte den Tanz Djalilas ebenso wie alle anderen Leibwächter und die Diener, soweit sie einen Blick auf das Geschehen erhaschen konnten. Doch plötzlich erregte etwas seine Aufmerksamkeit, gerade in dem Moment, als die Tänzerin wie eine versiegende Fontäne niedersank: Während die Zuschauer sich dichter an sie heranschoben, bewegte sich einer in eine andere Richtung. Unverkennbar um einen Anschein von Zufälligkeit bemüht, schob sich der Mann hinter den anderen vorbei, wobei er sich immer wieder vergewisserte, dass niemand ihn beobachtete. Neben einem Tisch blieb er stehen. Er hielt eine Faust über einen Trinkbecher, öffnete sie kurz und trat schon im nächsten Augenblick zur Seite, um seine Aufmerksamkeit erneut der Tänzerin zuzuwenden.

Der Mann bei dem Trinkbecher war Qasim.

Verunsichert schaute Heinrich sich um. Anscheinend hatte niemand außer ihm den Vorfall bemerkt. Alle starrten unverändert auf Djalila, die sich inzwischen am Boden wand. Die Arme über den Kopf gehoben, schob sie im Gleichklang mit der Musik ihren Unterleib auf und ab und lockte mit allen Reizen ihres verführerischen Körpers, bevor sie mit einer anmutigen Drehung wieder auf die Beine kam. Hart fielen jetzt die Trommelschläge. Auf den Gesichtern der Zuschauer stand reine Begeisterung geschrieben, einige klatschten im Takt in die Hände und feuerten die Tanzende mit Zurufen an. Immer leidenschaftlicher wurde deren Auftritt. Kaum noch berührten ihre Füße den Boden, sie bäumte sich auf wie ein bockendes Pferd, sie wirbelte herum, zerschnitt mit den Armen die Luft und schüttelte die Hüften, bis ihre ganze Kraft sich in einer letzten mitreißenden Bewegung ihres wilden, ekstatischen Tanzes entlud. Wie im Triumph warf sie die Arme dem Himmel entgegen, schleuderte das lange Haar in den Rücken und ließ sich, begleitet von einem Trommelwirbel, auf den Marmorboden niedersinken.

Begeisterter Beifall ertönte. Viele versicherten, niemals zuvor eine vollkommenere Darbietung gesehen zu haben. Der Kalif, der das Schauspiel ebenfalls genossen hatte, ließ der Gefeierten ein Geschenk überreichen. Gleich darauf tauchten die Tänzerinnen mit den Fackeln und Schellenkränzen wieder auf, nahmen Djalila in die Mitte und entschwanden mit ihr.

Es dauerte eine Weile, bis die Spannung sich löste und die Zuschauer zu ihren Plätzen zurückkehrten. Heinrichs Augen waren unverwandt auf den Becher gerichtet, in den Qasim offenbar etwas hatte hineinfallen lassen. Was es war, konnte er nur vermuten, aber es gab nicht viel, was ein Mann einem anderen in ein Getränk geben konnte. Ein Gast mit einem Seidenkaftan und einem malvenfarbigen Turban streckte die Hand nach dem Becher aus, zog sie jedoch wieder zurück und griff nach dem nebenstehenden, aus dem er trank. Plötzlich schob sich ein anderer Gast in Heinrichs Blickfeld und verdeckte den Becher. Heinrichs Gedanken überschlugen sich. Wenn er sich nun irrte! Wenn alles nur ein Zufall und Qasims Handbewegung ganz harmlos gewesen war! Da trat auf einmal derjenige, der Heinrich den Blick verstellt hatte, zur Seite, und im selben Moment griff ein anderer nach dem Becher. Einer, den Heinrich gut kannte: Abu Imran, einst ein enger Freund Ibn Saids, ein ehrenwerter und gutherziger Mensch. Heinrich beschloss, alles zu wagen. »Nicht trinken!«, rief er so laut, dass er selbst erschrak.

Wie auf einen Befehl fuhren alle herum, und sämtliche Blicke richteten sich auf Heinrich, der wie versteinert dastand, den Mund noch immer geöffnet. Für die Dauer eines Augenaufschlags herrschte vollständige Stille, und jegliche Bewegung kam zum Stillstand. Aber schon wurden Kommandos gebrüllt, ein Dutzend Leibwächter baute sich schützend vor dem Kalifen auf, andere stürzten sich auf Heinrich, entrissen ihm die

Waffen und hielten ihn fest, sodass er sich nicht mehr rühren konnte.

Abu Imran hielt seinen Trinkbecher noch immer in der Hand. Es dauerte einen Moment, bis ihm der Gedanke kam, der Zuruf könnte ihm gegolten haben. Er hob den Becher und führte ihn langsam den Lippen entgegen. »Nicht trinken!«, schallte es zum zweiten Mal zu ihm herüber, leiser als zuvor, aber ausreichend, um seinen Verdacht zu bestätigen. Er legte die Stirn in Falten, während um ihn herum Fragen laut wurden.

Mit ein paar schnellen Schritten wechselte Al-Mansur zu dem Festgehaltenen hinüber. Wortlos wartete er auf eine Erklärung.

Heinrich hatte zu zittern begonnen. Auf halbem Weg zwischen dem Kalifen und ihm hatte sich der Schwertträger des Herrschers aufgebaut, der Henker, der seinen Herrn stets begleitete. Ein winziges Zeichen, und er würde dem Störenfried den Kopf abschlagen, und danach würde das Fest weitergehen. »Der ... Der Becher, Herr«, stammelte Heinrich. »Jemand hat etwas in den ... in den Becher getan ... während des Tanzes ...«

»Jemand hat etwas in den Becher getan?«, wiederholte der Hadjib und kniff lauernd die Augen zusammen. Er zeigte mit der Hand auf jenen, den Abu Imran noch immer in der Hand hielt. »Meinst du diesen da?«

Ein stummes Nicken war die Antwort.

»Und wer war dieser Jemand?«, wollte der Hadjib wissen. Er bedeutete den Wachen, Heinrichs Arme freizugeben. »Zeig ihn mir!«

Die Unruhe unter den Gästen wuchs. Etliche drängten näher heran, um das Gesagte zu verstehen. Niemand gab sich einer Täuschung hin, worum es ging.

Heinrich hatte das Gefühl, der Boden unter ihm gäbe

nach. Hätte er in diesem Moment einen Wunsch frei gehabt – er hätte sich gewünscht, die Warnung nie ausgesprochen zu haben. Doch er hatte es getan, und bleischwer hingen die Worte in der Luft. Er deutete mit der Hand in die Richtung. »Er … Er war es …«

Ein Ruck ging durch die Menge, und sämtliche Augen richteten sich auf Qasim. Schon als Heinrich seine erste Warnung ausgestoßen hatte, war dieser blass geworden. Nun jedoch, da alle ihn anstarrten, wurde er kreidebleich. Einen Moment lang erweckte er den Eindruck, als begreife er nichts, aber dann straffte sich sein Körper und seine Hände ballten sich zu Fäusten. »Was erdreistet sich dieser Sklavenhund zu behaupten? Ich hätte etwas in einen Becher getan? Ich – Qasim ibn Muhsin?« Blanke Empörung im Gesicht, wandte er sich erst den Umstehenden zu, von denen einige bereits von ihm abgerückt waren, dann dem Hadjib. »Ich rufe Gott und alle Engel und Propheten als Zeugen an, dass jedes meiner Worte die lautere Wahrheit ist: Ich habe der Tänzerin zugesehen wie alle hier und habe mich nicht von der Stelle entfernt, an der ich jetzt stehe. Die Behauptung dieses unverschämten Kerls ist eine bösartige Verleumdung. Dafür muss man ihn bestrafen. Den Kopf muss man ihm abschlagen für diese …«

»Jawohl, den Kopf muss man ihm abschlagen«, fiel ihm der Hadjib ins Wort. »Und sei versichert, werter Qasim ibn Muhsin, dass es genau das ist, was wir tun werden. Dieser Sklave hat eine sehr ernste Anschuldigung gegen dich erhoben, und ich denke, niemand unter uns wird bezweifeln, dass diese Anschuldigung haltlos ist. Deshalb wird er den Kopf verlieren – gleich jetzt und gleich hier an dieser Stelle.«

Heinrich wankte.

Al-Mansur winkte den Schwertträger des Kalifen heran und wandte sich dann abermals an Qasim. »Allah – gepriesen sei er immerdar! – hat uns die Macht verliehen, einen Menschen zu töten. Aber wir sollten uns fürchten wie vor einer schrecklichen Krankheit, einem Unschuldigen das Leben zu nehmen. Deshalb solltest du, verehrter Qasim ibn Muhsin, uns im Beisein all dieser ehrwürdigen Männer den Beweis liefern, dass wir tatsächlich keinen Unschuldigen vor uns haben. Zeige uns, dass die Anschuldigung des Sklaven eine dreiste Lüge ist.« Der Hadjib ging zu Abu Imran, nahm ihm den Becher aus der Hand und hielt ihn Qasim hin. »Möge der Trank deinen Gaumen erfreuen! Einen besseren Beweis wird es nicht geben.«

Der Aufgeforderte wich erschreckt einen Schritt zurück. Aschfahl im Gesicht, starrte er auf das dargebotene Trinkgefäß. »Vielleicht … Vielleicht hat ja ein anderer etwas hineingetan und der Sklave … hat tatsächlich etwas beobachtet und … hat mich nur mit einem anderen verwechselt …«

Der Hadjib strich nachdenklich mit der Hand durch seinen Bart.

Aus den Reihen der Umstehenden meldete sich einer der Gäste zu Wort. »Mit deiner Erlaubnis, verehrter Muhammad ibn Abi Amir al-Mansur, lass einen Gefangenen den Becher leeren. Dann wissen wir, ob er …« Der Sprecher zögerte.

»… ob er Gift enthält?«, vollendete der Hadjib den Satz und sprach damit das Wort aus, das nun, da es heraus war, noch schwerer über der festlichen Versammlung hing. »Ich danke dir für deinen Vorschlag, verehrter Maslama ibn Haiyan. Er könnte nützlich sein, zweifellos – allerdings nur, wenn es sich um ein schnell wirkendes

Gift handeln würde. Wirkte es dagegen langsam, so würden wir das Ergebnis unserer Probe erst später erfahren, vielleicht erst in einigen Wochen. Ich denke, uns allen ist bewusst, dass wir wenig Nutzen aus einem solchen Ergebnis ziehen würden …« Er richtete das Wort noch einmal an Heinrich: »Bist du dir völlig sicher, dass es dieser Mann ist« – er wies auf Qasim –, »den du gesehen hast, und kein anderer?«

Die Antwort kam schnell. »Ja, Herr, ich bin mir völlig sicher. Ich kenne ihn, er ist der Sohn Ibn Saids, dessen Sklave ich lange Zeit war. Nach Ibn Saids Tod wurde ich sein Sklave. Er hat mich kurz darauf dem Palast geschenkt.«

Die Spannung unter den Versammelten wuchs. Einige redeten erregt aufeinander ein, andere baten um Ruhe, auf dass keines der gewechselten Worte ihnen entginge. Der Hadjib spitzte die Lippen. »Verhält es sich so, wie der Sklave es gesagt hat?«, wollte er von Qasim wissen.

Der setzte zu einer weitschweifigen Antwort an, doch der Hadjib unterbrach ihn und wiederholte die Frage.

Qasim bejahte.

»Nun, nach dem, was wir soeben festgestellt haben«, verkündete der Hadjib so laut, dass alle es hören konnten, »bleibt uns keine andere Wahl, als die Probe zu machen.« Zum zweiten Mal hielt er Qasim den Becher hin. »Der Vorwurf, im Angesicht unseres allerhöchsten Herrschers – der Segen Gottes ruhe auf Ihm! – einen Giftmord geplant zu haben, ist so schwerwiegend, dass wir nicht zögern dürfen, die Wahrheit aufzudecken. Deshalb bitte ich dich zu trinken.«

Qasims Hand zitterte und Schweiß rann ihm über das Gesicht, als er den Becher ergriff. Alle Augen waren auf ihn gerichtet. Von seinem Diwan aus beobachtete auch der Kalif das Geschehen. Qasim führte den Becher ein winziges Stück dem Mund entgegen.

In diesem Augenblick stieß einer der beiden Hadith-Gelehrten bei dem Versuch, von einem anderen Platz eine bessere Sicht auf das Geschehen zu erlangen, mit dem Fuß gegen einen Gegenstand. Der Gelehrte schaute nach unten und entdeckte den Deckel eines hölzernen Döschens. Ein Verdacht durchzuckte ihn. Er bückte sich und hob ihn auf.

Qasim kämpfte noch immer mit sich.

Der Gelehrte trat vor den Hadjib und hielt ihm den Deckel hin. »Den habe ich soeben gefunden. Er lag neben dem Tisch, auf dem der Becher stand.«

Noch während der Hadjib die Worte vernahm, hatte er begriffen. Er sah zu Qasim. Der starrte auf das Fundstück wie auf einen Geist. Seine Hand begann noch stärker zu zittern, sodass Abu Imran ihm eilends den Becher aus der Hand nahm. Der Hadjib ließ sich von dem Gelehrten den Deckel reichen und zeigte ihn Qasim. »Kennst du diesen Gegenstand?«

»Ob ich ihn kenne ... diesen Gegenstand?«, brachte der Angesprochene mühsam hervor. »Nein ... nein, ich kenne ihn nicht. Ich habe ihn nie zuvor gesehen.«

»Du hast ihn nie zuvor gesehen«, wiederholte der Hadjib, als sei die Antwort die selbstverständlichste der Welt. Gleich darauf wurde sein Gesicht hart. »Auch wenn es mir widerstrebt, so muss ich dich bitten, alles, was du bei dir trägst, auf diesen Tisch zu legen.«

Qasim stierte noch immer auf den Deckel. Sein Atem ging stoßweise. Schließlich sank er auf die Knie und schluchzte.

Auf ein Zeichen des Hadjib eilten Wachen herbei, stellten den Zusammengesunkenen wieder auf die Beine und begannen, seine Kleider zu durchsuchen. Kurz darauf beförderten sie den unteren Teil eines Döschens ans Licht. Der Hadjib nahm ihn und setzte den Deckel auf. Er passte. Dann hob er ihn wieder ab und untersuchte das Behältnis im Schein einer Fackel. Sorgfältig drehte er es in alle Richtungen. »Wie es aussieht, befand sich ein Pulver darin, offenbar ein weißes. Reste davon sind deutlich zu erkennen. Das Döschen ist grob geschnitzt, deshalb ist einiges am Holz hängen geblieben.«

»Arsenik!«, entfuhr es einem der Umstehenden.

»Ja, vermutlich handelt es sich um Arsenik«, stimmte der Hadjib ihm zu. »Das Gift der Gifte. Leicht beizubringen und weder zu schmecken noch zu riechen. Die Wirkung setzt unter Umständen erst spät ein, je nach Höhe der Dosis. Vielleicht wäre das Opfer morgen gestorben, vielleicht auch erst in einigen Tagen oder in einer Woche. Aber wann auch immer – in keinem Fall hätte man Hinweise auf einen Mord gefunden, denn das Gift hinterlässt keine Spuren.« Er übergab die beiden Teile des Döschens einem Leibwächter und wandte sich Abu Imran zu. »Ich denke, es gibt keinen Zweifel mehr, dass wir von einem Anschlag auszugehen haben. Nicht zuletzt der würdelose Auftritt spricht dafür, den wir gerade miterleben mussten. Ein Anschlag, der offenbar dir galt, werter Freund. Wir werden eine ausführliche Untersuchung in dieser Angelegenheit anstellen, und wie jeder weiß, besitzen wir alle Mittel, die Wahrheit herauszufinden. Aber möglicherweise gibt es schon jetzt etwas, womit du zur Aufklärung beitragen könntest. Ich denke, jeder der hier Versammelten hat einen Anspruch darauf, es zu hören – hat dieses Ereignis doch einen Schatten auf unser festliches Beisammensein geworfen.«

»Ja, Herr, ich vermag etwas zur Aufklärung beizutragen.« Abu Imran neigte den Kopf vor dem Hadjib und stellte sich dann so, dass alle ihn hören konnten. »Qasim ibn Muhsin hat den Palast um viel Geld betrogen, gemeinsam mit einem anderen. Ich bin den beiden auf die Schliche gekommen. Offensichtlich haben sie davon erfahren, deshalb wollten sie meinen Tod. Es ist eine üble Geschichte, die sich hier zugetragen hat. Es haben nur noch ein paar Tage gefehlt, dann hätte ich mit dem Sahib al-Matbakh alles aufgedeckt.«

»Was hat der Leiter unserer Küchen damit zu tun?«, knurrte der Hadjib, verärgert darüber, dass es am Hof Vorgänge gab, von denen er nichts wusste.

Abu Imran zögerte mit einem Blick auf die Versammelten, doch der Hadjib schien in ihrer Anwesenheit kein Hindernis für eine Erklärung zu sehen. Also fuhr er fort: »Qasim ibn Muhsin beliefert den Palast mit Gewürzen, zusammen mit Yazid al-Malik, an dessen Geschäft er beteiligt ist. Beinahe alles, was in unseren Küchen verarbeitet wird, stammt von ihnen, darunter der gesamte Safran aus Malaga und Jaén sowie der größte Teil des Pfeffers von der Malabarküste. Vor einigen Wochen nun hat der neue Sahib al-Matbakh sein Amt angetreten, nachdem der alte verstorben war, und schon nach kurzer Zeit beschlich ihn der Verdacht, die von Qasim ibn Muhsin und seinem Partner gelieferten Gewürze könnten gestreckt sein. Er nahm Proben und stellte fest, dass sein Verdacht berechtigt war. Unter den Pfeffer waren Wacholderbeeren gemischt, der Safran enthielt Zusätze von Färberdisteln und getrockneten Fleischfasern. Da beide Gewürze sehr teuer sind, haben die beiden mit ihren Machenschaften den Palast um eine beträchtliche Summe betrogen. Nachdem der Sahib al-Matbakh das alles festgestellt hatte, hat er sich an mich gewandt mit der Bitte, Nachforschungen in dieser Sache anzustellen. Hätte er einen aus seiner unmittelbaren Umgebung damit beauftragt, so hätten die Betrüger möglicherweise Verdacht geschöpft. Das war der Grund, weshalb seine Wahl auf mich gefallen ist. Als Sekretär des Sahib al-Medina habe ich mit Gewürzen nicht das Geringste zu tun, deshalb konnte ich meine Untersuchungen unauffällig durchführen. Irgendwie müssen die beiden aber doch erfahren haben, dass ich ihnen auf die Schliche gekommen bin. Wie ihnen das gelang, weiß ich nicht. Allerdings spricht der Versuch, mich zu beseitigen, eine deutliche Sprache.«

»Du hast betont, dass es der neue Sahib al-Matbakh war, der Verdacht geschöpft hat ... Ist es möglich, dass sein Vorgänger mit den Betrügern gemeinsame Sache gemacht hat?«

Abu Imran wiegte den Kopf. »Es ist möglich. Aber ob es sich tatsächlich so verhielt, konnte ich noch nicht ergründen.«

»Jetzt wird es einfach sein, das herauszubekommen, denn nun haben wir jemanden, der uns alles erzählt«, bemerkte der Hadjib grimmig. Er winkte den Hauptmann der Leibwache heran. »Werft den Verbrecher in den Kerker! Und schafft auch den anderen herbei, diesen Yazid al-Malik, und zwar sofort! Dann beginnt unverzüglich mit dem Verhör! Nach dem Morgengebet will ich alles wissen.«

Qasim schluchzte noch einmal laut auf, als die Wachen ihn packten und unter den Schmährufen der Anwesenden abführten. »Wohl dem, der seine Seele reinigt«, rief ihm einer die Worte des Korans hinterher, »denn zuschanden geht derjenige, der sie verdirbt!«

Abu Imran wechselte einige geflüsterte Worte mit dem

Hadjib und trat anschließend zu Heinrich. »Du hast mir das Leben gerettet, Sklave, und dafür sage ich dir tausendfachen Dank. Hättest du deine Beobachtung für dich behalten, wäre ich ein toter Mann. Warum hast du mich gewarnt?«

Heinrich schluckte. Zum zweiten Mal stand er im Mittelpunkt des nächtlichen Geschehens. »Ich kenne dich aus dem Haus Ibn Saids, Herr, ich habe dich mehrmals dort gesehen. Ich weiß, dass du sein Freund warst. Ibn Said war immer gut zu mir. Wie hätte ich zulassen können, dass sein Freund getötet wird?«

Abu Imran zog die Stirn kraus. »Ich glaube … Ja, ich erinnere mich an dich. Allerdings muss unsere letzte Begegnung schon lange zurückliegen, denn nach dem Tod deines damaligen Herrn weilte ich nur noch einmal in seinem Haus. Das war an dem Tag, als Qasim mir von dem schrecklichen Ereignis berichtete – von dem Überfall im Reich des Königs von Gana, dessen Opfer sein Vater geworden war.«

Kaum hatte Abu Imran den letzten Satz über die Lippen gebracht, als es Heinrich wie ein Blitz durchzuckte. In Afrika hatte er geschwiegen, in Córdoba hatte er geschwiegen. Und hätte es den Vorfall mit dem Gift nicht gegeben, er hätte auch weiterhin nicht den Mund aufgemacht. Nun aber, da Qasim in Ketten lag, war alles ganz anders. Auf einmal gab es eine Gelegenheit, die Wahrheit ans Licht zu bringen.

Heinrich nahm allen Mut zusammen. »Ibn Said ist nicht das Opfer eines Überfalls geworden. Sein Sohn hat ihn getötet.«

War die Stimmung unter den Anwesenden ohnehin aufgeheizt, so trieb Heinrichs Aussage sie dem Siedepunkt entgegen. Viele hatten Ibn Said gekannt, viele seinen Tod betrauert. »Was hast du da gesagt?!«, entfuhr es Abu Imran.

»Qasim hat seinen Vater getötet. Ich weiß es, denn ich musste es mit ansehen. Er hat ihn in einem ausgetrockneten Brunnen zurückgelassen.«

Abu Imran rang um Fassung. »Was heißt das?«, brachte er mit belegter Stimme hervor.

Der Hadjib verlangte ebenfalls eine Erklärung. Und so begann Heinrich ausführlich und ohne dass einer ihn unterbrach, die Geschichte vom Tod Ibn Saids zu erzählen. Stockend zunächst, bald jedoch flüssiger kamen die Worte aus seinem Mund, und je länger er berichtete, desto erleichterter fühlte er sich, weil er endlich die Wahrheit aufdecken konnte. Als er geendet hatte, herrschten Entsetzen und Wut selbst unter denen, die Ibn Said nicht gekannt hatten.

Der Hadjib wartete, bis die allgemeine Aufregung sich ein wenig gelegt hatte, bevor er noch einmal das Wort ergriff. »Eine entsetzliche Geschichte, die du uns da berichtet hast! Es wäre gut gewesen, wenn sie früher bekannt geworden wäre. Allerdings kann ich dein Schweigen verstehen – die Aussage eines Sklaven gegen die Aussage seines Herrn ...« Abermals wandte er sich an den Hauptmann der Leibwache: »Befragt den Verhafteten auch nach diesen Vorgängen! Und schont ihn nicht! Ein Vatermörder verdient keine Milde.«

Einhellige Zustimmung wurde laut, während der Hauptmann sich entfernte. Was danach geschah, durchlebte Heinrich wie in einem Traum. Der Hadjib näherte sich dem Kalifen und wechselte ein paar Worte mit ihm. Gleich darauf stand er wieder vor Heinrich. »Abu Imran hat dir seinen tausendfachen Dank gesagt, und die Dankbarkeit eines ehrenwerten Mannes ist eine hohe

Belohnung für eine gute Tat. Aber ich denke, du hast eine höhere Belohnung verdient.« Er hob die Stimme, sodass jeder ihn verstehen konnte. »Als Sklave unseres großmächtigen Kalifen – Allah spende ihm Heil allezeit! – bist du in seinen Palast gekommen. Du bist sein Eigentum, und er allein kann über dich verfügen. Ich habe die Bitte an ihn herangetragen, dir die Freiheit zu schenken, und in seiner Großherzigkeit, die ihresgleichen unter der Sonne nicht findet, hat der Kalif meiner Bitte gnädig entsprochen. Von dieser Stunde an bist du frei. Ist es dein Wunsch, so magst du in unserem Land bleiben. Sehnst du dich nach dem Land deiner Väter, so kannst du dorthin zurückkehren. Verfahre, wie es dir beliebt!«

Die Freiheit! Heinrich versuchte zu begreifen. Zum zweiten Mal wurde ihm die Freiheit geschenkt, aber diesmal nicht unter sechs Augen irgendwo in der Einsamkeit einer endlosen Wüste, sondern vor zahlreichen Zeugen im Herzen der Macht, gewährt vom Kalifen von Al-Andalus und ausgesprochen vom Hadjib Al-Mansur. Eine Leichtigkeit bemächtigte sich seiner, wie er sie niemals zuvor empfunden hatte, und für einen Moment hatte er das Gefühl, er könne sich in die Luft erheben und einfach davonschweben. Doch gleich darauf hatte die Wirklichkeit ihn wieder eingeholt, und er wusste, dass die Angelegenheit für ihn noch nicht erledigt war. Dass er etwas wagen musste. Dass er alles wagen musste, um alles zu gewinnen. Mit bewegten Worte dankte er dem Kalifen und dem Hadjib für ihre Entscheidung, um gleich im Anschluss daran – als die Anwesenden die Sache bereits als beendet betrachteten – noch ein hastiges »Gestatte mir eine Bitte, Herr!« anzufügen. Der Hadjib runzelte leicht unwillig die Stirn ob dieses Ansinnens, übte sich aber in

Geduld. Mit einer Geste forderte er Heinrich auf, seine Bitte vorzutragen.

Der zögerte nicht. »Es gibt da eine Frau … Sie stammt aus meinem Land, wir sind zusammen als Sklaven nach Córdoba gekommen. Sei so gnädig, Herr, und schenke auch ihr die Freiheit! Ich möchte mit ihr in unsere Heimat zurückkehren. Sie dient als Magd im Haus von Qasim ibn Muhsin.«

»So, so, eine Frau.« Über das Gesicht des Hadjibs huschte ein verständnisvolles Lächeln. »Nun, ihr Herr wird sie gewiss nicht mehr brauchen. Warum also sollte man sie nicht demjenigen geben, der eine gute Verwendung für sie hat? Ich denke, deinem Wunsch kann entsprochen werden.«

Sich in seinem Großmut sonnend, wollte der Hadjib sich wieder unter die Gäste mischen, aber Heinrich erhob ein weiteres Mal die Stimme. »Da ist noch etwas«, stieß er hervor. Ein strafender Blick des Hadjib traf ihn, doch um Malinas willen war er entschlossen, es zu versuchen. »Die Frau hat einen Bruder, Herr, er ist ebenfalls Sklave. Ohne ihren Bruder wird die Frau nicht mit mir fortgehen wollen. Er wurde von einem Mann gekauft, dessen Namen ich nicht kenne, aber ich kann mich erinnern, dass dem Mann ein Bein fehlte und dass er ganz in Grün gekleidet war.«

Hatte Heinrich eher mit einer Ablehnung seiner Bitte gerechnet als mit ihrer Gewährung, so sah er sich in dieser Annahme getäuscht. Ja, fast hatte es den Anschein, als sei der Hadjib ein wenig belustigt. »Ein Einbeiniger, sagst du, ganz in Grün gekleidet … Es gibt nur einen Mann in Córdoba, auf den die Beschreibung zutrifft: Muhsin al-Ghazal. Und der wird dir deinen Wunsch nur allzu gern erfüllen, wenn ich ihn darum bitte.« Er warf

Abu Imran einen vielsagenden Blick zu, den dieser mit einem entschiedenen »Das wird er gewiss!« beantwortete. Dann richtete der Hadjib zum letzten Mal das Wort an Heinrich. »Wie ich sagte, steht es in deinem Belieben, wo du dein künftiges Leben verbringen willst. Solltest du dich aber zum Bleiben entschließen, so würde ich dir empfehlen, deinen Unterhalt als Händler zu verdienen – immerhin beherrscht du das Feilschen schon ganz ausgezeichnet!«

Einige der Versammelten lachten. Es war ein befreiendes Lachen nach all dem Hässlichen, was sie zuvor erlebt hatten. Erneut hob das Stimmengewirr an, der Hadjib und Abu Imran mischten sich wieder unter die Gäste, und das Fest nahm seinen Fortgang. Abermals ertönte die Musik, und Diener tischten neue Köstlichkeiten auf, während Heinrich weiter auf dem Platz verharrte, den der Hauptmann ihm vor Stunden zugewiesen hatte. Niemand beachtete ihn mehr, allerdings schickte auch niemand ihn fort – es war, als habe die Freiheit seinen Körper in Luft aufgelöst. Trunken vor Glück, ließ er den Blick über den Palast mit der festlichen Gesellschaft wandern und hinauf zu dem vollen Mond, der leuchtender als zuvor am Nachthimmel stand und aus dem, je länger er ihn betrachtete, umso deutlicher das Bild von Malina hervorzutreten schien. Gleich in der Frühe würde er sie aufsuchen und ihr von dem Geschehen berichten, und sie würde ihm glücklich um den Hals fallen angesichts der schier unglaublichen Wendung der Dinge. Und dann würden sie sich gemeinsam auf den Weg machen. Auf den weiten und gefährlichen, zugleich aber den einzig denkbaren Weg – zurück in die Heimat.

Teil 4

Malina tanzte vor Freude. »Wir sind frei!«, stieß sie atemlos hervor, wohl zum hundertsten Mal, seit Heinrich ihr die Nachricht überbracht hatte. »Frei! Frei! Frei!« Die Arme weit ausgebreitet, drehte sie sich im Kreis bis zum Fenster der Bibliothek, in der Ibn Said einst seinen Studien nachgegangen war – für gewöhnlich ein stiller, Ehrfurcht gebietender Raum, der sich nun jedoch unter dem Ansturm ihrer Gefühle in einen Ort ungehemmter Begeisterung verwandelt hatte. So, wie ihr zumute war, hätte sie überall getanzt. Ihr Blick flog zum Himmel, der blauer war als jemals zuvor, sie badete sich im goldenen Glanz der Sonne, der sich in ihren Augen widerspiegelte wie das Rot der Rosen im Hof auf ihren glühenden Wangen. »Nichts wird uns mehr trennen!«, jubelte sie und flatterte wie ein Schmetterling auf Heinrich zu. Sie schlang die Arme um ihn, ebenfalls zum hundertsten Mal, wohl wissend, dass sie es fortan immer wieder würde tun können, immer wieder und wieder und wieder. »Endlich sind wir zusammen! Endlich können wir machen, was wir wollen! Wir gehören niemandem mehr außer uns beiden!«

Heinrich empfand dasselbe Glück wie Malina. Er zog sie an sich, wollte sie halten, aber schon war der Schmetterling ihm wieder entflohen, gaukelte erneut durch den Raum, vorbei an den Bücherschränken, den Stoßzähnen und Fellen – jenem Hintergrund, vor dem Ibn Said ihn einst von der bevorstehenden Reise nach Afrika unterrichtet hatte. Der Anfang der langen Trennung, die erst in dieser Stunde ihr Ende gefunden hatte. Wie ungeduldig war er gewesen, seit die Ereignisse der vergangenen Nacht seinem Leben und damit auch dem Leben Malinas eine neue Richtung gegeben hatten! Gleich in der Frühe hatte er seine Uniform abgegeben, war noch von Abu Imran empfangen und mit einer größeren Summe Geldes beschenkt worden, und hatte sich danach unverzüglich auf den Weg zu Malina gemacht. Mit heftig klopfendem Herzen war er durch das Tor des Landhauses geeilt und als Erstes zum Haushofmeister gelaufen, der bereits bei seinem Anblick begriffen hatte, dass etwas Einschneidendes geschehen war. Kaum hatte er seinen Bericht begonnen, als er vom Haushofmeister am Arm gepackt und in die Bibliothek gezogen worden war. Abgeschirmt von gespitzten Ohren und neugierigen Blicken hatte er dort seinem Gegenüber alles berichtet, jede Kleinigkeit, und als er fertig gewesen war, da hatte der andere ihn verlassen, und kurz darauf war – allen Sitten des Landes zum Trotz – Malina erschienen. Wie dankbar war er dafür gewesen!

Vom Fenster drang Malinas Gesang zu ihm herüber, zwei Zeilen eines slawischen Liedes, das der Sonne gewidmet war. »Ja, grüß nur recht schön unsere Heimat, liebe Sonne!«, rief sie strahlend. »Grüß sie und richte ihr aus, dass wir sie bald wiedersehen werden! Sag ihr, dass ich zurückkehre! Und dass Heinrich zurückkehrt. Und Myslaw.« Sie löste sich vom Fenster und lag schon im nächsten Moment erneut in Heinrichs Armen. »Es ist so wunderbar, ich kann es kaum fassen. Gestern noch schien alles so aussichtslos. Und heute lacht uns der Himmel. Sieh' nur, wie hell er lacht! Er freut sich für uns. Und für Myslaw. Ach, ich bin ja so glücklich, dass du dich auch für ihn eingesetzt hast. Wer weiß, was er alles durchgemacht hat, der Ärmste! Und nun wird er ebenfalls frei sein.« Sie presste sich mit aller Kraft an ihn. »Das vergesse ich dir nie! Nein, niemals werde ich dir das vergessen!«

Ein Schatten huschte über Heinrichs Gesicht, als er den Namen ihres Bruders hörte, aber er schwieg. Im nächsten Augenblick war draußen ein Räuspern zu vernehmen, und gleich darauf trat der Haushofmeister ein. In der Hand hielt er den Dolch, um dessen Rückgabe Heinrich gebeten hatte. »Ist es dieser hier?«, wollte er wissen.

Heinrich nickte. Von Ibn Said hatte er den Dolch einst in der Wüste bekommen, von Qasim war er ihm gestohlen worden, nun fand er zu seinem rechtmäßigen Besitzer zurück.

»Er ist prächtig«, bemerkte der Haushofmeister anerkennend und reichte ihn Heinrich. »Es war nicht schwer, ihn zu finden. Er lag gleich neben dem Bett dieses …« – er suchte nach einem passenden Wort – »… dieses Mörders. Allah strafe ihn mit der Hölle!« Kurz überließ er sich seinem Abscheu, bevor er sich wieder auf sein Amt besann. »Ich habe alle Hausbewohner zusammenrufen lassen. Sie erwarten ungeduldig deinen Bericht.«

Heinrich steckte den Dolch weg. »Ich bin bereit«, erklärte er, und mit einem Seitenblick auf Malina, die sich abseits gehalten hatte: »Danke, dass wir uns hier treffen durften.«

Gefolgt von ihr, verließen die beiden Männer die Bibliothek und gingen zu dem Nebengebäude, in dem die anderen warteten. Bevor sie eintraten, machte der Haushofmeister noch einmal Halt. »Alle sind sehr beunruhigt, denn niemand weiß, wie es weitergehen wird. Es gibt zwar einen Verwandten Ibn Saids, aber ob der seinen Platz einnehmen wird …« Er zuckte mit den Achseln.

Gern hätte Heinrich ein paar aufmunternde Worte gefunden, aber was konnte er schon sagen? Er öffnete die Tür zum Versammlungsraum und trat ein. Sofort erstarben sämtliche Gespräche und die Aufmerksamkeit aller Anwesenden richtete sich auf ihn.

Die Spannung war mit den Händen greifbar, als Heinrich zu reden begann. Er sprach von seinem Dienst in der Palaststadt, beschrieb das Fest und die Anwesenheit Qasims, schilderte den versuchten Giftmord und wie er den Täter entlarvt hatte und zum Dank dafür von dem Kalifen mit der Freiheit belohnt worden war.

Entsetzen über die ruchlose Tat ihres Herrn machte sich breit, vermischt mit einer unverhohlenen Genugtuung über das Ende, das ihn erwartete. Diese Regungen steigerten sich noch, als Heinrich vom Tod Ibn Saids berichtete. Verwünschungen wurden laut, Tränen um den Ermordeten flossen, und alle waren sich einig, dass sie von einem gottlosen Menschen befreit worden waren.

Obwohl die Sorge um ihre ungewisse Zukunft alle Versammelten beschäftigte, gestaltete sich ihr Abschied von den Freigelassenen herzlich. Aisha brachte vor Kummer über den Weggang ihrer Freundin kaum ein Wort hervor. Und als Heinrich und Malina aufbrachen, da hatten sie das Gefühl, zwar ein großes Glück gewonnen, zugleich aber ein kleines Glück verloren zu haben.

Da Abu Imran die Anweisung gegeben hatte, Myslaw nach seiner Freilassung ins Stadthaus von Ibn Said zu bringen, schlugen Heinrich und Malina den Weg nach Córdoba ein. Über ihren Schultern trugen sie Bündel mit den wenigen Habseligkeiten, die sie besaßen. Eine Weile liefen beide wortlos nebeneinanderher, jeder in Gedanken versunken. Als sie sich einem Bewässerungskanal näherten, durchbrach Malina das Schweigen.

»Hier habe ich oft gesessen und von süßem Gebäck gekostet«, sagte sie und erzählte Heinrich die Geschichte, die er noch nicht kannte. »Und hier bin ich jedes Mal stehen geblieben und habe zur Palaststadt hinübergeschaut«, bemerkte sie an einer anderen Stelle und berichtete, wie sie so lange dort hingestarrt hatte, bis sein Bild ihr erschienen war.

»Ja, wir haben uns viel zu erzählen«, entgegnete Heinrich. »Jeder von uns hat viel erlebt, seit wir getrennt wurden. Aber wir werden genug Zeit dazu finden, denn wir haben einen weiten Weg vor uns …«

»Ja, das werden wir«, bekräftigte Malina. Und alle zu erwartenden Schwierigkeiten mit einem Lachen beiseitefegend, fügte sie übermütig hinzu: »Ich kann unseren Rückweg kaum noch erwarten.«

Das Stadthaus betrat Malina mit den Worten: »Wo ist mein Bruder?«

Fragende Gesichter waren die Antwort. Niemand verstand, wovon sie sprach, und niemand wollte es wissen, denn erst einmal scharten sich alle um Heinrich. Ein Bote des Haushofmeisters war ihnen vorausgeeilt und hatte die Bewohner in groben Zügen über die Vorgänge um Qasim unterrichtet. Nun wollten sie Genaueres erfahren.

Malina indes ließ sich nicht abschütteln. »Du hast gesagt, Myslaw würde hier sein!«, wandte sie sich beunruhigt an Heinrich. »Aber er ist nicht hier. Und niemand weiß etwas von ihm.«

Heinrich zeigte sich ratlos. »Abu Imran hat mir zugesichert, Myslaw ins Stadthaus bringen zu lassen, und Abu Imran ist ein Mann, der zu seinem Wort steht. Es wird einen Grund dafür geben, warum dein Bruder noch nicht hier ist. Vielleicht will sein Besitzer ihn doch nicht so einfach freigeben, wie der Hadjib angenommen hat. Vielleicht ist er krank. Oder er …« … ist nicht mehr am Leben, hatte Heinrich sagen wollen, hielt aber noch rechtzeitig inne und brachte stattdessen ein zuversichtlich klingendes »Gewiss wird man uns bald benachrichtigen« heraus. Dann richtete er das Wort an diejenigen, die sich ungeduldig um ihn drängten. Erneut berichtete er über das Geschehen, beantwortete auch zahlreiche Fragen, und ehe er es sich versah, war viel Zeit darüber vergangen. Und noch immer gab es keine Kunde von Myslaw.

Malina wurde zunehmend unruhiger und lief umher wie ein eingesperrtes Tier. Heinrich saß derweil unter den Arkaden des Innenhofes und sprach mit dem Verwalter, einem Mann, der in seinem Leben viel herumgekommen war und von dem Heinrich sich Ratschläge für die Rückreise erhoffte. Plötzlich war ein Klopfen an der Eingangstür des Hauses zu vernehmen, aber noch bevor ein Diener öffnen konnte, schob Malina bereits den Riegel beiseite. Draußen stand ein Palastdiener.

»Ich bringe Nachricht über einen Sklaven«, erklärte er, sichtlich verunsichert, weil ihm eine Frau gegenüberstand. »Abu Imran hat mich beauftragt, der Qatib des Sahib al-Medina.«

Malina war blass geworden. »Was für eine Nachricht? Sprich!«

Der Bote warf ihr einen herablassenden Blick zu und wandte sich an Heinrich, der neben ihr stand und ihn mit einer ungeduldigen Geste zum Reden aufforderte. »Ich war im Haus von Muhsin al-Ghazal, den sie den Grünen Mann nennen«, begann er. »Bei seinem Verwalter habe ich mich nach einem Sklaven erkundigt, sein Name ist … My… Mys… slaw. Ich habe dem Verwalter gesagt, der Sklave soll sofort freigelassen werden und mit mir kommen, Muhammad ibn Abi Amir al-Mansur – Allah beschütze ihn alle Tage! – verlangt das so. Nachdem ich den Namen des Hadjibs ausgesprochen hatte, war man sehr um mich bemüht. Muhsin al-Ghazal höchtselbst hat mich empfangen. Er hat mir Fragen gestellt, warum sich der Hadjib für den Sklaven einsetzt und weshalb dieser Sklave so wichtig ist, aber da ich nichts wusste, konnte ich seine Fragen nicht beantworten. Schließlich hat er mir gesagt, dass er den Sklaven selbstverständlich sofort freigeben würde, um dem Hadjib einen Gefallen zu tun, allerdings ist der Sklave schon seit einem halben Jahr nicht mehr in seinem Haus.«

»Und weiter?«, drängte Malina, die nicht jedes Wort, wohl aber den Inhalt des Gesagten verstanden hatte.

Der Bote tat so, als hätte er sie nicht gehört. »Ich habe Muhsin al-Ghazal gefragt, wo der Sklave sich jetzt befindet. Da er es nicht wusste, hat er einen anderen holen lassen. Der konnte Auskunft geben. Der Sklave ist verkauft worden, hat der andere gesagt, an einen Grundbesitzer in der Nähe von Badajoz. Allerdings wusste er nicht, ob der Sklave noch dort ist. Worauf Muhsin al-Ghazal versprochen hat, einen Boten nach Badajoz zu schicken. Sollte er den Gesuchten finden, wird er ihn nach Córdoba bringen. Sein gegenwärtiger Besitzer wird es als eine Ehre ansehen, den Wunsch des Hadjibs erfüllen zu dürfen, hat Muhsin al-Ghazal gesagt. Und zum Schluss hat er mir noch aufgetragen, jedes seiner Worte im Palast auszurichten. Der Hadjib soll wissen, wie gern er ihm gefällig ist.«

»Wie lange ist der Bote bis Badajoz unterwegs?«, erkundigte sich Heinrich.

Der Palastdiener überlegte. »Vielleicht eine Woche, womöglich auch länger. Ihr sollt in diesem Haus warten, lässt Muhsin al-Ghazal euch ausrichten. Der Sklave wird hierher gebracht, wenn der Bote ihn findet. Ist die Suche erfolglos, wird der Bote euch benachrichtigen.« Er zuckte mit den Achseln. »Wer weiß, vielleicht wurde der Sklave ja weiterverkauft. Oder er ist tot.«

»Tot?«, entfuhr es Malina …

Heinrich legte ihr besänftigend die Hand auf den Arm. »Hab keine Angst. Das war nur ein Gedanke, der durch nichts begründet ist.« Er steckte dem Diener eine Münze zu, und dieser verschwand.

»Also müssen wir warten«, seufzte Malina.

Heinrich senkte den Kopf und schwieg. Wie gern wäre er aufgebrochen! Am liebsten schon am nächsten Morgen, noch vor Sonnenaufgang, aber er wusste, dass ein Aufbruch unter den gegebenen Bedingungen nicht denkbar war. Niemals würde Malina damit fertig werden, ihren Bruder so einfach zurückgelassen zu haben. Deshalb fügte er sich in das Unvermeidliche und ging mit ihr zu dem Verwalter des Stadthauses, um eine Bleibe für die Zeit ihres Wartens zu erbitten.

Dieser zeigte sich höchst erfreut, dem Mann, der eine solche Bedeutung für das Haus Ibn Saids erlangt hatte, einen Gefallen erweisen zu können. Ohne zu zögern, wies er seinen Gästen zwei jener Räume zu, die üblicherweise dem Hausherrn vorbehalten waren und von denen niemand wusste, von wem und wann sie wieder benutzt werden würden.

Der Abend kam, es wurde Nacht, und als das Haus in tiefen Schlaf gefallen war, schlich Heinrich sich zu Malina. Wie er erwartet hatte, lag sie wach. Kaum hatte er die Tür geöffnet, hielten sich beide in den Armen. Kein Wort war mehr nötig, genug war gesagt, jetzt gab es nur noch Gefühle. Wie einst in dem Pavillon, so ließen sie sich fallen in einen Taumel der Liebe, berauschten sich an ihrem wiedergefundenen Glück, und mit der Leidenschaft ihrer glühenden Körper vertrieben sie die Schatten der Vergangenheit.

Schwer atmend lagen sie beieinander, während die Wellen langsam verebbten. Gleich einem zärtlichen Hauch strich die Nachtluft herein, kühlte ihre Hitze und trocknete den Schweiß auf ihren ermatteten Körpern. Irgendwann erhob sich Malina und trat ans Fenster. Vor ihr erstreckte sich ein kleiner Garten. Sanft schien der Mond darauf herab, nirgends eine Regung, kein Laut, der den nächtlichen Frieden störte, nur der leise Wind, der über die Mauer kroch und mit den Wedeln der Palmen spielte. »Ich wünschte, ich könnte bis in die Spitze der höchsten Palme klettern und hätte Augen, die alles sehen können«, sagte sie nach einer Weile versonnen und drehte sich ins Licht. »Ich würde über die Mauer schauen und über die Stadt hinter der Mauer, weit ins Land hinein und auch noch in das Land dahinter und in das nächste und nächste und nächste – bis in unsere Heimat. Bis zu unserem Ziel.«

Heinrich lag ausgestreckt, den Kopf dem Fenster zugewandt. Sein Blick zeichnete die Linien ihres Körpers nach – das weiche Gesicht mit der sanft gebogenen Nase und den vollen Lippen, die festen Brüste, den leicht gewölbten Bauch, die Schenkel, zwischen denen er höchste Wonnen gefunden hatte. Er wollte etwas erwidern, aber seine Trägheit hielt ihn gefangen, und so brachte er nicht mehr heraus als ein wohliges Brummen.

Ein paar schnelle Schritte, und Malina war wieder bei ihm. »Wir werden unser Ziel erreichen, nicht wahr?«, stieß sie geradezu beschwörend hervor und näherte ihr Gesicht ganz dicht dem seinen. »Sag, dass wir es erreichen werden! Du weißt es. Ich weiß es. Wir müssen nur ganz fest daran glauben, dann werden wir es schaffen.«

Mit den Fingern strich er über ihren Körper. Ein Gedanke schoss ihm durch den Kopf, bestechend und ketzerisch zugleich: Und wenn sie nun in Córdoba blieben? Wenn sie ihr gemeinsames Leben gleich hier aufbauten und nicht erst am Ende eines langen, gefahrvollen Weges? Das Land war reich und fruchtbar, das Klima mild, es herrschte Frieden … Heinrich wischte den Gedanken beiseite und tauchte zurück in die Wirklichkeit. »Ja, wir werden es schaffen, auch wenn es nicht leicht sein wird.«

»Mit dir würde ich sogar durch deine Hölle gehen!«

Ein Ausdruck des Erstaunens trat auf sein Gesicht. »Woher weißt du von ›meiner Hölle‹?«

»Vergiss nicht – in Spandau haben wir die Deutschen gleich vor der Haustür. Zwar beherrschen nur wenige von ihnen unsere Sprache, aber die haben uns oft genug mit der Hölle gedroht. Dort werden wir schmoren, haben sie gesagt, wenn wir dem Glauben unserer Väter nicht abschwören und ihren annehmen.«

Heinrich runzelte die Stirn. Wie weit weg das doch war, was er früher so oft gehört hatte! Und was er bald wieder hören würde, wenn alles gut ging … Er ließ ihre Worte unbeantwortet und kam auf den Rückweg zu sprechen. »Am einfachsten wird es für uns sein, solange wir uns in Al-Andalus befinden. Abu Imran hat mir ein Schreiben mitgegeben, das mit dem Siegel des Kalifen versehen ist. Darin verpflichtet dieser seine Untertanen, uns in jeder Weise behilflich zu sein, und droht jedem eine strenge Bestrafung an, der uns behindert. Wenn wir allerdings das Reich des Kalifen hinter uns gelassen haben, werden die Schwierigkeiten für uns anfangen. Immer wieder werden Gefahren auf uns lauern, und diesmal wird es anders sein als auf dem Hinweg: Damals waren wir eine große Gruppe, mit Bewaffneten noch dazu, an die das Raubgesindel sich nicht so schnell herangewagt hat. Diesmal sind wir nur zu dritt …«

»Wenn wir überhaupt zu dritt sind!«, unterbrach sie ihn, und ihre Stimme verriet erneut Besorgnis.

Myslaw! Immer wieder Myslaw! Nicht zum ersten Mal wünschte Heinrich, der Bote würde ihren Bruder nicht finden, würde dieser auf dem Rückweg doch vermutlich eher eine Belastung als eine Hilfe sein. Aber natürlich konnte er diesen Gedanken nicht äußern. »Wir müssen uns gedulden«, entgegnete er stattdessen.

»Uns gedulden und hoffen.«

Schweigend lagen sie nebeneinander und ließen die Gedanken vorüberziehen. »Es wäre wunderbar, wenn wir auch Jablo mitnehmen könnten«, flüsterte Malina plötzlich.

Heinrich seufzte. »Hätte ich auch nur die kleinste Möglichkeit gesehen, ihn zu finden, so hätte ich auch um seine Freilassung gebeten. Doch wo ist er? Wir haben nicht den geringsten Hinweis auf seinen Aufenthalt.« Obwohl er ihre Augen nicht sah, wusste er, dass sie feucht waren. »Aber natürlich können wir Erkundigungen einziehen. Da wir ohnehin noch nicht aufbrechen, haben wir Zeit dafür. Wer weiß, vielleicht finden wir ja seine Spur. Und Abu Imran würde sich gewiss für Jablo einsetzen, wenn ich ihn darum bitte.«

Es klang, als hätte er gesagt, er wolle ihr einen Stern vom Himmel holen. Aber Malina war glücklich, dass er es gesagt hatte. Eng schmiegte sie sich an ihn und wartete, dass ihre Herzen sich im Gleichklang vereinten. Und während draußen der Mond tiefer sank, begab sie sich erneut auf die Reise in ihre Heimat, so wie sie das in den letzten Monaten oft getan hatte. Abermals wuchs ihr Dorf vor ihr auf, sie besuchte die Menschen, die sie kannte, sie sprach mit ihnen und feierte mit ihnen ihre Feste, sie blickte den Schiffen hinterher, die wie stolze Schwäne über die Havel glitten und verlor sich zwischen Schmetterlingen und Insekten auf ihrer bunt blühenden Blumenwiese – all das, was sie mit Sulimera so oft erlebt hatte.

Nur, dass diesmal alles noch viel schöner war.

Die erlösende Nachricht kam vier Wochen später und bestand aus drei kurzen Worten: »Er ist da.«

Malina, die im Licht der letzten Abendsonne neben Heinrich am Fenster ihres Zimmers saß, fuhr herum und sprang mit einem raschen Satz auf die Beine. Gefolgt von Heinrich, stürzte sie aus dem Raum, stürmte die Treppe hinunter in den Innenhof, dem Eingang des Hauses entgegen, aber noch bevor sie diesen erreichte, stand der Angekündigte auch schon vor ihr. »Myslaw!«, brach es aus ihr heraus.

»Malina!«, kam die Antwort, und noch im selben Augenblick lagen sich die Geschwister in den Armen.

Heinrich hielt sich abseits, ebenso wie einige andere Bewohner des Hauses, die, von dem Lärm angelockt, in den Hof geeilt waren.

Malina scherte sich um niemanden von ihnen. Ungestüm wie ein Wasserfall sprudelten alle Fragen auf einmal aus ihr heraus. Wo man ihn denn hingebracht habe, wollte sie von Myslaw wissen, wie es ihm dort ergangen sei, in welcher Verfassung er sich befinde, und warum er erst so spät gekommen sei. Und während sie ihn bestürmte, hielt sie ihn so fest, als wollte sie ihn nie wieder loslassen.

Schließlich löste sich ihr Bruder aus der Umarmung, und als er so vor ihr stand, erschrak sie. Was ihr in der ersten Aufwallung ihrer Gefühle entgangen war, das sah sie nun umso deutlicher: eine hässliche, schlecht verheilte Narbe in seinem Gesicht, die sich vom rechten Ohr über die Wange bis zum Kinn zog. Dem Aussehen nach war die Narbe bereits alt.

»Was haben sie mit dir gemacht?«, stieß sie hervor.

Myslaw zögerte und suchte nach Worten, als er plötzlich Heinrich entdeckte. »Wir werden noch genug Zeit zum Reden haben«, beschied er Malina und wandte sich von ihr ab. Eben noch freudig erregt angesichts des Wiedersehens, wirkte er auf einmal steif und angespannt. Ein Mann, der sich anschickte, einen Gang anzutreten, weil er diesen Gang antreten musste. Er wechselte zu Heinrich hinüber. Einige Atemzüge standen beide Auge in Auge, und jeder versuchte, im Gesicht des anderen zu lesen. Dann machte Heinrich einen Schritt auf Myslaw zu, und in dem Wissen, dass Malina einen freundschaftlichen Empfang für ihren Bruder erhoffte, legte er diesem zum Gruß die Hände auf die Schultern.

Myslaw antwortete mit der gleichen Geste, und dazu ergriff er das Wort, noch bevor Heinrich den Mund aufmachen konnte: »Ich kenne längst nicht alle Einzelheiten des Geschehens, aber einiges habe ich doch von dem Boten erfahren, der mich hergebracht hat. Ich weiß, dass ich dir meine Freilassung verdanke. Ohne dich würde ich weiterhin Sklavenarbeit verrichten. Du hast mir die Freiheit zurückgegeben. Du hast erreicht, dass ich zusammen mit euch meine Heimat wiedersehen darf. Und schließlich hast du auf mich gewartet, obwohl du längst hättest unterwegs sein können. Es ist sehr viel, was du für mich getan hast. Dafür sage ich dir Dank.«

Heinrich, dem das Angestrengte in Myslaws Worten nicht entgangen war, wollte antworten, kam aber nicht mehr dazu, da Myslaw sich bereits wieder Malina zugewandt hatte. Er senkte den Blick. Was er befürchtet hatte, war eingetroffen: Trotz seiner Dankbarkeit hatte Myslaw nicht verhehlt, dass er sich gedemütigt fühlte. Und gedemütigt war er zweifellos – ein Mann, der seine Freiheit und die seiner Schwester nicht selbst errungen hatte, dem sie vielmehr von einem anderen geschenkt worden war, noch dazu von einem verhassten Deutschen. Und als wäre das nicht schon genug, auch noch von einem, den mit seiner Schwester ein enges Verhältnis verband. Bedrängt von düsteren Vorahnungen, stieß Heinrich einen Seufzer aus, als er an die Heimreise dachte.

Früh am nächsten Morgen machten sie sich auf den Weg. Der Abschied von den Bewohnern des Stadthauses verlief freundlich, und das nicht zuletzt deshalb, weil die Stimmung im Haus sich verbessert hatte: Ismail Abd al-Karim, der Verwandte Ibn Saids, hatte sich entschlossen, dessen Nachfolge anzutreten, und so sahen alle erleichtert in die Zukunft. Herzlich gestaltete sich der Abschied von Sulimera, zu der Malina eilte, während Heinrich und Myslaw an einem Treffpunkt auf sie warteten. Ein letztes Mal saß sie mit der alten Hevellerin zusammen, und noch einmal beschworen sie die gemeinsame Heimat herauf – für Malina vielleicht schon bald Wirklichkeit, für Sulimera ein unerfüllbarer Traum. Tränenreich schieden die beiden Frauen voneinander.

Wieder vereint nach ihrem Abstecher, bahnten sich die drei einen Weg durch die pulsierende Stadt. Auf der Römerbrücke hielten sie kurz an, und jeder erinnerte sich an den Tag, an dem sie die Brücke als Gefangene zum ersten Mal überquert hatten. Bald darauf blieb Córdoba hinter ihnen zurück. Immer kleiner wurden die Häuser,

Mauern und Minarette, immer dünner der Menschenstrom, der sich auf die Stadt zubewegte, bis er um die Mittagszeit beinahe ganz versiegte. Der August hatte begonnen, und die Sonne schien so kraftvoll vom Himmel, als wolle sie das Land in Brand setzen. Und so suchten sie sich denn einen Platz unter einem Baum, um im Schatten zu rasten.

Frisches Brot, Ziegenkäse und eingelegte Oliven bildeten die erste Mahlzeit auf ihrer Reise, dazu gab es frisches Wasser aus Lederschläuchen. Träge ruhten sie danach im trockenen Gras und warteten auf das Abklingen der Hitze.

Als Malina Myslaw dazu aufforderte, erzählte er seine Geschichte. Zuerst stockend, bald flüssiger berichtete er von seinem Aufenthalt als Diener im Hause des Grünen Mannes, und wie dieser ihn eines Tages an einen Grundbesitzer in der Nähe von Badajoz weiterverkauft hatte. Dort sei er allerdings nur kurze Zeit geblieben, denn bald darauf habe sein neuer Herr ihn wiederum an einen anderen Grundbesitzer abgetreten, einen hartherzigen Mann, der seine Sklaven sehr schlecht behandelt habe. Zu essen habe es dort nur wenig gegeben, dafür sei die Arbeit umso reichlicher gewesen. Wenn einer schwach geworden sei, habe man ihn mit der Peitsche angetrieben. »Mit derselben Peitsche, die mein Gesicht gezeichnet hat«, fügte Myslaw düster hinzu. »Ein anderer hatte einen Diebstahl begangen, für den mein Herr mich fälschlich verdächtigt und bestraft hat.«

Heinrich dachte an ihre Ankunft in Córdoba, als ihm Vergleichbares durch Myslaw widerfahren war, schwieg jedoch.

»Wie oft hat es solche Bestrafungen gegeben?«, wollte Malina wissen.

»Viel zu oft«, entgegnete Myslaw, und als sie weiterfragte, erzählte er mehr. Auch Heinrich stellte nun Fragen, und bald entwickelte sich ein Gespräch zwischen allen dreien, sodass es fast schon den Anschein hatte, als könnten sich die Spannungen doch noch verflüchtigen.

Gegen Abend erreichten sie einen Funduq, eine jener Herbergen, von denen das Land überzogen war. Da er an der Landstraße nach Córdoba lag, war er groß, besaß Stallungen für Reitpferde und Packtiere und zahlreiche Kammern in zwei Stockwerken, die sich um einen Innenhof gruppierten. Als sie um Schlafplätze für die Nacht baten, wollte der Wirt sie nicht einlassen – drei Fremde, darunter eine Frau, womöglich entlaufene Sklaven, wie er zu argwöhnen schien. Aber dann zeigte Heinrich ihm das Schreiben mit dem Siegel des Kalifen, und wie durch einen Zauber öffneten sich alle Türen vor ihnen. Man erkundigte sich nach ihren Wünschen, gab ihnen zu essen und zu trinken, und nachdem sie sich ausgiebig gestärkt hatten, schliefen sie in sauberen und weichen Betten, die für gewöhnlich Höherstehenden vorbehalten waren.

Auch in den nächsten Tagen erwies sich das Siegel als hilfreich, und da es ihnen dank der Großzügigkeit Abu Imrans nicht an Geld mangelte, kamen sie auf angenehme Weise voran. Nicht barfuß und in Lumpen wie auf ihrem Marsch in die Sklaverei, sondern mit festem Schuhwerk und in zweckmäßigen Kleidern schritten sie kräftig aus. Ihre Habseligkeiten trugen sie in Schultertaschen mit sich, darunter einen Vorrat an Nahrung, Messer und Wasserschläuche, Angelhaken, um Fische zu fangen, sowie Feuersteine und Zunder, um ihren Fang über einem Feuer zu braten. Meist liefen sie allein. Mitunter jedoch schlossen sie sich um der Sicherheit willen anderen an, gab es doch auch im Land des Kalifen lichtscheues Gesindel. Hinter Granada wurde der Weg beschwerlicher, und eine Begleitung fanden sie hier seltener. Sie zogen neben Flussbetten einher, die zu dieser Jahreszeit fast ausgetrocknet waren, quälten sich auf steilen Wegen bergaufwärts und wanderten uralte Saumpfade entlang – Wege, die andere ihnen beschrieben hatten und von denen sie hofften, dass es die richtigen waren.

Zehn Tage nach ihrem Aufbruch in Córdoba erreichten sie Almería, die Stadt, die für die Handwerkskunst ihrer Schmiede und für erstklassige Lederwaren berühmt war, vor allem aber für ihren Hafen. Er war der bedeutendste des Reiches. Schiffe aus vielen Ländern ankerten hier, von der nordafrikanischen Küste ebenso wie aus Ägypten, Syrien und gelegentlich auch aus Byzanz. Unterhalb der auf einer Anhöhe vorgelagerten Wehrburg fanden sie eine Herberge, und während Malina und Myslaw dort zurückblieben, machte sich Heinrich auf den Weg zu den Anlegeplätzen. Ein vielsprachiges Stimmengewirr empfing ihn, dazu drang ihm der Geruch von Fisch, Tang und Teer in die Nase. Von einem Aufseher erhielt er die Auskunft, die er gesucht hatte. Er lief an einheimischen Fischerbooten vorbei, umging die Werft, auf der gerade ein von Sturmschäden gezeichnetes Handelsschiff ausgebessert wurde, und stand kurz darauf vor einer Galeere, einem langen, schmalen Schiff mit niedrigen Aufbauten und einem Mast. Zwei Dutzend Seeleute waren damit beschäftigt, die Ladung zu löschen. Aus dem Unterdeck drangen die Geräusche der Ruderer – Sklaven, die, angekettet an den Bänken, ein trauriges Dasein fristeten, oder Verurteilte, die auf der Galeere ihre Strafe verbüßten.

Eine Stimme riss Heinrich aus seiner Betrachtung: »He, Fremder, was lungerst du hier herum und hältst

Maulaffen feil?« Neben ihm stand ein vollbärtiges Raubein mit einer gewaltigen Warze auf der Nase, der ein Büschel Haare entspross.

»Ich suche den Kapitän dieses Schiffes«, sagte Heinrich.

Sein Gegenüber musterte ihn so unverhohlen wie ein Freier die Dirnen im Hafen. »Der steht vor dir«, knurrte er. »Was willst du von mir?«

Heinrich versuchte, den Blick von der Warze zu lösen. »Man hat mir gesagt, du wirst in den nächsten Tagen nach Arles auslaufen. Wir wollen mitkommen – ich und zwei andere.«

Der Kapitän zog die Brauen hoch. »Soso, nach Arles möchtet ihr. Eine weite Reise, die ihr da vorhabt. Könnt ihr sie denn bezahlen?« Er nannte einen Preis.

»Die Hälfte«, erwiderte Heinrich. Und noch bevor der andere etwas einwenden konnte, fügte er hinzu: »Ich weiß, dass du im Geleitzug fährst. Vier Schiffe.«

Einen Moment sah es so aus, als wolle der Kapitän Heinrich mit einem Tritt ins Wasser befördern. Doch er beherrschte sich. »Du bist wohl ein ganz Kluger, wie?«, höhnte er stattdessen und streckte die Hand aus. »Her mit dem Geld! Bei mir muss man die Plätze sofort bezahlen.«

Drei Schritte entfernt stritt eine Möwe mit einer anderen, ihre Augen waren gierig auf deren Fischbeute gerichtet – ebenso gierig wie die Augen des Kapitäns auf den Beutel, dem Heinrich die vereinbarte Summe entnahm. Golden glitzerten die Münzen in der Sonne. »Drei Plätze an Deck«, brummte der Kapitän, während er das Geld einstrich. »In einer Woche legen wir ab. Seid ihr nicht rechtzeitig an Bord, müsst ihr euch ein anderes Schiff suchen.«

Sie waren rechtzeitig an Bord und stachen an einem warmen Septembermorgen in See, zusammen mit den anderen Schiffen des Geleitzugs. Malina stand, halbkrank vor Angst, an der Reling und beobachtete, wie das Land immer kleiner wurde und immer mehr Wasser sie umgab – giftgrünes, mit hässlichem Schaum bedecktes Wasser, dessen unruhige Bewegungen ihr Übelkeit verursachten und in dem sie jämmerlich ertrinken würde, fiele sie hinein. Beinahe wehmütig erinnerte sie sich an den Hinweg nach Córdoba, als sie die gleiche Strecke zurückgelegt hatten, zwar unter erbärmlichen Bedingungen, aber ohne die gegenwärtige Angst. »Ich fühle mich wie ein Insekt, das auf einem Holzsplitter im Fluss treibt!«, stöhnte sie und brachte damit zum Ausdruck, was auch die anderen dachten – Myslaw, der einstige Fährmann, ebenso wie Heinrich, der bereits zum dritten Mal auf einem Schiff fuhr, sowie alle übrigen Fahrgäste, die so wie sie ihre Plätze an Deck zwischen Kisten und Fässern gefunden hatten.

Gleichmäßig im Takt einer Trommel glitten die Ruder durchs Wasser. Als gegen Abend Wind aufkam, ließ der Kapitän das Segel setzen, und die Galeere gewann an Fahrt. Stets in der Nähe der anderen Schiffe und immer in Sichtweite zum Land, pflügte sie durch das Meer. In der Nacht wurde es unruhig. Der Wind blies kräftiger und ließ die Schiffe wie Nussschalen auf den Wellen tanzen. Gischt spritzte über die Reling, suchte sich einen Weg in den Bauch des Schiffes und trieb die Ratten nach oben.

Zum ersten Mal seit langer Zeit weinte Malina. Heinrich verwünschte den Tag, an dem er sich für den Weg über das Meer entschieden hatte. Gegen Morgen wurde alles noch schlimmer. Teile der Ladung rissen sich los und rutschten über das Deck, drei Kisten gingen über Bord, was ihren Besitzer veranlasste, noch während des Sturms wütend auf den Kapitän loszugehen. Dieser schüttelte den Aufgebrachten ab wie eine lästige Klette und erging sich in Flüchen – gegen die unfähige Mannschaft, gegen die jammernden Fahrgäste, insbesondere die Krämer mit ihrem Plunder, nur nicht gegen sich selbst, der er am Morgen nach einem langen Blick in den Himmel den Befehl zum Auslaufen gegeben hatte.

Noch in der Nacht flaute der Sturm ab, und als mit zarten Farben der Morgen dämmerte, war das Meer glatt wie ein Tisch. Nicht anders verhielt es sich im Laufe des Tages, und auch an den folgenden Tagen blieb es so. Gleichförmig und ohne besondere Vorkommnisse verrann die Zeit. Mehrmals liefen die Schiffe einen Hafen an, löschten Ladung und luden neue, deckten sich mit frischem Wasser und Lebensmitteln ein. Reisende gingen von Bord, und andere kamen hinzu, und schon nach wenigen Stunden befanden sie sich abermals auf See. Dennoch blieb das Gefühl des Unheimlichen bestehen, und sowohl Malina als auch Heinrich und Myslaw warteten sehnsüchtig auf das Ende der Reise.

Eine Nebensächlichkeit sorgte am letzten Tag für Streit, als sie Arles erreichten. Da sämtliche Anlegeplätze im Hafen besetzt waren, ließ der Kapitän seine Galeere in der Mitte des Flusses ankern, mit der Folge, dass die Fahrgäste mit Booten an Land geschafft werden mussten. Das erste war schnell gefüllt, und sein Besitzer wollte bereits von der Galeere ablegen, als er eine Lücke zwischen seinen Fahrgästen entdeckte und zum Deck hinaufrief, er habe noch zwei freie Plätze. Malina, die in der Reihe der Wartenden ganz vorn stand, stieg auf die Strickleiter und kletterte nach unten. Gleich darauf langten vier Hände auf einmal nach der Leiter – Heinrichs von der einen Seite und Myslaws von der anderen. Heinrich wollte Myslaw schon den Vortritt lassen, als dieser plötzlich ein bissiges »*Ich* begleite meine Schwester!« hervorstieß und noch im selben Moment einen Fuß auf die Strickleiter setzte. Dabei funkelte in seinen Augen wieder die alte Feindseligkeit. Zu einer Entgegnung hatte Heinrich keine Zeit mehr, denn in Windeseile war Myslaw im Boot und zwängte sich neben Malina.

Die Freude, wieder an Land zu sein, nahm dem Streit indes schon bald seine Bedeutung. Niemand verlor ein Wort darüber, als Heinrich mit dem nächsten Boot am Ufer eintraf. Malina bat ihn nur mit einem Blick um Verständnis, während Myslaw auf- und ablief und es sichtlich genoss, wieder festen Boden unter den Füßen zu spüren.

Heinrich antwortete Malina mit einem Lächeln, jedoch entging ihr nicht, dass es ein gequältes Lächeln war.

Ein heranschaukelnder Ochsenkarren riss sie aus ihren Gedanken. Sie gaben den Weg frei und ließen ihre Blicke schweifen. Obwohl Arles ihnen fremd war, hatten sie das Gefühl, ihrer Heimat schon ein gutes Stück näher zu sein. Vieles war anders als in dem Land, das sie gerade hinter sich gelassen hatten, und manches wies bereits Ähnlichkeit mit ihrem Ziel auf – das Aussehen der Menschen und die Kleider, die sie trugen, die Häuser, in denen sie wohnten, die Kirchen, die wieder an die Stelle der Moscheen getreten waren und von denen nicht der Muezzin die Gläubigen zum Gebet rief, sondern Glocken.

Vorbei an versandfertigen Ölkrügen und Weinfässern sowie einer Schafherde, die ebenfalls auf ihre Verladung wartete, hielten sie auf ein Tor in der Stadtmauer zu, neben dem mehrere Geldwechsler den Reisenden ihre Dienste anboten. Alle in feines Tuch gekleidet, saßen die Wechsler an ihren Zähltischen und warteten auf Kunden, ein Zeichen gut gehender Geschäfte, wie es angesichts der Bedeutung des Ortes auch nicht anders zu erwarten war. Heinrich tauschte Dinare gegen einheimische Münzen ein. Den Namen eines Kleiderhändlers erhielt er als Zugabe kostenlos, ganz im Gegensatz zu dem Tausch, bei dem der Geldwechsler den fünften Teil der Tauschsumme als Gewinn eingestrichen hatte.

Nachdem die Wachen am Tor sie eingelassen hatten, standen sie kurz darauf vor dem Mann, der seinen Lebensunterhalt mit dem An- und Verkauf gebrauchter Kleidung verdiente. Schier unerschöpflich schienen seine Vorräte zu sein, und so machten sich alle drei über seine Truhen mit der landesüblichen Tracht her. Ihre maurischen Gewänder und Kopfbedeckungen wanderten in einen gesonderten Kasten, aus dem sie eines Tages die Rückreise nach Al-Andalus antreten würden.

Myslaw erprobte gerade den Sitz seines neuerworbenen breitkrempigen Huts, Malina überprüfte den Faltenwurf ihres Rocks, als sich in ihrem Rücken eine Stimme vernehmen ließ.

»Als Nächstes sucht ihr bestimmt eine Bleibe für die Nacht«, sagte die Stimme in leidlichem Arabisch.

Sie drehten sich um. Hinter ihnen stand ein halbwüchsiger Bursche und wartete auf eine Antwort.

Heinrich nickte.

»Ich kann euch helfen«, verkündete der Bursche und trat näher. Er gab sich verschwörerisch. »Nehmt nur nicht die Herbergen im Hafen! Dort dürft ihr auf gar keinen Fall absteigen! Die Kammern sind dreckig, die Betten schlecht, und falls es überhaupt etwas zu essen gibt, ist es euer Geld nicht wert.«

»Er hat recht«, sprang ihm der Kleiderhändler bei, nun ebenfalls mit Verschwörermiene. »Im Hafen kriecht nur das Gesindel unter. Außerdem ist dort alles voll Ungeziefer. Das ist nichts für Leute wie euch. Geht mit meinem Freund, er zeigt euch eine große und schöne Herberge! Sie liegt nicht weit von hier entfernt. Und teuer ist sie auch nicht.« »Ja, kommt mit mir, ich führe euch«, lockte der Bursche, schon halb in der Tür. Heinrich besprach sich kurz mit Malina und Myslaw, und da sie nichts einzuwenden hatten, folgten sie dem Jungen.

Wie sich schnell herausstellte, entsprach einzig die Angabe über die Entfernung der Wahrheit. Das Haus war zwar groß, aber schief, das Dach eingefallen, Ritzen nur notdürftig mit Moos zugestopft, und die linke Seite schien erst kürzlich einen Brand überstanden zu haben. Alles in allem also kein Gebäude, mit dem der Wirt glänzen konnte. Eindrucksvoll war indes die Rückwand – Teil einer wuchtigen Mauer aus behauenen Steinen, die sie schon vom Schiff aus gesehen hatten und die sich hoch über dem Haus und den nebenstehenden Gebäuden erhob.

Bevor Heinrich sich danach erkundigen konnte, hatte der Bursche bereits die Antwort. »Das ist die ›Arena‹«, erklärte er. »Die Römer haben sie gebaut, das ist lange her. Sie haben dort wilde Tiere gegeneinander kämpfen lassen, Bären, Stiere und Löwen aus Afrika. Auch Menschen haben dort gekämpft, manchmal auch gegen Tiere. Meist haben die Tiere gesiegt, und anschließend haben sie die Menschen aufgefressen.« Woher er das wusste, verriet er nicht, aber es klang so überzeugend, als wäre er dabei gewesen.

Heinrich staunte über das riesige Bauwerk mit den kühnen Bögen und den mächtigen Pfeilern, nicht anders als Malina und Myslaw, denen er das Gesagte übersetzte.

»An diesem Ort seid ihr sicher«, ergänzte der Bursche seine Ausführungen und grinste, »denn hier wacht das alte Rom über euch.«

Kaum hatte er ausgesprochen, als die Tür der Herberge aufgestoßen wurde und ein Mann mit ausgebreiteten Armen herausstürzte, einen Schwall süßlicher Worte hervorsprudelnd, die Heinrich zwar nicht verstand, die aber nur eines bedeuten konnten: »Willkommen in meinem Haus!«

Als wolle er der freudigen Begrüßung etwas entgegensetzen, entleerte gerade in diesem Moment ein unsichtbarer Gast aus dem oberen Stockwerk des Hauses einen Nachttopf in die Gasse. Der Wirt überging den Vorfall, packte stattdessen Myslaw am Arm, der ihm offenbar als das schwächste Glied in der Kette seiner möglichen Gäste erschien, und zog ihn zur Tür. Myslaw fühlte sich unwohl, doch Heinrich folgte ihm mit einem ermunternden »Es ist ja nur für eine Nacht«. Malina schloss sich an, desgleichen der Bursche, der sie hergeführt hatte und der ihnen inzwischen vorkam wie eine menschliche Klette.

War es draußen der Anblick gewesen, der ihnen an der Herberge übel aufgestoßen war, so waren es drinnen die Gerüche ... Fisch mischte sich mit Kohl, Schweiß kämpfte gegen die Ausdünstungen eines Abtritts, der irgendwo in der Nähe des Schankraumes liegen musste. Zwei der drei Tische waren besetzt. Die Männer an dem hinteren erweckten den Eindruck, als seien sie gerade erst gekommen: Schweiß glänzte auf ihren nackten Oberkörpern. Ein Dickwanst mit einem verquollenen Gesicht dagegen genoss die Gastlichkeit offenbar bereits seit längerem: Seine Füße lagen auf einem Schemel, seine ausgezogenen Beinlinge auf dem Boden, den Tisch zierten neben einem Krug Wein etliche ausgespuckte Olivenkerne, ein angenagter Hühnerhals sowie Brotreste in einer Wasserlache. Unzweifelhaft war der Mann betrunken. Ihm gegenüber saß eine junge Frau und starrte in seine rechte Hand. Als Einzige hatte sie sich von den Eintretenden nicht ablenken lassen.

Mithilfe des Burschen handelte Heinrich den Preis für die Übernachtung aus, und die Klette verschwand. Der Wirt wischte mit seiner Schürze über den freien Tisch und bedeutete seinen Gästen, Platz zu nehmen.

Malina schaute sich noch unschlüssig um, als eine Magd bereits eine gefüllte Schüssel auf den Tisch stellte und Löffel und Brot verteilte. Heinrich ließ sich auf einem Schemel nieder, Malina setzte sich ihm gegenüber und rührte mit ihrem Löffel in der Schüssel. Fischköpfe blickten sie aus einer wässrigen Suppe an, aber da sie seit dem frühen Morgen nichts mehr gegessen hatte, machte sie sich über das Aufgetragene her. Heinrich und Myslaw folgten ihrem Beispiel.

Die Schüssel war halbleer, als aufkommendes Geschimpfe die Aufmerksamkeit der Anwesenden erregte. Alle drehten die Köpfe. Die Frau starrte noch immer in die Handfläche des Dickwanstes, nur lag diese nicht länger offen vor ihr, vielmehr fuhr der Mann mit seiner anderen Hand darin herum, und dabei wurde er immer erregter und lauter. Offensichtlich hatte die Frau ihrem Gegenüber aus der Hand gelesen, und ebenso offensichtlich war dieser mit dem Gelesenen nicht einverstanden. Seine trunkene Stimme steigerte sich so sehr, dass der Wirt erschien und ihn mit einem schmerzhaften Griff an das Ohr zum Schweigen brachte. Kurz sah es so aus, als wolle der Mann auf seinen Peiniger losgehen. Doch beschränkte er sich auf ein wütendes Ausspucken und wandte sich wieder der Handleserin zu.

Malina und Myslaw tauchten ihre Löffel erneut in die Suppe. Auch Heinrich betrachtete die Angelegenheit als beendet und nahm die Suche nach einer Gräte wieder auf, die ihm zwischen die Zähne geraten war.

Plötzlich schnellte der Unruhestifter vor und krallte seine Finger um die Kette, die die Frau um den Hals trug. Sie antwortete mit einem Biss in seine Hand. Der Dickwanst schrie auf, zog die Hand zurück und riss ihr damit die Kette vom Hals, welche die Frau sich jedoch mit einem zweiten Biss sofort zurückholte. Während der Mann sich über die schmerzhaften Abdrücke ihrer Zähne beugte, stand die Handleserin auf, um zu gehen.

Erst jetzt sah Heinrich ihr ganzes Gesicht. Sie war jung und schön, mit einem Ausdruck katzenhafter Wildheit in den Augen und mit jenem Anflug von Verruchtheit, der auf viele Männer betörend wirkt. Wie selbstverständlich hielt sie seinem Blick stand. Sie sagte etwas, und Heinrich hatte den Eindruck, als erwarte sie eine Antwort von ihm. Er versuchte es auf Arabisch, aber sie machte eine abfällige Geste. Er wechselte ins Slawische, was ihr erwartungsgemäß nur ein Stirnrunzeln entlockte. Dafür war sein dritter Versuch umso erfolgreicher. Kaum hatte sie seine Worte gehört, ließ sie sich auf den Schemel neben ihm fallen.

»Du sprichst deutsch?«, stieß sie erstaunt in derselben Sprache hervor.

Heinrich nickte, ebenso überrascht von dem Zusammentreffen wie sie. »Ja, ich … Ich spreche deutsch. Ich bin Deutscher. Jedenfalls war mein Vater einer.«

Die Frau schüttelte ungläubig den Kopf und strahlte. »Wie viel Zeit ist vergangen, seit ich diese Sprache das letzte Mal gehört habe! Ich habe schon befürchtet, ich würde sie nie wieder hören. Wer bist du, und was machst du in dieser Stadt« – sie warf dem Betrunkenen einen vernichtenden Blick zu –, »in dieser Drecksherberge mit solch miesen Kerlen?«

Ein Räuspern von Malina rief Heinrich in Erinnerung, dass er nicht allein war. Kurz übersetzte er das Gesprochene, und nachdem er sich nach dem Namen der Handleserin erkundigt hatte, nannte er ihr auch diesen: »Isabelle heißt sie, und sie ist nicht von hier.«

Malina konnte sich nicht mehr abringen als ein dünnes »Aha«. Neben ihr saß Myslaw und verschlang die Hinzugekommene mit gierigen Blicken.

Die aber hatte nur Augen und Ohren für den Mann, der ihre Sprache beherrschte. Zwar mit freundlichem Gesicht, in Wahrheit aber völlig gleichgültig, hörte sie von Heinrich die Namen seiner Begleiter, grüßte diese auch, richtete das Wort dann aber sofort wieder an ihn. Erneut forderte sie ihn auf, von sich und seiner Reise nach Arles zu erzählen, was Heinrich nur allzu gern tat. Froh darüber, sich endlich wieder seiner eigenen Sprache bedienen zu können, verlor er sich dabei so sehr in Einzelheiten, dass Malina ihn nach einiger Zeit unwirsch unterbrach und von ihm wissen wollte, wer die andere denn eigentlich sei und was sie, außer in Schankräumen zu sitzen und mit fremden Männern zu reden, sonst noch mache. Heinrich schluckte und gab die Fragen – ins Freundliche gewandelt – weiter.

Die Handleserin schien das Reden in der deutschen Sprache ebenfalls zu genießen, antwortete sie doch ebenso ausführlich wie Heinrich zuvor.

Der fasste ihre Äußerungen für Malina und Myslaw zusammen. »Sie ist die Tochter eines deutschen Kaufmanns aus der Stadt Köln. Ihr Vater war viel unterwegs, und auf einer seiner Reisen hat er eine Frau kennengelernt, in einer Stadt mit dem Namen …« Er blickte seine Nachbarin hilfesuchend an.

»In Lyon«, flötete die gut gelaunt.

»In Lyon«, wiederholte Heinrich. »Dort ist der Kaufmann geblieben, bei dieser Frau, und dort wurde Isabelle geboren. Später sind ihre Eltern von Wegelagerern ermordet worden. Danach ist sie mit ihren beiden Brüdern durch das Land gezogen. Der eine beherrscht die Sackpfeife, der andere die Fidel, damit haben sie auf Dörfern zum Tanz aufgespielt. Isabelle hat ihre Brüder auf diesen Reisen umsorgt. Irgendwann ist eine Wahrsagerin zu ihnen gestoßen. Die konnte aus der Hand lesen und aus dem Vogelflug und dem Rauch des Feuers und einiges mehr. Isabelle hat viel von ihr gelernt, und als die Wahrsagerin sich eines Tages anderen Fahrenden angeschlossen hat, war sie selbst so weit, mit diesen Fähigkeiten Geld verdienen zu können. Das war auch gut so, denn vor kurzem haben sich ihre Brüder im Streit getrennt, und weil keiner von beiden Isabelle mitnehmen wollte, ist sie allein zurückgeblieben. Es ist schwer für eine Frau, allein unterwegs zu sein, sagt sie, denn viele Männer betrachten solche Frauen als Freiwild.«

Ein unterkühltes »Was für ein hartes Schicksal!« war Malinas Antwort. Schon wollte sie sich erheben. Doch dann besann sie sich eines Besseren, als Isabelle unvermittelt Heinrichs Hand ergriff und deren Innenseite betrachtete. »Weil wir beide dieselbe Sprache sprechen, will ich dir aus der Hand lesen. Natürlich brauchst du dafür nichts zu bezahlen.« Mit einem Schwung warf sie ihre langen kupferroten Haare in den Nacken und beugte sich vor.

Malina nahm ihren Löffel aus der Schüssel und legte ihn recht laut auf den Tisch, Myslaw starrte auf Isabelles schlanke Finger, die auf Heinrichs Handteller umherfuhren wie Eisläufer auf einem zugefrorenen See. Dazu murmelte sie Worte, die er nicht verstand, wohl aber Heinrich, der mit ihnen allerdings auch nichts anzufangen wusste, denn weder »das Große Dreieck« war ihm bis dahin zu Ohren gekommen noch »der Mond-« oder »der Jupiterberg«, und auch von der »Kopflinie« hatte er bis zu diesem Tage noch nichts gehört. Dass er allerdings ein starker und gescheiter Mann sei, das verstand er wohl, und er hörte es gern, und auch, dass Gefahren auf seinem Weg ihn erwarteten, er am Ende aber erfolgreich sein werde.

»Das alles kannst du aus meiner Hand lesen?«, staunte Heinrich. Sie nickte. Auf der Brandenburg hatte er einen Priester von dieser Kunst reden hören, der hatte sie »Teufelswerk« genannt, aber wie das Werk des Teufels kam sie ihm in diesem Augenblick gar nicht vor. Kaum bemerkte er, dass Isabelle seine Hand wieder losgelassen hatte, so sehr war er von ihrem Können beeindruckt.

Für die Könnerin hingegen war das Getane reiner Alltag, und während Heinrich noch ihre Worte in seinem Kopf nachhallen ließ, wandte sie sich bereits anderem zu. Sie öffnete die Linke, die sie die ganze Zeit über geschlossen gehalten hatte, und zum Vorschein kam die Kette, die der Betrunkene ihr vom Hals gerissen hatte und die sich als eine dünne Lederschnur mit einem Anhänger entpuppte; einem länglichen, fingerdicken Gegenstand, der an ein Knochenstück denken ließ.

»Was ist das?«, entfuhr es Myslaw, der damit nach längerem Schweigen die Sprache wiedergefunden hatte. Malina bedachte ihn mit einem strafenden Blick. Heinrich übersetzte die Frage.

»Oh«, sagte Isabelle, »das ist ein Stück aus dem Horn eines Einhorns.« Und als sie sah, dass Myslaw sich damit nicht zufrieden geben wollte und auch Heinrich neugierig geworden war, verriet sie noch mehr: »Dieses Einhorn ist mein Amulett. Ich trage es, solange ich mich erinnern kann. Woher es stammt, darf ich nicht verraten, denn sonst würde es seine Wirkung verlieren. Es bewahrt mich vor Geistern und Hexerei, vor Krankheit und Unfällen und allem sonstigen Unheil. Schon oft war ich in Gefahr, und immer hat es mich beschützt. Wenn ich es nicht hätte, säße ich heute nicht hier.«

Myslaw wollte eine weitere Frage stellen, kam aber nicht mehr dazu, denn Isabelle stand auf und nahm ihre wenigen Habseligkeiten. »Mieses Weibsstück!«, lallte der Betrunkene. »Verprügeln sollte man dich!« Die Männer am hinteren Tisch zogen sie mit ihren Blicken aus.

Isabelle beachtete keinen von ihnen, sondern wandte sich zum Gehen. »Es war schön, dich kennenzulernen«, sagte sie zu Heinrich. »Aber nun muss ich mich auf den Weg machen. Wenn ich heute noch bis ...« Sie stockte. Und dann machte sie auf einmal eine Bewegung in die entgegengesetzte Richtung, und schon saß sie wieder auf dem Schemel, von dem sie sich gerade erst erhoben hatte. Nichts als Freundlichkeit lag auf ihrem Gesicht, als sie abermals das Wort an Heinrich richtete: »Erinnere ich mich recht, dass du gesagt hast, euer Weg würde über Lyon führen?«

Eine Ahnung stieg in Heinrich auf. »Ja ... Ja, ja, das habe ich gesagt. Dort wollen wir hin. Nach Lyon.«

Isabelle beugte sich ein wenig vor und sah ihn von unten an. Wie ein treuer Hund seinen Herrn, ging es Heinrich durch den Kopf. Hündisch!, dachte Malina. »Dann könnt ihr mich vielleicht mitnehmen«, girrte Isabelle. »Auf Dauer kann ich nicht allein auf der Landstraße leben. Ich will versuchen, einige Zeit in Lyon unterzukommen, bei Verwandten meiner Mutter. Danach werde ich weitersehen.«

Heinrich wollte etwas einwenden, aber Isabelle war noch nicht fertig. Als Fahrende daran gewöhnt, sich schnell auf Unvorhergesehenes einstellen zu müssen, hatte sie alles Für und Wider bereits parat. Vor allem das Für. »Ja, ich verstehe natürlich: Ihr seid zu dritt, ihr gehört zusammen, da nimmt man nicht einfach einen Fremden mit und schon gar nicht« – ihr Blick streifte Malina – »eine Frau. Andererseits kann ich euch nützlich sein. Ich beherrsche die Sprache dieses Landes. Ich kenne den Weg sehr gut, denn ich bin ihn mit meinen Brüdern oft gegangen. Ich kann euch führen. Es gibt Abkürzungen, die Zeit sparen, die zeige ich euch. Auch Umgehungen kenne ich, sollte es irgendwo gefährlich werden. Vor Lyon etwa gibt es zwei adlige Herren, die leben in ständigem Streit miteinander. Immer wieder fallen sie übereinander her, verwüsten die Ländereien des anderen und erschlagen dessen Bauern. Obendrein machen sie die Landstraßen unsicher und rauben Reisende aus oder nehmen sie als Gefangene, für die sie Lösegeld fordern … wenn sie sie nicht einfach in die Sklaverei verkaufen.«

Hatte Heinrich noch gezögert, so war es vor allem das letzte Wort, das ihn überzeugte. Er räusperte sich mehrmals und begann dann, seinen Begleitern das Gesprochene zu übersetzen. Ein Argument Isabelles nach dem anderen führte er an. Aber noch bevor er seine eigene

Meinung vorbringen konnte, fiel Malina ihm bereits ins Wort.

»Es gibt keinen Grund, sie mitzunehmen!«, ereiferte sie sich. »Wir finden unseren Weg auch allein. Und was die Gefahren anbelangt – pah, wir haben genügend Gefahren hinter uns. Wir brauchen niemanden, der uns davor warnt. Und helfen kann sie uns im Ernstfall auch nicht.«

Myslaw sah das ganz anders: »Vielleicht ... Ich meine, vielleicht können wir sie ja doch brauchen. Wenn sie Abkürzungen kennt und sichere Wege ... Und dann die Sprache ... Damit könnte sie uns doch nützlich ...«

»Wenn wir zu viert sind, müssen wir auch für vier Leute etwas zu essen besorgen!«, fuhr Malina ihm sichtlich verärgert über den Mund. »Außerdem sieht sie nicht gesund aus. Sie könnte krank werden, und in diesem Fall könnten wir sie nicht einfach zurücklassen. Wir müssten auf sie warten, und wann erreichen wir dann unser Ziel?«

»Vielleicht wird ja einer von uns krank, und sie kann ihm helfen«, gab Myslaw zu bedenken.

Malina antwortete mit einem weiteren »Pah!« und machte damit deutlich, dass sie nicht ans Aufgeben dachte. Mit einer Ungeduld ihrem Bruder gegenüber, die sie selbst erstaunte, fuhr sie vielmehr ein weiteres Geschütz auf: »Wir kennen diese Frau überhaupt nicht. Wer weiß, vielleicht ist sie ein Lockvogel und stellt uns eine Falle. Morgen früh ziehen wir mit ihr los, und gleich hinter der Stadt fallen ihre sauberen Freunde über uns her, rauben uns aus und schlagen uns tot. Dafür hätten wir auch in Córdoba bleiben können!«

Am Ende entschied Heinrich. Er war es, dem sie die Freilassung zu verdanken hatten, er verfügte über das Geld, er war der Anführer. »Ich verstehe deine Einwände«, bemühte er sich, Malinas Erregung zu dämpfen. »Es stimmt, was du sagst, aber …« – er schluckte, als er den abweisenden Blick in ihren Augen sah –, »aber sie kennt den Weg und spricht die Landessprache. Und sie weiß die Gefahren zu umgehen … die kämpfenden Herren vor Lyon, von denen sie gesprochen hat … Denk an die Sache mit der Sklaverei!« Er versuchte es mit einem Lächeln, doch sie verschränkte nur die Arme vor der Brust und schwieg.

Malina schwieg auch noch, als Isabelle sich für die Hilfsbereitschaft bedankte und als der Wirt auf Heinrichs Aufforderung einen Krug Wein brachte. Wortlos zog sie sich bei Anbruch der Dunkelheit in eine Kammer zurück, die sie zu ihrem Entsetzen mit Isabelle teilen musste, da der Wirt keinen anderen Platz für die Wahrsagerin hatte. Lange noch lag Malina wach, und das Geschehene ging ihr immer wieder durch den Kopf. Sie war traurig und enttäuscht, weil sie nach allem, was sie mit Heinrich durchlebt hatte, mit ihren Wünschen bei ihm auf taube Ohren gestoßen war. Und sie fühlte sich ausgeschlossen, gab es mit der fremden Sprache doch auf einmal eine Wand zwischen ihnen. Eine Wand, durch die sie ihn zwar sah, hinter der er ihr aber auf eine nur schwer erträgliche Weise entzogen war.

Traurig und enttäuscht war Malina auch noch am nächsten Morgen, als sie bald nach Sonnenaufgang die Herberge verließen und sich zu viert auf den Weg machten. Schweigend lief sie neben den anderen her, ohne einen Blick für die Landschaft und die Menschen, die ihnen begegneten. Erst bei der mittäglichen Rast bekam ihre Zurückhaltung Risse. Auf eine Frage Heinrichs antwortete sie ihm, wenn auch mit ausdruckslosem Gesicht;

bei Myslaw begann sie schon ein wenig zu reden, sodass sich ein kurzes Gespräch entwickelte; und als Isabelle über Heinrich das Wort an sie richtete, weil sie etwas von ihr wissen wollte, da versagte sie ihr die Antwort nicht, wenn auch nur aus Höflichkeit. Aber über allem, was sie sagte, lag eine Schicht aus Eis.

»Sie kann mich nicht ausstehen«, beklagte sich Isabelle bei Heinrich, als sie an einem Engpass eine Schafherde vorbeilassen mussten und Malina in ihrem Blickfeld stand.

Heinrich überging die Bemerkung. Längst war ihm klar, dass er trotz aller Vorteile, die sie aus der Anwesenheit Isabelles zogen, einen Fehler gemacht hatte. Doch tröstete er sich damit, dass Isabelle und damit die Ursache für die Missstimmung bald verschwunden sein würde.

Avignon erreichten sie zwei Tage nach Arles. Wirkte die kleine Stadt für gewöhnlich eher verschlafen, so glich sie an diesem Tag einem Bienenstock. Ein großer Markt hielt die Bewohner und zahlreiche Besucher in Atem. Auf einer Wiese vor der Stadt boten reisende Krämer und Bauern aus der Umgebung alles an, was nützlich war oder die Herzen erfreute. Den Frauen hatten es besonders die bunten Bänder und der Glitzerschmuck angetan, während die Männer sich um Rinder, Schafe und Pferde scharten, Äxte und Mahlsteine begutachteten und um Säcke mit Getreide feilschten. Zwischendurch lauschten alle den Auftritten einiger Spielleute oder drängten sich um die Garküchen, von denen verführerische Gerüche in den spätsommerlichen Himmel stiegen – so verführerisch, dass Heinrich und seine Begleiter den Entschluss fassten, den Rest des Tages und die Nacht in Avignon zu verbringen.

Das Essen war köstlich, nicht minder der Wein, den sie genossen und der bei manchem Marktbesucher an diesem Tag Most, Molke und Milch vollständig verdrängt zu haben schien – ein süffiger Tropfen aus der Umgebung, der dem Gaumen schmeichelte und den Trinkenden Flügel verlieh, auf denen sie beseligt über die Marktwiese schwebten. Als weniger angenehm erwies sich für die vier Reisenden dagegen die Suche nach freien Betten. Die einzige Herberge der Stadt war bereits belegt, und nur mit Mühe vermochten sie den Wirt zu bewegen, ihnen Stroh für ein Nachtlager in einen Gang zu schütten. Ein nur teilweise befriedigender Erfolg, wie sich herausstellte – wurde die Musik der Spielleute doch schon bald von einem vielstimmigen Geschnarche abgelöst und die Wohlgerüche von dem Gestank von Erbrochenem und sauer aufgestoßenem Wein.

Viel zu früh am nächsten Morgen riss das Hämmern einer benachbarten Schmiede die vier aus dem Schlaf. Nachdem sie sich mit einer Mahlzeit gestärkt hatten, verließen sie die Stadt. Ihr Weg führte oberhalb der Rhône entlang, eine Strecke, die Isabelle gut kannte, sodass sie sich als eine sichere Führerin erwies. Auch die anderen kannten den Weg, wenigstens konnten sie sich verschwommen daran erinnern, dass sie ihn vor vier Jahren als Sklaven – in entgegengesetzter Richtung – schon einmal gegangen waren. »Dies könnte der Ort sein, an dem ein böser Geist in Sislawa gefahren ist«, sagte Malina zu Heinrich. Und an einer anderen Stelle fiel ihm auf: »Ich glaube, auf der Wiese dort drüben haben wir geschlafen.«

Auf Wiesen schlafen mussten sie dieses Mal nicht. Schließlich waren sie keine Sklaven mehr und außerdem hatten sie eine Führerin dabei, die an jedem Abend eine Herberge für sie fand oder einen Bauern, den sie kannte und der ihnen für eine Nacht Unterkunft gewährte. »Auf seiner Hochzeit haben meine Brüder zum Tanz aufgespielt«, erklärte Isabelle ihren Begleitern bei solchen Gelegenheiten, und danach unterhielt sie sich mit den Bauersleuten, während die Magd ihnen Wein einschenkte und jedem ein dickes Stück von dem geräucherten Schinken abschnitt.

Auch über ihren Weg erfuhren sie auf diese Weise etwas. »Weil es so viel geregnet hat«, berichtete einer der Bauern, »verhält sich die Rhône zurzeit wie ein garstiges Kind. Die Fischer können jede Menge Geschichten davon erzählen. Den einen treibt sie ganze Äste in die Netze, den anderen wirft sie gar die Boote um. Alle Treidelpfade sind überschwemmt. Wie soll da noch einer die Schiffe den Fluss hinaufziehen?«

»Viel zu viel Regen in diesem Jahr«, klagte ein anderer. »Das ist Gottes Strafe für unsere Sünden, sagen die Priester. Weil wir seine Gebote nicht achten, lässt er so viel Wasser vom Himmel fallen.« Er wies mit der Hand auf einen Hügel. »Auch der Fluss dahinter führt Hochwasser. Wenn das so weitergeht, wird er noch die Brücke zerstören. Betet zu Jesus und allen Heiligen, dass es sie noch gibt, wenn ihr hinkommt! Denn wenn ihr bei diesem Wildwasser durch die Furt müsst … olala!«

Am nächsten Vormittag näherten sie sich der Brücke, aber noch bevor sie sich ein Bild machen konnten von dem, was der Bauer gesagt hatte, lenkte eine Prozession ihre Aufmerksamkeit auf sich. Sie hielt geradewegs auf die Brücke zu. Vorneweg auf einem Grauschimmel ritt ein Bischof in Begleitung dreier berittener Priester. Ihnen folgte ein von zwei weißen Ochsen gezogener Karren, auf dem sich eine mannsgroße Figur mit einem goldglänzenden Heiligenschein befand, die in kostbare Gewänder gehüllt war. Weitere Geistliche folgten zu Fuß, dazu eine lange Reihe gläubiges Volk. Nahezu zeitgleich erreichten die vier Reisenden und die Prozession die Brücke.

Heinrich und Isabelle bekreuzigten sich, als sie die Symbole ihrer Religion vor sich sahen, während Malina ganz anderes im Sinn hatte. »Da sollen wir rüber?«, stöhnte sie.

Sichtlich erneuerungsbedürftig, spannte sich ein aus Baumstämmen und Seilen errichteter Übergang über den Fluss, dessen Bett sich an dieser Stelle verengte, sodass das Wasser kräftig toste. Da die Brücke recht flach gebaut war, reichten die Fluten bis an die Unterseite der Stämme heran, ja an zwei Stellen überspülten sie diese sogar.

»Sie wird uns schon tragen«, sagte Myslaw zuversichtlich und lief los. Aber noch bevor er einen Fuß auf die Brücke setzen konnten, standen zwei finstere, gut bewaffnete Burschen vor ihm und versperrten ihm den Weg.

»Zuerst die Prozession, dann wir«, rief Heinrich Myslaw zu. »Und auch das erst, nachdem wir diesen beiden Kerlen den Zoll entrichtet haben. Schließlich will ihr Herr an seinem Übergang verdienen.«

Myslaw brummte etwas von verlorener Zeit, fügte sich aber und ging zur Seite. Gleich darauf stand der Bischof vor der Brücke und blickte in das aufgewühlte Wasser. Entsetzen machte sich in seinem Gefolge breit, als er zu erkennen gab, dass er den Weg fortsetzen wollte. Doch der Bischof ließ sich nicht beirren, sondern stieg vom Pferd und führte es auf die Brücke. Nach einigen bangen Augenblicken erreichte er wohlbehalten die andere Seite. Ihm folgten die drei Priester, und gleich darauf setzte sich auch der Ochsenkarren mit dem Heiligen in Bewegung. Begleitet von frommen Wünschen, rumpelte er vorwärts, aber kaum hatten die Ochsen die Brücke unter den Hufen und die massigen Karrenräder lasteten auf dem Holz, als mehrere Stämme knickten und die Räder ein Stück im Wasser versanken. Panik erfasste die Ochsen, die ein ausgezeichnetes Gespür für die Lage zu haben schienen, in die blindes Gottvertrauen sie gebracht hatte. Wie Donner tönte ihr Gebrüll, während sie gleichzeitig nach vorn strebten, angetrieben von den Stöcken zweier Knechte, was sich jedoch als nutzlos erwies, da der Karren hoffnungslos festsaß. Unterdessen knickten weitere Stämme, und die Räder tauchten noch tiefer ins Wasser.

Am Ufer flehten die Gläubigen zum Himmel und ein Priester forderte mit gellender Stimme den Karrenheiligen zur Mithilfe auf, doch der schien sein Schicksal demütig anzunehmen. Das Wunder blieb aus.

In diesem Augenblick sprang der Besitzer der Ochsen auf die Brücke und spannte mit ein paar schnellen Griffen die Tiere aus – gerade noch rechtzeitig, denn während die Ochsen dem rettenden Ufer zustürzten, barsten weitere Stämme und unter den entsetzten Blicken des Hirten und seiner Herde wurde der Wagen mitsamt der hölzernen Figur in die Fluten gerissen. Das Letzte, was versank, war der Heiligenschein.

Verzweifelte Stimmen beschworen das Ende aller Tage und die Ankunft des Antichrist. Isabelle bekreuzigte sich zum zweiten Mal, desgleichen Heinrich, der bereits überlegte, wie sie nun das Hindernis überwinden konnten. Plötzlich tauchte ein Junge neben ihm auf und redete auf ihn ein, während er zum Oberlauf des Flusses hindeutete.

»Er sagt, dort gibt es eine Furt«, übersetzte Isabelle.

»Vermutlich handelt es sich um die, von der der Bauer gesprochen hat. Allerdings behauptet der Junge, es besteht keine Gefahr für uns. Die Strömung ist nicht so stark, meint er, wir sollen uns keine Sorgen machen. Zusammen mit seinen Brüdern bringt er uns sicher ans andere Ufer.«

»Sicher?«, entfuhr es Malina mit Blick auf das dahinschießende Wasser, und auch Heinrich zeigte sich von dem Gedanken an die Furt nur wenig angetan. Aber da niemand wusste, wie sie sonst über den Fluss kommen konnten, willigten sie schließlich ein und folgten dem Jungen.

Eine ganze Stunde mussten sie gehen bis zu der Stelle, von der der Junge gesprochen hatte. Und tatsächlich: Was bei der Brücke ein reißendes Wasser gewesen war, erwies sich an der breiten Furt als ein flacher See mit mäßiger Strömung. Bei einer Hütte hieß der Junge sie warten. Er verschwand im Inneren und kehrte gleich darauf mit zwei kräftigen Männern zurück, die ein armdickes Brett trugen – für Heinrich und seine Begleiter ein beruhigendes Zeichen, dass die beiden das, was sie vorhatten, nicht zum ersten Mal tun würden. Deren einzige Worte galten denn auch ihrem Lohn. Mit Isabelles Hilfe handelte Heinrich ihn aus, und kaum hatten sie sich geeinigt, da winkten die Männer Malina auf das Brett, hoben es auf ihre Schultern und trugen sie sicher und trockenen Fußes über den Fluss. Myslaw und Isabelle folgten, und nachdem auch Heinrich wohlbehalten das andere Ufer erreicht hatte, konnten die vier ihren Weg endlich fortsetzen.

Die nächsten beiden Tage verliefen ohne Zwischenfälle, und so kamen sie zügig voran. Hell spannte sich der Himmel über dem Land, dessen sattes Grün das Auge erfreute. Die Sonne schien mild, an den Hängen reiften die Trauben, und von der Erde stieg jener würzige Geruch auf, wie er nur dem beginnenden Herbst zu eigen ist. Alles um sie herum atmete Leben, alles freute sich, auf der Welt zu sein, und wie durch einen Zauber waren Sorgen und Streit überlagert von Unbeschwertheit und Frieden.

Zwei Tage später war der Frieden vorbei, und das Unheil nahm seinen Lauf. Es begann, als sie hinter einer Wegbiegung dicke schwarze Rauchwolken sahen, die in den eben noch makellos blauen Himmel stiegen und die von etwas Bedrohlichem kündeten. Augenblicklich hielten alle vier an, und Heinrich warf Isabelle einen fragenden Blick zu. Die zuckte mit den Achseln. »Wenn mich meine Erinnerung nicht täuscht, liegen hinter dem Waldstück Häuser. Vielleicht waren die Bauern unvorsichtig und haben eines davon in Brand gesetzt. Oder …« – sie stockte –, »oder andere haben es getan. Vielleicht die Streithähne, von denen ich euch in Arles erzählt habe. Wir erreichen jetzt ihr Gebiet. Es kann sein, dass sie mal wieder in Fehde miteinander liegen und ihre Männer sich in dieser Gegend herumtreiben. Auf jeden Fall sollten wir vorsichtig sein und den Weg erst einmal verlassen.«

Kaum hatte sie zu Ende gesprochen, als sie sich seitwärts in die Büsche schlug. Die anderen taten es ihr gleich. Auf Deckung bedacht, schlichen sie durch den Wald, der sich schon bald lichtete und den Blick auf Wiesen und Felder freigab – und auf drei brennende Häuser.

Heinrich legte die Stirn in Falten. »Drei Häuser, die so weit auseinanderstehen, brennen nicht zufällig zur selben Zeit.«

Sorgsam spähten sie umher, aber außer etlichen Männern, Frauen und Kindern – zweifellos die Bewohner der Häuser – war niemand zu sehen. Aufgelöst hetzten diese zwischen den Brandstellen umher, schleppten Wasser heran und schütteten es in die lodernden Flammen – ein ebenso gefährliches wie nutzloses Unterfangen.

»Vermutlich sind die Brandstifter längst über alle Berge«, knurrte Heinrich.

Isabelle wiegte nachdenklich den Kopf. »Vielleicht. Aber vielleicht auch nicht.« Ihr Blick wanderte zu den Hügeln, während sie in ihrer Erinnerung suchte. »Ich denke, wir sollten schleunigst von hier verschwinden. Den Bauern können wir ohnehin nicht helfen, die Häuser sind verloren. Wir müssen an uns denken. An unsere Sicherheit. Deshalb sollten wir auf Nebenwege ausweichen, auf denen es unwahrscheinlicher ist, dass wir diesem Gesindel in die Arme laufen. Ich kenne solche Pfade.« Den letzten Satz hatte sie nicht ohne einen gewissen Triumph gesagt, denn als Heinrich ihre Worte übersetzte, senkte Malina betreten den Kopf. Was sie in Arles noch als unnütz bezeichnet hatte, konnte sich nun als hilfreich erweisen. »Ich kenne solche Pfade«, wiederholte Isabelle noch einmal und deutete auf einen Hügel, der sich ein gutes Stück abseits ihres eigentlichen Weges befand. »Dort müssen wir hin.«

»Von dort oben haben wir eine gute Aussicht über das Land«, ergänzte sie wenig später, als sie das Waldstück hinter sich gelassen hatten und auf einen Feldweg einbogen. »Nicht weit von hier macht die Rhône eine Biegung. Von dem Hügel können wir in beide Richtungen sehen. Da es in dieser Gegend viel niederes Buschwerk und Wiesen und Felder gibt, können wir mögliche Trupps von Kämpfern bestimmt gut ausmachen. Und wenn wir erst einmal wissen, wo sie sich aufhalten, können wir ihnen leicht ausweichen.«

Hatte der Hügel aus der Entfernung eher flach ausgesehen, so wuchs er an, je näher sie kamen. Bald schlängelte sich der Weg steiler bergauf. Mit Bäumen und Buschwerk bestandene Stellen wechselten mit kargen Flächen, von denen sie zwar eine gute Sicht auf den Hauptweg hatten, auf denen sie aber auch leicht entdeckt werden konnten. Malina drängte zur Eile, tönte ihr seit den brennenden Häusern doch wie ein Albtraum das Wort »Sklaverei« im Ohr, das Isabelle in Arles gebraucht hatte.

Diese beobachtete unterdessen angestrengt das Land, ohne allerdings Auffälliges zu entdecken, vor allem keine Bewaffneten. »Wenn sie die Häuser angesteckt haben, müssen sie noch irgendwo sein«, grummelte sie. »Schließlich können sie sich nicht in Luft aufgelöst haben. Vielleicht sollten wir auf den höheren Gipfel dort drüben steigen, von dem haben wir einen besseren Blick. Der Weg bis dort ist nicht weit. Er führt über diese Stelle.« Sie deutete mit der Hand auf einen Abhang mit lockerem Gestein. Heinrich und Myslaw zeigten sich beunruhigt, desgleichen Malina, die in Erinnerung an den Bergrutsch in den Pyrenäen für eine Umgehung der gefährlichen Stelle warb. Isabelle jedoch schien ein geradezu diebisches Vergnügen dabei zu empfinden, einen Weg auszuwählen, der den anderen Kopfschmerzen bereitete. Ohne sich nach ihnen umzusehen, lief sie weiter. »Unnötige Umwege kosten zu viel Zeit«, rief sie nach einer weiteren Steigung, bevor es auf den Abhang ging. »Wenn wir in zwei Tagen in Lyon sein wollen, müssen wir uns sputen.« Zwischen einigen größeren Steinen betrat sie den Pfad, den andere in den Abhang getreten hatten. »Stützt euch auf der Hangseite ab! Es ist nicht weit, das haben wir schnell geschafft. Dort drüben können wir …« Weiter kam sie nicht, denn in diesem Moment löste sich ein Stein unter ihren Füßen und polterte, andere Steine mitreißend, in den Abgrund.

»Isabelle!«, entfuhr es Heinrich. Blitzschnell machte er einen Satz nach vorn, um sie zu halten, aber sie hatte sich bereits gegen den Hang geworfen. Kreidebleich im Gesicht, klammerte sie sich an einem Stein fest, in der Hoffnung, dass dieser sich nicht ebenfalls als locker erweisen würde. Im nächsten Moment war Heinrich bei ihr und packte ihre Hand. Vorsichtig richtete sie sich auf, und gemeinsam tasteten sich beide von dem Abhang zurück, bis sie dort angekommen waren, von wo Myslaw und Malina das Geschehen teils erschreckt, teils – was Malina anbelangte – mit einer gewissen Schadenfreude beobachtet hatten. Mit zitternden Knien sank Isabelle zu Boden. »Danke«, keuchte sie, an Heinrich gewandt. Und nachdem sie eine Weile gesessen und sich wieder beruhigt hatte, löste sie die Kette mit dem Amulett von ihrem Hals und drückte es inbrünstig an die Lippen. »Wieder hat es mir das Leben gerettet!«, brachte sie mit einem Blick in den Abgrund hervor. »Ohne seinen Schutz würde ich jetzt dort unten liegen.«

Beeindruckt starrte Myslaw auf das Amulett. Auch ohne Übersetzung hatte er das Gesagte verstanden. »Was für ein mächtiger Schutz muss das sein!«, raunte er Malina zu. »Glücklich, wer so einen Schutz besitzt.«

Malina antwortete nicht. Ihre Aufmerksamkeit galt Heinrich, der neben der Gestrauchelten hockte und eine Fürsorglichkeit an den Tag legte, die ihr höchst überflüssig erschien. »Sag ihr, sie soll aufstehen!«, forderte sie Heinrich auf. »Wir haben schon genug Zeit wegen ihres Leichtsinns verloren. Jetzt nehmen wir meinen Weg, der führt auch zum Gipfel. Aber im Gegensatz zu ihrem ist er sicher.«

Heinrich übersetzte Isabelle die Worte, nahm ihnen allerdings die Schärfe. Die Folge war, dass Isabelle Malina mit einem freundlichen Zunicken antwortete, was diese wiederum auf den Gedanken brachte, Heinrich könne ihre Worte hemmungslos verfälscht haben, weshalb sie ihn mit einem ärgerlichen Blick bedachte.

Heinrich merkte nichts davon, da er gerade Isabelle beobachtete, die sich mühsam erhob und – kaum, dass sie stand – gleich wieder in die Knie ging. Ihre Hand fuhr an den rechten Knöchel, und als sie ihn berührte, stöhnte sie auf. »Er ist verstaucht«, verkündete sie. Und nachdem sie den Knöchel eine Weile betastet hatte, fügte sie hinzu: »Nicht stark verstaucht zum Glück. Aber einen Tag Ruhe werde ich brauchen.«

»Sie wird sich zusammenreißen müssen!«, zischte Malina Heinrich zu. »Ihretwegen wollen wir hier keine Wurzeln schlagen. Es ist nicht spät, wir können heute noch viele Stunden unterwegs sein. Außerdem müssen wir diese gefährliche Gegend schnell hinter uns bringen.«

Isabelles erneuter Griff an den Knöchel war ein Zeichen für Malina, dass diese es gänzlich anders sah. Doch so schnell mochte sie nicht aufgeben. Obwohl der Abgrund nahe war und ihr allein schon der Anblick eine Gänsehaut über den Rücken jagte, baute sie sich dicht vor Heinrich auf, stemmte die Arme in die Seiten und redete in einer Weise auf ihn ein, die nicht nur ihn erstaunte, sondern gleichfalls ihren Bruder.

Heinrich indes hatte sich bereits für einen Ruhetag entschieden, um den er denn auch zunächst geduldig warb, dann jedoch immer ungeduldiger, als er feststellte, dass sein Werben bei Malina nichts nützte. Am Ende der Auseinandersetzung standen ein paar heftige Worte, viel zu hitzig hervorgestoßen und von solch überflüssiger

Schärfe, dass sich schließlich beide mit herabgezogenen Mundwinkeln voneinander abwendeten.

»Wir können sie ja nicht einfach hier sitzen lassen!«, rief Heinrich Malina hinterher. Und wie zum Trotz ergriff er Isabelles Arm, legte ihn um seine Schulter, auf dass sie sich abstützen konnte, und gemeinsam kehrten beide dem Abgrund den Rücken – gefolgt von Myslaw, der zwischen Genugtuung über den Streit und dem Neid auf Heinrich schwankte, und Malina, die sich mit einem Gefühl tiefer Erniedrigung anschloss.

Oberhalb der Unfallstelle fanden sie einen Lagerplatz, eine kleine Lichtung in einer flachen Senke, die auf der einen Seite an den Abhang grenzte, auf der anderen mit Bäumen und Gebüsch dicht umstanden war und damit ein vorzügliches Versteck bot, das von der Landstraße am Fluss nicht einsehbar war.

»Hier sind wir ungestört«, gab sich Heinrich überzeugt. Und als Malina sich ihrem Bruder gegenüber wegen der umherziehenden Banden besorgt zeigte, wiederholte er seine Worte gleich noch einmal.

Isabelle hatte sich derweil niedergelassen und rieb ihren Knöchel. »Es tut mir leid, dass ich euch Unannehmlichkeiten bereite«, entschuldigte sie sich, äußerte aber zugleich die Zuversicht, am nächsten Morgen wieder laufen zu können. Heinrich antwortete nur knapp und ging zu dem Abhang. Mit zusammengekniffenen Augen blickte er auf das Land. Wie die Nase eines Riesen schob sich ein Ausläufer des Hügels auf die Flussbiegung vor, bei der er steil abfiel, sodass das Dahinterliegende nicht zu erkennen war. Dafür sah man das Dorf umso besser, das kurz vor der Biegung lag – zwei Dutzend Häuser, in ihrer Mitte eine Kirche, umgeben von einem Kranz von Wiesen und abgeernteten Feldern. »Wenn wir hierbleiben, brauchen wir etwas zu essen«, sagte er, zuerst in der einen, dann in der anderen Sprache. »Vielleicht kann ich in dem Dorf etwas beschaffen.«

»Das ist nicht ungefährlich.« Isabelle wiegte bedenklich den Kopf. »Falls sich dort unten tatsächlich Bewaffnete aufhalten, könntest du in Schwierigkeiten geraten. Leute wie die stellen nicht viele Fragen, die sind schnell mit dem Schwert bei der Hand.«

Heinrich wischte ihren Einwand beiseite: »Ich war oft als Kundschafter unterwegs und kann auf mich aufpassen«, erklärte er entschlossen, wiederum in beiden Sprachen.

Malina biss die Zähne zusammen und schwieg, obgleich ihre Verärgerung über Heinrich einer gewissen Besorgnis Platz gemacht hatte.

Dafür ergriff Myslaw das Wort: »Wenn du in das Dorf gehst, werde ich auf den Gipfel steigen, von dem wir hinter den Hügel sehen wollten. Vielleicht kann ich erkennen, ob Bewaffnete dort sind, und falls ja, wo sie sich aufhalten, wie viele es sind und in welche Richtung sie sich bewegen. Dann können wir entscheiden, wie wir morgen unseren Weg fortsetzen.«

Heinrich gab den Gedanken an Isabelle weiter. Die nickte, versank dann aber kurz in Nachdenklichkeit, aus der sie mit der Bemerkung »Ich weiß etwas Besseres« wieder auftauchte.

Heinrich hob erwartungsvoll die Brauen.

»Einige Stunden flussabwärts gibt es eine Fähre, wir sind gestern in ihrer Nähe vorbeigekommen«, erklärte sie. »Oder vielleicht sollte ich sagen: in der Vergangenheit gab es sie, denn ich weiß natürlich nicht, ob sie womöglich den ständigen Fehden zum Opfer gefallen ist. So wie vor einigen Jahren, als die Kämpfenden die Fähre versenkt haben – mitsamt Fährmann, dem sie zuvor einen Stein um den Hals gebunden hatten.« Sie schüttelte sich. »Nehmen wir einmal an, Myslaw steht auf dem Gipfel und findet hinter der Flussbiegung tatsächlich Bewaffnete. In diesem Fall könnten wir unseren Weg nicht wie geplant fortsetzen. Wir müssten uns einen anderen Weg suchen, einen sicheren. Ich kenne einen, er verläuft auf der anderen Seite der Rhône. Dort haben die Herren ihren Streit noch nie ausgetragen, deshalb hätten wir dort nichts zu befürchten. Allerdings müssten wir zunächst über den Fluss, und dazu wären wir auf die Fähre angewiesen.«

»Wir sollten also erkunden, ob es sie überhaupt noch gibt«, schlussfolgerte Heinrich und übersetzte das Gesagte. »Ich werde das überprüfen, allerdings brauche ich dafür einige Zeit. Isabelles Angaben zufolge ist die Fähre ein paar Stunden von hier entfernt. Außerdem könnte sich der Weg als gefährlich erweisen. Vielleicht muss ich mich ja verstecken oder …«

Myslaw unterbrach ihn unwirsch. »Eben wolltest du noch in dem Dorf etwas zu essen besorgen, und nun willst du auf einmal zur Fähre. Warum überlässt du das nicht mir? Ich kann ebenso gut zur Fähre gehen wie du. Oder denkst du, der Weg ist zu gefährlich für mich? Hältst du mich vielleicht für unfähig? Oder für feige?«

Ein Schatten huschte über Heinrichs Gesicht. Aber er wollte keinen Streit. »Nein, ich halte dich weder für unfähig noch für feige. Und wenn es dein Wunsch ist, zur Fähre …«

»Es *ist* mein Wunsch!«, fiel ihm Myslaw ins Wort. »Ich gehe! Sollte ich auf Bewaffnete stoßen, werde ich ihnen ausweichen oder mich verstecken, zur Not die ganze Nacht über. Dann bin ich erst morgen zurück. Mag Malina an meiner Stelle auf den Gipfel gehen und Ausschau halten. Das ist keine gefährliche Sache, gerade richtig für eine Frau.«

Malina strafte ihren Bruder mit einem ärgerlichen Blick, schwieg aber. Wieder übersetzte Heinrich, und nachdem er von Isabelle noch Einzelheiten für die geplanten Unternehmungen erfragt hatte, gab er diese an Malina und Myslaw weiter. Letzterem ging es vor allem um den Weg. »Zwei Pfade führen ins Flusstal. Der eine beginnt oberhalb des Abhangs, hinter den Büschen dort drüben; der zweite verläuft zunächst in die entgegengesetzte Richtung und beschreibt später einen Bogen. Beide sind etwa gleich lang. Welchen Pfad du einschlägst, ist dir überlassen.«

Myslaw entschied sich für den ersten.

»Und du«, richtete Heinrich das Wort an Malina, »wirst du den Weg zum Gipfel finden?« Die Frage sollte besorgt klingen und zielte darauf ab, die Wogen des Streits ein wenig zu glätten.

Malina indes empfand sie als die Unterstellung, sie könne der Aufgabe nicht gewachsen sein. Mit einem schroffen »Ich werde ihn schon finden!« drehte sie sich um und lief noch im selben Moment los.

Heinrich kämpfte um Beherrschung.

»Nur noch zwei Tage bis Lyon«, versuchte Isabelle ihn zu trösten, »danach seid ihr wieder allein. Dann wird sich alles einrenken.«

»Vermutlich«, murmelte er. Und nachdem er sich noch einmal nach ihrem Knöchel erkundigt hatte, besprach er sich ein letztes Mal mit Myslaw. Gleich darauf brachen beide in unterschiedliche Richtungen auf.

Während Heinrich dem Weg folgte, den sie gekommen waren, wechselte Myslaw zu dem Pfad hinüber, den Isabelle erwähnt hatte. Nicht zum ersten Mal bewunderte er ihre genauen Ortskenntnisse und ihr Erinnerungsvermögen. Knorrige, vom Mistral gekrümmte Bäume säumten den Weg, den Bauern, Händler und Hirten über viele Generationen getreten hatten. Am Fuße des Hügels machte Myslaw an einem Bach Halt. Er fühlte sich durstig, und deshalb beugte er sich nieder und trank. Plötzlich vernahm er Stimmen aus der Richtung, in die sein Weg führte. Er erhob sich und schlich vorsichtig durch das Gebüsch, bis er die Männer entdeckte, denen die Stimmen gehörten – ein halbes Dutzend verwegen aussehende Haudegen, die halbnackt in der Sonne lungerten, aus Krügen tranken und sich an einem Schinken gütlich taten, bei dem sich vermuten ließ, dass sie ihn irgendeinem Bauern abgenommen hatten. Pferde konnte Myslaw nirgends ausmachen. Dafür fiel sein Blick auf ein Fass Wein und einen weiteren Schinken, vor allem aber auf die Waffen der Zechenden, die eine beeindruckende Sammlung sämtlicher Arten von Mordwerkzeugen darstellten. Myslaw spähte nach rechts, doch auf dieser Seite gab es kein Vorbeikommen. Er spähte nach links, aber dort hätte er über eine Wiese laufen müssen, wobei er unzweifelhaft gesehen worden wäre. Still fluchte er in sich hinein. Einzig die Rückkehr zum Lagerplatz war noch möglich, um von dort über den anderen Pfad das Flusstal zu erreichen. Ein nicht unerheblicher Umweg – ärgerlich wegen des Verlustes an Zeit, aber auch wegen der zu erwartenden Schadenfreude, mit der Heinrich nach dem vorangegangenen Wortwechsel seine Verspätung aufnehmen würde. Dennoch blieb ihm keine Wahl, und so machte er sich denn widerwillig auf den Rückweg zum Lager.

Unten am Fluss kauerte Heinrich derweil neben dem Hauptweg und starrte in die Richtung, aus der sie am Morgen gekommen waren. Eine Staubwolke hatte seine Aufmerksamkeit erregt, rasch kam sie auf ihn zu, und als sie näher war, erkannte er zwei heranpreschende Reiter. Eilig zog er sich hinter Büsche zurück. Aber noch bevor er Einzelheiten beobachten konnte, bogen sie zum Ufer ab, sprangen von ihren Pferden und führten die Tiere zum Saufen ans Wasser.

Eine Weile verging, ohne dass etwas geschah. Heinrich legte die Stirn in Falten. Zwei Reiter, die zuerst scharf galoppierten, dann aber ihre Pferde tränkten, als hätten sie alle Zeit der Welt … Sein Blick wanderte in die Gegenrichtung. So weit er die Strecke einsehen konnte, war sie leer, nirgends eine menschliche Seele, nur Störche auf einer Wiese, die auf Nahrungssuche waren. Schon spielte er mit dem Gedanken, vorsichtig weiterzugehen und sich gegebenenfalls erneut zu verstecken, als die Reiter wie auf ein Kommando gleichzeitig auf ihre Pferde sprangen und diese sofort wieder antrieben. Wenige Augenblicke später waren die beiden heran – zwei Halbwüchsige in leichter Bekleidung und gänzlich ohne Waffen, jeder auf einem Tier, dem der hohe Preis geradezu auf der Stirn geschrieben stand. Zwei Sprösslinge aus adligen Geschlechtern vermutlich, die sich ein Wettrennen lieferten. Heinrich blickte ihnen nach, bis sie hinter einer Anhöhe verschwunden waren, und setzte seinen Weg dann fort.

Die Landstraße führte zunächst am Fluss entlang, tauchte dann in einen Wald ein, und als sie daraus wieder hervorkam, sah Heinrich hinter Wiesen und Feldern das Dorf vor sich liegen. Schon auf den ersten Blick war zu erkennen, dass es eines der wohlhabenderen der Gegend war. Die Häuser waren groß, alle schienen solide gebaut, und auch die Kirche wirkte keineswegs bescheiden. Spuren von Kämpfen oder eines Überfalls waren nirgends zu erkennen.

Das Brüllen einer Kuh riss Heinrich aus seiner Betrachtung. Als er in die Richtung sah, entdeckte er auf einer Weide mehrere Rinder, die von zwei Hirten bewacht wurden. Während der eine sich bei den Tieren befand, hielt der andere sich ein Stück entfernt auf. Offensichtlich beobachteten die beiden etwas, was Heinrich jedoch nicht erkennen konnte. Auf einmal kam Bewegung in die Hirten. Der eine rief dem anderen etwas zu, dieser rannte herbei, und gleich darauf hieben beide mit Stöcken auf die Tiere ein und trieben sie dem Dorf entgegen. Beunruhigt blickte Heinrich ihnen hinterher. Der Aufbruch war so plötzlich erfolgt, als hätte etwas den Männern Angst gemacht. Entweder die Annäherung wilder Tiere, was zu dieser Zeit an diesem Ort eher unwahrscheinlich war, oder das Erscheinen von Bewaffneten.

Ein Erscheinen, das sein Vorhaben, bei den Bauern etwas Essbares zu beschaffen, zunichtemachte.

Verärgert knirschte Heinrich mit den Zähnen. Noch lag das Dorf ruhig da, aber jeden Augenblick konnten sie mit Schwertern und Brandfackeln über die Siedlung herfallen und der Beschaulichkeit ein Ende setzen. Nachdem er noch einmal in jede Richtung gespäht hatte, machte er sich auf den Rückweg.

Frühes Abendlicht umfing ihn, als er wieder am Fuße des Hügels stand, auf dem sich der Lagerplatz befand. Erst jetzt wurde ihm bewusst, wie viel Zeit seit seinem Aufbruch vergangen war. Er lauschte, aber niemand schien in der Nähe zu sein, und so stieg er den Pfad bergan, während er seinen Gedanken freien Lauf ließ. Die bevorstehende Nacht kam ihm in den Sinn, die erste im Wald, seit sie Córdoba verlassen hatten. Kein Bett erwartete sie diesmal, nicht einmal ein Strohlager in einer Scheune, nur Moos und ihre Mäntel, in die sie sich wickeln konnten. Auch zu essen hatten sie nichts, abgesehen von den mageren Vorräten, die sie mit sich führten. Fast meinte er, seinen Magen knurren zu hören, als er an die Schinken und Würste dachte, die die Bauern oder die Wirte in den Herbergen ihnen vorgesetzt hatten, nachdem er sie großzügig dafür bezahlt hatte. Jawohl, großzügig hatte er sie bezahlt, ohne Zweifel war er manches Mal übervorteilt worden, aber dafür hatten sie sich stets reichlich gesättigt. Und was machte es ihm schon aus, mehr zu bezahlen! Geld hatte er genug. Abu Imran war nicht kleinlich gewesen, und deshalb würden sie auch weiterhin alles haben, was sie brauchten. So wie sie ihre guten Mäntel hatten. Mäntel aus warmem Tuch, die in dieser Nacht der ersten Bewährungsprobe entgegensahen, denn es würde kühl werden. Kühl, aber nicht kalt, schließlich stand die Sonne noch immer hoch in diesem Land, und das zu einer Jahreszeit, zu der es in seinem eigenen Land schon recht kalt werden konnte. In seiner Heimat. Dort, wo er bald sein würde. Mit Malina.

Heinrich bog auf das letzte Wegstück zu der Lichtung ein. Über das Fließen seiner Gedanken hatte er es versäumt, sich den anderen bemerkbar zu machen, und nun, als es ihm einfiel, war es bereits zu spät. Er drückte einen tief hängenden Ast zur Seite und trat unter den Bäumen hervor. Für einen Moment hatte er den Eindruck, als sei niemand da. Doch schon im nächsten Augenblick wusste er, dass er sich getäuscht hatte.

Was er sah, ließ ihn entsetzt zusammenfahren.

Neben einem Gebüsch lag Isabelle, das Gesicht dem Himmel zugewandt, die Arme in gekrümmter Haltung neben dem Körper. Die Beine waren gespreizt und gaben den Blick auf ihren Schoß frei. Ihr Rock war hochgeschoben.

Heinrich löste sich aus der Erstarrung und zog seinen Dolch. Seine Augen durchkämmten den Wald, aber niemand war zu sehen. Auch zu hören war nichts. Wie es schien, war der Täter auf und davon. Heinrich steckte die Waffe weg und kniete neben Isabelle nieder. Er suchte nach Anzeichen von Leben, aber er fand keine. Ihre Brust hob und senkte sich nicht, ihre Hände ruhten schlaff auf der Erde, über die Innenseite ihrer nackten Schenkel krabbelten Ameisen, ohne dass die Berührung sie störte. Isabelles Augen waren geöffnet und schienen ihn anzusehen. Erinnerungen wurden in ihm wach. Er hörte Isabelle erzählen, er vernahm ihr Lachen, sah die Bewegungen dieser wilden Schönheit, die so viel Leben in sich gehabt hatte. Nun war sie das Opfer eines widerwärtigen Verbrechens geworden, missbraucht und ermordet zur Befriedigung einer Lust. Erschüttert über die ruchlose Tat, zog er den zerrissenen Rock über die entblößte Scham.

Als er die Hand ausstreckte, um ihr die Augen zu schließen, raschelte es in seinem Rücken. Mit einer blitzschnellen Drehung sprang er auf die Füße. Nicht weit von ihm entfernt stand Malina. Sie war totenbleich.

»Isabelle ... Sie ist tot«, stammelte er und machte einen Schritt auf Malina zu.

Die wich zurück und tastete nach einem Baum.

»Sie ist tot«, wiederholte Heinrich und machte einen weiteren Schritt, doch abermals wich sie vor ihm zurück. »Jemand hat sie ...«, brachte er hervor und deutete, anstatt das Wort auszusprechen, auf ihren leblosen Körper.

Und dann öffnete Malina den Mund, und obwohl ihre Worte nicht mehr waren als ein Hauch, hatten sie doch die Wucht eines ganzen Gewitters. »Du warst es.«

Ein paar Atemzüge lang herrschte vollständige Stille auf der Lichtung, lediglich das heftige Schlagen zweier Herzen war zu hören. Alles in Heinrich sträubte sich gegen das, was sie gesagt hatte.

»Willst du … Willst du damit sagen … du glaubst …« Worum es ging, war so ungeheuerlich, dass ihm die Stimme versagte. In seinem Kopf überschlugen sich die Gedanken. »Ich … Ich bin gerade erst zurückgekommen und habe sie gefunden. Sie war tot … Jemand hat sie … hat sie getötet … Aber doch nicht ich …«

Schwer wie Blei waren ihm die gestammelten Sätze über die Lippen gekommen, auch wenn sie die Wahrheit enthielten. Malina indes hatte ihre eigene Wahrheit. »Du lügst! Du hast sie nicht gefunden. Ich habe dich gefunden – mit ihr.« Schwindel erfasste sie, und einen Moment fürchtete sie, ohnmächtig zu Boden zu sinken. Aber sie hielt stand. »Du wolltest diese Frau besitzen, seit wir ihr begegnet sind. Wie oft hast du mit ihr gesprochen, ohne dass ich eure Worte verstehen konnte! Wie ein brünstiger Hirsch hast du dich verhalten. Du wolltest sie haben, und jetzt, als du allein mit ihr warst, hast du zugegriffen. Allerdings hast du dich in ihr getäuscht, denn sie wollte dich nicht. Sie hat nur mit dir gespielt, und als es ernst wurde, hat sie sich verweigert. Deshalb hast du dir genommen, was sie dir nicht freiwillig geben wollte. Und danach hast du …« Sie stockte.

In einer hilflosen Geste streckte Heinrich die Hände nach Malina aus, aber sie wich einen weiteren Schritt zurück. »Komm mir nicht zu nahe!«, herrschte sie ihn an, und selbst das Zittern ihrer Stimme nahm ihrem Ton nicht die Schärfe.

Heinrich schluckte. »Du wolltest etwas zu essen holen«, hörte er sie sagen. »Wo sind die Sachen, die du von den Bauern bekommen hast? Zeig sie her!«

»Ich ... Ich war ...« Schon wieder stammelte er. »Ich war kurz vor dem Dorf, aber ... aber dann bin ich umgekehrt, weil ... Bewaffnete kamen und ...«

»Bewaffnete? Ich habe keine gesehen. Ich war oben auf dem Hügel, ich hätte sie sehen müssen. Aber da war niemand. Es gab keinen Grund zum Umkehren. Du lügst!«

»Aber die Hirten haben ihr Vieh doch ins Dorf getrieben!«, brach es aus ihm hervor. »Aus Angst vor den ...«

»Da waren keine Bewaffneten!« Sie schrie es fast.

Heinrich schlug die Hände vor die Augen. Warum nur glaubte sie ihm nicht? Fieberhaft suchte er nach Worten, die den Graben zuschütten könnten, der zwischen ihnen aufgebrochen war. Es gab eine Ermordete. Also musste es auch einen Mörder geben. »Du sagst, du hast keine Bewaffneten gesehen. Vielleicht war ja wirklich kein größerer Trupp in der Nähe, und die Hirten haben sich geirrt, und ich mich damit ebenfalls ... Aber woher willst du wissen, dass sich nicht einzelne Männer hier herumgetrieben haben, zwei oder drei vielleicht oder auch nur ein einziger, ein Späher zum Beispiel, der die Lage auskundschaften sollte? Warum sollte der nicht zufällig zu diesem Lagerplatz gekommen sein und ...«

Ihr Einwurf fuhr wie ein Peitschenhieb auf ihn nieder: »Hast du nicht selbst gesagt: ›Hier sind wir ungestört?‹ War es nicht so? Oder willst du das leugnen?«

»Ja, aber vielleicht habe ich mich getäuscht! Wie hätte

ich es auch anders wissen können, schließlich kenne ich die Gegend so wenig wie du. Wie sollte ich da ganz sicher sein, dass niemand vorbeikommen würde oder ...« Heinrich brach ab. Er spürte die Nutzlosigkeit seiner Worte, und deshalb versuchte er, einen anderen Zugang zu ihr zu finden. »Aber ich liebe dich doch! Ich liebe dich! Du bedeutest mir mehr als alles andere auf der Welt. Wie sollte ich dich denn betrügen! Denk an das, was wir gemeinsam durchgemacht haben. Denk an die Zeit in Córdoba! Wie glücklich wir uns gefühlt haben, als wir endlich wieder zusammen waren. Nein, nein und nochmals nein – ich war es nicht. Du musst mir glauben!«

Anstatt zu antworten, wies sie mit der Hand auf die Tote.

Heinrich gab sich noch immer nicht geschlagen. »Ich rufe den Allmächtigen als meinen Zeugen an. Er weiß ...«

»Was bedeutet mir dein Allmächtiger?«, hieb sie mit der ganzen Bitternis ihrer Enttäuschung auf ihn ein. »Dein Gott ist nicht der meine. Dein Gott ist der, in dessen Namen ihr mein Volk quält, der es zulässt, dass ihr uns mit Grausamkeiten überzieht und die Menschen mordet, denen mein Herz gehört. Was soll mir dieser Gott? Den brauchst du nicht anzurufen, denn so wie er eure Schandtaten deckt, so deckt er auch deine Lügen.« Und als wäre das alles noch nicht genug: »Wie recht hatte Myslaw doch, als er mich vor dir gewarnt hat!«

Die letzten Worte hatte Malina unter Aufbietung aller Kräfte hervorgestoßen, die ihr noch geblieben waren. Wie versteinert stand sie da, während das Echo ihrer Anklage zwischen den Bäumen verhallte. Dann sank sie schluchzend nieder und überließ sich dem Kummer, der sich wie ein schrecklicher Albtraum über ihre große Liebe gelegt hatte.

Entsetzt begriff Heinrich, dass er allein war. Die Liebe, die er zu besitzen geglaubt hatte, sein ganzes Glück, seine Träume, alles war verloren. War zerstört durch eine Aneinanderreihung von Zufällen, die sich als schicksalhaft erwiesen hatten. Nur wenn der Täter sich fand, würde er Malina zurückgewinnen können. Aber wie sollte das geschehen?

Irgendwann löste sich Heinrich aus seiner Erstarrung und ging zu Isabelle. Was immer es für Malina bedeuten mochte – eine Tote konnte man nicht einfach liegen lassen, auf dass die Tiere über sie herfielen. Eine Tote gehörte in ein Grab. Er zitterte, als er die Arme unter ihren Körper legte und sie anhob. Wie Wachs lag Isabelle in seinen Armen, nicht mehr warm vom Leben, aber auch noch nicht kalt. Ihr Mund war leicht geöffnet, als wolle sie, bevor sie für immer zu Staub wurde, den Namen des Täters verraten. Aber sie nahm das Geheimnis mit in das Grab, das Heinrich ihr unter einem Baum bereitete. Er bettete sie auf Moos und türmte Steine über ihr auf. Als er die Arbeit beendet hatte, sprach er ein Gebet für sie.

Malina beobachtete ihn von fern und flehte dabei zu ihren Göttern, dass Myslaw endlich zurückkehren möge.

Der aber kam nicht. Er kam nicht, als der Himmel sich färbte und der Tag zu Ende ging, und als die Nacht begann, da kam er auch nicht. Nirgends waren seine Schritte zu hören, die ihr in diesen grauenhaften Stunden so viel bedeutet hätten. Stattdessen verharrte sie allein unter dem Baum und starrte in die Finsternis. Und während sie das Vorgefallene wieder und wieder in ihrem Kopf bewegte, durchzuckte sie auf einmal ein Gedanke, der ihr in der ersten Enttäuschung nicht gleich gekommen war: Wenn Heinrich zu einer solch grässlichen Tat fähig war, konnte er dann womöglich auch für sie selbst zu einer Gefahr werden?

Im schwachen Licht des abnehmenden Mondes sah sie ihn am Rande der Lichtung sitzen, und ihr schauderte. Sie schob sich nach hinten durch das Unterholz, bis seine Gestalt immer kleiner wurde und sie unsichtbar für ihn war, und nun fühlte sie sich sicherer. Selbst in diesem finsteren, von wilden Tieren und Geistern bewohnten Wald empfand sie weniger Angst als in seiner Nähe. Als sie die Ungeheuerlichkeit ihrer Gedanken und ihres Tuns begriff, da versagten ihr die Beine, und tief verzweifelt sank sie ins Moos.

Gegen Morgen erst fiel Malina in einen unruhigen, von grässlichen Träumen zerrissenen Schlaf, und als sie wieder erwachte, stand die Sonne bereits hoch am Himmel und durch die Zweige der Bäume fiel Licht auf ihr Lager. Einen Augenblick war sie verwirrt, aber schon im nächsten Moment stand das entsetzliche Geschehen wieder deutlich vor ihr. Auf Deckung bedacht, schlich sie zu der Lichtung, um nach Myslaw Ausschau zu halten, doch der war noch nicht da. Nur Heinrich saß nach wie vor an derselben Stelle wie am Abend, als hätte er sich seither nicht ein einziges Mal gerührt, und starrte vor sich hin.

Um die Mittagszeit hörte sie Schritte, und kaum trat ihr Bruder auf die Lichtung, da rannte sie auf ihn zu und fiel ihm in einer Aufwallung aller Gefühle um den Hals. Immer wieder von Schluchzen unterbrochen, berichtete sie ihm von dem Geschehen. Als sie fertig war, schob Myslaw sie zur Seite, und nach einem kurzen Blick auf den Grabhügel trat er vor Heinrich.

Dieser schaute ihm gerade in die Augen.

»Malina behauptet, du bist schuld an Isabelles Tod«, begann Myslaw, und es war ihm anzumerken, wie unwohl er sich fühlte. »Du bestreitest das, aber sie glaubt dir nicht. Nur du allein weißt, was du getan hast. Ich weiß es nicht, denn ich war bei der Fähre, wie wir es vereinbart hatten. Es ist ein weiter Weg dorthin. Ich musste unterwegs übernachten und konnte erst heute zurückkommen.«

Myslaw wartete auf eine Antwort, aber Heinrich schwieg. Was hätte es ihm auch genützt, sich zu verteidigen – nun, da er endlich in einer Rolle war, die Myslaw sich in seinem Deutschenhass nicht besser für ihn hätte aussuchen können.

»Es gibt eine Sache, die wir noch klären müssen«, hörte Heinrich sein Gegenüber sagen. »Etwas, was uns alle drei betrifft. Es geht darum, ob wir den Rückweg gemeinsam fortsetzen oder …«

»… ob wir uns trennen?« Heinrich schüttelte langsam den Kopf, wie eine Statue, die zum Leben erwacht ist. »Unser Weg ist gefährlich. Wenn wir die Heimat wiedersehen wollen, müssen wir zusammenbleiben. Getrennt zu marschieren wäre sehr schwierig, wenn nicht gar aussichtslos. Nein, was auch immer zwischen uns steht – wir sind dazu verurteilt, unseren Weg zu dritt fortzusetzen. Erst am Ziel haben wir wieder einen freien Willen.«

Myslaw schlug die Augen nieder und nickte zustimmend. Dann drehte er sich um und ging zu Malina.

Heinrich blickte ihm nach. Noch bevor Myslaw zurückgekommen war, hatte er sich selbst für eine gemeinsame Rückkehr entschieden. Umso erleichterter war er nun, dass Malina eingewilligt hatte. Gab es auch einen

Graben zwischen ihnen, so wollte er wenigstens sicher sein, dass sie ihr Ziel erreichte. Jenes Ziel, das plötzlich in noch weitere Ferne gerückt schien und das ihm auch gar nicht mehr so wichtig vorkam.

Von großer Traurigkeit erfüllt, schloss Heinrich sich Malina und Myslaw an, als diese sich auf den Weg machten.

Teil 5

Für den Brandenburger Bischof Dodilo war sein Besucher ein Teufel. Nicht etwa der Höllenfürst selbst, dazu war er viel zu unbedeutend. Aber dass er zu dessen Anhängerschaft gehörte, stand für den Bischof außer Zweifel. Dabei hatte der kleingewachsene Ordensbruder, der da gemessenen Schrittes vor ihm durch die Domkirche lief, äußerlich so gar nichts Diabolisches an sich – weiche Gesichtszüge, ruhige Bewegungen und eine wohlklingende Stimme. Dennoch beharrte Dodilo auf seiner Einschätzung, hatte er an seinem Gast doch Eigenschaften bemerkt, die nur der Welt des Bösen entstammen konnten: eine geistige Offenheit, die mangelnde Glaubenstiefe verriet und der Ketzerei gefährlich nahe kam, dazu eine Freude an Wortwechseln, in denen er nichts anderes zu erblicken vermochte als einen zutiefst unchristlichen Hang zum Streit.

Am Nachmittag des Vortages war Bruder Laurentius auf der Brandenburg eingetroffen, der Prior des Benediktinerklosters Berge nahe der Stadt Magdeburg und damit der Stellvertreter des dortigen Abts. Was der Grund seines Besuches war, hatte er zunächst nicht gesagt, sondern nur in unverbindlichen Wendungen von einem Auftrag gesprochen und von einer gewissen Person, die ihn geschickt habe. Am Morgen war dann erst die Messe einem ausführlichen Gespräch im Wege gewesen, später seine Bitte, sich die Domkirche genauer ansehen zu dürfen. Eine Bitte, die der Bischof als Herr dieser Kirche seinem Besucher schlecht hätte abschlagen können.

Vor einer Holzschnitzerei hatte der Prior angehalten. Zwei Menschen standen sich gegenüber, ein Mann und eine Frau, dazwischen ein Baum, um den sich eine

Schlange ringelte. Die Frau hielt einen Apfel in der Hand.

»Ein meisterliches Werk, nicht wahr?« Die Stimme gehörte einem jungen Priester, der den Bischof begleitete. Bemüht, dem Gast den künstlerischen Wert der Darstellung bewusst zu machen, wies der Priester auf einige Auffälligkeiten hin und fügte dann voller Verachtung hinzu: »Eva, die Verführerin, die Adam zum Ungehorsam anstiftete. Die ihn das Verbotene tun ließ – jene verhängnisvolle Tat, die die Erbsünde in die Welt brachte. Seht, wie das Böse ihre Züge prägt!« Er berührte mit einem Finger ihr Gesicht, zuckte aber sogleich zurück, als fürchte er, Schaden zu nehmen. »Eva, die Schuldbeladene!«, entfuhr es ihm.

Bischof Dodilo, dem der lauernde Gesichtsausdruck des Priors nicht entgangen war, wollte das Gespräch rasch auf einen anderen Gegenstand lenken, doch es war bereits zu spät.

»Die Schuldbeladene?«, wiederholte der Prior, diesmal in die Form einer Frage gekleidet.

Der Angesprochene zeigte sich verunsichert. »Ja, selbstverständlich ... Eva, die schuld ist ...«, stotterte er und suchte den Blick seines Herrn. »Sie hat Adam ...«

»... den verbotenen Apfel gereicht«, vollendete der Prior. »Ja, so steht es geschrieben. Allerdings – wo steht, dass sie ihn Adam aufgezwungen hätte? Musste er ihn denn nehmen? Oder hätte er ihn nicht einfach zurückweisen können, wusste er doch sehr wohl, dass Gott ihm den Genuss dieses Apfels untersagt hatte? Wenn ich die Schrift recht verstehe, hat Adam freiwillig in den Apfel gebissen. Wo ist da also die Verführung? Und wo ist da die Schuld?«

»Willst du damit etwa sagen, Bruder Laurentius, dass ...«

Weiter kam der Priester nicht, denn Bischof Dodilo drängte ihn zur Seite und bohrte ihm dabei einen Finger so heftig ins Fleisch, dass der Priester beinahe aufgestöhnt hätte. »Eine ungewöhnliche Betrachtung«, wandte sich der Bischof an den Prior, »die mir einen längeren Disput durchaus wert zu sein schiene. Nur leider fehlt uns dazu die Zeit. Vielleicht ergibt sich später einmal eine Gelegenheit ...« Er stockte. Ein Funkeln in den Augen seines Besuchers verunsicherte ihn. Kleine, hässliche Blitze, die ihn abermals an die teuflischen Heerscharen denken ließen.

Aber schon im nächsten Moment waren sie verschwunden und das Gesicht des Priors strahlte erneut Güte und Milde aus. »Und da ist noch eine Frage: Wenn Gott ihnen verboten hatte, vom Baum der Erkenntnis des Guten und Bösen zu essen – wie konnte Eva überhaupt um das Böse ihres Tuns wissen, bevor sie in den Apfel gebissen hatte?«

... Und wenn sie das nicht wissen konnte, wie sollte sie dann schuldig sein?, stand als Fortsetzung des Satzes im Raum.

Der Bischof beschloss, dem ketzerischen Gespräch ein Ende zu machen. »Unser Taufbecken solltest du sehen, Bruder Laurentius«, sagte er so freundlich, wie es ihm unter den gegebenen Umständen möglich war. Und um Einwände bei dem Prior gar nicht erst aufkommen zu lassen, drängte er ihn zu dem Becken und begann mit Ausführungen über das Gezeigte. Ebenso verfuhr er mit dem Ambo, dem Lesepult, von dem aus er in der Messe das Wort an die Gläubigen richtete, sowie mit einigen Kostbarkeiten aus dem Kirchenschatz, die der Priester herbeischaffen musste.

Ohne weitere Einwürfe betrachtete der Prior das Gezeigte. Bevor er die Kirche verließ, verharrte er noch kurze Zeit beim Ausgang, um zurückzublicken. Klein war der Brandenburger Dom und vollständig aus Holz erbaut.

»Das ist erst der Anfang!«, versicherte der Bischof eilig. »Eines Tages wird ein würdigerer Dom von der Herrlichkeit Gottes künden.«

Dodilo schob sich an dem Prior vorbei und trat als Erster ins Freie. Dunkle Wolken ballten sich am Himmel zusammen, die so gar nicht zu der sommerlichen Jahreszeit passen wollten, wohl aber zu seiner Stimmung. Sein Blick streifte durch die Vorburg, in der die Kirche stand. Düster wie das Wetter wirkte sie an diesem Tag auf ihn – die aus Baumstämmen errichteten Häuser, die sich im Schatten der Burg duckten; die in grobes Tuch gehüllten Bewohner auf den ausgetretenen Wegen; die dünne Rauchfahne über der Schmiede, die nicht fröhlich wie sonst, sondern freudlos und zerfahren in den Himmel stieg. Und hätte ihn jemand auf die Kuh angesprochen, die sich gerade in diesem Moment neben dem Brunnen entleerte – er hätte sie als hässlich beschrieben und als so mager wie einst die Kühe in Pharaos Traum.

Der Bischof schlug ein Kreuzeszeichen über zwei Slawen, die im Vorbeigehen die Knie vor ihm gebeugt hatten, bevor er sich mit seinen Begleitern der Brücke über dem Wassergraben zuwandte. Der Graben bildete einen Schutz für die Vorburg, so wie der massige Wall aus Holz und Erde für die angrenzende Burg – beide zusammen eine nur schwer einnehmbare Anlage, deren Wehrhaftigkeit noch dadurch erhöht wurde, dass sie auf einer Insel inmitten der Havel lag. Einst hatten die Fürsten der Heveller ihren Sitz in der Burg gehabt. Nun wurde sie von den Deutschen beherrscht, während die Slawen – neben dem Bischof mit seinem Gefolge – Platz in der Vorburg gefunden hatten.

Der Prior war stehen geblieben und wies auf zwei Reiter, die von der Burg her ebenfalls auf die Brücke zuhielten. »Der rechte der beiden Männer – ist das der, von dem ihr mir gestern berichtet habt?«

Bischof Dodilo wollte die Frage mit einem flüchtigen Ja abtun, ahnte aber, dass der Prior sich mit dieser Antwort nicht zufriedengeben würde, und versuchte es deshalb wie in der Kirche mit einer Ablenkung. »Zwischen der Brücke und der Furt geht links ein Fußweg ab. Dort können wir ungestört über den Grund deines Besuches reden.«

Sein Gast jedoch dachte gar nicht daran, sich ein zweites Mal auf diese Weise abfertigen zu lassen. »Das ist der Mann, den du Heinrich genannt hast?«, hakte er nach.

»Ja, das ist er«, mischte sich der Priester in das Gespräch, der nach seiner Verwirrung über den Disput in der Kirche die Sprache wiedergefunden hatte. Dass sein Bischof dabei unwillig die Mundwinkel herabzog, übersah er. »Du verblüffst mich, Bruder Laurentius. Wenn ich dich gestern recht verstanden habe, bist du Heinrich noch nie begegnet. Und doch hast du ihn erkannt. Wie ist das möglich?«

»Ihr habt ihn mir gut beschrieben.« Der Prior schaute den beiden Reitern nach. »Ich bitte euch, meine Brüder, lasst uns auf der Bank vor dem Haus dort drüben Platz nehmen. Der Grund meines Kommens kann noch ein wenig warten. Zunächst solltet ihr mir die Geschichte von diesem Heinrich zu Ende erzählen. Sie ist eine der bemerkenswertesten, die ich jemals gehört habe.« Entschlossen zog er seine Begleiter zu der Bank. »Wie war das noch?

Sein Rückweg aus dem Reich des Kalifen führte ihn zu Beginn des Winters in die Stadt ...« – er legte die Stirn in Falten und dachte nach –, »ja, richtig, in die Stadt Koblenz am Rhein ...«

Ein Mann erschien, in den Händen ein Drechslermesser und eine halbfertige Holzdose, und bedeutete den dreien unter Verbeugungen, sie sollten es sich nur recht angenehm auf seiner Bank machen, sei ihr Besuch doch eine hohe Ehre für ihn.

Bischof Dodilo segnete den Mann mit einem Kreuzeszeichen. »Wie gut sie sich doch verstellen können!«, sagte er, als der Drechsler sich wieder entfernt hatte, und kam dann auf die Geschichte zu sprechen. »Ja, also Koblenz am Rhein ... bis dahin waren wir gestern gekommen. Allerdings gibt es über die weitere Reise nicht viel zu berichten. Zumindest weiß ich nicht viel, denn dieser Heinrich war bei seiner Ankunft sehr krank und hat wenig gesprochen. Und als es ihm besser ging, wurde er auch nicht viel redseliger. Erst dem Markgrafen will er ausführlich Auskunft geben, wenn der von seiner Audienz beim Kaiser heimkehrt.«

»Wir erwarten ihn täglich«, warf der Priester ein.

Der Bischof machte eine ungeduldige Handbewegung. »Dieser Umstand dürfte für Bruder Laurentius ohne Bedeutung sein, da er uns bald wieder verlassen wird«, sagte er mit einer nicht zu überhörenden Betonung des Wörtchens »bald«.

»Das werde ich gewiss«, antwortete der Prior mit einem Lächeln. »Doch zuvor die Geschichte.«

»Nun gut«, sagte der Bischof und faltete die Hände vor dem Bauch. »Gleich hinter der Stadt Koblenz wurden dieser Heinrich und seine Begleiter von einem frühen Wintereinbruch überrascht, wodurch sie gezwungen waren, sich eine Bleibe zu suchen. Auf einem Fronhof kamen sie unter. Beinahe fünf Monate lebten sie dort, bis der Schnee schmolz und sie ihren Weg fortsetzen konnten. In Magdeburg haben sie sich dann getrennt. Wohin die beiden Slawen gegangen sind, weiß ich nicht, er hat es nicht gesagt. Er selbst hat seinen Weg allein fortgesetzt, bis er schließlich hier auf der Brandenburg erschien. Das liegt jetzt zwei Monate zurück.«

Der Prior blinzelte zu der Stelle hinüber, an der er Heinrich gesehen hatte. »Du erwähntest, dass er bei seiner Ankunft krank war …«

»Ein Sturz in eisiges Wasser«, bestätigte der Bischof. »Er wollte einen Bach auf einem umgestürzten Baumstamm überqueren. Plötzlich lenkte ihn etwas ab, er stürzte in den Bach und wurde völlig durchnässt. Es waren die kältesten Tage im April, als sich der Unfall zutrug. Wie lange dieser Heinrich anschließend noch unterwegs war, bis er ein Gehöft fand, wusste er nicht zu sagen. Auf jeden Fall war er sehr krank. Der Bauer hat ihn zunächst gepflegt, und am Tag des heiligen Markus hat er ihn dann mit seinem Sohn auf einer Trage hierher geschleppt. Sein Gehöft liegt in der Nähe der Brandenburg. Der Körper dieses Heinrichs glühte wie Feuer, und seinen Husten hättest du hören sollen …«

Auf das Gesicht des Priesters legte sich ein Schatten. »Es war ein unheimlicher Tag, an dem er eintraf. Gerade so, als hätten sich die Mächte der Finsternis versammelt, ihm einen Empfang zu bereiten. Schon vor Sonnenaufgang ging es los, als das Vieh auf einmal brüllte, ohne dass es einen Grund dafür gegeben hätte. Später am Tag trieben dann dunkle Wolken über den Himmel, die sahen so bedrohlich aus, dass einem ganz angst und bange davon wurde. Einige glichen reißenden Tieren, andere ähnelten einer gewaltigen Axt oder einem Schädel, in dem ein Messer steckte.«

»Ja, der Tag seiner Rückkehr war ein unheimlicher Tag«, bestätigte Bischof Dodilo. »Gott, der Herr, hat mit dem Finger auf ihn gezeigt als einen Menschen, der unter den Ungläubigen gelebt hat. Der sich mit ihnen gemein gemacht hat, wie die Zöllner der Heiligen Schrift es taten, die Umgang mit den Heiden pflegten und darüber unrein wurden ... Mit dem Unfall hat unser himmlischer Vater ihn bestraft!«

»Aber unser himmlischer Vater hat ihn auch gerettet«, wandte der Prior ein. »Er hat seinen Tod nicht gewollt.«

»Aber er hat ihn auch bestraft«, hielt der Priester trotzig dagegen.

»Weil er sich mit den Ungläubigen gemein gemacht hat«, ergänzte der Bischof. Und noch im selben Atemzug kehrte er zu den unverfänglichen Teilen seiner Erzählung zurück, wohl ahnend, dass der Prior – Streithammel, der er war – ihn über die aufgeworfene Frage nur in einen weiteren Disput verwickeln würde. »Lange lag dieser Heinrich krank darnieder, ja, es gab eine Zeit, da wollten wir ihm schon die Sterbesakramente spenden. Aber dann hat sich sein Zustand plötzlich gebessert. Vor zwei Wochen hat er sich das erste Mal von seinem Lager erhoben, und seither ist er vollständig genesen. Wovon wir uns gerade überzeugen konnten.«

»Das konnten wir in der Tat«, pflichtete der Prior ihm bei. »Aber lass mich noch einen weiteren Punkt berühren, Bruder Dodilo. Gestern sagtest du, dass dieser Heinrich als Krieger auf der Brandenburg diente, bevor er in die Sklaverei verschleppt wurde. Das heißt, viele kannten ihn hier. Wie haben sie ihn bei seiner Rückkehr empfangen?«

»Neugierig zunächst, denn jeder fragte sich natürlich, wo er so lange gewesen war. Beinahe fünf Jahre war er verschwunden. Als wir dann Näheres über sein Schicksal erfuhren – teils aus seinen wenigen Berichten, teils, weil er im Schlaf redete –, da gab es manche, die schenkten seinen Erzählungen Glauben. Andere misstrauten ihm, sie hielten ihn für einen Lügner und meinten, er habe sich alles nur ausgedacht. Und wieder andere waren der Ansicht, seine Erlebnisse hätten seinen Verstand getrübt. Kein gläubiger Mensch, sagten sie, könne eine solch lange Zeit unter den Heiden leben, ohne dass sein Verstand sich verwirrt und ohne dass seine Seele Schaden nimmt.«

»Eine gesunde Seele nimmt keinen Schaden daran«, widersprach der Prior und erntete einen bösen Blick des Bischofs, den er indes nicht bemerkte, da er die Augen gerade auf ein Mädchen gerichtet hatte, das eine Herde schnatternder Gänse durch die Vorburg trieb. Auch das leise Stöhnen des Priesters bemerkte er nicht – zumindest tat er so, denn er fuhr in seiner Rede unbeeindruckt fort: »Ich denke gerade an unseren Bruder Johannes von Gorze. Er war ein ungewöhnlicher Mann. König Otto, der Erste seines Namens, schickte ihn einst als Boten in dasselbe Reich des Kalifen, aus dem euer Heinrich gerade zurückgekehrt ist. Mehrere Monate war er dorthin unterwegs, und als er die Stadt Córdoba erreichte, wurde er von dem Kalifen auf das Prächtigste empfangen. In einem Palast, so hörte man, wie es ihn seinesgleichen unter der Sonne nicht gibt. Nachdem unser Bruder seinen Auftrag erfüllt hatte, erstattete er dem König Bericht, und der König lobte ihn über alle Maßen … Dass Bruder Johannes bei den Ungläubigen Schaden an seiner Seele genommen hätte, davon ist nichts überliefert. Ganz im

Gegenteil – einige Jahre später befand man ihn für würdig, seiner Gemeinschaft als Abt zu dienen.«

»Heinrich war kein Mönch«, warf der Priester ein und kam damit dem Bischof zuvor, dem derselbe Einwand auf den Lippen gelegen hatte. »Du vergleichst die Seele eines Starken mit der eines Schwachen. Aber lehrt uns das Leben nicht täglich, dass Letzterer viel anfälliger für die Einflüsterungen des Teufels ist?«

»Und wo bleibt bei einer solchen Betrachtung der göttliche Beistand, Bruder?« Der Prior zog fragend die Brauen hoch, wartete die Antwort indes nicht ab, sondern lenkte das Gespräch auf den Markgrafen. »Was hält Thiedrich von ihm?«, wollte er von dem Bischof wissen.

»Der Markgraf ist sich unschlüssig, da er noch nicht viel weiß. Aber nach seiner Rückkehr wird er mehr erfahren, das hat ihm dieser Heinrich jedenfalls zugesichert. Was er dann von ihm hält ...« Der Bischof zuckte die Schultern.

»Zumindest von dem Dolch hält er viel«, murmelte der Priester vor sich hin. War die Bemerkung auch nicht für den Prior bestimmt, so hatte dieser sie dennoch gehört. »Von welchem Dolch?« »Von welchem Dolch?«, wiederholte der Priester in der Art eines Kindes, das beim Naschen ertappt wird. Er senkte den Kopf und versuchte zu schweigen, aber eine Nachfrage des Priors zwang ihn zu antworten. In dürren Worten und den Blick seines Bischofs meidend, schilderte er das Aussehen der Waffe, die so unvermittelt die Aufmerksamkeit auf sich gezogen hatte, und ging auf die Umstände ein, unter denen er selbst und andere sie zu Gesicht bekommen hatten: »Es war an dem Tag, an dem Heinrich auf die Brandenburg gebracht worden war. Er bekam nicht mit, was um ihn herum geschah. Etliche Männer hatten sich an seinem

Lager versammelt und sprachen über ihn, unter anderem Markgraf Thiedrich. Plötzlich entdeckte der Burghauptmann unter den Habseligkeiten des Kranken einen Dolch, der in ein Tuch gewickelt war. Der Hauptmann nahm ihn in die Hand, betrachtete ihn und reichte ihn weiter. Keiner von uns hatte bis dahin eine solche Waffe gesehen, auch der Markgraf nicht, der besonders davon angetan war. Lange hielt er den Dolch in der Hand, er drehte und wendete ihn, und ich dachte schon, er würde ihn womöglich behalten. Aber das tat er nicht. Vielmehr legte er ihn zu den anderen Habseligkeiten Heinrichs zurück, auch wenn es ihm offensichtlich schwerfiel.«

»Ein Heidendolch!«, brummte der Bischof. »Vielleicht haben andere damit unschuldiges Christenblut vergossen. Vielleicht ist er besudelt vom Hass auf uns, die wir in der Anbetung des auferstandenen Heilands dem einzig wahren Glauben anhängen. Womöglich kleben auch Flüche daran.«

»Thiedrich hat diese Möglichkeiten offenbar nicht in Betracht gezogen«, bemerkte der Prior. »Oder sie haben sein Verhältnis zu dem Dolch nicht belastet.«

Der Bischof antwortete mit einem Verweis auf den mitunter langsamen Weg der Erkenntnis, auch der markgräflichen, den der Prior indes überhörte, da ihm ein neuer Gedanke gekommen war. »Sollte Thiedrich von dem Bericht dieses Heinrich überzeugt sein, wird er mit ihm einen Schatz in der Hand haben. Ein Mann, der so viel gesehen und erlebt hat! Ein solcher Mann muss anderen davon erzählen. Und nicht etwa nur hier – nein, dort wo die Macht ist, und das heißt: am Hofe unseres Kaisers. So wie Bruder Johannes einst König Otto von seinen Erlebnissen berichtete, so muss dieser Heinrich unserem Kaiser berichten, tausend mal tausend Einzelheiten. Ohne

Zweifel wird man seine Ausführungen bei Hofe zu schätzen wissen, bereichern sie doch das Bild von den Ländern, die uns umgeben. Und was den Markgrafen anbelangt, so wird Thiedrich als derjenige dastehen, der dem Kaiser diesen außergewöhnlichen Mann zugeführt hat!«

Wozu braucht ein Christenmensch wie der Kaiser tausend mal tausend Einzelheiten über die Heiden?, wollte der Bischof gerade entgegnen, als vom Burgtor aufgeregtes Stimmengewirr herüberdrang. Vier Männer standen um ein Fass herum, zwei von ihnen offensichtlich Slawen, die beiden anderen Deutsche aus der Burg, von denen der eine geschäftig in dem Fass rührte, während der andere die Slawen lautstark beschimpfte. Die ließen sich davon jedoch in keiner Weise beeindrucken, sondern machten ihrer Meinung ebenfalls Luft, und das alles unbeschadet der Tatsache, dass keine der beiden Parteien die Sprache der anderen verstand. Nur worum es ging, das verstanden alle. »Plötzen, Bleie und Zährten!«, zischte der Bischof. »Ich brauche sie gar nicht erst zu sehen. Eine ganze Weile geht das schon so. Kein Aal, kein Zander, kein Karpfen. Nur Gräten, nichts als Gräten. Und das nennen sie die Fischabgabe, zu der wir sie verpflichtet haben.«

»Da können einem die Fastentage ganz schön lang werden«, murrte der Priester. »Wir sollten ihnen …«

Eine veränderte Lage am Burgtor ließ ihn innehalten. Offenbar aufgeschreckt von dem Gezeter, war ein fünfter Mann zu den Streitenden getreten. Er war groß und kräftig und erinnerte mit seinem Gehabe an einen Bullen kurz vor dem Angriff. Der Burghauptmann. Wortlos schob er seinen Untergebenen von dem Fass fort, tauchte einen Arm hinein, und nachdem er sich ein Bild vom Inhalt gemacht hatte, stieß er kurzentschlossen mit einem

Fuß gegen das Fass und stürzte es um. In einem Schwall ergoss sich das Wasser in den Sand, und die Fische jener weniger geschätzten Arten, die der Bischof zu recht vermutet hatte, schnappten nach Luft.

»Die einzig richtige Antwort auf die Unverschämtheit dieser Slawen!«, freute sich Dodilo und rieb sich zufrieden die Hände.

So sah es offensichtlich auch der Burghauptmann, der in diesem Augenblick einen Befehl brüllte, der wie Donner über die Brandenburg hallte. Erschreckt fuhren die beiden Deutschen neben dem Fass zusammen, nicht minder erschreckt auch die beiden Slawen. Nur schienen Letztere ungeachtet der fremden Sprache den Inhalt des Befehls schneller begriffen zu haben als die Deutschen, denn während diese sich gerade erst in Bewegung setzten, rannten die Slawen bereits mit ausladenden Schritten davon.

»Das wird ihnen nichts nutzen«, frohlockte der Priester und erhob sich von der Bank, um das Geschehen besser verfolgen zu können.

Schon tauchten weitere Slawen auf, angelockt durch das Brüllen des Hauptmanns. Und nachdem sie verstanden hatten, worum es ging, griffen etliche von ihnen in das Geschehen ein und behinderten die beiden Deutschen bei der Jagd, sodass die Flüchtenden entkommen konnten.

Schadenfrohes Gelächter ertönte, vermischt mit dem Toben des Hauptmanns.

Der Bischof ließ ein ärgerliches Knurren hören und wandte sich mit einem ungeduldigen »Jetzt sollten wir aber endlich über den Grund deines Besuches reden!« an den Prior. Und um seiner Absicht Nachdruck zu verleihen, packte er ihn am Arm und zog ihn durch die Vorburg und über die Brücke. Ein breiter Weg führte zur Havelfurt hinunter, Teil der großen Ost-West-Handelsstraße, über die gerade ein Kaufmannszug auf die Siedlung zuhielt. Schwerfällig rumpelten die vollbeladenen Ochsenkarren durch den Sand.

Der Bischof und seine Begleiter wichen dem Zug aus und schwenkten kurz vor der Furt in einen Seitenweg nahe dem Fluss ein. Es war ein Weg, den der Bischof oft ging, wenn er allein sein wollte oder in stillem Zwiegespräch bei seinem Herrgott Rat suchte für die Aufgaben, die sein Amt für ihn bereithielt. Da es am Tag zuvor geregnet hatte, war der Weg aufgeweicht – ein Umstand, über den sowohl der Prior als auch der Priester hinwegsahen, den der Bischof indes gar nicht bemerkte, da seine Aufmerksamkeit vollständig auf das bevorstehende Gespräch gerichtet war.

Auch den Kahn bemerkte er nicht, der sich in diesem Moment vom anderen Ufer löste und auf die Insel zuhielt.

»Nun?«, sagte der Bischof auffordernd, nachdem sie ein paar Schritte gegangen waren.

Der Prior räusperte sich. »Du möchtest den Grund meines Besuches erfahren, Bruder Dodilo – so höre denn: Es geht um unseren geliebten Erzbischof Adalbert oder, um genau zu sein, um den gesundheitlichen Zustand, in dem er sich befindet. Zweifellos ist dir nicht verborgen geblieben, dass es um diesen nicht zum Besten bestellt ist. Zwar bemüht Bruder Adalbert sich nach Kräften, dem hohen Amt gerecht zu werden, das der Herr ihm übertragen hat. Allein, es befällt ihn von Zeit zu Zeit eine große Schwäche, sodass er seine Aufgaben nur mit Mühe zu erfüllen vermag. Er selbst macht sich in zunehmendem Maße Gedanken, wie lange er seinem

Amt noch gewachsen sein wird. Gewiss – niemand vermag die Entwicklung vorherzusehen, einzig der Schöpfer aller Dinge kennt das Wann und das Wie. Dennoch scheint der Tag nicht mehr fern, an dem die Seele unseres geliebten Erzbischofs die Heimstatt ihres irdischen Pilgerlebens verlassen wird.« Der Prior machte eine kurze Pause, um seine Worte auf den Bischof wirken zu lassen, bevor er fortfuhr: »Wenn dieser Tag gekommen ist, werden wir das hohe Amt neu besetzen müssen. Wir werden einen würdigen Nachfolger brauchen, einen Mann, der den großen Aufgaben des Erzbistums gerecht zu werden vermag. Jeder von uns weiß, welch überragende Bedeutung gerade der Stuhl des Magdeburger Erzbischofs für unsere heilige Mutter Kirche besitzt.«

»Und nun, Bruder Laurentius, möchtest du wissen, wie ich über diese Nachfolge denke, nicht wahr?« Bischof Dodilo warf seinem Gast einen Blick zu, in dem dieser Hohn zu erkennen glaubte. »Mir ist durchaus bekannt, dass einige in Magdeburg das Wort ›Waldmenschen‹ gebrauchen, wenn sie von uns sprechen. Sie meinen, wir lebten hier so tief drinnen im Slawenland, dass wir von dem Geschehen in der Stadt unseres Erzbischofs nur geringe Kenntnis hätten. Aber das ist ein Irrtum, Bruder Laurentius! Ich weiß Bescheid: Ohtrich hat dich geschickt. Er will wissen, auf wessen Unterstützung er am Tage der Entscheidung rechnen darf.«

Hatten die Worte des Bischofs den Prior auch überrascht, so ließ er sich davon nichts anmerken. Stattdessen nahm er Zuflucht zu einem unbestimmten »Wer immer euch Waldmenschen nennt, der irrt.«

»Ohtrich sollte wissen, dass ich seine Wahl zum Erzbischof niemals unterstützen werde!«, stieß der Bischof hervor. »Was keineswegs bedeuten soll, dass ich die Fähigkeiten nicht schätze, über die Bruder Ohtrich zweifellos verfügt. Er ist ein kluger Mann, ja, man darf ihn wohl ohne Übertreibung als einen der klügsten Männer bezeichnen, die es zurzeit im Reich gibt. Niemand hat sich so hohe Verdienste um die Magdeburger Domschule erworben wie er. Eine Reihe der herausragendsten Köpfe sind durch seine Lehre gegangen, und wenn er heute gar als Kapellan im Dienst unseres Kaisers steht, so hat er dieses Amt wahrlich verdient. Allerdings bin ich der Ansicht, dass Ohtrich sich mit dem begnügen sollte, was er hat, anstatt nach den Sternen zu greifen. Der Erzbischof sieht das so, und deshalb lehnt er Ohtrich als seinen Nachfolger ab. Andere sehen es ebenso. Und was mich betrifft – ich schließe mich dieser Meinung an!« Der Bischof schüttelte den Kopf. »Nein, Bruder Laurentius, wenn du meinem Bistum nur deshalb einen Besuch abgestattet hast, um meine Unterstützung für Ohtrich einzuholen, so war deine Reise vergeblich.«

Sein Gegenüber zuckte mit den Schultern. »Ohtrich will die Haltung aller Bischöfe im Erzbistum einschätzen können. Er will wissen, wer von ihnen seine Wahl unterstützen würde. Deshalb hat er mich auf die Reise geschickt. Wobei er in deinem Fall kaum mit einer Unterstützung gerechnet hat, denn so wie du Ohtrich kennst, so kennt er dich. Trotzdem war mein Weg nicht ohne Nutzen, ist eine Gewissheit doch allemal besser als eine noch so gut begründete Vermutung.«

Alles war gesagt, und schon spielte der Prior mit dem Gedanken, zur Brandenburg zurückzukehren. Doch der Bischof dachte noch nicht an eine Umkehr. Gleichmäßig wie zuvor setzte er einen Fuß vor den anderen, bis er auf einmal jäh stehen blieb und seinem Gast gerade in die Augen sah. »Wie könnte ich einen Mann wie Ohtrich jemals unterstützen!«, schnaufte er verächtlich. »Mag er auch ein hervorragender Gelehrter sein und sich der Gunst unseres Kaisers erfreuen, so stehen einem Erzbischof auf dem Magdeburger Stuhl doch andere Eigenschaften und Fähigkeiten weit besser an. Denn gerade diesem hat der Herr im Himmel eine schwere Last aufgebürdet, indem er ihm die Sorge um das Seelenheil der heidnischen Slawen zugewiesen hat. Ich kann die Schwere dieser Last beurteilen, denn ich bin einer von denen, die in vorderster Reihe im Kampf für dieses hehre Ziel stehen. Und ich sage dir, Bruder Laurentius: Der Erzbischof, den ich als Oberhirten für meine Arbeit in diesem Bistum brauche, ist keiner, der wie Ohtrich auf den Samtpfoten einer Katze daherkommt. Ich brauche einen Mann mit dem festen Tritt eines Bären!«

»Wir befinden uns in Feindesland!«, sprang der Priester seinem Bischof bei. »Was das bedeutet, hast du gerade erlebt, Bruder Laurentius ... die Sache mit den Fischen ...«

»Jawohl, die Fische«, griff der Bischof das Gesagte auf, und setzte sich wieder in Bewegung. Seine Begleiter, die ebenfalls stehen geblieben waren, schlossen sich an. »Diese Fische sind ein gutes Beispiel dafür, wie die Slawen sich uns gegenüber verhalten. Böse und aufsässig sind sie, und in ihrer Falschheit werden sie nur noch von der Schlange übertroffen. Glaub mir, Bruder Laurentius, die Slawen brauchen die Peitsche wie störrische Ochsen! Wobei ich mich mit dieser Ansicht mit dem Markgrafen einig weiß. Nur mit der Peitsche können wir sie dem Reich der Finsternis entreißen und zum Licht führen. ›Gehet hin und machet zu Jüngern alle Völker‹, so spricht unser Herr Jesus Christus. ›Taufet sie und lehret sie halten alles, was ich euch befohlen habe.‹« Bischof Dodilo machte ein entschlossenes Gesicht. »Das, Bruder Laurentius, ist genau das, was ich tue, soweit es in meiner Macht steht. Nicht etwa, indem ich ihnen ein Messer an die Kehle halte – ein Ja zur Taufe, das lediglich der Angst entspringt, zählt nichts im Himmel. Aber ich lasse es auch nicht bei schüchternen Worten bewenden, die diesen Teufelsanbetern nur ein Hohnlachen abringen. Mitunter zwingt einen das Leben, eine kräftigere Sprache zu gebrauchen. Warum soll ich mich einer solchen Sprache nicht bedienen, wo es doch zum Besten dieser verstockten Heiden ist? Ich glaube nicht, dass der Himmel etwas dagegen einzuwenden hat. Und wenn sie erst einmal mit ein wenig Druck die Gnade der Taufe empfangen haben und …«

»Nennst du das ›ein wenig Druck‹, wenn du sie mit schwerbewaffneten Kriegern einschüchterst?«, fiel der Prior ihm ins Wort. »Oder wenn du ihnen ihre gesamte Habe nimmst?«

Der Bischof wehrte mit der Hand eine lästige Fliege ab, zielte damit aber zugleich auf den Prior. »Nachdem sie also die Gnade der heiligen Taufe empfangen haben«, fuhr er fort, ohne auf den Einwand einzugehen, »sind sie Schafe meiner Herde wie alle anderen Gläubigen auch. Und meine Aufgabe als der von Gott eingesetzte Hirte dieser Herde ist es, sie bei dem einzig wahren Glauben zu halten. Mit allen Mitteln, Bruder Laurentius!«

»Unser himmlischer Vater würde uns schelten«, bekräftigte der Priester das Gesagte, »wollten wir am Tage des Gerichts ohne Erfolge vor seinen Thron treten.«

»Ja, ja, ihr habt recht, der Allmächtige hat uns das Heil aller Seelen ans Herz gelegt«, stieß der Prior gereizt hervor. »Allerdings hat er uns nicht zur Peitsche verpflichtet! Wir kämpfen bei den Slawen ohnehin auf einem schwierigen Posten, treten wir ihnen doch zugleich als

Eroberer und Bekehrer gegenüber. Erst rauben wir ihnen mit unseren Schwertern die Freiheit und ersticken ihre Aufstände in Blut, und dann schicken wir ihnen unsere Priester und erwarten, dass sie denen geduldig zuhören und freudig unserem Herrgott die Ehre erweisen. Und lassen sie sich taufen, so fordern wir ihnen als Erstes im Namen unserer Kirche den Zehnten ab, und das zusätzlich zu allen anderen Abgaben und Dienstleistungen, zu denen wir sie sowieso schon verpflichtet haben … Glaub mir, Bruder Dodilo, wir sollten behutsamer mit ihnen umgehen. Weniger Peitschenhiebe und mehr Liebe – das würde uns schneller voranbringen.«

In den Augen des Bischofs flackerte Empörung. »Willst du damit sagen, wir sollten es zulassen, dass Christus Seite an Seite mit diesen heidnischen Götzen wohnt? Sollen wir ihre heiligen Bäume und Quellen schonen und all die anderen Brutstätten ihres Aberglaubens, die sie finsteren Dämonen geweiht haben und an denen sie sich zu abscheulichem Treiben versammeln? Sollen wir am Ende noch mit ansehen, wie sie ihren Götzen lebende Menschen schlachten? Nein, Bruder Laurentius, aus der Kraft meines Glaubens und aus der Erfahrung meines Lebens sage ich dir: Wir wären die größten Sünder auf Erden, ließen wir ihren Götzenkult zu!«

»Davon habe ich nicht gesprochen!«, entgegnete der Prior, verärgert über den Einwurf. »Natürlich dürfen wir ihre heidnischen Kultstätten nicht dulden. Aber deren Zerstörung ist nur der erste Schritt auf einem langen Weg, und wir alle wissen, dass dieser Schritt weit leichter ist als die folgenden. Denn haben wir ihre heiligen Bäume erst einmal gefällt, müssen wir damit beginnen, an die Stelle des alten den neuen Glauben in ihre Herzen zu pflanzen. Diese Aufgabe aber ist eine der schwierigsten, und ihr Gelingen liegt allein in dem unerforschlichen Ratschluss Gottes. ›Der Herr erbarmt sich, wessen er will‹, so steht es geschrieben, ›und er verstockt, wen er will.‹ Was, Bruder Dodilo, sollte uns also anstelle von Geduld die Peitsche nutzen, die du so sehr bemühst?« Der Prior schüttelte entschieden den Kopf. »Nein, wir müssen behutsam vorgehen, wollen wir wahre Christen aus ihnen machen. Und wir müssen lernen, auch einmal nachsichtig zu sein.« Er zögerte einen Moment. »Es heißt, auf deine Weisung hin hätten sie einen Ehebrecher mit dem Hodensack an einen Pfosten genagelt und ein Messer danebengelegt …«

»Wie gut du doch unterrichtet bist!«, bemerkte der Bischof spitz. »Jawohl, diese Weisung habe ich erteilt. Dieser Mann war kein Heide mehr. Er hatte bereits das Gnadengeschenk der Taufe empfangen, und damit war er zu einem Diener des auferstandenen Christus geworden. Es war die Sorge um das Heil seiner verirrten Seele, das mich zu dieser Strafe bewogen hat. ›Denn wer in einem fehlt‹, so mahnt Jakobus, ›der ist in allem schuldig.‹ Wie hätte ich zögern können, seine unsterbliche Seele vor der ewigen Verdammnis zu retten!«

»Eines Tages wird er uns dankbar sein«, schlug der Priester in dieselbe Bresche.

Bischof Dodilo überging ihn. »Ich sage dir, Bruder Laurentius, die Slawen sind wie Hunde: Man muss ihnen stets aufs Neue zeigen, wer der Herr ist, sonst werden sie übermütig und nutzen jede Schwäche schamlos aus. Schau dir doch unsere gegenwärtige Lage an! Du weißt, wie sehr wir uns seit einiger Zeit zurückhalten.« Er hob abwiegelnd die Hand. »Nein, nein, ich will keineswegs die Entscheidungen unseres Kaisers infrage stellen, das steht mir nicht zu. Mir sind die Schwierigkeiten durchaus bewusst, denen er sich an der Oder gegenübersieht – ein ganzer Stamm, der mit unseren Feinden Ränke gegen uns schmiedet, ist keine Kleinigkeit. Nicht umsonst hat er selbst einen Feldzug gegen diese Unverschämten angeführt. Und ich verstehe auch, dass er in dieser Lage nicht auch noch die anderen Stämme reizen will. Es gibt zu wenig Truppen für eine größere Auseinandersetzung, so hört man ... Allerdings liegen die Folgen einer solchen Zurückhaltung klar auf der Hand: Die Slawen halten uns für schwach, und ihre Antwort ist Aufsässigkeit. Drei Wochen ist es her, da haben sie einen meiner Priester verschleppt. Als wir ihn fanden, war er tot. Sie hatten ihm den Bauch aufgeschlitzt und seine Därme um einen Baum gewickelt.«

»Ihm wurde zuteil, was viele nur ersehnen«, warf der Priester ungerührt ein, »denn er hat die Krone des Märtyrertums empfangen.«

Sein Gegenüber funkelte ihn böse an. »Und in Spandau haben diese Teufelsdiener einen Tempel gebaut. Genau neben der Burg, genau vor den Augen unserer Männer. Jawohl, du hast recht gehört, Bruder: Einen Tempel haben sie gebaut, einen abscheulichen Heidentempel, in dem sie ihre Götzen verehren. Und wer weiß, was sie sich als Nächstes einfallen lassen!« Der Bischof ballte die Hand zur Faust. »Nein, Bruder Laurentius, der Weg der Zurückhaltung und der Nachsicht ist der falsche Weg. Gehen wir ihn, so sind unsere Tage in diesem Land gezählt. Dann stehen wir nicht nur auf schwierigem, sondern auf verlorenem Posten!« Er beschrieb mit der Hand einen Kreis um die Insel. »Geh in jede ihrer Siedlungen und schau ihnen in die Augen! Sie warten nur darauf, uns über die Elbe zurückzujagen, damit sie endlich wieder dem leibhaftigen Satan dienen können!«

»Deine Schilderung bestätigt nur die Richtigkeit meiner Worte«, kam die Antwort. »Wenn sie Priester töten und Tempel bauen, dann zeigt das doch, dass du ihre Herzen nicht erreicht hast. Dabei rede ich nicht nur von denen, die die Taufe noch nicht empfangen haben – selbst den Getauften kannst du nicht trauen, wie du selbst weißt. Wie viele von ihnen mögen sich in der Sehnsucht nach dem Glauben ihrer Väter verzehren, während sie vor deinem Altar knien und aus deiner Hand den Leib Christi empfangen! Und wie viele mögen dich verfluchen und den Tag der Rache herbeisehnen, während sie mit dir das Kyrie eleison singen!« Die Stimme des Priors schwoll an. »Dein Weg führt in die Irre, Bruder Dodilo! Wir müssen diesen Menschen mit Liebe begegnen. Wir müssen ihnen die Frohe Botschaft durch unser eigenes Beispiel vorleben. Und wenn sie eines Tages durch die Pforte des Glaubens treten, müssen wir ihnen geduldige Gärtner im Weinberg des Herrn sein. Nur so werden wir sie auf Dauer gewinnen. Verfolgen wir dagegen deinen Weg, werden wir alles verlieren.«

»Kein Weinstock gedeiht, wenn man das Unkraut nicht herausreißt!«, rief der Bischof aufgeregt. Ein Anflug von Spott umspielte den Mund des Priors. »Sind die Weinstöcke im Reich denn schon so prächtig gediehen? Du weißt genau, wie viel Heidentum auch dort noch zu finden ist. Nimm Thüringer oder Bayern, nimm Sachsen oder Franken oder welchen Stamm du willst – sie alle haben die Taufe empfangen, und dennoch wirst du noch immer Heidnisches im Übermaß vorfinden. Gewiss, sie achten den Sonntag, sie preisen den Namen des dreieinigen Gottes und kennen die Namen der Apostel. Und trotzdem wimmelt es in ihrer Welt von Geistern und Dämonen, von Werwölfen, Kobolden und Feen und Heerscharen von Zwergen. Ihren Hausgeistern stellen sie Honig hin, um sie freundlich zu stimmen. Sie lesen aus der Hand und hängen sich Amulette um den Hals, und in Vollmondnächten sammeln sie wundertätige Kräuter. Steckst du dem Bauern die Hostie in den Mund, musst du damit rechnen, dass er sie wieder herausnimmt und seinem Vieh unters Futter mischt, auf dass es sich kräftig vermehre.« Der Prior stieß ein höhnisches Lachen aus. »Und dabei sind es nicht einmal nur die Bauern, denen das Heidentum noch in den Knochen steckt. Im letzten Jahr hat ein Priester in Magdeburg den Leib des Herrn im Mund behalten, um sich mit einem Kuss eine Frau gefügig zu machen ... Nein, Bruder Dodilo: Wir müssen die Saat ausbringen und sie geduldig hegen, in der Hoffnung, dass eines Tages prächtige Pflanzen daraus erwachsen. Als gute Hirten müssen wir den Slawen gegenübertreten, nicht als reißende Wölfe.«

Während der Prior gesprochen hatte, war das Gesicht des Bischofs rot angelaufen. »Bruder«, stieß er mühsam um Fassung ringend hervor. »Ich habe deine Worte vernommen, und ich weiß wohl, dass es nicht nur deine eigenen sind, sondern ebenso die Worte dessen, der dich geschickt hat. Und deshalb fordere ich, Bischof Dodilo von Brandenburg durch Gottes Gnaden, dich auf, zu deinem Auftraggeber zurückzugehen und ihm Folgendes auszurichten: In jedem meiner Gebete werde ich unseren Vater im Himmel inständig anflehen, dass niemals ein Mann wie Ohtrich den Stuhl des Erzbischofs von Magdeburg besetzen möge! Denn mag Ohtrich auch die lautersten Beweggründe für seine Haltung haben, so ist er in Wahrheit der beste Helfer jenes abscheulichen Götzentums, das auf die widerwärtigste Weise den Namen der heiligen Dreifaltigkeit besudelt!«

Die letzten Worte hatte Bischof Dodilo voller Leidenschaft hervorgestoßen. Über sein Kinn tropfte Speichel, die Adern an seinen Schläfen waren zum Bersten geschwollen. Alles war gekommen, wie er es erwartet hatte. Aber zugleich war alles noch schlimmer, nachdem es ausgesprochen war. Er rang um Beherrschung. »Ich danke dir für deinen Besuch, Bruder Laurentius, und ich werde zu Gott beten, er möge seine schützende Hand über deine Rückreise halten. Doch jetzt bitte ich dich, mich allein zu lassen.«

Der Prior versuchte erst gar nicht, seine Erleichterung über die Beendigung des Gesprächs zu verbergen. »Das Alleinsein ist eine gute Voraussetzung, seine Gedanken zu ordnen«, bemerkte er knapp und wandte sich ohne ein weiteres Wort der Brandenburg zu, begleitet von dem Priester, der die Aufforderung des Bischofs auch auf sich bezogen hatte.

Dodilo blieb allein zurück, die Miene noch immer im Zorn verzerrt. Er lief weiter, tiefer in den Auwald hinein, über vom Wasser frei gespültes Wurzelwerk, dessen verschlungene Muster ihm stets als ein Spiegelbild des Lebens erschienen waren. Mehrmals blieb er stehen und starrte vor sich hin. Nur undeutlich nahm er den Graureiher wahr, der sich mit kräftigen Flügelschlägen aus dem Röhricht in die Luft schwang. Nur als Schemen bemerkte er einen streunenden Hund. Hatte er den Prior zuvor schon für einen Mann des Bösen gehalten, so sah er sich durch das Gespräch in dieser Einschätzung bestätigt. Alles, was er tat, hatte der Prior infrage gestellt, als wäre die Sache, für die er stritt, ein Spaziergang. Aber das war sie nicht. Ein Kampf war sie, ein unerbittliches Ringen um etwas Großes, ja, um das Größte, wofür er in seinem Leben jemals Verantwortung getragen hatte. Und deshalb war es notwendig, dass er auf dem eingeschlagenen Weg unbeirrt fortfuhr – als ein mutiger Diener des Herrn und ein treuer Sohn seiner Kirche.

Zutiefst überzeugt von der Richtigkeit seiner Gedanken, reckte der Bischof das Kinn. Neue Kraft war ihm zugewachsen. Sein Blick ging zum Himmel, der ihm in diesem Augenblick allen Wolken zum Trotz als hell erschien, ganz vom Geist durchtränktes Licht, und er beschloss, zu seiner Domkirche zurückzueilen und zu beten.

Weit kam er nicht, denn als er sich zum Gehen wandte, blickte er in drei finstere Gesichter, aus denen ihm blanker Hass entgegenstarrte. Der Bischof wollte schreien, doch da waren schon weitere Männer von hinten heran und eine schwielige Hand presste sich auf seinen Mund. Seine Arme wurden auf den Rücken gerissen, und er spürte eine Schlinge um den Hals.

»Auf diesen Tag hab ich lange gewartet!«, rief der Mann mit dem Strick und zog zu.

»Vater, ich befehle meinen Geist …«, röchelte der Bischof. Weiter kam er nicht.

Die alltägliche Geschäftigkeit auf der Brandenburg wurde zur Mittagsstunde von Hufschlag und Waffenklirren durchbrochen. Zügig ritten die Heimkehrenden in die Burg ein, vorneweg auf einer kräftigen Fuchsstute Markgraf Thiedrich, gefolgt von seinem engsten Ratgeber, einem Priester und etlichen Kriegern. Mit keiner Miene verriet der Markgraf den Ausgang seiner Gespräche beim Kaiser. Er wirkte verschlossen wie stets, ein strenger Herr, der sich keine Schwächen erlaubte und auch seinen Untergebenen keine zugestand. Niemand liebte ihn für diese Einstellung, aber alle achteten ihn als den richtigen Mann, den der Kaiser zum Aufseher über diesen unruhigen Teil des Reiches bestellt hatte.

Waffen wurden abgelegt und die Pferde versorgt. Wer Weib und Kind hatte, sah zu Hause nach dem Rechten. Markgraf Thiedrich ließ sich von dem Burghauptmann über das Geschehen während seiner Abwesenheit unterrichten. Als dieser auf einige Zwischenfälle mit den Slawen zu sprechen kam, verzog der Markgraf gereizt das Gesicht. »Wir werden jeden einzelnen Fall ausführlich erörtern«, kündigte er an. »Aber zuvor versammeln wir uns alle in der Domkirche, um Gott für unsere Rückkehr zu danken.« Er stockte. »Wo ist der Bischof? Sollte er meine Ankunft nicht bemerkt haben? Oder hindern ihn Verpflichtungen, mich zu begrüßen?«

Der Hauptmann zeigte sich unwissend und gab die Frage an einen Diakon weiter, der gerade in der Nähe stand. Dieser war nicht minder ahnungslos, verstand es aber, in kürzester Zeit den Priester aufzutreiben, der am Vormittag mit dem Gesuchten und dem inzwischen abgereisten Prior des Klosters Berge gesehen worden war. »Wir haben Bischof Dodilo am Havelufer zurückgelassen«, erklärte der Herbeigerufene. »Er wollte ein wenig allein sein. Ist er denn noch nicht zurück?«

»Offensichtlich nicht«, knurrte der Burghauptmann. Er wollte noch etwas hinzusetzen, aber der Priester hatte sich bereits umgedreht und hastete davon. Schnell hatte er die Vorburg hinter sich gelassen und bog gleich darauf in den Uferweg ein.

Ein Messer war das Erste, was ihm auffiel. Der Priester hob es auf und betrachtete es. Der Machart nach handelte es sich um ein Slawenmesser, die Klinge war gut geschärft, den Griff zierten zwei eingeritzte Pfeile, deren Bedeutung ihm unbekannt war. Eine düstere Ahnung beschlich ihn, und er spähte besorgt umher. Nirgends eine Menschenseele. Er begann, nach dem Bischof zu rufen, verhalten zuerst, dann immer lauter, doch niemand antwortete ihm. Plötzlich entdeckte er auf dem feuchten Boden Abdrücke von Füßen und dazu eine Schleifspur. Als er ihr folgte, stellte er fest, dass sie geradewegs auf ein Gebüsch zuführte. Seine Hand zitterte, als er sich bekreuzigte, aber er war entschlossen, tapfer zu sein. Mit angehaltenem Atem näherte er sich und bog die Zweige beiseite.

Sein Schrei war so durchdringend, dass er bis zur Brandenburg zu hören war und dort augenblicklich eine Anzahl Bewaffneter in Bewegung setzte. Mit gezogenen Schwertern kamen sie angerannt, und während der Priester mit bebenden Lippen ein Gebet formte, stürzten sie auf ihn zu. »Da …«, stammelte der Priester. »Da …«

»O mein Gott!«, stöhnte einer der Bewaffneten und »Der Bischof ist tot!«, ein anderer. Ein dritter machte kehrt und hetzte los, um den Markgrafen zu holen. »Das war diese verdammte Slawenbrut!«, tönte es in seinem Rücken.

Dass der Bischof das Opfer von Slawen geworden war, glaubte auch Thiedrich, als er den Leichnam sah. Wie versteinert stand er da, nur hinter der hohen Stirn arbeitete es fieberhaft. »Dafür werden sie büßen!«, presste er schließlich finster hervor. Umringt von den anderen, ließ er sich neben dem Ermordeten auf die Knie nieder und betrachtete den leblosen Körper. Kein Blut an den Kleidern, kein eingeschlagener Schädel, nur ein rotes Rinnsal aus der Nase, dazu die Spur eines Strickes um den Hals, mit dem Dodilo erdrosselt worden war. Nachdem Thiedrich ein kurzes Gebet gesprochen hatte, schloss er dem Toten die Augen.

»Möge unser Herr im Himmel sich seiner Seele erbarmen!«, murmelte der Priester. Plötzlich erinnerte er sich an seinen Fund und trat zu dem Markgrafen. Immer noch zitternd, händigte er ihm das Messer aus. »Es lag dort«, erklärte er und deutete auf die Stelle. »Ob es dort schon gelegen hat, als wir hier entlanggegangen sind, weiß ich nicht.« In knappen Worten berichtete er, was sich am Vormittag auf dem Uferweg zugetragen hatte.

Der Markgraf schaute umher. Der Ort war gut gewählt für einen Mord – ein Dickicht aus Bäumen und Büschen, ein kaum begangener Weg, der überdies von der Burg nicht einsehbar war … Thiedrichs Augen wanderten zu dem Messer. »Das bewahren wir auf, auch wenn es keine Tatwaffe ist. Möglicherweise hat es einer von den Tätern verloren.«

»Auffällig, diese eingeritzten Pfeile auf dem Griff«, meldete sich der Burghauptmann aus seiner Betroffenheit zurück. »Ich könnte ein paar Männer losschicken, um den Besitzer der Waffe ausfindig zu machen.«

Der Markgraf runzelte die Stirn. »Wohin sollen wir sie denn schicken?«

Der Hauptmann machte ein unschlüssiges Gesicht und überlegte. Aber noch bevor er eine Antwort gefunden hatte, ergriff der Markgraf wieder das Wort. »Ich sehe zwei Möglichkeiten, woher die Mörder gekommen sein können – wobei ich in beiden Fällen davon ausgehe, dass es Slawen waren.«

»Das dürfte sicher sein!«, murmelte der Priester. Für alle anderen war die Herkunft der Täter so selbstverständlich, dass sie nicht einmal Zustimmung äußerten.

»Entweder waren es Slawen aus der Vorburg oder aus den umliegenden Siedlungen«, fuhr Markgraf Thiedrich fort. »Die sind zwar getauft, aber wir alle wissen, dass die Taufe bei vielen nur ein Lippenbekenntnis ist. Günstige Bedingungen für den Mord hätten sie allemal gehabt: Sie kennen die Gegend ebenso wie die Gewohnheiten des Bischofs oder hätten beides leicht auskundschaften können.«

Der Priester rang um Fassung. »Männer, die in der heiligen Taufe ihren Glauben bekannt haben und dann ihren eigenen Bischof töten …«

»Fürwahr, ein erschreckender Gedanke«, pflichtete der Markgraf ihm bei. »Aber nehmen wir einmal an, die Mörder stammen nicht aus dieser Gegend. In dem Fall kannten sie sich hier nicht aus und wussten nichts über die Gewohnheiten des Bischofs. Jetzt gibt es zwei Möglichkeiten: Entweder haben die hier ansässigen Slawen ihnen geholfen, oder die Mörder haben eigene Beobachtungen angestellt. Letzteres hätten sie allerdings nicht tun können, ohne dass die hiesigen Slawen das mitbekommen hätten. Wie man es also dreht und wendet, die Spur führt immer wieder zu den Slawen im Umkreis der Burg.«

»Deshalb sollten wir sie uns schnellstens vornehmen«, schlug der Hauptmann vor. »Ich schicke meine Leute in jedes Dorf und zu jeder Fischerkate in der Umgebung. Wir werden alle befragen und ihnen das Messer zeigen. Wenn sie ihre verdammten Mäuler nicht aufmachen oder uns anlügen, bringen wir ein paar von ihnen auf die Burg und verhören sie dort. Wir haben die Mittel dazu. Und sollte es noch so lange dauern – irgendwann rücken sie mit der Sprache raus.«

»Ein solches Vorgehen ist nicht ungefährlich«, ließ sich eine Stimme vernehmen, die bisher geschwiegen hatte. Die Augen aller Anwesenden richteten sich auf den Sprecher, einen alten Adligen, der dem Markgrafen als Ratgeber diente. »Jeder von uns weiß, wie schwierig unsere

Lage seit Monaten ist – die Unruhen an der Oder, der fortdauernde Streit um die Abgaben, der Heidentempel in Spandau … Das alles lassen wir uns gefallen, obwohl jeder von uns sich danach sehnt, es diesen Hundesöhnen endlich zu zeigen. Aber wir haben zurzeit nicht die nötigen Männer, um sie …«

»Wir werden die Männer haben«, unterbrach ihn der Markgraf. »Du warst auf der Brandenburg, während ich mit dem Kaiser gesprochen habe, und bisher konnte ich dich nicht über das Ergebnis meiner Gespräche unterrichten. Ich habe dem Kaiser den Ernst der Lage geschildert, in der wir uns befinden. Er hat mir zugesagt, mehr Krieger zu schicken, falls es notwendig sein sollte, auch wenn ihm das nicht leichtfällt. Jetzt ist es notwendig, denn der Mord hat das Fass zum Überlaufen gebracht. Noch heute wird sich ein Bote auf den Weg zum Kaiser machen.«

Die Anwesenden zeigten sich höchst erfreut. Endlich würde man sich die Unverschämtheiten der Slawen nicht länger gefallen lassen müssen.

»Während wir auf die Verstärkung warten«, fuhr der Markgraf fort, »müssen wir die Hände jedoch nicht in den Schoß legen. Mit dem Mord haben die Slawen uns zum Handeln gezwungen. Und wir werden handeln! Allerdings werden wir uns nicht als Erstes den Mördern zuwenden. Die Suche nach ihnen kann möglicherweise einige Zeit dauern, und Zeit haben wir nicht. Wir müssen sofort etwas unternehmen. Ich weiß auch schon, was.«

Erwartungsvolle Blicke richteten sich auf den Markgrafen.

Der genoss die Spannung, die ihm ein weiteres Mal die Gewissheit gab, auf dem Platz, auf den der Kaiser ihn gestellt hatte, der Richtige zu sein. »Spandau!«, verkündete er mit fester Stimme. »Spandau wird unsere Antwort sein! Wir werden ein Zeichen setzen für alle, die aufsässig sind, die die Herrschaft unseres Kaisers nicht anerkennen oder die sich gegen das Kreuz kehren. Ein Zeichen, dass unsere Geduld zu Ende ist. Und wer würde sich besser dafür eignen als gerade diejenigen, die es besonders heftig getrieben haben – die Slawen in Spandau, die so unverfroren waren, diesen Heidentempel zu bauen!« Er fletschte die Zähne wie ein Raubtier. »Wer werden einen schnellen, aber wirkungsvollen Schlag gegen sie führen. Dazu brauchen wir keine aufwändigen Nachforschungen und Verhöre. Wir schlagen zu, und ehe die Spandauer begriffen haben, was geschehen ist, sind wir wieder fort. Schon bald wird der Name Spandau bekannt sein als der Name jenes Ortes, an dem wir gezeigt haben, dass sich Aufsässigkeit gegen uns nicht lohnt.«

Eine Katze wechselte über den Weg, schwarz wie der Teufel. »Aber wenn sich die anderen Slawen mit den Spandauern gemein machen«, zeigte sich der Burghauptmann besorgt, »und es zu einem Aufstand aller Slawen kommt?«

»Dann ertränken wir sie in ihrem eigenen Blut!« Hart und kantig zeichneten sich die Wangenknochen in Thiedrichs Gesicht ab. Seine Entscheidung stand fest. Jetzt ging es nur noch um die Durchführung. »Die Fußtruppen bleiben hier, wir anderen reiten nach Spandau. Da die Zeit fortgeschritten ist, können wir unser Ziel heute nicht mehr erreichen. Wir werden im Wald übernachten und die restliche Strecke morgen zurücklegen. Wenn wir mit Spandau fertig sind, kommen wir zurück und warten auf die Verstärkung. Sobald sie eingetroffen ist, werden wir uns den Slawen im Umkreis der Brandenburg zuwenden und die Mörder unseres Bischofs zur Rechenschaft ziehen!«

»Der Herr strafe sie mit ewiger Pein!«, zischte der Priester.

Markgraf Thiedrich ließ die Rechte an sein Schwert wandern und umklammerte den Griff so hart, dass die Knöchel an seiner Hand weiß hervortraten. »Er wird sie strafen! Aber zunächst nehmen wir uns die anderen vor – diese slawischen Hunde in Spandau!«

Wäre Heinrich nicht mit anderem beschäftigt gewesen, er hätte sie sehen können, die Schar der Reiter, wenn auch in einiger Entfernung und von Bäumen halb verdeckt: an der Spitze der Markgraf mit seinem Bannerträger und seinen engsten Gefolgsleuten, dahinter die lange Reihe schwer bewaffneter Krieger. So aber sah er sie nicht, denn er war im Wasser. Ausdauernd, ja, fast schon besessen, schwamm er im See umher, tauchte unter, bis ihm beinahe die Luft ausging, kam prustend wieder an die Oberfläche und schwamm weiter. Fast täglich hatte es ihn seit seiner Genesung hierher gezogen, so häufig, dass manche ihn schon spöttelnd einen Fischotter nannten. Er aber ließ sie reden, denn für ihn war es der Traum, den er so oft geträumt hatte – damals, in der wasserlosen, den Körper wie Pergament austrocknenden Wüste mit seinem nicht enden wollenden Durst.

Aber nicht nur die Erfüllung seines Traums, sondern ebenso die neuen Kräfte verdankte er dem Wasser. Auch diesmal fühlte er sich wieder gestärkt, als er aus den Fluten stieg und sich am Ufer niederlegte. Kühler als sonst um diese Jahreszeit strich der Wind über ihn hinweg und trocknete die Tropfen auf seinem Körper. Sein Blick verlor sich in den tief hängenden Wolken. Fast musste er lächeln, als er sich die Sonne herbeiwünschte. Nicht den feindlichen Feuerball, unter dem er gelitten hatte, sondern die freundliche, wohltuende Sonne, die nichts als Genuss bereitete. Ebenso wie der Sand, der weich und warm zwischen seinen Zehen rieselte, das Grün des Waldes, das ihn umgab, vor allem aber das Wasser, das wunderbare, glückselig machende Wasser. Schön war es, dieses Land – seine Heimat, in die er nach fünf langen Jahren endlich zurückgekehrt war.

Zurückgekehrt – aber allein.

Heinrich schlüpfte in seine Kleider und lehnte sich mit dem Rücken an einen Baum. Slabek war der Einzige, der von Malina wusste, wenn auch nur wenig – sein Milchbruder, der in diesem Moment drei Schritte entfernt mit geschlossenen Augen auf dem Rücken lag. Wann immer Slabek die Zeit dazu fand, verbrachten sie ihre Stunden gemeinsam. Er war es, der ihn gepflegt hatte, zusammen mit seinem Weib Dragomira, und der ihm auch nach seiner Genesung aufopfernd zur Seite gestanden hatte. Beinahe täglich waren sie seither ausgeritten, häufig schweigend, gelegentlich im Gespräch vertieft, ohne dass Slabek ihn jemals zum Erzählen gedrängt hätte. Ganz im Gegensatz zu anderen, allen voran dem Markgrafen, der keinen Zweifel daran gelassen hatte, dass er seinen, Heinrichs, Verbleib auf der Burg davon abhängig machen würde, dass er ihm ausführlich Bericht über das Erlebte erstattete.

»Störsuppe gibt es heute.« Slabek hatte sich aufgesetzt. »Dragomira hat's mir verraten. Sie kocht die beste Suppe weit und breit, du wirst es bald schmecken. Auch wenn sie diesmal nur von einem kleinen Stör stammt …« Er ließ den Satz offen und kicherte in sich hinein.

Heinrich wartete auf die sich ankündigende Geschichte. Slabek erzählte gern Geschichten, kleine Begebenheiten zumeist, teils, um ihm, dem Heimgekehrten, das Wiedereinleben zu erleichtern, teils, um ihn aufzuheitern, wenn düstere Gedanken ihn bedrückten.

»Im letzten Jahr hat Golbog einen Stör gefangen«, hob Slabek an. »Du kannst dich vielleicht an Golbog erinnern, den krummbeinigen Fischer, einige Dörfer havelaufwärts ... Ich selbst habe den Fisch nicht gesehen. Nur gehört habe ich von ihm, und zwar von Golbog selbst. Er tauchte eines Tages bei uns auf, und als er Zuhörer fand, hat er sofort losgelegt. Danach war sein Stör ein wahrer Riese von Gestalt: mehr als zehn Fuß lang, schwer wie vier ausgewachsene Männer und so kräftig, dass er zwei Kähne mitsamt dem Netz durch die Havel gezogen hatte. ›Das war kein Fisch mehr‹, hat Golbog gesagt, ›das war ein Ungeheuer.‹ Worauf der Kammmacher sich über ihn lustig gemacht hat: ›Wenn dein Fisch so groß war, wie er dir aus dem Maul kommt‹, hat er gesagt, ›dann sind die Zinken an meinen Kämmen so lang, dass ich dir über die Havel hinweg die Haare kämmen kann.‹

Alle haben gelacht, nur Golbog nicht. Gewiss, es gibt Störe, die sind so groß. Ich weiß von einem, der hat einem Weib fast die Beine abgeschlagen, als sie ihn ans Land gezogen haben. Nur dass ausgerechnet Golbog einen solchen Riesen gefangen haben will, wo doch jeder weiß, dass er das Aufschneiden mit der Muttermilch aufgesogen hat ...« Auf Slabeks Gesicht erschien ein Grinsen. »Aber das Beste: Wie der Zufall es will, kommt gerade in diesem Augenblick ein anderer Fischer daher, der den Stör gesehen hatte. Als er ihn beschreiben wollte, hat Golbog sich eiligst aus dem Staub gemacht. Seither hat ihn niemand mehr bei uns gesehen.«

Heinrich lachte, und Slabek ließ gleich noch weitere Geschichten von Fischern und ihren Fischen folgen, von denen er allem Anschein nach einen unerschöpflichen

Vorrat besaß. Irgendwann kamen ihm wieder sein Weib und die Störsuppe in Erinnerung, und da der Hunger sich zu regen begann, schlug er die Rückkehr zur Brandenburg vor. Ebenfalls hungrig, stimmte Heinrich zu, und sie ritten los.

Vogelgezwitscher begleitete sie, dazu umfing sie der Geruch von Holz, Erde und Moos, von dem Heinrich gar nicht genug bekommen konnte. Wieder wanderten seine Gedanken zu Malina, und nachdem sie eine Weile unterwegs waren, begann er auf einmal zu erzählen: »Es war während der fünf Monate auf dem Fronhof. Eine endlose Zeit, in der sie nicht mit mir geredet hat wie stets seit der Ermordung Isabelles. Eines Tages aber kam es zu einer Begegnung, an die ich mich oft erinnere. Ich habe zu Malina gesprochen. Es war am Anfang des Jahres, der Schnee lag hoch, und eine strenge Kälte hatte das Land fest im Griff. Ich lief gerade über den Hof, als Malina mit einem Tonkrug im Arm aus einer Tür trat. Als sie mich bemerkte, beschleunigte sie die Schritte. Auf einmal löste sich das Kopftuch, das sie trug. Sie blieb stehen, um es wieder fest zu binden, und da sie dazu beide Hände benötigte, musste sie den Krug abstellen. Gleich neben ihr befand sich ein breiter Zaunpfahl. Sie fegte mit der Hand den Schnee beiseite und stellte den Krug obenauf. Plötzlich wurde er von einer Böe erfasst, und hätte Malina nicht geistesgegenwärtig die Hände nach ihm ausgestreckt, wäre er zu Boden gefallen und womöglich zerbrochen.«

»Und bei dieser Gelegenheit hast du sie angesprochen?«

Heinrich nickte. »Ja. Denn als ich den Krug fallen sah, erinnerte ich mich, dass ich etwas Vergleichbares schon erlebt hatte – zusammen mit ihr, an einem Ort und zu einer Zeit, als unser Verhältnis noch ein völlig anderes gewesen war.« Er hielt kurz inne und wich den Spuren aus, die ein schweres Gefährt auf dem Weg hinterlassen hatte. »Ohne lange zu überlegen, ging ich zu ihr. Sie drehte mir den Rücken zu, und ich war darauf gefasst, dass sie sich rasch entfernen würde, wenn ich das Wort an sie richtete. Aber sie ging nicht, sondern blieb stehen, die ganze Zeit über, in der ich zu ihr sprach. Und während ich redete und sie an unser gemeinsames Erlebnis erinnerte, wendete sie den Kopf ein wenig zur Seite, sodass ich einen Teil ihres Gesichts sehen konnte. Ihre Augen schauten mich nicht an, nicht ein einziges Mal, aber sie stand da, und ich redete, und für kurze Zeit war eine Ahnung von etwas da, was so lange schon verloren war. Wobei es« – er räusperte sich, und Slabek spürte, wie seine eigenen Worte ihm nahegingen –, »wobei es keineswegs etwas Wichtiges war, was ich ihr erzählte. Eine Kleinigkeit nur, eine Begebenheit am Rande. Aber eine aus der Zeit, in der wir am glücklichsten waren – kurz nach unserer Freilassung, als wir in Córdoba auf Myslaw warteten. Es war die Zeit, in der die Granatäpfel blühten, die heißesten Wochen des Jahres. Wie meist in diesen Tagen waren wir am Vormittag vom Haus Ibn Saids aufgebrochen, in dem wir damals lebten, und liefen kreuz und quer durch die Stadt. Das Ereignis trug sich irgendwo zwischen dem Al-Qasr und dem Sevilla-Tor zu, gleich hinter der Bibliothek des Abu Abdallah …«

Slabek ritt neben Heinrich und schwieg. Es war wie so oft: Heinrich redete, und je länger seine Rede andauerte, desto stärker tauchte er in die Welt ein, in der er so lange gelebt hatte. Fast schien es, als würden sich seine Worte in Reittiere verwandeln, die ihn in die Vergangenheit trugen. »Es war um die Mittagszeit. Das Freitagsgebet war gerade vorbei, die Händler öffneten wieder ihre Läden, und die Menschen schoben sich erneut durch die Gassen. Von den Garküchen stiegen die köstlichsten Gerüche auf, an manchen duftete es nach Gebratenem, an anderen nach klebrigem Zuckerzeug oder gerösteten Pistazien. Als wir in eine der größeren Straßen einbogen, kam uns ein Reiter auf einem prächtig aufgezäumten Pferd entgegen, begleitet von mehreren Negersklaven und vier Kamelen, von denen jedes eine Sänfte trug. Ich vermutete, dass sich in diesen Sänften die Frauen des Anführers dieser kleinen Karawane befänden, und Malina stimmte mir zu. Der Reiter war reich und vornehm gekleidet. Er trug einen Kaftan aus Silberbrokat, sein Turban war aus muskatbrauner Seide und wurde von einem Amethysten geschmückt, die Füße steckten in fein bestickten Schuhen. Wie bei vielen Männern in Al-Andalus war sein Bart mit Henna gefärbt. In der rechten Hand hielt er die Zügel seines Pferdes, mit der linken presste er einen Gegenstand an seinen Körper, der allem Anschein nach sehr kostbar war. Als der Reiter nahe heran war, erkannte ich, dass es sich bei diesem Gegenstand um ein elfenbeinernes, sehr kunstvoll geschnitztes Kästchen handelte. Ich machte Malina darauf aufmerksam, und im Scherz sagte ich zu ihr, dass ich eines Tages ebenso wohlhabend sein könnte wie dieser Mann, vorausgesetzt, wir blieben in Córdoba, anstatt in unsere Heimat zurückzukehren. Worauf sie mit vorgetäuschtem Schmollen bemerkte, dann würde ich bestimmt auch mehrere Ehefrauen haben so wie er. Da alles nur ein Scherz war, konnten wir beide darüber lachen. In diesem Augenblick kam der Zug zum Stehen. Ein Bettler war vor das Pferd des Anführers getreten und streckte ihm die Hand mit der Bitte um Almosen entgegen. Da das Almosengeben zu den vornehmsten

Pflichten des Islam gehört, zog der Reiter eine Münze hervor. Dabei muss er unachtsam gewesen sein, denn als er die Münze in die Bettelschale warf, entglitt das Kästchen seinem Arm. Ich sah es fallen und bemerkte auch, dass es sich öffnete und ein Gegenstand herausfiel. Da ich gerade dicht dabei stand, streckte ich die Hände danach aus. Das Kästchen konnte ich nicht auffangen, es fiel zu Boden und zerbrach. Aber den Inhalt konnte ich retten – eine kostbare Karaffe aus Glas, wie auch Ibn Said mehrere besessen hatte, nur dass die Karaffe des Reiters noch weit aufwändiger gearbeitet und ganz in Gold gefasst war …«

Der Al-Qasr, das Freitagsgebet, Henna … Dass Slabek vieles nicht verstand, störte Heinrich nicht. Ja, er merkte es nicht einmal, war es doch letztlich er selbst, für den er seine Geschichten erzählte. Ohne den Wald um sich herum noch wahrzunehmen, befand er sich wieder mit Malina in Córdoba. Wortreich und in farbigen Bildern schilderte er, wie der Reiter sich zu ihm heruntergebeugt, ihm die kostbare Karaffe aus der Hand genommen und ihn belohnt hatte, während andere stehen geblieben waren und alles beobachtet hatten. Dann kam Heinrich wieder auf Malina zu sprechen und wie sie anschließend ihre Wanderung durch die Stadt fortgesetzt hatten nach diesem Erlebnis, das als solches kaum berichtenswert gewesen wäre, hätte er sich durch den gerade noch aufgefangenen Krug auf dem Fronhof nicht daran erinnert gefühlt. »Die ganze Zeit über, während ich von der Begebenheit in Córdoba sprach, blieb sie stehen, als sei sie erstarrt. Sie blieb auch noch da, als ich geendet hatte, und ich spürte, dass ihr meine Worte ins Herz gedrungen waren. Dennoch wagte ich es nicht, auf eine Antwort zu hoffen. Aber dann gab es plötzlich doch eine Antwort –

eine Träne, die sich aus ihrem Auge stahl und über ihre Wange lief. Doch noch bevor die Träne das Kinn erreicht hatte, wandte Malina sich ab und lief davon.« Und nach einer Pause fügte er leise hinzu: »Immerhin hatte sie noch eine Träne für uns.«

Leichter Regen war aufgekommen, dazu strich ein frischer Wind durch die Bäume. In einer Niederung begegneten ihnen Spielleute mit einem von Hunden gezogenen Karren, auf dem sich allerlei Hausrat türmte. Hinterdrein trottete eine angebundene Ziege. Als sie aneinander vorbeizogen, stimmten die Spielleute zur Begrüßung ein Lied an.

Von dem Bischofsmord erfuhren Heinrich und Slabek im ersten Dorf auf ihrem Weg. Wie ein Lauffeuer hatte sich die Kunde von der Bluttat verbreitet, und wo die Bauersleute sonst fleißig bei der Arbeit waren, standen sie nun alle zusammen und redeten aufeinander ein. »Der Bischof der Deutschen ist tot!«, rief ein schlaksiger Bursche ihnen schon von weitem zu, nachdem er Slabek erkannt hatte. Ein anderer wies misstrauisch auf Heinrich. »Den kenn ich«, beschwichtigte der Schlaksige ihn. »Ein halber Slawe. Seine Mutter war eine Hevellerin und seine Amme auch. Von dem haben wir nichts zu befürchten.« Er grinste zufrieden. »Der Bischof der Deutschen ist tot!«, rief er erneut, und dazu deutete er einen Strick um seinen Hals an und zog ihn zu. Ein paar andere grinsten ebenfalls, einer führte gar einen Freudentanz auf.

Slabek und Heinrich stiegen von den Pferden, und der Schlaksige begann zu erzählen. Sich mitunter vor Aufregung verhaspelnd, berichtete er, was über den Mord bereits bekannt geworden war, und kam im Anschluss daran auf die Stammesbrüder zu sprechen, die sich mehrere Tage lang heimlich in der Nähe der Brandenburg aufgehalten hätten. Nach dem Grund ihrer Anwesenheit befragt, seien sie äußerst wortkarg gewesen, aber offensichtlich hätten sie etwas im Schilde geführt. Heute nun, im Verlaufe des Vormittags, seien sie auf Pferden von der Brandenburg kommend durch das Dorf geprescht. Später sei der Markgraf mit zahlreichen Schwerbewaffneten in dieselbe Richtung geritten. Er streckte die Hand aus. »Nach Spandau.«

»Nach Spandau?«, entfuhr es Heinrich, der plötzlich kreidebleich im Gesicht war. »Warum ausgerechnet nach Spandau? Stammen denn die Täter von dort?«

Der Schlaksige bejahte die Frage und fügte hinzu: »Das ist allerdings nicht der Grund, weshalb der Markgraf dorthin reitet.«

Heinrich sah ihn verständnislos an.

»Wie wir erfahren haben, ist der Markgraf zwar davon überzeugt, dass es Männer unseres Volkes waren, die seinen Bischof getötet haben. Aber er hat nicht die geringste Ahnung, dass sie aus Spandau sind. Trotzdem will er dort ein Zeichen setzen, so heißt es, ein Zeichen für alle, die sich den Deutschen gegenüber aufsässig verhalten. Offenbar hält er unsere dortigen Brüder für besonders aufsässig, vermutlich wegen des Tempels, den sie gebaut haben.«

»Der Markgraf will in Spandau ein Zeichen gegen die Aufsässigkeit setzen, weiß aber nicht, dass die Täter von dort kamen?« In Heinrichs Kopf drehte sich alles. »Woher … Woher kennt ihr die Herkunft der Täter?«

Dem Schlaksigen war anzumerken, wie sehr er sein Wissen genoss. »Sie haben sich zwar versteckt gehalten, aber einige von uns haben sie doch gesehen. Sechs waren es insgesamt. Drei von ihnen waren noch im letzten Jahr hier zu Hause, in der Nähe der Reiherbucht, bevor sie nach Spandau übergesiedelt sind.«

»Und die anderen? Woher kommen die?«

Ein Achselzucken war die Antwort.

»Der Schmied Bodislaw glaubt, dass die auch aus Spandau sind«, mischte sich einer der Umstehenden ein.

Ein anderer drängte sich nach vorn. »Auf jeden Fall hatte einer von ihnen eine auffällige Narbe im Gesicht. Ich hab sie deutlich gesehen.« Er hob die Hand und zeichnete eine Linie in sein Gesicht, die vom rechten Ohr über die Wange bis zum Kinn reichte.

Myslaw! Heinrich starrte sein Gegenüber so durchdringend an, dass dieser sich erschreckt hinter einen anderen schob. Myslaw war einer der sechs! Myslaw hatte sich an der Ermordung des Bischofs beteiligt! Natürlich konnte es auch andere Männer mit einer solchen Narbe geben, aber da die Spur nach Spandau führte ... Heinrich machte einen Schritt auf den Schlaksigen zu. »Du hast gesagt, der Markgraf will in Spandau ein Zeichen gegen die Aufsässigkeit setzen. Was für ein Zeichen soll das sein? Was hat er vor?«

Wieder antwortete ihm ein Achselzucken.

»Und wenn ...« – Heinrich schluckte –, »und wenn der Markgraf erfährt, dass er in Spandau nicht nur Aufsässige vor sich hat, sondern ... sondern auch die Mörder des Bischofs? Was wird er dann tun?« Es war eine Frage, auf die erst recht niemand eine Antwort wusste.

»Woher sollte er es erfahren?«, rief einer. »Von unseren Leuten wird es ihm keiner sagen!«

»Lieber den Tod, als unsere Brüder an die Deutschen verraten!«, stieß sein Nebenmann kämpferisch hervor. »Lieber den Tod!«, fielen andere mit ein.

Entschlossen packte Heinrich seinen Milchbruder am Arm und führte ihn zur Seite. »Ich reite nach Spandau«, sagte er in einer Weise, die keinen Widerspruch duldete.

»Die Drohung Thiedrichs macht mir Angst. Er ist ein brutaler Mensch. Ich erinnere mich noch gut, wie er vor Jahren ein ganzes Dorf niedermachen wollte. Sein angekündigtes Zeichen wird schon schlimm genug ausfallen, aber sollte er erfahren, dass Männer aus Spandau den Bischof auf dem Gewissen haben …«

»Du denkst an Malina?«

»Ja!« Heinrichs Stimme war fest. In seinen Augen brannte ein Feuer, das Slabek nur noch aus der Erinnerung kannte. »Ich habe an Malina gedacht, seit ich ihr begegnet bin. Auch nach dem schrecklichen Vorfall auf unserem Rückweg habe ich an sie gedacht. Und ich werde nie aufhören, an sie zu denken. Ebenso wenig wie ich aufhören werde, sie zu lieben. Aus diesem Grund will ich bei ihr sein in der Stunde allerhöchster Gefahr.« Er schwang sich in den Sattel.

»Aber was willst du tun?«, wollte Slabek wissen und stieg ebenfalls aufs Pferd.

»Ich werde zur Brandenburg reiten, und anschließend werde ich mich auf den Weg nach Spandau machen.« Er packte die Zügel und trieb sein Pferd hart an. Hart war auch der Ausdruck in seinem Gesicht. »Heute kann ich Spandau nicht mehr erreichen, der Weg ist zu weit. Allerdings wird Thiedrich es auch nicht schaffen. Morgen wird der entscheidende Tag sein. Morgen werden wir alle in Spandau ankommen, er mit seinen Leuten und ich. Was ich dann tun werde, weiß ich noch nicht. Aber eines ist sicher – wenn es so weit ist, werde ich es wissen!«

»Ich werde heiraten.« Malinas Augen glänzten feucht, als sie die Worte sprach. »Eigentlich wollte ich es dir schon bei meinem letzten Besuch sagen, aber …« Ihre Stimme brach ab. Ganz ruhig hatte sie bleiben wollen, während sie alles erzählte. Aber nun, da sie es tat, schnürten ihr die eigenen Worte die Kehle zu. Eine Weile schwieg sie. Dann atmete sie tief durch und setzte ein zweites Mal an: »Ich werde einen Mann bekommen. Einen, den ich dir gegenüber noch nie erwähnt habe, obwohl ich ihn kenne, seit ich denken kann. Aber es gab auch nichts über ihn zu sagen. Sein Name ist Witek. Er ist …«

Erneut versagte ihr die Stimme.

Nur durch einen Schleier nahm sie ihre Wiese wahr, auf der sie saß. Um sie herum flogen Bienen und Hummeln, flatterten Schmetterlinge von Blüte zu Blüte, aber sie alle bewegten sich langsamer und lustloser als jemals zuvor. Auch die Blumen leuchteten nicht so farbenfroh wie gewöhnlich, kein glühendes Rot, kein kräftiges Blau, kein Gelb, in dem die Sonne sich badete. Stattdessen wirkte alles matt und grau, beinahe so düster wie die Wolken an dem tief hängenden Himmel, der auf das Vollkommenste den Zustand ihrer Seele widerspiegelte.

»Witek ist unser Böttcher in Spandau. Er ist älter als ich, und ich bin nicht sein erstes Eheweib. Lange Zeit hat er mit Slawina zusammengelebt, ich habe sie gut gekannt. Im letzten Jahr ist sie plötzlich gestorben. Drei Kinder hat sie ihm hinterlassen: die Zwillinge Ustek und Gosmir und ihre Tochter Kalka, ein ruhiges Kind, ganz anders als ihre beiden Brüder. Alle drei sind noch klein und brauchen wieder eine Mutter. ›Kinder ohne Mutter sind wie ein Fass ohne Deckel‹, sagt Witek. ›Das passt nicht.‹ Deshalb hat er nach einem neuen Deckel gesucht. Jetzt hat er einen gefunden. Mich.«

Der Deckel eines Fasses, weil es anders nicht passt … »Ja, ja, ich weiß, was du sagen willst: Mein Herz muss schweigen. Bei so vielen Frauen muss es schweigen, wenn sie verheiratet werden, warum sollte es bei mir anders sein.« Wenn er nur nicht jede Nacht zu mir kommt, dachte sie zum wiederholten Mal, sprach es aber nicht aus. »Wann die Heirat stattfindet, weiß ich nicht. Vielleicht in ein paar Tagen, vielleicht erst in zwei oder drei Wochen. In Spandau warten schon alle auf das Fest. Es soll ein großes Fest werden, hat Witek gesagt, keiner soll ihm vorwerfen können, dass er ein Geizhals ist. Doch erst einmal muss Myslaw zurück sein. Vor ein paar Tagen ist er losgeritten, zusammen mit fünf anderen Männern aus Spandau. Wohin sie wollten, weiß ich nicht. Auch nicht, was sie vorhatten und wie lange sie wegbleiben würden. Myslaw hat sehr geheimnisvoll getan. Allerdings hat er darauf bestanden, dass die Heirat erst nach seiner Rückkehr stattfindet. Meinetwegen, ich kann warten.«

Ein Eichelhäher löste sich von einem Baum am Rande der Wiese und flog krächzend davon, ansonsten aber blieb es still wie zuvor. Keine Entgegnung folgte Malinas Worten, keine Fragen wurden ihr gestellt, niemand sagte etwas. Aber wie hätte der Stein, zu dem sie sprach, auch etwas sagen können?

Er war nicht übermäßig groß, dieser Stein, war flach und gesprenkelt, und wenn man von seinem Vorhandensein nichts gewusst hätte, wäre man ahnungslos an ihm vorbeigegangen. Jeder hätte das getan, jeder außer Malina, denn es war ihr Stein, der da inmitten der Wiese lag. Wobei es nicht etwa der Stein als solcher war, der ihr etwas bedeutete. Steine gab es viele – große und kleine, auffällige und unscheinbare. Nein, was diesen hier von allen anderen unterschied und was ihn so wichtig für sie machte, das war der Geist, der in ihm wohnte. Ihr Geist.

Lange hatte sie nichts von ihm gewusst und war über ihn hinweggetreten, ohne dass er sich verraten hätte.

Aber dann hatte er sich eines Tages offenbart, zehn Jahre mochte das zurückliegen oder auch länger. Es war an einem warmen Sommertag gewesen. Die Sonne schien freundlich auf die Wiese herab, die Natur trug ihr buntestes Kleid, und alles Lebendige schien sich seines Daseins zu freuen: die Vögel, die Käfer, die umhergaukelnden Falter ... Da ragte auf einmal ein Bär am Waldrand auf, so groß, wie sie noch nie einen gesehen hatte, mit einer riesigen Schnauze und einem furchterregenden Gebiss. Tiefbraun schimmerte sein Fell. Augenblicklich krampfte sich ihr Herz zusammen, und früher Gehörtes kam ihr in den Sinn: Bären sind gefährliche Bestien, sie holen dem Bauern das Vieh von der Weide, und gelegentlich fressen sie auch Menschen! Der Bär erhob sich wie zum Angriff, fuhr mit seinen krallenbewehrten Tatzen durch die Luft, und dazu ließ er ein Brüllen ertönen, das sie lähmte. Dann stapfte er so kraftvoll auf die Wiese, dass die Erde unter seinen Tritten erbebte. Getrieben von Todesangst, warf sie sich nieder. Sie machte sich so klein sie nur konnte und flehte zu ihren Göttern, er möge vorbeigehen, ohne Witterung von ihr aufzunehmen, oder so satt sein, dass er sie im Falle einer Begegnung verschonte. In diesem Moment bemerkte sie, dass sie auf einem Stein lag. Beinahe ohnmächtig vor Angst, klammerte sie sich daran fest, krampfte die Finger um die Kanten, während der Bär immer näher kam mit seiner schrecklichen Schnauze und den todbringenden Zähnen. Schon glaubte sie, seinen heißen Atem im Nacken zu spüren, deshalb presste sie sich noch fester gegen den Stein, ja, sie verschmolz geradezu mit ihm. Aber dann, als ihre Angst am größten war, hörte sie auf einmal, dass der Bär sich entfernte. Was sie kaum noch zu hoffen gewagt hatte – sie war gerettet!

Es dauerte lange damals, bis sie in der Lage war, sich aufzusetzen, und noch länger dauerte es, bis sie den Stein besah, auf dem sie lag. In Steinen wohnten Geister, das wusste sie. Aber dieser war nun ein ganz besonderer für sie, da sein Geist sich ihr gezeigt hatte. »Danke, dass du mir das Leben gerettet hast!«, sagte sie zu ihm. »Danke!« Und weil der Geist nun ihr guter Freund war, hatte sie angefangen, ihm fortan alles zu erzählen. Ihr ganzes Leben hatte sie vor ihm ausgebreitet. Und er hatte ihr geantwortet. Nicht mit Worten, denn Geister haben keine Worte. Seine Sprache war eine andere – waren die Gedanken, die sie zuvor noch nie gedacht hatte, war ein Zuwachs an innerer Kraft.

Kraft brauchte sie auch dieses Mal, da der Kummer sie niederdrückte. Wie bei jedem Besuch hatte sie ein wenig Honig mitgebracht und diesen sorgfältig auf dem Stein verstrichen. Geister liebten süßen Honig, darin glichen sie den Menschen. »Witek ist ganz anders als Heinrich«, sagte sie, während sie versonnen mit den Fingern an den Kanten des Steines entlangfuhr. »Wie Heinrich ist, weißt du ja, als Einzigem habe ich dir alles über ihn erzählt. Witek dagegen kennst du noch nicht. Er ist ein Fremder für dich.« Sie zögerte. »Und für mich eigentlich auch.«

Malina sah ihn vor sich: größer als die meisten Männer in Spandau, mit Armen, die zupacken konnten, und mit dem Gesichtsausdruck eines Mannes, der stets bemüht war, aus allem das Beste zu machen.

»Witek ist ein guter Mann, niemand könnte das leugnen. Zwar ist er ein wenig einfältig, und manchmal hänseln ihn die anderen deswegen. Aber er ist fleißig und arbeitet hart. Außerdem« – sie schlug verlegen die Augen nieder –, »außerdem ist er der Einzige, der mich haben will. Und auch das nur, nachdem Myslaw ihn gedrängt hat.« Ein Seufzen entfuhr ihr. Und wie Myslaw Witek gedrängt hatte! Ihn ebenso wie einige andere Männer.

Vor zwei Monaten waren sie nach Spandau zurückgekehrt. Kaum hatten sie den Vater beweint, der wenige Tage nach ihrer Gefangennahme gestorben war, hatte Myslaw Pläne geschmiedet. Wer sollte es ihm auch verdenken? Die Jahre waren auch an ihm nicht vorübergegangen, und wie jeder Mann wünschte er sich ein Eheweib und Kinder. Eine Schwester im Haus wäre dabei nur hinderlich für ihn, und deshalb hatte er angefangen, nach einem Ehemann für sie Ausschau zu halten. »Myslaw war schon ganz verzweifelt, weil niemand mich haben wollte«, flüsterte sie leise und fügte noch im selben Atemzug schuldbewusst hinzu: »Ja, ja, ich weiß, ich habe dir nichts davon erzählt, obwohl ich nach unserer Rückkehr schon so oft bei dir war. Aber ich habe es nicht über mich gebracht. Es war so …« Wieder stiegen Tränen in ihr auf. Es war so verletzend, hatte sie sagen wollen, dass alle sie ablehnten. »Früher haben sie mich gemocht, bevor wir in die Sklaverei verschleppt wurden. Damals gab es mehrere Burschen, die begehrliche Blicke auf mich geworfen hatten. Jetzt ist das ganz anders. Zwar sind die meisten freundlich zu mir, aber wenn es darum geht, mich zum Weib zu nehmen, scheuen sie zurück. Ich glaube, sie haben Angst vor mir. Vor meiner Vergangenheit. Vor der langen Zeit, die ich in einer Welt verbracht habe, die sie sich nicht einmal vorstellen können. Vielleicht denken sie auch, ich bin von bösen Geistern besessen und bringe ihnen Unglück. Nur Witek scheint sich nicht zu fürchten. Aber er braucht ja auch eine neue Mutter für seine Kinder …«

Eine Windböe strich durch ihr Haar, und obwohl es Sommer war, fröstelte sie. War Myslaw erst zurück, würde die Heirat nicht lange auf sich warten lassen. »Ich werde mich an Witek gewöhnen«, sagte sie und versuchte zuversichtlich zu klingen. »Ich werde mich bemühen, ihm ein gutes Eheweib und seinen Kindern eine gute Mutter zu sein.« Immer wieder hatte sie diese Worte wiederholt, weil sie sich selbst von dem Gesagten überzeugen musste. Weil ein Leben mit Witek das Einzige war, was ihr noch blieb – nachdem es das Leben, das sie sich gewünscht hatte, nicht mehr gab.

Sie seufzte, als sie an Heinrich dachte, und wohl zum tausendsten Mal verfluchte sie den Umstand, dass durch seine grausige Tat alles zerstört war. Dabei hatte er sich auf der Rückreise sehr um sie bemüht. Stets war er gut zu ihr gewesen, und immer wieder hatte er das Wort an sie gerichtet. Aber sie war hart geblieben, auch wenn es ihr schwergefallen war. Vor allem am Tag des Abschieds, als ihre Wege sich getrennt hatten und sie für immer auseinandergegangen waren. Nur *ein* Wort hatte sie zu ihm gesagt, nur ein einziges »Danke!« in dieser endlosen Zeit, nach allem, was er für sie getan hatte. Und dabei hatten sich ihre Blick noch einmal ineinander verfangen, bevor sie mit Myslaw allein weitergezogen war. Ob er ihr hinterhergeschaut hatte, wusste sie nicht, denn sie hatte sich nicht mehr umgedreht. Weil nichts zu sagen gewesen war. Vielleicht aber auch, weil sie gefürchtet hatte, am Ende ihres langen Weges doch noch schwach zu werden.

Und nun saß sie hier, unendlich traurig und allein, und vor ihr lag ein Leben an der Seite des Böttchers.

Dunkler als zuvor ballten sich die Wolken über Malina, und aus der Ferne drang Donner herüber. Sie beschloss heimzukehren, auch wenn der Geist ihres Steines noch nicht zu ihr gesprochen hatte.

Mit der althergebrachten Formel, die sie von ihrer Mutter gelernt hatte, verabschiedete sich Malina und stand auf. Nachdem sie die Wiese überquert hatte, trat sie in den Wald, dessen Unterholz an dieser Stelle so dicht war, dass es dem Unkundigen als undurchdringlich erschienen wäre. Sie folgte einem Pfad bis zu einem Bach und erreichte bei einer Gruppe uralter Eichen den Handelsweg nach Spandau. Plötzlich vernahm sie aus der Gegenrichtung Hufschlag, vermischt mit dem Gewirr menschlicher Stimmen. Misstrauisch hastete sie zur Seite und versteckte sich hinter einer der Eichen. Gleich darauf waren die Stimmen nahe heran. Es waren fröhliche Stimmen von Männern, die sich über etwas zu freuen schienen. Vorsichtig spähte sie um den Stamm herum, und noch im selben Moment erkannte sie die sechs Reiter. Einer von ihnen war Myslaw.

Der Ritt war wie ein Rausch. Was für eine Genugtuung: Der Bischof der Deutschen war tot! Nicht etwa ein Priester, wie schon mehrere in den vergangenen Jahren, erst recht kein unbedeutender Diakon, geschweige denn ein Ministrant – nein, den Bischof selbst hatten sie zur Strecke gebracht, und das mitten im Herzen der feindlichen Macht. Und danach waren sie verschwunden. Kein Deutscher hatte ihre Tat beobachtet oder wusste um ihre Herkunft, und deshalb würde niemand sie verfolgen. Der mutige Streich war gelungen. Die Freiheit aller Slawen war näher gerückt. Was für eine Genugtuung!

Bäume flogen vorbei, unter den Hufen der Pferde spritzte Erde auf, alle gaben ihr Äußerstes.

Für Malina hatte Myslaw keine Zeit. Wohl sah er sie, hob auch flüchtig zum Gruß die Hand, aber schon war er vorbei auf seinem Pferd, das ebenso schweißbedeckt war wie die Tiere der anderen.

»Gleich haben wir es geschafft!«, rief Radomir, der Älteste und zugleich ihr Anführer. »Wir halten bei der Zwillingseiche.«

»Na, dann los!«, gab ein anderer übermütig zurück und spornte sein Pferd ein letztes Mal an.

Gleich darauf kam der Baum in Sicht, bei dem einst eine Spandauerin mit Zwillingen niedergekommen war. Obwohl alle Reiter ihn kannten, hatte doch jeder das Gefühl, ihn noch niemals so gern gesehen zu haben wie in diesem Augenblick.

Doba erreichte die Eiche als Erster. Erschöpft ließ er sich vom Pferd gleiten, warf sich auf die Erde und streckte Arme und Beine von sich. »Was für ein Tag!«, stieß er hervor und blickte durch das Gewirr der Äste in den Himmel. Die anderen taten es ihm gleich.

Einzig Radomir saß nicht ab. »Wir sehen uns später«, rief er den anderen zu. »Alles wie vereinbart.«

Ein zustimmendes Gebrumm aus fünf Kehlen antwortete ihm.

In ruhigem Trab ritt Radomir um die Biegung, von der er die beiden Inseln vor sich sah: die größere mit der Burg der Deutschen und der Vorburg, in der die Slawen lebten, auf der kleineren Insel weitere Häuser, dazu eine größere Anzahl am Ufer. Da der Abend bereits angebrochen war, hatten die meisten Bewohner ihre Arbeit eingestellt. Rauch stieg von den Feuern auf, über denen die Frauen die Mahlzeiten kochten, hier und dort saßen Männer zusammen, Kinder liefen umher oder planschten im Wasser. Nahe der Brücke zur Hauptinsel kämpfte ein aufgebrachter Fischer mit einem Schwein, das sich in seinen ausgespannten Netzen verfangen hatte.

Nur flüchtig fassten die Wachen auf dem Wehrgang der Burg den Ankömmling ins Auge und wandten ihre

Aufmerksamkeit gleich wieder anderen Dingen zu. Nicht so dagegen die Slawen. Kaum hatten sie Radomir erblickt, da verstummten alle Gespräche, und nur die Notwendigkeit, bei den Deutschen kein Misstrauen zu wecken, hinderte sie, dem Zurückkehrenden entgegenzueilen und ihn mit Fragen zu überhäufen. Zwar wussten nur die wenigsten über das Vorhaben Bescheid, zu dem die sechs Männer einige Tage zuvor aufgebrochen waren. Aber dass es von großer Wichtigkeit war, hatte sich schnell herumgesprochen.

Einen indes hielt es nicht auf seinem Platz – Radomirs Vater, einen Greis mit verwittertem Gesicht und schneeweißem Bart. Auf einen Stock gestützt, humpelte er seinem Sohn entgegen und streckte ihm einen Krug mit Wasser hin. »Und?«, wollte er wissen, die Stimme nach Verschwörerart gesenkt. »Ist euch der Streich gelungen?«

Radomir stieg vom Pferd und nahm den Krug. In seinen Augen funkelte Stolz. »Ja, Vater. Was wir wollten, haben wir erreicht, und nicht einer von uns wurde verletzt oder gar getötet. Die anderen warten bei der Zwillingseiche. Sie werden nacheinander kommen, um keine Aufmerksamkeit zu erregen.« Er setzte das Gefäß an die Lippen und trank. Dann winkte er einen Halbwüchsigen herbei und reichte ihm die Zügel seines Pferdes. »Bring das Tier seinem Besitzer zurück, Slawek. Es hat ausgezeichnete Dienste geleistet. Er soll es gut versorgen. Und schick deinen Bruder auf die Insel! Sag ihm, er soll Ljub benachrichtigen, dass wir zurück sind. Erfolgreich! Und außerdem sollen ein paar von deinen Freunden zur Zwillingseiche gehen und die dortigen Pferde ebenfalls zu ihren Besitzern bringen. Aber verhaltet euch unauffällig! Die Posten dürfen nichts merken.« Er wandte sich wieder an seinen Vater. »So sind mir die Deutschen am liebsten,« sagte er und grinste, »ahnungslos.«

Radomir hatte gerade erste Einzelheiten über den Gewaltstreich erzählt, als Slaweks Bruder bereits von der Insel zurückkehrte. Obwohl er noch jung war und niemand ihn eingeweiht hatte, schien er die Bedeutung der Angelegenheit begriffen zu haben. »Ljub will, dass ihr alle in den Tempel kommt«, brachte er aufgeregt hervor. »Die bei der Brandenburg waren und noch ein paar andere. Ich soll allen Bescheid sagen. Ihr sollt aber erst kommen, wenn es dunkel ist.« Er streckte Radomir die Handfläche hin. »Wenn die Linien nicht mehr zu erkennen sind«, ergänzte er, und eilte gleich wieder davon.

Myslaw traf ein, als der letzte Fischer sein Boot an Land zog. Gemächlich ausschreitend, hielt er vom Waldrand auf die Siedlung zu, grüßte einige, darunter den Korbmacher, der ihm die Nachricht von dem geplanten Treffen zuraunte, und ging dann über die Brücke auf die Insel. Kurz darauf folgten die anderen, ebenfalls einzeln. Als Letzter machte sich Radomir auf den Weg, der am Ufer die Ankunft seiner Gefährten abgewartet hatte. Schon schickten die Wachen sich an, das Eingangstor zur Burg zu schließen und damit zugleich den Zugang zur Vorburg bis zum nächsten Morgen zu unterbinden, als er angelaufen kam. Wie gern hätte er ihnen im Vorbeilaufen seinen Triumph ins Gesicht geschrien! Aber er beherrschte sich und gönnte sich nur ein spöttisches Lächeln, während er mit selbstbewussten Schritten die Burg durchquerte. Gleich darauf fiel das schwere Tor hinter ihm zu.

Die Dunkelheit hatte das Land in den Griff genommen, als die von Ljub benannten Männer sich im Tempel einfanden. Von einem niedrigen Zaun eingefasst, der die

Welt des Heiligen von der alltäglichen Welt abgrenzte, mit Wänden aus Flechtwerk und einem Schilfdach, lag der Tempel unterhalb eines Wachtturms der Burg. Im Inneren wurde er von einer Statue aus Eichenholz beherrscht. Sie war halbmannshoch und stellte Jarobog dar, den Gott, der für die Spandauer Slawen neben Triglaw, dem obersten Gott aller Heveller, der höchste war. Sein Aussehen glich dem der Menschen, die ihn verehrten, mit Ausnahme des Kopfes, der anstelle eines einzigen Gesichtes gleich drei davon besaß, von denen jedes in eine andere Richtung schaute – ein Zeichen der göttlichen Macht Jarobogs. Neben ihm und im Raum verteilt befanden sich die Statuen einiger weiterer Gottheiten – kleiner wegen ihrer geringeren Bedeutung –, außerdem Sattel und Zaumzeug eines Pferdes sowie zwei Lanzen, die mit gekreuzten Schäften in der Erde steckten. Ein kleines Opferfeuer und drei flackernde Kienspäne in eisernen Wandhaltern beleuchteten den Tempel nur schwach.

Ein scharfer Geruch hing in der Luft, der von dem Opferfeuer herrührte. Ljub wartete, bis nur noch Asche übrig war, und wandte sich dann einer angebundenen Ziege zu. Er löste ihren Strick, führte sie vor den Gott und schlitzte ihr mit einem raschen Schnitt seines Messers die Kehle auf. Blut spritzte hervor und ergoss sich über das Holz.

Wortlos umstanden die Versammelten den Priester und warteten, dass dieser ihnen die Annahme des Opfers durch Jarobog verkündete, aber Ljub ließ sich Zeit. Bedachtsamkeit war eine seiner hervorstechenden Eigenschaften, ebenso wie Klugheit, aber auch Mut, wenn er gefordert wurde. Dass er Priester war, lag an seiner Einäugigkeit, die wiederum die Folge einer außergewöhnlichen Begebenheit war: Jahre zuvor war er im Wald versehentlich von dem Pfeil eines Jägers getroffen worden, dessen Spitze sich in sein rechtes Auge gebohrt hatte. Niemand hatte damit gerechnet, dass Ljub die schwere Verletzung überleben würde. Aber er hatte sie überlebt. Für die Spandauer war das ein Zeichen der besonderen Gunst ihrer Götter gewesen, und deshalb hatten sie ihn zu ihrem Priester gemacht. Anfänglich war er seiner Aufgabe nur im Geheimen nachgekommen, später öffentlich, seit sie es gewagt hatten, sich mit der Errichtung des Tempels ihren Feinden zu widersetzen.

»Jarobog hat unser Opfer angenommen«, verkündete Ljub, als die meisten Anwesenden bereits daran zu zweifeln begannen. Erleichtert atmeten alle auf. Kaum auszudenken, wenn ihr Gott in dieser gefährlichen Lage nicht auf ihrer Seite gestanden hätte!

»Lasst uns beginnen«, forderte Ljub die Versammelten auf.

Erwartungsvoll ließen sich alle nieder. Da der Tempel klein war und nur wenigen Männern Platz bot, waren die meisten Spandauer von der Zusammenkunft ausgeschlossen. Gerade zwei Dutzend saßen hier – die an der Ermordung des Bischofs Beteiligten, Ljub als der Priester sowie einige Familienälteste, die im Anschluss an das Treffen die anderen über dessen Verlauf unterrichten würden.

Ausführlich und voller Stolz auf die Tat erstattete Radomir Bericht. Als er geendet hatte, machte sich Zufriedenheit unter den Anwesenden breit.

»Was hätte ich dafür gegeben zu sehen, wie ihr Markgraf vor Wut fast zerplatzt«, jubelte Priban, einer der Täter, und strahlte. »Die Deutschen haben nicht die geringste Ahnung, wer ihrem Bischof den Garaus gemacht hat! Nur einige unserer Brüder wissen von uns, und von denen werden sie nichts erfahren. Und Spuren haben wir keine hinterlassen.«

»Bis auf dein Messer«, knurrte Doba, der ebenfalls an der Tat beteiligt gewesen war.

Priban schüttelte den Vorwurf ab wie ein lästiges Insekt. »Wie man Knochen nicht immer wieder aufkochen kann, sollte man auch nicht immer wieder dasselbe sagen!«, zischte er. Und an die anderen gewandt, fügte er hinzu: »Bei dem Überfall hab ich mein Messer verloren. Aber was kann der Markgraf damit schon anfangen? Wie sollte er auf den Gedanken kommen, dass es ausgerechnet einem Spandauer gehört?«

Boleslaw, einer der ältesten Bewohner der Siedlung, überging die letzten Worte. Ein beseeltes Flackern in den Augen, trommelte er mit seinem Stock auf der Erde herum und rief, dabei immer lauter werdend: »Der Aufstand ist da! Endlich beginnt der große Aufstand aller Slawen! O ihr Götter, was für ein Glück, dass ich diesen Tag noch erleben darf! Was für ein wunderbares Geschenk für einen alten Mann, der …«

»So schweig doch endlich still, Boleslaw!«, fiel Ljub ihm ins Wort. »Oder willst du uns die Deutschen auf den Hals hetzen? Der Vogt hat bestimmt Wachen auf dem Turm, die unsere Sprache verstehen. Die verrenken sich die Hälse und lauschen. Willst du denen alles erzählen, nachdem wir uns gerade gefreut haben, dass unsere Männer nicht entdeckt wurden?«

Ein kämpferisches »Die sollen nur kommen!« wischte den Einwand beiseite, nun jedoch leiser gesprochen als die Worte zuvor. Boleslaw hob seinen Stock wie ein Schwert. »Mit dem toten Bischof haben wir das Zeichen gesetzt, das unsere Brüder zu den Waffen ruft. Wenn sie davon erfahren, werden sich alle erheben, und gemeinsam werden wir uns auf den Feind stürzen. Glaubt mir: Der Aufstand hat begonnen! Nicht mehr lange, und die Deutschen werden laufen wie die Hasen!«

Der Priester machte eine ungeduldige Handbewegung. »Wo ist der Aufstand, Boleslaw? Wo? Zeig ihn mir! Zwar habe ich nur noch ein Auge, aber das leistet mir gute Dienste. Und ich sage dir: Ich sehe diesen Aufstand nicht. Ich höre ihn auch nicht kommen, obwohl ich bessere Ohren habe als du.«

Der Angesprochene setzte zu einer Erwiderung an, aber Ljub kam ihm zuvor: »Das Einzige, wovon wir sicher ausgehen können, ist die Tatsache, dass unsere Brüder den Bischof aus dem Weg geräumt haben. Nicht mehr und nicht weniger. Bisher hat keiner der Beteiligten von einem Aufstand berichtet.«

Doba sah es ebenso. »Ljub hat recht: Die Tötung des Bischofs war ein bedeutender Schritt auf unserem Weg, aber für einen Aufstand muss noch einiges geschehen. Andere müssen sich an unserem Kampf beteiligen. Was wir getan haben, ist nur ein Anfang.«

»In der Tat«, pflichtete Radomir ihm bei. »Wir haben nur den ersten Schritt getan. Andere müssen folgen. Aber immerhin haben wir mit der Ermordung des Bischofs bewiesen, was viele nicht für möglich gehalten haben: dass man jeden Deutschen treffen kann, gleichgültig, welche Stellung er innehat. Und das sogar an einem Ort, an dem er sich sicher fühlt. Aber natürlich müssen wir mehr tun. Es ist mit den Deutschen wie mit den Hunden – erst beißen sie, später bellen sie nur noch, und am Ende bekommen sie einen Tritt. Wir wollen ihnen einen Tritt versetzen, doch bis es so weit ist, müssen wir sie jagen. Wir müssen sie reizen, müssen von allen Seiten auf sie einschlagen und ihnen keine Zeit zum Atemholen lassen. Wenn wir so vorgehen, werden wir unser Ziel erreichen.«

»Aber das schaffen wir nicht allein«, meldete sich Jaksa zu Wort, der Gerber. »Wir sind Handwerker, Bauern und Fischer mit Weibern und Kindern – keine waffenstarrenden Krieger wie die Deutschen, die im Kämpfen geübt sind. Was sollen wir ihnen entgegensetzen? Die rammen uns ihre Schwerter in die Bäuche, bevor wir auch nur ein Messer in der Hand halten.«

Radomir nickte heftig. »Genauso ist es! Und deshalb dürfen wir nicht allein gegen sie vorgehen. Alle müssen mitmachen, sowohl unser eigener Stamm als auch die anderen Stämme, die wie wir unter der Fremdherrschaft leiden.« Er ballte die Faust. »Wir müssen Boten zu unseren Brüdern schicken und ihnen von dem Geschehen berichten und sie auffordern, es uns gleichzutun. Gemeinsam müssen wir handeln, denn nur aus vielen Bächen entsteht ein Strom.«

Jetzt mischte sich auch der Schiffbauer Njedan in das Gespräch. »Wir sollten die Deutschen nicht unterschätzen. Mögen sie sich zurzeit auch einiges von uns gefallen lassen – wenn wir auf ihr Herz zielen, werden sie sich wehren. Wollen wir es mit ihnen aufnehmen, müssen wir weit stärker werden, als wir es heute sind. Aber dafür brauchen wir Zeit und Geduld.«

Der alte Boleslaw rollte unwirsch mit den Augen. »Zeit und Geduld … Pah! Ich habe lange genug gewartet. Ich will unseren Sieg noch erleben.«

»Wer die Angel zu früh aus dem Wasser zieht, fängt keinen Fisch«, wischte der Schiffbauer das Gesagte beiseite.

»Willst du damit sagen, wir sollen hier herumsitzen und abwarten?« Die Stimme hatte einen herausfordernden Klang und verriet Ungeduld. Sie gehörte Myslaw. »Fünf Jahre war ich fort, und ich dachte, in dieser Zeit hätte sich hier alles verändert. Aber das war ein Irrtum. Nichts hat sich verändert, alles ist noch wie vorher. Und deshalb ist es jetzt umso nötiger, dass endlich etwas geschieht. Wir müssen uns zur Wehr setzen, und zwar nicht irgendwann, sondern heute!« Härter als gewöhnlich zeichnete sich die Narbe in seinem Gesicht ab. »Wie oft habe ich in meinen Träumen diesen verdammten Deutschen die Kehlen aufgeschlitzt, wie oft ihre Kadaver den Hunden vorgeworfen! Ich bin nicht in das Land meiner Väter zurückgekehrt, um zu warten!«

Aus Njedans Antwort sprach keine Nachsicht. »Nur aus der Nähe kann man das Gebratene riechen! Das gilt auch für dich, Myslaw. Ich will es dir nicht zum Vorwurf machen, dass du unsere Lage falsch einschätzt, aber ich sehe es als meine Pflicht an, dich zu zügeln. Dich und einige andere in diesem Raum.«

Myslaw wollte aufbegehren, aber ein entschiedenes »Ich bin noch nicht fertig!« brachte ihn zum Schweigen.

»Nehmen wir einmal an, wir schicken Boten zu unseren Brüdern, berichten ihnen von unserer Tat und fordern sie auf, unserem Beispiel zu folgen, aber unsere Brüder lehnen das ab. Was dann? In diesem Fall stehen wir allein da, und das, nachdem wir gerade erst mit dem Mord an dem Bischof geprahlt haben. Was ist, wenn der Markgraf davon erfährt?« Njedan schüttelte den Kopf. »Nein, ich habe sieben Kinder, und bald kommt ein achtes hinzu – ich wäre ein schlechter Vater, wollte ich sie durch ein überstürztes Vorgehen ins Verderben stürzen. Jede voreilige Handlung kann uns den Tod bringen. Die Geduld ist ein besserer Verbündeter. Lasst uns deshalb abwarten, wie die anderen sich verhalten, wenn sie von dem Bischof erfahren. Unternehmen sie etwas, können wir uns immer noch anschließen.«

»Und das werden wir auch tun!«, unterstützte der Gerber das Gesagte. »Niemand soll uns vorwerfen können, wie wären nicht fähig, für unsere Freiheit zu kämpfen.«

Der Töpfer Bolilut erhob die Stimme. »Njedan spricht von Abwarten, aber das bedeutet ja nicht, dass in dieser Zeit nichts geschieht. Die Deutschen werden auf die Ermordung antworten, und diese Antwort wird sich gegen unser Volk richten. Damit werden sie aber nur noch mehr Hass zwischen uns säen. Und mit dem wachsenden Hass schüren sie das Feuer, in dem wir sie eines Tages verbrennen werden.«

»Willst du eine günstige Gelegenheit für einen Aufstand mit slawischem Blut erkaufen?«, fiel Radomir über ihn her. »Sollen wir zusehen, wie unsere Brüder unseretwegen zur Rechenschaft gezogen werden? Nein, das dürfen wir nicht zulassen! Wir alle haben genug gelitten. Erst gestern hat mir wieder einer von den Verbrechen der Deutschen erzählt … wie sie einem die Kopfhaut abgezogen haben, nur weil er am Sonntag gearbeitet hat. Damit muss endlich Schluss sein! Wir haben etwas angefangen, und nun müssen wir es zu Ende führen. Oder sind wir etwa Feiglinge?«

Die Unterstellung traf Njedan hart. »Wir sind keine Feiglinge, aber wir sind auch keine Hohlköpfe. Nur der Dumme versucht, das Schwein mit lauwarmem Wasser abzubrühen. Wir müssen warten, bis das Wasser kocht, denn nur so schaffen wir es, dass unsere Kinder eines Tages mit Stolz von uns reden.«

»Wir müssen bloß darauf achten, dass es dann noch genügend Zuhörer gibt, denen sie es erzählen können!«, stieß Radomir hervor, nur mühsam beherrscht.

Das Gespräch drehte sich im Kreise. Schließlich griff Ljub ein und forderte die Streitenden zum Schweigen auf. Nur widerwillig fügten sie sich, und es dauerte eine Weile, bis Ruhe im Tempel einzog. »Wir werden Jarobog befragen«, erklärte der Priester in das Knistern der Kienspäne hinein.

»Ein Pferdeorakel?« In Boleslaws Augen glitzerte Spannung.

Ljub nickte. »Eine Frage von solcher Tragweite verlangt eine kluge Entscheidung. Immerhin hängt unser Schicksal davon ab – unser eigenes und das unserer Familien. Wählen wir den falschen Weg, sind wir vielleicht schon bald alle tot. Deshalb werden wir göttlichen Rat einholen.«

Zwei Wachtposten blickten vom Turm, als die Versammelten aus dem Tempel traten. Neben den Posten stand ein dritter Mann: Konrad, der deutsche Priester, der mit der Seelsorge für die Burgbesatzung betraut war. Weit über die Turmbrüstung gebeugt, versuchte er, alles in sich aufzunehmen, den ganzen widerwärtigen Teufelsspuk, um ihn in Erinnerung zu behalten für den Tag der Abrechnung, der unausweichlich kommen musste und an dem sich die tiefe Demütigung, die ihm viel zu lange schon wie ein Stachel ins Fleisch schnitt, in einen großartigen Triumph verwandeln würde. Einstweilen jedoch musste er sich damit begnügen, seinem Abscheu auf andere Weise Luft zu verschaffen. »So spricht der Herr: ›Ich will Rache üben mit Grimm und Zorn an allen Heiden, die nicht gehorchen wollen!‹«, donnerte er ungeachtet der späten Stunde von dem Wachtturm herunter.

Radomir antwortete mit einem Hohnlachen, die anderen stimmten ein oder drohten mit den Fäusten.

Nur Ljub ließ den Zeternden unbeachtet, da die Vorbereitung des Orakals ihn in Anspruch nahm. Wissend um die Heiligkeit seiner Handlung, trug er die beiden Lanzen aus dem Tempel mit sich, die bei dem geplanten Vorhaben Verwendung finden würden. Zum Schauplatz hatte er eine Stelle unweit des kleinen Hafens bestimmt, ein gutes Stück von der Burg und damit auch von dem Priester entfernt, der inzwischen dazu übergegangen war, seinem Vers aus der Heiligen Schrift gleich noch weitere anzuhängen.

Aufgeschreckt durch das Geschrei, hatten sich unterdessen einige Köpfe aus den Fenstern geschoben, und die ersten Bewohner waren aus ihren Häusern getreten. Ohnehin war die Zahl der Schlafenden nicht groß gewesen, warteten doch alle gespannt auf den Ausgang des Treffens im Tempel, nachdem sich der Bischofsmord in Windeseile herumgesprochen hatte. Ebenso schnell verbreitete sich nun die Nachricht von dem bevorstehenden Orakel, und da Ljub niemanden von der Teilnahme ausgeschlossen hatte, konnte jeder dabei sein. Aus allen Häusern drängten sie heran, Männer, Frauen und Kinder, sodass sich die Vorburg im Handumdrehen in einen Ameisenhaufen verwandelte. Worum es bei dem Orakel ging, erfuhr indes zunächst niemand, hatte Ljub die Männer aus dem Tempel doch zu einstweiligem Stillschweigen verpflichtet.

Fackeln wurden herbeigeschafft, um den ausgewählten Platz zu beleuchten. Mit einem Seil trennte Ljub den heiligen Bezirk ab, der bis auf weiteres dem Gott gehören sollte und der nur von ihm selbst als Priester und von dem heiligen Pferd betreten werden durfte. Ein einleitendes Opfer folgte, begleitet von überlieferten Formeln und übertönt von den wiederholten Androhungen einer Bestrafung durch den anderen Gott, mit der die uneinsichtigen Heiden zu rechnen hätten. »Höret den Psalm Davids, der da sagt: ›Ich danke dem Herrn von ganzem Herzen, denn er bringt die Gottlosen um!‹«, schallte es von der Burg herüber, während Ljub die beiden Lanzen kreuzweise in die Erde trieb und damit das Hindernis schuf, über welches das Pferd später hinwegschreiten sollte.

Anhaltendes Geraune begleitete jede von Ljubs Bewegungen. Da der verfügbare Platz begrenzt war, die Neugierigen jedoch zahlreich, hatte sich rings um das Seil eine dichte Menschentraube gebildet, um aus nächster Nähe einen Blick auf das Geschehen zu erhaschen. Vorerst aber war nicht viel zu sehen, denn noch fehlte das Pferd des Gottes. Und da nur Ljub sich dem Tier nähern durfte, verging einige Zeit, bis er den Rappen aus dem Stall geholt hatte.

Die Zügel haltend, stellte sich Ljub wenige Schritte von den Lanzen entfernt auf. Unstet flackerten die Fackeln im Wind. Dies war der Augenblick, in dem der Gott auf seinem Reittier Platz nahm, um dessen Gang zu bestimmen und auf diese Weise seinen göttlichen Ratschluss kundzutun. Ein uralter Brauch, der fortdauern würde, solange auch nur eine Hand voll Slawen auf der Erde wandelte, und den auch die Deutschen nicht würden unterbinden können. Allerdings waren die Besatzer entschlossen, ihn zu stören. Alle Köpfe flogen herum, als die Glocke in der Burg zu läuten begann, laut und mit schnell aufeinanderfolgenden Schlägen. Einige Atemzüge lang verharrten die Slawen unschlüssig. Dann, während die Glocke wie ein Messer durch die Nacht schnitt, hoben sie alle gemeinsam an zu singen. Dunkel dröhnte es aus den Kehlen der Männer, hell mischten sich die Frauen und Kinder hinein, und mit einem Lied, das von der Liebe zu ihrer slawischen Heimat handelte und von dem Glück, dort zu leben, setzten sie dem Zorn der Unterdrücker den Zorn der Unterdrückten entgegen.

Auch Malina sang das Lied, das sie schon unzählige Male gesungen hatte. Was für ein Tag war das! Erst die Rückkehr der sechs Männer, dann das Treffen im Tempel, der Kampf zwischen dem Glockengeläut und dem Gesang und gleich noch das Orakel, um dessen Bedeutung sie indes ebenso wenig wusste wie die meisten anderen. Nur dass es mit der Brandenburg im Zusammenhang stand, das ahnte sie, mit der Brandenburg, bei der sechs Männer den Bischof ermordet hatten und wo auch Myslaw gewesen war. Und wo Heinrich … Sie schob den Gedanken beiseite.

»›Die Gottlosen werde ich dem Schwert übergeben‹, spricht der Herr!«, donnerte es von der Burg, aber niemand scherte sich. Stattdessen waren die Blicke aller Anwesenden auf die Läufe des Pferdes gerichtet, das sich in diesem Augenblick – von Ljub an lockerem Zügel geführt – in Bewegung setzte. »Das linke Bein!«, murmelte Radomir, und es klang wie eine Beschwörung. Nicht anders als bei Njedan, nur dass sich dieser das rechte Bein wünschte, das für Abwarten stand.

Dicht vor den gekreuzten Lanzen blieb das Pferd stehen. Ljub flüsterte ihm etwas ins Ohr und wartete. Während die Umstehenden die Luft anhielten und voller Spannung auf das Tier starrten, hob dieses den rechten Vorderlauf und setzte ihn über die Lanzen.

Radomir und diejenigen, die sich für ein rasches Vorantreiben des Aufstands ausgesprochen hatten, schauten enttäuscht zu Boden. Njedan und seine Anhänger zeigten sich dagegen erleichtert. Allen anderen blickten fragend.

»Jarobog hat seinen Willen verkündet!«, erklärte Ljub so laut, dass alle es hören konnten. Durch das Pferd hatte der Gott gesprochen. Und was der Gott wollte, das würde geschehen.

Was er gesagt hatte, erfuhren bald auch diejenigen, die nicht zu den Eingeweihten gehörten. Und während Ljub das Pferd und die Lanzen zurückbrachte, entspannen sich unter den Zurückgebliebenen aufgeregte Gespräche. Auch Malina wusste nun, was es mit der Entscheidung des Gottes auf sich hatte, allerdings vermochte sie sich über das Gehörte nicht zu freuen. Ob man die Feinde nun früher »in ihre Hölle schickte«, wie einige es nannten, oder ob man sich das für später aufhob – in beiden Fällen lief es darauf hinaus, dass den Deutschen Gewalt angetan werden sollte. Wieder wanderten ihre Gedanken zu Heinrich, obwohl sie es nicht wollte. Zu Heinrich, dem nach dem Willen ihres Volkes der Tod drohte.

Verwirrt und zutiefst einsam in der Welt ihrer Gefühle, entfernte Malina sich von den anderen und tauchte aus dem Fackelschein in die Dunkelheit ein. Nahe dem Tempel ließ sie sich nieder, lehnte den Kopf an einen Pfahl und schloss die Augen. Das Geläut war verklungen, der deutsche Priester verschwunden, nur vom Orakelplatz drangen noch Stimmen an ihr Ohr. Nach einer Weile verstummten auch diese, und es wurde still.

»Bist du es, Malina?«

Sie öffnete die Augen. »Ja, ich bin es.«

Vor dem Tempel stand Ljub. Seine Stimme klang weicher als zuvor. Ljub mochte Malina, und das nicht erst, seit sie zu seiner großen Freude heimgekehrt war. Der Grund war der frühe Tod seiner eigenen Tochter Priba, ein lebenslustiges Mädchen, geboren am selben Tag wie Malina, beinahe zur selben Stunde, aber noch im Kindesalter durch einen Unfall aus dem Leben gerissen. In der Folge hatte er die Zuneigung, die er seiner Tochter nicht mehr hatte schenken können, auf Malina übertragen.

»Es ist keine leichte Zeit.« Ljub hatte sich von dem Tempel gelöst. »Sie macht Angst, aber zugleich weckt sie bei jedem von uns große Hoffnungen. Es ist gewiss nicht einfach für dich, das zu verstehen.«

Malina zögerte mit einer Antwort. »Es … Es geht alles so schnell.«

»Wir warten schon lange auf den Tag unserer Befreiung, aber mit dem gestrigen Geschehen, an dem auch dein Bruder Anteil hatte, scheint dieser Tag näher gerückt. Natürlich haben wir keine Gewissheit, dass wir erfolgreich sein werden. Aber wenn die Götter …«

Schritte auf dem Wehrgang der Burg ließen den Priester verstummen. Nur die Umrisse der Posten waren gegen den Nachthimmel zu erkennen. Ljub wartete, bis sie weitergegangen waren, und hockte sich dann neben Malina. »Als mein ältester Sohn Dobran noch ein Kind war, hatte er einmal einen Traum. Er hat ihn mir erzählt. Es war die Geschichte von einem Vogel, und sie nahm ihren Anfang im Winter. Es war ein ungewöhnlich harter Winter, in dem es jeden Tag schneite. Hoher Schnee bedeckte die Erde, aber noch immer fielen Flocken vom Himmel. Mit der Zeit lag der Schnee so hoch, dass die Menschen die Türen ihrer Häuser nicht mehr öffnen konnten, und so saßen sie drinnen und dachten an den Sommer und an die Sonne. Natürlich hofften sie, dass die furchtbare Zeit bald enden würde, aber ihre Hoffnungen wurden nicht erfüllt. Im Gegenteil – es schneite immer weiter, und das nicht nur während des Winters, sondern auch im folgenden Sommer. Die Menschen froren entsetzlich, und viele hatten nichts mehr zu essen. Etliche starben, aber noch immer hörte es nicht auf zu schneien. Schließlich war das ganze Land unter einer weißen Decke begraben, und die Menschen flehten zu den Göttern, diesem Schrecken endlich ein Ende zu setzen.«

Ein paar Hunde schlugen an, doch Ljub hörte sie nicht. »Eines Tages wuchs ein kleiner Vogel heran, der hatte leuchtend bunte Federn und eine wunderschöne Stimme. Dieser Vogel saß in einem Nest auf einem Baum, der war so hoch, dass er als Einziger aus dem Schnee herausragte. Natürlich fror der kleine Vogel ebenso wie die anderen Tiere und die Menschen, und deshalb fraß er sehr viel, denn je mehr er fraß, desto wärmer wurde es ihm. Aber nicht nur das – mit jedem Bissen wuchs er, und bald war er so groß, dass er fast bis an die Wolken heranreichte. Und weil sein Nest längst zu klein für ihn geworden war, setzte er sich in den Schnee. Nun aber begann etwas ganz Wunderbares, denn unter der Wärme seines Körpers schmolz der Schnee, und das Wasser floss in Bächen davon. Auf diese Weise wurde die Decke über dem Land immer dünner, und irgendwann tauchten die Baumwipfel wieder auf und danach die Dächer der Häuser. Eines Tages war der ganze Schnee verschwunden und die Menschen konnten endlich wieder ins Freie hinaustreten. Darüber waren sie sehr glücklich. Sie tanzten vor Freude und feierten ein großes Fest, und jeder war zufrieden, dass alles wieder so war wie in früheren Zeiten.« Ljub nickte nachdenklich mit dem Kopf. »Wahrlich, Malina, es ist keine leichte Zeit, in der du gekommen bist. Du hast viele Gefahren durchlebt, und nun siehst du dich neuen Gefahren gegenüber. Aber du darfst zuversichtlich sein. Der Schnee, der unser Land zudeckt, wird verschwinden. Der Vogel wird mit jedem Tag größer. Und vielleicht ist es schon morgen so weit, dass wir mit unseren Feinden endlich abrechnen können.«

Gleichmäßig drangen die Schritte der Wachen durch die Nacht. Der Wind hatte aufgefrischt und fing sich in den Stämmen der Palisade. Malina hatte den Kopf gesenkt und die Augen geschlossen. Eigentlich sollte sie sich freuen über das, was sie soeben gehört hatte, denn auch sie sehnte die Freiheit ihres Volkes herbei. Doch sie freute sich nicht. » … mit unseren Feinden abrechnen«, hatte Ljub gesagt. »Mit allen?«, brachte sie nach einer Weile hervor und sprach damit aus, was ihr auf der Seele brannte. Aber Ljub war bereits gegangen.

Der Erste, der am Nachmittag des folgenden Tages die Ankunft des Markgrafen und seiner Männer in Spandau bemerkte, war Swisla.

»Die Deutschen kommen! Die Deutschen kommen!«, schrie der Siebenjährige aus vollem Hals. Und während er noch vom Wald her auf die Siedlung zurannte und die Nachricht immer von neuem hervorsprudelte, quollen die Angekündigten auch schon wie überkochender Brei aus einem zu heiß gewordenen Topf zwischen den Bäumen hervor. Köpfe flogen in die Richtung, dem Böttcher Witek fiel vor Schreck ein Fassreifen zu Boden, der Schmied kam mit der Hand so nahe ans Feuer, dass er sich die Finger verbrannte. Immer mehr Deutsche spie der Wald aus, allesamt berittene und gut bewaffnete Krieger, die sich unter den Augen der völlig überraschten Slawen in zwei Richtungen verteilten und eine Mauer bildeten, die sich zangenförmig um die Häuser am Ufer legte und damit zugleich auf die dahinterliegende Insel zielte. Im nächsten Moment lösten sich mehrere Reiter aus den Reihen der Aufmarschierten. Einer lenkte sein Pferd auf die Brücke und verschwand in der Burg, die anderen sprengten zum Fluss, wo ein paar Frauen Wäsche wuschen. Wie erstarrt standen diese da, und bevor sie auch nur ahnten, was die Männer planten, hingen drei von ihnen schon wie Säcke über den Pferden und die Reiter preschten mit ihnen davon. Gleich darauf fanden sich die Entführten an einem Baum wieder, jede mit gebundenen Händen und alle zusammen mit einem Strick an den Stamm gefesselt. Bewegen konnten sie sich nun nicht mehr, nur schreien konnten sie noch, und das taten sie denn auch, bis einer der Bewaffneten der Lautesten ein Messer an die Kehle hielt. Noch im selben Augenblick verstummte das Geschrei.

Stumm waren auch alle anderen, eine geradezu gespenstische Szene, wo doch alle hätten wehklagen und aufheulen sollen. Aber niemand klagte oder heulte auf, zumindest in diesem Moment noch nicht, denn erst einmal rangen alle um Fassung. Wie kam es, dass die Deutschen hier waren, wo doch niemand mit ihnen gerechnet hatte? Was wollten sie? Und warum waren ihre Mienen so grimmig, vor allem die ihres Markgrafen Thiedrich, der sich mit einem Priester an seiner Seite vor den Kriegern aufgebaut hatte und in dessen Augen es so bedrohlich funkelte? Und mit welcher Absicht hatten die anderen ihre Schwerter gezogen?

Lauter als am Ufer ging es bei denen zu, die sich auf der Insel aufhielten und wegen der Palisade nichts sehen konnten. »Die Deutschen kommen?«, stießen mehrere gleichzeitig hervor, ein teils erschrecktes, teils ungläubiges Echo auf die Rufe Swislas, die der Wind zu ihnen herübergetragen hatte.

»Das kann nicht sein!«, keuchte der alte Boleslaw, der sich am Vorabend im Tempel noch so siegessicher gegeben hatte.

»Wieso kann das nicht sein?«, fauchte Doba und hackte noch im selben Atemzug auf Priban ein, der in seiner Nähe stand: »Dein Messer hat uns verraten. Ich hab's dir doch gesagt! Dein Messer!« Und noch einmal, nun schon rot vor Wut: »Dein verdammtes Messer bringt uns allen den Tod!«

Ein Stück weiter stand Njedan, der Vater von sieben Kindern und bald eines achten, und hielt Ausschau nach dem Anführer Radomir, der damit geprahlt hatte, dass die Deutschen keine Spur von ihnen hätten. Aber er konnte ihn nirgends entdecken, und deshalb hieb er auf Myslaw ein, der kreidebleich geworden war und in seiner Verstörung kein einziges Wort wahrnahm, weder das bissige »Du wolltest ihnen doch die Kehle aufschlitzen!« noch das höhnische »Nun geh doch rüber! Drüben am Ufer warten sie schon auf dich!«.

Auch Ljub war bleich im Gesicht. Zusammen mit anderen hastete er dem Burgtor entgegen, um ans Ufer zu laufen – gerade in dem Moment, als der Vogt den Befehl gab, den Weg durch die Burg zu versperren. Donnernd fiel das Tor zu, und die Slawen saßen in der Falle. Wütende Rufe brachen sich an dem Holz, Hände hämmerten dagegen, aber die einzigen Antworten waren das Hohngelächter der Burgbesatzung und das Auftrumpfen des Priesters Konrad, der von dem Wachtturm aus den Eingesperrten ein um das andere Mal zurief, nun sei die Stunde der Abrechnung gekommen.

Aber war den Eingeschlossenen der Weg ans Ufer auch versperrt – der Ausblick auf das dortige Geschehen war es nicht. Und so drängten sich denn alle auf dem Wehrgang der Vorburg zusammen, um zu sehen, was ihre Brüder und Schwestern längst sahen: den Feind, zahlenmäßig stark und gut bewaffnet, zweifellos im Bilde, wer den Bischof auf dem Gewissen hatte, und nun aufmarschiert, um das zu tun, was jedem der Versammelten eine Gänsehaut über den Rücken jagte. »Sie werden uns alle abschlachten!«, fasste einer in Worte, was auch die anderen dachten.

Aus der Burg ritt der Vogt ans Ufer, nicht in Kampfausrüstung, in der er am besten zu seinen Landsleuten gepasst hätte, vielmehr nachlässig gekleidet wie einer, den man aus dem Schlaf gerissen hat. Ihm folgte der Burgpriester Konrad, ebenfalls auf einem Pferd sitzend. Vor dem Markgrafen machten sie Halt, und ein Wortwechsel entspann sich.

»Was reden die da?«, entfuhr es Radomir – völlig überflüssig, da nichts zu verstehen war, allein es war die Angst, die ihn trieb. Dieselbe Angst, die auch alle anderen beherrschte, konnte doch jedes Wort ihr Verderben bedeuten. »Woher sollen wir denn wissen, was die reden?«, herrschte der Gerber ihn an. Aus der hinteren Reihe mischte sich Myslaw ein: »Jemand hat uns verraten!«, zischte er und zählte auch gleich einige auf, die als Verräter in Betracht kamen.

Malina stand neben ihm, die Augen auf die lange Reihe der deutschen Reiter geheftet, jedoch vermochte sie keinen von ihnen deutlich zu erkennen. »Sie werden uns alle töten!«, stöhnte sie, und leise flehend fügte sie hinzu: »Wenn er nur nicht dabei ist!«

Ein Kind plärrte, aber niemand bemerkte es, so sehr starrten alle auf die Männer am Ufer. Dort erteilte der Markgraf seine Anweisungen. Knappe Handbewegungen unterstrichen seine Absichten, und obwohl keiner der Zusehenden deren Bedeutung verstand, zweifelte doch niemand daran, dass der Markgraf einen festen Plan verfolgte. Kaum hatte er den letzten Befehl gegeben, als der Vogt und der Burgpriester sich in einer Weise aufstellten, dass sowohl die Slawen am Ufer als auch die auf der Insel sie hören konnten. Atemlose Stille senkte sich über die Versammlung, die gleich darauf von einem markigen »Hört mir alle gut zu!« des Vogts durchbrochen wurde.

Niemand verstand das Gesagte, da der Vogt seine Muttersprache benutzte, bis der Priester Konrad es übersetzte.

»Dieser hohe Herr, den ihr hier vor euch seht, ist der edle und ruhmreiche Markgraf Thiedrich von Haldensleben. Er ist der Verwalter, den unser Kaiser Otto über euch eingesetzt hat und dem ihr bedingungslosen Gehorsam schuldet. Hört, was er von euch verlangt! Ihr sollt euch unverzüglich hier versammeln. Alle haben zu erscheinen, Männer, Weiber und Kinder. Niemand darf sich verstecken oder zu fliehen versuchen.«

»Was will denn dein Herr von uns?«, rief einer von der Vorburg hinüber. »Ja, was will er denn?«, stimmte ein anderer mit ein. »Soll er es doch sagen. Wir haben gute Ohren.«

Der Burgpriester wollte dem Vogt die Zurufe übersetzen, doch Markgraf Thiedrich, der des Slawischen kundig war und alles verstanden hatte, durchkreuzte seine Absicht mit einem gereizten »Weiter!«.

Der Priester wandte sich erneut an die Slawen. »Kommt also alle hierher! Aber kommt ohne Waffen!« Er wies zu dem Baum mit den gefesselten Wäscherinnen. »Diesen Frauen wird kein Leid geschehen, solange ihr euch an unsere Anweisungen haltet. Sollte sich aber auch nur einer von euch widersetzen und mit einer Waffe vor dem Markgrafen erscheinen, so …« Er stockte, offensichtlich bedrängt von seinem priesterlichen Gewissen. »Also …

Finden wir auch nur eine einzige Waffe bei euch, so sind diese drei Frauen des Todes.«

Die Tore der Burg wurden geöffnet, und der Aufmarsch der Herbeibefohlenen begann. Erneut flogen Worte durch die Luft, riefen die einen zum Kämpfen auf, anstatt sich abschlachten zu lassen wie Vieh, während andere angesichts ihrer Unterlegenheit zur Besonnenheit mahnten. Schließlich gewann eine beinahe trotzige Hoffnung die Oberhand, die in den Worten »Vielleicht wird es ja gar nicht so schlimm!« ihren Ausdruck fand.

Bei den am Ufer Versammelten nahmen die Slawen aus der Vorburg Aufstellung. »Wir hätten uns zur Wehr setzen sollen!«, raunte Radomir den neben ihm Stehenden zu – gerade als der Markgraf mit einer Armbewegung andeutete, dass er sprechen wollte. Schlagartig herrschte Stille.

»Was für ein erbärmlicher Haufen ihr doch seid!«, donnerte Thiedrich über die Menge hinweg. »Männer nennt ihr euch, aber ihr zittert am ganzen Körper. Eure Weiber haben Tränen in den Augen, und auf jeder Stirn glänzt Schweiß. Ihr fragt euch, was euch nun erwartet. Euch selbst und eure Kinder.« Auf eine größtmögliche Wirkung des Gesagten bedacht, schwieg der Markgraf einige Atemzüge lang. Die Ungewissheit war ein ausgezeichneter Zuchtmeister, das hatte er in vielen Jahren gelernt, und der Verweis auf Kinder eine vortreffliche Rute. »Angst spiegelt sich in euren Gesichtern. Und ich sage euch: Diese Angst besteht zu Recht! Niemand kennt die Schuld, die ihr auf euch geladen habt, besser als ihr. Und deshalb wisst ihr genau, dass ihr allen Grund habt, ängstlich zu sein. Wind habt ihr gesät, nun werdet ihr Sturm ernten!«

Abermals ließ der Markgraf ein paar Augenblicke verstreichen. Thiedrich genoss solche Zurschaustellungen seiner Macht. Die Mundwinkel verächtlich herabgezogen, das Kinn leicht gereckt, verband er in diesem Ausdruck die Überzeugung des Eroberers von der Rechtmäßigkeit seiner Eroberung mit der Entschlossenheit, um jeden Preis an ihr festzuhalten. »Es war Gottes Wille, uns zum Herrn über euch einzusetzen. Und es ist sein Wille, dass wir seinen Namen unter euch verbreiten. Ihr aber stellt euch diesem göttlichen Willen dreist entgegen. Anstatt den Allmächtigen mit frohem Herzen zu preisen, verhaltet ihr euch wie bockige Esel und stemmt euch gegen ihn. Aber nicht nur gegen ihn, sondern auch gegen den, den er als Herrscher über euch eingesetzt hat: unseren Kaiser. Und dabei ist euch selbst die größte Schandtat nicht zu groß, als dass ihr sie nicht begehen würdet. Wo wir euch als gerechte Herren gegenübertreten, da lehnt ihr euch gegen uns auf und erweist euch als die willfährige Brut des Teufels.«

Ungeduld stand in Dobas Gesicht. Die Ungeduld des Täters, der auf die Verkündung des Urteils wartet. »Was soll das lange Gerede?«, fauchte er. »Sein verdammter Bischof ist tot – soll er doch endlich sagen, was er mit uns vorhat.«

Aber so weit war der Markgraf noch nicht. »Ein Volk von Verstockten seid ihr!«, dröhnten seine Worte über den Platz. »Wir haben uns nachsichtig gezeigt wie ein Vater, der seinem missratenen Sohn verzeiht, doch ihr seid verblendet und habt unseren Großmut mit Feigheit verwechselt. Je geduldiger wir waren, desto aufsässiger habt ihr euch gebärdet. Stets habt ihr der einen bösen Tat eine weitere folgen lassen. Aber wir können es nicht hinnehmen, dass das Böse uferlos wird. Wo die Ermahnung versagt, bleibt nur die Strafe.« Thiedrich reckte sich im Sattel. »Ihr habt uns herausgefordert, und nun sind wir hier, um euch die passende Antwort zu erteilen ohne jedes Mitleid und mit aller Entschlossenheit. Und dazu will ich als Erstes …«

Mitten im Satz brach er ab. Die Augen aller Versammelten, gerade noch in höchster Aufmerksamkeit auf ihn gerichtet, hatten sich jäh von ihm gelöst und starrten nun zu jener Stelle in seinem Rücken hinüber, an der der Weg von der Brandenburg aus dem Wald hervortrat und von der in diesem Moment ein Reiter heranpreschte. Schon sprengten mehrere Bewaffnete ihm entgegen, aber als sie ihn erkannten – »Heinrich!«, riefen zwei von ihnen verdutzt –, da zögerten sie nur einen winzigen Augenblick, den der Angerufene indes nutzte, um ihnen mit einem geschickten Manöver auszuweichen. Dicht vor dem Markgrafen brachte er sein Pferd zum Stehen. »Ich habe Bischof Dodilo getötet!«, stieß er hastig hervor und so laut, dass jeder ihn verstehen konnte. »Ich bin der Mörder des Bischofs! Ich ganz allein!«

Ein Ruck ging durch alle, die der slawischen Sprache mächtig waren, denn Heinrich hatte sich ihrer bedient. Fassungslosigkeit zeichnete sich in den Gesichtern der Spandauer, jeder war zutiefst überrascht von dem Bekenntnis zu einer Tat, die der Bekennende gar nicht begangen haben konnte, da sie selbst die Täter waren. Warum log dieser Mann? Warum um alles in der Welt bezichtigte er sich selbst einer so schwerwiegenden Tat, wo doch völlig klar war, dass er mit seiner Aussage den eigenen Tod heraufbeschwor?

So sah es auch Malina. Schon als Heinrich am Waldrand aufgetaucht war, hatte sie ihn erkannt, nicht deutlich zuerst, aber in ihrem Inneren hatte sie seine Nähe gespürt. Fast wäre ihr das Herz stehen geblieben, und sie hatte sich auf ihre Nachbarin stützen müssen, um nicht den Boden unter den Füßen zu verlieren. Und nun dieses Bekenntnis! Männer ihres Volkes hatten die Bluttat begangen, und wenn jemand dafür zur Rechenschaft gezogen werden musste, dann sie, und sollte der Rachedurst des Markgrafen damit noch nicht gestillt sein, dann allenfalls weitere aus ihrem Volk. Aber nicht Heinrich!

»Du hast … Du hast den Bischof getötet?!« Alles Donnern war aus Thiedrichs Stimme gewichen, stattdessen spiegelte sie maßlose Verblüffung. Auf eine seltsame Weise wirkte er hilflos – er, der sonst jede Lage fest im Griff hatte und blitzschnell auf Unerwartetes zu antworten wusste. Doch das, was er soeben vernommen hatte, übertraf alles bisher Erlebte. Gerade erst hatte er sein Strafgericht gegen die Slawen wegen des Tempels begonnen, und nun stand auf einmal einer seiner eigenen Leute vor ihm und bekannte sich als der Mörder des Bischofs! »Warum … hast du … Warum solltest gerade du …«

»… den Bischof töten?«, ergänzte Heinrich. Er wollte antworten, doch als sein Blick die Menge streifte, entdeckte er Malina, und obwohl er seinen Auftritt immer wieder durchdacht hatte, geriet er ins Stocken.

Ohne sich um die anderen zu scheren, hatte sie sich in die vorderste Reihe gedrängt und starrte ihn nun aus Augen an, in denen das blanke Entsetzen stand. Ich habe begriffen!, schrie ihm ihr Blick entgegen. Ich weiß, warum du hier bist. Um meinetwillen bist du hier. Um mich vor dem Zorn deines blutrünstigen Herrn zu retten. Aber was du da tust, darf nicht sein!

Doch Heinrich hatte das Spiel nicht begonnen, um es gleich wieder zu beenden. Er wandte sich wieder an den Markgrafen. »Ich hatte gute Gründe, den Mord zu begehen, und wenn du es verlangst, Herr, will ich sie dir erläutern. Nur wisse, dass diejenigen, die hier vor dir stehen, unschuldig sind. Mich musst du bestrafen! Nicht sie!«

Thiedrich versuchte, den Mann einzuschätzen, der ihm da auf einem schweißnassen Pferd gegenübersaß, abgehetzt, als sei der Leibhaftige hinter ihm her gewesen. Seit Heinrichs Rückkehr aus der Sklaverei fragte er sich, ob er ihm noch trauen konnte und ob sein Verstand noch der alte war. Nun schienen sich diese Zweifel auf eine groteske Weise als berechtigt zu erweisen. Nicht nur wegen der möglichen Verstrickung Heinrichs in den Mord – immerhin war nicht auszuschließen, dass er das Verbrechen tatsächlich begangen hatte –, sondern ebenso wegen der Frage, warum er überhaupt hier war. Gerade an diesem Ort und gerade zu dieser Stunde.

Hätte der Markgraf von Malina gewusst und von Heinrichs Angst um ihr Leben, er hätte dessen Beweggründe mit Leichtigkeit begriffen. So aber verstand er nichts, nahm stattdessen alles so, wie es gesagt war, und entschied sich nach kurzer Überlegung, aus dem wirren Gang der Ereignisse das Beste zu machen.

Im Ton eines Richters, der sein Gerechtigkeitsempfinden herausstreichen wollte, begann der Markgraf mit der Befragung: »Wie ich nach deiner Rückkehr von dir erfahren habe, hast du in den letzten Jahren viel durchlebt, darunter manches, was selbst den härtesten Mann verändert hätte. Ich will damit sagen …« – er suchte nach Worten –, »bevor du dich mit deinen Aussagen festlegst, was angesichts der Schwere der Tat zwangsläufig deinen Tod zur Folge hätte … Bist du dir wirklich völlig sicher, dass du es warst, der Bischof Dodilo getötet hat?«

In Malina tobte ein Kampf, wie sie noch nie einen geführt hatte. Heinrich war gekommen, weil er sie schützen wollte. Weil er sie immer noch liebte, denn einen anderen Grund für sein Handeln konnte es nicht geben. Bekannte er sich schuldig, war er verloren. Unschuldig verloren, denn die Täter waren andere. Aber sollte sie die etwa verraten und dem Markgrafen ans Messer liefern? Nur – wenn sie es nicht tat …

Heinrich unterbrach ihre Gedanken. »Es stimmt, Herr, ich habe eine schwere Zeit hinter mir. Aber mein Verstand hat nicht gelitten. Ich weiß, was ich getan habe, und ich weiß auch, was ich jetzt tue. Und deshalb wiederhole ich mein Bekenntnis: Ich habe Bischof Dodilo getötet!«

Malina begann hemmungslos zu schluchzen, eine Aufwallung aller Gefühle, die indes niemand bemerkte, da sie in dem Durcheinander vollständig unterging. Nicht nur die Slawen redeten leidenschaftlich aufeinander ein, auch unter den Deutschen machte sich nach Heinrichs erneutem Bekenntnis Unruhe breit, war dieser doch immer noch einer von ihnen, auch wenn er vielen seit seiner Heimkehr als Sonderling galt. Jedoch sollte die allgemeine Erregung nur ein Vorspiel sein für das, was nun geschah. Laut über das Stimmengewirr hinweg ertönte auf einmal der Ruf: »Er lügt.«

Schlagartig verstummten alle Gespräche, und alle Augen suchten denjenigen, der den Ruf ausgestoßen hatte. Eingekeilt in der Menge stand der Gesuchte da – Radomir, der Anführer der Täter, der den Bischof eigenhändig erwürgt und den anderen im Tempel davon berichtet hatte. Mit stolz erhobenem Kopf schob er sich nach vorn. »Ich kenne diesen Mann nicht, der vorgibt, euren Bischof getötet zu haben. Doch ich weiß, dass er lügt. Er hat die Tat nicht begangen. Wir waren es – Slawen vom Stamm der Heveller, der so viele tapfere Männer hervorgebracht hat. Wir sind die Täter. Nicht er.«

Ein Aufstöhnen ging durch die Reihen der Spandauer. Hatte es eben noch so ausgesehen, als ginge der Kelch an ihnen vorüber, war diese Hoffnung nun zunichte gemacht. Radomir hatte sich bekannt und überdies die Beteiligung weiterer Männer erwähnt, obwohl der Fremde – aus welchen Gründen auch immer – seine Aussage gemacht hatte und offensichtlich bereit war, die Folgen zu tragen. Heftige Vorwürfe wurden laut, vor allem von den Frauen der Mittäter. Milorada, die Frau des Jägers Pokoj, schleuderte Radomir gar einen Fluch entgegen. Die meisten allerdings verhielten sich zurückhaltend. Zwar fürchteten auch sie die markgräfliche Rache, doch sie verstanden nur allzu gut den Antrieb, aus dem Radomir gehandelt hatte: die Verteidigung ihrer Ehre.

Radomir machte einen geradezu trotzigen Schritt auf den Markgrafen zu. Den hatte bereits die Selbstbezichtigung Heinrichs in Verwirrung gestürzt, und nun, nach diesem zweiten, abermals völlig unerwarteten Bekenntnis, versuchte er angestrengt, wieder Boden unter die Füße zu bekommen. Nicht im Geringsten hatte er damit gerechnet, bei seiner Strafaktion gegen Spandau zugleich die Bischofsmörder zu finden. Und jetzt boten sich sogar zwei als Täter an. Thiedrich fasste Radomir in den Blick. »Habe ich dich recht verstanden: Du behauptest, du hättest unseren Bischof getötet? Du und andere?«

Radomir wollte antworten, aber Heinrich kam ihm zuvor. »Schenk ihm keinen Glauben, Herr! Ich habe die Tat begangen, und deshalb musst du mich bestrafen. Verschone die Slawen, denn …«

Eine unwillige Handbewegung Thiedrichs brachte Heinrich zum Schweigen. »Wenn ich etwas von dir wissen will, werde ich dich fragen«, fuhr er ihm über den

Mund, und an Radomir gewandt: »Lass hören, was du zu sagen hast!«

Der Aufgeforderte straffte sich, und während er sich so aufstellte, dass jeder ihn hören konnte, trat ein Leuchten in seine Augen. Wie oft hatte er sich danach gesehnt, den Deutschen seine Anklage ins Gesicht zu schreien! Wie oft davon geträumt, ihnen den Spiegel ihrer Schandtaten vorzuhalten! Endlich bot sich die Gelegenheit dazu – auch wenn diesmal noch der Feind den Sieg davontragen würde.

Doch selbst mit diesem ohnmächtigen Aufbegehren kam Radomir nicht weit, denn bereits nach dem ersten Satz schnitt der Markgraf ihm das Wort ab: »Ich bin nicht willens, mir irgendwelche Schmähungen von dir anzuhören! Gleiches habe ich schon oft genug gehört. Ich will herausfinden, wer unseren Bischof heimtückisch ermordet hat. Also antworte mir! Ich will Einzelheiten!«

Radomir fühlte sich wie einer, dem man einen Eimer kaltes Wasser über den Kopf gegossen hatte. Grenzenlose Wut erfasste ihn angesichts der Demütigung, mit der ihn die waffenstarrende Macht selbst noch in diesem Augenblick in die Schranken wies. Während er noch mit zornrotem Gesicht nach einer Entgegnung suchte, teilten sich plötzlich ein weiteres Mal die Reihen der Slawen, und Doba trat vor, begleitet von dem hysterischen Kreischen einer Frau. Aschfahl war sein Gesicht, aber in seinen Augen flackerte dieselbe Wut wie bei Radomir. Dicht neben ihm blieb er stehen. »Mein Bruder hat die Wahrheit gesprochen!«, fuhr er den Markgrafen mit aller Verachtung an, deren er fähig war. »Wir waren es, die deinem Pfaffen den Garaus gemacht haben. Und glaube mir, Deutscher, es erfüllt unsere Herzen mit Genugtuung, dass wir es getan haben, denn wir sind ein stolzes Volk. Mögt ihr uns auch die Freiheit rauben, die Würde raubt ihr uns nicht! Und die sagt uns, dass wir gegen euch kämpfen werden, bis ihr eines Tages bereut, jemals in unser Land eingefallen zu sein!«

Der Markgraf wollte auch Doba zurechtweisen, aber eine weitere Stimme kam ihm zuvor.

»Und weil wir ein stolzes Volk sind, lassen wir es nicht zu, dass sich ein Fremder unserer Tat rühmt!« Die Worte hatte Priban ausgestoßen, der sich nun ebenfalls aus der Menge wand und sich neben die beiden anderen stellte – auch sein Bekenntnis begleitet von einem allgemeinen Stöhnen und einem Ausbruch von Angst um den Ehemann und den Vater, der da aufrecht und selbstbewusst in den Tod ging.

In Heinrich keimte Panik auf. Fast hätte er den Markgrafen gepackt und geschüttelt. »Hör nicht auf sie, Herr, ich beschwöre dich! Sie sind verblendet, sie wissen nicht, was sie reden. Sie sind unschuldig. Es ist der Hass, der sie antreibt, der Hass auf alle Deutschen. Nur deshalb rühmen sie sich einer Tat, die sie nicht begangen haben. Ich bin es gewesen, ich ganz allein! Diese Slawen sind keine Mörder!«

Die letzten Worte hatte Heinrich herausgeschrien. Verzweiflung hatte ihn erfasst, wusste er doch, dass sein Kampf für Malina mit jedem Geständigen aussichtsloser wurde.

Zwei weitere Spandauer traten vor, beide keine geborenen Helden, die aufrecht und mit erhobenen Köpfen dem Feind gegenübertraten, sondern zwei eingesunkene Gestalten, gezeichnet von Todesangst. Aber auch sie bekannten sich zu der Tat.

Und dann schien es auf einmal, als würden sämtliche Slawen auf den letzten Täter warten, der noch fehlte.

Doch Myslaw stand regungslos auf seinem Platz und vermittelte den Eindruck, das tödliche Spiel der anderen ginge ihn nichts an. Seine Gedanken wirbelten. Du hast die Sklaverei nicht überlebt, um dich jetzt abschlachten zu lassen! Nur wer lebt, kann den Kampf fortsetzen, und du wünschst dir nichts sehnlicher als zu kämpfen! Und überhaupt – soll der Markgraf doch Heinrich zur Rechenschaft ziehen, du trägst die Verantwortung für Malina!

Der Griff des Markgrafen in seine Satteltasche durchbrach die Aufmerksamkeit, die Myslaw zuteil geworden war. »Dieses Messer haben wir am Ort der Bluttat gefunden«, rief er und hielt es in die Höhe. Seine Hand verdeckte den Griff. »Gehört es einem von euch?«

»Dieses Messer gehört mir«, bekannte Priban. »Ich habe es verloren.« Und ohne auf die nächste Frage des Markgrafen zu warten, fügte er noch die Worte hinzu, mit denen er das Siegel unter die Todesurteile setzte: »Auf der einen Seite des Griffs sind Ritzzeichen angebracht. Zwei Pfeile.«

Der Markgraf nickte bedächtig.

Obwohl Heinrich wusste, dass er verloren hatte, unternahm er einen letzten Vorstoß. »Vielleicht hat er das Messer ja bei einer früheren Gelegenheit verloren.«

Ein herrisches »Schweig endlich still!« des Markgrafen machte ihm deutlich, dass er die Grenze überschritten hatte.

Heinrich fuhr herum, und seine Augen fanden Malina. Sie schwankte, ihre Arme tasteten nach einem Halt, während ihre Blicke hin und her sprangen, zu ihm, zu ihrem Bruder, der sich noch immer in der Rolle des Unbeteiligten gefiel, und zu denen, die sich gerade bekannt hatten.

Thiedrich erwog derweil seine nächsten Schritte. Die

Täter hatten den Mord gestanden, nun sollten sie dafür büßen. Eine einfache Rechnung, lediglich die Einzelheiten mussten noch geklärt werden.

Von der Seite her drängte sich der Brandenburger Priester an den Markgrafen heran. »Ein schneller Tod wäre zu leicht für sie!«, zischte der Gottesmann. »Nimm sie mit auf die Burg, dort magst du dir die Strafe für sie ausdenken! Lehre sie die irdische Hölle kennen, bevor sie ihren Platz in der Hölle Satans einnehmen. Nichts anderes haben sie verdient.«

Der Markgraf schüttelte den Kopf. Nicht die Härte der Strafe zählte in diesem Moment – wichtig war die Wirkung, die ihr sofortiger Vollzug auf die anderen Slawen ausüben würde. Deshalb wandte er sich erneut an sie. Allerdings kam er nicht weit, denn kaum hatte er den Mund aufgemacht, als sich abermals ein Mann aus der Menge löste und vortrat.

»Wenn du diese Männer tötest, musst du mich ebenfalls töten!«, rief Ljub.

Thiedrichs Augen verengten sich zu Schlitzen. »Du warst auch an dem Mord beteiligt?«

»Das ist der Teufelspriester!«, rief der Vogt und spuckte angewidert in den Sand.

Der Brandenburger Priester zog die Brauen hoch. »Du willst sagen, das ist der Herr dieses Heidentempels?«

»So ist es. Er hat die anderen aufgehetzt. Auf ihn haben sie gehört. Dieser Mann ist der gefährlichste von allen.«

»Und deshalb muss er am härtesten bestraft werden!«, sprang der Burgpriester Konrad dem Vogt bei.

Nicht anders sah das auch der Markgraf. Allerdings entschied er sich, die Bestrafung des Priesters zurückzustellen und sich zunächst den Mördern zuzuwenden. Er winkte zwei seiner Krieger herbei und ließ Ljub abführen. Dann unternahm er einen zweiten Anlauf, sein Urteil zu verkünden. Doch kaum hatte er begonnen, wurde er jedoch abermals unterbrochen, diesmal von dem Brandenburger Priester. »Die drei kenne ich«, sagte der mehr zu sich selbst als zu dem Markgrafen.

»Was heißt das?«, stieß Thiedrich sichtlich verärgert hervor.

Der Priester überging den Unmut des Markgrafen. »Drei der Täter sind mir gleich bekannt vorgekommen, ohne dass ich mit ihren Gesichtern sofort etwas anfangen konnte. Aber jetzt weiß ich, wo ich sie schon einmal gesehen habe.« Er zeigte mit dem Finger auf den Jäger Pokoj. »He, du da! Ich kenne dich. Du hast bei der Brandenburg gelebt, du und die beiden neben dir. Was macht ihr hier in Spandau …« Er stockte und zog die Luft scharf durch die Nase. »He, wenn ihr bei der Brandenburg gelebt habt, dann seid ihr getauft! Alle dort sind getauft. Ihr seid also Christen. Ihr habt euren eigenen Bischof ermordet!« Er schnappte nach Luft. »Bischof Dodilo, erdrosselt von den Seinen! Kinder, die ihren Vater getötet haben! Anstatt gemeinsam mit ihm den Allmächtigen zu preisen und unserem Herrn ein Lied zu singen …«

»Ich kann nicht mehr singen«, brachte der Jäger Pokoj mit schwerer Zunge hervor. »Dein Bischof hat mir die Zähne ausschlagen lassen. Weil ich das Fasten gebrochen habe. Hier, schau's dir an!«

Der Jäger riss den Mund auf, und der Priester blickte in ein schwarz gähnendes Loch. Schwarz wie der Hass, der darin wohnte und der nur darauf zu warten schien, alles Erduldete und alle Demütigungen herauszuschreien, an deren Ende die blutige Tat gestanden hatte.

Aber davon mochte der Priester nichts hören. »Wegen

ein paar Zähnen tötet man doch nicht seinen Bischof!«, fegte er den Einwurf beiseite. Seine Faust fuhr drohend in die Höhe. »Für dieses abscheuliche Verbrechen werdet ihr büßen! Wer unseren Schöpfer verrät, verdient die strengste Bestrafung!«

Thiedrich bedachte den Priester mit einem ungeduldigen Blick. Natürlich war es richtig, dass Getaufte strenger zur Rechenschaft zu ziehen waren als Heiden. Allerdings hatte er sich bereits um der Abschreckung willen für eine einheitliche Behandlung aller Täter entschieden. Und so nahm er denn einen dritten Anlauf und verkündete, gedeckt von seinen Männern, die mit blank gezogenen Schwertern hinter ihm standen, die einzige Strafe, die für die Mörder in Betracht kam: den Tod.

Obwohl es das Urteil war, das die Versammelten erwartet hatten, löste es nun, da es verkündet war, Aufruhr aus. »Das könnt ihr nicht tun!«, gellte eine Stimme über den Platz. »Ihr wollt unsere Männer abschlachten!«, schrie eine andere. Mit der Wucht entfesselter Gewalten kam Bewegung in die Menge. Frauen stürzten zu ihren verurteilten Männern, Kinder klammerten sich an die Beine ihrer Väter, die totenbleich ausharrten, obwohl jeder von ihnen am liebsten das Weite gesucht hätte. Flüche flogen durch die Luft, und Fäuste wurden gereckt, einige der Mutigeren warfen sich in blindem Zorn dem Markgrafen entgegen, aber seine Krieger versperrten ihnen den Weg, zu allem entschlossene Männer, die mit Schwertern auf die Anstürmenden einhieben, bis die ersten sich in ihrem Blut wälzten. Noch größer wurde nun das Wehklagen der Gequälten, noch wilder deren Wut, und jeder wünschte sich sehnsüchtig, nicht länger Bauer, Fischer oder Handwerker zu sein, sondern ein Mann mit einer Waffe in der Hand, in Kämpfen erprobt. Aber da waren keine Waffen, da war nur die Kraft schwieliger Hände, und deshalb bereiteten die Schwerter dem Aufbegehren ein rasches Ende. Zwei Männer waren erschlagen, mehrere Frauen verletzt, der älteste Sohn Pribans rang mit dem Tod. Priban selbst war verschwunden, ebenso wie die vier anderen Verurteilten. Ein Trupp Bewaffneter hatte sie abgeführt, als die Unruhe am größten gewesen war – in den Wald hinein, der an dieser Stelle für die Slawen nicht einsehbar war, da eine Reihe dicht aufgestellter Deutscher ihnen die Sicht versperrte.

Aus einer leichten Armwunde blutend, stand Malina inmitten der Geschundenen und rang nach Luft. Dass Heinrich ihr schützend hatte beispringen wollen, war ihr in dem Durcheinander entgangen, ebenso wie die Tatsache, dass er von seinen eigenen Leuten daran gehindert worden war. Dafür hatte sie Myslaw umso deutlicher gesehen, der noch immer auf seinem Platz ausharrte und dabei beständig die Lippen bewegte und Worte hervorbrachte, die niemand hörte, da jeder ihn mied: von seinem klugen Entschluss, auf dem eingeschlagenen Weg fortzufahren und zu kämpfen bis zum endgültigen Sieg, und von der Dummheit seiner Gefährten, die – anstatt es ihm gleichzutun – mit ihrer Selbstbezichtigung ihr Leben nutzlos verwirkt hatten.

Vom Waldrand stieg krächzend ein Rabe auf, und jeder wusste, dass es der Totenvogel war. Blutgeruch hing in der Luft, die Ausdünstungen eines gewaltsamen Sterbens. In herzzerreißenden Klagen brach sich der Schmerz der Trauernden Bahn. Vor ihnen, unerreichbar im Schutz der Waffen, saß der Markgraf auf seinem Pferd – ein mitleidloser, kühl abwägender Erzengel Michael, der mit einem Fingerzeig die Schuldigen in die Verdammnis geschickt hatte.

Und dann kamen sie, fünf seiner Männer, und als sie sich vom Wald her durch die Reihen der Krieger schoben, fuhr auch die Hand des Markgrafen an das Schwert. Jeder der fünf trug eine Lanze in den blutverschmierten Händen, und auf jeder steckte ein Kopf. Gleichzeitig bohrten sie die Lanzen in die Erde, ein Schauspiel des Grauens, das geradewegs der Hölle entsprungen schien. Danach verschwanden sie, und zurück blieben die aufgespießten Köpfe. Noch warm vom Leben, aber schon im Eisreich des Todes, suchten die leblosen Augen nach denen, die sie nicht mehr sehen konnten, lauschten ihre taub gewordenen Ohren den Wehklagen und schrien ihre zum Schweigen verdammten Münder das Vermächtnis heraus, das keiner ihrer Brüder mehr hörte und das doch jeder verstand – die Mahnung, allem Schrecken zum Trotz niemals nachzulassen im Kampf um die Freiheit.

Die Wirkung, die die zur Schau gestellten Häupter auf die Slawen hatten, war ungeheuerlich. Heftiger noch als zuvor hob das Rasen an, das Kreischen, das hysterische Schreien, abermals flogen Flüche und Racheschwüre durch die Luft, und ein weiteres Mal färbte sich der Ufersand mit Blut. Ein Pfeil streckte Dobas Weib nieder, das mit bloßen Händen brüllend auf den Markgrafen zugestürzt war. Zwei ohnmächtig um sich schlagende Fischer bezahlten ebenfalls mit dem Leben.

Thiedrich sah das alles nicht gern, aber er sah es gelassen und mit der Selbstsicherheit eines Mannes, dem es bestimmt ist, für große Ziele zu streiten. Er ließ einen Augenblick verstreichen. Dann beschloss er, seine Zeit nicht länger zu vergeuden, und begann, erneut zu sprechen – zunächst ohne Wirkung. Aber schließlich verstummten die Schreienden, um zu erfahren, was der Befehlshaber dieses Schreckens noch für sie plante. Jeder erwartete nur das Schlimmste. Der Markgraf erklärte, dass die Mörder eine gerechte Bestrafung gefunden hätten, und beteuerte seine Entschlossenheit, Härte zu zeigen, wo immer ihm diese notwendig erscheine. Er werde alles ausrotten, donnerte er: das finstere Heidentum mit seinen Götzen und Geistern, die teuflischen Sitten und Gebräuche, vor allem aber jeglichen Widerstand gegen die gottgewollte Ordnung, immer zorniger werdend und mit heftigen Gebärden – bis Heinrich seinen Herrn verstummen ließ. Angetrieben von seiner wieder anwachsenden Sorge um Malina, hatte er sich mit einer blitzschnellen Bewegung seinen Bewachern entzogen und stand plötzlich vor dem Markgrafen.

Der hatte bereits das Schwert gezogen, entschlossen, den Unverschämten beim ersten Anzeichen böser Absichten niederzustrecken.

»Ich biete dir ein Geschäft an, Herr«, sprudelte Heinrich hervor, so leise, dass nur der Markgraf es verstand. Er langte unter seinen Rock und hielt gleich darauf seinen Dolch in der Hand.

Einige Atemzüge lang hatte der Markgraf nur Sinn für die Waffe. Mit der Verzückung eines Liebhabers beim Betrachten der Geliebten ruhten Thiedrichs Augen auf dem Dolch – auf dem mit Schlangenhaut verkleideten und mit zwei blutroten Karneolen besetzten Griff. »Ein Geschäft?«, knurrte er. »Was für ein Geschäft soll das sein?«

Die Blicke aller Versammelten waren auf die beiden Männer gerichtet. Niemand ahnte, worum es ging. Einzig Malina ahnte, was Heinrich im Sinn hatte.

»Was verlangst du als Gegenleistung?«, erkundigte sich Thiedrich, während er sein Schwert zurück in die Scheide schob.

Der Brandenburger Priester, dem das Geflüster des Markgrafen erkennbar zuwider war, wollte sein Pferd näher an diesen heranlenken, aber Thiedrich hielt ihn mit einem Blick davon ab. »Nun sag schon!«, forderte er seinen Untergebenen ein zweites Mal auf.

Heinrich schöpfte neue Hoffnung. »Genug Blut ist geflossen. Die Täter haben ihre Strafe erhalten. Der Mord an Bischof Dodilo ist gerächt. Gib dich damit zufrieden, Herr, und verschone die anderen!«

Der Markgraf hob überrascht die Brauen. Was für ein Ansinnen! Welch dreister Versuch einer Bestechung! Ein Verhalten, das eine strenge Bestrafung verdiente. Allerdings – Thiedrich verkniff sich ein Lächeln – war er längst selbst zu der Überzeugung gelangt, dass das Strafgericht ausreichend sei, von dem Spandauer Priester einmal abgesehen.

Gleichgültig gegenüber dem, was die Zusehenden dachten, nahm der Markgraf den Dolch entgegen.

Danke, Herr!, hätte Heinrich am liebsten hervorgestoßen. Mit einem Schlag fiel die ungeheure Last von ihm ab, die ihn niedergedrückt hatte, und er fühlte sich so erleichtert wie zuletzt am Tag seiner Freilassung in Córdoba. Was er sich in düsteren Gedanken ausgemalt hatte, war nicht eingetreten. Das Grauen war vorbei. Malina gerettet. Selbst wenn nach diesem Tag zwischen ihnen alles so sein würde wie zuvor, so besaß er immerhin die Gewissheit, dass ihr kein Leid zugefügt worden war.

Mit angehaltenem Atem beobachtete Malina, wie der Markgraf den Dolch in seiner Satteltasche verstaute. Ihre Augen suchten die von Heinrich so wie seine die ihren, und sie redeten miteinander in einer Sprache, die nur sie beide verstanden. Aber noch war nicht alles vorbei.

»Mit diesem Götzentempel habt ihr unserem Schöpfer

ins Gesicht gespuckt«, tönte die Stimme des Markgrafen über die Versammelten hinweg. »Aber Gott, der Herr, lässt es nicht zu, dass man ihn auf diese Weise verhöhnt. Deshalb werden wir als seine gehorsamen Diener dieses Teufelshaus dem Erdboden gleichmachen.«

»Und danach werden wir an derselben Stelle eine Kirche errichten«, mischte sich der Brandenburger Priester ein, »zum Lob und Ruhm Gottes und unseres Erretters Jesus Christus und seiner heiligen Mutter und immerwährenden Jungfrau Maria. Diese Kirche wird das Zeichen sein, dass die Kräfte des Lichtes den Sieg über die Kräfte der Finsternis errungen haben.«

»Euer Teufelspriester wird uns in die Vorburg begleiten«, befahl der Markgraf. »Außerdem fünf weitere Männer, die wir aus eurer Mitte bestimmen werden. Sie sollen bei der Zerstörung des Tempels zugegen sein, auf dass sie euch danach von der Macht des einzig wahren Gottes und von der Ohnmacht eurer Götzen berichten. Und ihr tätet gut daran, für euer künftiges Verhalten die richtigen Schlussfolgerungen aus diesem Geschehen zu ziehen!«

Schnell waren die fünf Männer ausgewählt, der Markgraf und seine Leute stiegen von den Pferden, und der kleine Zug setzte sich in Bewegung. Vorneweg lief Thiedrich mit dem Vogt, ihnen folgten die beiden deutschen Priester, danach, in Schach gehalten von einer Schar Bewaffneter, die fünf Ausgewählten sowie Ljub. Letzterer war blass im Gesicht, aber beherrscht. Die ganze Zeit über hatte er gefesselt und geknebelt am Waldrand gestanden und tatenlos das Wüten des Feindes mit ansehen müssen. Nun hatte dieser Feind ihm noch einmal eine Rolle in dem grausamen Spiel zugedacht, auch wenn das nicht das Geringste an der Tatsache ändern würde, dass die heutige Schlacht verloren war. Was blieb, war einzig die Aussicht auf weitere Schlachten und die Gewissheit, dass am Ende derjenige siegen würde, der die letzte gewann.

Er selbst würde die letzte Schlacht allerdings nicht mehr erleben.

Die Burg war schnell durchquert, und gleich darauf standen alle vor dem Tempel. Die Miene des Brandenburger Priesters war von Abscheu verzerrt. Obwohl das Bauwerk eher unscheinbar aussah, wohnte doch der Leibhaftige in ihm. »›Ihre Altäre sollt ihr zerreißen‹«, bemühte er die Heilige Schrift, »›ihre Säulen zerbrechen, ihre Haine abhauen und ihre Götzen mit Feuer verbrennen …‹ So steht es geschrieben. Und so wollen wir es halten.«

Der Markgraf nickte zustimmend, allerdings gab es für ihn noch einen weiteren Stein des Anstoßes, dem er sich als Erstes zu widmen gedachte: das Pferd, das die Slawen als heilig verehrten. Einer seiner Männer musste es herbeischaffen, und als es vor ihm stand, rümpfte Thiedrich verächtlich die Nase. Wie nicht anders zu erwarten, handelte es sich um ein ganz gewöhnliches Tier, und nicht einmal um ein sonderlich schönes. »Seht, Männer, so sieht ein heiliges Pferd aus!«, rief er lachend, und die anwesenden Deutschen fielen mit ein. Immer hämischer wurde ihr Gelächter, und als einer der Krieger dem Tier ein Messer in die Halsschlagader trieb und es unter Zuckungen verendete, da lachten sie noch immer.

Erschüttert über den Frevel, warteten die Slawen, dass die Schändung des heiligen Geschöpfes ihren Gott auf den Plan rufen würde, aber nichts geschah. Keine Keule fuhr auf die Übeltäter herab, kein Blitz zerschmetterte sie.

Der Markgraf richtete sein Augenmerk nun auf den Tempel.

»›Die Götter, die Himmel und Erde nicht gemacht haben‹«, zitierte der Brandenburger Priester derweil Jeremia, »›müssen vertilgt werden von der Erde und unter dem Himmel.‹«

»So sei es!« Mit einem gezielten Fußtritt brachte Thiedrich die Umzäunung des heiligen Bezirkes zum Einsturz und riss noch im selben Schwung die Tür des Tempels auf. Als er eintrat, fiel sein Blick auf die große Statue aus Holz in der Mitte. »Was ist das für ein absonderlicher Bursche, den ihr hier verehrt? Drei Köpfe – das sieht ganz nach einer Missgeburt aus. Sag, Heidenpriester, wie bewegt er sich damit? Wie isst er mit seinen drei Mündern? Und wie spricht er? Reden alle Münder zur selben Zeit? Vielleicht sagt ja der eine etwas anderes als seine Geschwister – wer von den dreien hat dann recht?« Den letzten Satz hatte der Markgraf mit einem weiteren Fußtritt begleitet, diesmal gegen die Statue gerichtet, die mit einem dumpfen Geräusch auf den Rücken fiel. Er umrundete sie. »Unfassbar, dass Menschen solch ein Monstrum verehren können! Einen Götzen mit drei Köpfen! Eine höchst befremdliche Erscheinung.«

»Nicht befremdlicher als euer dreieiniger Gott«, drang die Stimme Ljubs von draußen in den Tempel. »Vater, Sohn und Heiliger Geist. Drei Götter, und doch behauptet ihr, es sei nur ein einziger.«

Mit ein paar schnellen Schritten war der Brandenburger Priester bei Ljub und schlug ihm die Hand ins Gesicht. »Ein Heide wagt es, den Allmächtigen zu verhöhnen!«, empörte er sich. Sein Blick flog zu dem Markgrafen, der eben den Tempel verließ. »Du musst ihn bestrafen! Wer sich zu einem solchen Vergleich erdreistet, lästert Gott.«

Thiedrich baute sich so dicht vor Ljub auf, dass er ihn

beinahe berührte. »Er wird seine verdiente Strafe bekommen«, versicherte er drohend.

Ljub erwiderte den Blick seines Feindes, und für die Dauer eines Atemzuges maßen sich die beiden Männer. Dann drehte Thiedrich sich um und gab seinen Männern einen Wink.

Von allen Seiten zugleich stürzten diese sich auf das Bauwerk. Mit ein paar Fußtritten waren die Reste der Umzäunung beseitigt, Lanzen bohrten Löcher in die Wände aus Flechtwerk, Hände vergrößerten sie, bis schon nach wenigen Momenten das Tempelinnere freilag.

»Schafft alles ans Ufer!«, forderte der Markgraf seine Leute auf. »Dort werden wir ihren Götzen ein Opferfeuer anzünden, wie sie noch nie eines erlebt haben.«

Unter wildem Gelächter fuhren die Männer mit ihrem Zerstörungswerk fort. Scherze wurden gemacht über jedes Fundstück, vor allem über die kleinen Götterfiguren, die sich so gut zerbrechen ließen. Ein Kerl wie ein Bär lud sich die Statue Jarobogs auf die Schulter, ließ sie fallen, nur scheinbar versehentlich, lud sie erneut auf und hastete mit ihr davon. Andere nahmen sich die hölzernen Tragepfosten vor. Als die ersten einbrachen und das Dach sich zur Seite neigte, worauf das ganze Gebäude zusammenfiel, stimmten die Krieger ein Freudengeschrei an.

Der Burgpriester Konrad rieb sich zufrieden die Hände. »Endlich!«, triumphierte er in der Sprache der Slawen, und als diese so taten, als hätten sie nichts gehört, wiederholte er es noch einmal mit Nachdruck.

Schnell waren große Teile des Tempels weggeschafft, darunter alle heiligen Gegenstände bis auf zwei, die von dem eingestürzten Dach zunächst verdeckt worden waren. Nun, da die Bewaffneten das Dach zum Abräumen in Teile zerlegten, kamen sie zum Vorschein. »Seht nur, die Lanzen!«, raunte einer der Slawen den anderen zu, und alle starrten auf die heiligen Waffen, die an ihrem angestammten Platz im Boden steckten. Auch der Burgpriester hatte sie gesehen. »Mit diesen Lanzen hat er erst gestern sein teuflisches Orakel gemacht«, fühlte er sich aufgerufen, dem Markgrafen zu erklären, und deutete auf Ljub.

Thiedrich wollte etwas erwidern, als ihn ein Gedanke durchzuckte. »Halt!«, rief er den beiden Bewaffneten zu, die gerade ihre Hände nach den Lanzen ausstreckten. »Halt, lasst sie stecken! Es gibt jemanden, der das besser kann als ihr. Der soll die Arbeit übernehmen.« Und an Ljub gerichtet, fügte er mit einem boshaften Lächeln hinzu: »Los, Heidenpriester, zieh sie raus!«

Der Aufgeforderte schüttelte den Kopf.

»Verstehe ich dich recht: Du weigerst dich?« Das boshafte Lächeln des Markgrafen verstärkte sich. »Hört, hört, der Herr der Lanzen gibt sich widerspenstig.« Sein Blick wanderte zu den beiden deutschen Priestern, die von dem Vorgehen des Markgrafen sichtlich angetan waren, von ihnen zum Vogt – »Wir sollten dem Dreckskerl sein verdammtes Maul stopfen!« – und weiter zu den Bewaffneten, die in ihrer Arbeit innegehalten hatten und grinsend auf das sich abzeichnende Kräftemessen warteten.

Thiedrich genoss das Spiel. »Glaub mir, Heidenpriester, es wäre besser, du würdest tun, was ich dir sage!«

Ein beredtes Schweigen war die Antwort.

Der Markgraf winkte zwei seiner Männer herbei und wies auf ein Haus. Hinter einem Stapel Holz war der Haarschopf eines Jungen zu erkennen, darunter zwei aufgerissene Augen, in denen Neugier stand, viel mehr aber noch Angst. Eine Angst, die sich noch verstärkte, als die beiden Bewaffneten losrannten und auf den Holzstapel zuhielten. Doch hatten sie erwartet, der Junge würde aufspringen und davonlaufen, so hatten sie sich geirrt. Leise wimmernd ließ er sich greifen, als hätte die Furcht seine Glieder gelähmt. Gleich darauf stand er vor dem Markgrafen. Der sah ihn kaum an, scherte sich auch nicht um die Tatsache, dass der Junge in der Vorburg war und nicht wie alle anderen am Ufer, sondern packte ihn mit der Linken an den Haaren und hielt ihm mit der Rechten sein Messer an die Kehle.

Ljub hatte begriffen. Ohne zu zögern, setzte er sich in Bewegung. Hart hämmerte sein Herz in der Brust. Wie sehr verfluchte er seine Ohnmacht! Wie sehr wünschte er sich die Kraft, sich zur Wehr zu setzen! Doch weder das Fluchen noch das Wünschen ersparten ihm und seinem Volk die Erniedrigung. Entschlossen, wenigstens deren Dauer abzukürzen, fasste er die erste Lanze und zog sie aus der Erde.

Jubel ertönte bei den einen, die anderen stöhnten. Der Markgraf sonnte sich in der Rolle des Mannes, der alles fest im Griff hatte. »Gut gemacht, Teufelspriester! Und nun zieh die andere Lanze heraus!«

Ljubs Atem ging schwer, seine Hände umklammerten das Holz, das ihnen allen so viel bedeutete und nun auf eine so widerwärtige Weise entweiht wurde. Plötzlich verspürte er den Wunsch, dem Befehlshaber all dieser Niedertracht die Lanze in die Brust zu rammen. Aber genauso schnell, wie der Wunsch entstanden war, verwarf er ihn wieder. Würde den Markgrafen damit auch die verdiente Strafe ereilen, so würden dessen Männer zweifellos mit einem Blutbad antworten, und nichts, auch keine noch so tiefe Demütigung, würde es rechtfertigen, ein Gemetzel heraufzubeschwören.

So sahen es auch die übrigen fünf Slawen, die die Gedanken ihres Priesters verstanden hatten, als wären es ihre eigenen. Erleichtert atmeten sie auf, als Ljub die Lanze auf den Boden legte.

»Nun mach endlich!«, drängte der Markgraf. »Wir wollen die zweite sehen!«

Ljub wischte sich mit dem Handrücken über die schweißnasse Stirn. Er griff nach der anderen Lanze und zog sie mit einem beinahe trotzigen Ruck heraus. Wieder beugte er sich nieder, um sie neben die erste zu legen, als er bemerkte, dass er anstelle der vollständigen Lanze nur den Schaft in der Hand hielt. Offensichtlich hatte sich die eiserne Spitze beim Herausziehen vom Holz gelöst und war in der Erde stecken geblieben. Von den anderen schien niemand diesen Umstand bemerkt zu haben. Ganz anders dagegen Ljub. Nie zuvor hatte er Vergleichbares erlebt oder von einem solchen Vorfall gehört. Wenn sich gerade an diesem Tag so etwas ereignete, dann konnte das kein Zufall sein! Dann war es ein Zeichen! Ein Zeichen Jarobogs, dass er an seinem Platz festhalten wollte oder sich – wenn das schon nicht möglich war – zumindest nicht davonstehlen wollte wie ein geprügelter Hund.

Kaum hatte Ljub die Zusammenhänge begriffen, als eine vollständige Wandlung in ihm vorging. Der Gott hatte seinen Willen bekundet, und er als sein Diener würde dessen Sprachrohr sein! Ljub machte einen Schritt auf den Markgrafen zu, vergaß alle Zurückhaltung, vergaß auch den Jungen, den der Markgraf noch immer am Schopf hielt, und blickte ihm mit kalter Verachtung ins Gesicht. Schlagartig herrschte Stille. Selbst diejenigen, die sich eben noch über den vorgeführten Heidenpriester lustig gemacht hatten, hielten mit halboffenen Mündern inne und warteten.

»Hör mir gut zu, Deutscher!«, sagte Ljub so laut, dass der Wind seine Stimme bis ans Ufer hinübertrug. »Ihr seid angetreten, diesen Tempel zu zerstören und unsere Götter zu verbrennen, und da ihr stark seid, können wir euch nicht daran hindern. Aber ihr werdet es nicht schaffen, sie auch in unseren Herzen zu verbrennen. Wir gehören zusammen, unsere Götter und wir. So war es bei unseren Vorvätern, und bei denen, die nach uns kommen, wird es nicht anders sein. Euren Gott dagegen wollen wir nicht.«

Die Hand des Markgrafen hatte den Jungen freigegeben und tastete nach dem Schwert, aber obwohl Ljub die Bewegung bemerkte, beachtete er sie nicht. »Ihr beklagt euch, dass euer Bischof tot ist. Warum war er überhaupt hier? Wir haben ihn nicht als Gast in unser Land geholt. Und wir haben ihn erst recht nicht gebeten, euren Gott mitzubringen. Den Gott, der angeblich verlangt, dass alle Menschen einander lieben.«

Fast geräuschlos glitt der scharf geschliffene Stahl aus der Scheide. Ljub stieß abfällig die Luft aus. »Ihr begegnet uns nicht mit Liebe, o nein, ihr bringt Leid über uns. Dieses Leid beantworten wir mit unserem Hass. Merke es dir gut, Deutscher: Die Sehnsucht nach Freiheit fließt stärker denn je in unseren Adern, und der Tag ist nicht fern, an dem wir euch …«

Weiter kam er nicht, denn mit einem entschiedenen »Diesen Tag wirst du nicht mehr erleben!« stieß der Markgraf ihm das Schwert in die Brust. Ein Ächzen ging durch die Reihe der Slawen, die – obwohl jeder von ihnen ein grausiges Ende erwartet hatte – entsetzt auf ihren Priester starrten, der tödlich verwundet vor seinem Feind auf die Knie sank. Ein letztes Mal fasste er diesen ins Auge, dabei jenen Hass im Gesicht, von dem er gerade gesprochen hatte. Dann fiel er vornüber in eine Lache aus Blut.

Der Burgpriester Konrad verbarg seine Genugtuung nicht. Endlich war der Teufelsdiener zur Rechenschaft gezogen worden, der Lästerer des Herrn! Der schändliche Verführer, der die Bischofsmörder angestiftet hatte, denn dass der Plan von ihm ausgegangen war, daran bestand kein Zweifel. Die Arme vor der Brust verschränkt, beobachtete er, wie der Markgraf seinen Männern den Befehl erteilte, die Beseitigung des Tempels nunmehr zu einem schnellen Abschluss zu bringen. Viel war nicht mehr zu tun, und so stand schon wenig später einer Rückkehr ans Ufer nichts mehr entgegen. Zuvor aber schritt der Markgraf noch einmal sichtlich zufrieden um die Stelle, an der das Ärgernis gestanden hatte. Dann packte er die beiden Lanzen, die Heerzeichen der Besiegten gewissermaßen, und ging den anderen voraus.

Durch die Burg, durch das äußere Tor, über die Brücke – schon schallte Thiedrich wieder das Wehklagen der Gequälten entgegen, aber er beachtete es nicht. Ungerührt hielt er auf die Überreste des Tempels zu, die seine Männer zu einem Haufen aufgetürmt hatten. Zuoberst lag der dreiköpfige Jarobog, zu dessen Füßen noch vor kurzem das Opferfeuer gebrannt hatte und der sich nun selbst in Rauch auflösen würde. Auf Geheiß Thiedrichs entzündete ein Krieger den Haufen, und als die Flammen emporzüngelten, warf er mit einer großen Geste vor den Augen aller Versammelten die Lanzen hinein.

Der Markgraf war zufrieden. Die Schlacht war gewonnen. Wieder auf seinem Pferd sitzend, ließ er den Blick über den Schauplatz des Geschehens schweifen. Tod, Angst und Trauer hatte er gebracht, ein hoher Preis zweifellos, aber längst nicht zu hoch, gemessen an den Schandtaten, die die Spandauer sich hatten zuschulden kommen lassen. Ein letztes Mal donnerte er über die Menge hinweg: »Jetzt seht ihr, was euer ruchloses Treiben euch eingebracht hat. Leichtfertig habt ihr uns herausgefordert, und wir haben euch gezeigt, wie wir eine solche Herausforderung beantworten: unnachsichtig und mit aller Strenge, wie sie uns als euren Herren zukommt. Merkt euch diese Antwort gut! Solltet ihr sie vergessen, werden wir wiederkommen, und die Antwort, die wir euch dann geben werden, wird weit heftiger ausfallen als die heutige. Danach – das schwöre ich, so wahr mir Gott helfe! – wird es kein slawisches Spandau mehr geben!«

Thiedrich ließ die Worte verklingen. Dann drehte er sich um. »Zurück zur Brandenburg!«, rief er seinen Männern zu. Und ebenso schnell, wie sie gekommen war, verschwand die Streitmacht wieder im Wald.

Ein todbringendes Raubtier, das sich in seine Höhle zurückzieht – so sahen es die zurückbleibenden Slawen. Nachtschwarze Gefühle hingen in der Luft. Wer sich bis dahin angstvoll zurückgehalten hatte, ließ nun der aufgestauten Wut freie Bahn. »Das werdet ihr büßen!«, schallte es aus rauen Kehlen zur Burg hinüber, und »Wir werden euch alle töten!«. Andere weinten und trauerten um ihre Liebsten. Eingehüllt in einen Mantel aus Leid, strich die Frau Radomirs wieder und wieder über den abgeschlagenen Kopf ihres Mannes. Drei Schritte weiter kniete der Gerber Jaksa neben seiner niedergestochenen Frau, die mit schmerzverzerrten Zügen von ihm Abschied nahm – von ihm und von ihren drei Kindern, die nun ohne Mutterliebe heranwachsen würden, aber getragen von der Sehnsucht nach Rache und von unversöhnlichem Hass.

Inmitten des Geschehens stand Malina und kämpfte mit ihren Empfindungen. Sie galten dem Leiden ihres Volkes; sie galten ihrem Bruder, um den sie so entsetzliche Angst gehabt hatte und dessen Stillschweigen ihr – trotz aller Freude über seine Rettung – so gänzlich unverständlich erschien; und sie galten Heinrich, der ihr Denken und Fühlen beherrscht hatte und noch immer beherrschte – gerade jetzt, wo er sich bereit gezeigt hatte, für sie in den Tod zu gehen. Wie festgewurzelt stand er an der Stelle, an der er dem Markgrafen so furchtlos gegenübergetreten war, und starrte unverwandt in ihre Richtung. Blickte ihr geradewegs in die Augen.

Ein Bogen begann sich zwischen ihnen zu spannen gleich einem Regenbogen, wenn die Sonne nach einem Unwetter durch die Wolken bricht. Niemand bemerkte ihn, nur Malina konnte ihn sehen. Sie sah, wie er an Stärke gewann und seine Farben sich immer klarer gegen den grau verhangenen Himmel abzeichneten – gelb wie der Mond über dem Pavillon in dem nächtlichen Garten, als sie sich das erste Mal geliebt hatten; blau wie der Himmel am Tag seiner Rückkehr aus der Wüste; grün wie die Wedel der Palmen, unter denen sie nach ihrer Freilassung gesessen und Pläne für eine gemeinsame Zukunft geschmiedet hatten. Aber auch rot wie das Blut, wie die grausige Tat, die Blutschuld, die wie eine himmelhohe Mauer zwischen ihnen stand. Dennoch setzte sie sich in Bewegung, angetrieben von einer Kraft, die mächtiger war als ihr Wille, und mit jedem Schritt entfernte sie sich weiter von dem Elend, das sie umgab. Schon schwanden die qualvollen Bilder, der Brandgeruch verflüchtigte sich, und sie betrat einen Raum der Stille, leer bis auf den einen Menschen, der sich aus der Erstarrung gelöst hatte und ihr von der anderen Seite entgegenkam. Mit jedem Schritt näherten sie sich einander, langsam, aber stetig. Und dann standen sie sich gegenüber.

Alles begann sich um Malina zu drehen, und ihre Gefühle taumelten in einem wahnwitzigen Tanz. Sie versuchte, Halt in seinen Augen zu finden, in denen Sehnsucht zu lesen war und die Erinnerung an die glücklichen Stunden. Doch schon im nächsten Moment waren die Gedanken an das Schreckliche wieder da, die Dämonen, die sie quälten und die sie von ihm fernhalten wollten. Aber warum war sie dann hier? Warum hatte sie den Raum betreten, in dem die Begegnung unausweichlich war, zumal sie doch wusste, dass sie allein durch den Klang seiner Stimme schwach werden könnte?

Auch Heinrich kämpfte, nur rang er nicht mit widerstreitenden Gefühlen, sondern mit der Angst, dass sie sich ihm ein weiteres Mal entzog. Dass sie ihn abermals zurückstoßen würde in den Abgrund der Hoffnungslosigkeit. Er wollte seine Liebe zu ihr herausschreien und sie in die Arme schließen, aber er wusste, wie zwiespältig diese Begegnung für sie war. Und so war es am Ende die Furcht vor einer Zurückweisung, die ihn die Worte finden ließ. »Du bist verletzt«, sagte er sanft, wohl wissend, dass die Wunde an ihrem Arm nur eine Kleinigkeit war.

Malina ließ sich darauf ein. »Ja, ich bin verletzt. Einer der Krieger hat mich mit seinem Schwert gestreift. Es war …«

Jäh brach sie ab, denn ein Schrei hatte die Luft zerrissen. Einer, den sie in diesem Moment niemals wahrgenommen hätte, wäre er von einem anderen gekommen, aber es war Myslaw, der ihn ausgestoßen hatte. Schlagartig war ihr Raum verschwunden, und sie war zurück in der Welt. Schon rannte sie los, hetzte in die Richtung, aus der der Schrei gekommen war, und im nächsten Augenblick sah sie ihren Bruder am Boden liegen, nicht tot, aber mit einem roten Fleck auf der Brust, der sich rasch ausbreitete.

Neben ihm stand Niklot, der Drechsler, mit einem blutigen Messer in der Hand. »Für Feiglinge ist kein Platz bei uns!«, stieß er zornbebend hervor. »Alle haben sich bekannt, auch Doba, mein armer Sohn Doba. Sie alle sind für uns tapfer in den Tod gegangen. Nur der hier hat sein Maul gehalten und wollte sich heimlich davonstehlen, dieser … dieser …« Er suchte nach einem passenden Wort, fand aber keines und brach in hemmungsloses Schluchzen aus.

Der alte Boleslaw legte ihm tröstend den Arm auf die Schulter, während er sich an Malina wandte: »Du musst unserem Drechsler verzeihen, Töchterchen«, presste er sichtlich ergriffen zwischen seinen Zahnstummeln hervor. »Dein Bruder ist selbst schuld an seinem Schicksal. Er hat sich seiner Verantwortung entzogen. Sein Verhalten war eine Schande.« Und leise setzte er hinzu: »Niklot hat für uns alle gehandelt.«

Wie Hammerschläge fuhren die Worte auf Malina nieder. Sie warf sich neben Myslaw auf die Erde, nahm seinen Kopf in ihre Hände und starrte in die verlöschenden Augen. »Du darfst nicht sterben!«, beschwor sie den Bruder. »Du musst am Leben bleiben! Wozu haben wir die schlimmen Jahre überstanden? Lass mich nicht allein!«

Ein Zucken ging durch den Niedergestochenen. Er litt Qualen und fühlte das Ende, aber er wollte noch nicht gehen. Die Finger in die Erde gekrallt, versuchte er, sich auf die Seite zu drehen und den Schmerzen auszuweichen, aber erschöpft sank er sogleich wieder zurück. »Ich wollte …«, röchelte er, »ich wollte … doch nur … weiterkämpfen. Für uns alle … nur weiter … kämpfen.«

Malina strich ihm mit der Hand über das Haar. »Ich weiß«, flüsterte sie mit zittriger Stimme, »ich weiß.«

In diesem Moment fiel Myslaws Blick auf Heinrich, der neben Malina getreten war, und obwohl seine Augen schon trüb waren, loderte noch einmal der alte Hass darin auf. »Weiter … kämpfen«, presste er abermals hervor, und mit dem Rest Leben, der noch in ihm steckte: »… gegen die Deutschen …«

Es war vorbei. Als hätte die Last seiner letzten Gedanken ihm die Luft abgedrückt, sank sein Kopf zur Seite.

»Tot!«, stieß Malina mit erstickter Stimme hervor. »Er ist tot! Warum musste er sterben? Mein Bruder war kein schlechter Mensch, auch wenn er einen Fehler gemacht hat, aber er war nicht schlecht. Sie durften ihn nicht töten! Sie hatten kein Recht dazu!« Zutiefst verzweifelt schlug sie die Hände vor das Gesicht. Was für ein Tag! Was für ein grauenhafter, entsetzlicher Tag! So viel Blut. So viele Tränen. Und nun noch der Tod des Bruders … Von einem Weinkrampf geschüttelt, warf sie sich auf den leblosen Körper und ließ sie sich mitreißen von der Flut ihrer Gefühle.

Eine Weile verharrte Malina so, während die Umstehenden sich einer nach dem anderen entfernten. Dann tauchte sie wieder auf aus ihrem Kummer. Mit zitternder Hand strich sie Myslaw das Haar aus dem Gesicht und schloss ihm die Augen. Als sie die Falten seines Kittels glättete, ertaste sie etwas auf seiner Brust. Gleichzeitig bemerkte sie, dass Myslaw eine dünne Lederschnur um den Hals trug. Sie zog daran. Zum Vorschein kam ein länglicher, fingerdicker Anhänger, der an ein Stück aus einem Knochen denken ließ. Aber es war kein Knochen, es war das Horn eines Einhorns.

Erschrocken ließ Malina den Gegenstand fahren. Sie wollte etwas sagen, aber die Worte gerieten ihr zu einem Stammeln. »Das ist ... Das ... Das ist ...«

Neben ihr hatte Heinrich sich auf die Knie niedergelassen, und obwohl er festen Halt hatte, schwankte er. Noch während sein Blick über die Kette gewandert war, hatte er das Ungeheuerliche begriffen, das sich hier vor ihnen auftat. »Ja«, sagte er tonlos, »das ist das Amulett von Isabelle.«

Der Name aus seinem Mund war für Malina noch immer wie ein Schlag ins Gesicht »Aber ... wieso hat Myslaw das Amulett? Ich habe es nie bei ihm gesehen, und er hat kein einziges Mal davon gesprochen. Isabelle ...« – sie schluckte –, »Isabelle hat es getragen, ich erinnere mich ... damals, als wir sie getroffen haben.«

Malinas Gedanken kehrten zurück zu der Herberge in der Stadt, deren Namen sie vergessen hatte, nur dass es gleich nach der Fahrt über das Meer gewesen war, das wusste sie noch. Bilder aus der Gaststube wurden wieder lebendig: der Betrunkene, der Isabelle die Kette mit dem Amulett vom Hals riss; Isabelle, die sich das Geraubte mit einem Biss in die Hand des Mannes zurückholte; Isabelle, wie sie an ihren Tisch kam und erzählte, dass das Hornstück sie vor allem Unheil bewahre; Heinrichs und Myslaws Blicke, die andächtig an dem Amulett hingen. Vor allem Myslaws. Die Worte ihres Bruders fielen ihr plötzlich ein, als Isabelle um ein Haar den Abhang hinuntergestürzt wäre, aber das Amulett sie gerettet hatte. »Was für ein mächtiger Schutz muss das sein!«, hatte er geschwärmt, und »Glücklich, wer solch einen Schutz besitzt«. Und nun trug er diesen bewunderten Gegenstand um den Hals.

Wie durch einen Nebel drang Heinrichs Stimme zu ihr und unterbrach ihre Gedanken. »Myslaw hätte das Amulett gern gehabt. Isabelle wiederum hätte es ihm niemals freiwillig gegeben. Wenn er es nun dennoch hat …« Heinrich stockte. Die Wahrheit, das wusste er, konnte mitunter schrecklicher sein als ein Stich mit einem Messer, und die Wunde, die sie beibrachte, weit tiefer. Obwohl die Wahrheit in diesem Fall noch etwas anderes ans Licht bringen würde. Eine Wahrheit, auf die er schon nicht mehr zu hoffen gewagt hatte.

»Wenn er das Amulett dennoch hat, muss er es sich genommen haben«, führte Malina Heinrichs angefangenen Satz fort.

Der nickte. »Ja, er muss es sich genommen haben. Und das war nur möglich an dem Tag, an dem wir wegen ihres verstauchten Knöchels unseren Heimweg unterbrochen hatten.«

»Der Tag, an dem sie starb …«

»Wir drei haben unseren Lagerplatz mit unterschiedlichen Aufträgen verlassen, du, Myslaw und ich. Isabelle blieb zurück. Als ich später wiederkam, fand ich sie ermordet vor … ermordet, und augenscheinlich hatte sich der Mörder auch an ihr vergangen. Als ich neben ihr kniete, bist du erschienen und hast mich für den Mörder gehalten …« Er schlug die Augen nieder.

»Am nächsten Tag ist Myslaw zurückgekommen, es war um die Mittagszeit. Ich erinnere mich genau, wie erleichtert ich über seine Rückkehr war. Er hatte nach der Fähre gesehen. Bei Myslaws Ankunft war Isabelle bereits tot.«

»Als sie noch lebte, hat sie Myslaw das Amulett nicht

gegeben. Aber er hat es ihr auch nicht abgenommen, als er ins Lager zurückkehrte. Da hätte er das auch gar nicht mehr tun können, weil ich sie bereits unter dem Steinhaufen begraben hatte.«

»Er könnte das Amulett gefunden haben«, brach es aus Malina hervor – ein Versuch, die ungeheuerliche Erkenntnis noch abzuwenden, die immer klarer hervortrat. »Es könnte irgendwo auf der Erde gelegen haben, wir beide haben es übersehen, und Myslaw hat es aufgehoben.«

Ein hoffnungsloser Versuch, denn noch während Malina die Worte hervorsprudelte, schüttelte Heinrich bereits den Kopf. »Da hat nichts am Boden gelegen. Der Lagerplatz war übersichtlich, einer von uns beiden hätte das Amulett gesehen. Myslaw dagegen hat sich nach seiner Rückkehr nur wenig auf dem Platz bewegt. Er war auch nicht lange dort. Schon kurz nach seiner Ankunft sind wir aufgebrochen, und zwar alle drei zugleich. Im Übrigen war er auf dem Platz nicht einen Moment unbeobachtet. Ich habe ihn die ganze Zeit im Blick gehabt und du ebenfalls. Nein, er hatte keine Gelegenheit, etwas vom Boden aufzuheben, ohne dass zumindest einer von uns es bemerkt hätte!«

»Das heißt also … Myslaw hatte das Amulett bereits, als er im Lager erschien.«

»Ja. Nachdem wir drei am Tag zuvor aufgebrochen waren, muss er noch einmal zurückgekommen sein. Was der Grund dafür war, wissen wir nicht. Vielleicht ist er ebenso auf Bewaffnete gestoßen wie ich und deshalb umgekehrt, um den anderen Weg zur Fähre zu nehmen, von dem Isabelle gesprochen hatte. Vielleicht wollte er auch …«

»Aber es könnte ein anderer die Tat begangen haben!«, unterbrach sie ihn, bebend vor Erregung. »Einer, der zufällig vorbeigekommen ist. Der hat sich an Isabelle vergangen und sie anschließend getötet. Danach ist Myslaw gekommen, um auf dem anderen Weg zu der Fähre zu gehen, und bei dieser Gelegenheit hat er der Toten das Amulett abgenommen.«

»Wäre es in diesem Fall nicht naheliegend gewesen für ihn, im Lager zu bleiben und auf unsere Rückkehr zu warten, anstatt weiterzugehen? Und warum verhielt er sich dann am nächsten Tag so, als sähe er die Tote zum ersten Mal? Hätte er sie zuvor schon gesehen als das Opfer eines anderen, so hätte er das freimütig bekennen können. Er hätte uns auch das Amulett zeigen können. Wir hätten ihm gewiss keine Vorhaltungen gemacht, weil er einer Toten etwas abgenommen hatte, was die ohnehin nicht mehr brauchte. Und noch etwas: Warum hat er das Amulett monatelang verborgen, sodass wir es heute nur durch einen Zufall entdeckt haben?« Heinrich schüttelte entschieden den Kopf. »Nein, die Tat einem anderen zuzuschieben ist vollkommen sinnlos. Da war kein Fremder, da war nur Myslaw. Warum er umgekehrt ist, werden wir nie erfahren, aber das Amulett in seinem Besitz lässt nur einen Schluss zu.«

Die letzten Sätze hatte Malina schon nicht mehr richtig gehört, denn noch während Heinrich gesprochen hatte, war ihr zum ersten Mal die ganze Bedeutung des Gesagten bewusst geworden: Wenn Myslaw das Verbrechen an Isabelle begangen hatte, dann war Heinrich unschuldig!

Malina sackte in sich zusammen. Kreidebleich saß sie da, jeden Augenblick drohten ihr die Sinne zu schwinden. Der Bruder, der vertraute – ein Vergewaltiger und Mörder und obendrein ein Lügner, von dem sie um des eigenen Vorteils willen auf das Widerwärtigste getäuscht worden war. Und auf der anderen Seite der Mann, der sie die ganze Zeit über geliebt hatte, der ihr mit seinem mutigen Auftreten vor dem Markgrafen und seiner Bereitschaft, das Leben für sie zu opfern, gerade erst wieder seine Liebe bewiesen hatte. Der aber von ihr, der so grausam Irrenden, unerbittlich zurückgestoßen worden war wegen einer Tat, die er gar nicht begangen hatte!

Abscheu erfasste Malina vor ihrem Bruder, sie rückte von ihm ab und und kam auf die Füße. Mit bebenden Lippen stand sie vor Heinrich, der sich ebenfalls erhoben hatte. Nur die Liebe gab ihr jetzt noch das Recht zu jenem kleinen, aber so bedeutungsschweren Wörtchen »Verzeih!«, das sie flüsterte. Und dieselbe Liebe war es, die Heinrich mit einem tiefen Blick in ihre Augen die bittere Vergangenheit wegwischen ließ. Hingegeben an ihre Gefühle, standen sie sich wortlos gegenüber, während der so schmerzlich vermisste Gleichklang ihrer Seelen zurückkehrte. Dann schlossen sie sich in die Arme, und beide wussten, dass sie nie wieder voneinander lassen wollten.

Epilog

Drei Jahre später, im Jahr 983, kam es zu dem großen Aufstand gegen die Deutschen, den nicht nur die Spandauer Slawen, sondern auch viele ihrer Brüder und Schwestern zwischen Elbe und Oder inständig herbeigesehnt hatten. Binnen kürzester Zeit brach das mühsam errichtete Gebäude der deutschen Herrschaft wie ein Kartenhaus zusammen. Die verhassten Eroberer wurden hinter die Elbe zurückgeworfen, und für rund 150 Jahre erlangten die slawischen Stämme noch einmal die Freiheit. Dann – im Rahmen der Ostsiedlung im 12. Jahrhundert – kehrten die Deutschen zurück und unterwarfen die ansässige Bevölkerung endgültig. Zahlreiche neue Dörfer und Städte entstanden im Slawengebiet, unter ihnen die heutige deutsche Hauptstadt Berlin.

Einen Einblick in die Ereignisse des Jahres 983 aus deutscher Sicht gibt ein Amtsbruder des ermordeten Brandenburger Bischofs Dodilo in einer Chronik. Sein Name ist Thietmar von Merseburg, und dies sind die Worte, mit denen er das dramatische Geschehen des großen Slawenaufstandes überliefert hat:

»Die Schandtaten begannen am 29. Juni mit der Ermordung der Besatzung von Havelberg und der Zerstörung des dortigen Bischofssitzes. Drei Tage später überfiel beim Läuten der Prim ein Haufen slawischer Empörer das Bistum Brandenburg; sein dritter Bischof Folkmar hatte zuvor fliehen können, während an diesem Tage sein Schirmherr Thiedrich mit seinen Kriegern nur mit Mühe entkam. Die dortigen Priester wurden gefangen, Dodilo, der zweite Bischof des Ortes, der, von den Seinen erdrosselt, nun schon drei Jahre im Grabe lag, aus seiner Gruft gerissen; seine Leiche und sein Bischofsornat waren noch unversehrt; die habgierigen Hunde plünderten sie aus und warfen sie dann achtlos zurück. Alle Kostbarkeiten der Kirche wurden geraubt und das Blut vieler elendiglich vergossen. An Stelle Christi und seines Fischers, des hochwürdigsten Petrus, wurden fortan verschiedene Kulte teuflischen Aberglaubens gefeiert; und nicht nur Heiden, sondern auch Christen (gemeint sind getaufte Slawen – M. L.) lobten diese traurige Wendung!«

Hintergrundinformationen

Der Roman zeigt einen Ausschnitt der Welt am Ende des 10. Jahrhunderts und spielt in drei Kulturkreisen, die unterschiedlicher kaum hätten sein können, die aber dennoch miteinander verbunden waren.

Ihren Anfang nimmt die Handlung inmitten tiefer Wälder in einer Siedlung auf dem Boden der heutigen Stadt Berlin. Der Name dieser Siedlung war Spandau, noch heute trägt ein Berliner Bezirk diesen Namen. Die Einwohner des hochmittelalterlichen Spandau gehörten dem slawischen Stamm der Heveller an. Einst von einem eigenen Fürstenhaus regiert, waren die Heveller im Jahr 929 von dem deutschen König Heinrich I. militärisch besiegt und tributpflichtig gemacht worden. Hatte dieser sich noch mit einer lockeren Oberhoheit über die Unterworfenen begnügt, so war es unter seinem Sohn Otto I. (dem Großen) zu einer grundlegenden Änderung dieser Politik gekommen. Von nun an war das Ziel die Eingliederung der Slawengebiete in das Reich und die Missionierung der heidnischen Stämme.

Welch erbitterten Widerstand die Slawen der Beherrschung durch die Deutschen entgegensetzten, zeigt der Roman. Ausschlaggebend dafür dürfte nicht zuletzt die strenge Haltung einzelner deutscher Repräsentanten gewesen sein. Wenig davon ist überliefert, vieles lässt sich nur vermuten. Allerdings scheint der später ermordete Brandenburger Bischof Dodilo in ganz besonderer Weise den Hass der Unterworfenen auf sich gezogen zu haben. Denkbar ist ein hartes Vorgehen im Rahmen der Christianisierung. Dass sich die Spandauer Slawen – und sicherlich nicht nur sie – der Annahme der fremden Religion widersetzt haben, ist authentisch. Spuren des heidnischen Tempels, in dem sich in der Romanhandlung die Bischofsmörder nach der Tat versammelten, wurden freigelegt. Bei dieser Gelegenheit wurde auch die erwähnte Lanzenspitze gefunden, die innerhalb des Tempels im Boden steckte. Sie befindet sich heute in einem Berliner Museum. Nach dem Abriss des heidnischen Kultbaus wurde an derselben Stelle eine kleine Kirche errichtet, die jedoch nur kurze Zeit existierte. Im Rahmen des großen Slawenaufstandes von 983 ging sie ebenso wie die gesamte Siedlung in Flammen auf. Welche Rolle der damalige Markgraf Thiedrich von Haldensleben im Zusammenhang mit diesen Ereignissen spielte, ist nicht bekannt. Den wenigen vorhandenen Quellen zufolge handelte es sich auch bei ihm um einen unerbittlichen Mann.

Von Spandau führt der Roman in das Reich des Kalifen von Al-Andalus und damit in eine Welt, die für Heinrich, Malina und Myslaw so fremd sein musste, wie es für uns das Leben auf einem fernen Planeten sein würde. Alles war anders, als sie es kannten, wobei der Unterschied im Vergleich zu den slawischen Gebieten am größten war. Hier ein bodenständiges Leben ohne die Segnungen einer höheren Kultur; kleine Siedlungen mit grob gezimmerten hölzernen Hütten, die längst vergangen sind; Schriftlosigkeit mit der Folge, dass wir von dem Leben dieser Menschen keine Aufzeichnungen aus erster Hand haben – dort ein verfeinerter Lebensstil, in dem Künste und Wissenschaften einen hohen Stellenwert hatten; Bibliotheken mit zehn- oder gar hunderttausenden von Büchern und Schulen selbst für die Armen; dazu Städte, die ihresgleichen kaum hatten, mit Bauwerken wie der großen Moschee von Córdoba, an deren erlesener Pracht wir uns noch heute erfreuen können. Rund eine halbe Million Einwohner zählte Córdoba damals, eine ungeheure Zahl, bedenkt man, dass andere europäische Städte außer Konstantinopel zu dieser Zeit nicht mehr als 30 000 Einwohner hatten, Köln als die größte deutsche Stadt gerade mal 10 000. Noch eindrucksvoller wird die halbe Million, wenn man sie mit dem Siedlungsgebiet der Slawen zwischen Elbe, Saale und Oder vergleicht: Dort lebten Schätzungen zufolge rund 350 000 Menschen. Wie glanzvoll die Stadt am Wad al-Kabir war (dem heutigen Guadalquivir), wird auch in den Versen der deutschen Nonne und Dichterin Roswitha von Gandersheim deutlich: »Helle Zierde der Welt, junge herrliche Stadt, stolz auf ihre Wehrkraft, berühmt durch ihre Wonnen, die sie umschließt, strahlend im Vollbesitz aller Dinge.«

Entsprechend dem unterschiedlichen Entwicklungsstand waren die Kontakte zwischen den beiden Kulturkreisen äußerst gering – mit einer gewichtigen Ausnahme: dem Handel mit Sklaven. Da der Islam die Versklavung der eigenen Gläubigen verbot, deckte man seinen Bedarf woanders, in Afrika vor allem, aber auch in den slawischen Gebieten. Wie viele Menschen auf diese Weise ihren Weg in das maurische Spanien fanden, ist nicht bekannt. Allerdings scheint die Größenordnung beträchtlich gewesen zu sein. Nicht zuletzt das Wort »Sklave« macht dies deutlich, das auf dem Umweg über das in Al-Andalus gesprochene Arabisch auf das Wort »Slawe« zurückgeht. Träger des Sklavenhandels waren vor allem im Reich des Kalifen ansässige Juden. Eine ihrer Transportrouten führte über Verdun, das tatsächlich die düstere Rolle spielte, die in der Handlung beschrieben wird.

Wie die im Aufstand des Jahres 983 wiedererrungene Selbstständigkeit der Slawen zwischen Elbe und Oder mit der deutschen Ostsiedlung im 12. Jahrhundert ihr endgültiges Ende fand, so zerbrach auch das Reich der spanischen Umaiyaden. Einen letzten Höhepunkt bildete die Herrschaft des im Roman erwähnten Hadjib Al-Mansur, der als »Almanzor« die Christen im Norden Spaniens noch einmal das Fürchten lehrte. Nach seinem Tod nahm der Zerfall des einst so mächtigen Al-Andalus seinen Anfang. Zahlreiche Kleinkönigreiche entstanden, die Palaststadt Medina az-Zahra einschließlich des geschilderten (hochgiftigen!) Quecksilberbeckens verschwand und wurde erst ab dem Jahr 1910 teilweise wieder freigelegt. Vom Ende des 13. Jahrhunderts an bildete das Königreich von Granada die letzte maurische Bastion auf spanischem Boden. Im Jahre 1492 schließlich, mit dem Sieg der christlichen Rückeroberung der moslemischen Gebiete (der Reconquista), war auch seine Zeit abgelaufen. 800 Jahre Islam auf spanischem Boden waren zu Ende. Córdoba, vor tausend Jahren eines der großen Zentren der Welt, ist heute eine Provinzstadt.

Afrika ist der dritte Kulturkreis, in den die Handlung führt. Das südmarokkanische Sidjilmassa war der Ausgangspunkt unzähliger Karawanen, die die große Wüste durchquert haben (die Bezeichnung Sahara war damals noch nicht gebräuchlich). Eines ihrer wichtigsten Ziele bildete die Stadt Kumbi Saleh im Königreich Gana, dem ältesten uns bekannten Großreich auf afrikanischem Boden im heutigen Grenzgebiet zwischen Mali und Mauretanien. Gold und Salz waren die Schätze, denen Gana seinen märchenhaften Wohlstand verdankte. Wie sehr das Gold in diesem Teil der Welt eine Rolle spielte, wird noch im Namen der späteren Goldküste deutlich. Als dieser Staat im Jahre 1957 von den britischen Kolonialherren in die Unabhängigkeit entlassen wurde, gaben ihm die selbstbewusst gewordenen Afrikaner den Namen Ghana, eine Erinnerung an das einstige Großreich, obwohl das Territorium des neuen Staates mit dem des alten Reiches in keiner Weise identisch war. Von dem alten Gana und seiner Hauptstadt Kumbi Saleh sind nur noch spärliche Baureste erhalten, die Ausgräber in der jüngeren Vergangenheit dem Boden entrissen haben. Einem Boden im Übrigen, der heute weit trockener ist als zur Zeit der Romanhandlung. Der Grund dafür ist die Ausdehnung der Sahara. Rund 500 Kilometer ist sie in den vergangenen eintausend Jahren nach Süden gewandert.

Gold war die eine Handelsware, auf die Gana seinen Reichtum gründete, Salz die andere. Vorkommen dieses Minerals sind selten in Westafrika, umso größer war die Bedeutung der Lagerstätte Teghaza inmitten der Wüste. Da die Förderung unter extremen Bedingungen erfolgte, waren die Preise hoch: So besaß eine Kamelladung Salz etwa den gleichen Wert wie sechs bis sieben erwachsene

Sklaven. Mehrere Jahrhunderte lang wurden die Vorkommen von Teghaza ausgebeutet. Als der Abbau nicht mehr lohnte, wurden 150 Kilometer entfernt in Taudeni neue Lagerstätten erschlossen. Noch heute werden dort jährlich 5 000 Tonnen Salzplatten gefördert, freilich unter veränderten Bedingungen.

Wie unzählige Kulturen vor ihnen und danach, so sind auch die drei in dem Roman dargestellten längst untergegangen. Nur Spuren sind geblieben: Namen, Ruinenstätten, teils kostbare Ausstellungsstücke, die wir heute in den Museen bewundern können. Geblieben ist aber auch die Erinnerung an eine Zeit, in der das Wort Globalisierung noch ferne Zukunft war, in der es aber dennoch Kontakte zwischen den Kulturen gab, die weite Teile der Erde umspannten.

Glossar

Arelat, Königreich

Anderer Name für das Königreich Burgund. Es entstand im Jahr 950 aus dem Zusammenschluss der beiden Königreiche Niederburgund und Hochburgund. Die Hauptstadt war Arles. Unter der Regierung Kaiser Konrads II. wurde das Königreich Arelat im Jahr 1033 dem Reich der Deutschen angegliedert.

Baobabbaum

Auch unter dem Namen Affenbrotbaum bekannt. Er gehört zu den bekanntesten und charakteristischsten Bäumen im tropischen Afrika. Während der Regenzeit kann er bis zu 5 000 Liter Wasser speichern und auf diese Weise längere Trockenzeiten überstehen. Baobabbäume können ein Alter von 1 000 Jahren erreichen.

Darbuka

Aus Ton gefertigte Trommel mit kelchförmigem Körper, mit Fischhaut oder Ziegenfell bespannt

Farsakh

In einigen arabischen Ländern noch heute gebräuchliche, uneinheitlich definierte Maßeinheit für die Entfernung, die auf ein altes persisches Maß (parasang) zurückgeht. Bezugspunkt war die Strecke, die ein Pferd in einer Stunde im Schritt zurücklegt, das sind etwa sechs Kilometer.

Fronhof

Der Name geht auf das althochdeutsche fron = Herr zurück (vgl. Fronleichnam). Ein Fronhof war ein Herrengut, das von dem Herrn selbst oder von einem Verwalter bewirtschaftet wurde.

Hadjib

Oberster Staatsbeamter in Al-Andalus, vergleichbar einem Premierminister. Ihm untergeordnet waren die Wesire als Leiter der einzelnen Verwaltungszweige.

Heveller

Stamm an der mittleren Havel, dessen Name sich von dem Fluss herleitet. Die Eigenbezeichnung lautete Stodor'ane (Stodoranen). Hauptburg des Stammes war die Brandenburg. Die Heveller gehörten zu den Westslawen. Ihr Stammesgebiet bildete den Kern der späteren Mark Brandenburg.

Für die Gesamtheit aller slawischen Stämme zwischen Elbe und Oder benutzten die Deutschen gewöhnlich das Wort Wenden. Es findet sich noch heute in dem Familiennamen Wend/Went. An die slawische Vergangenheit dieses Gebietes erinnern darüber hinaus auch zahlreiche Ortsnamen, vor allem aber das Vorhandensein der slawischen Bevölkerungsgruppe der Sorben in der Lausitz, einer der vier nationalen Minderheiten in Deutschland.

Erwähnt sei ein Ereignis aus der Zeit vor der Handlung des Romans: Um das Jahr 906 heiratete eine hevellische Fürstin namens Dragomira den Böhmenfürsten Wratislaw I. und wurde zur Mutter des böhmischen Nationalheiligen Wenzel.

Kaurimuscheln
Die so genannten Kaurimuscheln sind botanisch gesehen keine Muscheln, sondern tropische Meeresschnecken aus dem Indisch-Pazifischen Ozean. In Westafrika wurden sie ebenso wie in vielen anderen Teilen der Erde als Zahlungsmittel benutzt. Daneben dienten sie der Herstellung von Schmuck.

Mehari
Kräftiges, langbeiniges Reitkamel, das besonders auf Schnelligkeit und Ausdauer gezüchtet wurde

Mozaraber
Bezeichnung für die in Al-Andalus lebenden Christen, die an ihrer Religion festhielten, aber die arabische Sprache und Kultur angenommen hatten. In der Zeit der Umaiyaden-Herrscher von 756–1031 war das Zusammenleben von Christen und Moslems – von wenigen Ausnahmen abgesehen – friedlich.

Nay
In der arabischen Variante eine Flöte aus einem offenen Rohr ohne Mundstück

Oud
Kurzhalslaute aus dem Mittelmeerraum bzw. dem Nahen Osten. Als Vorläufer der europäischen Laute kam der

Oud über Al-Andalus und über heimkehrende Kreuzfahrer nach Europa.

Rebab
Streichinstrument mit bootsförmigem Schallkörper und meist zwei Saiten

Sumpffieber
Unter dem Namen Malaria noch heute in vielen Ländern der Erde gefürchtet, im Mittelalter und bis in die Gegenwart hinein auch in weiten Teilen Europas verbreitet. In Teichen und sumpfigen Talauen fanden die Anophelesmücken als die Überträger der Krankheit ideale Brutstätten. So dürften beispielsweise auf den verlustreichen Heerzügen nach Italien mehr Deutsche der Malaria zum Opfer gefallen sein als den Kämpfen. Erst durch die Trockenlegung von Sumpfgebieten und durch den Einsatz von Insektiziden konnte die Krankheit in den 1960er Jahren in Europa ausgerottet werden.

Tailasan
Schleier aus feinem Gewebe, der vom Turban über die Schultern fällt; als Auszeichnung von bedeutenden muslimischen Männern getragen, darunter von Gelehrten

Ziryab
Bedeutendster Musiker von Al-Andalus, wirkte in der ersten Hälfte des 9. Jahrhunderts. Aus Bagdad kommend, wurde er am Hof von Córdoba mit allen Ehren empfangen und finanziell äußerst großzügig versorgt. Legendär war sein Gedächtnis. So soll er den Text und die Melodie von 10 000 Liedern auswendig gewusst haben.

Eine leidenschaftliche Frau an der Seite des mächtigsten Mannes der Welt

Peter Dempf
DAS AMULETT
DER FUGGERIN
Historischer Roman
BLT
576 Seiten
ISBN 978-3-404-92273-4

Augsburg 1497. Der lebenslustigen Patriziertochter Sibylla liegt die Welt zu Füßen. Bis sich ihre Wege mit dem des Mannes kreuzen, der die damalige Welt beherrscht. Sein Name ist Jakob Fugger, und er verspricht Sibylla, ihr die Sterne vom Himmel zu holen. Während Sibylla als Jakobs Ehefrau mit Kaisern und Kardinälen tafelt, während sie miterlebt, wie Jakob das Geschick ganzer Reiche lenkt, wird ihr deutlich, dass Geld und Macht keine Garanten für Lebensglück sind. Doch als sie die große Liebe ihrer Jugend wiedertrifft, muss sie erfahren, was es wirklich heißt, die Frau des Fuggers zu sein.

BLT